한국
추리
소설
걸작
선 02

한국 추리소설 걸작선 02

김내성 외 43인 지음
— 한국추리작가협회 엮음

한스미디어

한국추리소설걸작선 02

차례

곽재동 안락사 • 7
김연 그대 안의 악마 • 31
한이 체류 • 61
김재희 오리엔트 히트-스푼 메이커스 다이아몬드 • 85
이대환 알리바바의 알리바이와 불가사리한 불가사의 • 121
정명섭 흙의 살인 • 159
설인효 그리고 아무도 없었다 • 193
최종철 아내마저 사기 친 남자 • 217
박하익 마지막 장난 • 253
김재성 목 없는 인디언 • 277
송시우 사랑합니다, 고객님 • 299
최지수 다이어트 클럽 • 321

신재형 그들의 시선 • 375
김주동 탈출 • 409
도진기 선택 • 459
정혁 빛이 닿지 않는 세계의 남자 • 511
장세연 세 번째 표적 • 541
김남 여자는 한 번 승부한다 • 565
이승영 살인의 가치 • 585
손선영 그녀는 알고 있다 • 609
조동신 포인트 • 633
홍성호 B사감 하늘을 날다 • 667

작품 해설 • 707

한국 추리소설 걸작선 01

발간사

김내성 가상범인
현재훈 절벽
김성종 회색의 벼랑
문윤성 덴버에서 생긴 일
이상우 첫눈 속에 영혼을 묻다
이가형 비명(非命)
이경재 광시곡
이원두 정력 전화
이수광 그 밤은 길었다
황미영 함정
황세연 IMF 나이트
김상윤 드래구노프
노원 위기의 연인들
방재희 교환일기
권경희 내가 죽인 남자
정현웅 정형외과 의사 부인 실종사건
오현리 포커
류성희 인간을 해부하다
현정 포말
김차애 살인 레시피
서미애 반가운 살인자
강형원 7번째 신혼여행

안락사

>>>>> 곽재동

단편 「안락사」로 2007년 『계간 미스터리』 신인상을 받으며 등단하였다. 제1회 중랑사이버 신춘문예 단편소설 부문에 장원으로 당선되었고, 2008년 전북일보 신춘문예에 「낙서」가 당선되었다. 주요 작품으로 단편소설 「어머니의 모든 것」 「안락사」 「낙서」 등이 있다.

그는 거울을 보며 뺨을 쓰다듬었다. 손가락이 상처들을 스칠 때마다 양쪽 눈가가 뒤틀렸다. 아직 꿰맨 부위가 덜 아문 탓이다.

"똥 밟았어. 그것도 아주 깊숙이."

얼굴의 상처를 하나씩 짚을 때마다 입에서 욕설이 튀어나왔다.

"면상이 장사 밑천인데 이렇게 만들어버리면 어떻게 돈을 마련하라는 거야."

사업에 있어서 외모는 중요했다. 부족한 말솜씨를 보완하고 신뢰를 줄 수 있는 그만의 장점이었다. 커다랗고 시원스런 눈매와 넓은 이마. 40세의 나이에 비해 피부는 팽팽했고 몸매는 20대 못지않았다. 그런 완벽한 요건 중에 가장 중요한 얼굴을 망쳐놓은 것이다.

전신거울을 한쪽으로 치우고 그는 침대에 누워 담배를 집었다. 방 안은 이미 찌든 담배 냄새로 가득했다. 돈 생각을 할 때마다 습관적으로 피워댄 것이다. 하얀 연기를 품으며 손바닥을 펼쳤다. 수백 도의 불똥으로 그려진 담배 자국이 짐승의 눈처럼 그를 노려보았다.

그 상처는 경고였다. 만약 20일 후에도 돈을 갚지 못한다면 자국은 그의 목줄기에도 새겨질 것이다.

그는 어디부터 잘못되었는지 짚어보았다. 무엇보다 뒷조사가 부실했다. 상대의 배경에 그런 거물이 있을 줄은 꿈에도 몰랐다. 단지 건실한 중소기업 사장으로만 알았는데 뒷골목의 돈세탁 담당이었다니. 모두 자신의 욕심 때문이라고 생각했다. 혼자서 이익을 독차지하겠다는 이기적인 생각. 예전처럼 팀플레이를 했더라면 지금 같은 실수도 없었을 것이고 발각되어도 막막하지는 않았을 것이었다.

담배를 끄는데 현관 벨이 울렸다. 현관 구멍으로 보니 할머니가 서 있었다. 족히 여든은 돼 보였다. 손에는 떡이 담긴 접시를 들고 있었다.

"무슨 일이세요?"

"며칠 전에 옆으로 이사 왔거든. 친하게 지내려고."

할머니는 연신 미소를 지었다. 머뭇거리는 것으로 봐서는 집 안으로 들어오고 싶어 하는 것 같았다. 그는 문을 닫으려다가 무슨 생각이 났는지 할머니를 집 안으로 들였다.

"그런데 얼굴은 왜 그렇게 상했나?"

"별거 아니에요."

"무슨 일 있었나?"

그는 잠시 뜸을 들이다 대답했다.

"싸웠어요."

"싸웠다고?"

"며칠 전 새벽에 퇴근하는데 어떤 놈 둘이서 여자를 희롱하더라구요."

"그러면 여자를 구해준 거야?"

"그렇기는 하지만 이런 꼴이 되어버렸어요."

"저런……."

할머니는 혀를 차며 안쓰러운 표정을 지었다.

"혼자 사세요?"

할머니는 고개를 끄덕였다. 순간 어두운 그림자가 얼굴에 스쳤다. 그는 상황 파악이 빨랐다. 상대 마음을 순식간에 읽는 능력은 그의 직업상 필수였다. 할머니를 집 안으로 들인 것도 건수가 생길지도 모른다는 직감 때문이었다.

"자제분은 없으세요?"

대답 대신 허리춤에서 무언가를 꺼내 그에게 건넸다. 국제우편 소인이 찍힌 편지였다.

"미국에서 온 거군요."

"아들 녀석이 보낸 건데 내가 까막눈이라서."

편지의 글자들은 휘갈겨 쓴 듯 흐느적거렸다. 문장도 대충 마무리가 된 것들이 많았다. 내용은 한 달 전에 도착한 뉴욕 생활에 대한 것이었다. 낯선 뉴욕의 첫인상과 풍경들, 한인사회에 찾아가 도움을 청한 일, 동포들 덕분에 빠르게 생활에 적응하고 있다는 내용들이었다. 아들은 국제결혼을 했는데 부인은 한국에서 영어강사를 하던 백인이었다. 결코 떠나지 않겠다던 할머니를 원망하는 내용도 있었다. 마지막 부분에는 민감한 내용이 들어 있었다. 어쩌면 그것 때문에 할머니가 아들을 외면하는 건지도 모른다고 그는 생각했다. 그것은 돈과 관련된 문제였다. 그는 눈이 번쩍 뜨였다.

"이렇게 혼자 남겨두고 떠나다니 너무하네요."

할머니는 눈물을 글썽이며 손수건을 꺼냈다. 편지 내용으로 봐서는 백인 며느리와의 갈등도 꽤 있었던 것 같았다. 그것보다 그의 관심은 편지의 마지막 부분이었다.

"그런데 아드님이 말한 가보라는 것이 뭐죠?"

할머니에게서 잠시 경계의 눈빛이 보였다. 그는 양 손바닥을 하늘로 향해 펼쳐 보였다.

"말 안 해주셔도 돼요. 저는 단지 궁금해서 여쭤본 거예요."

할머니는 한숨을 쉬고는 말했다.

"아들 녀석이 미국으로 간 것은 서양 여자 때문이기도 하지만 원래는 돈 때문에 간 거야. 여기 있을 때 도망 다니기 바빴지. 그때마다 매번 손을 벌렸어. 그 많던 재산 날리고 우리 영감도 그 때문에 죽고. 나도 포기한 거야. 이 손바닥만 한 아파트 하나 남겼는데 이것까지 팔아치우려고 했지."

"그렇군요. 그래서 마지막으로 남은 그 가보라는 것까지 어떻게 해보려는 거군요. 하긴 편지 보니까 빈손으로 미국에 간 것 같더라구요."

"왜 우리 집에 전화가 없는지 알겠지? 나는 그놈이 미국 갈 때 연을 끊었어. 다시는 목소리도 듣고 싶지 않아. 그러니까 이렇게 불쑥 편지를 보낸 거야."

그는 이해가 간다는 듯이 끄덕였다. 그보다 머릿속은 온통 그 가보로 채워졌다.

"가보란 것이 뭐죠? 그거 팔아서 할머니 모시고 살고 싶다고 했는데 꽤 값어치가 나가나 봐요."

그는 태연하게 말했지만 할머니는 실눈을 뜨고 있었다.

"그냥 궁금해서 그래요. 사실 제가 인사동에서 일하거든요."

잠시 뜸을 들이다 할머니가 말했다.

"그것은 팔 것이 아니야. 조선시대에 만들어진 건데, 10대에 걸쳐서 내려온 도자기라고."

그는 순간 어디선가 읽은 신문기사가 떠올랐다. 뉴욕 어디에선가 조선백자가 15억에 팔렸다는 기사였다.

"절대 안 돼. 절대로."

단호한 표정으로 대답하던 할머니는 곧 기침을 쏟아냈다. 기침 중간마다 피가 섞인 침을 뱉기도 하였다. 할머니는 그의 부축을 받으며 호주머니에서 약통을 꺼내 알약들을 입안에 털어넣었다. 결국 기침이 계속되자 밖으로 나갔다.

"접시 가져가셔야죠."

할머니는 필요 없다는 손동작을 하였다.

그는 혼자 남게 되자 잠시 잊었던 돈 문제가 떠올랐다. 20일. 한탕하기에는 짧은 시간이었다. 그의 예전 수법들은 멤버들과 6개월이나 1년 이상이 걸리는 프로젝트였다. 남의 재개발 아파트에 들어가 주인 행세를 하며 팔아먹기도 했고, 오래전에는 060 전화 서비스로 한몫하기도 했다. 그중에 가장 컸던 것은 청와대 친인척을 들먹이며 동남아시아 투자유치를 한 것이다. 그 건은 설정하는 데만 수천만 원이 들었다. 그만큼 수익도 엄청났다. 그 때문에 감방에서 5년을 보낸 것이지만.

그는 조선백자를 떠올렸다. 아들이 할머니를 모셔와 집도 사고 사업도 할 생각이라면 도자기의 값어치가 보통은 아닐 것이다. 그러고 보면 단기일 내에 단독으로 성사시킬 수도 있다는 생각이 들었다.

게다가 할머니는 국내에 친척도 없고 문맹인 데다가 아들도 미국에 있지 않은가.

다음 날 그는 할머니가 주었던 접시에 과일을 담아 찾아갔다.

"웬일이여?"

"어제 주신 것에 답례하려고요."

"안으로 들어와."

집 안은 단출했다. 18평의 작은 아파트에 최소한의 가전제품만 구비해놓았다. 벽에는 일력이 하나 붙어 있을 뿐 그 흔한 신문 쪼가리도 보이지 않았다. 할머니는 하루 종일 TV만 보는 것 같았다.

"일 안 나가?"

그는 두리번거리며 대답했다.

"휴가 냈어요."

"휴가?"

"보시다시피 얼굴이 말이 아니라서."

할머니는 측은한 표정으로 바라봤다.

"인사동에서 일한다고 했지?"

순간 그는 번득였다. 마치 그 질문을 기다렸다는 듯이.

"사실 다른 사업을 했다가 말아먹고 친척이 운영하는 골동품 가게를 도와주고 있어요."

"나중에 자네도 골동품 가게 차리려고?"

"그렇죠. 내일 모레가 마흔이에요. 이 나이에 점원으로 일하겠어요. 일 배우려고 있는 거죠."

할머니는 눈을 가늘게 떴다.

"그러면 혹시 박물관이나 그런 곳에 아는 사람이 있겠구먼."

"저는 모르지만 그 친척 형이 아는 사람이 있다고 들었어요."

그는 다음에 나올 말을 예상하며 끊임없이 머릿속을 굴렸다.

그때 할머니가 기침을 시작했다. 한 번 할 때마다 몇 분간 지속되는 것 같았다. 그는 어제 그 약통을 찾아 할머니에게 건네주었다. 약을 먹고 할머니는 자리에 누웠다. 어느 정도 안정이 되자 몸을 일으켰다. 매번 일어날 때마다 통증이 있는지 인상을 썼다.

할머니는 벽시계를 보며 말했다.

"미안해. 나가봐야겠어."

"어디 가시는데요?"

"병원에 가야 해."

"데려다 드릴까요?"

할머니는 손사래를 쳤다.

"어차피 오늘 할 일도 없는걸요. 차로 모셔다 드릴게요."

도착한 곳은 암 전문 센터가 있는 종합병원이었다. 할머니는 특별히 예약을 하지 않은 것 같았다. 카운터에 담당의사가 출근한 것만 확인하고는 바로 해당 진료실을 찾아갔다. 그곳은 대장외과였다. 할머니가 오자 간호사는 이전의 예약한 사람들을 제쳐놓고 먼저 들여보냈다. 시간은 오래 걸리지 않았다. 특별히 검사나 치료 없이 담당의사와 몇 분 정도 상담한 후에 바로 나왔다. 곧 조제한 약을 받으러 가려는데 의사가 그를 따로 불렀다.

"준비하시려고 귀국하셨군요."

"귀국이요?"

"아드님 아니신가요?"

"아…… 아닙니다."

"저는 미국에 계시는 그분인 줄 알았습니다. 그러면 친척이신가요?"

"아닙니다. 그냥 우연찮게 도와드리게 되었습니다. 그런데 어디가 아프신 거죠?"

"할머니께서 말씀 안 하셨나 보군요. 대장암 말기입니다."

"그런데 왜 치료를 안 하는 거죠? 검사도 안 하고 약만 주시는데요."

"안타깝게도 시기를 놓쳤습니다. 게다가 연세도 많으시고 다른 합병증 때문에 함부로 수술할 수도 없죠. 주변 장기에 전이도 많이 되었고요. 저희도 달리 방도가 없었습니다. 준비하는 수밖에요."

"준비라면……."

"네, 그렇습니다. 지금 드리는 약들은 진통제일 뿐입니다."

그는 운전하는 동안 의사의 준비라는 말이 머릿속에서 맴돌았다. 대장외과 외에도 할머니는 신경외과, 안과에 들렀다. 그때마다 의사들은 그와 면담을 하며 심각한 표정을 지었다. 대장암 말기라는 것을 그들도 알고 있었다. 그것은 곧 다른 질병에도 치료가 필요 없다는 것을 뜻했다.

할머니는 조수석에 앉아 차창 밖만 바라보았다. 하늘은 소나기라도 한바탕 쏟아낼 것처럼 잔뜩 찌푸렸다.

"그동안 어떻게 병원에 다니셨어요? 몸도 안 좋으시면서요."

"예전에 봉사하는 사람이 있었지. 가끔씩 와서 밥도 해주고 병원도 데려다 주고 말이야."

"그렇군요."

"의사가 말했나?"

"뭘요?"

"얼마 안 남았다는 거."

그는 잠시 머뭇거렸다. 운전 때문은 아니었다. 도로는 차들로 정체되어 있었다.

"들었어요. 저를 미국에 있는 아드님인 줄 알더라고요."

빗줄기가 할머니가 기댄 창가에 하나씩 떨어지기 시작했다. 흘러내리는 빗줄기를 따라서 할머니는 손가락으로 짚어 내렸다. 생각에 잠긴 듯했다.

"아드님이 보고 싶지 않으세요?"

할머니는 대답 없이 창밖만 바라봤다. 차 안은 창문을 두드리는 빗줄기 소리만 울렸다. 그가 돌아보자 할머니의 뺨에도 빗줄기가 흐르고 있었다. 눈물을 감추려는 듯 손으로 얼굴을 가렸지만 소용없었다. 그는 더 이상 말을 건네지 못했다.

그는 돌아오는 길에 시장에 들러 저녁 장을 봤다. 할머니를 위해 저녁을 준비하기 위해서였다. 할머니는 애써 거부했지만 그의 간절한 말에 결국 승낙하였다. 할머니가 도와주겠다는 것도 한사코 말리며 혼자 도맡아서 저녁을 준비했다. 요리하면서 그는 할머니와 이런저런 이야기를 나누었다. 할머니는 아들과 관련된 이야기가 나올 때면 애써 화제를 TV 드라마로 돌렸다. 그는 적절히 장단을 맞추어가며 대화를 이어나갔다. 다만 시선은 줄곧 방 안 곳곳을 훑어보았다. 집 안 어딘가에 있을 도자기를 찾는 것이었다. 할머니가 화장실에 간 사이 방 안 가구들과 부엌 싱크대를 열어보았다. 접시나 식기류들은 많았지만 도자기 비슷한 것은 보이지 않았다. 그때 화장실 옆 방이 눈에 들어왔다. 손잡이를 돌려봤지만 잠겨 있었다.

저녁 밥상은 화려했다. 그는 독신생활만 20년이 넘었다. 그동안의 노하우가 고스란히 밥상 위에 보였다. 할머니는 그의 정성에 아픔도 잊은 채 식사 내내 미소를 보였다.

"아까 박물관에 아는 사람이 있다고 했지?"

"네."

"도자기를 맡겨야겠어."

"아드님이 그 도자기를 원하잖아요."

숟가락을 든 할머니의 손이 부들부들 떨렸다.

"그놈은 하나밖에 없는 자식이여. 내가 오죽했으면 그렇겠나. 주고는 싶지만 분명 허튼 것에 쓸 것이여."

"도자기를 맡기는 것은 뭐 어려운 건 없습니다. 그런데 굳이 저한테 부탁하실 필요는 없어요. 전화 한 통이면 될 텐데요."

"나 같은 무식이가 뭘 알겠나. 전화를 어디다 걸어야 할지도 모르겠고. 몸도 아프니 직접 하기도 힘들고 말이야."

그는 숟가락을 놓고 물을 마셨다. 스스로 침착해야 된다고 생각했다. 머릿속에서 밑그림이 조금씩 그려지고 있었다.

"그런데 절 믿으세요? 제가 그 도자기 어디다 팔아먹을지도 모르잖아요."

"내가 믿을 사람은 자네밖에 없어. 지금 내 주위에는 아무도 없거든."

그 말은 마치 도자기를 선뜻 주겠다는 것 같았다. 박물관에 가든 그가 가져가든 상관없다는 투였다.

"그런데 부탁이 있네."

"무슨 부탁이요?"

"나를 죽여줘."

그는 놀란 나머지 물잔을 건드렸다. 방바닥에 흘린 물을 닦으며 그가 물었다.

"그런 말씀 마세요."

"죽으면 도자기건 보석 덩어리건 소용이 없어."

그는 어떻게 답변해야 될지 망설였다. 머릿속에 예상했던 변수들 중에 없던 것이었다.

"지금 사는 것이 고통이야. 골다공인가 뭔가도 있어서 허리가 부러질 것 같아. 배 속에는 암이 들어차 있어. 매일 먹는 건 마약뿐이고. 그것을 배에도 붙이고 있다고."

할머니는 웃옷을 열고 배를 보여주었다. 정말로 해골 모양의 패치가 붙어 있었다. 마약 성분이 있는 진통제였다.

"허리도 끊어질 것 같아. 조만간 움직이지도 못할 거야. 요즘에는 누워 있어도 허리가 아프다고. 아픈 것이 싫어. 부탁이야."

그는 고개를 저었다.

"저에게 끔찍한 죄를 지으라는 거군요."

"그게 아니야. 도와주는 거지."

"결국 그건 살인입니다. 어떻게 그런 생각을 하실 수가 있어요?"

"나를 편안하게 해주는 거지. 저깟 도자기 나한테는 필요 없다고."

그는 잠이 오지 않았다. 할머니의 충격적인 부탁 때문이었다. 그가 예상했던 것은 그것이 아니었다. 외로운 할머니를 다독거려 어떻게든 도자기를 받아내는 것이 목적이었다. 그것은 정을 주고 믿음과 신뢰를 쌓는 것. 병원도 같이 다니고 못다 한 여행도 같이 다니면서 말이다. 그런 후 자연스럽게 도자기를 박물관으로 보내게 유도한 후 중간에 가로채는 것이었다. 그런데 불쑥 도자기를 자신의 영면의 도구로 이용하려 하다니. 할머니에게는 종교도 없고 조상 대대로 내려온 뿌리도 없는 듯했다. 그는 사기로 점철된 인생이었지만 살인을 한 적은 없었다. 그는 뜬눈으로 하얀 밤을 지새웠다.

다음 날 할머니가 찾아왔다. 이번에도 접시에 과일이 놓여 있었다.

"생각해봤나?"

그는 대답을 못 했다.

할머니는 접시에 놓인 사과를 건네주었다. 그는 마지못해 받아먹었다.

"가장 편안하게 죽는 게 뭔지 아나?"

"그야, 자기도 모르게 잠드는 거죠."

"나도 그렇게 가고 싶어. 그때 누군가 내 손을 잡아주었으면 좋겠어. 누가 되든 상관없어. 내 손만 잡아주게. 혼자 방 한가운데서 아무도 모르게 버려지는 것이 싫어."

그는 자리에서 일어나 방을 서성거렸다.

"알아요. 할머니 심정 이해해요. 그렇지만……."

"혹시 도자기가 보고 싶어서 그런가? 보여줄까?"

"그것 때문이 아닙니다. 다만 저는 남의 죽음을 어찌할 자격이 없다는 거죠."

할머니는 가져온 접시를 들고 개수대로 갔다. 그곳에는 며칠 동안 쌓아둔 그릇들이 놓여 있었다. 곧 설거지를 하기 시작했다.

"그러지 마세요. 제가 나중에 할 거예요."

설거지를 마치고 그릇들을 차곡차곡 정리해놓았다. 갖고 온 접시는 싱크대 안에 접시들과 같이 포개놓았다. 할머니의 그런 행동이 그는 부담스러웠다.

"그러면 좀 더 생각해보게. 나에게 시간은 그리 많지가 않아."

할머니가 가고 난 후 그는 자신의 마음이 한쪽으로 기울었다는 것을 깨달았다.

다음 날 그는 자료를 찾아다녔다. 인터넷을 뒤지고 도서관에서 책을 찾아봤다. 쉽지가 않았다. 안락사에 대한 인문학적인 논쟁이나 사례들은 나와 있었지만 구체적인 방법은 찾기 힘들었다. 그는 되도록 고통이 덜 가는 약품을 찾아야 했다. 청산가리는 즉효성이 있지만 고통이 심했다. 수면제는 100알 이상 복용해야 하고 구하기도 힘들었다. 그 밖에 크레졸이나 쥐약도 생각했지만 고상하지가 않았다. 그는 지인들을 찾아다녔다. 옛 동료들과 감방 동기들이었다. 동료의 소개로 외항선원을 만났다. 동료의 말로는 그 선원이 배에서 약품관리를 담당했다고 했다. 출납이 명확해야 하는 약품관리에서 10년 이상 배를 타면서 조금씩 약품들을 빼돌렸다고 했다. 그 약품 중에 그가 원하는 것이 있었다. 선원은 약품 이외에 투구꽃에서 추출한 약재 성분도 건네주었다. 그 약재는 아직 독성을 빼지 않은 상태였다.

할머니는 하얀 소복을 입고 있었다. 떨림도 없었고 긴장감도 없어 보였다. 오히려 그가 비장한 얼굴이었다.

"한 번 더 생각해보시는 것이 어떨까요?"

"아니야. 더 이상 고통 받고 싶지 않아. 자네는 내 심정을 모를 거야. 지난 5년간 내가 어떻게 살아왔는지 말이야."

그는 할머니의 얼굴을 쳐다보지 못했다.

"종교는 없으세요?"

할머니는 고개만 끄덕였다.

"평생 사시면서 한 번도 믿지 않았나요?"

할머니는 더 이상 대답 없이 눈만 감고 있었다. 허리에 통증이 오는지 잠시 고통스런 표정을 지었다. 곧 스스로 자세를 추스르고 그가 내놓은 캡슐 형태의 알약을 물과 함께 넘겼다. 곧 눈을 감고 자리에 누웠다.

"손을 잡아주게."

그는 손을 잡아주었다. 할머니의 손은 닳고 닳은 가죽장갑이 연상되었다. 그렇지만 손에서 온기가 느껴졌다.

"절대로 내가 눈감을 때까지 놓지 말게."

그는 고개를 끄덕였다. 준비한 캡슐 알약은 투구꽃에서 추출한 성분과 아지화나트륨을 섞어 넣은 것이었다. 길면 15분을 넘기지 못한다고 했다. 엄숙하고 조용한 분위기였지만 그의 심장은 요동치고 있었다. 누군가의 죽음에 일조했다는 것이 엄청난 압박감으로 다가왔다. 그는 눈을 감고 애써 정당화를 찾고 있었다. 할머니를 도와드리는 것이라고 마음속으로 되뇌었다. 할머니의 눈은 젖어들었다. 눈물이 흘러나와 뺨을 타고 내려갔다. 그는 할머니의 얼굴을 외면했다.

짧지만 긴 시간이 흘렀다. 할머니가 갑자기 양손으로 목을 움켜쥐었다. 얼굴이 일그러졌고 눈 속의 동공이 확대되었다. 몸속 어딘가에서 통증이 밀려오는 듯했다. 무슨 말을 하고 싶지만 뜻대로 되지 않는 듯했다. 그는 안절부절 방 안을 서성였다. 당장 밖으로 뛰쳐나가고 싶었다. 고통스런 표정을 보자 동요가 일어난 것이다. 그러나 잠시 후 할머니는 진정되었다. 고통을 참는 듯 할머니는 그에게 손짓을 했다. 무슨 말을 하고 싶은 것 같았다. 일종의 유언 같았다. 그는 귀를 가까이 댔다.

할머니는 커진 눈으로 천장을 바라보며 말했다.

"죗값을 받아야 해. 어떻게든 죄……."

그는 할머니의 거칠어진 음성이 잘 들리지 않았다.

"말씀하세요, 할머니."

할머니는 결국 그 말을 잇지 못했다. 잠시 눈을 크게 한 번 뜨고 그의 얼굴을 잡았던 손을 놓았다. 순식간에 할머니의 양손이 땅바닥으로 떨어졌다. 그는 할머니가 회개하려고 했는지도 모른다고 생각했다. 비록 종교는 없었지만 죽음의 순간에 두려움이 엄습했을 수도 있다. 마지막으로 절대자를 찾고 싶을지도 모른다. 할머니는 눈을 부릅뜬 채 허공을 바라보고 있었다. 그는 할머니 진맥을 짚어보았다. 자그맣게 뛰는 것이 느껴졌다. 죽음의 순간은 쉽지 않다고 했다. 의식을 잃은 것일 수도 있었다. 그는 할머니의 눈을 감겨주고 잠시 그 옆에 누워 있었다. 할머니가 본 천장에는 싸구려 조명이 붙어 있었다. 그는 그 너머 하늘 어딘가로 할머니가 떠나가고 있다고 생각했다.

무척이나 긴 시간이 흐른 것 같았다. 사실은 20분 정도가 지났을 뿐이었다. 현실로 돌아가야 할 때였다. 마지막으로 할머니의 코에 손을 대보고 맥을 짚어보았다. 반응이 없었다. 할머니의 양손을 배에 올려놓았다. 마치 깊은 잠에 든 것 같았다. 그는 할머니의 왼손에 움켜쥐여 있던 열쇠와 번호가 적힌 종이쪽지를 빼냈다. 할머니의 소원을 들어주었으니 이제 자신의 소원을 이룰 차례였다.

화장실 옆의 잠겨 있던 방문을 열자 방 안의 모습은 그가 예상한 것과 달랐다. 사방 벽면에 온통 책들로 들어차 있었다. 플라스틱으로 된 싸구려 책꽂이들 곳곳에 누렇게 바랜 책들이 빼곡히 꽂혀 있었다. 물론 할머니한테 방 안에 책이 쌓여 있다는 말을 들은 적은 없었다. 그러나 글을 읽지 못한다는 할머니가 이렇게 많은 책을 갖고 있으리라고는 생각하지 못했다. 분명 할아버지의 책일 것이라고 그는 생각했다.

'그 금고는 보자기로 가려져 있지.'

할머니의 말을 떠올리며 보자기를 찾았다. 작은 방에서 쉽게 찾을 수 있었다. 보자기를 들추자 금고가 나왔다. 금고는 생각보다 크고 묵직했다. 문 두께도 10센티미터는 넘어 보였다. 대충 크기를 가늠해보니 도자기는 술병 정도의 크기일 것이라 짐작되었다. 그는 번호를 하나씩 맞추어나갔다. 손잡이를 돌리자 두꺼운 문은 둔중한 금속소리를 내며 무장해제를 알렸다. 그는 잠시 눈을 감고 심호흡을 가다듬었다. 두근거림을 애써 가라앉히고 금고 문을 열었다.

금고를 열자 망연자실했다. 그 속에서 기다리고 있던 것은 도자기가 아니었다. 꽃병도 아니었고 사발도 아니었고 술병도 아니었다. 도자기 대신 그곳에는 책들과 사진 액자, 서류들이 나왔다. 사진 액자는 적어도 50년 이상은 되어 보였다. 세피아 톤의 누런 사진은 교복을 입고 단체사진을 찍은 여학생들이었다. 사진 밑 부분에는 사범대학 3회 졸업식 기념사진이라고 흘림체로 쓰여 있었다. 사진 액자를 치우자 밑으로 오래된 임명장과 감사패들이 들어 있었다. 그 주인은 초등학교 선생님인 것 같았다. 그리고 무수한 낡은 편지 꾸러미들과 서류들이 나타났다. 편지봉투에는 수신자가 모두 김경자 선생님으로 되어 있었다. 서류 파일들을 한 장씩 넘기면서 그의 얼굴은 점점 굳어졌다. 그 속에는 5년 전의 신문기사들과 사진들이 스크랩되어 있었다. 모두 그가 저질렀던 사기사건과 관련된 것이었다. 몇 장을 넘기자 그의 사진도 보였다. 죄수복을 입고 재판정을 빠져

나올 때 누군가 찍은 것 같았다. 그 뒷장에는 할머니와 같이 찍은 한 남자의 사진이 보였다. 무척이나 낯이 익다. 그는 눈을 찡그리며 사진 속의 인물을 기억 속에서 더듬었다. 그 남자는 5년 전 자신에게 사기를 당했던 사람이다. 정황으로 미루어봤을 때 남자는 할머니의 아들인 것 같았다. 그가 마지막 장을 넘겼을 때 충격은 배가 되었다. 그것은 신문 사회란을 스크랩해놓은 것으로 역시 5년 전에 일어난 사건이었다. 그 밑으로 장례식 사진이 있었다. 화환 속에 묻혀 있는 영정사진은 그 남자였다. 그의 사기사건으로 사업이 악화되자 남자는 자살을 한 것이었다. 그것도 그가 감옥에서 썩고 있을 때.

떨리는 손으로 서류들과 사진을 다시 금고 속으로 던져 넣었다. 자리에 앉아 멍한 머리를 정리해보려 했다. 모든 것이 꿈 같았다. 왜 이런 짓을 꾸민 것일까? 할머니는 초등학교 교사였다. 글을 못 읽을 리 없다. 그는 방 안에 가득한 책들을 둘러보았다. 문득 할머니가 읽었을 책들이라는 생각이 들었다. 그의 사기사건으로 아들이 죽은 것이었다. 할머니가 수집한 자료를 보니 그에 대한 신상을 면밀히 조사한 것 같았다. 편지도 할머니가 쓴 것이 틀림없었다. 그렇다면 그의 옆집으로 이사를 와서 굳이 거짓말까지 하며 자살을 부탁한 이유가 무엇일까? 그는 몸을 추슬렀다. 방금 전 일어난 모든 것들이 자신과 무관하다고 생각했다. 할머니는 자살한 것이다. 임종을 지켜봐준 것뿐이다. 스스로 목숨을 끊은 것이다. 아들이 죽은 것은 어쩔 수 없다. 자신은 이미 예전에 감옥에서 대가를 받았다. 그런데 왜 하필 지금 그에게 나타나서 이런 짓을 벌인 것일까? 죄책감을 갖게 하기 위해서?

그는 방에서 나와 집 안에 있는 자신의 흔적들을 지우기 시작했다.

그는 할머니 집을 나온 후 한동안 자신의 집에 들어가지 않았다. 집을 처분하고 야반도주도 생각해봤지만 손바닥의 담배 자국이 마음에 걸렸다. 목구멍을 지져버리겠다는 그 한마디가 손바닥에 새겨져 있는 것이었다. 그는 잠시 집 밖에서 생활하며 갚아야 할 돈을 구하기로 마음먹었다. 집에 있으면 할머니 얼굴도 떠오르고 여러모로 마음이 혼란스러웠다.

집을 나간 지 3일이 지난 후 그는 옷가지를 챙기러 집에 잠깐 들렀다.

열쇠를 문에 꽂는 순간 중앙 계단 쪽에서 누군가 나타났다. 그는 형사라는 것을 직감했다.

"이 집 주인 되시나요?"

형사는 키는 작았지만 단단해 보였다. 짧은 머리카락이 강한 첫인상과 어울렸다.

"네, 그렇습니다."

"옆집 김경자 할머니에 대해 궁금한 게 있어서요."

"그게 누군데요?"

"아무래도 같이 가주셔야겠습니다."

"저녁 먹을 시간이 다 되었는데 그냥 집에서 잠깐 이야기하시죠."

순간 형사 얼굴이 무섭게 변했다. 그는 이런 상황을 수도 없이 겪었다. 그러나 특별히 두려울 것은 없었다.

"도대체 무슨 일인데 그러는 겁니까?"

"옆집 할머니가 돌아가셨어요."

"그래요? 하긴 연세가 있어 보이시던데요. 그런데 나하고 무슨 상관이죠?"

"용의선상에 올랐습니다. 도주의 위험이 있어서 이렇게 찾아온 겁니다."

"무슨 증거라도 있나요?"

"일단 가보시면 됩니다."

　

취조실은 냉랭했다. 몇 년 전보다 조명도 밝아지고 가구나 책상들이 세련됐지만 분위기는 여전했다. 그는 매번 들어갈 때마다 가슴이 조이는 느낌을 받았다.

"왜 나한테 뒤집어씌우는지 모르겠네요. 단지 전과가 있다고 해서?"

"그건 아닙니다. 제보를 받았습니다. 그 제보를 받고 며칠간 당신의 뒷조사를 했어요."

"내가 뭘 어쨌는데요?"

"돈이 필요했더라고요. 그것도 아주 급하게."

"그렇다고 내가 할머니를 죽이고 돈이라도 훔쳤다는 겁니까?"

"훔친 것이 아니라 협박을 해서 뺏은 거겠죠."

형사는 한 손으로 핸드폰을 만지작거렸다. 작고 뭉툭한 손이 거칠어 보였다.

"조사를 해보니 김 사장한테 많은 빚을 졌더군요. 빚이라기보다는 한 건 하려다가 걸린 것 같은데 그걸로 동기는 충분하다고 생각합니다."

"도대체 나를 모함한 그 사람은 누굽니까?"

"할머니는 도자기를 기증하려 했어요. 박물관에 전화를 걸었죠. 아마 죽기 며칠 전일 겁니다. 그런데 자신은 기력이 쇠해서 직접 들고 갈 수 없으니 집으로 찾아오라고 했죠. 박물관 직원은 확신이 서지 않았죠. 직접 물건을 본 것도 아니고. 그러자 할머니가 편지에 사진을 같이 보내왔어요."

형사는 점퍼 안주머니에서 편지를 꺼내 흔들어 보였다.

"뜬금없이 도자기는 무슨 말입니까?"

형사는 입술에 손가락을 대며 조용하라는 표시를 했다.

"시간상으로 봐서는 편지를 보낸 후 3일 후에 돌아가셨을 겁니다. 아무튼 그 박물관 직원은 허탕을 치고 돌아갔죠. 집은 잠겨 있지, 전화도 없지, 만날 길이 없었죠. 그런데 할머니의 친구분한테서 전화가 온 겁니다. 교사 시절 동료라고 하더군요. 얼마 전 할머니가 도자기 때문에 옆집 남자한테 협박을 받았다고 하더랍니다. 할머니는 그 남자가 무서워서 전화도 못 하겠다고 나중에 대신 신고를 해달라고 했다더군요. 우리는 박물관에서 사실 확인을 했죠. 그래서 직접 문을 열고 들어간 겁니다."

"창의력이 뛰어나시군요."

그는 허탈한 표정을 지었다.

"그따위 전화 한 통화로 나에게 혐의를 씌우다니."

"우리는 병원을 통해서 할머니가 대장암 말기라는 것을 알았죠. 아마도 고령의 나이에 불치병까지 있으셨으니 특별히 자세한 부검을 안 했을 겁니다. 당신은 그 사실을 알고 있었죠?"

"부검을 하건 안 하건 나하고 무슨 상관입니까?"

"어쨌든 할머니가 그동안 복용하신 약들은 진통제나 진정제 같은 약물들이 많았어요. 그런 약들 중에 특정의 독물 성분을 발견하는 것 자체가 쉽지가 않다는 거죠."

형사는 잠시 그의 표정을 살피며 말을 이었다.

"그런데 당신 주변 인물들을 탐문하던 중에 놀라운 사실을 발견한 겁니다. 할머니가 돌아가시기 며칠 전부터 치명적인 약물들을 구하러 다녔더군요."

그는 자신도 모르게 쓴웃음을 지었다.

"내가 먹으려고 했소. 김 사장 그 개새끼 때문에 자살하고 싶더군요."

"아무튼 솔직히 고백하는 것이 좋을 거요. 시간 낭비하지 말고."

그는 형사에게 끌려다닐 이유가 없다고 생각했다. 할머니의 사망 이후 자신의 행적은 의심할 만한 것이 없었다. 통화 내역을 확인하거나 주변 인물들을 캐물어도 자신은 결코 도자기에 관련된 어떠한 행위도 하지 않았다. 무엇보다 도자기는 구경도 못 했다.

"마음대로 조사해보시죠."

그때 형사 손이 떨렸다. 전화가 온 것이다.

"벌써 찾았어? 어디에 있었는데? 그래? 허허…… 간땡이가 부었나 보군. 그럼 빨리 복귀해. 이미 도착했다고? 지금 갖고 들어와."

형사는 통화를 하며 연신 미소를 지었다. 전화를 끊자 누군가 쇼핑백을 책상 위에 놓고 나갔다. 형사가 쇼핑백에서 종이상자를 꺼냈다. 급하게 포장한 듯했지만 물건은 비닐과 스티로폼으로 몇 겹으로 싸여 있었다.

"당신 정말 괴짜로군. 하긴 일반인은 쉽게 구별하기 힘드니까."

형사는 싸여 있는 포장을 벗겨냈다. 물건은 양파 껍질 모양 한 꺼풀씩 벗겨지며 서서히 모습을 드러냈다. 최종적으로 드러난 물건을 보고 그는 잠시 머리가 멍해지는 것 같았다. 형사는 조심스럽게 그 물건을 탁자 위에 올려놓았다.

그것은 할머니가 놓고 갔던 접시였다. 설거지를 하고 그의 싱크대에 넣어두었던 접시. 하얀 바탕에 청색의 넝쿨 문양이 복잡하게 새겨져 있는 접시. 완전한 원형이 아닌 약간은 비뚤어 보이는 접시. 그 접시는 분명 잘못 제작된 싸구려같이 보였다.

"요즘에는 이런 접시 보기 힘들죠. 그렇죠?"

형사는 편지 속에서 사진을 꺼내 접시 위에 올려놓았다. 사진 속의 접시와 똑같았다.

그는 할머니가 준 것이라고 말하고 싶었다. 그러나 형사의 표정으로 봐서는 절대로 믿어주지 않을 것 같았다. 그는 잠시 고개를 숙였다. 깊은 심호흡을 하더니 갑자기 일어나 접시를 잡으려 했다. 형사가 재빨리 그의 양 손목을 잡고 벽으로 밀어붙였다. 그는 양손이 제압당하자 발을 뻗어 탁자를 넘어뜨리려 했다. 형사는 수갑을 꺼내 등 뒤로 그의 양 손목을 채웠다. 탁자에서 접시가 치워지고 그는 의자에 앉혀졌다.

그는 꿈을 꾸는 듯 눈이 풀려 있었다. 어딘가 할머니의 음성이 들리는 것 같았다. 마지막으로 하려던 말이 무엇이었는지 알 것 같았다. 형사가 앞에서 무어라 떠들어댔지만 그는 전혀 들리지 않았다. 다만 등 뒤에 수갑으로 채워진 양손은 불안한 듯 손장난을 하고 있었다. 잠시도 가만있지 못하고 끊임없이 손가락을 움직였다. 그때 갑자기 손가락이 멈추었다. 손바닥 한가운데에서 무언가 거친 질감이 느껴졌다.

그것은 담배 자국이었다.

- 「계간 미스터리」 2007년 가을호

그대 안의 악마

>>>>> 김연

2003년 「거울 속에 또 다른 거울이 있다」로 『계간 미스터리』 신인상을 받았다. 주요 작품으로 단편
소설 「벌레」「뫼비우스의 꿈」「대리 살인」「지독한 여자들」「마른 꽃」「세제 살인」등이 있다.

1

 둥근 원형의 테라스에서도 젊은이들의 광기 어린 움직임이 잘 보였다. 모기가 들끓어서 실내에는 에어컨을 가동시키느라 창이란 창은 모두 닫아놓아 안에서 밖을 보는 사람들은 여름이라는 철창에 갇힌 죄수들 같았다. 덕분에 젊은이들의 괴성은 밖에서만큼 요란하게 들리지 않았다.
 "젊음이란 좋은 거지요?"
 안주인은 물을 술처럼 마시며 말했다. 결코 예쁘지 않은 그녀는 한 치의 빈틈도 없어 보이는 여자였다. 당차고 다부진 동그란 얼굴에 빈틈없이 들어찬 보석처럼 알맞게 배치된 작은 눈과 낮은 코와 입이 그랬다. 딸인 묘진의 굼뜨고 어딘가 덜떨어진 분위기와는 사뭇 달랐다.
 "네, 그렇군요."
 건성으로 대답하며 강 형사는 정말로 어처구니없이 보호자로 따라온 자기 신세를 한탄했다. 이모님의 부탁만 아니었다면, 그리고 귀여운 사촌 조카 수정의 간청이 아니었다면 귀한 휴가를 이런 식으로 낭비하진 않았을 텐데. 더구나 악마주의 음악이라니. 저 퇴폐의 향연을 그는 맨 정신으로 보고 있는 자신이 의아스러웠다.

 그가 더욱더 이러지도 저러지도 못하는 것은 그의 뒤에서 미동도 하지 않고 앉아 있는 노파, 안주인 친정어머니의 존재였다. 어제 이곳에 도착하고부터 줄곧 그녀의 관심은 강 형사에게 쏠려 있었다. 친절한 미소와 노인네답지 않은 정열이 강 형사를 곤혹스럽게 만들었다. 교묘하게 따돌리면 어느새 손을 잡아끌어 자기 옆에 앉히는 할머니.

 싫었다.

 하지만 어머니 같은 마음으로 그러려니, 할머니들이 어린애가 된다더니 하며 달랬다.

 안주인은 밉지 않게 그런 상황을 잘 이끌었다.

 한 가지 이해할 수 없는 것은 고루할 것 같은 두 모녀가 어떻게 저런 파티를 열어줄 생각을 했느냐는 거였다. 딸을 사랑한다고 해도 말이다. 갇히고 절제된 생활 속에서도 그런 넓은 아량과 이해심을 가지고 있는 것이 신기했다. 밖의 풍경은 차라리 타락한 인간의 마지막 모습 같지 않은가?

 "강 선생님, 차 한 잔 더 드릴까요?"

 학교 선생이라고 소개한 탓에 안주인은 강 형사를 선생이라 불렀다. 다정스레, 차게 식힌 둥굴레 차를 따라준다. 조금 전까지 살짝살짝 모습을 보이던 무뚝뚝한 식모는 어디론가 사라지고 없었다. 처음 이곳에 도착하고부터 강 형사는 식모의 심상치 않은 태도에 신경이 쓰였다. 사람을 본능적으로 피하는 들짐승 같은 느낌을 받았기 때문이다.

강 형사의 본능을 자극하는 여자다.

이상한 건 주인도 마찬가지였다. 아무리 산 임자라지만 외부인을 들이지 않으려고 산 입구부터 쇠울타리를 치는가 하면, 이런 깊은 산에 호화로운 집을 짓고 시내에는 거의 나가지 않은 채 지낸다니 강 형사로서는 이해할 수 없는 일이었다.

지금 이 집은 현대적으로 꾸민 지 얼마 되지 않았다고 한다. 산 중턱에 있어 건축물을 실어오는 데 드는 비용은 어마어마했을 텐데 모녀는 엄청난 재산가라더가? 돈 쓰는 것에는 눈 하나 깜짝 안 한다니 재산 규모가 짐작이 갔다. 이 지역의 유지로서 지역 발전에 많은 도움을 주는 위치에 있어 웬만한 실력자들도 할머니나 안주인에게 함부로 못 하는 눈치였다.

어디에서 그런 부를 축적했는지는 알 수 없다.

이곳이 이런 식으로 사람 그림자도 비치지 않고 주인이 어떤 침해도 받지 않은 채 유지할 수 있는 것도 그 때문이 아닐지. 이곳은 예전에는 마을이었는데 한 집 두 집 떠나자 주변의 땅을 모두 사서 나무를 심고 산속에 단 한 채의 유일한 집이 되어버렸다고 한다. 그럼에도 불편 없이 살 수 있다면 나름대로 멋은 있다고 강 형사는 끄덕였다.

안주인은 다시 김 여사에게 차를 따라주었다. 강 형사는 저녁 이후 줄곧 입을 꾹 다물고 있는 김 여사를 바라보았다. 김 여사라 불리는 여인은 피부가 하얗고 비밀을 간직한 듯 보였다. 대학생 딸을 두었다고 생각할 수 없을 정도로 아름다운 여자였다.

저 고요함과 우아함은 가장일까? 그는 생각했다. 저녁식사 전에 화장실 안에서 그가 우연찮게 엿듣게 된 섬뜩한 대화. 그 대화에 의하면 두 여인은 예전에 이미 알던 사이다. 깊은 사연을 간직하고 있으면서도 저렇게 천연덕스럽게 냉정을 가장하고 있을 수 있을까 싶었다. 그들의 대화치곤 지금은 지나치게 평온하다. 본의 아니게 엿듣게 된 그들의 대화는 지금도 생생하게 기억난다.

"……묘진이라고 했지? 아빌 닮지 않았나 보구나? 그랬다면 좀 더 예뻤을 텐데."

김 여사의 가시 박힌 말에 안주인의 차가운 대답이 들려왔다.

"흥, 여전히 그 천박한 얼굴짝을 자랑으로 여기고 사는 게지? 그렇지, 네 딸년도 너처럼 똑똑해 보이지 않더구나. 아무 남자에게나 헤픈 웃음을 흘리고……."

"천박한 건 너야. 남의 남자를 그런 식으로 빼앗아갔다는 건……. 너같이 못생긴 애한테 그이를 빼앗기다니. 하긴 네 딸이 우리 애 남자친구를 사모한다고 듣긴 했다만 이번엔 네 뜻대로 되지 않을걸. 남의 남자 도둑질에 이골 난 모녀를 더 이상 두고 볼 순 없으니까!"

"뭐야?"

그들의 대화는 젊은이 무리가 저녁 먹으러 들어오자 끊어졌다. 두 여자의 대화를 듣게 된 강 형사는 직업적 호기심을 억제할 수 없었다. 20년 전에 둘은 운명의 사슬에 묶여 아픈 기억의 골을 만들어낸 듯싶었다. 그런데 지금 두 여자는 아무 일도 없었던 듯 차를 마시고 있다.

그들의 대화에 따르면 김 여사의 애인을 안주인이 가로채 묘진을 가졌고 남자는 묘진이 태어나기 전에 죽었다. 여전히 김 여사는 빼앗긴 남자에 대한 미련과 승복할 수 없는 사실에 불만을 가지고 있다. 그런데 다시 대학에서 만난 그들의 딸들은 20년 전의 인연을 되풀이하고 있다.

안주인의 딸 묘진은 잘생긴 진우를 좋아하고, 진우는 김 여사의 딸 이지를 좋아한다. 오늘의 이 요란한 데스메탈 파티도 묘진이 안주인에게 졸라 이루어진 것이다. 진우를 끌어들이기 위한 방편이겠지. 승패는 어떻게 날까? 진우가 여자의 얼굴을 그다지 중요하게 여기지 않으면 승산이 있을 거다. 한데 김 여사는 진우가 이런 술수에 넘어가지 않을 거란 걸 확신하고 있다. 결과가 궁금하다. 강 형사 생각도 정말 저 두 여자 중 안주인을 택한 남자라면 사연이 있을 거라 여겼다. 아무래도 묘진의 아버지가 안주인을 선택한 것은 다소 실수가 있었지 않나 하는 쪽에 기울어진다.

젊었을 때의 김 여사는 낮에 본 이지보다 더 아름다웠을 것이 분명하기 때문이다. 어쨌든 그때 당시의 묘진 아버지는 아무도 볼 수 없는 매력을 안주인에게서 보았을지도 모를 일이다. 머리가 복잡해진다. 밖은 부서질 듯 터져나오는 음악으로 요란하고 모기들과 나방은 유리 안의 밝은 세상에 들어오고 싶어 벽에 매달려 날개를 파닥이며 안달을 한다.

그 몸부림이 부담스럽다.

이런 시골이라면 향불 피워두고 살을 파고드는 모기를 쫓으며 이야기꽃을 피우는 게 더 인간적이지 싶었다. 밖의 그 아이들은 기타를 부숴대고 드럼을 찢어질 듯 두드려대고 흘러나오는 땀에도 온 정열을 불태우고 있을 테니 모긴들 그 틈을 비집고 들어갈 수 있겠는가. 더구나 그들이 차려입은 그 요란한 복장을 보고 숲의 새들은 물론이고 온갖 생물은 다 숨어버렸을 것이다. 악마의 얼굴 마스크에 여자애들은 메이크업으로 온 얼굴을 붉게 그려놓았다. 그리고 그들이 불러대는 가사. 네 목을 거리에 던져버려…… 튀는 핏방울…… 아름다운 향연…… 죽어…… 죽어…… 죽어버려……라고 외치는 노랫말에 숨이 막힐 건 뻔했다. 밖이나 안이나 왠지 편치 않다.

하지만 내일이면 이 모든 구속에서 벗어날 수 있을 거란 생각에 기운이 절로 났다.

"쯧쯔쯔…… 사내놈들은 다 저 모양이야. 그저 지집이라면……."

느닷없는 할머니의 핀잔에 강 형사는 정신이 번쩍 들었다. 강 형사의 시선이 김 여사에게 머물러 있자 호통 치는 소리였다. 섬뜩한 정도로 노기 띤 노인이 강 형사를 노려보았다. 질투심에 잔뜩 독이 오른 여인 같았다. 노인은 성이 나 으르렁거리는 하이에나처럼 당장이라도 강 형사를 물어뜯을 것 같았다. 강 형사는 '어이쿠' 싶어 얼른 바깥 쪽, 젊음이 느껴지는 그곳에 시선을 두었다.

"다 한때인 건 알겠지만 어른 된 입장에서 젊은 애들을 이해할 수 없을 때가 있어요. 악마주의 음악이라니, 어휴. 우리 젊었을 땐 그저 깊이 있고 정감 어린 노래가 좋았는데. 참, 강 선생님, 애들한테 안 가보시겠어요?"

"아…… 네…… 그럴까요?"

이미 눈가에 시샘의 노기로 가득 찬 노인 옆에 있다는 건 버거웠다. 노인의 간섭이 지나치다 싶지만 불쾌함은 드러내지 않았다. 강 형사는 안주인의 권유에 못 이기는 척 밤바람이도 쐬어야겠다며 은근슬쩍 엉덩이를 일으켰다.

그때였다.

"사람이 죽었어요!"

핏기 가신 얼굴로 문을 박차고 들어온 묘진이 외마디를 질러댔다.
"죽었어요! 죽었어! 그 애가 죽었어요."

2

 진우와 이지의 사체는 차마 볼 수 없을 정도로 난장판이 되어 있었다. 처절하게 고통을 겪으며 죽어갔다는 것을 피범벅이 된 손가락을 통해 알 수 있었다. 그들 주변에 술이 담겼던 양동이와 그릇들. 마셨을 것이 분명한 찌그러진 맥주 캔이 아무렇게나 널브러져 있었다. 그리고 그의 관심을 끄는 한 가지 작은 물건. 일부러 가져다 놓은 것 같은 일회용 주사기 하나가 자기를 봐달라는 듯이 놓여 있었다.
 찌그러진 맥주 캔 안에는 아직 내용물이 남아 있다. 내용물에서는 치사량의 독극물이 발견되리라 짐작했다. 그는 일회용 장갑을 끼고 국과수에 성분 조사를 의뢰하기 위해 내용물이 흐르지 않게 캔 입구를 막은 후 깨끗한 봉지에 담아 밀봉했다. 물론 주사기도. 그러는 동안 조카인 수정은 말없이 협조자로 훌륭하게 처신했다.
 나머지 젊은이들은 두 사람의 행동을 지켜볼 뿐이었다. 아차, 싶었다. 그들은 단 한 마디도 하지 않았지만 악마의 전사들이 제를 지내듯이 둘러서 있다. 그들은 얼굴에 해골 모양의 바디 페인팅이 되어 있었고 간혹 몸에 문신을 한 아이도 있었다. 그들의 복장은 벗었거나 검은색이었다. 만일 그들의 복장이 악마를 불러냈다면 그럴 거다. 숲에서 전해지는 묘한 나무 향기가 타다 만 장작 더미에서 나오는 매캐한 연기와 만나 마치 전설 속 어느 시점에 와 있는 착각을 일으켰다.

음악은 이미 꺼져 있다.

처음엔 두 사람이 소릴 질러대고 눈을 뒤집으며 몸을 뒤틀어도 그 고통을 진짜로 여기는 사람은 없었다고 한다. 둘이 장난을 치는가 보다 했고, 마침내 피범벅이 되어 땅바닥을 헤매며 손톱으로 땅을 후비고 피를 흘리며 괴로워할 때에야 하나둘씩 두 사람을 에워쌌을 뿐 아무도 두 사람이 죽어가고 있다고 생각지 못했다.

"알았다 해도 도울 수 없었어요."

누군가 말을 던졌다.

무심한 젊은이들.

강 형사는 둘러선 젊은이들의 면면을 살폈다. 복장은 그렇다 해도 표정들만은 친구의 죽음을 슬퍼하고 있다. 하지만 이 중 누군가 두 사람을 죽였을 수 있다. 어쩌면 달빛 아래 어느 악마가 몰래 숨어 있다가 두 사람의 영혼을 앗아간 것일까. 아니면?

'사인은 독극물에 의한 것이 분명하다.'

그는 단정지었다. 두 사람의 입 주변에 흘러나온 분비물이나 피부의 변화가 그것을 잘 말해주었다. 그는 고민했다. 이곳은 차가 들어올 수 없는 숲 속이다. 이곳으로 오기 위해 젊은이들과 꼬박 네 시간을, 길도 나지 않은 숲 속을 묘진의 안내를 받으며 걸어왔다는 데 생각이 미쳤다.

새로운 곳에 간다는 기대감과 자신들이 구속받지 않고 즐길 수 있다는 생각에 무거운 장비를 들고 오긴 했지만 전화에는 미처 신경 쓰지 못했던 것이다. 전화선은 별장까지 연결되어 있지 않았다. 자연에 묻혀 지낸다는 이유로 핸드폰도 들고 오지 않았다는 사실도 뒤늦게 깨달았다.

 누군가 어두운 산길을 따라 내려가지 않으면 살인사건은 아무에게도 알릴 수 없다. 이 밤중에 그럴 만한 사람은 묘진과 안주인 그리고 바깥채의 무뚝뚝한 식모 세 사람뿐이다. 과연 그들이 실행할 수 있을까. 천생 날이 밝아야 세 사람 중 한 사람이 젊은이 한둘 데리고 내려갈밖에 도리가 없다.

 하지만 그것도 여의치 않은 것이 그들 중 살인자가 끼여 있다면? 그는 담배를 빼 물었다. 속수무책이다. 앞으로 나갈 수도 뒤로 물러설 수도 없는 진퇴양난의 처지에 놓였다.

 살인 현장에 고립되다니. 이곳은 서울에서 자동차로 불과 두 시간 정도의 거리밖에 되지 않는 곳인데 마치 절해고도와 같다. 경찰생활 5년 만에 처음 겪는 일이다.

 내려가서 연락을 한들 다시 이곳에 오려면 대략 여덟 시간이 필요할 테고 현장을 그때까지 보존할 자신이 그에게는 없었다. 분명 이들 중 누군가의 소행이 분명하기 때문이다. 전화벨 소리에 질려 있던 그가 지금처럼 전화가 그리운 건 처음이다. 전기는 들어오는데 전화가 없다니. 지금은 무엇 하나 의심스럽지 않은 것이 없었다.

 용의자는 자신을 뺀 스무 명의 젊은이들과 묘진의 식구들, 유일하게 부모로 참여한 이지의 어머니 그리고 식모였다. 스물네 명 중 수정은 제외해도 무방할까. 친척이라고 해도 제외할 수는 없다. 기절해 있는 이지의 어머니도 자신의 딸을 어쩌지는 못했겠지. 하나하나 용의점들을 찾아보자. 그리고 용의자에서 제외하는 작업을 해야 할 것 같다. 지금으로서는 용의자가 스물두 명이다. 현재 시각 새벽 1시.

 살인은 한 시간 전인 정각 12시에 일어났다. 수많은 목격자가 있다. 인간의 몸은 보통 사후 30분에서 두 시간부터 경직이 시작되어 아홉 시간에서 열두 시간 전에 전신이 경직되는데 두 사람은 아직 경직이 시작되지 않았다. 실제 사망 시간은 30분 이내인 것이다. 자신이 여자들 사이에서 멍청히 창밖의 모기를 지켜보면서 언제 이 소란이 끝날까를 생각하고 있을 때 사건이 발생한 거다.

어디서부터 해결해야 하나. 강 형사는 진 반장을 떠올렸다. 반장님이라면 어떻게 처리해나갔을까. 그가 없다는 이유만으로도 아쉽다. 그 예리한 눈매로 현장을 쓱 훑고 나면 어느새 범인의 형태를 그려내고 사소한 변화만으로도 그는 이미 해결로 치닫는다. 노련함 뒤에 사건에 대한 강한 애정이 없이는 불가능하다 할 정도의 초인적 에너지를 발산하는 그가 지금 필요하다.

우선 젊은이들에게 정황 설명을 듣고자 불을 지피게 했다.

"자, 모두들 모닥불 중심으로 크게 원을 그리며 앉아주세요."

일부는 순순히 나무를 모아 와 불을 지폈고 일부는 못마땅한 듯 팔짱을 끼고 삐딱하게 보았다.

"서로 무엇을 보았는지, 앞으로 어떻게 해야 할지를 의논합시다."

누가 묻지도 않았는데 대답하면서 젊은이들을 자리에 앉혔다.

모두들 숙연해 있다. 칠흑 같은 어둠 속에서 모닥불만이 타오르고 있다. 그을음과 함께 마른 나뭇가지를 만난 불길은 확 타오르고 있었다. 강 형사는 그제야 젊은이들의 면면을 자세히 살폈다.

친구 둘이 누군가에게 살해당했다. 자기들은 내키는 대로 가사를 지어내어 악마를 추종하고 죽음을 불러내고자 했지만 누가 정말로 죽기를 바라지는 않았다는 표정이 들어 있다. 그들은 살인자가 자기네들 사이에 들어 있다고 생각하고 있다. 서로를 조금씩 경계하면서 말을 아끼고 있다. 숨은 끊어졌지만 아직도 따스한 체온을 가진 시체를 현장보존이란 이유로 방치해야 한다. 회의가 시작됐다.

"두 사람에게 술을 준 사람을 본 사람이 있습니까?"

아무도 대답하지 않았다.

"두 사람에게 원한을 품거나 이해관계에 얽혀 있는 사람은?"

"……."

"두 사람에 대해 뭐라도 좋으니 말들 좀 해봐. 친구들이었잖아."

"……."

"좋아, 왜 이런 식으로 나오는 거지? 한 가지씩 풀어나가지 않으면 사건을 해결할 수 없어. 친구를 죽인 살인자를 찾을 수도 없고. 알아?"

그들 중 하나가 강 형사에게 질문을 던졌다.

"당신은 무슨 자격으로 이러시는 거죠? 학교 선생이면 빡빡이들이나 가르칠 일이지, 왜 우리를 살인자인 양 대하는 거죠? 똑같은 입장인데 우릴 살인범으로 본다면 당신도 예외가 아니잖습니까? 친구의 죽음은 애석하지만 우린 즐기러 왔지, 살인하러 여긴 온 건 아닙니다. 그러니 더 이상 그런 식으로 묻지 마십쇼."

묘진의 짝이었다. 얼마 전까지 진우와 친하게 지내면서 그의 여성 행각에 일조한 경력이 있는 젊은이였다. 생긴 것도 준수하고 자신감도 있어 보였다. 그는 진우에게 멸시당하는 묘진에게 동정을 느끼고 묘진과 사귄 지 한 달이 되었다. 묘진이 진우와 데스메탈을 하는 친구들을 초대하는 것을 못마땅하게 여겼지만 이번 여행에 하는 수 없이 동참한 경우다.

"애들아, 미안해. 우리 삼촌 사실 형사야. 니들이 혹시 감시자로 붙은 게 아닐까 오해할까 봐 말하지 못했어. 순전히 엄마의 걱정으로 내 보호자로 왔을 뿐이야. 하지만 지금 이런 일이 생겼으니 어쩌겠니."

수정이 강 형사의 신분을 밝혔다. 여기저기서 웅성웅성 소리가 들려왔다.

"누가 명령한다느니 뭘 한다느니 운운하면서 투덜거릴 때가 아냐. 어떻게 하든 사건을 수습해야잖아? 우선 조를 짜고 돌아가면서 현장을 지키기로 하고 나머지는 각자 방으로 가서 눈을 좀 붙이든지 몸을 좀 씻든지 해야 할 것 같아. 우리 중 누군가의 짓일 수도 있으니까 같은 조끼리 뭉쳐 다녀야 한다는 규정을 정하자. 날이 밝으면 밑으로 내려가 신고할 사람을 뽑기로 하고. 의심 나는 점이나 알아두어야 할 사항은 지금부터 삼촌께 말씀드리고 삼촌 수사에 방해되지 않게 해줘야 하겠다."

수정의 제안에 다들 이의가 없어 보였다. 속닥이던 애들도 고개를 끄덕인다. 다들 민감해 있어서 표정들이 사나워 보였지만 본심은 아닌 듯했다. 그들이 악마주의 음악에 빠졌다고 살인을 저지르는 건 아니다. 추리소설을 읽거나 쓴다고 살인자가 되는 것이 아니듯이.

"삼촌, 친구들은 내게 맡겨요. 삼촌은 다른 궁금한 것들을 조사해 봐요. 처음부터 느낀 건데 묘진네 집안 좀 이상하죠?"

수정은 추리소설가 지망생답게 나름대로 결론을 내리고 있다.

"녀석, 제법인데? 그럼 수정의 추리 쇼를 들어볼까."

"좀 있다가요. 지금은 쟤들 정리하고 뭐 좀 물어볼 것도 있구요."

그들은 수정의 지도 아래 일사불란하게 자기들끼리 네 개 조를 짰다. 시간대별로 자기들이 보고 들은 것을 정리해서 강 형사에게 주기로 했다. 악마 중 벨제비트 분장을 한 친구가 슬며시 다가왔다. 그리고 강 형사에게 들으라는 듯이 랩을 중얼거렸다.

"넌 증말…… 멋진 남자야. 오늘 밤은 더욱 그래. 난 니으마글 사랑애……. 큭. 큭. 쟤 말투 우습지 않니? 난 저런 말투 쓰는 여잔 밥맛이더라. 파티에 와달라고 애걸하지 않았으면 오지 않으려 했다. 낄. 낄."

강 형사가 뭐라고 대꾸하기도 전에 그는 무리에 스며들어서는 가버렸다. 그를 쫓아가려는 찰나였다.

"으아아악!"

비명이 들려왔다. 고통과 절망의 끝에서 낼 수 있는 소리였다.

"아아 아아아악."

곧이어 다른 의미의 외마디가 들려왔다. 그가 집 안으로 뛰어들었을 때 김 여사가 안주인의 머리채를 휘어잡고 죽여버릴 듯 매달려 있다. 머리카락을 옹골차게 휘어잡은 김 여사에게 이성이란 이미 존재치 않아 보였다. 아름다운 여자도 이성을 잃으면 그렇게 변할 수도 있다. 강 형사가 뜯어 말리고 뒤따라온 젊은이 몇이 붙어서 겨우 둘을 떼어놓았다.

"네년이야. 네년이지. 왜? 왜 그랬냔 말이야. 그 남자 죽이는 것도 모자랐니? 니 딸이 좋아하는 남자가 내 딸을 좋아해서 너처럼 뺏어 갈려구? 전생에 무슨 업보가 있어서? 응? 나랑 무슨 원수 진 일이 있어서?"

어디서 그런 기운이 났는지 기절했다 깨어난 사람 같지 않게 악을 쓰고 있었다. 그러더니 제풀에 지쳐 풀썩 주저앉았다.

"느낌이 이상했어. 아무래도 꿈자리가 나쁘더라. 여행을 간다기에

더구나 이쪽이라기에 설마했다. 설마 네 딸과 내 딸이 같은 대학에 다니리라고 누가 상상이나 했겠니. 더구나 같은 남자를……. 무슨 일 나지 싶었다. 무슨 일 나지 싶었어. 지겨운 결혼생활에 겨우 그거 하나 건졌는데. 예쁘게 키워서 좋은 데 시집 보내는 게 소원이었는데. 니가 내 남자를 빼앗아간 순간부터 내 인생은 엉망이었는데. 내게 남은 건 개 하나뿐이었는데. 그 애 하나뿐이었단 말이야!"

김 여사의 넋두리는 그칠 줄 몰랐다.

안주인은 산발이 된 머리카락을 추스를 생각도 없이 창밖만 바라보았다. 차가운 얼음같이 변한 그녀는 아무 말도 하지 않았다. 그녀의 귀에는 아무것도 들리지 않는 듯했다. 무슨 생각을 하고 있는 걸까. 섬뜩할 정도의 냉정함을 지닌 채.

김 여사를 진정시키기 위해 젊은이들이 그녀를 부축해서 다른 방으로 데리고 갔다. 강 형사는 미동도 하지 않고 서서 밖을 바라보고만 있는 안주인을 바라보았다. 그녀가 무언가를 먼저 말하길 기대하면서.

하지만 안주인은 돌처럼 굳은 채 아무 말도 하지 않았다. 그녀는 강 형사가 있다는 사실도 잊은 것일까. 강 형사는 조용히 방을 나왔다.

김 여사는 잊을 만하면 한 번씩 소리 내어 울고 흐느끼다가 잠시 잠들기를 반복하면서 다소 안정되었는지 몸을 한쪽 벽에 기대어 말을 잊고 있었고 젊은이들은 잠깐 눈을 붙였다. 강 형사도 김 여사가 안정되는 걸 보면서 눈을 붙였는가 싶더니 퍼뜩 잠이 깼다. 시체를 지키던 젊은이가 강 형사를 흔들었기 때문이다.

"강 형사님, 시체가 없어졌어요."

이건 또 무슨 소리인가. 현장에 도착해보니 이지의 사체는 그대로 있고 진우 것이 없어졌다. 끌린 자국이 없는 것으로 보아 누군가 둘러메고 간 것 같은데 아무도 눈치를 못 챘다니 힘 있고 몸이 잰 자임에 분명했다.

발자국이 있었지만 수풀 속으로 사라져버렸다. 발자국은 작았다. 남자의 것이라면 키가 작을 테고 여자의 것이라면 보통 키일 텐데 여자가 진우와 같이 큰 체구의 몸뚱이를 메고 간다는 건 상상하기 힘들다. 그렇다면 남자여야 한다.

난감했다. 현장을 보존하기 위해서 불침번을 세웠지만 설마 시체를 가져가리라는 생각까지는 하지 못했다. 더군다나 한 구만, 그것도 남자 것만 가져간 것은 도무지 이해되지 않는다. 젊은이들이 부른 노래가 산 어디에선가 잠자고 있던 악마를 불러낸 것일까. 정말 악마가 산에 있었던 것일까. 그것도 남자만 좋아하는.

날이 밝기 시작했다. 식모가 거처에서 본가로 들어가는 게 보였다. 그녀의 발걸음은 빠르고 민첩하다. 산에서 나는 나물도 새벽녘에 순식간에 한 광주리 채워온다는 그녀다. 그러고 보니 그녀가 장작불을 피우기 위한 나무를 한 짐 가득 메고 이곳까지 왔던 걸 상기했다. 수정의 말처럼 식모의 동태를 잘 살펴야 할 것이다.

잠시 후 주위가 다시 시끄러워졌다. 진우의 시체가 없어졌다는 소식을 전해 들은 친구들이 모여들었다. 묘진은 울어서 퉁퉁 부은 얼굴이라 도무지 사람 같아 보이지 않았다. 그녀는 아직도 얼굴의 화장을 지우지 않아 엉망이다. 나머지 젊은이들은 대강 씻어서 말쑥해져 있다. 수정은 자기 팀 중에서 자리를 비웠거나 의심 나는 행동을 보이는 친구를 체크해서 강 형사에게 보고했다. 세수하기 전에 친구들의 상태를 꼼꼼히 메모하는 것도 잊지 않았다.

"각자 자기 자리를 지켰어요. 아무도 비우거나 이상한 행동을 한 친구는 없었거든요."

그렇다면 젊은이들은 혐의점이 없는 것일까.

"삼촌, 이대로 있을 수 없어요. 나랑 친구들 몇하고 내려가서 삼촌 말씀대로 진 반장님께 연락할게요. 또 날이 어두워지면 하루가 그냥 지나가버릴 거 아녜요."

"그럴 거까지……."

위험하다고 만류했지만 수정은 서둘렀다.

"밥은 먹고 가야지."

어느새 아침이 차려져 있었다. 그 와중에 나물이며 국이며 정갈하게 준비된 아침이다.

"삼촌, 걱정 마세요. 저 수정이잖아요. 멋진 삼촌 조카……."

수정은 씩씩하게 산을 내려갔다. 올라올 때처럼 내려갈 때도 묘진이 앞장섰다. 묘진은 어느새 말쑥한 얼굴로 나왔다. 묘진과 함께 보내는 것이 염려되었지만 수정과 친한 덩치 큰 젊은이 둘과 같이 보내기로 해서 위안을 삼았다. 사실 자신이 내려가고 싶었지만 그럴 상황이 아니다. 수정에게 귓속말로 몇 가지 속닥였다. 진 반장이 사전에 알아와야 할 사항도 메모로 주지 않고 말로 수정에게 당부했다.

수정 일행이 산 아래로 내려가 진 반장과 연락이 닿는다면 모든 것이 순조롭게 진행될 것이다. 강 형사는 이제 협조적이 된 나머지 젊은이들과 함께 숙제를 풀어나가기로 했다. 그것은 없어진 진우의 시체를 찾는 일이다.

이미 짜여진 조를 이용해 구역을 나누고 찾는 한편 어젯밤 악마 분장을 한 친구를 찾아내 은밀히 따로 불러냈다. 소란한 틈에 다가

와서는 랩으로 자기가 본 걸 증언한 목격자다. 그는 그날 밤 묘진과 진우의 마지막 대화를 듣고 그걸 랩으로 했던 것이다.

"늘 있는 일이져 머."

그는 일상 언어를 써달라는 강 형사의 주문에 한다고 하는 것이 채팅 용어에 가까운 말을 사용했다. 그래도 랩보다 이해가 빨라 좋았다.

"진운 묘진을 못 견뎌하고 묘진은 진우를 쫓고."

그의 말은 이랬다. 다들 데스메탈에 취해 음악에 정신을 팔고 몸을 흔들고 있을 때 자기는 배설을 하기 위해 나무 뒤로 돌아 앉았다고 한다. 진우가 무대에서 광란의 음악을 소리쳐 불러대고 땀에 절어 내려와 나무 근처로 오자 따라온 묘진이 진우에게 "난 니으마글 사랑애"라고 했고 진우는 더럽다는 듯이 면상을 치우라고 소리쳤다. 그때 묘진이 최근에 사귄 남자친구가 와서 묘진을 데리고 갔고 곧이어 이지가 진우에게 다가왔다. 시간으로 사망하기 직전이었다. 진우는 이지에게 묘진의 흉을 봤다. 아마도 그 소리를 묘진이 들었을 것이다.

"그리고?"

"사랑하는 사람끼리 뭘 못 하겠어여. 그냥 입 맞추고 그런 거져. 볼일 봤으니깐 딴 친구들에게 갔져, 저는."

"그게 다야?"

"아이 참, 걔들 좋은 사이니깐요. 키스하고. 아, 이지가 누가 줬다면서 맥주를 마시자고 하니까 진우는 맥주를 입안에 잔뜩 물고 이지의 입술에 전해주더군요. 거기까지요, 내가 본 건. 그리고 진우가 이지 치마를 걷어올리는지 둘이 묘하게 엉켜들더라구여. 무대가 날 부르고 있는데 무대로 가야죠, 저는."

악마맨은 그다음은 잘 알지 않느냐는 듯이 곤란한 표정을 지었다. 그가 돌아서 무대로 가는 사이 이지와 진우는 몸 안에 퍼진 독을 견디며 죽어가고 있었을 거다.

　정리해보면 대체로 이렇다. 무대에서 내려온 진우는 이지를 찾아다니다 묘진과 마주쳤고 이지가 다가와 맥주를 진우에게 주었다. 묘진은 새로 사귄 남자친구와 돌아갔다. 그리고 이지와 진우는 맥주를 마시게 됐다.

　그 맥주는 이미 확보해놓은 문제의 맥주일 거다. 관건은 누가 이지에게 그 맥주 캔을 주었느냐는 거다. 처음부터 이지가 독극물을 넣고 진우에게 주었다는 것은 설득력이 없다. 그랬다면 순순히 받아 마시지 않았을 테니. 동반자살도 이 시점에서 동기가 없다. 맥주 캔을 이지에게 준 자는 당연히 살인자다. 지문을 떠보고 싶지만 장비가 없다. 그리고 지문을 채취해도 발견되지 않을 게 뻔하다. 의도적인 살인이었을 테니 호락호락 지문을 내줄 리 없다.

　밖과 연결할 수 있다면 얼마나 좋을까. 진 반장과 전화 한 통화만 할 수 있다면. 가만 생각해보니 젊은이들끼리 조를 짜서 서로를 감시했지만 이 집안사람들에 대해서는 아무도 지난밤의 행적을 몰랐다. 안주인과 친정어머니 그리고 식모. 그들은 지난밤을 어떻게 보냈을까. 강 형사는 젊은이들에게 현장을 맡겨두고 안채로 들어갔다.

　안채의 부엌 쪽에는 산을 내려간 수정네들이 먼저 먹은 상을 치우고 나머지 사람들에게 줄 식사 준비로 분주해 보였다. 할머니까지 나와서 이것저것 거들고 있다. 역시 나물은 노인네 손을 거칠 때 마술적 향기가 배어나는 것인지.

　다행히 할머니 눈에 띄지 않고 이층으로 올라갔다. 김 여사가 어떻게 하고 있는지 궁금해 방 앞에 섰는데 소리 없이 문이 열리더니 안에서 팔 하나가 강 형사를 잡아끌었다.

"쉿!"

눈이 퀭하니 들어가서 하루 사이 얼굴이 오그라든 것 같은 김 여사는 마치 첩보원이라도 된 듯 주위를 살피며 강 형사 귀에 입술을 댔다.

"저 사람들 악마야. 어젯밤 난 저 사람들이 하는 짓을 다 봤거든. 자기들끼리 얘기하는 것도 들었어. 내가 기절해 있었는 줄 알았겠지만 날 내려다보면서 그랬다구. 내 딸을 죽이고 남자친구도 죽이는 것도 모자라서 여기 온 사람들 전부 없애야겠다고 했다니깐. 저것들 다 한통속이야. 어서 도망가. 어서! 여긴 지옥이야."

김 여사의 말에는 일관성이 없었다. 꿈과 현실을 구분하지 못하고 횡설수설하고 있다. 한두 명도 아닌 수십 명의 사람을 어떻게 한꺼번에 죽일 것이며, 죽인다 해도 어떻게 처리하고 숨길 것이며, 또 후에 그 사람들을 찾으러 온 경찰들에게 덜미가 잡힐 일을 벌인다는 것은 상식 밖의 일이지 않은가. 더구나 그 많은 사람들을 죽일 아무런 동기도 없다.

그리고 기운이 넘치는 젊은이가 스무 명이다. 나약한 여자들 몇을 못 당해낼까 싶었다. 강 형사는 고개를 흔들었다. 내가 지금 무슨 생각을 하고 있는 건가. 말도 안 돼…….

김 여사는 딸의 죽음으로 충격을 받아 과대망상증에 걸린 것이 분명했다. 그리고 이미 수정이 소식을 알리러 산을 내려가지 않았는가.

"내 말을 안 믿는 거지? 그렇지? 날 미친 여자 취급하는군요. 좋아요. 이거나 받아요. 내가 정말 미쳤다면 이렇게 핸드폰 충전을 해놓을 생각을 했겠어?"

 반말 존댓말 섞어가며 말하던 김 여사는 핸드폰을 내밀었다. 반가웠다. 충전기 모양에 가득 전원이 차 있다. 그리고 반가운 건 통화권 막대기가 한 개나 두 개가 들어왔다. 이거야말로 구세주가 아닌가. 강 형사가 고맙다는 말을 할 사이도 없이 노크 소리가 들리면서 할머니가 들어왔다. 강 형사는 자기도 모르게 핸드폰을 주머니에 살짝 숨겼다.

 "어서들 오우. 일이 났어도 밥은 먹어야지. 젊은것들은 위아래도 없어. 자기들끼리 먼저 먹고 있잖아. 강 선생님 상은 따로 차렸어요. 아니 참, 내 정신 좀 보게, 형사 나리시랬지. 김 여사도 이제 정신이 좀 들었으면 식사하러 내려와요. 응? 그러지 말고……."

 후덕하게 웃음 지으며 뒷짐을 지고 돌아서는 할머니에게서 악마라는 단어는 어울려 보이지 않았다. 사악함이라니. 김 여사의 판단은 잘못되었다. 그러나 김 여사는 할머니를 노려보고 있다. 난감했다. 무서운 살기로 치자면 김 여사 쪽이다. 그녀는 할머니가 닫고 나간 문에 대고 소리치기 시작했다.

 "싫어! 난 아무것도 먹지 않을 거야. 이대로 죽어버릴 거야……. 이대로…… 이대로 당해야 하다니. 모든 게 내 못난 탓이야. 바보 같은…… 그렇게 당하고도 또…… 분하다 분해……. 내 딸을 죽게 만든 건 바보 같은 나의 이 나약함 때문이야. 나 때문이야……. 흑흑."

 그러고는 또 실신해버렸다. 그녀를 자리에 눕히고 밖으로 나오자 막 들어오려 했는지 안주인이 서 있었다.

 "걱정이 돼서요. 그 친구 괜찮은가요."

 손에 죽이 들려 있다.

"아마 못 드실 거예요. 또 기절하셨습니다."

안주인은 김 여사를 안타깝게 바라보다 고개를 흔들며 이불을 꼭 덮어주고는 강 형사의 뒤를 따라 아래층으로 내려왔다.

"먹기 싫어두 좀 잡숴요. 안 먹으면 노인네 음식 솜씨 없어서라구 생각할 거유. 손님들 오신다구 특별히 준비한 건데. 나두 입맛이 없는데 에미가 억지루 멕여서 먹었다우. 어젯밤엔 무서워서 한숨도 못 잤더니 원. 몸이 내 몸 같지 않어."

강 형사는 노인의 권유를 물리칠 수 없었다. 이곳에 도착하고부터 줄곧 보여온 노인의 성의였던지라 부담스러우면서도 얼마나 사람이 그리우면 그럴까 싶기도 했다. 잠시지만 노인을 의심했던 자신을 속으로 나무랐다. 특이한 향신료로 무친 나물과 간이 잘 맞는 국 때문에 다른 때보다 더 맛난 식사를 했다.

죽은 사람에 대한 미안함도 있었지만 언제나 그렇듯 산 사람은 살기 마련이다. 식사를 끝내고 화장실에 간다는 핑계를 대고 안채에서 좀 떨어진 소나무에 몸을 가리고 전화 연락을 시도했다. 번호를 누르며 문명의 이기인 전자음이 그렇게 반가울 수 없었다. 곧이어 진 반장의 목소리가 전파를 타고 날아왔다.

"반장님, 혹시 조카애 전화 받으셨나요?"

"……어이, 김 형사 뜬금없이 무슨 소리야?"

"반장님, 긴 말씀 못 드립니다. S상황입니다."

S는 둘만의 암호로 최상급 살인사건을 암시하고 비밀리에 최단시간 처리를 요한다는 의미를 갖고 있다.

"반장님, 이곳을 찾아오시는 게 힘드실 겁니다. 수정이와 연락이 닿으면 같이 오십시오. 오시기 전에 이 집 사람들과 이곳에 관한 자료를 좀 알아봐 주세요. 이상한 것이 한두 가지가 아닙니다. 이 핸드폰 전화는요……."

강 형사는 번호를 말하고는 눈앞이 흐려지는 것 같아 잠깐 아찔했다. 말을 잇지 못하겠다. 어떻게 된 일이지? 그의 시야에 안채 이층에 있는 김 여사가 창에 매달려 팔을 흔드는 것이 보였다. 몸부림인지 무슨 신호인지 어쩌면 위급한 상황처럼 보였다. 그녀 뒤에서 누군가 그녀를 잡아채서 안으로 끌고 들어갔다. 소리를 지르는 것 같았는데 이곳까지는 들리지 않았다. 그녀의 광기가 또다시 도진 모양이었다.

어지럼은 사라졌다. 일단 진 반장과 통화를 했으니 오늘 안으로 그가 도착하리라 기대했다. 김 여사가 걱정되어 안채로 들어가려는데 안주인이 그를 소파로 이끌었다.

"아까 보니까 김 여사님이 창밖으로 팔을 흔들고 소리 지르는 거 같던데…… 무슨 일이 있었습니까?"

안주인은 수심에 찬 얼굴로 말을 꺼냈다.

"걘 죽은 묘진 아버지의 옛 애인이었어요. 내게 묘진 아버지를 빼앗긴 것에 대한 충격으로 약간……. 그인 내가 묘진일 임신하고 나서 결혼식을 올리기로 한 전날 죽었죠. 그랬는데 내가 그일 죽였다고 하는 통에 조사까지 받았답니다……. 날 버리고 자기에게 오기로 했다면서 어쩌나 힘들게 하던지. 시간이 지나니까 저도 잊어버렸는지 다른 남자에게 시집가더니만 그게 20년 전 얘긴데. 운명이란 참 우습죠? 이렇게 이런 자리에서 만나다니……. 하지만 걱정 마세요. 모든 일은 잘될 겁니다. 언제나 그랬어요. 문제가 생기면 해결점도 생겼으니까."

"해결점……요?"

해결점이란 말이 풍기는 섬뜩함에 반문하듯이 따라 말을 했지만 안주인은 묘하게 웃었다. 조금 전 아찔한 현기증이 일었던 것처럼 다시 시야가 흐려졌다. 강 형사의 눈은 안주인의 하얀 이빨이 점점 뿌옇게 되는 걸 봤다. 그리고 더 이상 의식을 붙잡을 수 없을 만큼 정신이 혼미해짐을 느끼면서 모든 감춰진 사실이 홀홀 일어나 아차 하는 아쉬움과 함께 몸은 털썩 소파에 무너졌다.

3

매캐하고 구역질 나는 냄새가 코를 찔렀다. 어느 순간 정신이 번쩍 들었다. 어디지? 시야가 어두웠지만 곧 익숙해졌다. 누운 몸을 일으키려니 단단한 줄로 매어져 있는지 움직여지지 않았다. 눈동자를 돌려보니 묶인 것은 아닌데 도저히 의지대로 움직일 수 없었다.

여기가 어딜까? 알 수 없었다. 그는 안주인과 대화 중에 자신이 쓰러진 것까지 기억해냈다. 무슨 일이 있었던 거지? 찬기가 느껴졌다. 여느 방과는 다른 실내였다. 동굴 같기도 한데 어딘가에서 들리는 사람 소리는 울리지 않았다.

"어머니 말씀이 옳아요. 묘진이 때문에 너무 큰 모험을 했어요. 하지만 처단할 자는 처단해야 한다는 생각은 변함없어요. 감히 내 딸을 거절한다는 건……. 모든 남자들은 우리의 적이에요. 그때도 그랬죠? 어머니를 욕보인 일본 놈들……. 그들에게 어머니의 약초를 먹여 죽여버린 건 잘한 일이었잖아요. 물론 친구의 미모에 빠져 앨

가진 날 버리고 가려는 묘진 애비를 없애버린 일도 잘한 일이죠. 하지만, 저 형사를 살려둔다는 건……."

안주인이 차갑게 말했다. 아마 강 형사를 두고 한 말일 것이다.

"그 대신 꼼짝할 수 없게 맹글었잖아. 저 사람 의식은 있어도 말도 할 수 없고 움직이지도 못해. 그만하면 됐잖아. 난 내 말을 들어줄 말동무가 필요해. 너나 저년 말고."

강 형사는 뭔가 시커먼 것이 눈에 빛을 내며 이쪽을 보다 움찔하는 걸 보았다. 식모였다. 노인이 자기를 비아냥거리며 무시하자 고개를 푹 숙이고 얌전히 의자에 앉았다.

"금궤를 몰래 운반하던 일본 놈들이 나를 욕보이고 저년을 낳게 했던 걸 생각하면 두고두고 치가 떨린다. 그날 밤을 어제 일처럼 아직도 생생히 기억해. 그 짐승 같은 것들……. 난 설마 마을 남자들은 날 구해주리라 생각했지. 헌데 일본 놈들 기세에 눌려 당하는 날 지켜주기는커녕 틈만 나면 날 범하려 했다. 그들은 나이 어린 과부인 날 철저히 외면했다. 지들 목숨만 젤인 거야. 내 몸에서 저것이 자라나 세상에 태어날 때 난 혼자서 탯줄을 이빨로 끊어냈다. 알겠니? 내 피눈물의 결과가 저년이다. 저년은 악의 씨다. 날 짓밟은 일본군들이 몇 명이었는지나 아니?"

"그만하세요. 그들은 더 이상 어머니를 괴롭힐 수 없잖아요. 아무도 우리 식구에게 고통을 줄 수 없어요, 아무도……. 내가 엄말 지켜드릴게요. 아시죠? 내가 곁에 있다는 거…… 그러니……."

안주인은 강 형사를 살려두는 것에 반대했다. 위험이 큰 데다 남자다. 집 안에 남자를 남겨두는 건 금기다.

"내 말에 거역할 거여?"

노인이 격하게 말했다. 잠시 냉기가 흘렀다.

"용납할 수 없지만 어머니 고집을 누가 꺾겠습니까. 전 이만 올라갈게요."

흐릿하던 실내가 갑자기 환하게 밝아졌다. 강 형사는 눈을 의심했지만 분명 벽이 반이 열리고 안주인이 나가는 것이 보였다. 반쯤, 아늑했던 거실이 보인다. 그가 앉았던 소파와 테이블이 오후의 햇살을 받아 그렇게 좋아 보일 수 없다. 그 세상과 이곳은 천국과 지옥의 차이만큼일까. 안주인이 문을, 아니 벽을 닫았지만 빛이 어디서 새 들어오나 했더니 스케치북만 한 창이 나 있어 거실을 볼 수 있게 해놓았다. 밖에서 봤을 때는 환기통이겠거니 했던 것이 생각났다. 그렇다면 이곳은 이 집의 지하인가?

이 집에는 지하가 없었던 걸 기억해냈다. 교묘하게 이중으로 감춘 구조였다. 숨겨진 공간. 아무리 노력해도 찾을 수 없는 곳. 빛이 점차 줄어들며 다시 어두워지면서 희망도 함께 사라졌다.

노인이 다가왔다. 그리고 머리 위의 전등불을 켰다. 눈이 부셨다.

"이제 깼수? 다행이야. 우리 딸이 내 뜻대로 하라는군. 움직일 수 없으니깐 애쓰지 마우. 아니 말하려고도 하지 마. 왜 이렇게 됐는지 궁금하우? 저 애 때문이야."

강 형사는 고개를 돌릴 수 없었다. 노인은 "참" 하면서 그의 고개를 오른쪽으로 돌려줬다. 그가 만약 입을 움직일 수 있었다면 악! 하고 소릴 질렀을 것이다. 그는 가슴에서 들리는 심장 소리를 들었다. 쿵, 쿵, 쿵…… 그의 앞에 아무렇게나 놓여진 덩어리는 진우의 시체였다. 그 안쪽으로 쓰레기 더미처럼 쌓여 있는 젊은이들.

지난밤을 광란의 밤으로 춤추고 노래 부르던 그 젊은이들이었다.

수정의 친구들이고 데스메탈에 열광하지만 평범하고 착한 아이들이었다.

비릿하고 기분 나쁜 냄새는 그들이 뿜어대는 냄새였다. 그리고…… 강 형사는 한쪽에 유난히 빛이 나는 물건을 보았다.

금덩어리들.

벽돌처럼 층을 이루고 아무렇게나 쌓아져 있다. 그 금덩어리들은 자신의 가치만큼 대접을 받고 있는 것 같지 않았다. 그 옆으로, 일본군이었음을 짐작케 하는 군복 입은 해골들. 찢어진 천 조각들과 장도. 녹슨 총 나부랭이들이 널려 있었다.

"조금만 기다리시우. 조용해지면 방으로 옮겨줄 테니. 댁이 귀찮은 일을 벌여놨더군. 조금 있으면 당신이 부른 손님들이 올 거유. 아마 다른 때처럼 아무리 뒤지고 찾아봐야 못 찾고 돌아가고 말걸. 여긴 아무도, 그 누구도 몰라. 이곳은 일제 때도, 전쟁 때도 아무한테도 들키지 않았다우. 그전의 집을 헐고 이 집을 짓기 전부터 존재했던 곳이야. 일본군이 쳐들어오기 그 이전에 누군가 살아남기 위해 이곳을 만들었던 것 같아. 우연히 내가 이곳을 발견했어. 사람이 죽으란 법이 없다는 건 이걸 두고 하는 말인가. 댁두 남자지만 남자들은 겉으로 강한 척 허세를 떨지. 위험이 닥치면 비겁해지는 것이 박쥐보다 더해. 우리도 어쩔 수 없었다는 걸 이해해줘. 이렇게 하지 않으면 우린…… 이곳에서 떠나야 하거든. 아무도 우릴 지켜주지 않아. 우린 우리가 지켜야 해. 무섭고 두려워 도움을 청했지만 아무도 우리 모녈 도와주지 않았다우. 그때 느꼈지. 나를 지킬 수 있는 건 오직 나뿐이란 걸. 난 살아남기 위해서 그들을 없애야 했어. 다행히 아버지로부터 풀을 이용해 독 만드는 법을 배워 그걸 이용했지. 자연으로부터 많은 것을 얻었어. 인간으로부터 얻을 수 있는 건 한계가 있지만 자연은 아낌없이 가슴을 열어주었네. 자네한테 이해해달라고는 안 해. 그저 내 얘기를 들어주면 돼. 자넨 유일하게 내 얘기를 들어줄 남자가 될 거야. 다른 사람은 독초를 넣은 음식을 먹고 모두 죽었어. 자네만 살았지. 그리고 더 이상의 다른 기대는 하지 않는 게 좋을 거야."

맛있게 먹던 아침이 생각났다. 자신의 상을 따로 본 이유도 알게 됐다. 그렇다면? 강 형사는 몸이 말을 들었다면 벌떡 일어났을 것이다. 먼저 식사를 하고 산을 내려간 수정은? 제발 무사하길 빌어보지만 그는 울고 싶었다.

쉿! 식모가, 아니 노인의 둘째딸이…… 악의 씨가…… 노인에게 어떤 신호를 보냈다. 아마 외부인이 온 모양이었다.

식모가 재빠르게 시체들의 무덤 뒤로 돌아 나가더니 모습이 없어졌고 노인은 안주인이 나갔던 벽을 밀고 거실로 직접 나갔다. 그는 자기의 겉옷이 벗겨진 것을 알았다. 핸드폰도 없다. 그래서 외부인이 올 거라 짐작했는가. 도대체 여자 넷이 어떻게 이런 엄청난 일을 저지를 수 있단 말인가. 이미 수많은 사람을 죽였던 그들에게 있어 또 다른 살인은 숫자 놀음에 지나지 않을 거였다. 오직 살인만이 그들이 살아남는 방법이라고 아는 그들이기에. 그는 진 반장조차 그녀들의 도술에 놀아나게 되지 않을까 걱정되었다.

조금 후 밖이 시끌거리더니 진 반장 일행이 왔음을 알았다. 그의 목소리가 벽에 스며 들어와 그렇게 반가울 수가 없다. 그의 다리가 눈앞 창에 서 있게 되었을 때는 숨이 멎는 것 같았다. 지금 이렇게 자기 내부에서 외쳐대는 소리를 들을 수 있다면 얼마나 좋을까. 강 형사는 절규를 해보려 해도 아무 소리도 낼 수 없는 처지에 절망의 늪으로 가라앉는 자신을 보았다.

안주인과 노인이 진 반장에게 살갑게 대하는 것이 그렇게 간사스러울 수 없었다. 평소 자신이 알던 진 반장이라면 그들의 수작을 간파했을 것이다. 일행의 발길이 멀어져가는 소리를 들으면서도 희망의 끈을 놓고 싶지 않았다.

밤이 다가왔다. 비릿한 냄새와 알 수 없는 고요. 기분 나쁜 바람 소리. 그리고 몰래 들어왔다 사라지는 들짐승 같은 식모. 그녀는 시체를 장난감처럼 가지고 놀았다. 작은 몸에 어디서 기운이 솟는지 몇 구의 시체를 더 가지고 왔다. 하난 김 여사이고 하난 묘진의 남자친구, 또 하나는 수정이었다. 공포조차 느낄 수 없는 밤. 그는 앞으로 살아 있을 날들을 생각하니 아찔했다. 하지만 진 반장이 포기하지 않으리라는 믿음은 그에게 용기를 건네고 있었다.

- 「계간 미스터리」 2007년 가을호

체류

>>>>> 한이

장편소설 『아스가르드』(공저), 단편소설 「금연」 「시리얼킬러 만들기」 「수면 아래에서는」 「피가 땅에서 호소하리니」 등을 발표했다. 네이버 캐스트 장르문학 편에 조선 후기를 무대로 한 추리소설 「화성성역 살인사건」을 연재했다.

또안(Toan)과 나는 길을 잃었다. 내가 응옥(Ngoc)이 일하던 곳인 영원무역에 전화를 걸자 심드렁한 아가씨가 수백 번은 반복한 듯 단조로운 목소리로 "3번 국도를 타고 이천 방향으로 내려오시다가 둔전리 팻말이 나오면 좌회전하셔서 이정표만 따라오세요"라고 말했다. 하지만 벌써 오전 열시가 다 되었는데도 지독한 안개는 도무지 걷힐 기미를 보이지 않았다. 차창 밖으로 손을 내밀면 손끝이 간신히 보일 정도였다. 고개를 내밀고 개천 옆에 늘어선 고만고만한 공장의 간판을 훑어보았지만 허사였다. 폭이 좁은 다리를 건너 주택가로 들어섰다. 야트막한 언덕을 오르니 비상등을 켜고 경부고속도로를 느릿느릿 운행하는 차들이 보였다. 짙은 안개 속에서 차량 행렬은 한 대로 연결된 순환열차처럼 보였다. 고가도로 밑을 지나자 '광주장례문화원'이 나타났다. 삼십 분 전에도 지나간 곳이었다. 나는 길을 잃었다는 사실을 인정하지 않을 수 없었다.

결국 나는 핸드폰을 열어 영원무역에 다시 전화를 걸었다. 전화

건너편에서 예의 심드렁한 여자가 이렇게 쉬운 길도 못 찾는 사람은 처음 보았다는 듯 다시 길 안내를 해주었다. 내가 그녀가 알려주는 길을 머릿속으로 더듬는 동안 또안은 창문을 내리고 멍하니 아무것도 보이지 않는 짙은 안개 속을 바라보고 있었다. 축축한 바람이 오염된 개천의 퀴퀴한 냄새를 몰고 들어왔지만 또안은 느끼지 못하는 것 같았다.

또안이 찾아온 것은 어제 늦은 밤이었다. 나는 어머니와 함께 교대로 운영하는 24시간 편의점에서 욕설을 뱉어내며 면도날로 바닥을 긁어내고 있었다. 낮에 도로에 아스콘 덧씌우기 공사를 했는데 인부 몇이 담배를 산다며 가게 안으로 들어온 모양이었다. 바닥은 인부들의 신발에서 묻어온 아스콘으로 얼룩덜룩해져 있었다. 바닥에 쪼그리고 앉아 면도날로 긁어보기도 하고 걸레로 닦아도 보았지만 코팅제만 벗겨질 뿐 아스콘은 도무지 떨어지지 않았다. 나는 내일 아침에 시청으로 전화를 해서 배상을 받아내든 바닥을 깨끗이 청소해주겠단 확답을 받아내든지 해야겠다고 결심하고 있었다. 그때 또안이 가게 문을 열고 안으로 들어왔다. 그는 군청색 배낭을 둘러메고 낡은 리바이스 청바지를 입고 있었다.

"안녕하세요? 사람을 찾습니다. 그의 이름은 서동해입니다."

그가 가게 안을 두리번거리며 서툰 한국말로 말했다.

나는 십오 초쯤 베트남에서 온 남자를 바라보았다. 그의 발음은 거의 '동하이'로 들렸다.

"뗀 또이 라 동하이. 꼰 앰 뗀 라 지(내가 동해요. 당신은 누구)?"

나는 카운터 너머의 자그마한 남자에게 물었다. 오랜만에 소리 내어 말하는 베트남어는 내 귀에도 어색하게 들렸다.

그는 대답 대신 구겨진 사진 하나를 내밀었다. 남자는 사진 속의 한 여자를 손가락으로 짚으며 자신의 이름은 또안, 사진 속 여자의 이름은 응옥, 자신은 그녀의 오빠인데 소식이 끊긴 여동생을 찾고 싶다고 말했다. 사진 속에서는 이층으로 세워진 컨테이너 박스 앞에서 남자 넷과 여자 둘이 어색한 웃음을 짓고 있었다. 러시아에서 온 것으로 보이는 키가 큰 남자 옆에는 파키스탄 남자 둘이 서 있었고, 굳은 표정의 베트남 남자 옆에 자그마한 여자 둘이 서로의 허리를 잡고 있었다.

내가 동네에서 큰 싸움을 벌이고 도망치듯 군대를 간다고 했을 때 그러려니 했던 친구들은, 내가 군대를 제대하자마자 베트남 선교에 참여한다고 했을 때 모두 미친놈이라고 생각했다. 하지만 군대라는 흙탕물 속에서 몇 년을 지내다 보니 무엇인가 고결한 가치에 나 자신을 던지고자 하는 마음이 절박했다. 한국 유학생 신분으로 하노이 근교에 머물렀는데 하루도 빠지지 않고 '꽁안'이 붙어 다녔지만 내가 생각해도 꽤 그럴듯하게 선교인 역할을 해내고 있었다. 꽃이라는 뜻의 이름을 가진 호아(Hoa)를 만나기 전까지는. 나는 그녀에게 몇 번이나 목련꽃을 닮은 호아프엉(Hoa Phuong)을 꺾어주었다. 그리고 높은 가지에서 꺾은 꽃일수록 깊은 사랑을 의미한다는 것을 알고서는 어린아이처럼 나무에 오르기도 했다.

또안이 건넨 사진 속의 응옥은 어딘지 호아를 닮아 있었다. 그리고 그 사실을 느꼈을 때 나는 또안의 부탁을 거절할 수 없으리란 것을 알았다.

영원무역은 우리가 길을 잃은 곳보다 십 분 정도 더 들어간 곳에 있었다. 가구 공장 몇 개를 지나 한참을 더 달린 후에야 여자가 알려준 이정표가 나타났다.

영원무역 간판은 'ㅇ'자 몇 개가 떨어져 있었고, 빈자리를 파란색 페인트로 조잡하게 그려놓았다. 간판 아래 갓 태어난 송아지만 한 도베르만이 게으르게 누워 있다 우리가 다가가자 사납게 짖어대기 시작했다. 녀석의 울부짖음은 지옥문을 지키는 케르베로스처럼 깊은 동굴에서 울려 퍼지는 것 같았다. 또안은 내 뒤에 붙어서 옹송거리며 따라왔다.

내가 인터넷으로 알아본 바에 따르면 영원무역은 플라스틱 제품을 성형해서 대기업에 납품하는 중소 하청업체였다. 건물 안으로 들어가자 시큼한 화공 약품 냄새가 코를 찔렀다. 공장 안에서 일하는 사람들 대부분은 베트남이나 파키스탄에서 온 것으로 보이는 외국인 근로자들이었다.

사무실은 복잡한 성형 기계들을 지나 안쪽에 있었다. 사무실 문을 열자 흰색 블라우스를 입은 여자가 우리를 맞이했다. 이십대 후반으로 보였고 풍만한 가슴을 막고 있는 블라우스 단추가 힘겨워 보였다. 코에는 도수가 없는 뿔테 안경을 끼고 있었다. 여자의 목소리를 듣자 길 안내를 해준 여자라는 것을 알 수 있었다. 여자는 사무실 의자로 우리를 안내하고 종이컵에 녹차 티백 하나씩을 넣어준 다음 심드렁한 표정으로 인터넷 쇼핑몰을 검색하기 시작했다. 여자는 모델들이 입고 있는 44 사이즈의 옷들을 스크롤하며 검색하고 있었다.

종이컵 바닥이 보일 때쯤 욕지거리를 내뱉는 소리가 멀리서 들려왔다. 어느새 여자의 컴퓨터 화면은 복잡한 엑셀 서식으로 바뀌어 있었다. 곧 사무실 문이 벌컥 열리며 오십대 후반으로 보이는 남자가 들어왔다. 남자는 군인처럼 짧게 올려친 머리에 한쪽 다리를 약간 절고 있었다. 그리고 그의 뒤로 얼굴이 가무잡잡한 조그만 사내가 연신 기침을 뱉으며 따라 들어왔다.

남자는 뒤에 있는 사내에게 욕설을 더 뱉으려다가 우리를 발견하고는 멈칫거렸다.

"직업소개소에서 온 양반이쇼? 베트남 새끼들은 됐소. 주려면 파키스탄 애들로 주쇼. 베트남 새끼들은 잔머리만 굴려서 데리고 일 못 해먹겠소. 거지 같은 놈들 데리고 일하기 힘들어서 이 짓도 때려치우든지 해야지, 원. 정말 마누라도 뒈지고 하나 남은 딸년 유학비만 아니라면 애저녁에 때려치웠소."

사장이 소파에 털썩 몸을 던지면서 말했다.

"이번 달만 해도 경찰서에서 얘네 빼내온 것이 두 번째요. 이 멍청한 놈들이 그렇게 오토바이 타지 말라고 해도 악착같이 타고 다닌단 말이오."

소파 근처에서 쭈뼛거리며 서 있던 남자가 사장이 손으로 가리키자 잔기침을 뱉다가 숨을 삼켰다.

"쭈! 뜨 너이 어 덴 스엉 저 사. 네우 콤 꼬 쌔 마이 티 코 람(사장님, 그게 아니라 공장까지 오려면 너무 멀어요. 오토바이 없으면 힘들어요)!"

"야이, 씨발놈아. 한국어로 말해. 보이쇼? 저 새끼가 우리나라 말을 곧잘 하거든. 근데 저 불리할 땐 무조건 지들 말로만 씨불거린단 말이오."

"이런저런 고충이 많으시겠군요."

내가 사장이 빼어 문 담배에 불을 붙여주며 말했다.

"검문 걸리면 무면허 운전으로 벌금이 삼십만 원이오. 그거야 지들 월급에서 까면 그만이지만, 나는 무슨 죄요? 바쁜 시간 쪼개서 경찰서 찾아가 굽실거려, 가면 그냥 가나? 경찰 새끼들 뭐라도 처먹여야지. 거기다 비자 지난 놈이 걸리면 바로 출입국 사무소로 넘어가서 강제 추방이오. 그럼 내가 당신들 소개비 준 건 어느 놈이 돌려주는 거요? 진짜 애새끼들 등록금만 아니면 진즉에 때려치웠을 거요. 아니 도대체 경찰은 왜 교통 단속만 한답니까? 도둑놈, 살인자, 처먹고 살 만하니까 월급 올려달라고 데모나 하는 새끼들 뭐, 이런 놈들 좀 잡음 안 되나?"

사장이 길게 담배 연기를 뱉어내며 말했다.

"하여간, 난 베트남 애들은 됐으니까 옆에 있는 놈은 데리고 가고, 명함이나 하나 주고 가쇼."

"직업소개소 사람이 아니라, 누구를 찾으러 왔대요."

심드렁 여자가 거들었다.

나는 사진을 보여주며 응옥을 찾고 있다고 설명했다.

"여동생, 사랑합니다. 꼭 찾습니다."

또안이 사진 속의 응옥을 가리키며 말했다.

"여기 거쳐간 애들이 어디 한둘인가. 그걸 어떻게 다 기억해. 어차피 안산이나 평택 어디서 잘 굴러먹고 있겠지."

사장이 건성으로 대답했다.

"그래도 한번 살펴봐 주세요."

내가 말하자 사장은 마지못해서 사진을 다시 들여다보았다.

한참을 들여다보던 사장이 말했다.

"그래, 응옥. 한동안 우리 공장에서 일했던 것 같아. 그때는 꾸인(Quynh)인가 하는 계집애하고 둘이 있었어. 그러다가 꾸인이는 비자가 만료되어서 추방되고 한동안 응옥만 있다가 아마 다른 곳으로 갔을 거야. 거의 돌아갈 때 되지 않았나?"

"사장님, 저 나가서 점심 먹고 와도 돼요?"

여자가 겉옷을 걸치며 말했다.

"미스 김, 그럴래? 맛있는 걸로 먹고 와. 자, 차 키."

사장이 지금까지와는 다르게 사근사근한 목소리로 말했다.

"알았어요. 들어올 때 붕어빵 사올게요."

여자는 냉큼 손에서 차 열쇠를 채갔다.

"아, 씨발년. 몸은 좀 뚱뚱해도 가슴은 정말 죽이지 않소? 아주 젖마개가 터지려고 한다니까. 요새 빼빼 마른 년들은 도대체 품는 맛이 있어야지. 안으면 뼈만 달그락거려서 말이여."

사장이 손으로 풍만한 젖가슴 모양을 만들어 보이며 말했다.

나는 남자는 모두 똑같은 심정이지 않겠냐는 미소를 지어 보였다.

"응옥, 어디로 갔는지 정말 몰라요?"

또안이 간절한 목소리로 물었다.

"몰라."

"혹시라도 기억나는 점이 있으면 전화 주세요."

나는 메모지를 뜯어 핸드폰 번호를 적어주었다.

"알았수. 야, 꿉, 넌 계속 농땡이 필 거야? 람 디! 람 비엑 디(일해, 일)! 밥, 없어! 껌, 노!"

나는 못내 아쉬워하는 또안을 붙들고 사무실을 나왔다. 공장은 여전히 유황 냄새 같은 매캐한 화공약품 냄새로 가득 차 있었다.

"신 로이(잠깐만)."

나는 프레스 옆에서 작업복으로 갈아입으려는 꿉을 불렀다.

"응옥, 알죠?"

내가 사진에 찍힌 꿉을 가리키며 물었다.

그는 사진을 힐끗 보더니 고개를 끄덕였다. 우리는 꿉을 따라서 공장 건물을 끼고 오른쪽으로 돌았다. 잡담을 하는 곳으로 쓰이는 곳인지 참치 캔 하나가 재떨이 대용으로 뒹굴고 있었다. 꿉은 재떨이에 있는 꽁초 하나에 불을 붙여 물었다.

"응옥하고 꾸인하고 한 숙소에 있었어."

꿉이 사진 속의 콘테이너 박스를 가리키며 말했다.

"여름이면 정말 더운 곳이었어. 선풍기를 아무리 돌려대도 낮 동안 달궈진 열을 식힐 수가 없었지. 열대야가 심한 날이면 마당의 호스로 물을 뿌려 열을 식혀야만 간신히 잠을 잘 수 있을 정도였어."

꿉의 말하는 속도가 너무 빨라 제대로 알아들을 수가 없었다.

"노이 쩜 헌(천천히)."

그제야 꿉이 숨을 고르고 말했다.

"어느 날 꾸인이 아프다고 먼저 들어가고 응옥과 우리들은 남아서 야근을 하고 있었어. 응옥은 꾸인이 걱정되었는지 나보고 오토바이로 약국까지 태워달라고 하더군. 여기는 약국이 없어서 시내까지 나가야 하거든. 시내에 간 김에 응옥을 태워 숙소까지 갔는데, 사장 차가 숙소 앞에 세워져 있더라구. 방에 불은 켜져 있고. 가까이 가니까 두런두런 소리가 들리는 거야. 응옥의 얼굴이 파랗게 질리는 걸 보고 나는 그냥 공장으로 돌아가자며 손을 잡아끌었지만, 그녀는 기어코 방문을 열고 말았어. 방에는 사장하고 꾸인이 벌거벗고 일을 치르고 있었고. 사장이 노발대발했지. 꾸인이 자기를 끌어들인 거라며. 응옥도 바락바락 대들고. 경찰을 불러야 하는 것이 아닌가 생각될 정도였다니까. 응옥도 사장이 도망치듯 가고 나니까 이제는 꾸인에게 소리를 질러댔어. 고향에 두고 온 약혼자는 어떻게 할 거냐면서. 꾸인도 꾸인 나름대로, 불법체류로 고발한다는데 그러면 어떻게 해야 하느냐고 고함을 질러대고."

"그래서 꾸인이 떠난 건가요?"

또안이 물었다.

"사장이 손을 썼는지 다음 날 새벽에 출입국에서 사람이 왔더라구. 응옥도 짐을 싸서 사라져버리고."

꿉은 말을 마치고 허리를 접고 격렬한 기침을 토해냈다.

"혹시 응옥이 어디로 간다는 말은 않던가요?"

내가 물었다.

"모르겠군요. 하지만 대학로에 성경 공부도 하고 한국어도 배우는 곳이 있었거든요. 저야 뭐 드문드문 나갔지만 응옥은 주일이면 한 번도 빠지지 않고 나갔어요. 거기 계신 분들이 가끔 일자리도 알아봐 주고, 아프면 병원에도 데리고 가고 했으니까 혹시 어디로 갔는지 알고 계실지도 몰라요."

꿉이 알려준 곳은 나도 알고 있는 곳이었다.

또안은 흥분한 목소리로 몇 번이나 고맙다고 고개를 숙였다.

"폐가 안 좋은 것 같은데 병원에 가봐요."

계속 기침을 하는 꿉에게 내가 말했다.

"그러고는 싶은데 의료보험 대상이 아니라서 월급에서 제해요."

꿉이 말했다.

나는 꿉에게 건강 조심하라는 말을 남기고 뒤돌아섰다. 언덕을 내려오는 동안 내내 공장 입구에 앉아 있던 개가 컹컹거리며 짖어대는 소리가 우리를 따라왔다.

오후 네시밖에 되지 않았는데도 차창 밖은 어두컴컴했다. 안전등을 켜고 달리는 차들도 있었다. 나는 '서울 숲'으로 방향을 틀면서 범퍼를 스치듯 지나가는 은색 렉서스 때문에 급브레이크를 밟았다. 고유가 시대라고 연일 떠들어대지만 도로에는 온통 고급 중형차뿐인 것 같았다. 대학로로 가는 길마다 차들이 뒤엉켜 거북이걸음을 계속하고 있었다.

또안은 조수석에 앉아 배낭을 꼭 끌어안고 있었다.
"배낭 안에 뭐가 들었어?"
앞차의 미등만 바라보고 있기 지루해서 내가 물었다.
대답 대신 또안은 배낭을 열어 무엇인가를 주섬주섬 꺼내놓았다.
피처럼 붉은 아오자이였다.
"제가 3년 동안 쎄옴을 몰아서 번 돈으로 만든 옷이에요. 특별히 응우엔 아저씨에게 부탁했죠. 그런데 응옥을 본 지 오래되어서 제대로 맞을지 모르겠어요."
또안은 아오자이를 펼쳐 앞차의 붉은 미등에 이리저리 비춰보았다.
윤기 흐르는 아오자이는 내가 보기에도 질 좋은 천으로 정성 들여 만든 것 같았다. 아오자이는 몸에 꼭 맞게 지어지는 옷이기 때문에 보통 22군데의 치수를 재어야만 한다. 그래서 옷을 입으면 몸의 곡선이 그대로 드러나는 것이다.

나는 아오자이를 즐겨 입던 호아를 생각한다. 아오자이를 입고 흐릿한 불빛에 '아가'를 읽던 그녀를 떠올리고, 그녀를 위해 암송해주던 구절들을 생각한다. "*사랑은 죽음처럼 강한 것, 시샘은 저승처럼*

극성스러운 것, 어떤 불길이 그보다 거세리오? 바닷물로도 끌 수 없고 굽이치는 물살도 쓸어갈 수 없는 것…….." 그리고 비단처럼 미끄러져 내리던 아오자이를 떠올린다. 어떤 옷으로도 감출 수 없었던 그녀의 몸을 생각한다.

대학로 부근은 퇴근 후 쏟아져 나온 사람들로 북적거렸다. 인도는 공연을 알리는 포스터로 지저분했고, 귀고리며 목걸이를 파는 가판대로 혼잡했다. 나는 자동차 금지 구역으로 잘못 진입했다가 후진으로 빠져나온 뒤에야 꿉이 알려준 곳의 주차장에 차를 맬 수 있었다. 20여 대 정도를 주차할 수 있는 주차장은 평일 저녁이라 그런지 한적했다.

주차장 구석에 조잡하게 만들어진 놀이터가 있었고, 한눈에도 혼혈로 보이는 아이들 대여섯이 그네도 타고 미끄럼틀을 기어오르기도 하면서 놀고 있었다. 아이들이 노는 모습을 바라보고 있던 여자가 차에서 내리는 우리에게 다가왔다. 그녀는 나이를 짐작하기 어려운 화장기 없는 얼굴에 수수한 카디건을 걸치고 있었고, 미션 스쿨의 실내화 같은 검은색 단화를 신고 있었다.

"저, 베르나르도 형제가 아니신가요?"

"아닙니다."

내가 말했다.

"베트남 사역에 참여하신 베르나르도 형제시잖아요."

"잘못 보셨군요. 저는 무신론자입니다."

나는 그녀에게 사진을 보여주었다.

"응옥이군요. 머리가 아주 명석해서 조금만 알려줘도 한국어를 곧잘 따라하곤 했어요. 우리나라 유행가도 한두 번만 들으면 금방 배

웠죠."

"여기는 오빠 또안입니다."

또안이 고개를 숙였다.

"반가워요. 응옥에게는 친오빠가 있단 말을 듣지 못했는데, 한국까지 찾아올 정도로 우애가 깊은 오빠가 있는 줄은 몰랐군요."

"응옥이가 어디 있는지 아세요?"

또안이 물었다.

"광주에서 일하다가 그만두고 나왔다면서 여기에서 며칠 묵었어요. 애들도 봐주고 우리에게 베트남 말도 가르쳐주고는 했어요. 그러다가 안산에 있는 의류 공장에 소개시켜줬는데 얼마 버티지 못하고 다시 찾아왔더군요. 비자 만기도 다가오고 해서 몹시 초조해하던 기억이 나네요. 그러다가 고향에 있는 아버님이 많이 편찮으시다는 소리를 들었어요. 그리고 얼마 되지 않아 쉽게 돈을 벌 수 있는 곳이 있다며 짐을 챙겨 나갔어요."

"그 후로는 소식이?"

내가 물었다.

"이태원에 있는 한 클럽에서 보았다는 소식을 듣긴 했는데 지금도 그곳에서 일하고 있는지는 모르겠군요."

"감사합니다."

"저기, 형제님?"

"네?"

"페트로스께서도 주님을 세 번이나 부인하셨지만 용서받으시고 교회의 반석이 되셨죠. 그분의 크신 은혜 아래 용서받지 못할 죄는 없답니다."

"사람이 어떤 죄를 짓든 다 용서받을 수 있으나…… 성령을 모독하는 사람은 영원히 용서받지 못할 것이며 그 죄는 영원히 벗어날 길이 없을 것이다."

내가 그녀에게 말했다.

또안과 나는 거리에서 '색시Bar' 따위의 전단지를 나눠주는 호객꾼들에게 응옥의 행방을 묻고 다녔다. 검은 양복을 입은 늘씬한 녀석들이 몰려든 회사원들을 유혹하거나 삼삼오오 짝지어 다니는 아가씨들을 유혹하고 있었다. 별 소득 없이 거의 포기하려고 할 때쯤 가슴에 '강호동'이란 명찰을 찬 녀석이 응옥과 같은 여자들을 고용하는 클럽이 있다고 알려주었다. 나는 또안에게 차에서 기다리라고 말한 다음 녀석이 말해준 '모나코'란 클럽을 찾았다. 사무실 여직원처럼 차려입은 입구의 여자에게 티켓을 구입하자 어디를 눌렀는지 보이지 않던 출입구가 열렸다.

방음이 잘 된 무거운 문을 열고 들어서자 귀청을 찢을 듯한 음악과 사이킥 조명이 밀려왔다. 중앙 무대에서는 몇 쌍의 남녀가 춤을 추고 있었고 테이블을 누비며 다양한 국적의 여자들이 서빙을 하고 있었다. 언뜻 보기에도 러시아나 태국, 베트남에서 온 여자들이 여럿 있었다. 그리고 중앙 무대를 감싸듯이 독립된 방들이 둘러싸고 있었다. 아마도 좀 더 조용한 대화를 필요로 하거나 다른 목적으로 사용하는 곳인 듯했다. 나는 무대를 정면으로 마주하고 있는 바의 등받이 없는 의자에 앉았다. 프레디 머큐리처럼 수염을 기른 바텐더가 다가왔다. 녀석은 잘 발달된 대흉근을 자랑이라도 하려는 듯 배꼽 어름까지 셔츠를 풀어놓고 있었다. 나는 그에게 비어 언더락을 주문했다.

  나는 프레디가 가져온 '사이공'을 컵에 따르고 얼음을 띄웠다. 그리고 "디 후에(Di Hue)"라고 중얼거리고 잔을 반 정도 비웠다. 하노이의 무더운 여름을 견딜 수 있었던 것은 호아와 함께 속옷까지 흠뻑 젖게 맞던 비목욕 '땀므아(Tam Mua)'와 밋밋하고 텁텁한 얼음 띄운 맥주 덕분이었다.

  나는 바텐더에게 사진을 건네면서 응옥이 이곳에서 일한 적이 있는지 물어보았다.

  "응옥이라고 해봤자 모르겠네요. 여기서는 누구나 가명을 쓰니까요."

  녀석이 유난히 하얀 이를 드러내며 영업용 미소를 띠고 말했다.

  나는 맥주를 마저 마시며 클럽 안을 둘러보았다. 금요일 저녁이라 그런지 많은 사람들로 붐볐다. 룸에서 아오자이를 입은 여자가 나오는 것을 보고 나도 자리에서 일어났다.

  "꾸에 앰 어 더우(어디에서 왔어)?"

  내가 여자 화장실에서 나오는 그녀에게 물었다.

  "타이응우엔(Thai Nguyen)."

  "왜 여기서 일해?"

  "결혼중개소 따라왔는데, 나이 차이가 너무 많이 났어요."

  "넌 몇 살인데?"

  "스물다섯"

  "진짜 나이."

  "스물."

  "남자는?"

"예순넷."

"아버지군."

"제 큰아들이 몇 살이었는지 알아요?"

"몇 살?"

"마흔일곱."

"효자로군."

"아저씨, 레슬링했어요?"

"왜?"

"귀가 찌그러져 있어."

"아니야."

"그럼 유도?"

"아니."

"나랑 나갈래요? 얘기하면 되는데."

"이 애 알아?"

사진을 보여줬다.

"잘 모르겠어요. 저는 여기 온 지 얼마 안 됐어요."

"알 만한 사람이 있을까?"

"바텐더요. 콧수염 있는. 저 사람이 여기 주인이나 마찬가지예요. 사장은 돈만 대고 운영은 모두 저 사람이 해요."

몇 명을 붙잡고 물어보았지만 비슷한 대답이 돌아왔다.

나는 클럽을 나와 편의점에서 따뜻한 커피를 산 후 또안이 기다리고 있는 아반떼로 돌아왔다. 또안은 피곤했던지 그새 잠들어 있다가 깨어났다. 나는 커피를 홀짝거리며 프레디 머큐리가 나오기를 기다렸다.

추운데도 배꼽을 훤히 드러낸 여자가 술에 취한 남자를 데리고 문신 전문점으로 들어갔다. 그녀의 입술과 눈썹에는 피어싱한 보석이 반짝였다. 이성의 팔짱을 끼고 걷는 커플도 있었고 동성의 손을 잡고 걷는 커플도 있었다. 넥타이를 풀어 젖힌 남자가 교통카드 판매점을 붙들고 속을 게워냈다.

"또안의 고향은 어디야?"

"랑썬(Lang Son)이에요. 시골이죠."

랑썬은 하노이 북부에 있는 곳으로 한국으로 치면 서울에서 태백 정도 떨어진 곳이었다.

"어려서부터 응옥은 손이 많이 타는 아이였어요. 무엇이든 화려한 것을 보면 따라가지 않고는 직성이 풀리지 않았죠. 그녀가 제일 좋아하는 날은 대보름날이었죠. 그때는 온 동네에 종이 등불을 다는데 용, 토끼, 두꺼비, 배, 별의별 등불이 다 있어요. 밤이 되고 어두워지면 등불 안에 촛불을 켜고 장대에 달아 빙빙 돌리는데 그러면 우리 마을 전체가 등불의 물결에 휩싸이죠. 열 살 무렵인가 대보름날 응옥과 함께 축제에 갔다가 그녀를 잃어버린 적이 있어요. 온 동네 어른들이 등불을 들고 마을을 뒤졌는데도 못 찾았는데, 다음 날 태연한 얼굴로 나타났어요. 옆 마을 등불 행렬이 너무 밝고 환해서 그 뒤를 따라갔다더군요."

응옥에 대해 말하는 또안의 목소리는 호아가 내게 속삭이던 소리를 닮아 있었다. 그녀가 나지막하게 말할 때면 그 속삭임은 숨을 들이마시는 소리 같기도 하고, 흥얼거리는 콧노래 같기도 했다.

프레디가 골목에 나타났다. 음식물 쓰레기가 담긴 종량제 봉투를 들고 있었다.

나는 차에서 내려 조용히 녀석에게 다가갔다.

"어이."

녀석이 돌아보았다.

"정말 이 베트남 아가씨 모르겠어?"

"모른다고 했잖소."

"네가 이 가게에서 제일 오래되었다던데?"

"진짜 귀찮게 그러네."

"네가 뭔가 켕기는 것이 있는 거 아냐?"

"에이, 썅."

녀석이 갑자기 내 목을 움켜쥐려 했다. 나는 재빨리 턱을 당기고 녀석의 정강이를 걷어찼다. 억 소리와 함께 반사적으로 몸을 숙일 때 손바닥으로 녀석의 코를 가격했다. 코피가 뿜어져 나왔다. 나는 양 손바닥으로 녀석의 가슴을 후려쳤다. 녀석이 벽에 처박혔다. 나는 녀석을 벽으로 밀어붙이며 놈의 유리늑골에 주먹을 한 번 더 먹여주었다.

"네가 엑스터시를 팔든 마리화나를 팔든 상관없어. 그냥 응옥이 어디로 갔는지 알고 싶다는 거야."

"알았소, 알았어."

프레디가 코를 움켜잡으며 말했다.

"얼마 전에 돈 많은 늙은이 하나가 찾아왔었소. 늙은이가 베트남 전에 참전해서 부상을 입었다고 하면서 훈장을 보여주네 마네 한참 장광설을 늘어놓더니 괜찮은 베트남 애가 있는지 묻더군. 응옥인지 걔를 들여보내니까 지들끼리 속닥거리더니 다음 날부터 안 나왔소."

"공짜로?"

내가 녀석의 목줄을 움켜잡으며 물었다.

"컥. 큰 거 한 장 받았소."

"연락처는?"

"나중에 다른 예쁜 베트남 애들이 오면 연락하라고 명함을 주고 갔소."

나는 녀석의 손에서 명함을 빼앗아 주머니에 넣었다. 핸드폰 번호와 집 전화번호가 적혀 있었다. 나는 녀석의 목을 풀어주고 차로 돌아왔다. 술 취한 남자 하나가 아반떼의 사이드미러를 붙잡고 몸을 가누려 애쓰고 있었고 또안은 차 안에서 곤란한 얼굴로 나를 바라보았다. 나는 취객의 겨드랑이를 잡고 번쩍 들었다. 남자가 버둥거리며 욕을 지껄였지만 목 뒤로 손을 깍지 껴서 힘을 주자 조용해졌다. 나는 남자를 종량제 봉투가 쌓인 담벼락 옆에 기대놓았다.

"세쇼마루, 일어나."

나는 PC방을 운영하고 있는 후배에게 전화를 걸었다.

"누구냐?"

"동해"

"형, 오랜만이에요."

전화기 저편에서 부스럭거리며 이불을 젖히는 소리가 들렸다.

"술 좀 그만 처먹어라."

"오랜만에 혈맹 애들이랑 뭉쳐서요."

"너, 요즘에도 신용정보 긁어서 파냐?"

"왜요?"

"전화번호로 주소 좀 하나 알려구."

"있긴 있는데 2005년 거라 정확하진 않아요. 그 이후로는 단속이 심해서."

"그래? 그래도 이 번호 하나만 돌려봐라."

"알았어요. 불러요"

"031-749-21**. 나오면 문자로 찍어라."

"알았어요. 조만간 한 잔 빨어요."

"끊는다."

녀석의 문자를 기다리며 24시간 영업하는 베트남 국수집으로 들어갔다. 한동안 유행처럼 베트남 국수집이 생겨나더니 일 년을 버티지 못하고 대부분 사라졌다. 내가 사는 오피스텔 앞에도 올봄에 생겼다가 어느새 삼계탕집으로 바뀌었다. 식당 안은 이른 시간인데도 얼큰한 얼굴로 해장을 하는 서너 명이 있었다. 또안은 퍼 보 따이(Pho Bo Tai)를 시켰고 나는 닭고기로 만든 퍼 가(Pho Ga)를 주문했다. 국수가 나오자 또안과 나는 라임 즙과 숙주를 넣고 말없이 뜨거운 국물을 마셨다. 또안은 국물만 마시고 몇 차례 끼적이다가 젓가락을 놓았다. 나는 출출하던 차라 바닥이 보일 때까지 비우고 자리에서 일어났다.

문자가 도착했다. 한남대교를 지나 강남역 방면으로 직진했다.

토요일 아침의 도로는 한산했다. 강남역은 신도시로 이어지는 전철 공사로 도로 곳곳을 파헤치고 막아놓았다. 인간은 점점 하늘로 솟거나 지하로 파고 들어가고 있다. 언젠가 땅 위로는 아무도 다니지 않게 될지도 모른다는 생각을 했다.

헌인릉을 지나 복정사거리로 향했다. 제한속도가 70킬로미터임에도 불구하고 한적한 도로를 지정 속도로 달리는 차는 아무도 없었다. 나는 일차선을 내주었다. 모란을 지나 중앙로로 접어들자 화려한 외양을 지닌 모텔 건물들이 줄지어 나타났다. 모텔 건물들이 포악한 육식동물처럼 야금야금 도시를 먹어들어 가고 있었다. 낡은 평판 지붕 위로 재래시장 철거를 반대하는 현수막이 바람에 찢겨 날리고 있었다. 목적지인 은행동으로 올라가는 진입로는 이중 삼중으로 주차가 되어 있어서 도무지 진입할 수 없어 보였다. 나는 초등학교 건물 앞에 대충 주차를 해놓고 또안과 함께 언덕을 올랐다. 노아의 홍수가 다시 온다고 해도 물에 잠기지 않을 듯싶은 가파른 곳에 빌라들이 다닥다닥 세워져 있었다. 사람 하나가 간신히 지나갈 정도의 골목에는 전선이 어지럽게 얽혀 있었다. 내가 '한국유통' 앞에서 물건을 내놓는 점원에게 길을 묻는 동안 또안은 가게 안으로 들어갔다 나왔다.

차가운 바람이 불었다. 산자락에서 불어 내려오는 바람이라 더 매서웠다. 도둑고양이 한 마리가 쓰레기봉투를 헤치다가 우리를 발견하고 차 밑으로 숨어들었다. 보기 드물게 잡털 하나 섞이지 않은 검은 고양이였다. 차바퀴 옆에서 녀석의 눈동자가 초록색으로 빛났다. 지린내 나는 골목을 지나자 남자 점퍼를 입은 파마머리 여자가 사내아이 하나를 들쳐 업고 종이 박스를 줍고 있었다. 사내아이는 고개를 외로 꼬고 잠들어 있었고, 여자가 끄는 유모차에는 종이 박스와 건전지가 떨어져나간 장난감 총, 바퀴가 부서진 자동차가 들어 있었다. 양말을 신지 않은 아이의 발이 추워 보였다.

주소를 확인하고 빌라의 유리문을 잡아당기자 아귀가 잘 맞지 않는지 삐걱 소리가 건물 전체에 울렸다. 3층으로 올라가 벨을 눌렀다.

안에서 어눌한 한국어 소리가 들렸다.

"누구세요?"

또안은 망설이며 말을 잇지 못했다.

내가 대신 대답했다.

"한국유통에서 쌀 배달 왔어요."

"쌀? 시킨 적 없는데?"

잠시 후 보조 잠금 장치가 열리는 철컥거리는 소리와 함께 문이 열렸다. 집 안에서 바깥 공기와는 다른 훈훈한 훈기가 새어 나왔다.

사진에서 보았던 여자가 얼굴을 내밀었다.

여자는 잠시 내 얼굴을 보고, 또안의 얼굴을 바라보았다.

응옥의 눈이 커다래지며 "아인(오빠)?" 하고 말했다.

"아침 댓바람부터 어떤 새끼들이야?"

안에서 남자의 목소리가 들리더니 한쪽 다리를 질질 끌며 영원무역 사장이 나타났다. 그는 우리를 보더니 흠칫하고는 이내 욕설을 내뱉기 시작했다.

"야, 이 씹할놈아. 뭘 그렇게 꼬라봐? 어차피 돈 벌겠다고 똥창에서 뒹구는 년 데려다가 따뜻한 밥 먹여줘, 예쁜 옷 입혀줘, 다 죽게 생긴 애비 병원비 보내줘, 얼마나 더 잘해줘? 이년이 하는 일이라고는 그저 밥이나 하고 때 되면 그거 한번 대주는 것밖에는 더 있냐고."

남자가 응옥의 머리채를 휘어잡았다. 응옥이 외마디 비명을 질렀다. 나는 신발을 신은 채로 거실로 달려 들어가 늙은이의 손을 낚아채서 등 뒤로 꺾어버렸다. 그리고 팔뚝으로 늙은이의 목을 휘감았다. 컥컥거리며 버둥거렸지만 내 힘을 이겨내진 못했다.

응옥을 바라보는 또안의 모습은 의외로 침착했다. 어쩌면 응옥에게서 소식이 끊긴 시점에 어느 정도 짐작하고 있었는지도 모른다.
"아인! 오빠하고 결혼할 것도 아닌데 뭐 하러 여기까지 따라왔어? 우린 끝났다고 편지 보냈잖아!"
응옥이 악을 써댔다.
또안은 조용히 가방에서 아오자이를 꺼내 응옥에게 내밀었다. 응옥이 외면했지만 또안은 아오자이를 들어 억지로 여자의 몸에 대어 보았다. 입어보지 않아도 치수가 너무 작아 보였다. 다음 순간 또안은 온몸을 실어 칼로 그녀의 가슴을 찌르고 있었다.
붉은 아오자이는 칼로 연결되어 그녀의 심장에 박혀 있었다. 붉은 천이 더 붉어졌다. 응옥의 입에서는 뭉클거리며 거품이 섞인 피가 흘러나왔다. 나는 사태를 파악하고 늙은이를 팽개치며 또안의 뒷목을 잡아 내던졌다. 그리고 응옥의 가슴에 박힌 칼을 잡았다. 갑자기 칼을 빼면 근육이 벌어지면서 출혈이 더 심해질 것이다. 나는 멍하니 얼이 빠져 있는 늙은이에게 구급차를 부르라고 소리쳤다. 또안은 신발장 옆에 처박혀 멍하니 내가 하는 일을 바라보고 있었다.
그다음은 마치 불투명한 유리창 너머로 지루한 예술 영화를 보는 것처럼 느릿하게 지나갔다. 구급차가 달려와 응옥을 실어가고, 경찰이 또안을 체포했다. 나 역시 경찰에게 이런저런 진술을 해야만 했다. 성남남부경찰서를 나올 때는 이미 어스름이 깔리고 있었다. 아반떼에 앉아 햇빛 가리개 속에 보험증서와 함께 꽂아둔 사진을 꺼냈다. 어둑해서 잘 보이지 않았다. 사진 속에서는 호아가 분홍빛 호아 프엉이 흐드러지게 피어난 나무 아래 서서 웃고 있었다.
나는 아반떼의 시동을 걸고 가파른 경찰서 진입로를 내려와 신세계 아파트 사거리에서 외곽순환도로로 방향을 틀었다. 예전 기억으로는 성남 시내를 거치지 않고 서울로 바로 진입할 수 있는 최단거리의 코스였다. 하지만 길이 많이 달라져 있었다. 길 양편으로 자리 잡고 있던 닭죽집들은 모두 철거되었는지 보이지 않았고, 건설하다 중단한 아파트형 공장들만 늘어서 있었다. 나는 비상등을 켜고 갓길에 차를 세웠다. 그리고 어디에서 길을 잘못 들었는지 알려줄 누군가를 기다리고 있었다.

- 「계간 미스터리」 2007년 겨울호

오리엔트 히트-
스푼 메이커스 다이아몬드

>>>> 김재희

연세대 졸업, 추계예대 문화예술경영대학원 영상시나리오학과에서 수학하였다. 2006년 한글 창제의 비밀을 추리한 소설 『훈민정음 암살사건』으로 등단한 이래 역사 미스터리 집필에 몰두하고 있다. 주요 작품으로 『백제 결사단』, 『황금보검』, 『색 샤라쿠』, 『경성 탐정 이상』 등이 있다.

제1일

"안녕히 가십시오."

KE955 비행기에서 내리는 한에게 반짝반짝 빛나는, 흡사 30캐럿도 넘는 다이아몬드 같은 눈을 지닌 스튜어디스가 말을 건넸다. 비즈니스석에 앉은 한에게 관심을 가졌던지 연신 필요하신 것 없느냐고 묻던 여성이었다. 하지만 한은 열두 시간 정도 되는 비행 시간 내내 입을 다문 채 그녀의 질문에 일일이 대꾸하지 않았다.

터키 이스탄불로 들어가는 관문인 아타튀르크 공항에서 맞는 밤하늘은 검디검었다. 한은 길게 흘러내린 앞머리를 고갯짓으로 넘기고, 공항 정문을 나와 택시를 잡아타는 곳으로 향했다. 하얀색의 피부, 또렷한 이목구비, 갸름한 턱은 얼핏 보면 잘생긴 30대 중반의 미남자 같아 보였으나, 날카롭게 솟은 콧날은 약간은 신경질적이고 예민한 그의 성격을 대변해주고 있었다. 그리고 우수에 찬 두 눈은 30대 같지 않게 허망해 보이기 그지없었다.

택시를 잡아타는 한에게 기사가 말을 건넸다.

"웨어 두 유 고우(어디까지 가십니까)?"

터키인의 투박한 영어를 듣자마자 한은 말없이 택시를 내렸다. 그리고 그다음 번 택시에 올라탔다. 덩치가 큰 터키인이 운전하고 있었다. 검은색의 구레나룻을 길게 기른 터키인은 깊게 들어간 눈이 무척이나 인상적인 40대 후반의 사내였다.

"디스 택시 캔낫 고우 애니웨어(이 택시는 어디에도 안 갑니다)."

한은 말없이 뒷좌석을 지키고 앉아 있었다. 잠시 후 택시는 천천히 공항 앞 대로를 빠져나가기 시작했다. 이스탄불의 시내 술탄 아흐멧 지구에 들어가기 직전에 택시기사는 한을 내려주었다. 그리고 말없이 자료를 건넸다. 한은 자료를 받아 들고 시내 한가운데 위치한 한인이 운영하는 '서울 호스텔'로 향했다.

룸 203호로 들어간 한은 가볍게 한숨을 내쉰 후 가방을 바닥에 내려두고 자료를 꺼냈다. 암호를 댄 택시기사에게서 받은 자료에는 정우철의 사진과 그가 건네주려는 '스푼 메이커스 다이아몬드'의 상세 사진이 다른 여러 자료들과 함께 들어 있었다.

한은 미국의 서비스 경호업체인 인터내셔널 시크릿 서비스(약칭 시크릿 서비스) 한국 지사에서 일하고 있었다. 시크릿 서비스 회사는 이라크전에 상당한 수의 용병을 투입하여 막대한 매출을 올렸으며, 현재에도 아프리카나 중동 등지의 내전이나 격지전이 끊임없는 곳에 계약제 군인을 보내고 있었다. 이외 개인적인 거물급 인사의 경호나, 특수 기관이 의뢰한 비밀 수사에도 요원을 내보냈다. 한은 한국에서 특전사로 근무하다 퇴역 후 시크릿 서비스에서 다년간 용병으로 일하다 최근에는 비밀 작전에만 투입되는 일급 요원이 되었다.

"스푼 메이커스 다이아몬드라……."

다이아몬드를 발견한 어부가 그 값어치를 알지 못하고 나무로 만든 스푼 몇 개만 받고 팔았다 해서 이름이 스푼 메이커스 다이아몬드로 정해졌다는 것을 한은 이미 알고 있었다. 이 다이아몬드는 세계에서 다섯 번째로 큰 86캐럿짜리 물방울 다이아몬드로 현재 도난된 지 26일째를 맞고 있었다. 터키의 자랑이자 술탄들의 손에서 대대로 물려져 내려오던 이 다이아몬드는 최근 영국의 한 시립 박물관에 대여 중이라고 공표해둔 상태였다.

"왜 저에게 이 일을 맡기는 겁니까?"

한의 질문에 상사 조는 이렇게 답해줬다.

"다이아몬드가 손안에 있다고 연락해온 정우철 박사는 한국인이네. 어찌 된 연유로 그의 손안에 들어가 있는지는 모르겠으나, 그는 미국에 본사를 둔 소프트웨어 회사에서 근무하고 있던 박사로 지금은 은신해 있네. 다만 특수한 인터넷 계정을 통한 연락으로 본인은 자수하겠으며, 다이아몬드를 터키 정부도 인터폴 수사관에게도 아닌, 믿을 만한 사람에게 건네주겠다고 약속했네."

한은 더 이상은 묻지 않았다. 그리고 바로 지금 그의 손에 정우철의 사진과 그가 연락한다는 인터넷 계정, 그리고 그 인터넷 계정을 열 수 있는 호스텔 옆의 인터넷 카페 주소, 한의 비밀 신분증 등이 들려 있었다. 만약에 정우철이 만날 약속과 시간을 이메일 계정으로 보내온다면 즉시 한의 로밍 서비스된 휴대폰에 문자 서비스가 들어오고, 한편으로 바로 호스텔 옆의 인터넷 카페로 들어가서 메일을 확인해야 했다.

하지만 연락이 오지 않는다면 몇 날 며칠이고 방 안에 갇혀 지내야 할지 몰랐다.

제2일

한은 아침 일찍 잠을 깼다. 이슬람교를 믿는 무슬림들에게 기도드리는 시간을 알리는 방송이 크게 흘러나왔다. 알라신을 찬양하고 경배하는 말로 시작되는 방송은 한의 귓가를 날카롭게 비집고 들어왔다. 한은 방의 창문을 열어젖혔다. 아직 어스름이 깔린 초겨울 아침 터키의 날씨는 제법 쌀쌀맞았다. 오전 여섯시 반이었다.

아직까지 한의 휴대폰에는 문자 메시지가 도착하지 않았다. 한은 방 안에서 기다리기보다는 정보를 캐러 나가기로 마음먹었다. 한은 특전사로 근무할 때에도 정보 계통의 장교로 근무했고, 용병으로 투입돼서도 실전보다는 뒤에서 작전 공격을 구상하고 계획하는 브레인 역을 맡았다. 따라서 정보는 가장 큰 힘이었고, 한편으로 잘못된 정보는 일개 군단의 목숨을 앗아갈 수도 있었다. 그의 상사 조는 항상 한의 정보 캐는 능력을 위험하다고 평가했다.

"섣불리 정보를 캐러 다니거나 그 정보를 이용하려 들지 마. 정보는 자네의 목숨을 단칼에 날릴 수도 있지. 차라리 몰랐더라면 오히려 목숨을 부지할걸."

하지만 한은 몸이 근질거려 가만있을 수 없었다. 호스텔을 빠져나가서 술탄 아흐멧 지구의 한가운데인 거대한 아야 소피아 성당과 블루 모스크 사이 길을 지나 이스탄불의 가장 대중적 교통인 전차 '트램'을 이용하려 표를 끊었다. 트램에 올라탄 한의 눈에 소피아 성당의 허름하면서도 웅장한 위용이 들어왔다. 그리고 그 반대편에 서 있는 화려한 블루 모스크도 눈에 들어왔다.

터키에 온 게 처음은 아니었다. 예전에 용병 생활에 환멸을 느끼고 나서 정처 없이 유럽의 거의 모든 국가를 배낭을 걸머쥐고 다닐 때, 이미 소피아 성당과 블루 모스크 이슬람 사원을 보았다. 사람들은 아름답고 화려한 블루 모스크가 더 호감이 간다고 평했으나, 한은 우중충하고 투박한 아야 소피아가 훨씬 더 마음에 와 닿았다. 그리고 그 안에 들어가 세례 요한과 예수의 금박 모자이크를 보았을 때는 경이로움을 느꼈다. 1500년 전에 처음 지어진 성당은 수많은 화재, 붕괴를 맞고 개축, 증축에 걸쳐 지금의 웅장하고 거대한 모습을 보여줬다. 소피아 성당은 기독교도들에게서 무슬림들에게 넘어갔을 때 이미 이슬람 사원으로 바뀌었지만 예수가 그려진 위대한 벽화는 살아남았다. 무슬림들이 회벽으로 만들었어도 다시금 회벽이 벗어지고 보존되고 복원되었다. 지금은 비록 절반밖에 남아 있지 않았으나 여전히 보는 이들에게 경외심을 느끼게 했다.

  한은 잠시나마 자신의 처지가 소피아 성당과 비슷하다고 여겼다. 언제나 명령을 내리는 주체가 바뀌었다. 한편으로 그에 따라 목적도 당위성도 없는 인간에 대한 공격을 감행해야 했다. 자신의 손에 직접 피를 묻힌 적은 적었다 하더라도 더 큰 살상을 뒤에서 계획했던 자신이었다. 한의 뜻은 중요하지 않았다. 오로지 명령만이 그리고 그 이면에는 피해 받아서 괴로워하는 소수 민족들이 있었다. 한은 소피아 성당의 벽화를 보고 뒤돌아서서 눈시울을 붉혔다. 그리고 두 손바닥을 펼쳐 자세히 보았다. 앞으로 무슨 일을 해도 자신이 저지른 죗값을 씻을 수 없다는 생각이 들었다. 이후 한은 유럽 여행에서 돌아와 전쟁터보다는 정보 계통에서 근무할 것을 강력하게 요청했다. 하지만 때로는 불법적이고, 무력을 써서 일을 완수해야 하는 정보계에서도 크고 작은 살상은 종종 일어났다.

어느덧 트램은 세계에서 제일 크다는 재래시장 그랜드 바자르(시장)가 근접해 있는 카팔르 차르시 역에 도착했다. 한은 천천히 바자르 입구로 향했다. 술탄에 의해 시장의 천장이 씌워졌다는 안내문이 적힌 거대한 갈색 문을 들어가보면 수천의 가게들이 밀집한 벌집 같은 구조의 그랜드 바자르가 나타났다.

터키의 전통 차, 커피를 파는 곳, 은 제품을 파는 곳, 터키 전통 의상을 파는 곳을 지나가보면 중앙에 거대한 보석상 거리가 나왔다. 영국 여왕도 쇼핑을 하러 온다는 그랜드 바자르의 보석상은, 엄지손톱만 한 크기의 보석들은 정말 흔하디흔한 물건으로서, 세계에서 거래되는 것 중에 가장 캐럿이 큰 다이아들이 완벽하게 흠집 하나 없는 모습으로 진열되어 있었다.

한은 유창한 영어로 큰 보석상 몇 군데를 돌면서 소더비 경매회사에서 나온 직원 신분증을 보여주어 다이아몬드 정보를 캤으나, 그들은 한결같이 다른 다이아몬드를 비밀 금고에서 빼내서 보여주거나 카탈로그에서 또 다른 보석들을 가리켰다. 아직까지는 스푼 메이커스 다이아몬드가 도난당했다는 정보가 새나간 것 같지 않았다. 한은 문득 자신이 헛다리를 짚고 있다는 느낌이 들었다. 이곳이 아니었다. 은밀하고 비밀스러운 술탄의 거대한 다이아몬드가 거래될 곳, 그리고 그 위치가 짐작될 만한 곳은 더욱 구식인 전통 재래시장 이집션 바자르에서 찾아야 했다.

천여 년 전부터 시장이 형성됐으며, 술탄이 이집트에서 받아들이던 공물을 풀게 해서 거대한 상단의 규모가 형성된 이집션 바자르. 주말이라서 인산인해를 이루었다. 터키 현지인들과 어깨와 어깨를 마주치면서 걸어가는 한의 눈에 수백 종은 됨직한 여러 가지 견과류와 향신료들이 눈에 들어왔고, 코끼리의 상아로 만든 듯한 각종 기이한 장식품들이 보였다. 심지어 코브라를 가져다 놓고 특이한 동식물 등을 파는 약물 가게 주인도 보였다.

이때였다. 한은 느꼈다. 자신을 뒤따라 붙는 한 날카로운 눈매의 깡마른 체구의 터키인을. 그는 검은색 점퍼를 착용했고, 매우 날렵한 몸집을 지녔으며, 광대뼈가 도드라지게 나왔고, 머리는 곱슬거려 위에 올라붙어 있었다. 20대 후반쯤 되었을까?

한은 남자를 의식하며 걸었다. 수많은 사람들이 한과 몸을 부닥치며 걷고 있었으나, 오로지 검은색 점퍼의 터키인만이 한을 미행했다.

'나에게 위협적인 상대인가?'

한은 남자를 유인해보기로 했다. 검은 점퍼 남자는 한을 집요하게 뒤따랐다. 한은 옆구리로 난 골목을 통해 보석상들이 밀집한 거리로 들어섰다. 이때였다. 검은 점퍼의 남자 손이 한의 옆구리를 살짝 스쳤다. 한은 히트(암살공격)가 들어왔다고 판단했다. 얼른 손을 내뻗어 남자의 손목을 잡아 틀어서 꺾었다. 남자의 비명이 들렸다. 잠시 후 사람들이 이 둘에게서 비켜났다.

검은 점퍼의 손에 들린 것은 한의 뒷주머니에 넣어둔 300예니 터키 리라 정도 되는 돈이었다. 혹여라도 암살에 의해 죽었을 때 신분이 드러나는 걸 방지하기 위해 지갑을 가지고 다니지 않는 한은 뒷주머니에 항시 쓸 돈을 꽂아놓고 다녔다. 단순한 소매치기였다.

"쏘리, 썰(죄송합니다, 선생님)."

터키인은 서투른 영어로 얘기하고 고개를 굽실거렸다. 한은 경찰에 넘길 생각이 없었다. 돈을 돌려받고 그를 보내주었다. 터키인들이 운집한 이 시장 거리에서 어쩌면 유일한 동양인인 자신은 소매치기들의 표적이 될 만도 했다. 한은 즉석에서 무슬림들이 쓰는 동그랗고 자그마한 터키 전통 모자와 전통 패턴 문양이 들어간 조끼를 샀다. 이제 뒷모습만 보면 동양인인지 터키인인지 잘 구별이 안 될 터였다.

반나절의 시간이 지난 후 한은 이집션 바자르 보석상 거리 한가운데의 자그마한 전통 커피숍에 들어앉아 터키 카페(커피)를 마시고 있었다. 인도 남부 지역 사람들과 터키인들이 주로 마신다는 필터를 거르지 않은 채 마시는 진한 터키 카페는 한의 정신을 맑게 일깨워주었다. 이집션 바자르에서도 별 소득이 없었다. 그리고 휴대폰의 메시지는 들어오지 않았다.

정우철이 그냥 잠적하려는 걸까? 한은 왠지 예감이 좋지 않았다.

이때였다. 저만치 위치한 보석상 가게에서 배가 엄청나게 나오고 머리가 반쯤은 벗어진 뚱뚱한 터키인이 가게 문을 잠그고 나오자마자 그 뒤를 따라붙는 아까 그 검은 점퍼 녀석이 보였다. 추측해보건대 부유한 보석상 주인을 털려는 게 분명했다. 모른 척할까?

한은 갈등했다. 그러나 이미 커피는 식어 있었다. 한은 일어섰다.

검은 점퍼는 보석상 주인을 집요하게 따라붙었다. 그의 눈은 뚱뚱한 상인의 불룩한 옆구리 안쪽을 향해 있었다. 검은 점퍼는 인적이 드물어지는 시장 끄트머리에 상인이 거의 도착했을 때 다짜고짜 그의 옆구리를 치고 들어갔다. 상인이 소매치기를 눈치채고 큰 눈을 부라리자 검은 점퍼는 뒷주머니에서 잭나이프를 하나 꺼내 들고 그를 위협했다. 검은 점퍼가 잭나이프를 상인의 옆구리를 향해 내질렀다. 상인의 옷자락에 붉게 피가 배어나오며 그가 뒤로 넘어졌다.

돈을 내놓으라는 투의 거친 터키어가 점퍼의 입에서 터져나왔을 때 한이 뒤에서 검은 점퍼의 두 손을 휘어잡고 꺾어버렸다.

"고우 투 더 헬(꺼져버렷)!"

한은 소매치기의 손목을 분지르기 직전까지 꺾어버리고는 신음하며 도망가려는 그를 놓아주었다.

"아 유 오케이(괜찮으십니까)?"

한은 뚱뚱한 몸집의 상인을 일으켜주었다. 다행히 옆구리를 살짝 스쳤을 뿐 중상은 아닌 듯했다.

"라일라아 일라 알라 바 무하마드 라술 알라……."

상인은 기도문을 낮은 목소리로 읊조린 후 메카 방향을 향해 몸을 낮게 숙여 절했다. 잠시 후 일어난 상인은 한의 두 손을 붙잡고 고마움을 표했다. 상인은 유창한 영어로 말했다.

"오, 자비로웁고 자애로우신 알라신께서 당신을 내게 보내주셨습니다. 부디 저희 가게에 가시어 제가 대접할 수 있도록 해주십시오."

한은 몇 차례 사양했으나 결국 뚱뚱한 상인의 보석상 안에서 특이한 선물을 건네받았다. 상인은 옆구리에 찬 가죽 주머니에서 초승달처럼 곡선으로 휜, 보석이 촘촘히 박힌 단검을 꺼내 들었다.

"이것을 원래는 다른 보석상에 내주기로 약조했으나, 그 소매치기 조직 녀석이 이 물건이 그 시각에 운반된다는 정보를 듣고서 저를 덮치려 한 것 같습니다. 아무래도 이 보석 단검을 그 가게에 준다는 것을 신께서 원치 않는바 선생께 드리고 싶습니다."

한은 사양했다. 언뜻 보기에도 옛 술탄들이 지녔음직한 사파이어와 루비가 박힌 단검을 받는다는 게 부담스러웠다.

"선생의 얼굴에 드리워진 나쁜 기운을 보았습니다. 저를 도운 선행으로 그 기운이 가시어지길 바라며 선물로 드리는 겁니다. 선생이 아니었다면 저는 죽었을 것입니다. 이 모든 게 알라신께서 행하신 기적입니다. 오, 알라."

어쩔 수 없이 한은 보석 단검을 받았다. 한은 스푼 메이커스 다이아몬드에 관해 물어보려다 그만두었다. 정보를 시장에서 찾지 못할 거란 예감이 들었다. 상인은 코란을 빼들고 한에게 읽어주었다. 아랍어로 읽고서는 바로 영어로 통역해주었다.

"자비로우시고 자애로우신 알라의 이름으로
어두워지는 밤을 두고 맹세하고
빛이 비치는 낮을 두고 맹세하고
진리를 증거하는 자에게
알라께서 축복으로 가는 길을 열어줄 터이고
진리를 거스르는 자, 알라께서 불행으로 가는 길을 열어주리니……."

한은 보석 단검을 옆구리에 차고서 이집션 바자르를 빠져나왔다. 벌써 해가 지고 있었다. 초저녁의 어스름이 다가왔고, 블루 모스크의 높디높은 첨탑에서 기도 시간을 알리는 방송이 큰 소리로 흘러나왔다. 하지만 시내 곳곳 어디에서도 땅바닥에 양탄자를 깔고서 기도를 올리는 무슬림들은 보이지 않았다. 이미 이스탄불은 공공장소에서 베일을 쓰는 여성들을 금지할 정도로 국제도시가 되었다.

바로 그때였다. 휴대폰에 메일이 왔다는 메시지가 떴다.

한은 인터넷 카페에서 이메일을 확인했다. 내일 오전 열시에 이집션 바자르 근처의 예니 잠이라는 이슬람 사원에서 만나자는 이메일을 정우철이 보냈다. 한은 답장을 보낼 필요가 없었다. 내일 약속 장소에 나가면 되었다.

제3일

어김없이 해가 뜰 때 기도 시간을 알리는 방송이 시작되었다. 한은 눈을 떴다. 기도문 중간 중간에 나오는 '알라'라는 단어가 낯설지 않게 다가왔다. 상인의 기도 덕일까? 왠지 오늘은 일이 잘 풀릴 것 같다는 예감이 들었다.

하지만 오전 열한시, 아직도 정우철은 오지 않았다. 한은 손바닥으로 얼굴을 쓸어내렸다.

오지 않는 걸까? 허탕을 친 것일까? 만약 오지 않는다면 후일을 기약하기도 어려웠다.

한은 명령을 되새겼다. 떠나기 직전 상사 조는 마지막 명령을 내렸다.

"스푼을 되찾고 나서 반드시 포맷하고 올 것."

스푼은 스푼 메이커스 다이아몬드를 말하는 것이었고, 포맷은 히트, 즉 암살을 말하는 암호였다.

정우철의 죽음은 공식 명령은 아니었으나, 때로는 문서 명령보다 더욱 강한 마지막 구두 명령이었다. 한은 비행기를 타고 오는 내내 이 문제로 갈등했다. 이미 비공식 루트로 터키 정부의, 그리고 정우철이 미국 시민권자였기에 미국 정부의 용인을 받아냈다고 조는 덧붙였다. 사실 각국 정부의 묵인 하에 자행되는 암살은 생각보다 많았다. 다만 암살의 원인과 결과를 영원히 심연 속에 묻어버리면 아무도 다치지 않고 일반에 알려지지 않은 채 조용히 일을 덮을 수 있었다. 문제는 한이었다.

정우철은 왜 죽어야만 하는가? 정말 죽어야 될 정도로 나쁜 짓을 한 것일까?

　이 문제가 한을 괴롭히고 있었다. 어쩌면 특전사에 발을 디디고 나서부터 끊임없이 자신에게 해대고 있는 질문일지도 몰랐다.

　깊은 생각에 잠겨 있던 한의 발치에 비둘기 수백 마리가 바닥을 종종걸음 치면서 먹이를 먹고 있었다. 오스만투르크 제국의 마지막 사원으로서 '새로운 사원'이라는 뜻의 이름을 가진 예니 잠은 거대한 석조 건물로 사원 안에 다수의 무슬림들이 엎드려 기도를 올리고 있었다. 사원 한가운데에서는 남자 무슬림들이, 가장자리에서는 여자 무슬림들이 모여 기도를 올렸다. 사원 안에도 정우철은 없었다. 한은 밖으로 나왔다. 새 먹이를 파는 상인 덕에 관광객들이 뿌린 곡식을 먹으러 날아든 비둘기들이 수십, 수백을 이루며 사원 안과 밖을 가득 메우고 있었다.

　한은 사원 앞에 드넓게 펼쳐진 보스포루스 해협을 바라보았다. 아시아 대륙과 유럽 대륙 사이를 가르는 해협은 거센 물결이 연달아 치받고 있었다. 이때였다. 한의 어깨를 툭 치고 들어오는 거지 차림의 터키인이 있었다.

　뭐라고 터키어로 중얼거리며 두 손을 모아 동냥을 하는 거지는 한을 집요하게 파고들었다.

　"뒤를 돌아보지 마시고 저의 이야기만 들으십시오."

　한은 스치듯 짧고 작게 한국어를 내뱉는 거지의 얼굴을 그제야 유심히 보았다. 그는 정우철이었다. 하지만 초라한 행색과 깊이 눌러쓴 모자는 그를 어김없이 노숙자 행색의 터키인으로 보이게 만들었다.

　"물건을 넘겨주고 싶습니다. 하지만 물건은 이곳에 없습니다. 저를 오 미터 간격을 두고 따라오십시오."

정우철은 빠른 걸음으로 비둘기들을 헤치고 항구 쪽으로 향했다. 비둘기들이 정우철의 잰걸음을 피해 하늘로 푸드덕 날아올랐다.

정우철은 예니 잠 사원 밑의 지하 계단으로 들어갔다. 일요일을 맞아 구경 나온 사람들이 지하도 안을 가득 메웠다. 홀라춤을 추는 인형 등의 싸구려 장난감, 각종 색상의 합성섬유 스웨터 등을 파는 지하도를 한은 인파를 헤치며 정우철을 따라갔다. 계단을 올라오자 보스포루스 해협을 건널 수 있는 페리가 줄지어 늘어선 에미뇌뉘 항구가 나왔다. 정우철은 배를 타려는 듯했다. 선착장으로 걸어가려는 정우철을 한은 놓쳤다. 유람선에 싸게 태워주겠다고 실랑이를 벌이는 호객꾼에 의해서였다. 가까스로 그를 물리치고 정우철을 간신히 찾아냈다. 그는 배표를 끊으려 줄 서 있었다. 정우철을 향해 다가가려는데, 이때 운동모자를 깊게 눌러쓰고 마스크를 쓴 덩치 큰 터키인이 정우철을 향해 달려갔다. 한은 위기를 직감했다. 그를 구해야만 했다.

"슈슝!"

운동모자를 쓴 터키인이 쏜 소음 제거기를 비집고 나온 총알이 정우철 곁의 한 터키 남자를 맞혔다. 배표를 사려던 승객이 쓰러지자 주위가 아수라장이 되었고, 한은 그 새를 틈타 정우철을 덮쳤다. 두 번째 총알이 날아오는 것을 피해 정우철은 한과 함께 트램을 타는 에미뇌뉘 역으로 뛰었다. 다행히 운동모자를 쓴 터키인은 주변 사람들의 시선을 느끼고 총을 주머니 속으로 감추었고, 얼른 방향을 뒤로 돌려 다른 곳으로 가는 듯했다.

한은 정우철과 함께 트램 표도 끊지 않고 개찰구 바를 뛰어넘어 막 도착한 트램의 문이 열리자마자 올라탔다.

총기가 허용된 터키에서 사람 하나를 죽이는 일은 매우 쉬웠다. 몇백 달러를 마피아에게 건네주면 바로 살인 청부가 되는 것이다. 물론 지하 세계에 깊게 몸 담그고 있는 사람들 사이에서나 벌어지는 일이지만. 한은 이제 사태가 걷잡을 수 없이 흘러간다는 것을 깨달았다. 정보업계에서 이미 무력을 쓰는 상태가 오면 계획은 97퍼센트 틀어졌다는 것을 의미한다. 최상의 상태는 무력을 쓰지 않고도 정보를 얻거나 목적물을 획득하는 것이었으며, 무력을 쓴 다음부터는 최소한 몇 사람이 죽어나가는 것쯤은 시간 문제였다. 한은 상사 조가 절대 다른 조직의 공격은 없을 거라고 말해둔 게 생각났다. 그래서 터키 현지에 와서 총기를 따로 조달받지 않았다. 하지만 얼른 조에게 연락을 취해봐야겠다고 생각했다.

"설마 당신마저 저를 죽이려 하지는 않겠죠?"

정우철은 사지에 몰린 연약한 짐승의 눈빛을 한에게 던지며 물었다.

"물건은 어디에서 받을 수 있는 겁니까?"

"지혜의 성전 안에 감춰뒀습니다."

지혜의 성전? 뜻을 되새기던 한은 어렴풋이 어디로 가는지 짐작이 갔다.

'아야 소피아'는 바로 '성스러운 지혜'라는 뜻이었다. 그리고 소피아 성당을 다 짓고 나서 유스티니아누스 황제는 "나는 솔로몬 왕의 신전을 능가하는 성전을 지었다!"라고 크게 소리를 외쳤다. 지혜의 성전은 아야 소피아 성당을 가리켰다.

이때였다. 트램 다른 칸에서 완력이 세어 보이는 남자 두 명이 이쪽 칸으로 옮겨 타려고 문을 비집고 들어서고 있었다. 한은 즉시 트램 문 옆으로 근접해 갔다. 문 옆에 붙여진 안내문을 유심히 보았다.

비상시에 수동으로 문 여는 방법을 짧은 시간 안에 숙지한 한은 즉시 문 옆의 유리판을 주먹으로 깨고 손을 넣어 비상 버튼을 누르고 그 밑의 레버를 돌려서 수동으로 트램 문을 열었다.

트램 문이 열리고 달리는 트램 안에서 한이 정우철을 이끌며 소리쳤다.

"어서 뛰어내렷!"

정우철은 한과 함께 트램에서 뛰어내렸다. 다행히 속도가 빠르지 않아서 안전하게 착지했고, 반대편에서 오는 트램을 아슬아슬하게 피해서 거리로 나갈 수 있었다.

"어서 갑시다. 지혜의 성전으로!"

정우철이 다급하게 한을 이끌어 갔다.

아야 소피아 성당 앞에서는 폭탄 테러를 감안하여 무기나 폭발물을 검사하는 엑스레이 검사대가 있었다.

한의 바지춤에 찬 보석 단검이 문제가 되었다. 정우철 박사는 어느덧 허름한 모자를 뒷주머니에 벗어두고는 유창한 터키어로 이분은 한국에서 온 유명한 고고학 박사인데 단검은 지인에게서 선물받은 것이며, 아야 소피아 성당을 둘러보러 왔다고 말을 했다. 경비원은 단검을 맡겨두고 가라고 종용했으나 정우철은 끈질기게 경비원을 설득했고, 사람 좋은 경비원은 터키인 특유의 어쩔 수 없다는, 어깨를 으쓱하고 미소를 지어 보이는 제스처를 취하고 그들을 들여보냈다.

"터키인들은 쉽사리 물러서지 않는 고집을 보이다가도 결정적 순간에는 정 때문에 마음을 돌리기도 하죠. 다 말하기 나름입니다. 한국인도 그렇지 않나요? 요즘에야 많이 바뀌었다지만."

"여기에 물건이 있습니까? 물건을 내놓아야 안전할 겁니다, 정 선생."

정우철은 빙그레 미소를 지으며 한을 쳐다보았다.

"당신도 나를 해치치 않는다는 보장이 있소? 난 이 물건을 들고 잠적하고 나서부터 수차례 죽을 위기에 처했소. 처음에는 도저히 감당할 수 없어서 물건을 내놓으려 자수했으나, 터키 경찰서 내의 구류실에서 또 한 번 죽을 위기에 처했소. 간신히 구류실에 감금된 터키인 마피아에게 돈을 주고 내 목숨을 사고 나왔고, 도리어 그 암살하려던 녀석이 구류실에 남았지. 그러고 나서 아무도 믿을 수 없게 되자 오로지 한국인에게 이 물건을 넘기겠다고 했소. 물론 아무 대가도 없이 내 목숨만 보장받고서."

한은 정우철에게서 물건을 건네받고 그를 놓아줄 생각을 했다. 물건만 없다면 그는 아무런 효용 가치가 없었다. 따라서 잠적해서 살면 아무 해도 끼치지 않을 터였다. 명령 불복종에 대한 결과가 잠시나마 갈등을 하게 했으나, 이내 정우철을 살려주기로 마음먹었다.

"반드시 당신이 안전하게 도피할 수 있도록 돕겠소. 물건만 넘겨주시오."

한은 분명한 어조로 말했다. 정우철은 한의 눈을 뚫어져라 쳐다보고는 입매를 굳게 다물었다가 풀면서 말을 뱉었다.

"믿겠소."

정우철은 커다란 샹들리에가 불빛을 훤하게 밝힌 성당 일층 본당 안을 천천히 걸었다. 정우철은 자신과 한을 감시하는 또 다른 이가 없는지 면밀하게 파악하고 있는 듯 보였다. 다른 미행자가 없다는 것을 확인한 정우철은 북쪽 예배당 앞에 서 있는 거대한 대리석 기둥 앞으로 한을 이끌었다.

"이 기둥 속 구멍에 엄지손가락을 넣고 한 바퀴 빙 돌리면 소원이 이뤄진다는 속설을 아시오?"

기둥 가운데의 둥그런 구멍 앞에는 관광객들이 저마다 손을 넣고 빙 돌려보기 위해 줄지어 서 있었다. '기적의 기둥'으로 불리는 이 대리석 기둥에는 주먹보다는 약간 큰 구멍이 있는데 그곳에 손가락을 넣고 360도 회전할 수 있으면 소원이 이뤄진다는 이야기는 어디서 들은 듯도 했다. 관광객들 중에 요령껏 손을 회전한 이들은 환호를 지르고 있었고, 구멍 안에 막 손을 집어넣은 관광객은 눈을 감고 소원을 빌고 나서는 손을 돌리려 애를 쓰고 있었다.

정우철이 나지막한 소리로 한에게 말을 건넸다.

"사람들은 소원을 이뤄주는 것은 보여지지 않는 곳에 존재한다는 것을 간과하지."

정우철은 관광객들을 헤치고 기둥 뒤쪽에 위치한 거대한 대리석 항아리가 있는 곳으로 한을 안내했다.

"손을 넣어보게. 기적의 기둥에는 너도나도 줄 서서 손을 넣지만 이 구석진 곳에 있는 대리석 항아리에는 아무도 올 생각조차 안 하지. 그 안에 소원을 이뤄줄 진실된 값어치가 있다는 것을 모르면서."

한은 손을 항아리 안에 깊숙이 밀어넣었다. 하지만 만져지는 것은 매끈매끈한 대리석 표면 외에 아무것도 없었다. 손을 더더욱 깊숙이 넣어도 아무것도 없었다. 포기하고 손을 대리석 항아리에서 빼내려는 순간, 무언가 항아리 내벽 안쪽에 달린 줄 같은 게 잡혔다. 한은 손을 얼른 잡아 뺐다. 줄에 달린 작은 주머니가 올라왔다.

한은 주머니를 주먹으로 둥글게 움켜쥐어봤다. 아기의 주먹보다 약간 큰 무언가가 잡혔다. 스푼 몇 개를 받고 팔았다는 그 값진 물건임이 틀림없었다.

"자, 이제부터 당신이 나를 살려줘야 되는 것이오."

정우철의 말이 끝남과 동시에 성당 입구 저편에서 검은 재킷을 걸친 터키인 두 명이 정우철을 가리키며 재빠르게 다가오는 게 한의 두 눈에 들어왔다.

"여섯시 방향에 두 명이 있습니다. 어서 이층으로 올라갑시다."

한은 정우철과 함께 관광객들을 헤치고 이층으로 난 투박한 돌계단을 뛰어올랐다. 꼬불꼬불 미로같이 난 돌계단은 끊임없이 이어졌고, 이층에 도착한 그들은 내랑 벽을 향해 달려나갔다. 저쪽 끝에 직원들이 사용하는 비상 출구가 있을 터였다. 이층 갤러리 쪽으로 나가는 출구에 있는 예수와 세례 요한, 그리고 아기 예수를 안은 성모 마리아 모자이크 벽화가 한의 눈에 들어왔다. 예수의 가없이 성스런 눈과 한의 눈동자가 마주쳤을 때, 갤러리 안쪽에서 총을 빼들고 저격하는 또 다른 검은 양복을 입은 남자가 있었다.

"슈숭!"

"뛰엇!"

한은 지체 없이 내랑 벽 쪽으로 난 창문을 주먹으로 깨뜨리고 나서 정우철을 거의 밀듯이 아래로 내보냈다. 그러고 나서 남자의 저격을 피해 자신도 성당 바깥으로 뛰어내렸다. 요란한 경보음이 들리는 가운데 성당 바깥의 정원에 착지한 한은 다리를 다쳐 절룩거리는 정우철을 부축하고 소피아 성당 뒷골목을 파고들었다. 검은 양복을 입은 남자와 또 다른 남자 두 명이 뒤늦게 깨진 이층 창문을 통해 뛰어내렸으나 이미 한과 정우철은 사라져 있었다.

"모든 게 노출되었습니다."

좁고 음습한 흙벽으로 된 방 안에는 오래되어 보이는 페르시안 킬림(카페트)들이 가득 쌓여 있었다. 한은 킬림이 적재된 위에 누운 정우철의 다리에 붕대를 감아주며 말을 건넸다. 정우철이 콜록콜록 기침을 심하게 했다. 한은 그의 겉옷을 재빠르게 들춰보았다. 총알이 옆구리를 뚫고 지나간 듯 총상이 있었다. 한은 구석에 놓인 터키 전통주를 마개를 빼고 나서 다친 옆구리를 소독했다. 그런 뒤 꼼꼼하게 붕대를 감아주었다.

"몇 시간 정도는 괜찮지만, 병원에서 치료받아야 합니다."

이곳에 당도하기 직전 쫓길 때 한은 소피아 성당 뒷골목의 한 전통 킬림 가게 안에 뛰어들어 전화를 썼다. 이미 휴대폰을 소피아 성당 정원에 버리고 온 지 오래였다. 휴대폰을 통해 자신의 위치가 노출되는 것이 틀림없었다. 내부에서 정보를 빼내서 다른 조직에 팔아 넘기는 밀고자들은 누굴까?

한은 상사 조에게 연락을 취하려다 어제 만난 터키인 보석상 이브라힘에게 전화를 걸었다. 작전지에서는 현지 조력자들이 최상의 힘이 될 뿐이었다. 이브라힘은 즉시 자신의 친한 친구의 친구의 친구를 통해 소피아 성당 근방에 위치한 아라스타 바자르의 한 상인에게 한을 도우라고 부탁했다. 정을 중요시하는 터키인들은 친구들 간의 유대관계가 끈끈했으며, 아울러 상인들끼리는 서로간의 치부까지 묵과해줄 정도의 친목이 있었다. 게다가 사악한 자들에게 쫓기는 피신자들을 가족같이 대하라는 코란의 계시를 받들어 한과 정우철은 상인의 킬림을 비치해두는 광 안에 안전하게 피신해 있을 수 있었다.

한은 가죽 주머니 안에서 물건을 빼내보려고 했다. 그의 손을 정우철이 부여잡고 말렸다.

"보지 않고도 성스런 지혜를 느낄 수 있을 것이오. 날 믿으시오."

한은 고개를 끄덕였다. 입가에 살포시 미소를 지은 정우철은 잠시 후 혼절했다.

몇 시간 후 이브라힘이 불법으로 시술해주는 의사를 불러왔다. 터키 전통 의복을 착용하고 긴 파이프 담배를 입에 물고 들어온 의사는 얼굴 곳곳에 깊게 주름이 파인 여든 살은 되어 보이는 노인이었다. 그는 붕대를 풀어보고 관통상을 헤집어보고는 고개를 저었다. 이브라힘이 걱정스런 얼굴 표정으로 말을 건넸다.

"상황이 위급하다고 합니다. 어서 큰 병원에 가서 수술을 받아야 된다고 합니다."

제4일

진통제로 보이는 물약을 정우철의 입에 대롱을 통해 넣어주는 것으로 의사의 처방은 끝났고, 한은 정신이 혼미한 정우철을 일으켜 창고를 나왔다.

"차가 준비되어 있습니다."

유럽에서 가장 흔한 차인 은색 파사트가 가게 앞에 정차해 있었다. 이브라힘은 한과 정우철을 조심스럽게 차에 태운 후 운전사에게 무어라고 터키어를 건넸다. 이브라힘은 알라신 이름을 낮게 읊조리며 그들이 탄 차를 보냈다. 젊은 20대의 운전사는 입에 담배를 문 채 골목골목 사이로 빠르게 차를 몰았다.

새벽이었다. 또다시 기도 시간을 알리는 방송이 거리 곳곳에 흘러

퍼졌다.

"비슴 알라 알 라만 알 라힘……"이라는 코란 문구를 인용한 기도문이 낭송되는 그 시간, 운전사는 담배를 문 입으로 기도문을 따라 읊조리면서 전속력으로 고갯길을 내려가고 있었다. 새벽 시내에는 검은 개들과 고양이들이 간간이 보일 뿐 사람의 흔적은 그다지 많지 않았다.

"오 쉿트! 유 해브 어 테일(오 제기랄! 미행자가 따라붙었어)!"

한은 고개를 돌려 뒤를 보았다. 검은색 벤츠 차량이 밀접하게 따라붙고 있었다.

"오, 알라!"

운전사는 액셀러레이터를 거세게 밟았다. 파사트는 엄청나게 빠른 속도로 우회전을 틀어 대로변으로 나갔다. 한은 깨달았다. 자신의 신발에 부착된, 시크릿 서비스 회사에서 위치를 파악하는 위성 송신기를 깜박 잊었다. 한이 차창 문을 열고 신발을 내버리려 하는데, 운전사가 말렸다. 자신이 가지고 다니다 다른 데다 버리겠으니, 어서 차에서 내려 택시라도 잡아타고 병원으로 가란 말을 손짓 발짓을 섞어서 영어로 표현했다. 다행히 십 분 거리에 병원이 있다고 했다.

한은 의식을 잃은 정우철을 안고 차를 내렸다. 한의 발에는 운전사가 건네준 슬리퍼가 신겨져 있었다. 붕대를 감은 정우철의 몸통에서 다량의 피가 흘러나온 듯, 한의 두 손과 겉옷에 피가 흥건히 묻어 있었다. 길가에 정우철을 눕히고 택시를 잡으려 하였으나 새벽이라 차량이 눈에 띄지 않았다. 히치하이킹을 하려 했으나 그것도 용의치 않았다. 그러던 중 정우철이 잠시 의식이 돌아왔다. 그는 희미해져 가는 목소리로 한을 불렀다.

"이미 늦었……네."

정우철은 꺼져가는 불빛처럼 사그라드는 눈동자로 한을 바라보았다.

"보여지……지 않는 지혜……가 참 지혜이……지. 자네……에게 알라신의 가호……가 있길……."

정우철의 눈동자가 회색으로 바뀌면서 동공이 풀려나갔다. 한은 정우철의 목울대 옆의 맥박이 뛰는 곳을 손가락으로 만져보았다. 맥박은 더 이상 뛰지 않았다. 한은 정우철의 눈동자를 감겨주었다. 몇 분 후 택시가 섰고, 한은 정우철을 종합병원 응급실에 데려다놓고는 나섰다. 물건이 손에 들어온 이상 정우철에 이어 목숨을 악마에게 저당 잡힌 한으로서는 가는 자에 대한 최대한의 배려를 베푼 셈이었다.

제5일

이브라힘이 정오 기도 시간에 맞춰 메카를 향하는 성스런 방향을 향해 기도를 올리고 있을 때, 덩치가 크고 검은 가죽 점퍼를 입은 세 명의 터키인들이 가게를 박차고 들어섰다. 그들 맨 뒤로 들어온 이는 술탄처럼 머리에 비단으로 된 터번을 쓰고 고급 양복을 입고 있었고 덩치는 산만 했다. 그는 커다란 시가를 입에 물고, 양손에는 30캐럿은 족히 넘어 보이는 다이아몬드 반지를 두 개씩 낀 채 무게를 잡고 있었다. 터키 암흑가의 대부 압둘이었다. 그의 눈짓에 맨 앞에 선 가장 덩치 큰 사내가 무언가를 툭 내던졌다. 피 묻은 한의 신발이었다.

"하산이 몰던 차에서 나온 거야."

"오, 하산, 내 아들!"

가게 일 봐주는 종업원이지만 아들같이 여기던 하산이 먼 이방에서 온 손님을 돕다 변을 당한 것이었다.

"이브라힘, 내가 이 바자르 전체, 아니 이스탄불 다를 뒤집어서라도 그 녀석을 찾아내리라는 것을 누구보다 잘 알겠지. 하산을 살리고 싶으면 그 녀석에 대한 정보를 건네."

이브라힘은 이미 일이 걷잡을 수 없이 커져서 자신의 손을 벗어났다는 것을 알아차렸다. 터키 마피아의 보스인, 술탄임을 자칭하며 수없이 많은 처를 거느리고 다양한 불법 행각을 통해 막대한 자산을 일군 압둘에게 저항을 해선 살아남기가 희박했다. 이브라힘은 알고 있는 사실을 들려주었으나, 현재로서 그 남자의 행적을 모르겠다고 했다. 압둘은 부하들을 가게 밖으로 물리고 나서 이브라힘의 귓가에 속삭이듯 말을 건넸다.

"이건 내 권한 밖의 일이야. 더 큰 힘이 작용하고 있다구. 나조차 위험에 처해 있단 말이야. 다시는 끼어들지 마라."

압둘은 마지막 말을 남기고 나서 진열장 위에 두었던 시가를 다시 입에 물고 가게를 빠져나갔다. 이브라힘은 이제 알라신만이 그 이방인을 도울 수 있다는 것을 직감했다.

"그에게 자비를 내려주옵소서. 오, 알라신이시여."

한은 길게 내려오는 검은색 재킷을 입고 그 안으로는 하늘하늘하면서도 때가 절어 오래되어 보이는 하얀색 와이셔츠를 입었고 전통 모자를 착용하고 있었다. 그리고 얼굴에는 동그란 선글라스를 꼈다. 터키의 시골 마을에 주저앉아 물 담배를 피우고 있을 듯한 남루한 행색의 차림새였다. 하지만 발에는 잘 뛸 수 있도록 검은색 운동화를 사서 착용했다. 길 가던 터키 할아버지에게 돈을 주고 옷을 바꿔

입었으며 일부러 머리카락을 흩트려 고수머리처럼 보이게 했다. 호스텔에는 돌아갈 수 없었다. 다행히 여권과 비행기 표, 그리고 500만 원에 가까운 비상금은 달러, 터키 리라로 나누어 가지고 있었다. 무엇보다 목적물을 품 안에 지니고 있었다. 그리고 터키 친구가 건네준 호의의 선물, 보석 단검까지 있어 든든했다. 이제 물건을 획득했으니 돌아갈 길만 확인하면 되었다. 택시 회사에 전화를 걸어 공항까지 가달라는 어리석은 짓은 하지 않았다. 분명히 조회가 되어서 미행이 그 순간부터 따라붙을 거였다.

한은 터키인으로 변장하고 나서 이집션 바자르 근처의 에미뇌뉘 항에서 페리에 올라타 아시아 대륙의 항구인 위스퀴다르 항에 도착해서 공항으로 가는 버스를 탈 예정이었다. 그것만이 안전한 탈출구였다. 보스포루스 해협의 바닷물은 엄청난 파도를 일으키며 출렁거렸다. '소가 건넌 바다'라는 뜻의 보스포루스는 아시아인과 유럽인이 이 바다를 통해 다양한 무역과 교류를 했음을 보여주고 있었다. 30킬로미터 정도 되는 이 해협을 가로지르는 갈라타 교에서는 낚싯줄을 길게 드리운 사람들이 가득했다. 한켠으로는 흔들리는 고깃배에서 고등어를 구워 바케트 빵에 끼워 파는 고등어 케밥 장수들의 배가 포진해 있었다. 한은 어제저녁부터 아무것도 먹지 못한 것을 깨닫고 고등어 케밥을 하나 사서 입에 물었다. 거친 바케트 빵의 질감이 고등어구이의 고소한 맛과 함께 입안에서 느껴졌다. 한은 케밥을 먹고 나서 잠시 갈라타 다리와 페리를 비교했다.

어느 쪽이 안전한가?

다리는 사십여 분 정도 투자해 걸어가면 해협을 건널 수 있었다. 그리고 페리는 십 분가량에 해협을 가로지를 수 있게 해줬다. 단, 페리는 한정된 공간이어서 위험하기 그지없었고, 갈라타 교는 그나마 사람들이 많아서 숨어서 건너기에는 안성맞춤이었다. 한은 갈라타 교 쪽으로 발걸음을 향했다. 갈라타 교를 중간 지점까지 걸어가는데 뒤에서 누군가 미행하는 듯한 직감이 들었다. 그동안의 경력을 통해 한은 직감이란 게 정보보다 더 중요한, 목숨을 살려주는 유일한 녀석이라는 걸 깨닫고 있었다. 한은 슬며시 옆을 보는 척하며 눈을 돌려 뒤를 설핏 보았다. 그 녀석이었다. 며칠 전 검은 점퍼를 입고 지갑을 훔치려던 녀석, 그 녀석이 동료 두 명을 데리고 한을 미행하고 있었다.

 복수를 하려는 걸까?

 한은 고개를 저었다. 이미 이쪽 터키 마피아들 산하 소매치기 조직에도 자신을 잡으라는 명령이 내려진 게 분명했다. 한은 갈라타 다리를 전속력으로 달려나갔다. 그제야 소매치기 조직원들도 낚시꾼들을 밀치며 한을 따라잡으러 뛰었다. 한은 갈라타 교 중앙 지점에서 난간에 올라섰다. 그리고 나서 서슴없이 물결이 거세게 치는 바닷물을 향해 뛰어들었다. 한이 두 손으로 온몸을 감싸고 두 발을 끌어 모아 몸을 둥글게 말아서 보스포루스 해협에 가라앉는 순간, 소매치기 조직원들은 휴대폰을 들어 어디론가 전화를 걸었다.

 한은 바닷물 속 깊숙이 잠수해 들어갔다. 심연까지 들어가 검푸른 해협을 거슬러 헤엄치다가 저만치 오는 페리 호를 발견했다. 한은 페리의 프로펠러가 달린 뒷부분을 향해 온 힘을 다해 헤엄쳐 갔다. 다행히 옷 속 가슴에 단단하게 동여맨 붕대 안의 둥그런 아이 주먹만 한 물건은 한의 두근거리는 심장 박동과 함께 살포시 오르락내리락하고 있었다.

위이잉, 강하게 돌아가는 프로펠러 주변으로 거친 물살을 헤치고 한은 미니 사다리에 접근했다. 그러나 프로펠러 곁으로 흘러나오는 강한 물살에 사다리를 놓치고 떠내려갔다. 한은 물살을 헤치며 수영해 갔으나 이미 페리는 저만치 멀어져갔다. 한의 몸은 강한 물살에 자꾸 떠밀려갔다. 이때였다. 페리 갑판에서 승선 요원으로 보이는 사내가 한을 향해 튜브를 던져주었다. 우연히 한을 발견한 승객의 요구에 의해서였다. 한은 튜브를 붙잡고 헤엄쳐서 배에 접근했다. 미니 사다리를 타고 올라가자 뚱뚱한 승선 요원이 다가와 터키어로 강하게 욕을 하며 항의했다. 한이 말없이 100예니 터키 리라를 그의 손에 건네주자 그는 환하게 웃으며 길을 비켜주었다. 승선 요금의 80배가 넘는 돈이었다. 승선 요원은 배 안에서 파는 따끈한 홍차를 한에게 가져다 주었다. 한은 젖은 겉옷을 벗고 차로 온기를 데우며 초조하게 페리가 위스퀴다르 항에 도착하기만을 기다렸다. 홍차 한 잔을 다 마실 무렵, 페리 일층과 이층을 넘나들며 누군가를 요란하게 찾는 한 무리의 젊은 터키 남자들이 한의 눈에 들어왔다. 이미 그들이 모든 페리 호에 나눠 타고 있는 게 분명했다. 한은 일어나서 배 앞켠의 화장실 쪽으로 이동했다. 화장실로 들어가 출렁거리는 물살 따라 흔들리는 벽을 발로 버티고 서서는 그대로 페리가 도착하기만 기다렸다. 이때였다. 노크 소리가 들렸다. 한은 조용히 있었다. 일이 초 후 거센 욕설이 들렸다.

"오르스푸츠주(개자식)!"

욕설과 함께 권총이 장전되는 딸깍하는 소리가 들렸다. 한은 말없이 발로 화장실 문을 박차고 나와서 권총을 들이대는 구레나룻이 긴 40대의 남자를 주먹으로 갈겼다. 공항에서 택시를 몰았던, 정보를 건네준 녀석이었다. 구레나룻이 쓰러지고 그의 동료가 한의 얼굴을 머리로 들이받았다. 한이 잠깐 주춤거리며 배 갑판을 뒤로하고 선 새에 머리를 들이박은 녀석이 한의 배에 대고 주먹질을 날렸다. 한의 몸이 갑판에 위태롭게 서 있었고, 다시 일어선 구레나룻이 한의 얼굴에 권총을 겨누고는 동료에게 눈짓해 무언가를 찾아보라고 시켰다. 동료는 한의 몸을 더듬다가 옷 속으로 손을 쑥 집어넣어서 붕대 속의 다이아몬드 주머니를 빼내었다. 그 순간 철컥하는 소리와 함께 권총이 발사되었다. 한이 총이 발사되기 직전 머리를 낮추어 피하자 총알은 보스포루스 해협에 수장되었다. 한은 팔꿈치로 구레나룻의 가슴을 쳐서 그를 웅크리게 만들었고, 이내 허리춤의 단검을 빼내어 옆에서 치고 들어오는 동료의 가슴에 날리고는 그의 손에서 다이아몬드 주머니를 빼내어 그를 바다 속으로 발길질해 떨어뜨렸다. 그리고 곧이어 구레나룻도 바다 속으로 떠밀었다.

'위스퀴다르 항이 가까워 헤엄치기만 하면 목숨을 건지리라.'

배는 이 분 후에 항구에 도착했고, 한은 채 말리지 못한 옷을 입고 항구에 내렸다.

제6일

한은 나리타 공항 행 비행기를 타는 출국 게이트 앞에 줄 서 있었다. 한 일본인 관광객의 가방 안에서 훔쳐낸 여권과 비행기 티켓 덕에 나리타 공항 행 비행기 좌석을 얻을 수 있었다. 대신 그의 가방에는 무기명으로 된, 언제든 한국으로 되돌아갈 수 있는 비행기 일등석 티켓을 넣어두었다. 한의 머리카락은 짧게 잘라져 있었고, 붉은

색으로 염색되어 있었다. 얼굴에는 사각 진 테의 안경이 씌워져 있었고, 굵은 은색 금속 고리들이 가득 달린 가죽 재킷을 입고 있었다. 언뜻 보기에는 일본 하라주쿠나 시부야 지역의 유흥가를 돌아다니는 탈선 청소년 같아 보였고, 열 살 이상 나이가 어려 보였다. 30대 중반의 한이 20대 초반으로까지 보였다. 한은 일본어를 낮게 무어라고 중얼거리며 푸념했다.

아무리 가죽 재킷 안의, 해골이 그려지고 징이 박힌 티셔츠 옷까지 더 벗어도, 허리띠까지 풀어도 출국장 앞의 금속 탐지기가 삐익 하고 울렸다. 직원의 권유로 한은 허리춤에 찼던 보석 단검도 내놓아야 했다. 단검은 세관에 압수되었다. 한은 일본어로 거세게 항의하다가 이내 풀이 죽어 어쩔 수 없다는 듯 걸어나갔다. 이번에도 금속 탐지기가 울렸다. 한은 서투른 듯한 일본어 투가 가미된 영어로 지껄였다.

"팬티에도 금속 장식이 달려 있어. 이 사람들아!"

직원은 희미하게 웃으며 한을 내보내 주었다. 한의 목에는 커다란 아이 주먹만 한 다이아가 달려 있었지만 아무도 그걸 진짜라고 믿는 사람은 없어 보였다.

한은 유유히 싸구려 옷가지들로 가득 채운 캐리어 가방을 엑스레이 검사대에서 내리고 비행기 탑승 게이트를 향해 걸어갔다.

제7일

"한의 위치가 파악되고 있지 않아······."

조는 낮은 목소리로 중얼거렸다. 조는 집무실 책상에 앉아서 개인용 퍼스널 컴퓨터로 한의 위치를 알리는 계기판을 뚫어져라 쳐다보았다. 그의 위치가 잡히는 휴대폰과 위성 송수신기가 보내는 신호는 이미 일정한 장소에서 멈춘 지 오래였다. 게다가 한의 한국 입국을 공항에 수소문해보았으나 행방이 묘연하다고 했다. 한마디로 그의 행방이 오리무중이었다. 조는 책상 위를 정리하고 주차장으로 내려갔다. 신분증을 갖다 대어야만 열리는 주차장으로 향하는 문은 둔탁한 소리를 내며 양옆으로 열렸다. 시크릿 서비스 한국 지사는 구역과 구역 사이를 오가는 데 모두 신분증이 필요했으며, 엄격한 시스템에 의한 자체 경비가 되어 있었다. 오피러스 승용차에 올라타서 주차장을 빠져나온 조는 한숨을 짧게 내쉬었다.

"예감이 좋지 않아."

이때 뒤에서 숨소리가 들리며 인기척이 났다. 조는 운전대를 한 손으로 잡고 다른 손으로 허리춤의 권총을 잡으려 했으나, 그의 귓가에 빠르게 권총이 갖다 대어졌다.

찰칵!

"예감을 믿으시죠, 조 팀장님."

한이었다. 한은 자신과 엇비슷하게 생긴 동료 정보원의 신분증을 어렵사리 구해서 건물 내로 들어왔고, 조의 차에서 한 시간째 대기 중이었다.

"물건은 찾았나, 한?"

"후후, 포맷되어야 할 건 정우철이 아니라 제가 맞겠죠? 팀장님. 차를 한강 둔치 쪽으로 모시죠."

잠실과 삼성동 사이 근방에 위치한 한강 둔치에서 길고 무성하게 자란 갈대숲을 뒤로하고 한과 조가 대치해 섰다.

"난 차 안에 있는 버튼을 이미 눌러두었네. 따라서 내 위치가 본사에 송신되고 위험에 처했다는 걸 안 본사에서는 사람을 이쪽으로 파견할 거야."

"그럴 수 없다는 걸 잘 아시잖습니까? 애시당초 이 명령에는 시크릿 서비스의 명령 따위는 없었습니다. 단지 조 팀장, 당신의 개인적인 명령이었을 뿐."

"다 알았나?"

이미 한은 친밀한, 목숨까지 몇 번 서로 구해주었던 동료를 탐문하여 명령 체계가 조 팀장 직권 하에 발생되었다는 것을 알고 있었다.

"어찌 된 것인지 알고 싶습니다. 첫눈에 알았죠. 이 스푼 메이커스 다이아몬드가 가짜라는 것을."

한은 품 속에서 자두만 한 86캐럿이나 되는 스푼 메이커스 다이아몬드를 빼들어 움켜쥐었다.

"세관에서도 그냥 통과시켜줄 정도의 가짜였습니다. 그리고 홈페이지조차 없는 영국의 작은 시립 미술관에서 술탄의 보석들을 전시하고 있다는 것도 알아보았죠. 술탄의 다이아몬드는 바로 거기에 있었단 말입니다!"

한은 말을 마치고 가짜 다이아몬드를 쥔 손을 거칠게 움켜쥐었다.

"제발, 제발 부탁이네. 그걸 나에게 넘겨줘!"

조는 거의 애원에 가까운 탄식을 내며 한에게 다가갔다.

"알아야겠습니다. 어째서 이 가짜 유리 조각 덩어리에 여러 사람이 목숨을 잃었는지!"

한은 크디큰 유리알을 들고 한강 쪽으로 몸을 틀었다.

"말씀해주시지 않는다면 이 유리알 덩어리는 바로 한강에 던져질 겁니다.”

"한, 지금은 말할 수 없네. 단지 그 물건을 나에게 건네줘. 부탁이네.”

한은 커다란 고함 소리를 내고는 유리알을 한강에 던져버렸다. 풍덩 소리가 들렸고, 조는 다급하게 외쳤다.

"안 돼!”

조는 고개를 뒤흔들고는 다급하게 갈대밭을 헤치고 한강물로 투신하였다. 물살을 헤치며 한강물 중앙으로 헤엄쳐 나가면서 조는 여기저기서 스푼 메이커스 다이아몬드의 흔적을, 아니 유리알의 자취를 찾아나갔다.

"이걸 찾으시려는 겁니까?”

한은 조를 향해 크게 외쳤다. 하늘로 높이 들린 그의 손안에는 자그마한 사각 유리 갑 안에 반짝 빛나는 그 무언가가 보였다. 조가 물살을 헤치고 갈대숲에 다시 발을 디뎠다.

"그, 그걸 이리로 줘, 달란 말이얏!”

조는 한에게 다가왔다. 그리고 허리춤을 만졌으나, 이미 차 속에서 무장해제된 후 아무것도 무기가 될 만한 것은 없었다.

"금속 탐지기를 통과할 때 온몸의, 심지어 허리띠의 버클까지 제거하고 들어섰는데도 가죽으로 매달아 목에 건 다이아몬드 목걸이에서 항상 부저 음이 걸리더군요. 저는 그때 알았죠. 이 유리알 속에 작은 거울이 들어 있어서 밖에서는 보이지 않는 빈 공간이 있었고 그 사이에 무언가가 들어 있다는 것을. 전 빈 공간에서 칩을 **빼냈고** 그 안의 프로그램을 해독해보았습니다.”

"그, 그건 미국 맥크로소프트 회사에서 만든 국방 관련 컴퓨터 운영체제를 무력화시키는 위험한 물건이야.”

"정확히 말하자면 차기 저고도 레이더 미사일을 조종하는 소프트웨어를 해독한 프로그램이죠. 정우철 박사는 이 칩 안에 유언장을 같이 저장해두었습니다. 맥크로소프트 터키 지사에서 일했지만 쿠르드 반군이 살상당하는 무기를 조종하는 소프트웨어를 만든다는 죄책감에 이 비상 프로그램을 빼돌린 것이죠. 당신이 이 프로그램을 넘겨줄 때에 미국 맥크로소프트 회사에서 지급받게 될 액수가 궁금해지는군요."

"반을 떼주지. 정말이야. 너는 상상도 할 수 없는 금액일걸! 부디 부탁이니 어서 그걸 나에게 넘겨!"

한은 칩을 주먹 안에서 일그러뜨렸다.

"이 개자식!"

조는 한을 향해 몸을 날렸다. 한은 갈대밭 속으로 쓰러졌고, 조의 주먹질이 한의 얼굴로 날아들었다.

"내가 그 일을 위해 얼마나 큰 희생을 감수했는지 알아? 난 조용히 은퇴하려 했단 말이다! 안기부, 국정원, 그리고 지금의 시크릿 서비스까지 내가 한 일은 아무것도 없어. 모든 게 남들이 전혀 모르게 되는 일들이었고 죽어도 다 무덤까지 가지고 가는 일들이더구먼. 윗대가리들은 동네방네 얼굴 내놓고 다니며 잘난 척하는 동안 그 밑의 우리 같은 직원들은 자식들에게조차 하는 일을 제대로 말할 수 없었단 말이야. 난 조용히 은퇴를 하려 했단 말야!"

한은 조의 주먹을 팔로 받아쳤다. 그리고 조의 멱살을 잡고 몸에 반동을 실어 힘주어 그를 바닥에 엎어뜨렸다.

"이 바보 같은 자식! 너는 최소한 네 앞에서 동료들이, 죄 없는 어린아이들이, 여자들이, 노인들이 무의미하게 죽어가는 처참한 상황은 보지 않았을 것 아냐! 그걸 알아? 내 두 손에 피는 묻히지 않았지만, 뒤에서 바로 그들을 죽게 만든 장본인이 나라는 것을! 난 매일 머릿속이 뻥 하고 터져버린다구, 아주 돌아버리겠다구! 밤마다 죄 없이 죽은 그들의 눈동자가 방 천장에서 나를 지켜보며 울어, 울어버린다구 말이야!"

조는 한의 움켜진 주먹을 향해 손가락을 펴 보이려 애썼다. 하지만 한은 그럴수록 주먹을 피가 날 정도로 굳세게 움켜쥐었다. 몇 번의 드센 실랑이 끝에 조는 포기하면서 갈대밭에 편하게 드러누웠다. 잠시 후 조가 정신을 수습하고 담배를 한 대 피워 물고는 한에게 건넸다. 한도 담배 한 가치를 태웠다. 조와 한의 온몸은 진흙으로 더러워져 있었다.

"그걸 견디지 못하면서 왜 여기 일에 종사한 거냐?"

조가 허심탄회하게 물었다.

"배운 게 이것밖에 없다고 속으로 수없이 자책하지만, 제 마음 깊은 저 속에서는 더 강한 위험과 긴장을 만끽하고 싶고, 무언가 뻥 하고 터뜨려줘야만 되는 억눌린 그 무엇이 있습니다. 그걸 제어하는 길은 단 한 가지, 억눌린 것을 잊어버릴 정도로 위험한 직종에 종사하는 것밖에는 없더군요."

"앞으로 어떻게 할 건가?"

조는 일어섰다. 조가 한에게 잡혀서 엉망이 되어버린 넥타이를 단정하게 매면서 물었다.

"떠나겠습니다."

한은 엉망이 되어버린 칩을 갈대숲에 버렸다. 조는 안타까운 듯 버려진 칩을 내려다봤다.

"어차피 저것도 빈껍데기입니다. 정우철이 살아갈 시간을 늘리느라 만들어낸 허상일 뿐. 정우철의 연구 홈페이지 하단에 개인 비밀 자료실이 있는데 그곳에 비밀 암호 하나만 쓰면 누구나 프로그램을 다운받을 수 있도록 해놓았더군요. 물건을 건네주러 나오기 직전에 해놓았습니다. 암호는 스푼이더군요."

"지금쯤은 미국 맥크로소프트사에서 홈페이지 폐쇄와 함께 이미 프로그램도 닫아버렸겠군. 위험수당쯤은 쳐주는 건가?"

"당신의 무모한 작전 수행 덕에 정우철을 비롯한 현지인들이 죽었습니다."

조는 회한과 허무에 가득 찬 눈동자를 한에게 보내며 말했다.

"이미 그걸 따지기에 내 나이는 너무나도 많아. 나 같은 쓰레기가 되기 전에 속히 떠나게."

조는 담배 한 대를 더 태우며 차로 향했다. 온통 물에 젖고 흙투성이가 된 조의 등은 한에게 보이는 마지막 그의 모습이 될 터였다.

조의 차가 떠나고 한은 갈대숲에 서서 해가 지는 강물을 바라보았다. 마음이 후련했다. 그리고 처음으로 일몰이 아름답다고 여겨졌다. 인생을 살아오면서 또 다른 하루가 시작되는 일출을 의식적으로 외면했고, 하루 일을 마감하는 일몰을 죽음처럼 여겼지만, 더 이상 그렇게 여겨지지 않을 것 같았다. 한국이 아닌 제 삼국에서 살아갈 터전을 물색해보리라 마음먹었다. 선진국보다는 개발도상국에서, 도시보다는 시골에서 노동을 원천으로 할 수 있는 일을 모색해보리라 결심했다.

한은 잠깐 생각해보았다. 거대한 다이아몬드 원석은 어쩌면 어부에게는 몇 개의 나무 스푼보다도 쓸모없는 물건일지도 모른다고. 여생은 스푼처럼 사람들의 삶에 유용한 도구가 되는 것으로 마감하자고 한은 생각해보았다.

– 『한국 추리 스릴러 단편선 1』(황금가지, 2008)

알리바바의 알리바이와 불가사리한 불가사의

>>>>> 이대환

2007년 「술 취한 오토바이」로 『계간 미스터리』 신인상을 받았다. 주요 작품으로 「처녀작 공포증」 「0교시의 살의」 「1교시의 함수」 「한밤중의 대청소」 「그때 그 만화가는 거기 없었다」 등이 있다.

문제편

  한밤중에 춤추는 타워 크레인, 냉동 수면 중인 열대어, 어떤 모양으로도 접을 수 있는 구체관절인형……. 당신의 수첩에는 이런 말들만 가득하다. 그도 그럴 것이 인간의 하루를 숫자로 환산한 24시간-1440분-8만 6400초에서 누락되거나 무리하게 반올림되는 사실들 속에서 당신은 살고 있기 때문이다. 즉 누구도 관심 갖지 않는 일들, 굳이 당신의 말을 빌자면 정교하게 맞물려 움직이는 일상의 톱니바퀴들이 만들어낸 미미한 오차들의 합! 당신은 이런 일상의 부조화를 찬양한다.

  누가 뭐래도 당신은 시계에 관한 한, 절대적 정교함을 자랑하는 일본의 값싼 '쿼츠 무브먼트'보다는 유럽의 '기계식 무브먼트'에 열광하는 고급 컬렉터일 것이다. 또한 항상 지진이 나기를 기다리는 지질학자처럼 당신의 삶이란 일상의 부조리, 부조화에 대한 예측과 설명에 바쳐져왔을 것이다.

  이것이야말로 인간의 유구한 탐구 행위가 아니었는가? 때문에 불가해한, 그래서 오히려 부조리한 우주의 시간(질서)에 대한 당신의 열정적인 도전에 《괴인》 편집부 일동은 머리 숙여 경의를 표하는 바이다. 아울러 이번 신년호에서 준비한 문제는 바로 이런 '당신'에 대한 새로운 도전이 될 것으로 믿어 의심치 않는다.

*

독자에의 도전 문제편 … 57쪽

(2008년 1월 1일에 발행된 계간지 《괴인》 봄호)

지하 4층. 심하게 낡은 배선과 물이 스며든 천장, 거기에 불안정하게 매달려 느리게 점멸하는 전등. 이곳엔 아직 전산화되지 못한 전근대적 경찰 행정의 유물인 막대한 양의 서류 박스가 A부터 Z 순으로 정리돼 있다. 지금 그중 하나가 은빛 먼지를 토해내며 막 닫혔다. 유난히 무서움을 탄다는 기록 보관소의 여직원, 발발 떠는 구둣발 소리가 불규칙적으로 들리더니 무언가에 쫓기듯 황망히 사라져 갔다. 인간 세상의 격렬한 혼돈과 그것들이 낳은 처절한 비극이 이곳에 있어 지하 4층은 기록 보관소 직원들에게 지옥을 향해 내려가는 것과 같은 아찔함을 준다고 한다. 필시 어떤 육중한 침울함이 낮게 깔려 점점 침잠하기 때문일 테다.

아까 구둣발 소리와 함께 사라졌던 기록 보관소의 여직원, 그녀의 이름은 제니다. 제니는 계단 벽에서 1층 표시를 보고서야 한숨을 내쉬며 터벅터벅 걸어 올라가기 시작했다. 환한 조명이 보였으며 사람들의 웅성거림이 들려왔다. 몸을 짜르르하게 관통하는 희열에 마치 대단한 모험이라도 마친 것 같다. 제니는 2층에 있는 사무실에 올라가서 단짝 미니에게 으스대며 얘기할 생각을 했다. 그것은 물론 방금 지하실에 두고 온 사건 파일에 대한 얘기다. 이탈리안 레스토랑에서 런치 세트에 스타벅스 커피 한 잔까지는 얻어먹을 수 있을 것이다. 기록 3계의 유명한 수다꾼이자 추리소설가 지망생인 제니는 이제 기대 수준이 높아진 미니에게 사실보다 진실하게 얘기하기 위해 몇 가지 과장된 양념을 더하려고 한다. 제일 먼저 자기도 모르게 튀어나온 것은 엉뚱한 주문(呪文) 같은 말이었다.

알리바바의 알리바이…… 불가사리한 불가사의.

리드미컬하게 읽히는 이 구절은 뭔가 알쏭달쏭한 느낌을 준다. 정확하지는 않지만 여러 가지 해석의 여지를 주는 것이 이 이야기의 제목으로 제격이다. 동시에 아무 결론으로 귀결되지 않는다는 점도. 역전된 것이고 모순된 것이고 무의미한 것이고 부조리한 것……. 한마디로 정신병자의 허무맹랑한 잠꼬대! 엉터리 같은 중얼거림! 이것이야말로 이 사건의 핵심이기 때문이다.

"비보(悲報)-비보(悲報)-비보(悲報)-."
불길한 소식을 함축한, 괴상한 음역대의 소음이 옥죄는 밤. 그 밤의 절규. 여기에 밤을 덮고 있던 도시가 소스라치게 잠을 깬다. 그리고 인정사정없는 폭풍우가 타이밍을 조금 빗겨 내리기 시작한다.
무슨 일일까, 창밖으로 고개를 내미는 구경꾼들. 그들의 머리를 스치는 오히려 경쾌한 울림의 반향. 물들이는 붉은색 광란의 싸이키 조명에 혹시…… 살인? 이런다. 아니면 살인이어야 해, 라는 병적인 심심파적.

그래, 살인. 그것이 일어나자 얼마 후 그녀(피살자)의 그(목격자)가 신고를 했다. 그러자 10분 후엔 먹구름처럼 잔뜩 찌푸린 얼굴의 형사 둘이 신경질적인 초인종 소리로 등장을 예고했고, 무거운 현관문은 절망적으로 기울어지는 소리와 함께 디스토피아를 안내했다. 드라마틱한 몸짓과 함께 현관에 맨발로 뛰쳐나온 남자는 생애 최악의 표정을 짓고 있었다. 야구방망이를 놓친 오른손으로 형사들의 멱살을 부여잡고 다짜고짜 꺼낸 말은 마음을 따라오지 못했다.

"아, 아, 아아, 아…… 내, 내내가!"

울부짖는 사내를 떼어놓고 땟국이 줄줄 흐르는 누비 점퍼를 입은 형사 둘은 203호 실내로 등장해버렸다. 이들은 감정이 없는 기계처럼 감관(感官)만을 바짝 긴장시킨 채 어떤 분위기에 빠져 들어갔다. 브라이언 드팔마의 범죄 스릴러같이 사람을 빨아들이는 분위기에 말이다. 〈필사의 추적〉에서 존 트라볼타가 막대형의 고성능 마이크를 들고 어둠의 성량을 체크하던 때의 긴장감을 안다면 낸시 앨런의 비명 소리가 금방이라도 끼어들 것만 같아 귀가 간지러운 이 느낌에 충분히 공감할 것이다. 사내가 부르짖는 아내는 왠지 낸시 앨런을 닮았을 것 같다. 그 죽음까지도.

문제의 현장인 방3(126쪽)에서는 열린 창을 통해 들이치는 빗소리와 바람에 커튼이 나부끼고, 가벼운 물건들이 서로 휩쓸리는 소리가

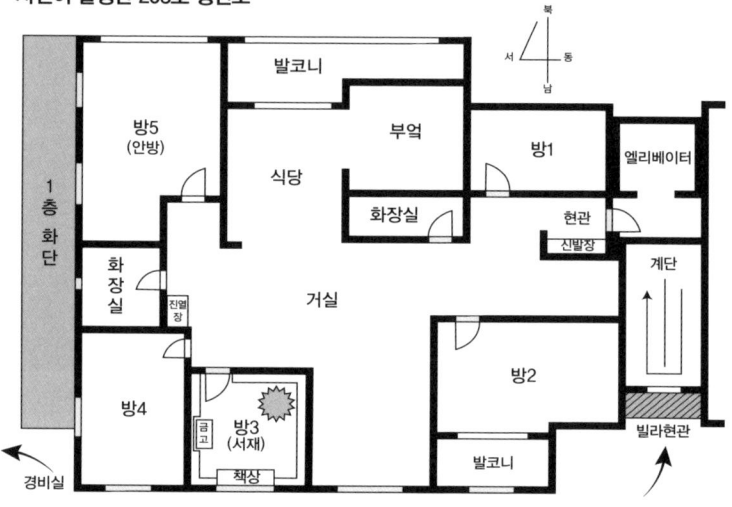

- 최근에 모든 창에 견고한 방범창 설치함.
- 서쪽 1층 화단 쪽 창들은 아직 방범창 설치가 완료되지 않음(바로 경비실 옆이기 때문임).
- 화단에는 높이 2~3미터의 나무들이 심어져 있음.

막에 싸인 것처럼 한풀 꺾인 채 먹먹하게 울려왔다. 그 외에 정교한 틀로 견고하게 만들어진 수입산 도어는 방음은 물론 방 안의 공기 분자 알갱이 하나 내보내지 않고 있었다.

방 안의 시끄러운 소동, 저 혼란이 낳는 소음 속에는 궁지에 몰린 살인범의 초조함과 섬뜩한 우발적 충동 같은 게 있을 것이다. 혀를 잔뜩 깨물고 절망적인 신음을 속으로 삼키고 있을 초라한 살인마가 상상이 되는가.

"선생님, 여기 방 열쇠 없습니까?"

발라스코가 문을 향해 다가가며 낮게 묻자 주인 남자는 다시 울 것 같은 표정으로 말했다.

"없어, 없다고. 저 서재방의 열쇠는 키 하나를 아내가 목에 걸고 있고, 나머지 스페어 키는 모두 금고 안에 있다네. 게다가 저건 현관에 있는 방화문보다 두 배는 더 단단해서 웬만해서는 쉽게 열 수 없지."

주인 남자는 서재 문 쪽으로 불안한 시선을 던졌다. 광택이 흐르는 수입산 도어는 가공할 정도의 내구성을 감추려는 듯 화려한 장식이 붙어 있었고, 무거우면서도 품위 있어 보였다.

고개를 저으며 발라스코 형사는 권총을 다시 쥐어봤다.

"오! 부질없는 짓이야. 그 문은······."

발라스코는 바짓가랑이에 매달린 주인 남자를 밀어내고 골즈먼을 쳐다봤다. 그의 눈짓에 골즈먼 형사도 들고 있던 권총을 문의 손잡이 높이에 맞췄다. 하나, 둘, 세······!

이 말이 끝나기도 전에 골즈먼의 방아쇠가 먼저 당겨졌다.

"타아앙!"

수입 도어는 손잡이가 멀리 떨어져 나갔다. 뒤이어 같은 곳에 몇 번의 집중적인 발사가 이어졌다. 그러나 결과적으론 몇 군데가 움푹 들어가기만 했을 뿐 여전히 요지부동이었다. 발라스코, 골즈먼의 아연실색한 얼굴과 함께 수입 도어가 이렇게 강할 줄은 몰랐다는 주인 남자의 복잡한 표정이 문 앞으로 들이밀어졌다.

그때 수막(水幕)에 덮인 어떤 남자의 절규가 발라스코와 골즈먼의 고성능 감관에 감지되었다. 이 끔찍한 소리에 박제된 사람처럼 굳어 있던 주인 남자는 왜소한 몸을 둥글게 말며 땅으로 꺼져 들어갔다. 골즈먼 형사는 거의 반사적으로 권총의 총구를 다시 들이댔다.

"잠깐! 기다려!"

발라스코 형사의 큰 손이 갈고리처럼 골즈먼 형사의 어깨를 낚아챘다. 귀를 깨물 것처럼 이빨을 드러냈다.

"문은 꼼짝도 하지 않을 거야. 이렇게 된 이상 우리가 들어가지 못하는 만큼 녀석도 나오지 못하지 않겠나. 바깥 창문 쪽에도 이 빌라 경비원 한 명을 세워뒀으니까 어차피 독 안에 든 쥐나 마찬가지야. 지원을 기다려보자고."

골즈먼과 발라스코는 일제히 주인 남자를 돌아봤다. 주인 남자는 초라한 등을 보인 채 떨고 있었다. 어깨 너머로 보이는 그의 오른손은 신고를 했던 자신의 최신형 핸드폰을 강박적으로 문지르고 또 문지르고 있었다.

"선생님, 괜찮은 겁니까? 곧 저희가 해결하겠습니다."

다만 시간이 좀 필요하다는 말은 생략되었다.

"빌어먹을! 저 문은 왜 이리 무식하게 생겨먹은 겁니까?"

"그건 저 방에는 금고가 있기 때문이오. 어떤 식으로든 안심할 수 있는 공간을 만들고 싶은 욕심에……. 다만 이런 식으로 이용될 줄은 꿈에도 몰랐지."

주인 남자는 머리를 쥐어뜯으며 처절한 몸부림을 보였다. 두 형사는 가슴 깊이 전해지는 안타까움과 자괴감을 외면하고 싶을 정도였다. 하지만 재차 지원을 독촉하며 그저 문밖에서 문을 힘껏 두들기거나 꽥꽥 소리를 질러댈 수밖에 없었다.

"여기가 어디냐 하면 우체국 사거리에 큰 교회 있잖아. 그 교회 뒤에 있는 고급 빌라 단지야!"

문에 바싹 기대 방 안의 기척을 살피던 골즈먼은 고개를 돌려 낮게 말했다.

"발라스코 형사님, 너무 조용한데요."

그러자 갑자기 광풍이 불어와 커튼이 휘감기는 소리가 들렸다. 이어서.

"저리 꺼져! 꺼지란 말이야!"

바람과 비에 섞여 분명하지는 않지만 방금 전과 같은 말투, 젊은 남자의 목소리였다. 안에서 들려오는 목소리는 천장이 높은 이 집의 특성을 더해 더욱 울려왔다. 주인 남자는 아내를 꼼짝 못 하게 했을 이 냉혹한 음성에 몸을 부르르 떨었다. 지원 팀은 5분 정도를 더 기다려야 했다.

5분! 범인을 차가운 철문 너머에 두고 영원할 것 같은 심리적 시간이 더디게 흘러갔다. 막에 싸인 것처럼 아득한 빗줄기 소리에 무감각해졌을 무렵, 정확히 6분 후 드디어 한 떼의 사람들이 들이닥쳐 문을 부쉈다. 용접기로 불꽃을 내고, 푸닥거리를 하듯이 신명 나게 때려 부쉈다. 신속한 문의 해체와 앞으로 이어질 범인의 진압! 범인의 혼을 쏙 빼놓을 정도로 잘 훈련된 경찰 특공대의 작전이 펼쳐질 것이다. 뒤로 밀려난 나이 든 형사들의 노회한 눈에선 '이젠 다 끝났군' 정도의 방관적인 분위기도 느껴졌다.

마침내 불이 꺼진 방3이 모습을 드러내자마자 곧 무수한 레이저 사이트가 교차하며 난무했다. 어지럽게 소리치며 방3을 제압한 경찰 특공대. 하지만 정작 방은 너무도 고요했다. 머쓱해진 그들은 방 중앙에 잠시 그렇게들 서 있었다.

"쏴아아아아아–."

발라스코 형사의 안경 위로 환청마냥 빗소리가 떨어졌다. 몸을 뉘어 들이치는 빗줄기가 방 안을 몇 번이나 가득 메웠다. 바닥에 흥건한 물은 수챗구멍으로 꼴깍 넘어갔다. 그 성긴 이빨 사이로 엉킨 채

모들이 끼여 있었다. 넘실거리는 검은 물결이 있어야 할 어떤 것을 막 싣고 사라져버렸다!

부르르르르. 아니, 여긴 화장실도 아니고 수챗구멍 같은 것도 없다!

장판을 때리는 빗줄기가 골즈먼 형사의 머릿속을 똑같이 때렸다. 왜냐하면 방 중앙에는 늘어진 여자, 가슴에서 흘러내린 피를 장식 스카프처럼 달고 있는 시체와 목에서 떨어져나간 방 열쇠만이 있었기 때문이다.

무안해진 발라스코 형사의 얼굴에는 세월의 퇴층들이 일으키는 균열이 일어났다. 허탈하게 걷던 골즈먼 형사는 흩날리는 커튼 자락에 와락 감싸 안겼다.

"누구, 손전등 좀 가져와! 여기 전등이 나갔어!"

형사 하나가 벽에 붙은 스위치를 계속 눌러댔다.

이 희대의 밀실 사건!

비보(悲報), 아니 어쩌면 대중적인 낭보(朗報)일 이 사건은 유래 없는 밀실을 구성했으며 동시에 사건 자체는 미궁에 빠진 것이다. 미궁에 빠진 밀실이라.

'지난 밤 도시 외곽에서 빚어진 마술적 리얼리즘! 출입문 하나를 사이에 두고 있던 범인의 감쪽같은 증발! 소위 본격 추리소설조차 전무한 국내의 지적 추리 문화의 기갈을 풀어줄 소설 같은 극적인 사건 발생! 마니아들, 감격의 눈물을 흘리다!'

회오리치는 조간신문 1면의 제목들이 골즈먼 형사의 상상 속에서 팡팡 터져나왔다.

"제길! 어디로 사라진 거야? 공기 중으로 증발하기라도 했단 말이야?"

박 형사는 달아오른 얼굴의 열기를 의식하며 지원 팀 동료에게 괜히 언성을 높였다.

"글쎄, 우리야 늦게 왔으니 알 수가 있어야지. 혹시 창문 같은 데로 뛰어내린 건 아닐까?"

낙담한 표정의 골즈먼 형사는 이미 창문 밖으로 손 하나를 겨우 내밀고 있었다.

"그건 불가능합니다. 여기가 2층이라서 그런지 이렇게 두꺼운 방범 창살을 달고 있어요."

삼면이 벽, 남은 한 면으로 난 문 너머에 발라스코와 골즈먼이 있었던 것이다. 발라스코 형사는 이제 새카맣게 타버린 얼굴을 하고 있었다. 너무 시간을 지체했던 게 아닐까. 그렇지만 도대체 놈은 어디로 사라진 것일까?

"골즈먼 형사, 내가 잘못 알고 있는 거냐? 너도 들었잖아."

"그, 그럼요."

대부분의 형사들은 이것저것 살펴보는 듯하더니 이내 둥글게 모여 "어렵다" "모르겠다"만을 주고받고 있었다. 어디 비빌 데라도 있어야 물고 늘어질 것인데 그들은 이 밀실 사건이 단지 훈련된 감각적 차원 이상의 문제인 것만을 어렴풋이 알아챌 수 있었다. 지문, 족적, 머리카락 등등 증거제일주의! 그러나 여기엔 증거가 하나도 없었다.

그래도 발라스코와 골즈먼은 이럴 때일수록 더 눈을 크게 뜨고 현장을 조사하라는, 어딘지 모르게 맹목적인 금언(金言) 속으로 빠져들었다.

방3은 주인 남자의 서재였다. 과연 부자들은 이렇게 많고 게다가 어려운 책들을 다 읽을까 하는 의문이 먼저 들게 하는 방이었다. 창가에 마주한 오래된 나무 책상을 중심으로 책장들이 죽 늘어서 있었다. 책장이 방 안을 빙 둘러 다시 만나는 곳에는 커다란 영화 포스터가 고급스런 액자에 걸려 있었고, 그 밑에는 개인용 금고(여덟 자리의 숫자 조합을 가졌다)가 놓여 있었다. 발라스코는 영화 포스터 앞에 우두커니 서 있었다.

"이거, 끝내주는데요. 어디 보자. ONE MILLION…… YEARS…… B.C? 이거 무슨 오래된 영화 같은데, 뭐죠?"

"글쎄."

문가로 조금 걸음을 옮기자 책장 위에 눈에 띄는 것이 있었다. 먼지가 엷게 앉은 CD플레이어와 거기에 연결된 신형 스피커. 골즈먼의 생각에, 이 정도 빌라에 사는 거면 고가의 HI-FI 시스템을 쓸 거라고 생각했는데 CD플레이어라니 좀 의외였다. 아니나 다를까 한쪽 구석에 앰프와 장비가 있었지만 망가진 듯했다.

플레이어 안에 들어 있던 것은 클래식 CD였다. 〈Essential Opera 2〉. 플레이 버튼을 누르자 용케도 작동했다. 작은 LCD 창에선 '09'라는, 발라스코와 골즈먼에겐 그다지 의미 없는 트랙 넘버가 번쩍이며 디스크가 돌아갔다. 하지만 새로운 트랙이 시작되는지 잠시 윙윙거리더니 순간 귀가 찢어질 만큼의 소리가 튀쳐나왔다. 발라스코는 놀라 스피커의 볼륨을 거의 끝까지 줄였다. 이젠 흥얼흥얼거리는 정도로 흘러나오는 어떤 노래.

"로시니. 좋은 노래지만 지금과는 너무 어울리지 않는군요. 저는 오페라 광이었습니다. 아내 역시 마찬가지였죠."

어수선한 분위기를 틈타 퀭한 눈을 한 주인 남자가 어느새 들어와 있었다. 그는 아내의 유품이 되어버린 그녀의 핸드폰을 금고 위에 천천히 내려놨다.

"요즘은 통 들을 기회가 없어서……. 아 참, 제 것과 같이 사서 산 지 일주일도 안 된 건데, 너무도 빨리 주인을 잃어버렸습니다. 이 핸드폰 말입니다."

남자의 너무도 처연한 모습에 마음이 약해진 골즈먼이 머뭇거리며 말했다.

"아, 아직 들어오시면 안 됩니다. 이봐, 뭣들 하는 거야. 현장에 들어오시게 하면 안 되잖아."

주인 남자는 아내의 죽음을 불러온 금고를 향해 저린 손끝을 내밀다가 방 밖으로 밀려났다. 주인 남자가 나가자 발라스코와 골즈먼은 막상 할 일이 없어진 것 같았다.

이를테면 경험주의자인 형사들에게 눈앞의 범인이 사라졌다는, 범죄 사상 초유의 밀실 사건 증인이 됐다는 충격은 너무나 컸다. 모두 EMP(Electromagnetic Pulse, 전자기 펄스)를 맞은 로봇처럼 회로기판이 정지해버렸다. 이건 사실 감각에 대한 신뢰의 문제며, 자신감과 긍지, 그것들로 지탱되어온 알량한 형사 인생 전체에 대한 문제였다. 형사 모두는 자신에게, 마주 보고 있는 동료들에게 퇴물이라고, 이젠 자리 보전의 욕심을 버려야 한다고 속삭이는 것처럼 보였다.

그러나 아직 죽지 않았다는 듯이, 이렇게 논점을 일탈하고 있던 형사들 중 한 명의 머릿속에 별안간 벼락이 쳐들었다.

"놈이 흉기를 가지고 갔을까? 이 급박한 순간에? 나는 그렇게 생각하지 않아."

그는 적당하게 서두를 내고는 컴컴한 방으로 들어가 천장에 붙은 실내등의 아크릴 덮개를 비틀어 열었다. 과연 그 안에는 피 묻은 과도와 피 묻은 검은 캡이 있었다. 형사들의 이목이 일순간 집중되었다.
"이거 보통 놈이 아닌걸. 실내등 안에 숨겨놨어. 그래서 불이 꺼져 있었던 거야. 발견을 지연시키려고 말이야. 교묘한 놈이지? 모자도 피가 묻어서 칼하고 같이 버리고 갔군. 이 칼은 부엌에서 없어진 것 같고."
그 형사의 의기양양함에 담배 필터만 씹고 있던 발라스코가 달려들었음은 물론이다.
"여기 무슨 쪽지가 있군."
펼친 쪽지에는 고의적인 서툰 글씨로 이렇게 쓰여 있었다.

늑대가 왔다!

쪽지를 든 골즈먼은 이상한 생각에 사로잡혀 있었다.
그 '늑대'라는 것은 자신이 남긴 쪽지에 '왔다 간다'라고 쓴다든지 '다녀간다'라고 썼어야 하지 않을까 하는 것이다. 이미 자신이 떠나가는 상태에서 '왔다'라고 해버리면 그 쪽지를 받아본 사람들에겐 시간상으로 어긋나게 되지 않는가. 이건 아주 유치하고 쓸데없는 생각이기는 했다. 그래도 범인과 대치하는 동안 그 '늑대'와 자신은 같은 시간, 같은 공간에 있었다. 그렇기 때문에 그런 식의 말을 남겼다는 데 알 수 없는 이질감이 느껴져 찜찜함이 가시지 않았다.
'그래서?'
물론 아무래도 이상한 생각이다. 머리가 아팠다. 골즈먼은 이 엉풍한 생각을 털어내려고 머리를 흔들어댔다. 그때.

'잠깐!'

범인의 증발이라는 믿기 힘든 사실에 가려져 아주 작은, 손바닥 안에 가려질 만한 단서 하나가 사람들 뇌리에서 잊히고 있었다.

"발라스코 형사님! 서재 문의 열쇠 말입니다. 왜 하필 주인 여자만 가지고 있었을까요?"

"듣고 보니 그 문제를 까맣게 잊고 있었군."

이미 앞선 조사에서 주인 여자 옆에서 사치스런 목줄이 끊어진 채 발견됐던 방 열쇠와 주인 남자의 협조를 얻어 금고에서 꺼낸 스페어 키 두 개, 총 세 개의 스페어 키는 제조사 확인 결과 모두 진짜로 밝혀졌으며, 스페어 키에 새겨진 고유번호까지 맞아 떨어졌다. 하지만 누구 하나 금고가 있는 서재 방의 열쇠가 안주인 목에 걸려 있는 것에 의문을 제기하지 않았다.

반면 발라스코는 조금은 심드렁하기까지 한 표정으로 말을 받았다.

"그렇지만 말이야, 그건…… 주인 남자의 지극한 사랑과 신뢰의 표현이 아닐까. 역시 자네는 아직 잘 모르는가? 사랑의 증거가 오히려 바로 눈앞에서 범인을 놓치게 만들다니. 사랑이란 건 참 아이러니해."

발라스코는 대단한 말이라도 한 듯이 도취된 표정으로 주인 남자 쪽을 힐끔 쳐다봤다. 아직 미혼인 골즈먼은 고개를 갸우뚱거리며 그 시선을 좇을 뿐이었다.

경찰이 올 때까지 벌벌 떨며 범인이 아내의 시체를 끌고 들어간 방3 앞을 지켰던 주인 남자는 거의 탈진 상태였다. 갑작스런 아내의 죽음과 살인범의 실종(?). '처음에 어떻게든 문을 부수고라도 들어갔어야 했는데'라며 발라스코 형사와 비슷한 후회를 하고 있지 않을까. 아니나 다를까 그는 거실 한쪽 구석에서 퍼더버린 채 휑하니 뚫린 방 안으로 초점 없는 눈길을 보내고 있었다. 발라스코 형사는 불행을 목격한 후의 떨떠름하고 내키지 않는 마음을 누르고 그에게 다가갔다.

"도대체 뭐라고 불러야 할지. 목소리는 분명 남자였으니 아무튼 '그' 말입니다. 아내를 죽인 사람인데 짐작이 가는 사람이 없습니까?"

발라스코 형사가 가져간 물컵은 관심도 없이 다른 손에 쥔 피 묻은 검은 캡만 바라보고 있던 주인 남자가 어렵게 입을 떼었다.

"그, 글쎄."

그러더니 그는 순간 잠들어버렸다. 때마침 술 취해 밤이슬을 맞고 귀가하던 앞집 남자가 어리둥절한 표정으로 계단을 올라왔다. 옆집의 열린 현관문과 경찰들이 북적대는 소동에 작은 관심을 보였다가 이내 자기 집 대문을 현란하게 도배한 갖가지 전단지, 스티커를 신경질적으로 떼어내고 초인종을 눌렀다.

"이놈의 자식들은 어떻게 일요일마다…… 이거 지저분해서 원."

이웃 남자의 작게 중얼거리는 소리, 벨소리와 함께 비로소 주인 남자도 눈을 떴다.

"그래! 맞아! 그 녀석이 틀림없어! 바로 그 녀석이야! 이런 모자를 쓰고 있었지!"

주인 남자는 비틀거리며 일어섰다.

"아까 저녁때 찾아와서 초인종을 눌렀던, 그리고 검은 모자를 눌러쓴, 맞아! 형사님, 그 녀석이 범인입니다!"

그 주위로 몰려든 형사들은 다시 코를 벌름거리기 시작했다. 남자의 말이 과연 사고를 거쳐 나오는 것일까 싶을 정도로 두서없이 열거되기 시작했다. 어쨌든 덕분에 오늘 저녁에 있었던 203호와 주인 남자와 아내의 얘기가 한 시간쯤 뒤에는 거의 복원될 수 있었다. 독기가 오를 대로 오른 발라스코 형사는 수첩에 몇 번을 새로 써 치밀한 타임 테이블을 만들었다.

발라스코 형사가 작성한 사건 당일 일요일의 타임 테이블

- **오후 6시** : 주인 남자는 아내를 위해 제과점에서 갓 구운 케이크를 사왔다.
- **오후 7시(일몰)** : 일요일 저녁 예배를 알리는 교회 종소리와 함께 203호의 초인종을 검은 모자를 쓴 수상한 사람이 눌렀다. 그는 가스 점검을 나왔다고 했다. 무척 수상했으므로 주인 남자는 방에 있던 아내에게 경비실로 연락을 하라고 했다. 자신도 도어 렌즈로 계속 보고 있기가 무서운 마음이 들어 문이 잠긴 것을 확인하고 아내와 함께 방에 있었다. (이 고급 아파트 단지는 일명 '교회촌'이라고도 불리는 곳으로 대부분의 주민들이 독실한 교인이다. 따라서 일요일 예배 시간에 집에 있는 세대가 거의 드물다. 그리고 부자촌이 그러하듯이 인적 자체가 뜸하다.)
- **오후 7시 5분** : 경비원이 올라오는 발소리가 들렸다. 경비원이 와서 해준 말이지만, 늙어 순발력이 떨어졌는지 경비원은 들어오다가 현관에서 급하게 내려오는 사람과 지나쳐 갔다고 한다. 당시에는 별 생각이 없었지만 그 사람이 주인 남자가 신고했던 사람 같았다고 한다. 경비원은 주인 남자 내외가 피해가 없는지 확인하기 위해 직접 집 안으로 들어가 몇 가지 질문을 던지고 나서 돌아갔다. (이 부분은 추가로 경비원 진술 확인 예정)
- **오후 8시** : 잠을 자던 주인 남자는 아내가 자리에 없는 것을 느끼고 이상

한 생각에 방을 나왔다. 그때 방3 앞에서 누군가 가슴께에 칼을 꽂은 채 늘어져 있는 아내를 내려다보고 있었고, 주인 남자가 장식장 위에 있던 야구방망이를 집어들자 범인은 방3, 서재로 시체를 끌고 숨어버린다. 신고가 접수되었다.

- **오후 8시 10분** : 발라스코와 골즈먼 형사가 도착했다. 범인은 창문으로 탈출을 시도한 것인지 창문이 열려 있다. 방 안에서는 거센 비와 바람 소리에 묻혀 범인의 행동을 파악할 수 없는 상황이었지만 초조한 듯 절규의 목소리가 들렸다. 수입산 도어에 가로막혀 형사들은 일단 지원을 요청한다.
- **오후 8시 16분** : 지원 팀 도착. 방 안에는 여자의 시체 외에는 아무것도 없었다.

"그럼 당신은 거실에서 그의 얼굴을 봤습니까?"

"오늘같이 잔뜩 흐린 날씨에는 불이 꺼진 실내에서 앞을 분간하기도 힘들었습니다. 여러 차례 보려고 했지만."

"그렇다면 무슨 이유로 범인이라고 확신을 하십니까?"

"글쎄 아까 저녁에 놈이 대문 앞에 나타났던 이유가 뭐겠습니까? 비록 그때는 도망치고 말았지만 다시 온 겁니다. 무엇보다 저 모자가 증명하고 있지 않습니까."

"잠깐, 그렇다면 그놈은 언제 어떻게 다시 이 집으로 들어왔단 말입니까? 어설픈 이유를 대며 집 안으로 침입하려 했던 녀석이라면 문을 열 수 있는 특수한 기술 같은 건 없다는 얘기일 텐데."

"나도 그걸 잘……."

주인 남자의 주위에 몰려든 형사들은 흥흥 하다가 쿵쿵거리고 있었다. 얘기가 성립하려면 뭔가 더 연결고리가 있어야 했다. 혹시 주인 남자는 뭔가 숨기고 있는 것일까?

"이거 하나는 확실히 해야겠습니다만. 혹시 사건과 관련해 우리에게 터놓지 않은 얘기가 있다면 모두 말해주시기를 부탁드립니다. 어이! 통화 연결됐나? ……좋아. 예, 죄송합니다. 이런 걸 생각해보죠. 가령 경비원이 올라왔을 때 왜 두 분 모두 방1에서 나오지 않은 채 경비원을 현관까지만 들여놓고 얘기를 해야 했는지 같은……. 이건 뭐 방금 경비원과 통화한 내용이라 제일 먼저 해명해주셔야 하는 거지만 말이죠."

형사는, 심히 난처하다는 듯이 괴로움으로 일그러지는 주인 남자의 표정을 유심히 살폈다. 하지만 주인 남자는 이내 체념하여 그에게만 귓속말을 했다. 얘기를 듣는 내내 형사도 어떤 고통으로 일그러진 표정을 지었다. 알고 보니 웃음을 참고 있었던 것이다.

"그게 확실합니까?"

어리둥절한 광경에 다들 못마땅한 표정만을 지었는데 알고 보니 주인 부부는 모처럼의 주말을 맞이하여 어쩌다 색다른 섹스를 즐기게 되었다는 것이다. 아내가 빵을 워낙 좋아하여 저녁에 먹을 빵을 사러 갔던 것인데 충동적으로 생크림을 잔뜩 묻힌 케이크를 사버렸고, 또 그 요염한 빛깔의 케이크를 먹다가 더 충동적으로…… 크림을 온몸에 바르고 자극적이고 질펀한 애무와 격렬한 섹스를 즐기게 되었던 것이다. 그렇기 때문에 크림이 덕지덕지 묻은 알몸 위에 옷을 걸칠 수도 없었고 경비원이 굳이 그들의 안전을 확인하려고 하자 마지못해 문을 열고 재빨리 안방으로 숨어들어갔던 것이다. 경비원의 진술도 이 상황과 정확히 일치했다. 물론 경비원은 왜 주인 부부가 방에서 나오지 않고 자기를 현관 신발장 곁에 세워뒀는지 몰랐겠지만.

"초저녁부터 격렬했군요. 그, 그럼 경비원이 간 후에도 또? 한 겁니까?"

사건과 상관없는 일이지만 골즈먼 형사의 말에 주인 남자는 큰 죄를 지은 것처럼 고개를 조아렸다.

"골즈먼 형사! 그게 무슨 말 같지 않은……."

박 형사는 금방 한 장면을 재현할 수 있었다. 경비원이 203호에 들어가 신발장이 있는 곳에서 주인 부부와 얘기를 나눌 때 경비원을 지나쳐 도망갔던 녀석은 용케도 다시 빌라로 들어와 현관 지붕이 있는 곳(평면도에서 빗금이 쳐진 부분, 보통 1층과 2층 사이에 있어 계단 복도에 난 창문을 통해 갈 수 있다)에 숨는다. 빌라 현관이 출입 카드가 필요한 시스템이기 때문에 굉장한 운(때마침 빌라 출입자가 있어 끼어 들어간 것)이 따른 것이다. 경비원이 내려간 다음에야 방에서 나올 수 있었을 것이기에 시간을 지체했을 가능성이 있었다. 녀석은 그 시간을 틈타 재빨리 집 안으로 침투했을 것이다. 넓은 평수의 집 안 어디에 숨더라도 들킬 염려는 거의 없었을 것이다. 그리고 마침 저녁 7시 5분에서 8시경 사이에 피살자가 방을 나오자 녀석은 거실로 나와 범행을 저질렀다. 틀림없을 것이다. 일요일 저녁에 '가스 점검'이라는 얼토당토않은 거짓말로 범행을 시도했던 범인. 녀석의 그런 막무가내 행동이 아주 절묘한, 그러나 그 결과를 떠올리자면 불행하기 그지없는 운의 흐름을 탔던 것이다. 발라스코 형사는 나름 궁리를 하고 있는 골즈먼 형사를 보며 살짝 미소를 지었다.

그렇지만 제일 중요한 밀실에서의 증발, 이것만은 어떻게든 알 수 없었다. 게다가 그 녀석은 누구이고 어떻게 도망친 것일까. 간신히 짜 맞춘 모든 증거와 정황들은 물음표로 수렴하고 있었다.

그러던 중 발라스코과 골즈먼이 사건 발생 후 나흘째 되던 날 찾아간 곳은 어느 허름한 맨션의 5층, 계단실에서 세 번째 사무실이었다.

굉장히 불연속적인 것의 연속이었다. 검은 캡을 쓴 남자의 등장, 원인 모를 살인, 그리고 증발. 이 불연속적인 사건들을 가로지르는 실낱같은 단서의 흔적들을 찾아야 했다. 아니, 단서 따위로는 해결될 성질이 아니었다. 초지일관하는 어떤 것, 그것들을 한데 꿰뚫고 지나갈 이성의 꼬챙이가 필요했다. 이런 연유로 발라스코와 골즈먼은 다 쓰러져가는 할렘가의 사무실까지 올 수밖에 없었던 것이다.

'탐정'이라는 어처구니없는 것에 대해 일반 사람들은 셜록 홈즈, 포와로 이상의 것을 알지 못한다. 물론 이것조차 현실 세계가 아닌 거의 소설 속 이야기들이겠지만. 이젠 소설 속에서도 추리소설 고전의 시대를 한참 지난 지금 이들의 활약은 거의 드물게 되었다.

그의 이름은 여송연. 별명은 안락사 탐정. 사회가 자신 같은 탐정들을 안락사시키고 있다는 불평을 입에 달고 다닌다고 해서 붙은 별명이다. 괴팍한 성격에 은둔적이며 움직이는 것과 대중을 혐오하는 홀로 숨쉬기 예찬론자로 알려져 있다.

발라스코와 골즈먼은 풍문을 참고해 한 꾸러미의 선물을 들고 그의 사무실을 찾았다. 나선형 계단을 올라와보니 과거에 여러 사건들을 해결하며 받은 무수한 표창과 감사패, 위임장 등이 복도부터 전시되어 있었다. 빛바랜 사진들 덕분에 다른 세계로 향한 긴 터널을 지나온 느낌이었다. 그러나 전시물을 따라 도착한 곳에는 아주 평범하게 생긴 현관이 있었다.

귀에 거슬리는 부저가 울리고 나이 50이 넘어 보이는 늙은이가 문을 비죽 열고 쳐다봤다. 맙소사! 바로 그가 위대한 안락사 탐정은 아니겠지.

"댁들은 뉘슈?"

구수하다기보다는 촌스럽게 들리는 사투리 억양. 게다가 위대한 안락사 탐정은 호스스런 나이트가운을 입고 있었다. 그는 가래를 그르렁거리면서 인사말을 대신했는데, 몸짓 하나하나가 각기 다른 그림 속에서 끄집어낸 것처럼 이질적으로 느껴졌다. 그래도 탐정들이 으레 그렇듯이 한 손에 달려 있는 파이프 담배는 느릿느릿 연기를 내고 있었다.

발라스코와 골즈먼은 경찰 신분증을 그의 눈앞에 내밀었다. 탐정은 안경을 목줄로 메고 있으면서도 한참을 찾더니 결국 찾지 못하곤 찢어진 눈을 하고 신분증을 쳐다봤다.

"나이트가운을 입고 있는 것에 대해선 양해를 부탁하네. 내가 워낙 밖에 외출하는 걸 꺼리다 보니 이런 우스꽝스런 잠옷이 생활복이 되었네그려."

"아니, 괜찮습니다. 충분히 이해합니다."

20평 남짓한 사무실은 공간의 구분 없이 모든 것이 한데 모여 있었다. 온기를 주는 벽난로나 해포석 파이프, 진귀한 법의학 도구, 서적의 초판본 같은 건 눈 씻고 봐도 없다. 그저 촌스럽기 그지없는 대모갑 안경. 어쩌면 '대모갑 무늬' 안경일지도. 안경이 콧잔등에서 주르륵 흘러내려왔다. 검지로 그것을 밀어올리면서 그는 장광설을 펼치기 시작했다.

"내 생각에는 말이야······."

그는 적당히 겸손을 떨 줄도 안다.

"먼저 뭣 좀 먹으면서 하는 게 좋을 것 같군! 며칠 굶었는지 기억도 안 난다네. 혹시 뭐 먹을 거 있나?"

발라스코와 골즈먼은 두말없이 탐정이 좋아한다는, 32번가 찰리 식당의 특제 연어 샐러드와 염소젖으로 만든 고트 치즈 같은 안주와 도수가 높은 증류주 몇 병을 풀어놓았다.

"자네들이 보내온 그동안의 수사 결과를 보면 범인의 밀실 탈출 방법에 관해 골몰하다가 막바지에 이르러선 거의 초자연적으로 비약하는 느낌이 들더군. 왜, 귀신이라도 봤다고 생각하게 된 건가?"

"그야, 모든 정황이. 아무튼 그러니까 저희가 탐정 선생을 찾아온 게 아니겠습니까."

발라스코 형사가 답답한 마음에 술을 한 잔씩 돌렸다. 원샷! 캬. 한 잔은 또 한 잔을 부르고 술은 갈수록 묽어졌다. 술에 취하면 세상의 이치를 깨닫게 된다는 말, 이제 시험해볼 차례인 것이다.

"혹시 스탕제르송 박사의 물질의 해리(解離)에 관한 연구를 알고 있나?"

책이라고는 최근에 『수사 실무 서류 최신본』 외에는 본 적이 없는 발라스코. 그에 다를 바 없는 골즈먼은 서로 어리둥절한 표정을 지었다.

"아뇨. 처음 듣는 이름입니다."

"그의 이론에 따르면 물질의 해리를 통해 범인이 밀실을 빠져나가는 것이 불가능한 일은 아니라고 하네."

"옛? 그렇습니까? 그런 게 있는 줄은."

"하지만 딱 100년 전 소설(가스통 르루의 『노란 방의 미스터리』) 속의 얘기라네."

탐정은 뭐가 우스운지 배를 잡고 뒹굴었다.

"사람들이 말하기를 이 사건이 미궁에 빠졌다고 표현을 하더군. 하지만 미궁을 빠져나오는 데는 몇 가지 방법이 있다네. 출입구가 하나뿐인 경우에는 왼손으로 벽을 짚고 갈림길에서 왼쪽으로만 꺾는다든가, 조금 더 수학적인 어떤 경우에는 '조르당 곡선의 정리'(프랑스의 수학자 이름을 딴 조르당 곡선(Jordan Curve)은 원과 연결 상태가 같은 단일폐 곡선을 말한다. 이 곡선을 따라 한 방향으로 움직이면 출발점으로 되돌아오게 되고, 이 곡선을 기준으로 내부와 외부가 나뉜다. 조르당 곡선에서는 내부와 내부 혹은 외부와 외부를 이으면 곡선과 만나지 않거나 짝수 번 만난다. 그렇지만 내부와 외부를 이으면 곡선과 홀수 번 만난다. 즉 외부의 한 점에서 시작된 선분에서 미로와 홀수 번 만나는 내부 지점에서는 절대 밖으로 나가지 못하게 된다.)를 이용하는 식으로 말이지. 미궁이란 굉장히 수학적이고 논리적인 세계네. 그러나 대부분의 경우에서 의욕만이 앞선다면 경험적인 방법에 의해서 심리학 실험의 모르모트처럼 시행착오를 거쳐 찾아갈 수밖에 없지. 바로 내 앞에 있는 두 분을 비롯한 여러 형사분들께서 하시는 것처럼."

무시하는 게 분명한 이 말에 발라스코와 골즈먼은 얼굴이 조금 붉어졌다. 뭐라 대꾸할 말은 없는 것이다.

"게다가."

탐정은 술잔을 입술로 핥았다.

"이번 경우는 미궁이 아닌 것을 미궁이라고 착각하고 있는 경우이기 때문이라네."

"그게, 무슨 말인지."

"아주 명료하게 생각해야 해. 증거 수집의 귀납추리로서 '새로운', 그러나 '엉뚱한' 명제를 만들어내서는 곤란만 더해진다네. 나는 여러분께 새로운 대전제를 세워주고 싶군. '밀실 따위는 이 땅 위에 없다'라고."

"그렇다면 이번 사건의 밀실도 결국은 조작된 것이라는 얘깁니까? 저희도 그런 생각을 해보지 않은 건 아닙니다. 오히려 경찰 생활을 하다 보면 그런 소설적 구상은 미신보다 더 멀리하게 된답니다."

발라스코가 흥분해서 말했다.

"잘 알고 있다네. 그래서 정확한 논의를 위해서는 아무래도 언어의 명철함이 필요한 거라네. 여기엔 '존재'의 문제가 있다네. 희랍 철학의 말을 빌리자면 살인범의 존재는 여러분 감각, 감각의 총체인 경험의 대상이 아니라네. 범인의 밀실 속의 존재는 불가지론(不可知論)이라는 거야. 그렇다면 그냥 '있었다'라고만 하지. 그렇다면 무엇이 있었는가. 그건 어떤 흔적일 뿐이지. 자! 눈, 코, 입, 귀를 모두 닫고 회색세포만을 가동시키게나. 내가 말한 전제를 바탕으로 모든 걸 연역해야 하네. 밀실은 말장난이며 실수이며 우연의 합리화일 뿐이지. 이거 할 말이 많군. 우리는 조금 색다른 지름길로 가보기로 하지. 마치 작가가 추리소설을 쓰듯이 거꾸로 문제를 풀어보기로 하는 걸세. 여기 등장인물 중의 한 명인 범인이 있다. 그는 범인처럼 보이지 않아야 하기 때문에 밀실 밖에 있다. 밀실 속의 범인은? 그는 존재하지 않았고(엄밀히 말해선 존재했는지 알 수 없고) 그저 감각되어지기만 한다……."

발라스코와 골즈먼에게는 정말 지나치게 힘을 빼는 연설이었다.

언뜻언뜻 안일한 사고를 전복시키는 충격이 있었지만 대체로 말은 장황하기 그지없었다.

"(중략. 자세한 해결 방법은 '해답편'에서 제시될 것이므로 여기서는 중략한다. 《괴인》 봄호에서는 그냥 말줄임표(……)로만 표시되어 있다.) ……자, 이제 범인이 누군지는 확실히 알겠나? 가장 드라마틱한 연기를 해낸 주인 남자, 그가 바로 검은 모자이며 밀실 속의 살인마였다네. 아마 '늑대가 왔다'는 쪽지는 나는 거짓말을 하고 있다는 그런 사실을 유희적인 방법으로 남긴 거라는 생각이 드는군. 동기가 없었던 것, 그것은 이 살인사건의 어떤 증명적인 성격, 완전 살인을 할 수 있다는 명제에 대한 도전을 나타내고 있는 것이지 않겠나? 그것만큼 확실한 동기가 있으려고…… 알겠나? 어서 달려나가 그를 체포해야 하네!"

둘은 어리둥절했다.

"어서!"

발라스코와 골즈먼은 탐정의 재촉에 쫓기듯이 뛰쳐나갔다.

"어서 다녀들 오게나. 나는 여기서 기다리고 있을 테니. 자네들이 갔다 오는 동안 술이나 더 준비해야겠군."

"비보(悲報)─비보(悲報)─비보(悲報)─."

그날 밤, 도시엔 사이렌 소리가 다시 들렸다.

그들이 다시 찾은 203호는 그새 퇴락한 문명에 낀 이끼처럼 많은 전단지와 스티커로 도배되어 있었다. 수사 실무자인 자신들이 아직은 탐정의 말에 대한 확신이 없었기 때문에 그들의 행동은 좀 억지스러운 듯 보였다.

"경찰이다!"

자신감이 결여된 목소리였다. 열려 있는 문을 밀고 들어가자 거실 한가운데 어지럽게 찍힌 군홧발과 뜯어낸 철문의 조각, 피 묻은 수건과 천 조각들이 보였다. 전시라도 하듯이 진열된 사건 당일의 흔적들에는 새삼스럽게 소름이 돋았다. 텅 빈 집. 주인 남자는 도대체 어디에 있는 것일까?

핸드폰이 꺼져 있어 주인 남자가 운영하는 건설회사에 전화를 했으나 몸이 아파 오늘부터 며칠 쉬겠다는 말만 했을 뿐이라고 했다. 서재의 금고 안도 싹 비워져 있었다. 없어진 금고의 물건, 아마 금이나 현찰, 양도성 예금 증서 같은 것들, 그리고 없어진 주인 남자. 발라스코와 골즈먼은 뭔가 알 수 없는 긴장감이 밀려오는 것을 느꼈다. 점점 탐정의 말 쪽으로 사건의 전말이 귀결되는 듯한 안 좋은 예감이었다. 정말 도주한 것일까?

만약 주인 남자가 정말 범인이었다면…… 그렇게 금슬이 좋던 부부가 왜 살인으로 파멸해야 했을까. 이 '왜'의 문제는 탐정의 고루한 해설 속에서도 확실히 설명되지 않는 유일한 부분이었다. 집요한 '왜?'에 '그냥'이라는 대답이 적당한 것일까. 머릿속의 회색세포들도 끄덕여줄 것인가. 흐트러진 가재도구가 그날의 광경을 재현하고 있었지만 한 가지 다른 하나, 한눈에 보이는 거실의 벽에 붉은 페인트로 뭔가 메시지 같은 것이 갈겨 쓰여 있었다.

"늑대가 왔다."

그녀는 죽고 그는 도망친 이 집엔 그것만이 있었다. 그것은 무슨 수수께끼 같은 말인지, 늑대가 나타나서 도망쳤다는 얘기인지. 도대체. 발라스코 형사는 혼란 속에서 자신이 할 수 있는 한 단순하게 생각하려 했다. 그리고 그것은 진짜 늑대를 떠올리는 것에서부터 시작됐다.

"맞아, 양치기 소년!"

이런, 거대한 말장난에 빠져버렸다. 왜 이 말을 진작 이해하지 못했을까.

'아아, 이게 어떻게 된 것인가.'

골즈먼 형사 역시 발라스코의 말에 감전되듯이 깨달았다. 자신의 기준에 미달하는 사고력에 혐오를 느꼈다. 다시 한 번 문패에서 확인하게 되는 주인 남자의 풀네임.

"John 그리고 Shepherd(남자 이름. '양치기'란 뜻도 있다)!"

발라스코와 골즈먼은 묵직하게 당겨오는 뒤통수를 부여잡으며 주차장에 세워둔 차를 향해 달려가기 시작했다. 뒤처져서 뛰어가던 골즈먼은 확실히 이젠 '왜'의 문제 대신 '어떻게'라는 문제에 사로잡히게 되었다.

마침 새로운 살인마의 탄생을 축하라도 하듯이 하늘에선 쨍쨍한 햇볕이 내리쬐고 있었다.

*봄호 현상공모에는 많은 독자들의 응모가 예상되오니 가급적 기한을 꼭 맞추어서 응모해주시길 부탁드립니다.
응모기간 : 1/1~2/1. 마감일 소인 유효

해답편

독자에의 도전 해답편 … 130쪽

(2008년 4월 1일에 발행된 계간지 《괴인》 여름호)

정말 많은 분들께서 응모를 해주셨다. 다시 한 번 고개 숙여 감사 드리며, 앞으로 우리 《괴인》 편집부가 짊어질 독자의 열화와 같은 기대가 만만치 않다는 것을 새삼 깨닫는 기회가 되었다. 특히 이번에 응모된 것들 중에는 편집부를 들썩이게 할 정도의 깜찍한 응모작들도 몇 개 있었다. 그중에서도 가장 기술적으로 정교하고 내용적으로도 풍부한 설명을 시도한 서울의 김 모 독자를 당선자로 뽑기에는 부족함이 없었다. 그리고 엉뚱하기는 하지만 재치 있는 추리관을 보여 의외의 결론을 낸 대전의 장 모 독자 역시 2등 당선자로 뽑게 되었다. 장 모 독자의 경우는 보내온 '해답편' 속에서도 시종일관 '나는'을 강조하며 아주 독특한 자의식을 드러냈으며 깜짝 놀랄 만한 결론을 우리에게 제시해주었기 때문이다. 어느 것이 더 맞을는지는 독자들의 판단에 맡기려고 한다. 이 둘은 한 사건을 놓고 얼마나 다르게 바라볼 수 있는가를 보여주는 좋은 예가 될 것이며, 앞으로 편집부도 좀 더 의외성을 가진 다양한 결론에 이를 수 있는 좋은 사건들을 많이 제시할 계획이다.

바야흐로 추리의 계절, 여름! 다음 여름호는 정말 기대해도 좋다.

현상공모 1등 : 김 모 독자(여, 서울 신림, 중학교 교사)
현상공모 2등 : 장 모 독자(남, 대전 은행, 자영업)

*

Vestila Giubba - 옷을 입어라!
김 모 독자

문제편에서 〈Essential Opera 2〉의 CD가 나온 72페이지부터 저는 읽기를 멈추었습니다. 우연의 일치라고 할까요? 제가 그 CD를 가지고 있었거든요. 당연히 09번 트랙을 틀어보았고……. 하지만 아무 단서도 얻을 수 없어 한 일주일 동안은 꽤 실망에 잠겨 지냈답니다.

09번 트랙이 뭐냐고요? 로시니의 오페라 〈세빌리아의 이발사〉에 나오는 서곡이랍니다. 이 밝은 분위기의 선율이 도대체 어떻게 남편이 아내를 죽인 사건의 단서가 될 수 있을까요? 〈세빌리아의 이발사〉 실황 공연도 다시 봤지만 도대체 뭔가 떠오르는 게 없더군요. 그러다가 또 일주일이 딱 지나니까 '띵!' 하고 머릿속이 막 울리더군요. 그 생각에 미치자마자 저는 안절부절못하고, 오! 하느님. 왜 하필 클래식 음악광인 그가 09번 트랙을 언젠가 마지막으로 들었을 거라고 생각했을까요. 08번을 다 듣고 그만 09번 트랙으로 넘어가 노래가 시작되기 전에 스톱 버튼을 눌렀다고 생각할 수도 있는 법이지요. 좋아하는 노래라면 끝까지 듣고 싶어 하는 애착 같은 게 누구나 있잖아요. 그래서 저는 08번곡을 재빨리 떠올렸죠. 그랬더니 무슨 노래였던지……. 모든 독자들은 눈앞의 단서를 놓쳐버린 꼴이더라 이거죠. 하하! 바로 오페라 〈팔리아치〉에 나오는 비탄에 잠긴 아리아 '옷을 입어라'예요. 〈팔리아치〉는 떠돌이 배우가 바람피우는 아내와 내연의 남자를 공연 도중 칼로 찔러 죽인다는 얘기죠.

> 의상을 입고 화장을 하여라.
> 돈을 낸 손님의 마음에 들도록
> 즐겁게 웃겨라.
> 내 사랑이 널 두고 도망쳐도 웃자.
> 팔리아치, 모두 즐겨한다.
> 슬픔과 고통은 웃어넘기고
> 흐르는 눈물은 빨리 닦아라.
> 아, 웃자. 팔리아치
> 깨진 그대의 사랑
> 아…… 웃어라. 애타고 쓰린 이 마음.

주인 남자가 발라스코, 골즈먼 형사 앞에서 보였던 백점짜리 연기는 어느 면에서 관객 앞에 선 떠돌이 배우 카니오가 '옷을 입어라'를 부르는 상황과 비슷하지 않나요? 아내와 내연 남자에 대한 분노, 그러나 관객 앞에서 그들을 재밌게 해야 하는 모순된 상황! 이런 카니오처럼 주인 남자는 자신이 선 무대 위에서 단 두 명의 관객을 위해 아마 이를 꽉 물고 아내를 향해 눈물을 흘리고 힘이 빠질 때까지 고함을 질렀던 것입니다. 한 남자의 질투와 집념이 탄생시킨 이 위대할 정도로 끔찍한 퍼포먼스!

이제 좀 정리가 되었죠. 아내를 죽인 건 역시 주인 남자. 그리고 '문제편'에서 설명되지 못한 '왜'의 문제도 깔끔하게 설명된답니다. 주인 남자의 갑작스런 부재가 살인 행각에 대한 도피가 아니라 남은 한 명! 내연남을 죽이러 가는 길이라는 것을 알 수 있습니다. 더불어 오페라 광인 그가 자신의 서재에서 더 이상 음악 감상을 하지 않았다는 것은 단순한 일이 아닌 어떤 굉장한 심리적인 변화 때문이라고 생각됩니다만…….

그렇다면 고장난 Hi-Fi는?

이제부터가 범인의 진면모가 들어난답니다.

저는 모든 걸 의심하는 데서 시작해야 했습니다. 203호의 방3은 과연 밀실이었는가?

그러나 아무리 생각해봐도 역시, 그래도 밀실은 분명히 있었습니다. 다만! 없었던 건 범인이었죠.

소리! 바로 소리였습니다. 감각의 대표는 시각이겠지만 밖에 폭풍우가 몰아치는 어두운 밤엔 오로지 청각만이 진실이고 외부로 난 단 하나의 통로가 되겠죠. 사람들은 오페라 앨범이 든 CD 플레이어에 가려 전혀 눈에 띄지 않았던 스피커에 대해서 어떻게 생각했을까요. 아마 대부분 그냥 지나쳤을 거란 생각이 듭니다. 왜냐하면 CD플레이어 속의 CD도 오페라 앨범이었으므로 간단한 조작으로 녹음된 비명 소리를 틀었다는 데 심증을 둔다면 도대체 그 정체불명의 남자 비명의 음원(音源)이 어디에도 없기 때문이죠.

이 부분이 가장 큰 고민거리였습니다. 하지만 열려진 창문과 폭풍우의 기상 상태, 높은 천장이라는, 어떤 조잡한 음질의 소리라도 그럴싸하게 포장할 절호의 환경이 만들어져 있었죠. 그러다가 제 눈에 주인 남자가 시종일관 쥐고 있었다는 핸드폰이 눈에 들어왔습니다. 주인 남자의 핸드폰도 아내의 것처럼 최신형.

'딩동 딩동!'

벨소리와 함께 뉴스 기사에서 읽은 헤드카피가 떠오른 건 자연스러운 일이었죠. '무선 기술의 혁명, 블루투스!' '블루투스 2.0 탑재 핸드폰 모델 XXXX.' '블루투스 스피커 출시!'

블루투스! 상상이라도 했습니까?

이 메커니즘은 아주 간단하게 설명할 수 있습니다.

주인 남자의 전화로 아내에게 전화를 건다.(서재 밖) ⇨ 아내의 핸드폰이 막 울리려고 한다.(서재 안) ⇨ 이때 보통의 벨소리가 아닌 영화의 한 장면에서 녹음한 남자의 비명 소리, 외침이 벨소리로 울린다. ⇨ 그리고 그 벨소리는 방 안에 놓인 블루투스 스피커를 통해 증폭되어 울린다.(서재 안) ⇨ 주인 남자, 발라스코, 골즈먼은 그 소리를 듣는다.(서재 밖)

이를 위해선 몇 가지 복잡한 장치와 확인이 필요합니다.

① 아내의 핸드폰(최신형)에 영화에서 편집한 남자의 목소리를 저장시켜 벨소리로 설정한다.

②아내의 핸드폰과 블루투스 스피커를 페어링시켜 놓는다. 스피커의 출력을 실험을 통해 확인하고 볼륨도 미리 맞춰놓는다. (발라스코 형사가 모르고 CD를 틀었을 때 거의 최고 출력으로 되어 있었다. 그 정도가 되어야 서재 문 너머까지 들릴 수 있다.)

　③이 둘을 서재에 놓는다. 다만 핸드폰은 방해물이 없는 스피커와 직선거리에 놓되 자신만이 쉽게 집어들 수 있는 곳에 놔둔다.

　④경찰이 오고 대치한 상황에서 적절한 타이밍에 몰래 통화 버튼 하나만 누르면 된다.

　⑤문이 열리고 형사들이 시체에만 신경이 쏠려 있을 때 전화기를 집어들어 아내의 전화 기록에서 방금 전 자기가 건 목록을 지운다.

　⑥블루투스 스피커는 무선뿐만 아니라 유선 연결도 지원하는 모델이 있다. 그래서 CD플레이어와 연결되어 마치 CD 소리만 내는 것처럼 위장된 것이다. 고장 난 Hi-Fi는 이것을 위해 오래전부터 계획된 것.

　가장 어려웠던 문제가 풀렸지만 이다음에 남는 의문은 '검은 캡을 쓴 남자'입니다. 꽤 골치 아픈 문제인데 전 이 문제를 교묘한 암시나 성급한 일반화에 의해 풀어볼 수 있다고 생각했습니다.

　밀실이 구성된 것은 바로 두 명의 경찰이 도착하고 나서부터이며 그 이전의 상태에서 범행은 이루어졌습니다. 그리고 바보같이 이 두 명의 경찰은 범인의 범행을 도와준 결정적 증인들이 되어버립니다. 사실 아주 간단한 일이죠. 가장 유력한 용의자가 피해자로 위장하는 것은. 그러기 위해 범인은 가상의 살인범인 검은 캡을 쓴 남자를 등장시켰습니다. 그는 진짜 범인의 부족한 알리바이와 거짓말을 채워줬죠. 검은 캡을 쓴 남자는 경비원에게 확인되기도 했고, 모두에게 진짜 있는 사람처럼 여겨졌습니다. 물론 그는 진짜 있답니다. 하지만 감각된 그가 밀실 속의 살인범은 아니랍니다. 경비원이 올라오면서 부딪힌 검은 캡을 쓴 남자는 광고 전단을 붙이는 사람이었을 것입니다. 주인 남자는 매주 빌라로 들어오는 현관문(출입 카드 시스템)을 일요일 그 시간대에 열어놓고 광고 전단지를 붙이고 다니는 사람을 그 시간에 오가도록 만들었다고 생각합니다. 요즘 같은 시대에 모두들 광고 전단지 하나라도 더 붙이려고 기를 쓰고 있었겠죠. 그렇게 해서 광고 전단을 붙이러 왔던 사람이 아마 검은 모자를 푹 눌러쓰고 있었을 겁니다. 그러다가 사건 당일 올라오는 경비원을 보자 놀라서 그냥 줄행랑을 친 것입니다. 다름 아닌 벌금 때문이죠. 이로써 검은 캡을 쓴 살인범이 가공되어지는 것이죠.

끝으로 아주 시시한 문제처럼 되어버린, 〈팔리아치〉에서 비극적 죽음을 맞이한 불륜녀 네다, 주인 여자는 어떻게 방문이 잠긴 밀실 속에서 발견될 수 있었을까요. 안타깝게도 이 부분까지 설명하기에는 너무 늦은 시간이 되었네요. 내일 아침에도 그 지칠 줄 모르는 개구쟁이들을 상대하려면 전 지금부터는 자야 된답니다.

그럼 이젠 흔한 아이디어가 되어버린 밀실 속에 열쇠 놓기 트릭은 여러분이 한번 풀어보시죠!

상상력이 부족한 탐정에게 보내는 조소
장 모 독자

난 탐정 따위가 늘어놓는 궤변을 제일 싫어한다. 그래서 난 클래식한 추리물보다는 딘 쿤츠나 스티븐 킹 같은 현대 미스터리 작가들을 즐겨 읽는다. 이번 《괴인》 봄호에서 나온 문제는 사실 그렇게 철학적으로 접근하거나 또 발라스코나 골즈먼 같은 형사들이 하듯 증거제일주의적으로 할 필요가 없는 것이다. 좀 더 상징적이랄까 그런 증거와 촌철살인적인 그런 재치를 발휘해야 한다.

그래서 나는 《괴인》 편집부에서 만들어낸 문제 속에서 그토록 유명하다는 탐정의 추리 과정이 생략된 이유에 대해서 한번 생각해봤다. 독자들로부터 과정을 추리하게 한다……. 모두가 이렇게 생각할 문제를 난 좀 다른 방법으로 생각하기로 했다. 《괴인》 편집부의 의도는 어쩌면 애써서 '탐정의 추리 방법을 따르지 않아도 된다'가 아닐까. 그럼 무슨 방법이 있냐고? 나에게 이런 질문을 하는 당신들은 적어도 그 유명한 영화 한 편 보지 않았거나 책을 읽을 때 꼼꼼히 읽지 않는 사람일 것이다. 눈에 빤히 보이는 사실을 왜 외면하는가?

벽에 걸려 있던 〈ONE MILLION YEARS B.C〉! 이 영화 포스터를 발라스코가 넋 놓고 쳐다본 이유? 그건 바로 라켈 웰치 때문이다. 다시 우리말로 하면 〈공룡 100만 년〉. 이 영화에 출연한 라켈 웰치! 그녀는 정말 섹시한 건강미가 넘치는 당대의 스타였다. 라켈 웰치. 라켈 웰치!

……맞다. 〈쇼생크 탈출〉. 주인 남자의 서재. 고급 빌라답게 두꺼운 벽과 강력한 철문에 둘러싸인 난공불락의 밀실. 그러나 해답은 아주 엉뚱한 곳에 있었다. 제시된 평면도에도 나오듯이 범인은 사건 당시 옆방 방4로 빠져나가 밖에서 서재의 창 쪽을 지키고 있던 경비원의 시야가 미치지 않는 1층 화단으로 뛰어내려 유유히 도망쳤을 것이다. 방4의 서쪽 창문은 아직 방범창이 설치되어 있지 않다. 따

라서 그곳은 출구이자 입구였다.

결론적으로 내가 생각하는 범인은 바로 그 검은 캡을 쓴 남자다. 이 남자는 아주 교활한 자로서 이 부자들이 모여 있는 고급 빌라 촌을 언젠가는 털 생각으로 광고 전단지를 붙이는 흉내를 내며 다녔다. 그러다가 이 집을 찍은 것이고. 집주인이 경비원을 부를 만큼 어설픈 연기를 했던 건 사람들의 시선을 현관 쪽으로 끌어서 나무들이 심어져 있는 1층 화단으로 해서 쉽게 방4로 침투하기 위해서였다. 그 방에 숨어 있다가 우연히 옆방인 방3으로 통하는 통로를 알게 된 그 남자는 그 방을 나오다가 우발적으로 주인 아내를 살해하게 되고 남편이 나오자 아주 자연스럽게 그 방에 숨었던 것이다. 남자가 죽은 주인 아내를 놔두고 도망가지 않은 이유는 역시 금고 속의 돈 때문이었다. 그 급박한 상황에서 갈등하다가 결국은 지원 팀이 거의 올 때가 다 돼서 줄행랑을 친 것이다.

그리고 다시 형사들이 탐정의 말을 듣고 들이닥쳤을 때, 이미 검은 캡을 쓴 그 사람은 주인 남자를 해치우고 금고 속의 것들을 몽땅 털어 어디론가 가버렸다. 마치 〈쇼생크 탈출〉의 주인공이 그러했듯이. 어떻게 금고를 열었냐고?

그럼 다들 여덟 자리 숫자 조합을 가진 금고 위에 놓인 라켈 웰치의 사진을 어떻게 생각하는 건가? 금고의 비밀번호는 1, 9, 4, 0, 0, 9, 0, 5 외에 다른 게 없지 않나.

- 『한국 추리 스릴러 단편선 1』(황금가지, 2008)

흙의 살인

>>>>> 정명섭

장편소설 『적패』를 발표하며 작품 활동을 시작했다. 주요 저서로 장편소설 『김옥균을 죽여라』, 『폐쇄구역 서울』, 단편소설 「불의 살인」, 「흙의 살인」, 「매일 죽는 남자」, 역사 인문서 『연인』, 『조선 전쟁 생중계』 등이 있다.

건흥(建興) 17년(서기 606) 4월

1

 고구려의 도읍인 평양성의 한복판 내성에 자리 잡은 황궁에서 바라본 평양은 온통 붉은 기와의 바다였다. 먼지 하나 없는 깔끔한 황궁의 계단 아래 광장에서 기다리고 있던 고정의가 그를 보고는 황급히 달려나와서 부복했다.
 "일은 잘 되셨습니까?"
 "와공장 일을 내일까지 정리하고 중리부로 복귀하라는군. 자네도 나를 따라 중리부에서 일을 하게 될 테니까 내일 입궐할 준비를 하게."
 "결국 돌아오셨군요."
 "그전에, 한 가지 처리해야 할 일이 있네."
 노란색 비단 차양을 친 수레에 올라탄 을지문덕이 푹신한 비단방석이 깔린 자리에 앉으면서 덧붙였다.
 "내가 북쪽으로 떠나기 전 와공장의 와박사를 처벌한 적이 있었네. 죄목이 아마 황궁에서만 써야 할 기와를 빼돌리고, 어린 장인들을 겁탈했다는 것일 거야. 그자가 중리부에서 심문을 받다가 죽어버렸다고 하더군."

 을지문덕이 자리를 잡은 것을 본 수레꾼이 수레와 이어진 멍에를 쓴 소를 잡아끌었다. 젖은 콧김을 한 번 내뿜고 발을 구른 소가 천천히 앞으로 나아갔다. 소리와 진동을 줄이기 위해 두껍게 만든 수레바퀴의 바깥을 감싼 얇은 쇠테가 바닥돌과 가벼운 마찰음을 냈다. 발걸음의 속도를 높여 수레를 바짝 따라붙은 고정의가 수레에 앉아 있던 을지문덕에게 물었다.

 "그 일은 중리부에서 해결해야 할 일 아닙니까? 대사자 어르신은 겨울 내내 요동에 계셨는데요."

 "물론, 와박사가 심문 중에 죽은 건 내가 정리할 문제가 아니야. 오늘 아침 일찍 와공장에서 연락이 왔다는데 와공장의 장인들 중 한 명이 죽었다는군."

 "그것도 어르신이 자리를 비운 사이에 벌어진 일 아닙니까? 인수인계를 받은 관리가 처리해야지 왜 번거롭게 어르신이 직접 나서는 것이옵니까?"

 "사실은 흥미가 당겨서 내가 처리하겠다고 자처했네."

 수레를 따르는 고정의와 말을 나누기 위해 수레의 차양 한쪽을 살짝 들어올린 을지문덕이 대답했다. 두 사람이 말을 나누는 사이 수레는 황궁 앞의 광장을 지나 반룡사 길로 접어들었다. 회색 기와와 흘러가는 구름 무늬 막새로 덮인 반룡사의 담장 끝자락에는 평양성을 남북으로 가로지르는 거대한 주작대로의 시작점이 보였다. 신성불가침과 속세의 구분 점에는 사람 키의 세 배 정도 되는 거대한 석등이 외롭게 서 있었다.

 "무엇이 그리 흥미로우셨습니까?"

망설이던 고정의가 묻자 털컹거리는 수레에 몸을 맡기고 있던 을지문덕이 너털웃음을 터트렸다.

"요골 홀에 있는 와공장은 평원태왕 시절부터 오직 황궁에 쓰일 기와만을 만드는 곳일세. 그곳에서 일하는 기와 장인들에게서는 뭐랄까, 뼛속 깊이 자부심이 박혀 있다네. 누구보다 도도하고 자부심 강한 그들이 살인을 저질렀다니, 자넨 흥미롭지 않나?"

2

죽음이 눈앞에 보이자 습관처럼 두통이 엄습해왔다. 대사자 을지문덕은 지끈거리는 오른쪽 관자놀이를 엄지손가락으로 힘껏 눌렀다. 대들보에 매달린 시신을 끌어내리려던 장인들은 서슬 퍼런 을지문덕의 호통에 뿔뿔이 흩어졌다. 남은 건 얼굴이 한쪽으로 기울어지고 바짝 말라붙은 혀가 가슴팍까지 내려온 시신뿐이었다. 시신의 목에 감긴 삼베 끈이 꼬였다가 풀렸는지 천천히 맴을 돌던 시신은 을지문덕의 눈앞에서 딱 멈췄다. 얼굴이 기울어진 쪽으로 쏠린 눈동자는 흐려지기 시작했다. 두 번 접어올린 저고리의 소매 밖으로 삐져나온 손은 파란색을 띠었다. 시신의 손을 살펴본 을지문덕은 시신의 뒤쪽으로 돌아가서 목덜미를 살펴봤다.

"시신을 끌어내릴까요?"

기와의 출납과 제작을 감독하는 사무율이라는 선인관등의 늙은 관리가 조심스럽게 입을 열었다.

"아직, 고정의는 당장 중리부에 가서 검안을 담당한 의원을 데려오게. 가면서 수문장에게 일러서 지금부터라도 아무도 바깥에 나가지 못하게 지키라고 하고, 그리고 자네!"

숨 돌릴 틈 없이 지시를 내린 을지문덕은 머뭇거리던 늙은 사무율의 가슴을 손가락으로 가리켰다.

"분명 어제 낮에 죽지는 않았을 터, 어제 유정(酉正, 오후 6시) 이후부터 지금까지 와공장에 머물렀거나 드나들었던 자들의 이름을 모두 목간에 적어오게. 지금 당장!"

먼발치서 지켜보던 기와 장인들은 을지문덕이 돌아서자 찔끔한 표정으로 눈길을 돌렸다. 마을을 구분하기 위해 각기 다른 색깔의 발싸개를 한 장인들은 오른쪽에서부터 왼쪽으로 나이가 적은 쪽에서부터 많은 쪽으로 서 있었다. 그들이 내보인 오랜 복종의 본능이 침묵으로 그를 지켜보는 사이 을지문덕은 어금니를 살짝 깨물었다. 명백한 도전이었다. 저들 중에는 분명 살인자가 있었다. 오랜 직감과 단단하게 뭉쳐진 본능이 그의 귓가에 대고 저 안에 범인이 있다고 속삭였다.

끝부분을 뾰족하게 만든 푸른색 소골의 테두리로 땀이 스며나왔다. 을지문덕은 천천히 소골을 벗었다. 그는 금실로 구름과 당초 무늬를 수놓은 값비싼 소골을 바닥에 내던졌다. 더 이상 아무것도 볼 수 없는 시신을 제외한 장인들의 시선이 조금 커졌다. 을지문덕은 타는 듯한 눈길로 그들을 쏘아보다가 천천히 입을 열었다.

"너희들이 일하던 와공장에서 사람이 죽었다. 위대하신 영락태왕께서 선포하신 율령에 의하면 작업장에서 장인이 피살되면 해당 작업장의 장인들에게 죄를 연좌하도록 되어 있다."

"물득이는 혼자서 목을 매고 자살한 겁니다. 장인들 간의 다툼으로 벌어진 일이 아닌 이상 죄를 연좌할 수는 없습니다."

침묵하던 장인들 사이에서 격앙된 목소리가 터져나왔다.

"자살? 지금 입을 연 자가 누구냐!"

싸늘한 시선으로 장인들을 바라보던 을지문덕의 외침에 가슴팍을 풀어헤친 건장한 장인이 동료들 틈을 헤치고 나섰다.

"소양홀에서 온 덕추라고 하옵니다."

"따라오너라."

짧게 내뱉은 을지문덕은 자신이 벗어던진 푸른색 소골을 발로 짓밟아버리고는 시신이 매달린 작업장 쪽으로 걸어갔다. 벽이 없고 기둥과 이엉이 올려 있는 초가지붕만 있는 작업장은 뼈대만 남은 짐승의 시신 같았다. 시신은 암키와가 가득 쌓여 있는 바로 옆에 매달려 있었다. 다른 한쪽에는 기와의 색을 내는 붉은 진흙이 수북하게 쌓여 있었다. 푸른색을 띤 시신의 팔목을 잡아챈 을지문덕은 가까이 다가온 덕추에게 들이밀었다.

"손목에 붉은 줄이 보이나? 이건 팔목이 결박당했다는 걸 뜻하지. 자기 손으로 목을 매서 자살해야 할 사람 팔목에 결박의 흔적이 남아 있다는 게 뭘 의미하는지 알겠느냐? 시신을 내려보아라."

먼발치서 지켜보던 기와 장인들이 우르르 달려와서는 대들보에 매달린 시신을 끌어내렸다.

"시신을 뒤집어보아라."

을지문덕은 눈치 빠른 누군가가 가져온 거적 위에서 등을 보인 시신의 목덜미를 가리켰다.

"사람이 혼자서 목을 매려고 한다면 올가미처럼 매듭지어놓은 밧줄에 머리를 들이밀고 받침대를 박차야만 한다. 그렇게 되면 사람의 몸무게 때문에 목 뒷부분은 밧줄이 닿지 않는다. 그런데 여기 목덜미 한가운데에도 밧줄에 눌린 자국이 선명하게 나 있는 게 보이느냐? 이건 누군가 이자를 결박한 상태에서 목을 밧줄로 감아서 죽였다는 걸 의미한다. 그런 다음에 대들보에 밧줄을 걸고 시신을 매달아서 자살로 보이게 한 것이다. 누군지는 모르지만 사람을 죽이고도 모자라서 자살로 위장해서 죽은 자를 두 번 죽이려고 들었다. 이제 내가 너희들 중에서 범인이 있다는 말을 믿겠느냐?"

"소인이 무례한 짓을 저질렀사옵니다. 부디 너그럽게 용서해주십시오."

한쪽 무릎을 꿇은 덕추가 고개를 숙인 채 담담하게 입을 열었다. 그런 덕추를 물끄러미 내려다보던 을지문덕은 아무 말 없이 짓밟힌 푸른색 소골을 집어들었다.

"내 말 잘 들어라. 내일 이 시각까지 범인을 고하거나 잡아오는 자에게는 이걸 상으로 주겠다. 이 소골은 적어도 소 한 마리 값은 할 터, 여기서 일하느라 보았던 손해를 메울 수 있을 것이다.

을지문덕은 잠시 말을 멈췄다. 기와를 만드는 작업장에서 풍겨오는 매캐한 흙냄새가 코끝을 간지럽혔다. 장인들의 반응을 마음껏 음미한 을지문덕이 다시 입을 열었다.

"단, 살인자를 잡아내면 그자가 속해 있는 마을 사람들도 모두 함께 죄를 받을 것이다. 명심하여라. 내일까지다."

"여기 의원이 작성한 검안서입니다."

쪽구들의 온기가 허름한 방 안을 훈훈하게 덥혀주었다. 좁쌀로 빚은 술을 한잔 걸친 을지문덕은 오리 모양의 등잔불 아래 놓인 두루마리를 펼쳐보지도 않은 채 구석으로 밀었다.

"외람된 말씀이오나 이제 중리부로 복귀하셔야 하는데 너무 사소한 일에 얽매이는 건 아닌지 심히 염려스럽사옵니다."

고정의는 더없이 정중하지만 완곡한 비난의 뜻도 담겨 있는 말을 했다. 혀끝으로 입맛을 다신 을지문덕은 술잔을 두루마리 위에 올려놓고는 고정의를 올려다보았다. 너울거리는 등잔불이 두 사람의 그림자를 춤추게 만들었다.

"죽음은 단지 삶의 반대쪽에 있는 것이 아닐세. 태어남이 시작이라면 죽음은 종말이자 종결이지. 난 어떤 형태든 살인을 증오하네. 그건 단순히 숨통을 끊어놓았다는 걸 의미하지는 않아. 하나의 삶을 갑작스럽게 단절시키는 건 주변의 삶들도 모두 파괴해버린다는 뜻이지."

"죽은 물득이란 자는 예전에 대사자 어르신이 쫓아내셨던 와박사의 심복으로 악명을 날렸던 자입니다."

"살인자가 누구인지는 모르지만 그놈 역시 죽은 물득 못지않게 간교한 놈일세. 작업장에서 함께 일하던 장인이 죽었다고 해보게. 자네가 일을 하러 온 장인이라면 어찌하겠나?"

고정의가 머뭇거리며 선뜻 대답하지 못하자 을지문덕이 입을 열었다.

"장인들은 농부들이 세곡을 내고 베를 바치는 것처럼 일 년에 두 달 동안 나라에 쓸 물건을 만들어서 바친다네. 그 기간 동안은 한곳에 모여서 관리의 감독을 받으며 일을 하지. 보통은 마을 단위로 들어오는데 무슨 일이 생기면 그 마을에서 온 장인들 전체가 처벌을 받아. 물량을 못 채우거나 몰래 도망치는 일 정도가 아니라 작업장에서 함께 일하던 장인이 죽었다고 해보게. 자네라면 어찌하겠나? 일단 시신을 치우려고 들 거야. 만약 시신을 안 보이는 곳으로 치워버리면 그때부턴 살인은 지워지고, 시신을 숨기고 감추는 일만 기억되지. 시신이 발견된다고 해도 누가 죽였느냐보다는 누가 숨겼느냐만 기억하게 될 거야."

"일부러 눈에 띄는 곳에서 살인을 저질렀다는 말씀이십니까?"

잠깐 뜸을 들인 을지문덕이 말했다.

"아마도, 살인을 저지른 놈은 이 와공장에 있는 모든 장인들을 공범으로 만들 속셈이었어."

"역시 원한을 갚기 위해서였을까요?"

"두고 보면 알겠지. 시신은 어디 있느냐?"

"동쪽 작업장 뒤편의 창고에 있습니다. 분부하신 대로 시신이 발견된 작업장 안에 있는 물건들도 모두 옮겨놨습니다."

둘의 대화는 문밖에서 들려오는 조심스러운 기침 소리에 그쳤다.

"누구냐!"

"예, 선인 사무율입니다. 잠시 들어가도 되겠습니까?"

"들어오너라."

녹슨 경첩이 삐걱대는 소리를 내며 열리고, 검은 깃을 양쪽에 꽂은 조우관을 쓴 늙은 관리가 안으로 들어섰다. 관리의 눈밑에 내려앉은 피로와 긴장감이 등잔불에 일렁거렸다. 두루마리와 등잔불이 놓여진 탁자 앞에 서서 고개를 숙여 인사를 한 사무율이 입을 열었다.

"방금 전 수문장에게 살인자가 찾아와서 자복을 했답니다."

"그 말이 정녕 사실이냐?"

"맞사옵니다. 일단 수문장에게 창고에 감금해두고 날이 밝는 대로 심문할 수 있도록 준비하라고 일렀습니다."

"다행입니다. 이제 홀가분하게 중리부로 복귀하실 수 있게 되었습니다."

두 사람의 대화를 듣던 고정의가 활짝 웃으며 말했다. 그 순간 문 밖에서 다시 기침 소리와 함께 조심스러운 말소리가 들렸다.

"대사자 어르신, 수문장 온해입니다. 살인자가 또 나타났사옵니다."

"그게 무슨 소리냐? 들어와서 고하여라."

잔뜩 찡그린 얼굴로 소리친 을지문덕은 자리에서 벌떡 일어났다. 긴 쇠판을 이어 붙여서 만든 투구와 소매가 없는 가죽 갑옷을 입은 수문장이 파랗게 질린 얼굴로 입을 열었다.

"선인 어르신께서 대사자 어르신께 보고를 하러 가신다고 가신 직후에 또 다른 자가 나타나서 자기가 물득이를 죽였다고 했사옵니다."

"그럼 범인은 두 놈이란 말이냐?"

"저, 그 두 놈 말고도 세 놈이 더 나타났사옵니다. 모두 다섯 명입니다."

기어들어 가는 목소리로 대답한 수문장은 자기가 범인인 것처럼 고개를 푹 숙였다.

"각 마을별로 하나씩이겠군."

"네?"

을지문덕은 온해의 반문을 무시한 채 사무율에게 물었다.

"지금 와공장에 들어와 있는 장인들은 어디 어디에서 온 자들이냐?"

"소양홀과 매곡군, 사근내홀, 금치홀, 내치군에서 왔습니다."

"알았다. 자복한 놈들은 모두 따로 따로 가두어라. 내일 날이 밝는 대로 심문하겠다."

물러나라는 을지문덕의 손짓에 사무율과 온해 모두 사라져버렸다. 옆에 서 있던 고정의가 영문을 알 수 없다는 듯 고개를 갸우뚱거렸다.

"그럼 다섯 명이 모의를 해서 물득이란 자를 죽인 겁니까?"

"아니, 죄를 덮어쓴 거야. 진범이 잡혀서 같은 마을의 장인들이 죄를 연좌당할까 봐서 한 명씩 내세운 거지."

"그럼 다섯 명 모두 거짓으로 죄를 자백했다는 말씀이십니까?"

"어쩌면, 그중 한 명이 진범일지도 모르지. 놈은 지금 희열을 느끼고 있을 거야. 살인을 저질렀다는 것 말고도 사람들이 죽음 앞에서 허둥대고 어쩔 줄 몰라 하는 모습들을 보면서 말이야."

깍지 낀 두 손으로 턱을 괸 을지문덕은 눈앞의 등잔불을 노려보았다. 깜빡거리며 타들어가는 불빛은 어둠과 힘겨운 사투를 벌이는 중이었다. 생각의 꼬리를 삼킨 을지문덕이 등잔불 옆에 놓여 있는 호랑이 모양의 연적을 집어들었다. 눈치 빠른 고정의가 빈 두루마리를 펼치고 양쪽 끝에 문진을 놓았다.

"자네는 지금 중리부로 가서 작년에 끌려간 와박사의 심문 기록들을 가져오게. 올 때 중리부 군졸들도 한 열 명쯤 데려오게."

"그 일이 이번 살인과 연관이 있다고 보십니까?"

"자네가 그러지 않았나? 죽은 물득이가 와박사의 심복 노릇을 하면서 다른 장인들에게 미움을 받았다고 말이야. 우발적인 다툼이었다면 분명 시신에 외상이 있었을 거야. 안 그런가?"

"하지만 시신을 약초 달인 물로 깨끗하게 씻어내고 확인해봤을 때는 이마에 난 상처 빼고는 눈에 띨 만한 게 없었습니다."

"처음부터 작정하고 살인을 저지른 거야. 죽은 자가 별다른 저항을 하지 않았다는 건 아마 마지막까지 그자를 믿고 있었다는 뜻이었겠지."

말을 마친 을지문덕은 두루마리 안에 글씨를 마저 채우고는 허리춤에 차고 있던 도장을 꺼냈다. 피처럼 붉은 인주를 찍어서 두루마리의 모서리에 꾹 누른 을지문덕은 푸른색 부절을 꺼내서 고정의에게 던졌다.

"이걸 가지고 다경문으로 가서 성문을 열어달라고 하게. 중리부에 있는 숙직에게 심문 기록을 보여달라고 하지 말고 노비 중에 서고를 담당하는 자를 깨워서 물어보게. 그편이 더 빠를 거야. 마구간에 있는 내 말을 타고 가."

"날이 밝기 전까지 돌아오겠습니다. 그동안 눈 좀 붙이시지요."

"시신을 좀 살펴보러 가야겠어."

"이 밤중에 말씀이십니까?"

흠칫 놀란 고정의가 입을 열자 을지문덕은 짓궂은 표정으로 턱수염을 쓰다듬었다.

"자넨 내가 누군지 모르나? 난 죽은 자와 이야기를 나누는 을지문덕일세. 시신이 내게 살인자가 누구인지 알려줄 거야."

"그 소문이 정말 사실이옵니까?"

두루마리와 부절을 챙겨 든 고정의가 물었다.

"이야기라는 것이 꼭 말을 통해서만 옮겨지는 건 아니라네. 살인은 삶을 일그러뜨리는 파장이야. 그 파장 주변에는 당연히 흔적들이 남아 있지. 시신이 발견된 장소와 시신, 그리고 주변 인물들은 입을 다문 채 살인을 이야기하네. 작고 사소한 몸짓이나 흔적들을 잘 살펴보면 살인의 궤적을 찾아낼 수 있어. 그게 바로 죽은 자가 들려주는 이야기이자 속삭임이지."

무겁게 고개를 끄덕인 고정의는 두루마리와 부절을 옆구리에 끼고 바깥으로 사라졌다. 티끌 한 점 없는 문밖의 어둠이 을지문덕을 흘끔거렸다.

죽은 물득의 시신은 허름한 창고에 넣어져 있었다. 작업장 전체에 배어 있는 축축한 흙냄새를 가득 품은 창고 안에는 기와를 만들 때 쓰는 모골 와통과 원쪽 와통은 물론, 와통을 올려놓는 세 발 달린 둥근 탁자와 태토를 두드리는 박차와 기와를 가르는 와도까지 차곡차곡 정리된 채 그를 기다렸다. 와통과 기와 사이에 붙이는 성긴 삼베천과 태토를 두드리는 박차에 감아주는 새끼줄까지 챙긴 고정의를 떠올린 을지문덕은 쓴웃음을 지었다. 시신은 자신의 죽음을 비켜본 물건들의 한가운데 넓은 탁자 위에 누워 있었다. 살짝 벌려진 눈과 입은 죽음보다는 공허함에 더 가까웠다. 외상을 살펴보기 위해 약초 달인 물로 씻긴 시신의 몸은 창백한 푸른빛으로 변해 있었다. 외상은 없었다. 이마에 난 작은 상처 자국은 고정의가 말해주지 않았다면 눈치채지 못할 정도로 작았다. 지글거리는 햇불을 든 을지문덕은 시신의 머리맡에 섰다. 그러고는 조용히 속삭였다.

"말을 해보게. 대체 누가 자넬 죽였는지……."

죽음은 아무 대답도 하지 않았다. 침묵하던 시신은 코와 입가를 통해 그에게 어떤 얘기를 해주었다. 을지문덕은 살짝 치켜뜬 눈으로 시신의 속삭임에 귀를 기울였다.

3

 날이 밝고 죄를 자복한 다섯 명은 단단히 결박당한 채 끌려나왔다. 각기 다른 마을의 장인들이라는 사실을 알려주기라도 하듯 다른 색깔의 발싸개를 짚신 안에 신은 그들의 모습 너머에는 다른 장인들의 시선이 엉켜 붙었다. 사무율이 가져다 놓은 의자에 앉은 을지문덕은 은으로 만든 꽃잎 장식이 달린 가죽 허리띠가 몹시 거추장스러워서 몇 번이고 의자 안에서 몸을 뒤틀었다. 아침 해가 뜨기 직전 중리부에서 돌아온 고정의가 십여 명의 군졸들을 이끌고 나타나자 분위기는 더 무거워졌다. 자복한 장인들의 얼굴을 차근차근 살펴보던 을지문덕은 오른쪽 제일 끝에 서 있는 장인들을 보고는 얼굴을 찌푸렸다.
 "이자도 자기가 물득이를 죽였다고 자복했단 말이냐?"
 "예, 소인도 믿기지 않았지만 일단 대사자 어르신께 말씀을 드려야 할 것 같아서……."
 약간 색이 빠진 푸른색 두루마리에 하늘색 덧관을 쓴 사무율이 말끝을 흐렸다. 의자에서 일어난 을지문덕은 아직 솜털이 가시지 않은 것 같은 어린 장인에게 걸어갔다. 장인의 명단이 적힌 목간을 들고 허둥지둥 뒤를 따른 사무율이 입을 열었다.
 "사근내홀에서 온 은덕이라는 장인입니다. 신해(辛亥)년 출생이니까 올해……."
 "네가 물득이를 죽였느냐?"
 은덕이라는 어린 장인 앞에선 을지문덕이 물었다. 등 뒤로 결박당한 탓에 어깨가 잔뜩 좁혀진 은덕은 천천히 고개를 끄덕거렸다. 머리 위로 틀어 올린 커다란 북상투에서 흘러나온 머리카락이 무표정한 은덕의 얼굴을 가둬두고 있었다.

"왜 죽였느냐?"

"그냥, 죽였습니다."

먼발치에서 지켜보던 같은 마을 장인들을 흘끔거린 은덕이 입을 열었다. 메마르고 건조한 그의 말에 을지문덕은 다른 네 명에게 시선을 돌렸다. 어제 그에게 반발했던 덕추가 그의 눈길을 외면했다.

"자네도 죽였나?"

"그게 중요한 문제입니까?"

시선을 치켜든 덕추의 말에 을지문덕은 나지막하게 웃었다. 뒤따르던 사무율이 호통을 쳤다.

"이놈! 감히 대사자 어르신께 그런 무례를 저지르고도 살기를 바라느냐!"

"그래서 죽으러 이 자리에 서 있지 않소이까. 물들이 놈이 죽은 작업장은 우리 소양홀에서 온 장인들이 일하던 곳이었소. 다른 마을에서 온 놈들은 우리들 중에 범인이 있을 것이라고 자꾸만 위협 아닌 위협을 가했소이다."

"그럼 네 마을에서 온 장인들이 범인이 아니란 말이냐?"

"죽은 놈은 작년에 중리부에 잡혀갔던 와박사의 심복이었소. 같은 장인들을 겁박하고 위협해서 기와들을 빼돌리는 건 예사였고, 아직 어린 장인들을 끌어가서 이상한 짓거리까지 벌였소. 여기 있는 장인들 중에 그자에게 이를 갈지 않았던 놈이 없었다는 걸 다 알면서 이게 무슨 광대놀음인지 모르겠습니다."

"저, 저놈이! 네놈이 정녕 이런 무례를 저지르고도 살기를 바라는 것이냐!"

을지문덕은 손을 들어 사무율의 말을 잘랐다.

"모두들 따라오너라."

갑작스러운 그의 말에 다들 어리둥절해했다. 그런 그들을 놔두고 걷는 을지문덕을 뒤따라 피곤한 기색이 역력한 고정의가 작업장 안으로 앞장서 들어갔다. 작업장 한가운데에는 창고에서 가져온 물득의 시신이 거적을 쓴 채 그들을 기다렸다. 이엉을 얹은 초가지붕이 만들어낸 짙은 그늘이 사람들의 윤곽을 잡아먹었다. 반죽한 흙에서 풍기는 끈적한 냄새와 가마에서 흘러나오는 매캐한 냄새가 시신에서 풍겨나오는 냄새를 가렸다.

중리부의 군졸이 시신의 머리카락이 삐져나온 거적을 걷어냈다. 발목까지 내려오는 두루마리를 땅에 닿지 않도록 조심스럽게 잡아당긴 을지문덕은 시신의 머리맡에 한쪽 무릎을 꿇었다.

"시신을 처음 보고 손목과 목의 결박된 흔적을 통해 자살이 아니라 타살이라는 사실을 알아차리고도 한 가지 의문이 가시지 않았다. 물득이를 죽인 자는 왜 이렇게 자살로 꾸몄는지 말이다. 처음에는 시간이 없거나 당황해서 그런 줄 알았다. 그런데 어젯밤 시신을 살펴보면서 재미있는 걸 발견했다. 잘 보아라."

작은 막대기를 손에 쥔 을지문덕은 시신의 콧구멍을 찔렀다. 놀란 사람들은 아무 말 없이 서로의 얼굴만 쳐다보았다. 양쪽 콧구멍을 한참 쑤시던 을지문덕이 벌떡 일어서서는 덕추에게 막대기를 보여주었다.

"여기 묻은 게 뭔 줄 알겠느냐?"

"붉은 진흙입니다."

중간에 한 번 말을 끊고 대답한 덕추는 고개를 돌려 작업장 한쪽에 쌓여 있는 붉은 진흙 더미를 쳐다봤다. 잠시 후 덕추가 더듬거리며 다시 입을 열었다.

"그럼 물득이는 목이 졸려서 죽은 게 아니라 저 진흙 속에 파묻혀서 죽은 겁니까?"

"손목에 있던 결박된 흔적으로 보아서는 손목을 등 뒤로 묶고 붉은 진흙 속에 머리를 처박았겠지."

"그렇다면 흙이 살인을 저질렀다는 말씀이시옵니까?"

사무율이 힘없이 중얼거렸다.

"왜 이런 방식을 택했는지는 살인자에게 직접 물어보면 알겠지. 내가 듣기로는 이 붉은 진흙은 그냥 강가에서 퍼온 게 아니라고 하던데?"

을지문덕의 시선을 받은 덕추가 진흙을 바라보며 대답했다.

"뱀골에 있는 냇가에서 퍼온 붉은 진흙을 체로 거른 다음에 물을 붓고 이틀을 놔둡니다. 그래서 물 위에 뜬 고운 진흙을 모아서 한 번 끓입니다. 이틀 밤낮 동안 끓이고 바람이 통하는 곳에다 나흘 정도 놔두면 물이 빠집니다."

"그렇게 하면 그냥 붉은 진흙을 반죽해서 만든 기와보다 더 선명한 색이 나온다고 들었다."

"맞습니다. 평원태왕께서 전교하신 이후로는 오직 황실과 황실의 사찰에서만 이런 방식으로 만든 붉은 진흙으로 기와를 만들 수 있습니다."

덕추는 자부심 넘치는 목소리로 대답했다.

"최근 이 작업장에서 붉은 진흙으로 작업한 사람이 누구누구인지 기억하느냐?"

"요 이틀 동안은 모골 와통에서 잘라낸 기와를 말리고, 가마에 넣어서 굽느라 정신이 없었습니다. 귀접이까지 해야 해서 진흙 반죽을 할 시간이 없었습니다. 사근내홀에서 온 놈들이 박차 질을 잘못하는 바람에 삼백 장이나 되는 암키와를 다시 만들어야 했거든요."

"그럼 다른 작업장에는 붉은 진흙이 없느냐?"

"원래대로라면 내일이 딱 사십 일째 되는 날이었습니다. 일 다 끝내고 가마까지 청소 다 해놔야 할 때란 말입니다. 우리만 기와를 새로 만드는 것 때문에 진흙을 끓였습니다. 다른 작업장에 있는 진흙들은 내년에 쓸 걸 미리 가져다 놓은 거라 끓이지 않았을 겁니다."

"그렇다면 저 진흙을 손으로 만지면 흔적이 남느냐?"

"손톱 밑에 끼면 한 사흘은 갑니다."

"그렇다면 손에 저 진흙이 묻은 자가 물득이를 죽인 자라고 봐도 되겠구나."

무미건조한 을지문덕의 말에 덕추는 자신의 손을 내려다보았다. 그러고는 천천히 고개를 끄덕거렸다.

"물득이가 엊그제 밤에 죽었다면 죽인 자의 손에는 붉은 진흙의 흔적이 남아 있을 겁니다."

"고정의는 지금부터 군졸들을 이끌고 장인들의 손을 확인해보아라."

짧은 창을 든 군졸들은 웅성대는 장인들을 길게 줄 세웠다. 하얀 가죽 테의 한가운데에 검은 깃털을 한 움큼 꽂은 조우관을 쓴 고정의가 한 명씩 장인들의 손바닥과 손톱을 살펴보았다. 흙을 닮은 색깔의 저고리와 바지를 입은 장인들의 모습은 장군의 사열을 받는 병사슬처럼 보였다.

"만약 저들 중에 범인을 못 찾으면 어찌하실 겁니까?"

고정의를 말없이 지켜보던 을지문덕의 곁에 있던 덕추가 물었다.

"와공장 안에 있는 관리들이나 문을 지키는 군졸들을 검사할 생각이다."

"그럼 단순한 다툼 때문에 벌어진 일이 아니라고 보시는 겁니까?"

"작년에 중리부로 끌려간 와박사는 기와를 빼돌렸다는 자백을 했다네. 궁궐에서만 쓸 수 있는 기와를 빼돌리는 일은 와박사 혼자서 할 수 있는 일이 아니야."

을지문덕의 시선은 땀을 뻘뻘 흘리고 있는 사무율에게 고정되었다. 을지문덕의 시선에 갇혀버린 사무율은 목간들을 끌어안은 채 바닥으로 시선을 흘렸다. 그사이 장인들의 손을 모두 검사한 고정의가 을지문덕에게 큰 소리로 외쳤다.

"없습니다."

고정의가 내뱉은 외침이 채 끝나기도 전에 목간을 내팽개친 사무율이 무작정 도망쳤다. 허둥지둥 도망가던 사무율은 몇 걸음 떼기도 전에 고정의에게 붙잡히고 말았다. 고정의에게 목덜미를 잡혀서 끌려온 사무율은 파랗게 질린 채 벌벌 떨었다.

"잘, 잘못했습니다. 제발 목숨만……."

고정의가 벌벌 떨고 있는 사무율이 옷소매 안으로 숨긴 손을 거칠게 잡아 뺐다. 억지로 펴진 사무율의 손톱을 내려다보던 고정의가 약간 흥분한 목소리로 입을 열었다.

"손톱 밑에 붉은 흙이 묻어 있습니다."

"제가 아닙니다. 제가 죽인 게 아닙니다요."

손사래를 치며 숨넘어가는 소리를 낸 사무율이 을지문덕의 발목에 매달렸다.

"그럼 네 손톱 밑에 왜 붉은 진흙이 묻어 있는 것이냐?"

"그, 그건……."

"네놈은!"

을지문덕은 벌벌 떠는 사무율의 멱살을 잡아 일으켰다.

"죽은 와박사와 결탁해서 황실에서만 써야 할 기와를 빼돌렸지. 와박사가 잡혀가서 심문을 받다가 죽자 한시름 놓았겠지만 와박사의 심복 노릇을 하던 물득이가 눈에 거슬렸겠지. 그자가 입을 열면 모든 사실이 들통 날 테니까 말이야. 그래서 물득이를 한밤중에 이곳으로 유인해서 붉은 진흙 속에 빠뜨려 죽이고, 대들보에 목을 매달아서 자살로 위장한 거야. 물득이는 네가 보자고 하니까 별 의심 없이 만나러 왔겠지."

"정말로 소인은 아닙니다요. 소인은 그냥, 그냥, 목만 매달았습니다요."

"이자를 당장 포박하고 중리부로 압송할 차비를 갖춰라."

을지문덕은 두 손을 모아서 싹싹 비는 사무율을 고정의 쪽으로 밀쳐버리며 소리쳤다. 멀리서 지켜보던 장인들이 발을 구르며 환호성을 질렀다.

4

침소로 쓰는 세 칸짜리 기와집으로 돌아온 을지문덕은 쪽구들 위에 걸터앉아서 멍한 눈길로 벽을 바라보았다. 죽음을 능멸한 살인자는 잡혔지만 관자놀이를 누르는 욱신거림은 전혀 사라지지 않았다. 은으로 만든 장신구가 주렁주렁 달려서 몹시 무거웠던 허리띠를 풀어서 쪽구들 위 침상 머리맡에 던져버린 을지문덕은 벽에 걸려 있는 횃대에 두루마기를 걸었다. 동기는 충분했고, 움직일 수 없는 증거도 찾았다. 그런데 이 초조함은 대체 뭘까? 생각은 햇빛을 받지 못해 오래된 간장 내음과 비슷한 내음을 풍겼다.

"대사자 어르신, 소인 고정의입니다. 잠깐 들어가봐도 되겠습니까?"

을지문덕은 아무 대답 없이 문을 응시했다. 잠시 후 삐걱대며 경첩이 움직이며 문이 열렸다. 겨드랑이에 두루마리를 낀 고정의는 고개를 숙여 인사를 하고는 탁자 건너편에 앉았다.

"자백은 했느냐?"

"그게 좀 이상합니다. 와박사와 물득이와 짜고 붉은 기와를 빼돌린 건 인정했는데 살인만큼은 저지르지 않았다고 버티고 있는 중입니다."

"필요하다면 고문을 한다고 위협해도 좋네."

"어차피 기와를 빼돌리는 일만으로도 목이 달아날 겁니다. 그런데 중한 죄는 자백하고, 오히려 가벼운 죄는 자기가 한 짓이 아니라고 하고 있습니다. 그리고 조사를 하다가 이상한 걸 한 가지 더 발견했습니다."

겨드랑이에 끼고 있던 두루마리를 탁자에 내려놓은 고정의는 권축을 잡고 두루마리를 폈다. 말해보라는 눈빛을 던진 을지문덕은 팔짱을 끼고는 고정의가 편 두루마리를 내려다보았다.

"죽은 물득이는 키가 다섯 척에 조금 못 미치고 몸무게도 만만치 않습니다. 그런데 사무율의 키는 고작해야 네 척 반에 몸무게도 물득이의 절반밖에는 되지 않습니다. 나이도 쉰이 넘었고 말입니다."

"상대방을 쓰러뜨리는 건 칼이나 화살이 아닐세. 그건 단지 살의를 이뤄주는 도구에 불과하지. 진정한 살인 무기는 바로 이걸세."

오른손 둘째손가락으로 욱신거리는 관자놀이를 툭툭 친 을지문덕은 두 사람의 체격과 키를 비교해놓은 그림과 글씨가 씌어진 두루마리를 내려다보았다.

"둘은 서로 가까웠고, 위기감도 함께 느꼈을 거야. 사무율이 밤에 몰래 불러내서는 칼 같은 것으로 위협을 해서 결박을 한 다음에 진흙 덩이 안에 얼굴을 처박았겠지. 손이 등 뒤로 묶인 물득이는 제대로 저항도 하지 못하고 진흙 안에서 숨이 막혔을 테고 말이야. 그다음에는……."

"그다음에 시신을 끄집어내서 얼굴과 목에 묻은 진흙 덩어리들을 닦아낸 다음에 가져온 끈으로 목을 감아서 대들보에 매달았어야 합니다."

을지문덕의 말을 가로챈 고정의가 두루마리를 을지문덕 쪽으로 밀어넣으면서 말을 이어갔다.

"그러려면 두 가지 문제가 있습니다. 첫 번째는 죽은 물득이의 시신을 어떻게 대들보에 매달아 놓느냐입니다. 죽은 다음에 축 늘어진 시신의 목에 밧줄을 걸고 대들보에 매달려면 발판이 있어야 했는데 작업장 안에서 발판으로 쓸 수 있는 것은 와통을 올려놓는 작은 탁자들뿐이었습니다. 두 사람이 올라갈 만큼 크지도 않을뿐더러 튼튼해 보이지도 않았습니다."

"시신의 목에 밧줄을 걸고 대들보 너머로 던진 다음에 끌어당겨서 올렸을 수도 있네."

여전히 관자놀이에서 손가락을 떼지 못한 을지문덕이 대답하자 고정의가 고개를 저었다.

"어린 시절 동명성왕묘에 바칠 돼지를 잡는 걸 본 적이 있습니다. 피를 보면 안 되기 때문에 머리를 쳐서 기절시키고, 밧줄로 목을 감고 나무에 매달았는데 축 늘어진 돼지를 끌어올리느라 장정 세 사람이 힘을 써야만 했습니다. 사무율 혼자서 그 무거운 물득이를 대들보에 매달 수는 없습니다. 그리고 사무율이 어르신에게 드릴 말씀이 있다고 했습니다."

"죄인의 변명 따위를 들을 정도로 한가하진 않아."

"만약 자기를 만나주지 않으면 중리부에 가서 기와를 빼돌리지 않았다는 자백을 하겠답니다."

을지문덕은 관자놀이를 누르던 손을 멈추고 고정의를 쳐다보았다.

"그게 무슨 말인가?"

"한걸음 더 나아가서 어르신도 이 일에 가담했다는 자백을 하겠답니다. 무슨 속셈인지는 모르겠지만 일단 만나보시는 게 좋겠습니다."

"그자는 지금 어디 있느냐?"

"징벌방에 있습니다. 만나보시겠습니까?"

을지문덕은 대답 대신 몸을 일으켰다.

징벌방은 말썽을 부리거나 반항을 한 장인들을 가두어두는 곳이었다. 두툼한 통나무를 쌓아올려서 벽을 만들고, 진흙으로 틈을 메워버려서 한낮에도 빛 한 점 들어가지 못했다. 빛을 볼 수 없다는 것은 갇혀 있다는 것과 더불어 숨 막히는 두려움을 선사했다. 어두운 징벌방 안에는 커다란 화로에서 지글거리는 불빛만이 어둠과 힘겨운 사투를 벌이는 중이었다. 화로 옆 의자에 결박되어 있던 사무율은 문이 열리자 본능적으로 빛을 좇아 고개를 들었다. 문을 닫고 고정의가 구석에 놓인 의자를 가져오는 사이 을지문덕은 사무율을 내려다보았다. 모욕을 주기 위해 풀어헤쳐 놓은 상투에서 벗어난 머리카락들 위로 불티들이 내려앉았다.

"네놈은 황궁에서만 쓸 수 있는 기와를 빼돌린 것만으로 시장에서 목이 잘릴 것이다."

고정의가 가져온 의자에 앉자마자 을지문덕이 내뱉었다. 을지문덕은 화로에서 뿜어져 나온 열기 탓에 뺨과 이마에 열기가 돋아나자 신경질적으로 뺨을 문질렀다.

"그러니 죄를 가볍게 할 속셈이라면 그냥 자백하는 게 좋아."

"대사자 어르신……."

어둠 건너편에서 희미하게 입을 연 사무율이 콜록거렸다.

"소인은 와공장에서 벌써 십오 년을 일하고 있습니다. 소인이 만약 중리부에 가서 문초를 받을 때 대사자 어르신도 이 일에 연루되었다고 하면 어찌하시겠습니까?"

"아무도 안 믿을 것이다. 내가 너와 결탁했다면 널 중리부로 끌고 가는 어리석은 짓을 저지르겠느냐?"

"어르신에게는 적들이 많이 있다고 들었사옵니다. 이번에 중리부로 복귀하시는 일에도 분명 반대하는 자가 있을 터, 그자들에게는 제 자백이 좋은 시빗거리가 될 것입니다. 거기다 외부로 반출된 기와에는 검사가 완료되었다는 인장이 찍혀 있습니다."

"그래서 네가 얻을 수 있는 게 무엇이냐? 목숨? 꿈도 꾸지 말거라."

"소인이 원하는 건 제 목숨이 아니옵니다."

열기 탓인지 촘촘하게 갈라진 사무율의 입술 안에 누렇게 뜬 이빨들이 보였다. 울퉁불퉁한 이빨들 사이로 회색으로 변해버린 입술 끝이 꿈틀거렸다.

"진짜 살인자를 잡아주십시오. 그렇다면 어르신께 해가 되는 얘기는 한 마디도 하지 않겠습니다."

을지문덕 쪽으로 몸을 숙인 사무율이 상처 입은 맹수처럼 으르렁거렸다. 을지문덕 역시 몸을 앞으로 기울이자 둘 사이는 숨소리가 엉킬 만큼 가까워졌다. 눈싸움을 벌이는 을지문덕의 귀에 문 옆의 벽에 등을 기대고 있던 고정의가 살짝 몸을 떼는 소리가 들려왔다.

"살인자라는 죄목까지 덮어쓰기가 버거웠더냐?"

을지문덕의 물음에 사무율은 고개를 저었다.

"어르신을 괴롭히기 위해서입니다."

"날 괴롭히기 위해서 이런 협박을 했다고?"

"어르신은 여기 와공장으로 좌천되어 오셨을 때에도 몇 번이고 살인사건을 해결하셨습니다. 처음에는 관리로서의 직분에 충실했다고 생각했는데 어느 순간 진실을 보게 되었습니다. 어르신은……."

기침을 하던 사무율이 입안의 가래를 긁어모아서 바닥에 뱉었다.

"살인을 통해 희열을 느끼셨던 겁니다. 죽음과 그 잔해들 한가운데에서 세상의 주인이 된 것 같은 표정을 하고 계셨죠. 살인자를 찾는 건 단지 그 희열을 이어가기 위한 놀음에 불과했던 겁니다."

"이놈!"

을지문덕은 등 뒤에서 고정의가 내뱉은 고함을 손으로 막았다.

"소인은 누가 물득이를 죽였는지 알고 있습니다. 어르신께서는 살인자가 누구인지 궁금하지 않으십니까?"

씨근덕거리며 숨을 내뱉던 사무율이 땀에 젖은 얼굴을 떨며 희미하게 웃었다.

5

살인이 벌어졌던 작업장 지붕에는 진흙으로 빚은 새 모양의 장식들이 용마루 양쪽 끝에 서서 바깥쪽을 바라보았다. 작업장 안은 기와를 굽는 두 개의 가마와 붉은 진흙이 쌓여 있는 거대한 나무통을 제외하고는 텅 비어 있었다.

"사무율의 말을 믿으시는 겁니까?"

다른 사람들을 모두 물리치고 단둘이 들어온 작업장 안은 적막했다. 한참 떨어진 다른 작업장에서는 짐을 정리하는 장인들의 부스럭거림이 들려왔다. 마을에서 오고 가는 날짜까지 더하면 거의 두 달 만에 집으로 돌아간다는 기쁨은 먼발치에서도 어렵지 않게 느껴졌다.

"자네가 이상하다고 먼저 얘기하지 않았나?"

을지문덕은 두루마기를 벗어던지고 저고리와 바지 차림으로 작업장 한가운데 서서 고정의에게 대답했다.

"그렇긴 합니다만 이상할 정도로 이번 일에 집착하시는 것 같아서……."

"사무율의 말이 사실이니까……."

을지문덕은 물득의 시신이 매달려 있던 대들보 아래로 걸어가면서 대답했다.

"난 죽은 자들의 속삭임에서 희열을 느낀다네. 죽음의 수수께끼를 풀려고 애쓰는 것도 그들의 원한을 갚아주기 위해서라기보다는 살인자를 찾아낸다는 또 다른 기쁨을 누리기 위해서라네. 모든 것을 잃는 자의 절망, 살인을 저지르면서까지 지키려고 했던 것을 송두리째 빼앗겨야만 하는 절망을 맛보기 위해서 말이야."

물득이 매달려 있던 대들보를 뚫어지게 올려다보던 을지문덕은 침묵하고 있는 고정의에게 계속 말했다.

"사무율의 말이 사실인 것 같아. 저기 물득이 매달렸던 대들보를 보게. 쓸린 흔적이 없지? 만약 물득의 목에 감긴 밧줄을 대들보 너머로 던지고 아래에서 끌어당겼다면 천이 나무를 스치고 지나가면서 갈린 흔적이 있어야만 해. 그런데 아무것도 없어. 사무율 혼자서는 죽거나 실신해버린 물득을 매달지는 못했을 거야."

"그렇다면 진흙 속에 처박혀 있는 물득이를 보고는 놀라서 그냥 끄집어내기만 했다는 사무율의 말이 사실이란 말씀이십니까?"

"결론은 추측하는 게 아니라 확인하는 걸세. 너무 앞서가지 말고 밝혀진 사실들을 하나씩 벗겨내거나 덧붙여보게. 첫째, 물득의 죽음은 자살로 위장된 살인이다. 둘째, 물득은 손이 결박된 채 붉은 진흙 속에 처박혀서 숨이 막혀서 죽었다. 셋째, 물득을 붉은 진흙 속에 처박아서 죽인 자의 손에는 흔적이 남아 있다. 넷째, 사무율이 물득의 시신을 발견한 것은 우연이 아니라 누군가, 즉 살인자의 함정에 의한 것이다. 다섯째, 사무율은 물득의 시신을 끄집어냈지만 대들보에 목을 매달아서 죽일 만한 힘이 없었다. 물론 공범이 있을 가능성에 대해서도 생각해봐야겠지만 이런 상황에서도 누군가를 끌어들이지 않는 걸 보면 혼자였을 것이다."

"하지만 어제 와공장 안에 있는 장인들의 손을 모두 검사하지 않앉습니까? 손이나 손톱 밑에 진흙이 묻어 있는 자는 없었습니다."

을지문덕은 말없이 작업장 바깥을 쳐다보았다. 그의 시선을 의식한 장인들의 침묵이 길게 이어지면서 와공장 안은 죽음 같은 고요함만이 남았다. 관자놀이를 짓누르는 통증은 점점 거세져갔다. 핏줄이 살 속에서 꿈틀대는 징그러운 느낌이 마른 침처럼 몸속으로 넘쳐 들어왔다. 을지문덕은 몸을 뒤틀면서 고통에 저항했다. 그가 버티면 버틸수록 고통은 더욱 요동쳐댔다. 살인자를 찾아내라는 광포한 아우성이 한순간 그에게 진실을 울부짖었다. 무릎에 힘이 빠진 을지문덕은 그 자리에 털썩 주저앉았다. 놀란 고정의가 황급히 그를 부축했다.

"어르신, 괜찮으십니까?"

"괜찮다. 나이를 먹다 보니까 몸이 말을 듣지 않는구나."

사무율처럼 희미하게 웃은 을지문덕이 통이 넓은 바지에 묻은 흙을 털어냈다. 송곳처럼 몸을 꿰뚫은 진실이 그의 몸을 한없이 차갑게 만들었다. 먼발치에서 작업장을 정리하는 장인들을 바라보던 을지문덕이 고정의에게 물었다.

"소양홀 장인들은 어디 있느냐?"

"아마 일이 좀 남아서 뒤쪽 작업장에서 따로 작업을 하고 있을 겁니다."

"잠깐 다녀올 테니 자넨 징벌방으로 가서 사무율을 압송할 차비를 하게."

"범인을 찾으신 겁니까?"

"살인자는 저 흙일세. 저 흙이 물득의 숨을 빼앗아버리고 삶을 증발시켜버린 거야."

을지문덕은 어깨 너머로 시선을 넘겨서 붉은 진흙을 쳐다보았다. 붉은 진흙은 육지를 향해 달려드는 파도가 한순간에 굳어져버린 것처럼 넘실대는 모습으로 웅크리고 있었다.

"하지만 누군가 물득이를 저기 처박아서 죽였습니다."

"난 더 이상 이 일에 흥미를 잃었네. 죄인에게 휘둘렸다는 웃음거리도 되고 싶지 않고 말이야. 정문에서 기다리고 있게."

"알겠습니다."

머뭇거리던 고정의가 힘없이 대답하고는 멀어져갔다. 타닥거리는 발걸음 소리가 멀어지자 을지문덕은 천천히 앞으로 걸어나갔다. 한 걸음 한 걸음 옮길 때마다 진실들이 그를 비웃고, 조롱했다. 찢어진 족자의 그림처럼 한 부분만 남은 기억들이 번갯불처럼 번쩍거리며 그의 뇌리를 울렸다. 을지문덕은 땀을 흘리고 비틀거리며 계속 앞으로 나아갔다. 도구를 정리하고 짐을 챙기던 장인들의 넘실거리는 시선이 뻐근해진 어깨에 달라붙었다. 다른 작업장의 절반 정도 크기인 뒤쪽 작업장에서는 푸른색 발싸개를 한 몇몇 장인들이 일을 하고 있었다. 길게 자른 나무판을 가죽으로 꿰어서 만든 모골 와통에 띠처럼 잘라낸 태토를 조심스럽게 붙이던 덕추는 붙은 모양새가 맘에 안 드는지 인상을 찌푸렸다. 고민하던 덕추는 모골 와통에 붙여놓았던 성긴 삼베 천을 잡아당겨서 태토를 뜯어냈다.

"어이 덕추, 대충 해. 집에 가서 마누라랑 애들 보고 싶지 않아?"

사람 키 높이의 가마 안을 청소하던 늙은 장인이 투덜거렸다.

"기와 만들 때는 그냥 기와 만드는 일만 생각해야죠. 우리가 굽지 않을 기와니까 더 신경 써야 하지 않겠어요."

덕추에게 다시 말을 건네려던 늙은 장인은 작업장의 그늘 안으로 들어선 을지문덕을 보고는 코가 땅에 닿을 정도로 고개를 숙였다. 을지문덕에게 등을 진 채 일을 하던 덕추도 심상치 않은 분위기를 느꼈는지 자리에서 일어났다.

"대사자 어르신, 여긴 어인 일이십니까?"

"잠깐 얘기를 좀 하고 싶네만……."

재빠른 침묵이 작업장 안을 비집고 들어왔다. 모골 와통에 달라붙은 태토에 짚을 감싼 박차를 두들기던 장인도, 통 쪽 와통의 태토를 나무 칼로 조심스럽게 자르던 장인도 손을 멈춘 채 그를 쳐다보았다.

"뒤쪽 빈 마구간 쪽이 조용합니다."

지저분해진 손을 바짓자락에 문지른 덕추가 앞장섰다. 햇빛에 말리기 위해 작업장 뒤편에 가지런히 펼쳐놓은 암키와들 사이를 지나자 텅 빈 마구간이 보였다. 오랫동안 버려져 있었는지 지붕에 올린 이엉은 군데군데 썩어서 움푹 파였고, 구유통도 시커멓게 썩어 들어가는 중이었다.

"무슨 일로 따로 보자고 하셨는지요."

구유통 앞에 선 덕추가 두 손을 앞으로 모은 채 물었다. 목에 걸려 있던 굵은 침을 삼킨 을지문덕은 갈라진 목소리로 입을 열었다.

"사뭇율이 자백을 했네. 처음에는 기와만 빼돌렸고, 살인죄에 대해서는 아니라고 했다가 결국 자기가 물득이를 죽였다고 하더군."

덕추는 침묵으로 대답했다. 을지문덕은 약간 내리깔려진 덕추의 눈을 훔쳐보며 말을 이어갔다.

"사뭇율은 와박사와 물득이와 결탁해서 황궁에서 쓰여질 기와들을 빼돌려서 사욕을 채웠지. 사실 살인과 관련이 없다고 해도 어차피 황실을 능욕한 죄의 대가는 죽음뿐이야."

"그렇습니까?"

감정의 무게를 가늠할 수 없는 덕추의 대답에 을지문덕은 천천히 고개를 끄덕거렸다.

"고향에 돌아가거든 잊어버리게. 요동에 있을 때 잘 알고 지내던 뱃사람이 그러더군. 바닷물만큼 인연을 잘 씻겨내는 건 바로 시간이라고 말이야."

"그게 무슨 말씀이십니까?"

자글거리는 감정을 애서 감춘 덕추의 물음에 을지문덕은 무심하게 대답했다.

"나 역시 예전에 어떤 것을 지키기 위해 살인을 저지른 적이 있었지. 살인은 죽는 자에게만 아픔은 아닐세. 살인을 저지른 자에게 더 지독하고 깊은 파장을 남겨놓지."

덕추는 아무 말 없이 을지문덕을 응시했다. 짙은 침묵이 지나고 을지문덕은 어깨를 가볍게 으쓱거렸다.

"죄는 사라질 걸세. 사무율은 살인죄까지 더해서 목이 잘릴 것이고 말이야. 고향에 잘 돌아가게."

"그건 사고였습니다. 처음에는 그냥 화풀이를 할 요량으로 물득이를 작업장으로 끌고 와서 진흙 속에 처박아버렸습니다. 우리들 사이에서는 머리박기라고 부르는 일종의 벌이었습니다. 그런데……."

을지문덕은 말없이 덕추를 쳐다보았다.

"물득이가 갑자기 축 늘어져버린 겁니다. 놀라서 끄집어내려고 했는데 멀리서 인기척이 들렸습니다."

"사무율이었군."

을지문덕의 말에 덕추는 고개를 끄덕거렸다.

"놀라서 가마 뒤로 숨었는데 물득이의 시신을 끄집어낸 사무율이 허둥대다가 도망쳐버리더군요. 작업장 구석에 있던 삼베 끈으로 물득이의 목을 감아놓은 채 말입니다."

"아마 자살로 위장할 속셈이었을 거야. 그러면 장인들이 알아서 시신을 숨길 것이라는 걸 잘 알고 있었으니까."

"시신을 버려놓은 사무율이 사라지고 우리도 숙소로 돌아가려고 했는데 이왕 이렇게 된 거 아예 시신을 매달아놓는 게 어떨까라는 말이 나왔습니다. 어차피 시신을 치우긴 치워야 했으니까요."

"시신을 매달아서 모두를 공범으로 만들어버릴 셈이었군."

을지문덕의 말에 덕추는 고개를 떨궜다.

"그래서 각 마을에서 한 명씩 뽑았을 때 다 자원을 했습니다. 모이고 나서 다들 어이가 없어서 쓴웃음만 나오더군요."

"어쨌든 이번 일은 이렇게 마무리될 걸세. 고향의 사당에 가서 죽은 자를 위해 제를 올리게."

"제가, 아니 우리들이 잘못한 겁니까?"

"그건 내가 대답해줄 수 있는 문제가 아닌 것 같네. 확실한 건……."

천천히 뒷걸음질로 물러나던 을지문덕이 덧붙였다.

"평생 사라지지 않는 고민을 안아야만 한다는 거지."

"소인들이 물득이를 죽인 건 어찌 아셨습니까? 손을 보자고 했을 때 속으로 속여 넘겼다고 생각했었는데요."

"물득이는 엎드린 채 진흙 속에 처박혔으니까 당연히 손보다는 발이 누르기에 더 편했겠지. 발싸개로 발을 감쌌으니까 당연히 발톱을 볼 생각은 하지도 않았고 말이야."

덕추는 발을 감싼 푸른색 발싸개를 내려다보았다. 덕추를 내버려 둔 을지문덕은 천천히 정문 쪽으로 걸어갔다. 온몸이 결박당한 사무율이 군졸들 사이에 서 있는 것이 보였다. 말고삐를 잡고 있던 고정의가 을지문덕에게 말했다.

"저자가 안 가겠다고 고집을 부리고 있는 중입니다."

"내 짐은 다 실어놨느냐?"

"수레에 실어서 먼저 출발시켰습니다."

"수고했네."

을지문덕은 고정의를 지나쳐 사무율에게 다가갔다. 다가오는 그를 본 사무율이 큰 소리로 외쳤다.

"어르신, 약속을 지켜주십시오. 안 그러면……."

"범인이 누군지 알아냈다."

나지막한 그의 말에 사무율은 입을 다물었다. 먼발치에서 지켜보는 장인들의 발싸개로 시선을 돌린 을지문덕이 계속 얘기했다.

"어떻게 해서 손에 흔적을 안 남기고 물득이를 진흙 속에 처박아서 죽였는지도 알아냈다. 왜 죽였는지, 어떻게 해서 네가 살인죄를 쓰게 되었는지도 남김없이 알아냈다."

단단히 결박된 밧줄 탓인지 등이 앞으로 굽어져 있던 사무율의 얼굴에 잔잔한 바람이 일었다.

"하지만 난 그들에게 살인죄를 묻지 않을 것이다."

"불공평하옵니다."

"그들은 처음부터 죽이려고 작정한 게 아니었으니까 살인죄를 묻는 건 가혹한 일이야."

"말도 안 됩니다."

"생각해보게. 자네가 와박사와 물득이와 손잡고 기와를 빼돌려서 사욕을 채우지만 않았더라면, 와박사가 잡혀간 이후에 자중하고 이 자리에서 스스로 물러났더라면 자넨 여기 이 자리에 있지 않았을 거야. 운명에 우연 따위는 없네. 자넨 탐욕이라는 병에 걸려서 이 자리에 있는 거야."

"탐욕이라는 병이라고요?"

"그래. 자네 욕심이 자넬 죄인으로 만든 거야. 그 누구도 원망할 거 없네. 선택의 갈림길에서 자넨 여기로 오는 길을 선택했으니까. 내 스승님이셨던 문달 대형께서 하신 말씀이야. 그냥 병에 걸려서 죽은 것이라고 생각하게. 탐욕이라는 불치병에 걸렸다고 말이야."

말을 마친 을지문덕은 고정의가 고삐를 잡고 있는 말에 훌쩍 올라탔다. 등자의 발걸이에 발을 꿴 을지문덕이 천천히 고삐를 당기자 말은 천천히 앞으로 나아갔다. 고정의가 내뱉은 출발이라는 외침이 메아리처럼 울려 퍼졌다.

- 「계간 미스터리」 2008년 여름호

그리고 아무도 없었다

>>>>> 설인효

2007년 「최면」으로 『계간 미스터리』 신인상을 받았다. 주로 추리와 SF가 접목된 소설을 쓴다. 주요 작품으로 단편소설 「전화 살인」과 일본 미스터리 매거진에도 소개된 「그리고 아무도 없었다」 등이 있다. 아시아태평양 이론물리센터의 웹저널 '크로스로드'에 「최후의 전쟁」 등 다수의 작품을 발표했다.

뺨을 스치는 청명한 가을바람이 좋았는데 어느덧 비가 내리기 시작하더니 빗방울이 제법 굵어지고 있었다. 성민은 옷깃을 잔뜩 여며봤지만 방수가 되지 않는 점퍼는 금세 빗물에 젖어들고 말았다. 지구온난화로 가을에도 게릴라성 폭우인지 뭔지가 쏟아지곤 한다더니 바로 이것인가 보다. 빗방울이 어찌나 굵은지 우박이 떨어지는 게 아닌가 하는 착각이 들 정도였다. 어깨에 맺히기 시작한 빗방울이 가슴으로 등으로 한두 방울씩 흐르기 시작했다.

제법 둥치가 커 보이는 나무 아래로 몸을 숨기고 주위를 둘러봤다. 오전 9시쯤 정상에 도착하여 능선을 타기 시작한 지가 벌써 아홉 시간째. 아직 반대편 등산로로 하산하려면 서너 시간은 더 가야 한다. 치악산은 어느 쪽에서든 정상에 오르는 것은 쉽지만 한쪽 정상에서 다른 쪽으로 열한 봉우리의 능선을 타는 것은 결코 만만한 일이 아니었다. 원래 하루 만에 주파하기가 어려운 거리라서 중간쯤에 하룻밤을 지낼 수 있는 야영장이 마련되어 있을 정도다. 산행이라면 자신 있고, 덥지도 춥지도 않은 이런 날씨라면 충분히 하루 만에 완주할 수 있을 거라 욕심을 냈던 것이 생각지도 못한 화가 되어 돌아오고 있었다.

땅을 때리기라도 하듯 거침없이 쏟아지는 빗줄기에 앞을 분간하기조차 어려웠다. 타닥타닥 고인 물을 때리는 빗소리가 귀에 거슬릴 정도였다. 이대로라면 비탈진 경사 길을 내려가는 것조차 위험한 일이 될지 모른다. 바닥에 제법 물이 고여 자칫하면 미끄러질 수 있기 때문이다.

다행히 비가 좀 잦아들고 있었다. 고개를 들고 손으로 비를 가리며 건너편 봉우리를 바라보았다. 울긋불긋한 빛깔 몇 개가 서성이는 모습이 어렴풋이 보이는 게 등산객 몇 명이 그리 높지 않은 다음 봉우리 중턱쯤에 서 있는 것 같았다.

"어이! 선생님!"

성민은 갑자기 부르는 소리에 뒤를 돌아보았다. 역시 30대 초반쯤으로 보이는 등산객이었다.

"이거 아닌 밤중에 홍두깨라더니 가을 산에서 폭우를 만났습니다그려."

"예, 그러네요. 이거 뭐 장맛비도 아니고 이렇게 쏟아지니 제대로 내려갈 수나 있을지 모르겠네요."

"안 되죠. 내려가는 길도 미끄러울 뿐 아니라 계곡물이 불어서 길이 끊겼을 겁니다."

"그래요? 그럼 이거 낭패네요. 야영장까지 돌아가려면 봉우리를 몇 개는 넘어야 하고 숙영할 준비도 전혀 돼 있지가 않은데요."

"치악산은 처음이신가요?"

"예전에, 대학 일학년 때인가 한 번 와봤습니다. 10년도 넘은 일이죠."

"그러시군요. 실은 다음 봉우리에 얼마 전에 폐쇄된 산장이 하나 있습니다. 전기나 가스는 들어오지 않지만 하룻밤 정도 비를 피할 수는 있을 거예요."

"그래요? 그렇군요. 저기 보십시오. 저기 몇 분이 더 보이는데 그분들도 그럼 거기로 대피하기 위해 저기 계신 모양이네요."

"아마 그럴 겁니다. 지금 비가 조금 잦아졌으니 우리도 빨리 저쪽으로 갑시다."

두 사람은 의기투합해서 봉우리를 내려가기 시작했다. 역시 내리막길은 미끄러웠다. 두 사람은 몇 번이고 진흙탕을 구르며 겨우 다음 봉우리에 접어들 수 있었다. 나무를 잡기도 하고 서로가 서로를 밀고 끌며 30여 분 만에 봉우리 중턱에 오를 수 있었다.

"아이고 선생님들, 모두들 비를 피하시느라 여기 계시는군요?"

성민과 함께 봉우리에 오른 등산객이 넉살 좋게 말을 걸었다. 봉우리의 중턱쯤에서 옆으로 우회하여 지나도록 되어 있는 등산로에 네 명의 등산객들이 저마다 나무 하나씩을 차지하고 비를 피하고 있었다.

"예, 그쪽에도 두 분이 계셨네요. 실은 저쪽 봉우리에서 오는 한 분을 기다리고 있었는데요."

"그렇군요. 선생들도 여기 봉우리 절벽에 예전에 쓰던 산장이 있는 걸 아시죠?"

"예, 저도 실은 이분께 듣고 알았습니다."

역시 30대 전후로 보이는 젊은 등산객이 옆에 서 있는 등산객을 가리키며 말했다. 그보다는 조금 나이가 들어 보였지만 역시 30대 중반 정도로 보이는 사람이었다.

"저희는 아까 산을 오르다 만나게 된 사람들인데요. 갑자기 비가 쏟아지지 뭡니까? 그런데 다행히 이분들이 여기 치악산을 잘 아는 분들이라 일단 산장으로 피하자고 하시더군요. 한 30, 40분 전에 여기 도착했는데 저쪽 봉우리에서 이리로 오는 분이 보여서 그분까지 도착하면 함께 올라가자고 하고 있었습니다. 혹시 그분은 산장을 모르실지도 모르니까요."

"그렇군요."

그때 마침 반대쪽 방향에서 등산객 한 명이 마저 도착했다. 사람들은 간단히 인사를 나누고 산장에 오르기로 했다.

"그런데 여기선 산장이 도무지 보이지 않는데 그게 대체 어디 있나요?"

성민이 아까 산장이 있다는 것을 안다던, 자신을 김지용이라 소개한 등산객에게 물었다.

"바로 이 봉우리의 정상에 있습니다. 이 봉우리는 위쪽이 돌로 이루어진 돌산이라 등산로는 이렇게 산을 넘지 않고 옆으로 지나게 되어 있죠. 그렇지만 이 돌산 맨 꼭대기에 상당히 평평한 지형이 있어서 예전부터 산장을 지어놓고 지금처럼 위급한 때 머물 수 있도록 해두었어요. 능선을 따라 등산로 상에는 그만큼 넓고 평평한 지형도 드무니까요. 그래서 전에는 산장을 알리는 표지판이 여기저기 있었는데 몇 해 전에 산장이 너무 낡고, 또 산장까지 오르는 길이 위험해 폐쇄되면서 함께 없어졌습니다. 그래도 아직 산장에 오르는 사다리도 있고 산장도 비 정도는 피할 수 있을 겁니다."

김지용의 인도에 따라 등산로에서 벗어나 산길을 30, 40보쯤 걷자 정말 깎아지른 듯한 절벽 위로 철로 된 사다리가 뻗어 있는 곳에 이르렀다. 여전히 비는 고개를 위로 올리기 힘들 정도로 쏟아지고 있었다. 오래되어 녹슨 사다리가 위태로워 보였다.

"예전에는 사다리 주위에 보호 철망도 있었는데……."

김지용이 사다리를 몇 번 쳐보고 흔들어도 보면서 말했다.

"사다리가 괜찮을지 모르겠네요."

모두 근심 어린 표정을 교환하고는 지용을 따라 사다리에 하나둘 몸을 싣기 시작했다. 내리는 비 때문에 위를 똑바로 쳐다볼 수는 없었지만 사다리는 길이가 적어도 15미터는 넘는 것 같았다. 일곱 명의 일행이 모두 사다리에 오르는 데도 몇 분이 걸렸다.

그때였다.

키깅!

마지막 사람까지 오른 후 일행이 두세 칸쯤 더 올랐을 때 갑자기 쇠가 끊어지는 기분 나쁜 소리가 나더니 사다리가 한쪽으로 기우는 듯한 느낌이 들었다. 본능적으로 사다리에 몸을 밀착시키자 녹슨 쇠 냄새가 코를 찔렀다.

"아무래도 사다리를 고정시키는 쇠의 몇 부분이 떨어진 모양입니다. 최대한 조심해서 올라가야겠습니다!"

지용은 아래를 바라보며 소리를 질렀다. 한 칸 한 칸 오르는 손과 다리가 후들거렸다. 지용과 세 사람이 마침내 정상에 도착했지만 여전히 성민과 두 사람이 사다리 위에 있었다. 성민이 사다리의 마지막 칸을 잡고 몸을 끌어올리려 할 때 다시 한 번 사다리가 휘청거렸다. 아무래도 이대로는 사다리가 나머지 사람들의 무게를 지탱하지 못할 것 같았다.

"선생님, 제 다리를 잡으세요. 그리고 제일 밑에 계신 분이 우리들 몸을 타고 먼저 올라가세요."

성민이 이미 올라간 사람들의 손을 잡으며 소리쳤다. 가장 나중에 출발했던 사람이 성민의 아래 있던 사람과 성민의 몸을 타고 먼저 정상에 올랐다.

키기깅!

그러나 결국 사다리는 마지막 순간을 버텨주지 못했다. 성민은 이미 올라간 사람들의 손을 잡고, 성민의 아래에 있던 사람은 성민의 몸을 부여잡고 가까스로 추락을 면했다. 긴 쇠사다리가 몇 번이고 절벽과 부딪히며 봉우리 아래로 떨어지는 모습은 보고 있는 것만으로도 현기증이 날 정도였다. 마침내 성민과 마지막 사람도 다른 사람들의 부축으로 겨우 정상에 오를 수 있었다. 정상에 올라선 성민은 바닥에 털썩 주저앉았다. 성민이나 이 과정을 지켜보던 사람들이나 모두 망연자실하여 한참을 그 자리에 있을 수밖에 없었다.

산장의 문은 열려 있었다. 한 사람이 랜턴을 켜서 주변을 훑었다. 바닥이 마루로 된 제법 넓은 거실이 펼쳐져 있었고 한쪽으로 부엌과 화장실로 통하는 문이 각각 보였다. 거실에는 낡은 소파도 몇 개가 놓여 있었다. 사람들은 각자 비에 젖은 몸을 털며 자리를 잡고 앉았다.

"또 랜턴을 가져오신 분 없나요?"

모두들 서로를 쳐다보았지만 다른 랜턴은 없었다. 숙영할 생각은 누구도 하지 않았던 것이다. 몇 사람이 핸드폰을 꺼내서 작동시켜보려 했지만 이미 물에 젖어 켜지지조차 않았다. 밖은 한밤중이나 다름없이 어두웠고 쉼 없이 내리는 빗줄기가 벽마다 한두 개씩 나 있는 창문을 세차게 때리고 있을 뿐이었다.

"이거 인사가 늦었습니다. 저는 김진성이라고 합니다. 여기 원주에서 중학교 교사를 하고 있습니다. 등산을 좋아해서 가볍게 나섰는데 가을에 이렇게 비가 오기는 처음이네요. 정말 기후변화인지, 오존층 파괴인지가 실감이 납니다."

천장을 향하도록 세워둔 랜턴에서 나오는 희미한 불빛이 사람들의 실루엣만을 가냘프게 드러내고 있었다. 서로가 서로를 알아볼 수 없는 어둠 속에서 상호간의 소개가 오갔다.

"예, 전 최성민이라고 합니다. 실은 저는 곧 결혼을 앞두고 있습니다. 아무래도 결혼을 하면 이렇게 혼자 등산 같은 것은 못 할 것 같아서 모처럼 나왔는데 이렇게 되었네요. 아무튼 잘 부탁드립니다."

성민도 자신의 소개를 했다.

"전 유혁이라고 합니다. 등산을 좋아하는 편이라 주말이면 이 산 저 산 오르는데 오랜만에 치악산에 왔다가 이런 일을 당하네요. 이것도 뭐 좋은 추억이 될 수도 있겠죠."

사람들은 옷을 벗어 물을 짜내기도 하고 털기도 하면서 소개를 이어갔다.

"전 임경찬입니다. 인터넷 카페에서 운영하는 주말 등산 동호회란 게 있습니다. 거기서 인연 된 사람들이 주말이면 산 입구에 모여 그때 그때 등산을 하곤 하는데 오늘은 한 열 명 정도가 모였더라고요. 그런데 그 사람들은 모두 정상에 도착해서는 산을 내려가고 저는 호기심에 능선을 타기 시작했습니다. 처음엔 생각보다 재미있더군요. 그런데 갑자기 폭우가 쏟아지고, 얼마나 당황했던지 아까 여러분을 만나지 못했다면 어떻게 할 뻔했는지 정말 아찔하네요."

임경찬은 성민이 왔던 곳의 반대쪽에서 마지막으로 합류한 등산객인 모양이었다.

"최민혁이라고 합니다. 이렇게 만난 것도 인연인데 잘 부탁드립니다. 전 인천에 사는 사람인데 치악산을 좋아합니다. 특히 능선 타기가 매력이 있어요. 날씨가 좋을 때 혼자 능선을 타다 보면 참 많은 생각을 하게 됩니다. 덕분에 생각이 많이 정리가 되기도 하구요. 이 산장은 전에도 호기심에 몇 번 올라와봤는데 이렇게 신세를 지게 되네요."

민혁은 성민이 처음 만난 등산객이었다. 너스레를 떠는 목소리에는 예의 그 넘치는 여유로움이 느껴졌다. 목소리에서 목소리로 이어지면서 자연스럽게 오른쪽으로 돌며 이루어지던 자기소개는 이미 이름을 소개한 김지용의 간단한 인사를 거쳐 마지막으로 랜턴을 가지고 있던 사람에게 이르렀다.

"안녕하세요. 전 윤경철이라고 합니다. 참 오랜만에 산에 나왔는데 이런 일이 생기네요. 이 랜턴은 가방에 넣어둔지도 몰랐던 겁니다. 얼마나 버텨줄지 모르겠어요. 그나저나 사다리까지 떨어지고 핸드폰도 고장이니 내일 비가 개면 밧줄이라도 묶어서 내려가야 할지, 불이라도 피워 구조 요청이라도 해야 할지 걱정이네요."

모두들 한숨만 내쉬었다.

"윤 선생님, 그 랜턴 좀 줘보시죠. 제가 부엌에 가서 뭔가 먹을 게 있나 살펴보겠습니다. 여긴 등산객들이 자주 드나드는 곳이니 혹시 뭐가 좀 남아 있을지도 모르죠."

자신을 유혁이라고 소개했던 사람이 경철에게서 랜턴을 받아 부엌 쪽으로 걸어갔다. 랜턴 불빛이 부엌 쪽으로 사라지자 실내는 한 치 앞도 볼 수 없는 암흑이 되었다. 몇몇 사람이 몸에 온기를 돋우기 위해 몇 차례 몸서리를 쳐댔다. 다른 사람들은 가방 속을 뒤져보기도 하고 누울 자리를 보기 위해 주변을 손으로 더듬고 있었다.

"헉, 어헉, 어…… 어……."

그때 갑자기 부엌에서 짧은 비명소리와 함께 힘겹게 숨을 몰아쉬는 소리가 들려왔다. 모두의 시선이 부엌으로 통하는 문 쪽을 향했다. 반쯤 열린 문틈으로 새어 나오던 희미한 불빛이 갑자기 사라졌다.

"아니, 대체 무슨 일입니까?"

"유혁 씨! 유 선생님!"

몇 차례 불러도 반응이 없었다.

"유 선생님? 대체 무슨 일입니까?"

도무지 응답이 없자 모두 어찌할 바를 모르다가 불빛이 새어 나오던 곳에 대한 기억에 의지하여 하나둘 부엌 쪽으로 향하기 시작했다. 컴컴한 실내를 지나다 소파나 다른 사람들의 짐에 부딪히기 일쑤였다. 성민도 누군가의 짐에 걸려 넘어졌다가 다시 일어나 부엌 쪽으로 향했다. 누군가가 문을 활짝 열자 부엌 바닥에 쓰러져 있는 랜턴의 약한 불빛이 그 앞에 무릎을 꿇은 채 앉아 있는 사람의 형상을 희미하게 드러내 주었다. 지용이 부엌 안으로 들어가 랜턴을 들고 사람의 모습을 비췄다.

"마, 맙소사."

"이, 이럴 수가……."

누구도 다음 말을 잇지 못했다. 부엌 가운데쯤에는 무릎을 꿇고 자신의 명치 부위를 감싸 쥐고 있는 유혁이 있었다. 그의 명치 언저리에서는 검붉은 피가 손가락 사이로 샘솟듯 솟아오르고 있었다.

"어억, 어억."

유혁은 숨이 모자란 듯 아무 말도 하지 못한 채 허덕이다가 이내 앞으로 쓰러졌다. 랜턴 불빛이 쓰러지는 시체를 쫓아 이동했다. 등에서도 찔린 부위로부터 피가 원을 그리며 번져가고 있었다.

"이, 이런, 그, 그러고 보니."

어둠 속에서 누군가가 말을 꺼냈다.

"그러고 보니 아까 비가 내리기 전에, 그러니까 폭우가 쏟아지기 전까지 라디오를 듣고 있었는데, 오늘, 그, 그 떠들썩했던 연쇄살인범 유인철, 그 유인철이란 자가 법원으로 이송 중에 도주해서 이쪽 부근에서 사라졌다는, 그런 소식을 들은 것 같아요. 그래요, 분명 치악산 등산로 입구 부근에서 사라졌다고……."

"뭐, 뭐라고요!"

"유인철!"

유인철. 그는 얼마 전까지 세상을 떠들썩하게 했던 희대의 살인마였다. 처음 경찰에 연행되었을 때 살인의 동기를 묻는 기자들의 질문에 태연하게 "그냥……"이라고 했던 장면이 성민의 뇌리를 스쳤다. 이미 눈앞에서 시신을 본 사람들은 '유인철'이라는 말에 제대로 정신조차 차릴 수 없었다. 성민의 입에서도 저절로 신음소리가 새어 나왔다.

"그리고 저 칼자국, 저건……."

"그래, 맞아요. 명치 부위를 꿰뚫는 예리한 상처!"

유인철은 대담하게도 상대의 정면에서 정확히 명치 부위에 흉기를 찔러 즉사시키는 방법을 즐겨 쓴다고 했다. 그만큼 그는 완력도 좋고 무술에도 일가견이 있는 것으로 알려져 있었다. 각종 범죄 관련 프로그램과 다큐멘터리에서 소개되었던 유인철의 살인 행각은 누구나 한두 번쯤 들어본 바였다. 그는 어둠을 틈타 유혁의 뒤를 따라가 살인을 저지르고는 랜턴을 쓰러뜨려 불빛을 없앤 뒤 태연히 일행 사이로 다시 합류한 것일 터였다.

사람들은 본능적으로 뒷걸음치고 있었다. 만일 이곳이 탁 트인 곳이었다면 무작정 내달리기라도 했을지 모른다. 그렇지만 어디에도 갈 곳은 없었다. 산장은 외부로부터 완벽히 차단되어 있었다. 창문을 두드리는 굵은 빗소리가 자신들이 처한 상황이 꿈이나 망상이 아닌 현실임을 상기시켜줄 뿐이었다. 그때 지용이 들고 있던 랜턴의 불빛이 몇 번 깜박이다가 갑자기 꺼져버렸다.

"이, 이게 왜 이러지? 건전지가 다 된 건가?"

갑자기 주위가 다시 암흑 속으로 빠져버렸다. 한 치 앞도 볼 수 없는 어두움이 두려움을 배가시켰다.

"지용 씨, 대체 왜 그러는 거요? 빨리 불을 켜요! 아니, 호, 혹시 당신이 유인철?"

"아니에요. 절대 아닙니다. 불은 그냥 꺼진 겁니다."

"그 말을 지금 믿으라는 겁니까? 잠시 전까지 잘 켜져 있던 게 하필 지금 꺼진다구요?"

누군가가 다그쳐 물었다. 그렇지만 누가 옳은지 확인할 방법은 없었다. 오히려 유인철이 관심을 다른 사람에게 돌리기 위해 일부러 다그치듯 묻고 있는 것인지도 몰랐다. 사실상 어느 누구도 의심의 대상에서 제외시킬 수 없었다. 세상이 다 아는 유인철이지만 정작 그의 얼굴을 본 사람은 거의 없었기 때문이다. 공개된 뉴스 동영상이나 사진에서는 늘 큰 마스크를 쓰고 있거나 얼굴 부분이 모자이크 처리돼 있었다. 유인철에 대해 사람들이 아는 것이라고는 그저 30대 중반쯤의 남자라는 것뿐이었다.

성민은 오금이 저려왔다. 그는 평소 추리물이나 범죄 수사극을 즐겨 보는 편이었다. 유인철 사건으로 언론지상이 떠들썩했을 때도 성민은 마치 생생한 드라마를 보는 기분으로 그에 관한 기사들을 블로깅하곤 했었다. 지난 수년간 유인철이 저지른 사건의 사진들이 생생하게 떠올라 뇌리에 새겨졌다. 앞을 볼 수 없기에 머릿속의 이미지는 더욱 뚜렷했다. 그러나 다음 순간 밝게 웃는 약혼녀의 얼굴이 사진들을 지우며 위로 떠올랐다.

'그래, 살아야 한다.' 그것이 지금 그에게 내려진 지상명령이었다. '반드시 살아서 이곳을 벗어나야 한다.'

그러나 모골을 송연하게 하는 두려움이 몸을 잔뜩 굳게 하고 사지의 맥을 풀리게 하고 있었다. 손과 발이 저절로 떨려왔다.

'두려움에 매몰되어서는 안 된다.'

그는 몇 번이고 되뇌었다. 어느새 성민의 기억은 7년 전 해병대 유격 훈련장으로 향하고 있었다. 자신의 한계를 시험해보겠노라고 자원했던 해병대에서 그는 분명 지옥을 경험했다. 그리고 그 속에서 자신을 강하게 담금질했다. 그 후 어려운 순간이 닥치면 늘 그때의 기억을 떠올리는 것이 습관이 되었다.

"헛!"

순간 목덜미가 서늘해짐을 느꼈다. 누군가가 뒤로 바싹 다가서고 있다는 것을 섬뜩한 살기로 느낄 수 있었다. 성민은 본능에 가까운 동작으로 한 바퀴 돌아 상대의 뒤에 섰다. 어느새 손은 상대의 목을 감싸고 있었다. 맨손으로 사람을 죽이는 열 가지 방법인 무적도의 한 동작이었다. 훈련소에서 수천 번의 반복으로 익힌 동작들이었지만 실제로 사용해본 적도, 사용하게 되리라 생각해본 적도 없었다.

"흡……."

상대의 팔꿈치가 하복부를 파고들었다. 실제 충격보다 살의가 실린 동작의 묵직함이 성민의 방어본능을 자극했다.

"에잇!"

두두둑.

일순간의 일이었다. 상대의 공격 자체는 생명을 위협하는 정도는 아니었다. 그렇지만 그 뒤에 어떤 공격이 이어질지 모른다는 두려움이 성민이 마지막 동작을 결행하게 했다. 성민은 상대의 목을 감싸 쥔 채 자리에 주저앉았다. 상대는 이미 숨을 거둔 상태였다.

긴장이 풀리며 그제야 팔의 힘이 빠져나갔다. 성민은 깊은 숨을 몰아쉬었다. 그러나 좀처럼 마음이 안정되지 않았다. 자신의 품 안에 자신이 죽인 주검이 안겨 있다는 것이 도무지 믿기지가 않았다.

"무, 무슨 일입니까? 거기."

"누, 누구요?"

두 사람이 엉켜서 낸 소리에 반대쪽에 있던 사람들이 잔뜩 긴장해서 물었다. 성민은 금방이라도 '제가 지금 유인철을 죽였습니다'라고 말하려 했다. 그렇지만 빠르게 판단이 섰다. 지금 그렇게 말하면 사람들이 그 말을 믿어줄까? 아마 그렇지 않을 것이다. 어쩌면 유인철이 이제 본격적으로 살인 행각을 시작했다고 생각할지도 모른다. 확실히 유인철은 살인을 즐기는 자였다. 그가 살인을 저지른 이유는 '그냥'이었다. 사람들은 그 뒤에 '재미로'라는 말이 숨어 있지 않을까 생각하곤 했다.

성민은 머리가 복잡했다. 반대쪽에서는 무슨 일이 벌어지기 시작했다고 생각하는 사람들이 전의를 불태우고 있을 것이 분명했다. 그들도 지금 자신과 똑같은 생각을 하고 있을 것이다. '그래, 어떻게든 살아야 한다.' 그들에게 자신은 유인철이 아니며 지금 유인철로 보이는 자를 처치했다는 사실을 어떻게 알릴 수 있을까?

순간 성민에게 한 가지 기억이 떠올랐다. 그것은 유인철에 관한 신문기사의 한 구절이었다. 유인철의 신체적 특징, 그러니까 어둠 속에서도 유인철인지 아닌지를 알아볼 수 있는 실마리였다. 유인철의 유년시절을 소개한 그 기사는 그가 어린 시절의 상처로 목 옆쪽에서 등으로 이어지는 제법 긴 흉터를 가지고 있음을 기술했다. 기억은 뚜렷했다. 성민의 손이 즉시 품에 안긴 사람의 목과 등 쪽을 더듬었다. 그러나 어이없게도 흉터는 없었다.

"이, 이럴 수가……."

나지막한 신음이 터져나오는 것을 막을 수가 없었다. 그는 유인철이 아니었던 것이다. 아마 아무것도 보이지 않는 암흑 속에서 우연히 성민의 뒤에 다가서게 된 모양이었다. 죄책감이 밀려왔다. 그는 그저 평범한 등산객일 뿐인 한 사람을 살해한 셈이었다. 그렇지만 고의로 그런 것은 아니었다. '정당방위.' 그렇다. 정당방위라는 것이 있지 않은가? 지금 상황에서라면 어쩔 수 없이 그렇게 될 수도 있을 것이다. 성민은 자신을 독려하기 위해 애썼다.

여전히 반대쪽에 유인철이 살아 있기 때문이었다. 그가 언제 살인 행각을 시작할지 여전히 전혀 알 수 없다. 어쩌면 유인철은 아까 사다리에서 마지막으로 오르던 사람이었는지도 모른다. 그는 이 산장이 얼마간 몸을 숨기기에 적격이라고 생각했을 것이다. 그래서 일부러 사다리가 떨어지도록 했을지도 모른다.

"그래 어디 한번 와봐! 일로 와, 이 자식아!"

반대쪽에서 한 사람의 절규가 들려왔다. 순간 번개가 쳤고 한 남자가 무엇인가를 휘두르고 있는 모습이 벽면과 창문을 배경으로 스틸 사진처럼 망막에 맺혔다. 아마 유인철이 행동을 시작한 모양이었다. 성민은 몸을 낮추고 좌우의 인기척에 집중했다. 조금 전의 갑작스런 강한 불빛이 눈에 진한 잔상을 남겨 좀처럼 지워지지 않았다. 차라리 눈을 질끈 감았다.

'우르르릉.'

천둥 소리가 이어졌다. 산속이라 그런지 정말 하늘을 찢어놓을 듯한 굉음이 산장 전체를 진동시켰다. 순간 성민은 자신의 오른쪽에서 누군가가 자신에게 뛰어들고 있음을 느꼈다. 그대로 몸을 날려 상대의 하체 쪽으로 굴렀다. 뛰어들던 상대방은 성민의 몸에 걸려 넘어졌다. 성민은 지체 없이 상대의 몸 쪽으로 다시 한 번 자신을 날렸다. 상대가 움직일 틈을 주면 어디 있는지조차 알 수 없을 것이었다.

상대 위에 올라탄 성민은 한쪽 어깨를 제압하고 다른 손으로 목을 내리눌렀다. 역시 무적도의 한 동작이었다. 곧바로 상대의 주먹이 날아와 성민의 눈에 꽂혔다. 한 치 앞도 안 보이는 어둠 속에서 노란 별 수십 개가 빙빙 돌았다. 본능적으로 목을 내리누르던 손에 힘이 더해졌다. 상대의 주먹이 몇 차례 더 날아들었지만 점차 강도는 약해졌다. 결국 마지막으로 성민의 목을 죄어보려던 상대의 손은 힘을 잃고 바닥에 떨어졌다. 성민도 바닥에 쓰러졌다. 또 한 사람의 숨을 끊었다. 심장은 금방이라도 터져나올 것처럼 쿵쾅거리고 있었다. 전신에 땀이 배었다.

숨을 몇 차례 고른 성민은 옆에 누운 사람의 목을 더듬었다. 그런데 또 흉터가 없었다. 아뿔싸! 그 역시 유인철이 아니었던 것이다. 아마 반대쪽에서 유인철에게 위협을 당하다가 순간적으로 성민 쪽으로 몸을 피한 사람인 모양이었다. 그는 그저 살아야겠다는 본능으로 마지막 저항을 한 것이었다. 전신에 맥이 풀렸다. 무고한 사람을 둘씩이나 죽이다니 도저히 믿기지가 않았다.

그렇지만 성민은 곧바로 일어서 자세를 가다듬지 않을 수 없었다. 여전히 유인철은 살아 있다. 유인철은 아마 서로가 서로를 죽고 죽이는 지금의 상황을 즐기고 있을지도 모른다. 그러면서 기회를 보다가 어느새 다가와 살인을 저지를 것이다. 게다가 반대쪽에 있는 사람들은 연이어 들린 몸싸움 소리로 인해 성민이 유인철이라고 확신하고 있을 것이다.

그때 다시 한 번 번개가 쳤고 산장 안의 모습이 어둠 속에서 플래시를 터트린 것처럼 한 장의 스틸 사진이 되어 각자의 망막에 맺혔다. 비가 다시 굵어지기 시작한 모양이었다. 성민의 반대편에는 나머지 세 사람이 서 있었다. 번개 불빛으로 인해 현재의 상황은 명확해졌다. 성민의 옆에 두 사람이 쓰러져 있었기 때문이다.

"여러분, 방금 보셨죠. 저놈, 저놈이 유인철이 확실합니다."

"그래요. 우리가 힘을 합쳐서 저놈을 처치합시다."

"저놈은 완전히 미친놈입니다. 벌써 두 명을 또 죽였어요. 저런 놈은 살려둘 필요가 없어요. 저놈 안 죽이면 우리가 죽습니다."

사람들은 무엇이든 손에 잡히는 대로 들면서 성민을 향해 모여들고 있었다.

"잠깐만요. 잠깐 말할 기회만 좀 주세요."

성민은 다급한 마음에 절규하듯 소리쳤다.

"전 유인철이 아닙니다. 전 아니에요. 물론 믿기 어려우시겠지만 저분들은 저 역시 유인철인 줄 알고 저렇게 한 겁니다. 절 죽이려는 줄 알고 그런 거예요!"

잠시 정적이 흘렀다.

"저 뻔뻔한 자식이 사람을 셋이나 죽이고도 또 발뺌을 하네. 그래, 나도 TV에서 다 봤다. 너 그렇게 연기력도 좋고 뻔뻔스럽다며?"

"그러지 말고 제 말 좀 들어보세요. 전 아닙니다. 오히려 그쪽 한 사람이 유인철이에요. 모르시겠어요? 지금 서로가 서로를 의심하며 죽고 죽이는 걸 즐기고 있는 겁니다. 만일 여러분이 저를 죽이면 그 다음엔 여러분이 죽게 될 겁니다."

"헛소리 집어치워. 지금 그 말을 믿으라는 거냐? 차라리 앉아서 죽기를 기다리라고 해라. 여러분, 저놈이 지금 우리를 방심하게 하려고 일부러 저러는 겁니다. 저놈이 유인철이 분명해요!"

말을 끝낸 사람이 무언가를 휘두르며 성민에게 다가서고 있었다. 성민 역시 어떤 동작을 취하지 않으면 먼저 당할 판이었다. 성민은 고개를 숙이며 상대의 하체 쪽으로 몸을 날렸다.

"윽!"

방향이 정확지는 않았지만 보기 좋게 태클이 걸렸다. 상대는 그대로 뒤로 고꾸라졌다. 성민은 지체 없이 상대를 뒤에서 끌어안으며 한 손으로 목을 감아쥐었다. 성민의 두 다리가 상대의 다리를 감싸자 상대편은 꼼짝도 할 수 없이 결박되었다. 그때 또 한 번 번개가 쳤다. 어쩔 줄 모르며 서 있던 옆 사람이 순간적인 영상의 기억에 따라 성민을 덮쳤다. 성민은 감싸 안고 있던 상대와 함께 옆으로 굴렀다. 간만의 차이로 다른 사람의 공격을 피할 수 있었다. 성민은 순간적으로 자신의 품 안에 있던 사람의 목을 꺾었다. 세 사람에게 협공당해 죽임을 당할지 모른다는 공포가 결행 전의 판단조차 불필요하게 했다.

성민은 결박을 풀고 즉시 옆사람을 덮쳤다. 이번에는 상대가 발로 성민의 가슴팍을 걷어찼다. 뒤로 밀렸던 성민이 다시 일어나 허공으로 주먹을 날렸을 때 다시 번개가 쳤고 두 사람이 서로를 향해 주먹을 날리는 모습이 다시 사진처럼 찍혔다. 둘은 뒤엉켰고 몇 차례 좌우로 뒹군 후 결국 성민이 위로 올라섰다. 날아든 주먹에 턱이 돌아가자 인정사정 볼 것이 없었다. 동물적인 분노가 근육에 묘한 쾌감을 더해주었다. 성민은 몇 차례 주먹을 날리다가 마침내 상대의 목을 짓눌렀다. 상대도 마지막 저항으로 성민의 목을 감싸 쥐었지만 위에 있는 성민의 완력을 당해내지는 못했다. 잠시 뒤 목을 죄고 있던 손이 풀렸다.

성민은 재빨리 목과 등 쪽을 확인했다. 흉터가 없었다. 옆으로 굴러 먼저 쓰러뜨렸던 사람 쪽으로 갔다. 확인했다. 역시 없었다. 둘 모두 유인철이 아니었다. 예상대로 유인철은 유유히 뒤에 서서 사람들이 서로 죽이기를 기다리고 있었던 것이다. 죄 없는 사람들을 죽였다는 죄책감과 유인철에 대한 분노가 가슴 깊은 곳으로부터 사무치게 북받쳐 올랐다.

"이 악마 같은 놈."

두 눈에 눈물이 맺혔다. 그러나 눈물겨운 분노가 판단을 흐리게 하고 말았다. 말소리로 자신의 위치를 알리며 무방비 상태로 유인철에게 다가선 것이었다.

"빡!"

무언가 둔탁한 것이 성민의 머리를 때렸다. 다리에 힘이 풀리며 저절로 무릎이 꿇어졌다. 뺨을 타고 피가 흘러내렸다. 정신이 몽롱해지면서 오히려 긴장이 풀렸다. 차라리 이제 끝났다는 안도감마저 들었다. 그러나 그때 바닥에 늘어뜨려진 성민의 오른손에 금속성의 예리한 물체가 느껴졌다. 그것은 자그마한 과도였다. 누군가의 등산 가방에서 흘러나온 것일 것이다. 어디서 그런 기지가 발휘되었는지 성민은 순간적으로 쓰러지는 사람처럼 신음소리를 내뱉었다.

"으어어."

그리고 숨을 멈춘 채 온 힘을 다해 앞에 선 상대의 배에 칼을 꽂았다.

"헉!"

칼은 제대로 꽂혔다. 그렇지만 상대 역시 마지막 힘을 다해 성민의 머리를 다시 날렸다. 성민은 더 이상 의식을 붙들 수 없었다. 칼에서 손을 떼며 그대로 옆으로 쓰러졌다.

새가 지저귀는 소리에 눈이 떠졌다. 창문으로 가을 아침의 맑은 햇살이 비쳐들고 있었다. 성민은 한참 동안이나 멍하니 천장을 바라보고 있었다. 한동안 자신이 이곳에 왜 있는지조차 떠오르지 않았다. 고개를 조금 움직이려 하자 머리가 깨질 듯한 두통이 일었다. 왼뺨에 끈적이는 굳은 피가 모든 기억을 돌려놓았다. 악몽 같은 지난밤의 혈투가 두들겨 맞은 듯한 전신의 뻐근함으로 생생하게 상기되기 시작했다. 유인철! 유인철이 떠올랐다.

성민은 고개를 들었다. 머리맡에는 명치 부위에 칼을 맞고 쓰러져 있는 한 구의 시신이 널브러져 있었다. 기어서 시신의 머리 쪽으로 갔다. 그는 김지용이었다. '역시 김지용이었구나.' 속으로 탄식이 터져나왔다. 그는 친절하게도 사람들을 이끌고 산장으로 올라와서는 태연한 연기로 사람들을 혼란에 빠뜨리고 멀찌감치 뒤에 서서 유유히 죽음의 향연을 즐겼던 것이다. 스스로 랜턴을 끄고는 시치미를 떼던 그의 목소리가 귓가에 맴도는 것 같았다.

"나쁜 놈! 그냥 얌전히 도망이나 갈 것이지."

당장이라도 일어나 흠씬 두들겨 패고 싶었다. 이미 죽은 목숨이라 해도 그렇게 하지 않고는 도저히 분이 풀릴 것 같지가 않았다. 성민은 지용의 목이라도 조를 요량으로 그의 위에 올라섰다. 그렇지만 아무것도 하지 않은 채 한참 만에 다시 그에게서 내려왔다. 어차피 그는 성민에 의해 죽은 목숨이었다.

성민은 자리에서 일어났다. 몸의 구석구석이 쑤셨다. 벽에 등을 기대고 주위를 둘러보았다. 그의 손에 죽은 다섯 구의 시체가 여기저기 쓰러져 있었다. 기가 막혔다. 도대체 누가 유인철인가 하는 자괴감 섞인 질문이 들 정도였다. 그렇지만 애써 외면하려 했다. 어쩔 수 없는 상황이었다. 자신 아닌 누가 이 자리에 있었다 해도 스스로 죽임을 당하지 않으려면 이렇게 할 수밖에 없었을 것이다.

일단 이곳에서 무사히 내려가는 것이 급선무였다. 주변에 보이는 대로 가방들을 뒤지기 시작했다. 뭔가 내려가는 데 도움이 될 만한 게 있을지 몰랐다. 몇 개의 가방을 뒤지다가 이어폰이 끼워져 있는 엠피쓰리 하나를 발견했다. 가방 속 옷 사이에 끼여 있어서인지 많이 젖지 않은 상태였다. 성민은 뉴스라도 들을 수 있을까 싶어 이어폰을 귀에 끼우고 라디오를 틀었다. 채널을 찾는 데도 한참의 시간이 걸렸다. 그나마 잡음에 묻혀 말소리는 잘 들리지도 않았다.

다른 가방들도 뒤졌지만 쓸 만한 것은 없었다. 배에서 꼬르륵 소리가 났다. 그러고 보니 어제 오후 음식이 다 떨어진 후로 아무것도 먹지 못했다. 이런 위급한 상황에도 신체가 정직하게 반응하는 것을 보니 인간도 어쩔 수 없는 동물이라는 생각이 들었다. 성민은 부엌으로 향했다. 어제 유혁이 말했던 것처럼 어쩌면 정말 부엌에 먹을 것이 좀 남아 있을지도 몰랐다.

부엌문을 열고 안으로 들어서자 쓰러져 있는 유혁의 시체가 덩그러니 성민의 눈에 들어왔다. 성민은 유혁의 몸을 한쪽으로 밀쳤다. 잠시나마 첫 희생자의 명복을 빌기 위해 고개를 숙이고 눈을 감았다. 이제 그를 죽인 범인이 죗값을 치렀으니 아마 그의 저승 가는 길이 조금은 편할 것이다.

고개를 들고 부엌 이곳저곳을 살폈다. 가스레인지와 싱크대로 쓰던 것들이 낡고 녹슬어 있었다. 그런데 반대편 선반에 눈에 익은 붉은 봉지 하나가 보였다. 성민이 평소에 즐겨 먹던 라면이었다. 반가운 마음에 방향을 바꿔 그쪽으로 가려 했다.

"앗!"

그 순간 무엇인가 예리한 것이 발바닥을 파고들었다. 이내 그 예리한 것이 발바닥을 깊숙이 찔렀다. 반사적으로 뒤로 훌쩍 물러서며 발을 들었다. '쿵' 하고 등이 벽에 닿았다.

"헉."

순간 숨이 막혔다. 다음 숨을 내쉴 수가 없었다. 무언가 날카로운 것에 찔린 듯 등 쪽에서부터 뜨거운 느낌이 가슴 쪽으로 이어지고 있었다. 성민은 고개를 숙여 아래를 내려다보았다. 명치 부근에 끝이 뾰족하고 날이 선 철근 하나가 손가락 한 마디 정도의 길이로 삐져나와 있었다. 주위로 빠르게 피가 번지고 있었다. 그는 남은 힘을 다해 몸을 벽에서 떼었다. 숨이 극도로 가빠지면서 저절로 무릎이 꺾였다. 겨우 뒤를 돌아볼 수 있었다. 벽면에는 위에서부터 벽을 타고 내려오던 철심이 위험스럽게 앞을 향해 휘어져 있었다. 무슨 공사를 하던 것인지, 이곳을 철거하려다 그런 것인지 알 수 없었다.

바로 옆에 좀 전에 밀쳐두었던 유혁이 있었다. 순간 어젯밤 바로 이 자리에서 무릎을 꿇은 채로 죽음을 맞이했던 그의 모습이 떠올랐다. 그리고 눈앞에는 그의 발을 파고들었던 것들이 흩어져 있었다. 컵이 깨진 듯한 유리 파편이었다. 아마 그것들이 유혁의 발도 파고들었을 것이다.

"허어…… 허어……."

무슨 말인가 해보려 했지만 말이 나오지 않았다.

'그렇지만 김지용…… 김지용이 분명 유인철인데…….' 성민은 생각했다. 그러나 순간 떠오르는 것이 있었다. 그는 지용의 목만은 만져보지 않았던 것이다. 성민은 더 이상 앉은 자세조차 유지하지 못하고 유혁의 옆자리에 쓰러졌다. 그의 등에서 피가 원을 그리며 퍼져나가고 있었다.

때마침 주파수가 맞았는지 성민의 귀에 꽂혀 있던 이어폰의 뉴스 소리가 선명해졌다.

"속보를 알려드립니다. 어제 법원으로 이송 중 탈주했던 연쇄살인범 유인철이 청주 시내 유흥가에서 오늘 아침 검거되었습니다. 당초 치악산 쪽으로 탈주한 것으로 알려졌던 유인철은……."

숨이 잦아들면서 뉴스 소리도 성민의 의식에서 점점 멀어져갔다. 산장에 비치는 아침 햇살은 여전히 따스했다. 그리고 아무도 없었다.

-「계간 미스터리」 2008년 여름호

※이 소설은 2008년 초에 쓴 것으로 당시에는 연쇄살인범이라 해도 인권보호 차원에서 얼굴 사진을 공개하지 않았다. 이후 2010년경부터 연쇄살인범과 같은 흉악범의 경우 여죄의 입증 등을 위해 얼굴을 포함한 사진을 공개하고 있다.

아내마저 사기 친 남자

>>>>> 최종철

단편 추리소설 작가이며 한국추리작가협회 부회장이다. 주요 단편집으로 『네미시스의 자줏빛 포도주』, 『미스터리 카페』, 『영혼의 산책』, 『코스닥 살인』 등이 있다.

"내게 바라는 게 그렇게도 없어?"

"없어요."

지숙이 잘라 말하고는 남자의 몸에 자신의 몸뚱이를 더욱더 밀착시켰다. 손 하나는 이미 번데기처럼 오그라진 남자의 그것을 살살 쓰다듬으며. 한바탕 격전을 치르고 난 후 남자의 나신을 오랫동안 붙들고 누워 있는 나른한 느낌이 좋았다.

"내가 진정 당신에게 바라는 것이 뭔지 알아요?"

"뭔데?"

"가끔 몸을 이렇게 풀어주는 것. 늙어 죽을 때까지 변심하지 말고. 더 이상 원하는 것은 아무것도 없어요."

남자의 입이 째지며 환하게 웃었다. 좋아서 저절로 벌어지는 웃음이다. 이도 하얗고 건강한 치아다. 몸도 운동선수처럼 다부지고 낯빛도 구릿빛으로 건강미가 물씬 풍긴다. 지숙의 몸을 휘감을 때는 힘이 넘친다. 그걸 정력이라 한다던가.

"차를 렉서스나 BMW로 바꿔준대도 싫다. 용돈을 준대도 싫다. 그럼 내가 미안하잖아? 이렇게 앙큼하고 귀여운, 예쁨 덩어리를 품으면서 말이야."

"미안하긴요. 당신의 넘치는 정력만 있으면 된다니깐."

"아 참!"

남자가 기발한 착상이라도 떠오른 듯 또 흰 이를 드러냈다.

"세상에 보석 싫다는 여자는 없다더군. 내가 지숙의 손가락이나 이렇게 새하얀 목에 왕방울만 한 다이아를 걸어준다면 그것마저 사양하진 않겠지?"

지숙이 남자의 작지만 까만 눈을, 마치 그 진정성을 확인하려는 듯 들여다보다가 방긋 웃었다.

"정 그러고 싶으면 그러시든지."

"그럼! 그렇게 나와야지."

남자의 까만 눈에 만족감이 역력했다.

이런 대화를 나누긴 했지만 지숙은 잊고 있었다. 평범한 일상으로 돌아와 가정주부로서 얌전하게 지냈다. 중견기업체 이사랍시고 허구한 날 일에다 술에다 찌들어 사는 남편에게 무디어진 지 이미 오래지만, 아내로서 아침에 콩나물국이다 비타민이다 챙겨줄 건 착실하게 챙겨주었다. 고등학생과 중학생인 아들과 딸의 학원 뒷바라지도 엄마로서 빈틈없이 정성껏 돌보았다.

이렇게 일주일쯤 지나면서 몸 어딘가가 근질근질하다 느껴질 때 남자에게서 연락이 왔다. 그동안 골프나 낚시를 다녀왔는지, 해외여행을 떠났었는지, 전혀 연락이 없다가 불쑥 만나자고 전화가 왔다. 이번에는 도심에서 벗어난, 남한강 물줄기가 그림처럼 내려다보이는 양평의 한 콘도까지 나오라 했다.

　겨울 동안 군데군데 깔려 있던 강물 위의 얼음이 풀려 흩어지는 시기라 바람도 훈풍이고 햇볕도 온화했다. 지숙은 흰색 그랜저를 몰고 따사로운 봄빛이 감돌기 시작한 남한강변 도로를 달려 단숨에 콘도 앞에 도착했다.

　콘도 앞 주차장에 남자의 렉서스가 서 있는 것이 보였다. 지숙은 좀 떨어진 곳에 차를 세우고 차 안에서 기다렸다.

　콘도 건물 지하는 바 디스코텍 호프 노래방 등 유흥주점과 PC방 오락실 등이 갖춰진 집단 위락시설 지대였다. 지숙이 남자를 처음 만난 것도 정선의 카지노에 놀러 가서였다. 남자는 내기와 걸기를 좋아하는 노름꾼이라고 숨김없이 스스로 말했다. 타짜 수준급인지 아닌지는 모르지만 그 때문에 도박사범으로 일 년가량 감옥살이를 한 적도 있다고 지숙에게 말했다. 막강한 자산가인지, 부동산 갑부인지, 아니면 부모의 돈줄이 넉넉한지 굳이 알려고도 하지 않았고 알 필요도 없지만, 아무튼 도박자금이며 돈 씀씀이는 넉넉하고 화끈한 남자다.

　지숙은 남자가 약속한 시간보다 30분 넘게 더 기다려야 했다. 뒤늦게 콘도의 회전문을 밀치고 밖으로 나온 남자가 주차장을 두리번거렸다. 지숙이 차창을 열고 손을 흔들어주자 잰걸음으로 자신의 렉서스로 가 올라탔다. 이제 지숙은 자신의 차는 그대로 주차해두고 남자의 차로 가 같이 타면 되는 것이다.

　"오래 기다렸지? 미안해. 판이 끝나지 않고 자꾸 길어져서 말이야."
　"심심해 죽는 줄 알았어요."
　"아아, 그랬어? 내 예쁜이!"

남자가 옆자리에 앉은 지숙의 허리를 낚아채듯 껴안으며 볼에 입술을 댔다. 거친 숨소리에 섞인 강렬한 남자의 체취가 물씬 풍겨왔다. 그 체취에 지숙의 마음은 긴장되고 몸은 야릇하게 떨렸다. 남자의 체취로 인한 긴장과 떨림에 지숙은 마약처럼 중독되어 있는 것이다.
　남자가 남한강 물줄기를 따라 차를 몰다 강가의 한 모텔로 들어갔다. 방 안으로 들어서면서부터 남자는 굶주린 야수로 돌변했다. 자신의 몸에 걸친 모든 것을 자신의 손으로 벗어던졌다. 전라의 몸으로 지숙의 몸을 다짜고짜 벽 쪽에 밀어붙이고는 거칠게 다루었다. 뻣뻣해진 그것을 사납게 비벼대며 지숙의 옷을 하나하나 벗겨 던졌다. 마침내 팬티마저 벗겨버린 다음 양손으로 지숙의 양 다리를 벌려 받쳐 들고 벽에다 밀쳤다. 거친 숨소리와 동물 같은 신음을 토해내며 맹렬하게 돌진해왔다. 마치 백 미터 달리기 단거리 선수처럼 일그러진 표정으로 온 힘을 쏟아부은 후 지쳐 힘이 빠질 무렵에야 지숙의 몸뚱이를 침대로 가져갔다. 지숙의 몸 위에서 마지막 남은 여력을 소진시키고 나서 휴 하는 탄성을 지르며 떨어져나가 벌렁 드러누웠다. 그사이 남자가 쏟아 퍼부어내는 따스한 그것에 호응하여 지숙의 몸 안도 부르르 떨렸고, 붕 떠오르는 듯 형언할 수 없는 야릇한 느낌과 함께 온몸의 긴장이 풀리는 기분을 맛보았음은 물론이다.
　모텔에서 나와 차에 오른 후 남자가 납작한 보석 상자를 지숙에게 내밀었다.
　"열어봐!"
　짙은 남색 천의 상자 뚜껑을 열자 완두콩 크기만 한 보석이 눈에 들어왔다. 빛을 받아 각진 면면마다 영롱하게 반짝이는 다이아였다. 상자 안에 종이가 있어 펴보니 제품보증서였다. 다이아몬드, 4.1캐럿, 스타보석이란 상호의 낙인이 선명했다. 작은 자수정 알갱이가 무수히 박힌 백금으로 테두리를 치고 역시 백금 줄에 매단 목걸이였다. 백색 빛을 받은 다이아는 연한 색 자수정 테두리 안에서 커다란 별처럼 반짝반짝 빛났다.

"어머! 환상이에요!"

지숙이 절로 탄성을 질렀다.

"좋아?"

지숙은 기뻐 어쩔 줄 모르는 어린애처럼 눈에 가득 웃음을 머금고 고개를 끄덕여주었다. 남자가 만족한 표정을 지으며 왕방울 다이아 목걸이를 지숙의 목에 걸어주었다.

"이제야 지숙이 내 거라는 확신이 가는군."

"왜요? 내가 당신에게서 멀어질까 봐?"

"고럼! 이 예쁜일 어떤 놈이 채갈까 봐 항상 불안하지. 이제 개목걸이 채우듯 다이아 목걸이 걸어주었으니 설마 주인을 버리고 달아나진 않겠지?"

지숙이 손을 뻗어 남자의 그것을 꼭 붙잡고 곱게 눈을 흘겨주었다.

"이딴 다이아고 뭐고 다 필요 없고 난 당신의 이것만 있으면 된다니깐!"

화기애애한 분위기는 지숙의 차가 있는 콘도로 되돌아올 때까지 이어졌다.

남자와 헤어진 후 지숙은 자신의 차를 몰고 서울로 돌아오는 길이었다. 남자와 격정의 시간을 꿈같이 보내며 몸을 푼 후라 기분도 거뜬했다. 거기다 왕방울 다이아를 목에 걸고 가다니. 여태껏 남편에게서 받았던 많은 선물 중에도 그렇게 큰 보석은 없었다. 눈으로 본

적은 있지만 손으로 직접 만져보기는 처음인 4.1캐럿 크기의 왕방울 다이아. 보석이라면 열광하는 여자들과 같은 부류는 아니라고 자평하는 지숙이지만 왠지 모르게 마음이 뿌듯해짐을 인정하지 않을 수 없었다. 가격을 헤아리고 싶진 않지만 적어도 수천만 원, 어쩌면 억대를 호가할지 모른다. 역시 멋지고 화끈한 남자다.

차창을 열고 강바람까지 시원스레 호흡하며 미사리 부근을 지날 때였다. 앞차와의 거리를 유지하며 달리다 건널목의 신호등이 빨간불로 바뀌었다. 앞차는 통과했고 지숙도 통과할까 하다 서두를 것 없다고 판단하고 건널목 직전에 차를 세웠다. 바로 그 순간 뒤에서 난데없이 지숙의 차를 쿵 들이받는 차가 있었다. 차를 세우는 순간 머리를 좌석 머리받침에 기대고 있었기에 망정이지 자칫 목이 뒤로 젖혀질 뻔한 충격이었다. 불행 중 다행이라 할까. 목을 어루만지며 차에서 내려보니 은색 BMW가 지숙의 그랜저 뒤 범퍼를 들이받은 상태였다. 그랜저의 범퍼가 눈에 띄게 일그러져 있고 BMW의 앞 범퍼는 멀쩡한 채 맞대고 있었다. 비상등을 깜박이게 켜둔 BMW 운전석에서 여자가 내렸다. 작은 키에 통통한 몸, 거기다 연초록 페라가모 봄 가죽 재킷을 걸치고 스카프와 귀고리 목걸이 팔찌까지 번쩍번쩍 치장한 여자다. 얼굴도 얼마나 많은 정성과 돈을 쏟아부었는지 나이를 가늠할 수 없을 정도로 주름 없이 탱탱하고 매끄럽게 보였다.

여자는 차에서 내려서 일언반구도 없이 지숙을 쳐다봤다. 까맣게 심은 속눈썹 아래 가는 눈이 지숙의 얼굴과 목을 기분 나쁜 눈초리로 훑었다. 특히 지숙의 목에 걸린 다이아에 시선이 닿자 마치 혐오스런 물건이라도 만난 듯 노려보았는데, 그땐 여자의 눈동자가 초점이 빗나간 사시처럼 묘하게 일그러져 보였다.

언짢은 기분을 참지 못해 지숙이 먼저 말을 꺼냈다.

"빨간 불에 차를 멈추는 것이 당연한데, 이제 어떻게 할 거죠?"

여자는 대꾸가 없었다. 계속 지숙을 노려보기만 하다가 핸드폰을 펼쳐 들었다. 지숙에게서 눈을 떼고 허공을 쳐다보며 전화를 걸었다.

"나예요, 유금자. ……그래. 여기 미사린데…… 그래그래. 내가 차를 들이받았어. ……그래, 빨리 보내줘! 뭐라고? 20분? 알았어. 원하는 대로 다 해주라고. ……알았어. ……알았어, 빨리 보내기나 해! 그래그래. 여기가 미사리 조정경기장."

여자가 위치를 말해주고는 전화를 끊었다. 지숙에게 던지듯 말했다.

"기다려! 20분만!"

짜증스런 말투였다. 거기다 반말이었다. 그러고는 자기 차 안으로 들어가버렸다.

이런, 싸가지가!

화가 치민 지숙이 운전석에 앉아 있는 여자의 차문을 열고 대들려다 참았다. 굳이 똥까지 밟을 필요는 없지 않은가. 참는 게 상책이다.

지숙도 자신의 차 안으로 들어가 기다렸다.

20분쯤 후 보험회사 차가 왔다. 직원이 내려 그 싸가지 여자를 만나더니 지숙에게 원하는 곳에서 차를 완전하게 수리해주겠노라고 말했다. 지숙의 차는 집에서 가까운 차량정비 업소에서 수리됐다.

호사다마라던가? 기분 좋은 날, 별 거지 같은 년이 잠시 기분을 잡친 일쯤으로 지숙은 생각했다.

일주일이 지나고 지숙은 몸이 또 근질근질해졌는데 남자로부터 연락이 없었다. 지숙은 핸드폰을 들었다 놓았다 반복하며 먼저 전화를 해볼까 하다 말았다. 여태껏 남자가 먼저 연락을 해와 만나주는 식이었는데 그 방식을 깨기가 싫었다. 나비가 꽃을 찾아 앉는 것이지, 꽃이 나비를 찾는 일은 순리가 아니다. 어디 멀리 가 있거나 피치 못할 사정이 있겠지. 하루나 이틀 더 기다려보자.

하지만 이틀 사흘 나흘이 지나도 연락이 없자 근질근질함은 극도에 달했고 마음까지 초조해졌다. 발정 난 암코양이처럼 앉았다 섰다를 반복하다가 마침내 전화를 걸었다. 그러나 남자의 핸드폰 번호를 누르자 전원이 꺼져 있다는 말이 나왔다. 또 걸어도 마찬가지였다.

남자의 신변에 무슨 일이 있는 것인가? 다음 날 전화를 해도 마찬가지. 지숙은 이제 기다리는 수밖에 없다. 아무리 몸이 근질근질하고 남자의 체취가 사무치게 그리워도 연락할 방법이 없으니 답답한 노릇이다. 정말 신변에 변고가 생긴 걸까? 아니면 다른 여자가 생겨 지숙이 싫증이 나서? 그래 핸드폰 번호도 바꿔버렸단 말인가? 하지만 그건 아니다. 그럴 남자라면 그렇게 큰 왕방울 다이아를 지숙의 목에 걸어줄 리가 없다. 그렇긴 해도 이제 남자로부터 연락이 오지 않는다면 그것으로 끝일 가능성도 각오해야 할 상황이 아닌가.

이렇게 하루하루를 애타게 보내고 있을 때 남자로부터 연락이 왔으니 지숙은 눈물이 핑 돌 정도였다. 그것도 핸드폰에 모르는 번호가 떠 받아보았는데 남자의 목소리였으니 심장이 멈추는 것 같았다.

"나야, 지숙이!"

"아, 안녕하세요."

침을 꿀꺽 삼켜 반가움을 억누르고 차분히 대했다.

"오랜만이지? 태국서 골프 좀 하고 오느라고 말이야."

"네, 그러셨군요."

"그간 잘 지냈어? 나 보고 싶지 않아?"

지숙은 또 침을 꿀꺽 삼켰다.

"지금 어디신데요?"

"인천 올림포스 호텔이야. 올 수 있지?"

"그러죠, 뭐."

"고속도로 타고 오면 한 시간도 안 걸릴걸. 호텔 607호실로 와!"

"네, 알았어요."

"아 참!"

남자가 잠시 뜸을 들인 후 말했다.

"출발하기 전에 은행에 들러 현금 좀 찾아올 수 있지? 여기서는 내가 은행에 직접 가 찾기가 지금 뭐해서 말이야. 바로 내일 지숙의 계좌로 입금해줄게. 그럴 수 있지?"

"얼마나요?"

"많이는 아니고 현금으로 이천만 원. 수표 말고 현금으로."

"그렇게는 당장 없는데……."

"그럼 천 정도는 가능한가?"

"네."

약간의 흥분 속에 긴장감까지 곁들여져서인지 지숙은 쉽게 대답하고 말았다. 돈을 준비해서 차를 몰고 인천으로 가면서 이렇게 돈까지 빌려줘도 되나 하는 생각이 잠깐 들었다. 하지만 천만 원 정도야. 씀씀이가 큰 남자가 그걸 떼먹을 리가. 더구나 수천만 원, 어쩌면 억대를 호가하는 다이아를 선물한 남잔데. 지숙은, 이렇게 오랜만에 만나러 가는 남잔데, 서랍 깊숙이 간직해둔 그 목걸이를 차고 올 걸 그랬나 하는 생각까지 했다.

지숙은 호텔 로비에서 엘리베이터로 곧장 607호로 올라갔다. 룸에서 기다린다고 했으니 굳이 프런트에 문의할 필요는 없다. 룸의 벨을 누르자마자 문이 열렸다. 안에 남자가 서 있었다. 완전 나체의 구릿빛 몸뚱이로. 남자가 덥석 지숙을 껴안고 입술에 키스를 퍼부었다. 입에서 술 냄새가 물씬 풍겼다. 하지만 지숙은 그 냄새가 역겹다고 느껴지지 않았다.

남자가 지숙의 몸을 불끈 들어 안고 바로 침대로 갔다. 침대에 누인 채 지숙의 옷가지를 사정없이 벗기려 했다.

"천천히. 천천히요."

"천천히라니. 난 못 참아. 얼마나 이 몸이 그리웠는데!"

이 말에 지숙의 마음은 녹아내리고 몸은 달아올랐다. 나도 당신의 이 체취가 얼마나 사무치게 그리웠다고요. 지숙은 스스로 옷을 벗어 던지며 남자의 손에 몸을 송두리째 내맡겼다. 남자는 여자의 몸을 사정없이 거칠게 다뤘다. 빨고 핥고 깨물고 짓누르고. 마침내 여자의 몸 깊은 곳에 거대한 욕정의 찌꺼기를 토해낸 후에야 나가 떨어졌다. 남자가 쏟아부은 정력으로 화끈 달아올랐던 지숙의 몸도 나른하게 녹아났음은 물론이다.

한바탕 욕정을 불사르고 나서 잠시 서로 몸을 맞대고 누워 있다 남자가 서둘러 일어났다.

"부탁한 건 가져왔어?"

"네."

"그럼 지금 줘. 통장번호 적어주고. 지하 카지노에서 날 기다리는 자들이 있거든. 오늘은 오랜만에 만났는데 서둘러서 미안."

남자가 먼저 샤워를 하고 옷을 챙겨 입었다. 서두르는 눈치다. 지숙도 샤워 후 옷을 입고 떠날 채비를 해야 했다.

"핸드폰은 왜 안 되죠? 번호를 바꿨어요?"

"아, 핸드폰. 물에 빠트렸어. 새로 사면 그때 전화할게. 자, 나가자고."

둘이 같이 룸을 나오다 말고 남자가 말했다.

"아 참! 전화할 데가 있지. 지숙이 먼저 가! 난 호텔 전화로 통화하고 나갈게. 이삼일 내 다시 연락할 테니 또 보자고. 알았지?"

남자가 평상시와 달리 뭔가에 쫓기는 듯 서두르는 것 같아 다소 이상하긴 했다. 하지만 지숙은 당시 남자가 처해 있던 위기상황을 전혀 낌새도 못 채고 그렇게 헤어져 돌아왔다.

하루 이틀이 지나도 남자로부터 연락이 없었다. 통장을 확인해봐도 돈도 들어오지 않았다. 사흘이 지나 핸드폰으로 낯선 전화가 걸려왔다.

"서지숙 씨 핸드폰이죠? 여기는 인천 경찰청 수사과 강력계 정 팀장입니다."

"네?"

"양창기 씨 아시죠?"

"그, 그런데요?"

"양창기 씨 신상에 문제가 생겨 서지숙 씨가 여기 강력계로 와주셔야겠습니다. 어떻게 할까요? 형사를 보낼까요, 아니면 직접 찾아오시겠습니까?"

"제, 제가 찾아가지요."

남자의 신상에 문제라니? 지숙은 일단 겁부터 났다.

잔뜩 긴장하여 경찰서 조사실에 앉아 대기하고 있는데 하얀 얼굴이 핏기 없이 네모지고 눈이 가늘어 보이는 형사가 서류 뭉치를 들고 들어왔다. 정 팀장이라 했다. 형사답지 않게 오직 책상머리에 앉아 서류만 뒤적거리는 일을 하는 듯 다소 연약한 인상이었다.

정 팀장이 사진 몇 장을 딱딱한 철제 책상 위에 펼쳐 보였다. 호텔룸 내부 사진이었다. 어지러워진 룸 내부와 욕실, 열린 창문, 탁자 위에 양주병과 잔이 놓여 있는 사진 등이었다. 그중 흐트러진 침대 위에 옷을 입은 채 똑바로 누워 있는 남자의 얼굴 표정을 보고 지숙은 가슴이 철렁 내려앉았다. 눈이 약간 튀어나온 듯 초점이 없고 입은 혀가 밖으로 나올 정도로 헤벌어진 죽은 얼굴.

"서지숙 씨! 이 사진들이 어디를 찍은 것들인지 아시죠?"

겁에 질린 지숙이 고개만 끄덕였다.

"올림포스 호텔 607호실에서 양창기 씨가 목이 졸려 죽은 모습이오. 사망 추정 시간은 사흘 전인 3월 13일 오후 4시부터 5시 사이. 다음 날 14일에야 오전 체크아웃 때 룸메이드가 처음 발견. 강력계가 출동하여 출입문과 욕실 문, 침대 탁자, 양주병과 잔, 창문 등에서 몇 개의 지문을 발견했고, 침대와 피살자의 몸 및 화장실 등에서 여자의 체모도 수거했죠."

정 팀장이 증거물이 든 비닐 봉투를 보여줬다.

"이 중 지문 몇 개가 서지숙 씨 것이라고 어떻게 금방 확인된 건지 아세요?"

지숙은 자신의 호흡이 스스로 멈춰버린 느낌이었다.

"피살자 양창기 씨 호주머니에서 서지숙 씨 은행 계좌번호가 적힌 쪽지가 나왔소. 서지숙 씨의 신원을 파악하여 주민등록상의 지문 자료와 대조한 결과 607호실 지문 두 개가 서지숙 씨 것과 일치했소. 그래, 사건 현장에 서지숙 씨가 있었고 체모들이 서지숙 씨 것이라 확신한 거요. 맞죠?"

지숙은 손으로 얼굴을 감쌌다. 빼도 박도 못 하는 절망의 나락에 떨어진 것이다.

"자, 서지숙 씨! 지난 13일 언제 사건 현장인 607호실에 있었는지, 피살자 양창기 씨와 만나 어떻게 했는지, 서지숙 씨의 입으로 직접 들어봅시다. 정직하게 사실대로 털어놓는 게 좋을 거요."

백기를 들고 자백하란 말이다. 살인혐의까지도.

이대로 가만히 있다간 완전한 살인자가 된다. 냉정하고 침착해지자. 지숙은 고개를 들었다.

"맞아요. 그날 양창기 씨와 그 방에 같이 있었어요. 그날 오후 1시 반경, 실로 오랜만에 만나자는 전화를 주셨고 그래서 달려갔어요. 아마 2시 반쯤 호텔에 도착하여 바로 그 607호실로 올라갔어요. 혼자 계시더군요. 술도 좀 취하셨고요. 우리는 길어야 40분, 아니 한 30분쯤 같이 있었을 거예요. 호텔 지하 카지노에 내려가야 한다더군요. 워낙 그런 곳을 좋아하시는 분이라. 그런데 같이 방을 나오다 말고 갑자기 누군가에게 전화를 걸 일이 있다며 저더러 먼저 가라더군요. 그래서 저 먼저 607호실을 나와 집으로 돌아왔어요. 그게 그분을 만난 마지막이에요. 제가 그 방을 나온 후 바로 그 방에서 저렇게 되셨다니……."

지숙이 믿기지 않는다는 표정을 지으며 고개를 저었다.

정 팀장이 조용히 지숙의 태도를 지켜보다가 약간의 웃음을 지으며 말했다.

"좋아요. 호텔 로비의 CCTV에 서지숙 씨가 엘리베이터를 타는 장면과 나오는 장면이 다 잡혀 있어요. 그날 로비를 들어선 시각은 오후 2시 37분, 나간 시각은 3시 19분으로 찍혀 있어 4시 전에 서지숙 씨는 607호실에서 떠난 것으로 확인됐어요. 서지숙 씨는 살인 피의자 용의선상에서 이미 제외되어 있다는 뜻이오. 서지숙 씨를 이렇게 조용히 부른 것은 양창기 피살사건이 워낙 복잡하고 민감하게 다른 것들과 얽힌 사건이라 경찰에서도 비공개로 수사를 진행 중이기 때문인데, 아주 중요한 참고인으로서 수사에 적극 협조해주셔야 하겠어요. 내 말 알아들으셨죠?"

그제야 지숙은 정 팀장의 얼굴이 제대로 보였다. 허여멀겋게 네모진 얼굴이 연약한 인상이라기보다 다소 신경질적이고 따지듯 까다로운 스타일이다.

"알겠어요. 살인범을 잡을 수만 있다면 뭐든지 숨김없이 말하겠어요."

"사건 당일인 13일에 양창기 씨를 보러 인천까지 온 목적이 뭐였습니까? 단순히 얼굴만 보러 온 것은 아니었지요?"

지숙은 모든 것을 털어놓기로 마음먹었다. 부끄러운 속마음까지도.

"형사님도 짐작하시겠지만 우리는 가끔 만나는 내연관계예요. 언제나 먼저 전화를 주시면 저는 그때 나가서 만나는 사이란 말이죠. 보통 일주에 한 번은 전화를 주셨는데 지난번 연락은 거의 이 주가 다 지나서 왔지 뭐예요. 얼마나 반가웠던지, 인천 아니라 부산이라 했어도 달려갔을 거예요. 그치만, 아까 말했듯이 바쁘신 분이라. 그날도 호텔 지하 카지노에서 일행이 기다리고 있다고 해 저는 기껏 30분 같이 있다 헤어졌어요."

"카지노에서 일행이 기다린다고 말했다고?"

"네, 분명히 그렇게 말했어요. 워낙 내기나 걸기를 좋아하신 분이라."

"본인이 그렇게 말하던가요? 놀음을 좋아한다고? 혹시 판돈을 어마어마하게 크게 건다고 자랑하지는 않던가요?"

"네, 실제로 그런 줄 아는데요. 그 때문에 도박혐의로 일 년가량 옥살이까지 했다고 하던데."

"이런, 이런."

정 팀장이 혀를 찼다.

"이 사기꾼이 서지숙 씨에게 그것도 사기를 쳤군!"

"사기꾼이라뇨? 그 무슨 말이신지……."

"양창기는 도박 전과로 교도소에 간 것이 아니고 사기와 뇌물수수, 공문서위조 및 직권남용 등 특정경제가중처벌법 경제사범으로 옥살이를 한 거요. 그것도 일 년이 아니라 이 년 오 개월 동안이나."

지숙은 자신의 귀를 의심하듯 눈을 끔벅거렸다.

"아니, 그분이 그런 어마어마한 범죄를?"

"서지숙 씨! 나름대로 각별한 관계라 선뜻 이해가 안 가는 모양이군. 하지만 양창기가 어떤 사람인지 알아야 협조하실 것 같아 얘기해주니 오해하지 말고 잘 들으시오."

정 팀장이 진지한 표정으로 말을 계속했다.

"양창기는 오 년 전까지만 해도 Y시 도시주택국 건축과 건축 담당 계장이라고 막강한 자리의 공무원이었소. Y시 하면 아시다피시 신흥 개발 붐이 한창인 도시라 각종 건축물 인허가권의 실무를 쥐고 있는 건축 담당 계장이라는 자리는 그야말로 공무원 세계에서는 자리 중의 자리라고 정평이 나 있는 위치죠. 그만큼 이권도 크고 일도 많고 탈도 많은 자리라 그 자리 이 년만 하면 알짜배기 부자가 될 수밖에 없다고 수군거릴 정도요. 오 년 전에 Y시 정백택지개발지구 용도변경 사건이라고 전국의 신문과 방송을 시끄럽게 한 적이 있는데, Y시 시장이 대형 건설업체인 S건설에 조직적으로 특혜를 주었다 해서 국회 청문회까지 벌였어요. 상업지구에나 건축이 가능한 주상복합건물을 주거지구에 허가하더니 주변 일대를 슬쩍 상업지구로 탈바꿈시킨 사건이오. 주상복합건물을 지은 S건설이 수천억 대의 이권을 챙겼고, Y시는 물론 당시 여권 실세였던 모 의원에게 거액의 리베이트가 오갔다는 설이 돌았죠. 검찰이 나서서 Y시 결재라인에 대한 수사는 물론 S건설의 정관계 로비까지 들춰냈는데, 재판 과정에서 맨 처음 주상복합 건축을 허가해 용도 변경의 빌미를 주도한 건축 담당 계장 양창기가 모든 혐의를 혼자 뒤집어쓰고 총대를 멨던 거요. 양창기는 추징금 오억 원에 사 년 육 개월의 실형이 확정되어 형을 살다가 모범수 등 가석방과 사면조치 등을 받아 풀려난 지 일 년 반인 경제사기 전과자란 말이오. 이런 양창기를 단순히 도박이나 즐기는 남자로 알고 있었다니, 도대체 언제 어떻게 알게 된 사이인지 얘기나 들어봅시다."

지숙은 정 팀장이 밝혀준 남자의 실체를 선뜻 받아들이지 못했다. 믿기지 않는다는 표정으로 대답했다.

"석 달 전쯤 친구들과 관광버스로 강원도 눈꽃산행 갔다가 정선 카지노에서 처음 만났어요. 식당에서 옆자리에 앉아 우연히 처음 말을 걸게 됐고 서울로 돌아오는 길에 승용차를 태워준다고 해서 친구들과 그분 차를 탄 것이 계기가 된 거죠. 무척 친절하고 신사적으로 대해주던 분이라…."

"거기다 외제 승용차에다 돈 많은 상류 재벌처럼 행세했겠죠? 서

지숙 씨가 원하면 뭐든지 다 해준다는 태도로."

지숙이 눈을 끔벅했다.

"그걸 어떻게…… 아셨어요?"

"사기꾼이 여자를 등쳐먹는 전형적인 수법이오."

"여자를 등쳐먹다니요? 저에게 얼마나 잘해주신 분인데. 항상 돈도 크게 썼고요. 형사님 말대로 그렇게 어마어마한 죄를 범한 전과자란 사실을 인정하기 어렵군요. 전과자가 어디서 돈이 나와 외제차다 골프여행이다, 그렇게 펑펑 쓴단 말이죠?"

정 팀장이 또 혀를 찼다.

"잘 들어봐요. 공무원 사회에도 조직폭력배 세계에서 흔히 볼 수 있는 피로 맺어진 형제애 같은 유대관계가 엄연히 존재한단 말이오. 마피아나 야쿠자 같은 조폭 구성원의 한 사람이 조직을 위해 목숨을 던졌거나 조직의 범죄를 혼자 책임지고 감옥살이를 간다면 남은 조폭 구성원들이 그 희생된 조폭은 물론 그 가족 모두의 여생을 끝까지 책임지고 먹여 살리는 방식으로 말이오. 공무원 중에도 특히 권한이 크거나 애매해서 직권남용의 범죄가 발생하기 쉬운 세무공무원이나 우리 경찰공무원 같은 집단에서 가끔 있는 일인데, 막대한 이권의 인허가 관련 실무책임자였던 양창기도 예외가 아니었어요. 양창기가 정백택지개발지구 관련 범죄를 혼자 뒤집어쓰고 감옥에 간 데에는 범행에 가담한 동료 공무원들은 물론 윗선의 약속이 있었을 것이라고 짐작하고 있어요. 양창기가 속한 건축과와 용도변경 조치를 해준 도시개발과 택지개발 담당 부서는 물론 도시주택 국장 등 Y시 고위 간부급에서 뒤를 책임진다는 보장 말이오. 양창기가 감옥에 있는 동안에도 그 배후조직에서 생활비를 가족에게 댔을 것이고 감옥에서 출소한 이후부터는 더 많은 액수와 각종 지원을 당당하게 요구했을 것이오. 그러고도 남을 위인이지. 너희들 대신 나 혼자 죄를 몽땅 뒤집어쓰고 사건을 마무리하고 나왔다, 너희가 당당하고 호화롭게 지내는 동안 나는 이 년 반이나 차가운 감방에서 중죄인으로 지냈다, 너희는 내 덕에 아직도 공무원이지만 나는 공무원에서 쫓겨난 전과자다, 너희는 내 요구를 무조건 들어줘야 한다 식이지. 그 배후 비호조직은 양창기에게 자금과 이권을 지원할 수밖에 없었고, 양창기는 도박이다 골프다 여행이다 무위도식하며 호화롭게 지낼 수 있었던 거요. 이제 이해가 갑니까?"

지숙은 고개를 끄덕였다. 형사가 하는 말이니 사실일 거라고 인정할 수밖에.

"그치만, 그렇게 물질적으로 풍족한 사람이 저 같은 여자에게 무슨 사기를 칠 일이 있다는 것인지는 좀……."

정 팀장이 지숙의 말을 끊었다.

"상황이 변했어요. 오 년 전 있었던 Y시의 또 다른 도시개발 관련 비리의 하나가 최근 사정당국에 포착되어 내사를 벌이고 있는데, 그 사건에도 양창기가 개입되었다는 정황이오. 이 사건도 Y시 택지개발과 관련하여 P건설사에서 거액의 뇌물이 담당 공무원에게 흘러들어갔다고 판단하고 있어요. P건설에서 쫓겨난 이사급 전 직원 하나가 불만을 품고 구체적 증거자료를 검찰에 제보하여 밝혀진 것인데, 뇌물 액수가 워낙 크고 Y시뿐 아니라 정계 거물이 개입된 정황이 있어 비공개로 내사를 진행 중이었어요. 약 한 달 전부터 시작된 내사라 그 사실을 안 양창기는 사실 도피 중이었을 거요. Y시 도시개발 관련 공무원들은 내사 눈치를 채고 잔뜩 몸을 사리고 있고, 택지개발 계장은 사표를 내고 잠적해버렸소. 그들 모두가 양창기가 총대를 멨던 그 정백지구용도변경 비리사건의 배후세력 바로 그 사람들이오. 이래서 양창기는 더 이상 배후세력의 지원을 기대하기 어렵게 됐고, 오히려 이번 사건도 공소시효가 창창히 남아 있는 사건이라 양창기로서는 또다시 감옥에 가지 않을까 전전긍긍하고 있었을 거요. 서지숙 씨는 양창기를 석 달 전부터 아는 사이라 했는데, 어땠어요? 최근에 양창기가 뭔가에 쫓기고 있다는 느낌 없었나요? 워낙 자신을 철저하게 위장하는 사기술이 몸에 익숙한 위인이라 감을 잡기가 어려웠겠지만."

정 팀장의 물음에 지숙도 이제는 감이 왔다. 지숙에게 뭔가를 주고 싶어 안달하더니 일주일 만에 왕방울 다이아를 선물한 점. 처음과 달리 요즘에는 지숙을 만나면 숨 돌릴 여유도 주지 않고 서둘러 성급하게 섹스를 끝내버리는 점. 지난 13일, 마지막 만난 날에는 호텔 룸에서 옷까지 완전히 벗고 대기하고 있다가 지숙의 몸을 안자마자 폭발 직전의 대포알처럼 몸속으로 돌진하여 쏟아버린 후 서둘러 지숙을 내보냈다.

하지만 이런 점들까지 형사에게 밝혀줄 수는 없다. 대신 다른 점들은 솔직히 말했다.

"형사님 말씀을 듣고 보니 그렇긴 하네요. 최근에 이 주가 넘도록 연락이 없었다가 갑자기 만나자고 저를 인천까지 오라고 했고. 그동안 태국에 골프여행 다녀오느라 연락을 못 했다고 말했지만 어쩐지 전과 달리 여유롭지 않고 수척해 보였어요. 핸드폰을 물에 빠트려 못쓰게 되어 없다고 한 것도 변명이었나 봐요. 핸드폰 통화 추적을 피하느라 없앴나 보죠? 만나고 이삼십 분 만에 통화할 일이 있다며 저를 급히 호텔 룸에서 내보냈던 것도 그렇고."

"그래서 말인데, 서지숙 씨! 이제 구체적으로 들어갑시다."

정 팀장이 사진 하나를 내밀었다. 확대된 남자의 증명사진.

"이 사람 아시죠?"

"모, 모르겠는데요."

"양창기와 아주 가까운 사람인데 모른다고요?"

"네, 몰라요."

"확실해요?"

"그렇다니까요. 여태껏 단둘이만 만났지, 그 사람 주변 사람과 같이 만난 적은 없어요."

정 팀장이 의심스러운지 머리를 갸웃했다.

"그럴 수도 있겠군. 좋아요. 그렇다 치고. 13일 당일 서지숙 씨 은행계좌에서 천만 원이 현금으로 인출됐던데 그 돈은 어디로 간 겁니까?"

지숙은 속으로 뜨끔했다. 그것까지 형사는 다 알고 있다. 지숙이 솔직히 털어놨다.

"그 사람이 빌려달라고 해서 빌려준 거예요. 자신은 은행에 갈 시간이 없다며 저더러 인천 오는 길에 좀 부탁한다고 해서."

"천만 원이 적은 돈은 아닌데, 빌려달라고 금방 빌려줍니까? 어떤 조건도 없이?"

"조건이라뇨. 그런 생각은 못 했죠. 다음 날 바로 돌려준다고 해서 믿었어요. 그래서 계좌번호를 적어준 거고. 이젠 돌려받지도 못하고 이렇게 돼버렸지만 그땐 믿었어요."

지숙은 여기서도 그 다이아에 관한 언급은 하지 않았다.

정 팀장이 지숙의 얼굴을 관찰하듯 지켜보았다.

"그럼 서지숙 씨는 그 현금 다발을 607호실에서 양창기에게 직접 건넸단 말이죠?"

"네."

"이 남자에게 건넨 게 아니고?"

정 팀장이 아까 보여준 그 사진을 가리켰다.

"그렇다니까요. 근데 이 사람은 누구예요? 전혀 모르는 사람인데 자꾸 저와 연관지어 말씀하시는데?"

정 팀장이 고개를 끄덕인 후 말했다.

"이제야 정황이 판단되는군! 말하리다. 이 사람이 바로 그 도피 중인 Y시 택지개발 계장 오충호요. 서지숙 씨가 인천에 내려온 이유가 단순히 양창기를 만나러 온 것이라고 믿어지지 않는 것은 바로 이 오충호와 그날 은행에서 서지숙 씨가 인출한 천만 원의 행방 때문이오. 직접 양창기에게 건넨 것이 확실하다면 살해범이 양창기를 살해한 후 그 현금 천만 원을 가져갔다는 것이오. 그러나 다른 가능성, 즉 서지숙 씨가 천만 원을 오충호에게 직접 전달했을 수도 있었다는 정황이 있어 자꾸 캐묻는 거요. 왜냐면 그날 오충호도 호텔 부근에 있었다는 사실이 여러 번 포착됐기 때문이오. 자, 보시오."

정 팀장이 조사실 벽면에 비치된 TV 모니터를 켜고 비디오 재생기에 테이프를 넣고 틀었다. 호텔 로비에 설치된 CCTV 녹화 내용을 필요한 부분만 편집한 테이프였다. 녹화 편집된 화면은 처음부터 호텔 로비를 오가는 사람들 모습이었다. 화면은 호텔 출입문, 커피숍으로 들어가는 입구, 프런트 데스크, 엘리베이터, 지하와 2층으로 통하는 계단, 넓은 로비 등의 공간을 배경으로 사람들의 움직임을 포착하고 있었다. 넓은 공간을 포착한 화면이라 사람의 얼굴 윤곽은 어렴풋이 알아볼 수준이었고 화면 아래에 시시각각 초 단위까지 시각이 나타나 있었다.

"자, 이자가 바로 오충호요."

정 팀장이 리모컨으로 화면을 정지시킨 후 커피숍에서 나오는 점퍼 입은 남자의 얼굴을 확대하여 보여주었다. 그 사진의 남자였다.

"오충호가 커피숍을 나와 호텔 출입문을 나간 시각이 2시 26분이오. 그 후 10여 분 후인 2시 37분에 서지숙 씨가 로비로 들어와 곧장 엘리베이터로 가서 타는 장면이 찍혔죠?"

지숙 자신의 움직이는 모습이 생생하게 나타났다.

"그 뒤 바로 4분 후인 2시 41분에 오충호가 로비에 다시 나타나 지하로 통하는 계단 쪽으로 가는 모습이 보이죠? 그 후 오충호는 이 CCTV에 모습을 드러내지 않았어요. 어쨌든 서지숙 씨는 3시 19분에 호텔 출입문을 나가는 장면이 이렇게 찍혀 있고."

지숙이 엘리베이터에서 나와 로비를 지나 호텔 리볼빙 도어를 밀고 나가는 장면이었다. 움직이고 있는 자신의 모습을 보다가 지숙은 바로 그 화면 속에서 자신을 노려보고 있는 한 여자의 모습이 눈에 들어왔다. 커피숍 입구에 세워둔 키 큰 관상수 화분 옆에 숨은 듯 서 있는 여자. 지숙이 엘리베이터를 나와 로비를 나갈 때까지 노려보고 있는 얼굴 윤곽. 어쩐지 자신을 쨰려보고 있는 것 같아 기분 나쁜 그 여자의 눈초리에 대한 관심은 정 팀장의 이어지는 말 때문에 기억 속에 묻히고 말았다.

"CCTV에 찍힌 시간 상황으로 봐서 오충호가 호텔 밖에서 서지숙 씨로부터 천만 원을 건네받았을 가능성도 있다고 판단했던 거요. 그런 후 로비로 다시 들어와 지하층이나 계단 어딘가에 있다가 서지숙 씨가 나간 후 607호로 가서 양창기를 만나 따지다 시비가 붙어 목을 졸라 죽인 것으로 판단돼요. 천만 원이 적어서 불만일 수도 있고 같이 저지른 비리에 대해 서로의 책임을 놓고 시비가 붙었을 수도 있고."

"두 사람이 아주 친한 사이이고 오충호란 사람은 그 사람을 도와주는 입장이었다면서 오히려 왜 돈을 받아간 거죠?"

정 팀장이 진지한 표정을 지었다.

"아까 내가 말했죠? 이젠 상황이 변했다고. 오충호도 비리 때문에 사표를 내고 도피 중이라 자금이 필요해요. 양창기도 아차 하면 다시 감옥으로 가야 할 운명이고. 어쩌면 오충호의 한 마디에 재범으로 중형을 언도받아 평생 옥살이를 해야 할지도……. 반대로 양창기가 어떻게 진술하느냐에 따라 오충호의 형량이 결정될 거고. 배후세력도 전전긍긍하는 판이니 두 사람이 이전투구에 빠진 꼴이지. 주범으로 수배를 받고 있는 오충호는 가족 모두가 잠적했고, 양창기도 보름 넘게 집에 들어오지 않은 것으로 파악됐어요. 그새 승용차도 처분하는 등 모든 수단과 자금을 동원하여 여기저기 입을 막아야 했고. 서지숙 씨에게서 천만 원을 우려내 오충호와 모종의 타협을 시도하려다 살해당한 거지……. 오충호는 607호실에서 범행을 저지르고 현금을 수거해 로비를 통하지 않고 비상계단이나 뒷문으로 사라진 거요."

"607호실 복도에는 CCTV가 없나요? 있다면 오충호란 사람이 607호에 출입한 사실이 찍혔을 텐데?"

"그 호텔은 투숙객의 프라이버시 문제로 객실 복도에는 설치 안

한답니다."

"그럼 수거했다는 지문이나 체모 등에서 오충호란 사람 것이 확인 됐나요?"

지숙의 물음에 정 팀장이 비웃듯 입가에 웃음을 흘렸다.

"그렇게 순진한 범인들만 있다면 우리가 무슨 고생이겠소? 방을 나가면서 자신의 지문은 철저히 지우고 오히려 수사를 혼란시키기 위해 현장을 어지럽히고 거짓 발자국을 남기는 등 별짓거리를 다 하는데……."

정 팀장은 모든 정황과 범행 동기로 봐 오충호가 살인범임을 확신하고 있음이 분명했다.

지숙은 더 할 말이 없어 입을 다물었다.

마침내 정 팀장이 말했다.

"서지숙 씨의 진술로 현금 천만 원이 어떻게 오충호의 손에 들어간 것인지는 확실하구먼. 서지숙 씨가 오충호와는 일면식도 없는 사이였다고 하니 그의 행방에 관한 단서는 알아내지 못했지만 말이오. 하지만 오충호도 오래 버티지는 못할 거요. 살인까지 저지른 현행범이니 이제 공개수배로 전환되면 곧 잡히게 돼요."

지숙이 정 팀장에게 진술한 지 삼 일 만에 Y시 비리경제사범이며 올림포스 호텔 양 모 씨 살해혐의 용의자 오 모 씨가 경찰에 자수했다는 기사가 신문과 방송에 보도되었다. 내용은 용의자가 비리혐의에 살인혐의까지 겹쳐진 죄의 중압감을 견딜 수 없어 자수했다고 말했고, 경찰은 모든 혐의를 입증할 확실한 증거를 확보했다는 말도 포함되어 있었다.

보도가 나온 지 이틀 후에 정 팀장이 지숙에게 전화를 걸어왔다.

"오충호가 비리혐의는 어쩔 수 없이 인정하면서도 양창기를 자꾸 걸고 있어요. 거기다 살인혐의는 극구 부인하고 있고. 13일 오후 1시 무렵 지하 주차장을 통해 호텔 카지노에 들어가 양창기를 만나 한 시간가량 언쟁을 벌인 것은 사실이지만 그뿐이고 607호실에 간 적도 없고, 현금 천만 원은 본 적도 없는, 자기와는 무관한 일이라는 주장이오. 호텔 커피숍에 들른 것은 잠시 머리를 식히기 위함이었고 로비 밖으로 나간 것은 공중전화를 걸기 위함이었다는 등 모든 것을 부인하고 있어요. 오충호도 서지숙 씨에 관해 전혀 모르는 사람이라고 주장하는데, 양창기와 그렇게 가깝게 생활한 자가 그렇게 말하니 거짓말 탐지기라도 동원해야 할 상황이오. 어쨌든 이래저래 더 알아볼 일도 있고 해서 서지숙 씨가 다시 한 번 와주셔야겠어요."

인천까지 또 와달라는 전화였다. 또 가봐야 한다는 부담감도 있지만 지숙의 마음에 걸리는 것은 오충호란 자가 모든 혐의에 양창기를 자꾸 걸고 있다는 정 팀장의 말이었다. 그 오충호란 자가 자신의 비리혐의를 대부분 떠넘기고 있다는 뜻이 아닌가. 그 남자의 죽음으로 가장 큰 실리를 취할 수 있는 자는 바로 그 오충호다. 그걸 노리고 살인했을 가능성은 높다. 아니라고 부인한다니 진짜 살인자가 누구인지는 모르지만 이미 이 세상 사람이 아니라고 그래도 되는 건가? 비록 삼 개월가량이라는 짧은 만남이었지만 지숙의 몸뚱이 속에 아직도 그 강렬하고 진한 체온이 생생히 느껴지는 남잔데……. 바로 그 점이 지숙의 마음을 안타깝게 하고 무겁게 만들었다.

지숙은 입술에 진홍색 루주를 짙게 발랐다. 눈처럼 흰 팬티스타킹에 옆줄이 터진 검은 가죽 스커트와 역시 새하얀 블라우스와 검정 가죽점퍼를 입었다. 거기다 핑크빛 스카프를 목에 둘렀다. 멋을 부린, 검은고양이 룩이다. 그것도 새침떼기처럼 앙큼하고 어딘지 발톱을 숨기고 있는 것 같아 아무나 함부로 넘볼 수 없는 검은 암코양이…….

암코양이 지숙은 열린 차창으로 들어오는 이른 봄의 서해 바닷바람이 차갑고 싸늘하다고 느껴졌다. 아직 잔설이 남아 있는 계양산을 바라보며 경인고속도로를 달렸다.

지숙이 경찰서 조사실로 안내되어 대기하고 있을 때 정 팀장이 얼굴을 내밀고 인사를 하더니 이내 지숙만 남겨놓고 밖으로 나갔다. 조사실 벽면의 유리창 너머에서 인기척도 들렸다. 그 유리창이 투명하지 않고 잿빛임을 보고 지숙은 흔히 영화에서 보듯 누군가 밖에서 자신을 관찰하고 있다는 느낌이 왔다. 정말 옆방에서 오충호란 자에게 거짓말 탐지기를 동원하여 나를 관찰시키고 있는 것인가?

아닌 게 아니라 잠시 후에 정 팀장이 오충호를 데리고 들어왔다. 사진에서 보는 것보다 훨씬 늙어 보이는 오충호는 어깨가 구부정하듯 축 처져 있고 손에 수갑이 채워져 있었다. 얼굴빛이 흰 정 팀장보다 더 희고 핏기가 없어 속병이라도 앓고 있는 병자처럼 보였다.

정 팀장이 두 사람을 인사시키듯 말했다.

"두 사람 모두 피살된 양창기와 아주 가까운 사이였는데 서로 일면식도 없었다고 주장하니 할 말은 없소. 오충호 씨! 바로 이분이 사건 당일인 13일에 당신이 가져간 현금 천만 원을 양창기에게 전달하러 인천까지 왔던 분이오. 서로 인사나 하시오."

정 팀장이 두 사람의 얼굴을 번갈아 쳐다보며 눈치를 살폈다.

오충호가 핏기 없는 얼굴을 들어 지숙을 잠시 쳐다보다가 이내 눈길을 아래로 내렸다. 지숙도 루주를 짙게 바른 입술을 뾰쪽 내밀며 상대를 마주 노려봤다. 그때 지숙은 보았다. 그 힘없고 자포자기한 듯 가련한 눈길을. 너무도 절망적이어서 슬픔까지 어려 있는 눈빛이었다.

저런 눈빛의 소유자가 살인을 할 수 있을까?

그때 정 팀장이 또 한 번 쏘아붙이듯 말했다.

"오충호 씨! 확실히 합시다. 이분이 바로 당신이 가져간 현금 천만 원을 들고 왔던 서지숙 씨란 말이오. 이렇게 직접 대면하면서도 전혀 만난 적도 없고 양창기에게서 들어본 적도 없는 이름이란 말이오? 얼굴을 들고 똑바로 쳐다보면서 말해요!"

막무가내 식의 요구였다.

지숙이 뾰족 내밀었던 입술을 거둬들였다. 그리고 손을 들었다. 며칠 전 마음에 켕겼던 생각이 번뜩 떠올라서였다.

"형사님, 잠깐만! 형사님이 제게 말했듯 양창기 씨가 사기성이 농후해 저까지 속이는 것이 많았고, 그토록 오지랖이 넓은 사람이었다면, 사건 당일 현장에 제3의 인물이 있지 않았을까요?"

"그게 무슨 말이오?"

"제가 가져간 천만 원을 들고 간 사람은 따로 있다는 말이죠."

두 남자의 눈이 동시에 지숙에게 집중되었다. 한 남자는 의아의 눈빛이고 한 남자는 희망의 눈빛이었다.

"그 사람이 누구요? 말 돌리지 말고 말해요!"

지숙이 빨간 입술을 실룩거렸다. 잠시 뜸을 들인 후 말했다.

"지난번 형사님이 저에게 보여줬던 그 호텔 로비 CCTV 녹화 테이프 다시 보여주세요. 그것을 보면서 말씀드리죠. 특히 제가 양창기 씨를 만난 후 로비를 나가는 장면 부분이요."

정 팀장이 재생기에 테이프를 넣고 모니터를 틀었다.

편집된 테이프라 등장인물인 오충호가 금방 등장했다. 로비를 걸어와 커피숍으로 들어갔다 나와 밖으로 나가는 장면. 또 한 명의 등장인물인 지숙이 로비로 들어와 곧장 엘리베이터를 타고 올라가는 장면. 이어서 오충호가 다시 로비로 들어와 비상계단 쪽으로 사라지는 장면. 드디어 지숙이 엘리베이터에서 내려 로비를 걸어 나가는 장면이 나왔다.

"그 장면 정지해주세요."

정 팀장이 리모컨으로 정지시켰다. 지숙이 커피숍 입구를 지나 로비를 절반 이상 걸어 나가는 장면.

"저기 커피숍 입구에 키 큰 관상수 화분 있죠? 홍콩야자나무로 보이는데 그 옆에 붙어 서 있는 여자 있죠? 저 여자 부분 좀 확대해주세요."

정 팀장이 지숙의 요구대로 리모컨을 조작했다. 정지화면 위에 겹쳐 여자의 모습이 확대된 둥근 화면이 나타났다.

바로 그 여자다. 지숙의 차를 뒤에서 차로 받았던 여자. 화면 안에서도 그때처럼 페라가모 가죽 재킷을 입고 있고 사팔눈같이 일그러진 시선으로 지숙을 표독스럽게 노려보고 있다. 지난번 이 녹화 테이프를 본 이후 바로 이 여자의 이런 모습이 지숙의 뇌 속 어딘가에 잔상처럼 남아 있었던 것이다.

"이 여자 누구인지 모르세요?"

정 팀장이 고개를 갸웃하며 말했다.

"누구라뇨? 양창기와 관련 있는 여자라는 말인가요? 서지숙 씨도 아는 여자요?"

"몰라요. 하지만 양창기 씨와 관련이 있는 여자라는 예감이에요. 요즘 제 주위를 맴돌고 있다는…….."

바로 그때 지숙의 말을 끊고 퉁명스러운 목소리가 튀어나왔다.

"양창기 마누라요!"

여태껏 맥없이 지포자기한 표정으로 입을 다물고 있던 오충호였다.

"뭐라고!"

"저 여자가 양창기 와이프 유금자란 말이오."

정 팀장의 하얀 얼굴에 당황한 빛이 역력했다. 서류를 뒤척이며 머뭇거리듯 말했다.

"이럴 수가! 양창기가 이 주가 넘게 집에 들어오지 않아 만나지 못했다고 했고, 13일 당일 집에 있었다고 진술했는데……. 도대체 왜 피살자 부인이 사건 현장에 있었다는 사실을 밝히지 못했…….."

"당신들 경찰이 처음부터 나를 살인범으로 지목하고 나만 잡으려고 혈안이었으니…… 다른 사람은 그저 대충대충, 눈에 들어오지도 않았겠지."

오충호가 입가에 씁쓸한 웃음까지 흘리며 비웃었다. 그의 비웃음 자체가 실로 경찰이 수사에 있어 선입견의 우를 범했다는 사실에 대한 신랄한 비판이었다. 동시에 적어도 살인의 누명만은 벗을 수 있다는 기대감 때문인지 풀이 죽어 있던 얼굴에 생기마저 감돌았다.

결국 정 팀장이 바빠졌다. 팀원을 불러 호텔 로비의 CCTV 녹화 기록을 처음부터 다시 검사했다. 그 결과 양창기의 처 유금자가 호텔 로비로 들어온 시각이 13일 오후 3시 16분, 유금자가 엘리베이터를 탄 시각은 3시 20분, 지숙이 로비를 나간 직후였고, 엘리베이터를 나와 쫓기듯 다급한 걸음걸이로 로비를 나간 시각은 오후 4시 23분이었다.

  정 팀장이 즉각 양창기의 처 유금자에 대해 긴급 수배령을 내렸다. 경찰 수배령이 발령된 지 한 시간 만에 유금자는 인천으로 압송되어 왔다. 남편의 시신을 경찰로부터 넘겨받아 장례식장에서 막 장례를 치르려고 준비하던 중에 체포되어 왔단다.

  손에 수갑을 찬 채 조사실로 끌려온 유금자는 지숙을 발견하더니 예전의 그 사팔눈 같은 눈빛으로 잠시 노려보았다. 그러나 예전처럼 표독스럽지는 않았고 이미 풀이 죽어 있었다. 처음 봤을 때처럼 귀고리며 팔찌 등을 몸에 치렁치렁 걸치지도 않았고 탱탱하던 얼굴도 화장기 없이 푸석푸석해 보였다.

  하긴 남편을 목 졸라 죽인 지 일주일인데 사연이야 어쨌든 하루하루가 보통의 나날이었겠는가.

  "다 저 여자 때문이오!"

  자리에 앉자마자 유금자가 지숙을 노려보며 내뱉는 말이었다.

  "뭐요? 무슨 똥딴지……. 뭐가 나 때문이란 말이유?"

  지숙이 너무도 황당해서 빨간 입술을 삐죽 내밀며 응수했다.

  유금자가 얼굴을 들고 지숙을 다시 쳐다보았다. 그 눈은 노려볼 때만 사팔눈처럼 보이는 것이 아니라 바로 앞에서 봐도 실제로 두 눈동자의 방향이 약간 엇갈려 보였다.

  유금자가 핏대를 드러내며 소리를 질렀다.

  "시침을 떼긴! 내 다이아 목걸이를 단돈 천만 원에 풍쳐간 년. 암코양이같이 앙큼한 년! 내 목걸이 내놔, 이년아!"

  소리를 지르다 못해 거의 울부짖었다. 마침내는 수갑을 찬 두 손바닥에 얼굴을 파묻고 어깨를 들먹거릴 정도였다.

정 팀장이 유금자의 어깨를 토닥거렸다.

"자, 자, 진정하시고. 이젠 그동안 마음속에 응어리져 있던 모든 것을 다 털어내 봐요! 털어내다 보면 답답하던 가슴이라도 어느 정도는 풀릴 거요."

한참 만에 유금자가 입을 열었다.

"똑똑하고 키 크고 잘난 남편이었죠. 나처럼 지지리도 못생긴 여자가 마누라라면 모두 고개를 갸웃거릴 정도였으니까. 거기다 눈치도 빠르고 윗사람들 비위도 잘 맞춰 공무원 사회에서 알짜배기 요직에서만 일했지. 심심찮게 뭉칫돈을 듬뿍 들고 와 경제적으로도 남 부럽지 않게 풍요로웠고. 물론 처음부터 잘나갔던 것은 아니고, 결혼 초기에는 지긋지긋하게 가난했죠. 그래서 나같이 못생겼지만 당시에 맞벌이하는 여자와 결혼했겠지만. 어쨌든 잘나가는 남편은 밖으로만 돌고 지지리 궁상인 나는 집안일에만 열심이었어요. 그러나 돈 있고 시간이 넘치다 보니 아파트를 사고 팔아 재산을 부풀리기도 하고 아줌마들과 계모임에 참가하는 등 나도 밖으로 나다니게 됐는데……. 나같이 인물에 자신 없는 여자가 가장 신경 쓰는 일이 무엇인지 알아요? 역시 치장이에요. 명품 옷에 값진 보석이 박힌 패물을 걸치고 있으면 어느 누구도 못났다고 무시 안 한다 이 말입니다. 그래요. 그래서 나는 이것저것 보석을 사 모았어요. 남편도 내가 보석을 좋아한다는 것을 알았죠. 그래서 오 년 전 남편이 공무원 옷을 벗고 감옥에 가면서 내게 미안하다며 위로하는 뜻에서 큰 것을 선물했어요. 그게 뭔지 알아요? 크기가 4.1캐럿이나 되는 정원형의 다이아몬드요. 아시는지 모르지만 다이아몬드는 형상이 생명인데 장방형도 아니고 정원형의, 그것도 무려 4.1캐럿이니 값은 부르는 게 값이죠. 그 왕방울만 한 다이아몬드를 목걸이로 만들어 와서 남편이 제품보증서와 함께 든 보석함을 펼쳐 보여줬을 때 난 정말 눈이 뒤집힐 정도로 아찔했어요. 나는 그 보석함만은 각별히 보관했어요. 재산 1호로 간직하면서 남편이 감옥에 있는 동안 아주 특별한 날에만 그 목걸이를 했고, 누구에게 내놓고 자랑도 못 할 정도였으니까. 그런데 세상에, 이십여 일 전, 남편이 갑자기 또 일이 터졌다며 그 다이아 목걸이를 내놓으라는 거예요. 왜냐고 했더니 잘못하다간 다시 감옥에 갈 처지인데 그러기 전에 그것이라도 이용해서 어떻게 해봐야 한다나. 내 물건을 뒤져서 강제로 그 보석함을 가져가는데, 울화가 치밀어 뒤를 밟았더니 세상에, 그 왕방울 다이아 목걸이를 저 암코양이 같은 년의 목에 걸어주었더라고요!"

유금자가 눈에 쌍심지를 켜고 지숙을 노려보았다. 모두의 시선이 지숙 자신에게 향하는 것 같아 약간 거북했지만 새침데기처럼 입술을 오므리고 담담한 표정을 지었다.

유금자가 계속했다.

"나는 당시 저년이 힘 있는 검사나 뒤를 봐줄 높은 사람의 여편네쯤 되나 보다 생각하고 일단은 치미는 울화를 삼켰죠. 그렇게 큰 다이아몬드가 나같이, 감옥이나 드나드는 자의 여편네 손안에 남아 있을 물건은 절대 안 되나 보다 하고 체념할 수밖에 없었지. 더구나 남편이 또 쫓겨 다니는 신세라니 나로서는 앞으로 먹고살아갈 일이 더 절박한 현실이고. 지난 13일 아침에 집에 들어오지도 않던 남편에게서 모처럼 연락이 와서 내가 돈 타령을 좀 했어요. 조금만 참고 기다리라더니 그날 오후에 다시 전화가 와 인천 올림포스 호텔로 오라고 하데요. 호텔에 막 도착했을 때 607호실로 올라오라고 해서 로비로 들어서는데 바로 저년이, 저 암코양이 같은 년이 엘리베이터에서 걸어 나오지 뭡니까. 몸을 숨겨 보는데 내 다이아몬드 목걸이를 목에 걸고 있었던 바로 그년이 분명했어요. 예감이 이상하더라고. 하필 저년이 이 자리에? 아닌 게 아니라 607호로 가보니…… 남편은 축 처진 몸으로 양주를 홀짝거리고 있고…… 침대며 화장실이며 수건이며 어질러진 상태와 실내에서 풍기는 비릿한 냄새가 바로 전에 여자가 남편과 그 짓거리를 하다 간 흔적이 분명하더라고. 바로 저년이 말이오. 내가 꽥 소리를 질렀죠."

— 방금 전 이 방에서 나간 년! 내 다이아 목걸이 가져간 년 맞죠?

— 무슨 소릴 하는 거야, 이 여편네야!

— 급하다고 가져간 내 다이아를 어떻게 그딴 년에게? 어떻게 당신이 그년과 대놓고 이딴 짓을…….

— 자꾸 이년 저년 하지 마! 그런 소리 들을 만큼 가치 없는 여자 아니니깐.

— 뭐라? 가치 없는 여자 아니라고. 그럼 그년이 당신에게 뭔데?

— 잔소리하려거든 저 돈이나 챙겨서 돌아가! 나 피곤해!

"오히려 큰소리를 치고는 양주를 벌컥벌컥 들이켜더니 침대에 벌렁 누워버리지 뭡니까. 참을 수가 없었어요. 아니 치솟는 분노에 눈물이 앞을 가려 생각이고 뭐고 앞에 보이는 것이 없었어요. 내 목에 걸고 갔던 스카프를 풀어 남편의 목을 휘감았죠. 힘껏 조였어요. 내 다이아 내놓으라고 울부짖으며…… 밑도 끝도 없는 저주를 퍼부으며……. 캑캑거리며 발버둥을 쳤지만 내 분노를 이기지는 못했죠. 한참을 울부짖다가 지쳐서 조이고 있던 스카프에서 손을 뗐어요. 정신을 차리고 보니 죽었더군요."

유금자가 말을 마치고 고개를 숙였다. 더 이상 할 말이 없다는 뜻이었다. 모두들 고개 숙인 그녀를 한동안 말없이 조용히 바라보고만 있었다.

'이년 저년'의 실제 주인공인 지숙은 그 자리에서 누구보다도 기가 막힐 정도로 황당할 뿐이었다. 세상에, 그딴 다이아몬드가 뭐라고 남편을 목 졸라 죽이다니……

지숙은 집에 돌아와서도 기분이 꺼림칙하고 심기가 불편할 수밖에 없었다. 석 달가량 만나면서 양창기란 남자에게서 지숙이 원한 것은 가끔 몸을 풀어줄 정도의 격렬한 섹스 외에는 아무것도 없었다. 그러나 왜 그랬는지 아직도 석연치 않지만, 남자가 부인이 애지중지 여기는 다이아 목걸이를 지숙의 목에 걸어준 바람에 엄청난 비극을 초래하고 말았다. 부인은 살인자가 됐고 남자는 죽었다. 지숙도 이년 저년의 당사자 신세로 전락된 꼴이다. 거기다 이제 현금 천만 원은 누구로부터 회수한단 말인가.

아무리 억대의 값진 다이아몬드라 해도 비극의 씨앗을 계속 간직하고 있을 수는 없다는 결론을 내렸다.

지숙은 왕방울 다이아 목걸이가 든 짙은 남색 보석함을 꺼내 소공동의 한 금은방 가게로 갔다.

검게 염색한 머리를 올백으로 빗어 올려 얼굴이 빤지르르 노련해 보이는 금은방 주인이 보석을 감정하는 외짝 안경으로 왕방울 다이아를 들여다봤다. 미간을 좁히며 형광등 불빛에 요리조리 비춰보며 살폈다. 그러고는 말했다.

"합성 다이아몬든데."

"네?"

"외관상 천연 다이아몬드처럼 가공한 인조 다이아란 말이오. 육안으로는 식별이 어렵지만 이런 모조품은 천연 다이아에 비해 광채가 약하고 적외선에 비춰보면 검은 빛을 반사하지."

"모조품이라고요? 설마요. 그럼 이 제품보증서는요?"

지숙이 보석함 안에 들어 있던 스타보석 낙인이 찍힌 보증서를 펼쳐 보였다.

"다이아몬드, 4.1 캐럿. 분명히 찍혀 있잖아요?"

금은방 주인이 황당해하는 지숙의 얼굴을 보며 측은하단 듯 말했다.

"그딴 보증서, 보증서 양식에 글자만 쳐 넣은 종이 쪽지에 불과한 거요."

- 「계간 미스터리」 2008년 가을호

마지막 장난

>>>>> 박하익

2008년 「화면 저편의 인간」으로 『계간 미스터리』 신인상을 받았다. 2011년 동양일보 신춘문예에 「꽃무릇 이야기」가 당선되었고, 장편소설 『완전한 심판』으로 제6회 대한민국 디지털 작가상을 받았다. 『완전한 심판』은 『종료되었습니다』라는 제목으로 발간되었다. 주요 단편소설로 「무는 남자」 「미스 클리너」 등이 있다.

1

 대학시절 나와 함께 어울렸던 친구들은 극단적인 장난을 즐기는 괴짜들이었다. 우리는 한심하고 비윤리적이며 소모적인 장난을 즐기는 것으로 빛나는 청춘의 한때를 보냈다. 고릴라를 닮아 오버액션 잘하는 양우나, 부잣집 아들에 정신병적인 구석이 있는 철주나, 둘의 활약에 적당히 묻어가는 나까지. 우리는 식욕이나 명예욕, 육욕, 금전욕 등 여타의 쾌락에는 부처님처럼 무심하면서도 사람들을 희롱할 거리만 잡으면 금세 악동으로 변신했다.
 만약 우리들 중에 누구라도 제대로 된 여자친구가 있었더라면 상황은 그 지경까지 악화되지 않았을 것이다. 여자의 섬세한 감각은 극단으로 치달아가는 남자의 비행을 예민하게 감지하니까. 그러나 불행히도 우리 가운데 여자들과 성공적인 관계를 수립하는 요령 좋은 녀석은 한 명도 없었다. 가슴속에 야망을 품고 사는 것도 아니고, 공부를 하는 데 욕심이 있는 것도 아니었다. 미래에 대한 불안감이나 젊음이 주는 우울함, 이유 없는 고독감은 시시때때로 우리의 마음을 짓눌렀고 고통스럽게 했다. 대학시절의 넘쳐나는 시간을 잊기 위해 우리는 항상 주변 사람들을 괴롭혔다.

그 장난들은 대부분 시시껄렁했다. 적어도 처음에는 그 정도로 만족할 수 있었다. 누구의 성기가 기형이라고 소문을 퍼뜨린다든지, 재미로 사람을 미행하고 비밀을 알아내 협박 편지를 보낸다든지, 고학생이 힘들게 마련한 등록금을 훔쳐서 낙심하게 한 뒤 납부기한이 지난 뒤에 돌려준다든지, 친구의 인터넷 아이디와 비밀번호를 알아내어 하룻밤 사이에 개인정보를 몽땅 수정해버린다든지 하는 좀스러운 장난질들.

그러나 시간이 지날수록 장난은 수위가 높아졌고, 조직적이 되어갔으며 위험해졌다. 3학년이 되어 파란 많았던 군생활을 끝내고 전역했을 때는 이미 타락의 조짐이 보였다. 십 년이 지난 지금이니까 밝히는 것이지만, 학교를 발칵 뒤집어놓았던 그 악명 높은 사건, 졸업한 동문들까지도 혀를 끌끌 차게 만들었던 너절하고 악의적인 몇몇 사건들의 배후에는 우리가 있었다.

지금부터 내가 할 이야기는 대학을 졸업하기 전에 나와 친구들이 벌였던 최후의 3가지 장난에 대한 것이다. 감정을 억누르고 기억을 더듬어가다 보면 마지막 장난에 숨어 있는 어떤 수수께끼가 풀릴지도 모른다고, 그런 희망을 가지고 추억을 정리하려 한다.

먼저, 도서관 사건은 양우가 과의 킹카였던 이영애를 닮은 후배에게 들이댔다가 무자비하게 차이는 것으로 시작되었다. 잔디밭에 술판을 벌인 우리들은 죽어라 마시면서 슬픔을 달랬다. 일주일 앞으로 다가온 기말고사, 꺼지지 않는 도서관의 불빛이 주흥을 깨고 있었다.

"저놈의 도서관 콱 무너졌으면 좋겠다. 불이 나서 하룻밤 사이에 책들이 몽땅 타버리든지. 그럼 제까짓 게 무슨 수로 학점을 따."

양우가 반쯤 흐느끼며 말했다. 자기를 찬 그 후배, 사나이 가슴에 대못을 박은 주제에 학점까지 잘 받으려고 열람실에 처박혀 있다고 했다. 우리는 양우의 말에 공감했다.

"도서관에 불이 나면 볼만할 텐데. 종이들이니 신나게 탈 거 아냐."
"더 좋은 건 모두들 공부를 할 수 없게 된다는 거지."

대학생이란 언제나 돈이 궁하기 마련이고, 수강하는 모든 과목의 교재를 새것으로 장만하는 경우는 드물다. 더군다나 대학교재들은 비싼 편인데, 한 과목이라고 해서 책 한 권만 구비하고 있으면 되는 것도 아니다. 누구라도 리포트를 쓰거나 시험을 볼 때는 어느 정도 대출실 신세를 진다.

"정말 도서관에 불이라도 지를까?"
"학교 바로 앞에 소방서 있잖아. 걸어도 10분 거리다."
"아깝다."

순간, 내 머릿속에 놀라운 아이디어가 하나 떠올랐다. 불을 지르지 않고도 도서관을 무용지물로 만들 수 있는 방법.

그 시절만 해도 도서관의 방범은 경비들의 순찰로만 이루어질 정도로 원시적이었다. 더욱이 주말에는 할아버지들이 교대로 한 명씩 도서관을 지켰다. 내 아이디어는 충분히 실현 가능했다. 여자보다 술을 좋아하고, 술보다 장난질을 좋아하는 우리들이었다. 내 이야기를 듣자 양우와 철주의 얼굴에 대번 희색이 돌았다.

그리하여 작전이 실행된 것은 그 주 토요일, 대출이 마감된 오후 1시경의 일이었다. 주위가 조용해지고 도서관의 문이 잠길 때까지 화장실에 숨어 있던 우리 3인조는 살그머니 밖으로 나와 대출실로 들어갔다. 그리고 월요일 아침까지 2박 3일 동안을 도서관에서 숙식하며 책들을 재배치했다.

'비유비무 역유역무(非有非無 亦有亦無)'의 경문처럼 제자리를 벗어난 책은 있는 것도 없는 것도 아니게 된다. 모범생들이 좌절할 것을 생각하면 없던 힘도 불끈불끈 솟았다. 열심히 책을 뽑고 또 꽂았다.

과연 다음 주 월요일이 되자 혼란이 시작되었다. 오전부터 도서관 앞이 소란하더니 시간이 지날수록 아우성 소리가 커졌다. 1, 2, 3층 할 것 없이 모든 대출실이 공황 상태였다. 사서들은 창백해진 얼굴로 이리저리 뛰어다녔고, 소문을 들은 재학생들은 자꾸만 몰려들었으며, 본부에서 파견된 직원들은 입만 쩍 벌리고 서 있을 뿐이었다.

책이란 게 흐트러뜨리기는 쉬워도 정리하기는 어려운 법이다. 우리가 벌인 일을 수습하느라 학교 당국은 사흘이 넘는 시간을 허비했다. 대출실을 폐쇄하고 아르바이트생들을 투입했지만 시간 내에 정리를 끝마치지 못했다. 결국 학생들의 원성에 못 이겨 문을 열었다.

시험 바로 전날에 필요한 책을 찾아 헤매는 학생들의 신세는 진실로 가련했다. 시험공부에 투자된 시간보다 책을 찾는 시간이 몇 배는 더 많았을 거다. 수많은 장서들 가운데 자기에게 필요한 한 권을 찾지 못해 울먹이는 여학생들이 부지기수였다. 어떤 학생들은 아예 다른 대학에 가서 책을 구하고 필요한 부분을 복사해 오기도 했지만 그것도 시간이 많이 걸렸다. 교정 어디를 가나 도서관을 습격한 놈들에 대한 질타가 쏟아졌다. 바로 옆을 지나치고 있는데도 아무도 우리가 범인들이라는 사실을 몰랐다. 그 짜릿함. 결국 그해 기말고사에는 우리 학교 사상 최악의 시험 답안지와 리포트가 쏟아졌고 전 학우의 학점이 하향 평준화되었다.

그러나 도서관 사건이 우리에게 기쁨만 주었던 것은 아니다. 예상치 못한 후유증이 찾아왔다. 이후 어지간한 장난질에는 집중할 수도, 성취감을 느낄 수도 없게 된 것이다. 도서관 사건보다 훨씬 새롭고 획기적인 일을 기획해서 또다시 세상을 뒤흔들고 싶다는 허영심은 넘쳤지만, 아쉽게도 우리의 창의력은 의욕을 따라주지 못했다. 더 멋들어진 장난거리를 찾지 못하는 이상 우리는 행복한 만큼 불행했다.

슬럼프에 빠져 있는 사이 5개월이라는 시간이 훌쩍 지나갔다.

10월에는 학교 축제가 있었다. 최고 인기가수가 초청되고, 일일주점과 노점도 많이 열렸다. 학술제도 함께 이루어져 휴강되는 수업이 많았다. 울긋불긋한 단풍에 감싸인 교정을 거니는 사람들의 목소리는 경쾌했다. 어디를 가도 시끌벅적했다. 그러나 우리에게는 모든 것이 권태롭게 느껴졌다. 다른 학우들이 노는 모습은 어린아이들의 그것처럼 유치하게 보일 뿐이었다.

학교 부속병원 근처에는 우리가 자주 찾던 중국집이 있었다. 일주일에 두세 번은 그곳에서 끼니를 해결하곤 했다.

두 번째 장난을 벌이던 날도 그곳을 찾았다. 그날따라 테이블 하나 건너 밥을 먹던 의대생들이 나누는 대화가 귀에 또박또박 들려왔다. 예과 2년생들의 해부실습 때문에 냉장고에 보관되어 있던 카데바들을 몽땅 꺼냈다고 하는.

'시체……?'

마술처럼 아름다운 단어였다. 말로 형용키 어려운 진한 감동이 분수처럼 솟구쳐 올라왔다. 우리는 얼굴을 마주 보았다.

'시체다……!'

축제가 축제로 변모하는 짜릿한 순간.

밤이 이슥해질 때까지 기다려 해부 실습실을 털러 갔다. 인적이 드문 건물 후면에 나무 사다리를 대고, 2층 유리창을 깨서 안으로 들어갔다. 정말 우리는 뇌의 어딘가가 심각하게 고장 난 녀석들이었다. 새로운 장난에 대한 흥분에 눈과 귀가 멀어서 무서움을 느낄 여력이 없었다. 실내를 채운 포름알데히드의 냄새마저 향기롭게 느껴졌다.

실습대 위에 놓인 몇 구의 카데바들 가운데 우리의 선택을 받은 것은 가장 연세가 지긋한 할아버지였다. 천수를 누렸으니 이승에 원한은 없을 듯했고, 사리 스무 개쯤은 너끈히 품고 있을 것 같은 인자한 인상이라 나중에 악몽을 꾸어도 괴롭지 않을 것 같았다. 준비해 온 김장용 비닐에 시체를 둘둘 말아 밧줄로 고정시켜 달아 내렸다. 밑에서 망을 보고 있던 철주는 시체가 내려오는 것을 확인하자 차에 시동을 걸었다. 그리고 신과대가 있는 캠퍼스 동쪽 끝까지 신나게 액셀을 밟아댔다.

별이 환하게 빛나던 밤. 멀리 운동장에서는 가수가 부르는 노랫소리와 관객들이 내는 함성소리가 메아리치며 들려왔다. 호숫가에서는 삼삼오오 모여 술판을 벌이는 학우들이 있었다. 인도를 걷는 연인들은 깊은 사랑의 눈길로 서로를 바라보았다. 그리고 우리는 시체를 싣고 달리고 있었다.

창문을 열어도 가시지 않는 포르말린 냄새를 이겨내고자 담배에 불을 붙였다. 선루프를 열어젖히고 '여기, 시체가 있다!'고 외치고 싶었다. 통나무처럼 묵직한 시체가 넓적다리를 내리누르지만 않았더라면 그러고도 남았을 것이다. 처음 담배를 피웠던 고등학교 때처럼 기분 좋은 일탈감이 전신에 퍼져나갔다.

동쪽으로 향할수록 학교는 조용해졌고 어둠은 점점 짙어졌다.

신과대 뒤편에 준비해놓은 종이 상자에 시체를 넣고 원시인이 노획물을 옮기듯 영차 영차 안으로 들어갔다. 이튿날부터 신과대 학술제였기에 밤늦도록 준비하는 학생들이 많았다. 가능한 시선을 끌지 않고 목표인 3층의 합동 강의실로 들어왔다.

책상들을 조심조심 옮기고 바닥에 목탄으로 마법진인 펜타클을 그렸다. 그 위에 시체를 뉘어놓고 다빈치의 비트루비우스 인체 비례처럼 두 팔을 쫙 벌려두었다. 시체 주위에 전기 양초를 반짝이게 하고, 사방에 붉은 페인트를 뿌렸다. 카데바 할아버지는 의대생들이 실습하느라고 목 아래 피부와 지방이 벗겨진 상태였는데 그게 음산한 분위기를 고조시켰다. 카데바 할아버지 옆에 누워서 한 사람씩 기념촬영을 하고 바깥으로 나왔다.

다음 날, '신과 대학에 악마 숭배자가 있다'는 소문이 전교를 강타했다. 시체가 발견된 게 외부 손님들이 많이 오셨던 학술제 첫날이었던 터라, 전국적으로 퍼져나가는 데는 겨우 몇 시간이 걸렸을 뿐이다. 불과 얼마 전까지 겸손과 성실함, 헌신적인 봉사활동으로 학교의 마스코트 역할을 하던 빛의 무리들이 이제는 시체를 이용해서 악마를 소환하는 어둠의 자식들, 위선의 천재라는 혐의를 받게 되었다. 바람결에 몇몇의 신과대생들과 교수님의 이름이 흉흉히 떠돌았다. 소문에 소문이 꼬리를 물었고 빛 가운데에 어둠이 깃들어 있었다. 행복했다.

2

 4학년이 되어서는 당연히 취업 때문에 장난을 벌일 겨를이 없었다.
 우리 가운데 제일 먼저 취업을 한 사람은 철주였다. 어렸을 적 외국에서 살다 온 탓에 영어가 유창한 데다 아버지가 워낙 인맥이 좋아서 스펙이 별로인데도 진즉에 취업이 결정되었다. 여름방학 전에 양우의 취업도 결정되었다. 금강산 관광을 전문으로 하는 관광회사였다. 이곳저곳을 자유롭게 돌아다니고 싶다더니 정말 자기 취향대로 직장을 잡았다.
 하늘도 무심하시지 똑같이 나쁜 짓 하며 살았는데 누구는 팔려가고 누구는 재고품처럼 남았다. 철주는 자기네 아버지 회사에 이력서를 넣어보라고 권유했지만 쥐꼬리만 한 자존심에 거절했다가, 이력서를 넣었던 회사들에서 줄줄이 퇴짜를 맞고 나서 피눈물을 흘렸다. 붙어도 들어가지 않으리라 여겼던 몽골 쪽 회사까지 낙방 통지를 보내오자 눈에 뵈는 게 없었다. 여름 햇살이 뜨거워질수록 그에 정비례해 자살 충동이 강해졌다.
 ─ 와라. 와서 친구 죽는 꼴 봐라.
 문자를 보내 한동안 얼굴을 볼 수 없었던 회사원 두 마리를 소환했다. 못 보던 사이에 말쑥해진 둘의 입성에 공벌레처럼 쪼그라드는 나를 느꼈다.
 "죽긴 왜 죽어? 마지막으로 한판 벌여야지."
 싱글싱글 웃는 친구들의 입가에는 악당의 미소가 걸려 있었다.
 '언젠가는' '어딘가로' 팔려가겠지. 너무 조급하게 생각하지 마. 힘내. 따위의 어쭙잖은 말로 위로하는 것보다 훨씬 삶의 의욕을 고취

시키는 말이었다.

철주가 말했다.

졸업하기 전에 마지막으로 큰 거 한판 벌이자. 나중에 사회에 나가 직장 상사에게 쪼이고 부인한테 치이고 자식 놈들한테 무시당할지라도 그 일만 떠올리면 웃음이 나올 만한 화끈한 걸로.

"그런 의미에서 이번에도 시체를 사용하는 게 어때?"

꿈꾸는 눈빛으로 양우가 제안했다. 작년 축제 날 자동차에 시체를 싣고 달렸던 금단의 쾌락을 잊지 못한 것이다. 철주와 나도 마찬가지였다. 구체적인 계획이 선 것도 아니면서 무작정 시체를 사용하기로 했다. 병맥주들이 허공에서 맑은 소리를 내며 부딪쳤다.

그러나 시체를 구하는 게 만만한 일이 아니었다. 우리가 벌인 두 건의 큰 장난으로 인해 학교 당국은 모든 단과대학 보안을 전문 업체에 맡겼다. 이제 밤이 되면 수시로 순찰을 도는 용역직원들이 있었고 특히 해부 실습실의 경비는 가장 삼엄했다. 나중에 알게 된 것인데 카데바 할아버지는 하필 우리 과 김승철 교수님의 부친이었다. 아들이 교수인 게 살아생전 자랑이었던 그분은 자녀들의 반대도 물리치고 아들의 제자들을 위해서 유해를 기증했다. 아버지의 시신이 악마 숭배 의식에 동원되자 김 교수님은 신과대생들에게 열렬한 원한을 품게 되었다. 그는 또 우리의 졸업 논문 담당 교수님이기도 했다. 해부 실습실을 털다가 붙잡힌다면 영원히 졸업장을 딸 수 없게 될 것이다.

장의사를 습격할까. 화장터에서 시체를 빼돌릴까. 한강에서 자살자가 나오길 죽치고 기다릴까.

좋은 수가 나지 않아 고민하고 있는데 철주가 담뱃재를 털며 말했다.

"……이참에 한번 진짜로 사람을 죽여보면 어때? 셋이나 되는데 노숙자 한 명쯤 쉽게 해치우지 않겠어?"

순간 매미들이 울음을 그치고 사위가 조용해졌다. 나뭇잎 하나 떨어지지 않은 호수의 수면처럼 철주의 얼굴은 지극히 평화로웠다.

노숙자라면 죽는다고 해도 누가 찾을 일이 없다. 방법도 간단하다. 시원한 음료에 약 같은 것을 타서 선심 쓰듯 주면 되니까. 부끄러운 이야기지만 아주 짧은 순간 철주의 제안에 혹했다. 그러나 그것은 엄연한 살인. 죽은 시체를 예술적으로 재활용하는 것과는 차원이 다르다. 나는 고개를 휘휘 저었다.

"얼마 전에 신문 보니까, 외국에는 시체 시장이 있는 모양이더라. 애니 뭐라고 하는 여기자가 시체 브로커들에 대한 책을 썼는데, 아무튼 우리나라에도 그런 사람들이 있지 않겠냐? 그 사람들 만나면 굳이 사람을 죽이지 않고서도 신선한 시체를 구할 수 있을지도 몰라."

"시체 브로커?"

"그런 데 있어도 돈이 엄청 깨질걸."

회의적인 얼굴로 양우가 고개를 저었다.

"얼마나 들까?"

"못해도 300은 넘지 않을까?"

또다시 살인에 대한 말이 나올까 봐 아무렇게나 주절거렸다.

"비행기 티켓보다 싸네. 됐어. 한번 알아보자."

철주는 이번 여름에 캐나다로 바람이나 쐬러 가려고 모아둔 돈이 있다고 했다. 거사를 위해 까짓 여행쯤 아낌없이 포기하겠다는 말에 우리는 박수를 보냈다. 취업 준비에 매진해야 하는 나를 두고 둘은 역할을 분담했다. 행동력이 있는 양우가 병원이나 장의사 쪽을 중심으로 해서 브로커들을 찾아보고 철주는 돈을 준비하고 시체를 어떻게 이용할 것인지 작전을 구상한다.

일주일 뒤 내 메일함에 철주가 보낸 지령이 도착했다.

3

눈에 띄고 싶어 하지 않는데도 사람들의 이목을 끄는 사람이 있다. 3년 전 우리 과에 편입한 김상후가 그런 인물이었다. 학과 행사에는 일절 참여하지 않고 학점은 학사 경고를 받지 않을 만큼만 올렸지만, 그는 항상 눈에 띄었다. 동기들보다 일곱 살이나 많았고 무엇보다 인상이 너무 험악하고 음침했다.

그의 신상에 대해서는 온갖 소문이 나돌았다. 동성연애자라는 소문이나 성기가 기형적으로 뒤틀려 있다는 소문은 우리가 퍼트린 것이었으므로 믿을 것이 못 되었지만, 소년원 출신이라든지 조직 생활을 했다는 것은 얼추 사실인 듯했다. 소나기가 내리던 날에 터벅터벅 교정을 걸어가던 그의 등에는 푸른 용 문신이 젖은 티셔츠 너머로 비쳤다.

철주가 보낸 메일에는 우리가 마지막으로 벌일 장난의 개요가 적혀 있었다. 희생물로 삼을 사람은 김상후였고 그를 끌어들이는 것이 나의 임무였다. 천하의 김상후라도 취업 준비는 해야 했던 모양인지 여름방학이 시작될 무렵부터 하루도 빠짐없이 도서관에 출퇴근 도장을 찍고 있었다. 캔커피를 사주며 유용한 정보와 책들을 넘겨주었더니 며칠 뒤 답례라며 일식집으로 데려가 회를 사주었다.

그것이 계기가 되어 한 달 정도 막역하게 지냈다가 작전대로 원주에 있는 큰아버지 댁으로 그를 초대했다. 원주의 전원주택단지에 사는 큰아버지 내외분은 여름휴가로 집을 비우실 때면 관리를 내게 맡기곤 했다. 전원주택단지라 밤이면 인적이 드문 탓에 여름휴가 시즌에는 도둑을 맞는 경우가 종종 있었기 때문이다. 덕분에 나는 거의 매년 여름 양우와 철주를 데리고 강원도로 가곤 했다. 취업 준비에 찌들어 있던 상후는 치악산의 싱그러운 공기를 마시고 오자는 나의 제안을 흔쾌히 받아들였다.

양우와 철주가 사전 준비를 위해 먼저 가 있었고 나는 상후의 차를 타고 후발대로 출발했다. 영동고속도로를 타고 문막 인터체인지를 거쳐 치악교 사거리에 이르면 곧바로 행구동이었다. 큰아버지 댁까지 서울에서 두 시간 정도밖에 걸리지 않았다.

연녹색 나무들로 둘러싸인 큰아버지 댁은 맞배지붕이 여러 개 포개진 멋들어진 목조 건물이었다. 이웃에도 은퇴하신 분들이 십여 가구 살고 있어서 서로 음식을 나눠주기도 하고 함께 밭을 일구기도 하면서 여유롭게 살았다.

양우와 철주가 정원에서 고기를 굽고 있다가 우리를 맞았다. 만면에 미소 짓는 친구들보다 먼저 눈에 들어온 것은 트레이닝복에 해병대 반팔 티셔츠를 입은 중년의 아저씨였다. 아저씨는 나를 보자마자 반갑게 손을 흔들었다. 아저씨의 어깨 너머로 '제주도 흑돼지' 냉동 탑차가 주차되어 있었다. 서울에서부터 시체를 배달해온 그는 내가 어렸을 때부터 알고 지낸 큰아버지의 절친한 이웃집 친구였다. 적어도 오늘은.

간단한 자기소개를 마치고 아저씨까지 포함해서 해가 지도록 술잔을 기울이며 이야기를 나누었다. 돈 이야기, 여자 이야기, 살아온 이야기, 고생한 이야기, 마치 십 년 동안 알고 지낸 사람처럼 막힘이 없었다. 다들 재미있는 이야기를 많이 했지만 그중에서도 압권은 상후 형의 인생 이야기였다. 아버지가 도망간 뒤 홀어머니와 살아온 형의 고생담은 눈물 없이는 들을 수 없는 드라마였다. 방탕하게 살던 아들은 어머니가 암으로 쓰러지자 뒤늦게 개심했고 대학생이 된 아들을 보는 것이 소원이라는 어머니의 말에 대학에 들어왔다. 하늘도 감동했는지 어머니는 암을 이겨내었고 지금은 아들이 좋은 직장을 얻길 바라며 100일 불공을 드리고 있다고 했다. 분위기가 숙연해지고 이웃 아저씨조차 훌쩍일 정도로 이야기는 애절했다.

배부르게 먹었겠다, 서로간의 서먹함도 많이 없어졌겠다 싶을 때 고스톱 판을 벌였다. 이것도 계획이었다. 짜고 치는 고스톱, 아저씨 돈을 뺏기로 하는. 상후 형은 우리를 적당히 봐주면서 돈을 잃지도 따지도 않을 만큼만 게임을 즐겼다. 자꾸 판돈을 잃자 이웃집 아저씨는 노골적으로 흥분해서는 고함을 질렀다. 몇 번이나 양우의 멱살을 잡았고, 말리던 상후 형을 때리기도 했다. 부산한 틈을 노려 철주는 상후의 술잔을 바꿔치기했다. 소주에 GHB가 섞인 술잔이었는데 마시면 의식을 잃고 기억까지 유실된다.

상후 형이 잠이 들 듯 옆으로 쓰러지자 아저씨는 입고 있던 옷을 훌훌 벗어던졌다. 위아래 검은 옷으로 갈아입은 뒤 우리를 정원으로 데려가 포터의 냉동탑을 열었다. 안에는 이웃집 아저씨와 비슷한 체구의 진짜 시체가 들어 있었다. 포르말린에 절여지지 않은, 불법으로 구한 신선한 시체.

시체의 인물이 행복한 죽음을 맞은 게 아니라는 건 금방 알 수 있었다. 암매장했던 것을 파헤쳐서 온 걸까? 머리에도 옷에도 흙이 잔뜩 묻어 있고 얼굴이 고통에 일그러져 굳어 있었다. 카데바 할아버지처럼 선한 인상이 아니었다. 별이 빛나는 산속에서 모기에 물리는 것도 잊은 채 뻣뻣이 굳어서 시체를 내릴 엄두도 못 내고 바라보았다. 시체 브로커 아저씨는 싸늘하게 우리를 노려보았다.

"환불은 절대 안 돼. 여기까지 배달을 온 데다가 차까지 지원해주고 니들 장단에 맞춰 연기까지 했잖아. 반품도 안 돼."

포터의 열쇠가 양우의 손에 넘어갔다. 아저씨는 차를 조작하는 법을 알려주고 늦어도 오후 5시까지는 약속 장소로 가져와달라고 당부했다. 그러고는 철주의 등을 툭툭 치더니 휘파람을 불며 밖으로 사라졌다. 지나치게 협조적인 시체 브로커였다.

"돈 얼마나 들었냐?"

"청구서 날아오면 집에서 쫓겨날 정도."

철주가 한숨을 쉬며 말했다.

민박집을 겸하고 있는 옆집에서 즐거운 여름밤을 보내는 온갖 음향효과들이 들려왔다. 기타 튕기는 소리. 간드러지는 여자의 웃음소리. 옆집의 대학생들이 삐삐로 게임을 즐기며 건강하게 놀고 있는 동안 우리 셋은 흑돼지 냉장차 앞에 서서 허옇게 눈을 뒤집어 깐 시체를 하염없이 바라보고 있었다. 들인 돈만 아니었다면 그냥 이대로 정원에 고이 묻어버렸을 것이다.

시체를 들쳐 업은 건 가위바위보에 진 나였다. 끔찍하게 죽어 있는 남자를 업고 비틀거리며 집 안으로 들어갔다. 시체가 더러운 꼴을 하고 있었기에 먼저 욕실로 가서 시체를 씻겨야 했다.

방금 전까지 냉장되어 있던 죽은 인간의 머리를 샴푸하는 것은 누구에게도 권하고 싶지 않은 경험이다. 온수에 의해 몸이 풀리자, 고개를 움직일수록 콧구멍과 귓구멍에서 줄줄 노폐물들이 흘러나왔다. 양우도 나도 시체의 몸에 비누칠을 하면서 수없이 구역질을 했다. 비위가 약한 철주는 아예 눈을 감고 남자의 다리를 씻겼다. 시체에서 풍겨져 나오는 강한 죽음의 향취는 이성을 마비시켰다.

씻기고 난 뒤에는 드라이기로 머리와 몸을 말렸다. 시체가 원래 입고 있던 옷은 쓰레기 봉지에 담아 철주의 차 트렁크 안에 박아두고 흑돼지 아저씨가 입었던 옷을 대신 입히려고 했다. 거기서 사소한 문제가 발생했다. 시체에 입힐 속옷이 없었던 것이다. 철주는 자신이 들인 돈의 액수를 밝히면서 속옷을 줄 수 없다고 버텼고, 결국 나와 양우 중 하나가 희생해야 했다. 우리가 실랑이를 하는 동안에도 시체의 항문에서는 검붉은 노폐물이 흘러나와 거실 바닥을 더럽혔다. 차라리 사각 팬티를 포기할 테니 저놈의 항문은 네가 틀어막아. 양우가 고개를 돌리며 외쳤다.

항문을 틀어막을지언정 내가 입었던 팬티를 시체에게 입힐 수는 없었기에 나는 눈 딱 감고 있는 힘껏 시체의 항문에 휴지 뭉치를 찔러 넣었다.

손끝에 닿던 물컹한 느낌.

몸서리쳐지는 역겨움.

척추를 타고 싸한 전율이 흘러갔다.

고개를 들어보니 두 친구가 벌레 보듯 나를 바라보고 있었다. 양우가 말했다.

"나 이제 너랑 같이 밥 못 먹는다."

우여곡절 끝에 시체의 옷을 갈아입힌 우리는 상후 형의 옆에다 시체를 끌어다 놓았다. 잠든 상후 형의 얼굴은 약 오를 정도로 평화로워 보였다.

정원에서 돌멩이 하나를 끌어다가 얼굴을 알아볼 수 없도록 시체의 머리를 짓뭉개놓는 것은 사람이 할 수 있는 일이 아니었다. 이건 누구에게 미룰 수도 없어서 세 사람이 번갈아가며 시체의 얼굴을 찍었다. 사람의 뇌가 순두부처럼 생겼다는 것, 피하지방은 오렌지 잼과 비슷하다는 것, 알아봤자 도움이 되는 것도 아닌 시각 정보를 획득하고는 떨리는 마음을 진정시키며 상후 형의 손에 피 묻은 돌멩이를 정성스럽게 쥐여주었다. 마지막으로 브로커 아저씨가 친절하게 서비스로 끼워준 인혈 한 봉지를 상후 형의 옷과 시체 주변에 정성스럽게 뿌렸다.

새벽 어스름 속에서 양우와 철주는 손님방으로 들어가고, 나는 거실 소파 위에 누웠다. 아무리 시간이 흘러도 잠이 오지 않았다. 철주와 양우도 잠이 오지 않는지 해가 밝아올 때까지 뒤척거리는 소리가 들렸다. 큰아버지 댁에서 이런 일을 벌이다니 못할 짓을 해버렸다.

억! 비명소리가 안방에서 들린 것은 정오가 다 되어서였다. 오로지 이 순간만을 기다리며 험한 일을 치른 우리는 전광석화와 같이 형이 잠들어 있는 방에 들어갔다.

뭐야? 왜 그래? 상후 형, 무슨 일이에요? 으악.

양우의 비명소리는 조금도 어색하지 않았다. 녀석이 지르지 않았으면 내가 질렀을 터였다. 분명히 우리가 세팅한 살인 현장이었지만 밝은 태양빛 아래 보니 참혹하기 그지없었다. 상후는 돌을 바닥에 내려놓은 채 패닉 상태에 빠져 있었다. 초침 소리와 숨소리만 들리는 시간들이 지나갔다.

 김상후가 눈앞에 펼쳐진 상황을 현실로 받아들이고 있는 동안 나는 얼굴이 부서진 시체와 피로 범벅이 된 방 안을 바라보면서 복잡한 기분에 빠져들었다. 우리의 장난은 상후에게 실수로 살인을 저질렀다는 착각을 심어주고 그 시체 매장을 도와줘서 평생을 두고 기만할 수 있는 장난감으로 삼는 것이었다.

 생각만 해도 즐거운 일이었다. 적어도 처음 철주의 메일을 받았을 때는 그렇게 생각했다. 그런데 막상 실행하고 보니 이런 일을 벌인 나 자신이 소름 끼칠 뿐이었다. 한참 뒤에 상후가 체념한 어조로 말했다.

 "……신고하자."

 그는 주머니에서 핸드폰을 꺼내 꾹꾹꾹 눌렀다. 1, 1, 2. 번호를 입력한 뒤 통화 버튼으로 손가락이 옮아가려는데 철주가 광속으로 달려들어 형을 덮쳤다. 그 뒤를 나와 양우가 따랐다.

 신고는 절대로 안 될 일이다. 만약 경찰서에 가게 된다면 우리는 저 시체의 신원을 밝혀야 한다. 이웃집이라고 했던 아저씨가 이웃집이 아니라는 것은 금방 밝혀질 일이고 검시관이 사인이나 사망 시간 같은 것을 알아낸다면 시체 브로커에 대해 말해야만 한다. 최악의 경우 우리 세 명은 살인죄를 뒤집어쓰고 철창에서 콩밥 먹으며 이삼십대를 보내게 될 것이다. 철주가 무릎을 꿇고 형의 바짓가랑이에 매달려 호소했다.

 "……안 돼요, 형. 어머니 생각도 하셔야죠. 이제 겨우 졸업이 한 학기 남았잖아요. 지금까지 고생한 걸 수포로 돌릴 수 없어요. 번듯한 직장에 취직하셔서 효도하신다면서요."

핸드폰을 쥔 손이 부르르 떨렸다. 형은 눈물을 삼키려는 듯 천장을 바라보았다. 그러나 형은 착하고 젊은 동생들 앞길을 막을 수는 없는 노릇이라면서 다시 전화기를 잡았다. 양우가 소리를 질렀다.

"신고하는 게 우리 앞길을 막는 거라구요. 살인사건에 연루된 신입사원을 어느 회사에서 받아주겠어요? 형이 자수하면 우리는 회사를 다니다 말고 몇 번이나 재판이다 경찰서다 불려가야 할 텐데. 소문이 나면 곧바로 해고예요, 해고."

"그럼 어떻게 하라고?"

"어차피 혼자 사는 아저씨예요. 돼지고기나 팔면서 자주 집을 비우시는 것 같던데, 시체만 잘 처리하면 어떻게 되지 않을까요?"

내 말을 듣고 상후는 신고를 포기했다.

살인범의 양심적인 반응에 크게 당황했던 우리는 가슴을 쓸어내렸다. 그러나 그것은 시작에 불과했을 뿐이다.

"먼저, 손가락 지문이 남지 않도록 다 라이터로 지져놓자. 치아 기록은 얼굴이 뭉개졌으니 확인할 수 없을 테지만 혹시 금니나 임플란트 같은 거 있으면 따로 모아서 잘게 부숴야 해. 다음은 부피를 줄이는 건데, 쓰레기봉투 사와봐. 대용량으로. 한 묶음 다."

조직생활을 한 탓일까. 일을 처리하는 데 막힘이 없었다. 100리터들이 봉지를 받아 들고 비닐을 죽죽 찢어서는 시체를 올려놓고 부엌에서 과도를 가져와 시체를 토막 내기 시작했다. 일식집 주방장 밑에서 배운 칼질이라고 했는데, 망설임도 두려움도 없이 척척 연골을 잡아 사지를 토막 내는 솜씨는 포정(疱丁) 저리 가라였다.

야릇한 기분으로 칼질을 지켜보고 있는데 그가 고개를 갸웃했다. 상후의 눈길이 머문 곳이 시체의 위장이었다. 분명 어제 우리와 함께 식사를 했으니까 시체의 배 속에는 고기류가 담겨 있어야 마땅했다. 그러나 그 안에 담겨진 것은 덩어리진 우유들뿐이었다. 철주가 진땀을 흘리며 변명했다.

"어제 몇 번 토하셨어요. 속 가라앉히신다고 냉장고 안에 있던 우유를 드셨구요. 우유에 들어 있는 카제인이란 단백질은 위산과 만나면 몽글몽글 굳게 되죠."

형은 미간을 한 번 찌푸린 뒤 대수롭지 않다는 듯 넘어갔다. 어젯밤 기억이 잘 나지 않았던 탓이리라.

시체를 부위별로 토막 내어 쓰레기봉투에 담고 나서는 이번에는 지갑과 차키를 찾았다. 얼뜨기인 우리는 지갑은 준비도 하지 못했고 열쇠는 양우의 바지에 있었다. 찾아 헤매는 척하다가 형에게 차키를 내밀었다.

이후로도 '형님'은 우리를 기쁘게 할 만한 양심의 가책 내지는 인간적 고뇌는 조금도 보이지 않았다. 산전수전 공중전까지 다 겪은 무식함에서 오는 행동력으로 척척척 사태를 수습해나갈 뿐이었다. 형님은 양우에게 흑돼지 차키를 맡기고는 차를 처분하는 방법들을 세세히 일러주셨다. 양우가 차를 처분하러 나간 동안, 실은 브로커 아저씨에게 차를 돌려주러 나간 동안 철주와 나는 상후 형의 차에 타고 따라 나섰다.

먼저 형님은 죽은 아저씨가 사는 집이 어디냐고 물었다. 대답할 수 있을 리가 없다. 전원주택단지를 몇 번 돌아도 말을 못 하고 어버버버, 식은땀만 흘렸다. 보다 못한 철주가 울타리로 둘러싸인 한 집을 눈짓했다. 반쯤 열려진 우체통에 신문과 우편물이 넘쳐날 듯 담겨 있는 게 보였다. '진짜 이웃'들 중에도 큰아버지처럼 휴가를 떠난

집이 있었던 모양이었다.

"저, 저기예요."

내가 대답하자 곧바로 차가 멈췄다. 그리고 형님은 안색 하나 변하지 않고 내게 말했다.

"얼른 안으로 들어가서 지갑하고 신용카드 다 꺼내와."

"왜, 왜요?"

"여행을 간 것처럼 위장을 해야 할 거 아냐?"

지문이 묻어서는 안 된다며 위생장갑까지 손에 쥐여주고 머리에는 모자를 씌워주었다. 집에 들어가거들랑 족흔이 남지 않도록 주의하라고도 말했다.

"신발장에 실내화 같은 게 있으면 그걸 신고 움직여. 알았지?"

"사람을 죽인 건 형님인데 내가 왜 그런 짓을 해요?"

반항을 하려는데 상후의 시선이 칼날처럼 뾰족하게 변했다.

"넌 그 아저씨의 집을 가봤을 거 아냐? 나보다는 구조를 잘 알 테지."

"시키는 대로 해."

기세에 눌린 철주가 덜덜 떨며 내 귀에 속삭였다. 어차피 시체 냄새가 역겨워 더 이상 차에 타고 있을 수도 없었다. 나는 난생처음으로 남의 집에 들어가 물건을 훔쳤다. 내가 훔쳐낸 카드로 상후는 먹을거리와 등산용품, 여행가방 등등을 샀다. 시체는 성황림 근처에 묻었다. 큰아버지 댁으로 돌아오는 차 안, 나는 질문 아닌 질문을 던졌다.

"솔직히 말씀해주세요. 상후 형, 사람 죽인 거 처음 아니죠?"

형은 룸미러로 나를 바라보며 묘한 웃음만 지었을 뿐이다.

4

 여행에서 돌아온 뒤 열흘을 앓았다. 어찌나 크게 앓았던지 시체니 뭐니 헛소리까지 하더라고 어머니가 걱정하셨을 정도였다. 보약까지 지어 먹었지만 너덜너덜해진 심신은 좀처럼 회복될 줄을 몰랐다. 학점은 거의 이수했으므로 10월 경찰직 시험을 치를 때까지 학교에도 거의 가지 않고 집 근처 독서실에서 공부에 전념했다. 공부를 핑계로 양우와 철주와의 연락도 끊었다. 그 여름의 악몽에서 벗어나고 싶었다. 철주와 양우도 같은 마음인지 전화도 한 통 오지 않았다.
 부모님께는 불효라는 걸 알았지만 졸업식도 참석하지 않았다. 사회인이 되고 얼마 지나지 않아 딱 한 번 양우에게서 전화가 걸려왔다. 평소라면 무시했을 터지만, 전화를 받지 않는다면 집으로 찾아가겠다는 협박 문자가 날아왔다. 마지못해 통화 버튼을 눌렀다.
 양우는 오랜만이라는 말도, 잘 지내고 있냐는 말도 하지 않았다. 시종 흥분한 어조로 소리를 지를 뿐이었다. 두서없는 말 가운데 귀에 박힌 것은 김상후가 철주 아버지의 회사에 취업했다는 말이었다.
 "혹시 철주 녀석, 협박 같은 거 당한 게 아닌가 했어. 넌 어떨지 모르겠지만 나는 그날 상후 형이 다 알고 있다는 느낌을 받았거든. 그래서 담판을 지으려고 상후 형네 집을 찾아갔는데……."
 초인종을 눌렀더니 나온 것은 그 시체 브로커, 흑돼지 아저씨였다고 했다. 경악하는 양우의 얼굴을 보고 아저씨는 당황하지도 않았다. 오히려 박장대소할 뿐.
 "그 아저씨가 말하길, 자기는 김상후의 친형이고, 모두 다 철주의 장난이었다는 거야. 도와주는 대가로 상후 형은 철주네 아버지 회사에 들어가기로 미리 입이 맞춰져 있었대. 졸업식 날 철주가 블로그에 올린 사진 봤어?"

떨리는 마음으로 철주의 블로그에 접속해보았다. 철주가 블로그에 업로드한 사진들에는 '불쌍한 바보들에게 바친다'라는 제목이 붙어 있었다. 캐나다 여행 사진들이었다. 나이아가라 폭포의 사진들. 험버베이 공원의 풍경. 웰란드 운하. 철주가 메고 있는 배낭은 그날 내가 훔친 카드로 산 그 가방이었다.

속은 것이 억울해서 분통을 터트리는 양우와 달리 내 마음은 얼음처럼 차갑게 식어갔다. 철주가 단순히 우리를 농락한 것이라면 그건 대수롭지 않은 문제다. 그 정도라면 나중에 만나더라도 웃고 넘어갈 수 있잖은가. 소년원 출신인 김상후가 철주의 장단에 놀아나는 대가로 건실한 직장에 취업을 했다. 동생을 위해 협조한 브로커의 눈물 나는 우애. 어두운 인생을 살던 사람이 밝은 세상을 만나게 된 건 분통을 터트릴 일이 아니었다.

내가 궁금한 것은 시체의 출처였다.

그것도 김상후와 그의 형이 구했을까. 그렇다면 어디서?

'……이참에 한번 진짜로 사람을 죽여보면 어때? 셋이나 되는데 노숙자 한 명쯤 쉽게 해치우지 않겠어?'

매미 소리와 함께 철주의 목소리가 귓가에 생생히 살아났다. 셋이라. 천천히 손을 꼽아보았다. '셋'에 반드시 나와 양우를 포함할 필요는 없었다. 코끝을 스치던 시체의 불결한 냄새. 그의 배 속에 들어 있던 우유.

철주의 진짜 마지막 장난은 '살인'이었던 게 아닐까. 대학 친구들을 놀리며 시체를 처리하는 것은 그에 부수된 작은 희극에 불과할지도 모른다. 시시한 장난들에 더 이상 재미를 느끼지 못하고 경계를 넘어가버린 것이다. 아니, 어쩌면 이런 의혹을 품는 것조차 장난의 일부일까.

철주와 상후가 친하게 지낸다는 소문이 종종 귀에 들려왔다.

- 「계간 미스터리」 2009년 봄호

목 없는 인디언

>>>>> 김재성

2009년 「목 없는 인디언」으로 『계간 미스터리』 신인상을 받았다. 주요 작품으로 장편소설 『호텔 캘리포니아』, 동화 『이빨왕국의 헨젤과 그레텔』 『마녀 치과의사와 이빨요정』, 단편소설 「노끈」 「꿈꾸는 아이비」 「목 없는 인디언」 「사람과 로봇 실종사건」 등이 있다. 네이버 북스 앱에 「LA 아라비안나이트」를 연재했다.

파체코 패스(Pacheco Path)를 할퀴며 불어 내려온 바람이 황토언덕을 지나면서 금빛 먼지를 쓸어 올렸다. 바람에 실려온 건초 냄새가 코를 자극했다. 나는 재채기를 하며 반쯤 내려진 차창을 올렸다. 치과대학 교환교수로 캘리포니아에 살게 되면서 얻은 풍토병, 알레르기성 비염이다.

　우리는 인디언들이 버펄로를 사냥하던 황량한 언덕을 오르는 중이었다. 구릿빛 석양이 고개 위에서 마녀의 혀처럼 날름거렸다. 선바이저를 내리면서 바라본 낙조는 철퍼덕 내던져진 찰흙 덩어리처럼 시야를 가득 채웠다. 반인반우(半人半牛) 미노타우로스를 가둔 미노스의 미궁을 보는 기분이었다. 토네이도처럼 용트림하며 산정으로 뻗어 있는 산길을 거슬러 올라가면서 바라보는 주변 풍경은 장엄했다. 미노타우로스처럼 거대한 입으로 거품을 내뿜는 들소 떼와 긴 머리칼을 질끈 묶고 창을 던지는 캘리포니아 인디언들이 금방이라도 눈앞에 나타날 듯싶었다. 낮은 구릉들이 쉴 새 없이 눈앞에 펼쳐졌다. 길은 상승하는 닷컴 증시 그래프처럼 끝없이 산을 타고 구불구불 뻗어나갔다. 고도가 높아질수록 귀가 멍멍해지며 이명이 시작되었다. 낙조가 가라앉자 금방 땅거미가 내렸다.

"혹시 이 고개의 전설을 알고 있나?"

조수석에 앉은 마이클이 불쑥 내게 물었다.

"……?"

"이곳은 목 없는 인디언이 말을 달리는 언덕이야."

목 없는 인디언이라.

헤드라이트를 켰다. 싱거운 소릴 잘하는 마이클이었다. 농담으로 치부했지만 뒤이어진 말은 섬뜩했다.

"진짜야. 나도 만난 적이 있는걸."

산길을 밝히는 전조등에 계속되는 커브길이 수면 위를 달리는 꽃뱀처럼 놀란 표정으로 나타났다 사라졌다.

"물론 이 언덕에서 자동차가 고장 나는 경우가 많단 말은 전에도 들었지. 험하기론 둘째가라면 서러운 곳이니까. 도로 가에 차를 세워 타이어를 교체하다 보면 말발굽 소리가 들려온다고 하더군. 그 말을 처음 들었을 땐 거짓말도 정도껏 해야지 싶더라고. 게다가 덧붙이는 말이 가관이었지. 글쎄, 뒤돌아보면 인디언이 말을 타고 산 위에서 달려 내려온다는 거야."

"그으래? 싱거운 농담이군."

"게다가……."

"……?"

"그 인디언은 목이 없대."

"뭐?"

놀라서 반문하는 내게 마이클은 목소리를 가다듬었다.
"아냐. 사실이야. 정말로 만난 적이 있는걸."
마이클은 자신이 겪었다는 경험담을 털어놓았다.

매년 추수감사절이면 그는 가족 모임에 참석하기 위해 로스앤젤레스에 있는 어머니 집까지 차를 몰았다. 가는 지름길은 이 산을 넘는 거였다. 교체한 지 얼마 지나지도 않은 타이어가 언덕에서 펑크가 난 건 삼 년 전이었다. 가끔 지나가는 자동차 전조등 외엔 주위가 칠흑처럼 어두웠다. 랜턴 빛에 의지해 타이어를 교체하고 있을 때 갑자기 말발굽 소리가 들려왔다.

"따가닥, 따가닥, 따가닥."

뒤를 돌아보자 희뿌연 물체 하나가 휙 지나갔다. 순간이었지만 그건 분명 인디언 복장을 한 사람이었다. 더구나 댕강 잘려나간 듯 목이 없었다.

"착각 아냐?"

"착각이건 어쨌건, 난 분명히 목 없는 사람이 말을 타고 달려가는 걸 본 거야. 온몸에 오싹 소름이 끼쳤던 게 어제 일처럼 생생해."

"목 없는 기사 얘긴 들어봤어도 목 없는 인디언 얘긴 처음인데?"

북구 신화에 나오는 목 없는 기사 얘긴 널리 알려져 있다. 듀라한이란 목 없는 기사가 칼을 들고 코슈타 바워라는 말이 끄는 이륜차를 타고 다닌다. 그 기사가 어떤 집 앞에 멈춰 칼로 피를 뿌리고 사라지면 그 집에서 사람이 죽는다는 전설이다.

"주유소에서 커피를 마시면서 늙수그레한 토박이 노파에게 물어보니 소름 끼치는 표정을 짓더군. 옛날에는 자주 나타났었는데 최근엔 뜸했다면서 말이야. 그런데 그 인디언이 누구라고 했는지 알아?"

"글쎄."

"여자라더구먼."

경사로를 올라가는 승용차 엔진 소리가 점차 높아졌다. 마이클은 금방이라도 산꼭대기에서 목 없는 인디언이 달려 내려올 듯한 표정으로 시선을 고정시킨 채 입을 꾹 다물었다.

"그런데 왜 말을 타고 다니는 거야? 누가 죽게 되나?"

묻는 내 목소리를 듣지 못했는지 마이클은 대답이 없었다.

"다가닥, 다가닥."

운전하고 있는 내 머릿속에 환청이 들렸다. 옆자리에 앉은 마이클을 힐끗 훔쳐보았다. 여전히 굳게 입을 다문 채 정면으로 시선을 고정시킨 채였다. 왜 인디언 여자는 목이 없을까? 무얼 하려고 말을 타고 달리는 것일까? 잠시 그런 생각이 들었지만 어딘지 믿기 어려운 얘기라고 일축해버린 나는 운전대를 바투 잡으며 연이어 나타나는 커브길에 신경을 썼다.

그곳은 길로이와 로스바뇨스의 중간 지점, 실리콘밸리의 남쪽 스커트 자락이자 캘리포니아 내륙 사막에 젖 줄기를 제공하는 거대한 댐이 시작되는 산 중턱이었다.

"오늘 밤 우리가 목 없는 인디언을 찾는 거야."

마이클이 중얼거리는 소리에 나는 차창 밖으로 시선을 돌렸다.

*

닥터 마이클 고바야시. 그는 재미있는 녀석이다.

샌프란시스코에서 치과 클리닉을 하는 마이클과, 교환교수로 한국에서 미국으로 온 나는 치과 기자재상이 개최하는 '심미치과' 세미나에서 처음 만났다. 치과적 처치를 통해 미운 오리새끼를 어떻게 백조로 변화시키는지 임상을 통해 발표하는 세미나였다. 누런 색상에 벌어진 앞니를 잘 다듬어 도자기로 씌우면 매력적인 미소가 탄생한다. 내 옆자리에 앉아 슬라이드 강의에 집중하는 그는 첫인상이 일본 전통시 하이쿠를 짓는 사람 같았다. 하지만 그는 결코 하이쿠를 짓는 학자 타입은 아니었다. 처음 보는 나에게 자기 연애담을 넉살 좋게 늘어놓았다. 강의가 끝나자 우리는 의기투합해서 수박보다 큰 가슴을 보러 갔다. 성형수술로 가슴을 머리통보다 크게 부풀려놓은 여자가 춤을 추는 스트립 클럽에서 맥주를 마셨다.

독신 예찬론자인 마이클은 심심하면 전화를 해 함께 여자 사냥을 다니자고 부추기곤 했다. 캘리포니아로 농업 이민을 온 일본인 3세인 마이클은 일본어라곤 한마디도 몰랐다. 일본에 가본 적도 없는 그는 주유소에서 일하는 예쁜 라틴계 아가씨에게 몸이 달아 추파를 던지는 그저 그런 젊은 미국 청년일 뿐이었다. 여자를 유혹하기 위해 그는 삼 일만 치과에서 일하고 나머지는 헬스장이나 집에서 근육을 단련했다. 쭉 찢어진 두 눈, 매의 부리처럼 날카롭게 뻗은 코, 두터운 입술에 잘 발달한 턱을 가진 얼굴은 일본 전통화 우키요에에 나타나는 모습과 비슷했다.

한마디로 놀기 좋아하는 청년이었다. 이성 관계에 있어서는 모든 여인을 사랑한다는 카사노바였다. 그래서 독신을 고집하는지도 몰랐다.

직접적이든 간접적이든 그는 많은 여자들을 경험했다. 결혼에 실패한 이혼남들의 충고는 그에게 달콤한 사이렌이었다. 따지고 보면 고독만큼 소중한 보물은 없다는 이혼남들의 충고가 그를 독신주의 예찬론자로 키우는 데 한몫을 했을 터였다. 마이클과 나는 종종 샌프란시스코의 바에서 독신이란 자유를 만끽했지만, 그러면서도 종종 고독하다는 감정과잉의 사치를 즐기기도 했다.

그런 그가 갑자기 장거리 여행을 가자고 전화를 걸어온 건 뜻밖이었다. 샌프란시스코에서 동남쪽으로 다섯 시간 거리인 세코야 국립공원으로 가자는 말이었다. 자이언트 셔먼이라는, 세상에서 제일 큰 나무가 자라는 그 공원에는 열 명이 팔을 벌려도 감싸 안기 어려운 거대한 거목들이 도처에서 자라났다. 그 나무가 차도를 가로질러 쓰러지면 나무 밑을 파낸 다음 자동차가 지나게 만들 정도였다.

제안을 듣고 나는 잠시 망설였다. 스트립 클럽에서 몇 시간을 보내는 것과는 다른 일이었다. 왕복 이틀 거리인 데다 한겨울에 해발 이천 미터가 넘는 산정을 오르는 데는 어떤 위험성이 도사리고 있을지 몰랐다. 그러다가 불쑥 고개를 끄덕인 건 그가 내뱉은 농담에 피식 웃어버린 죄 때문이었다.

"해발 육천 피트 산 정상에는 수박보다 더 큰 젖가슴이 열렸을지도 몰라."

내가 웃자 덧붙였다.

"눈만 마주쳐도 심장이 뛰쳐나올 인디언 처녀를 만날지도 모르고."

나는 킬킬거리고 웃었다. 농담과는 달리 마이클의 말투에는 어딘지 쓸쓸한 기운이 묻어 있었다. 어쩌면 그 쓸쓸함이 예약된 환자들을 동료에게 부탁하고 함께 떠나오게 만들었는지 몰랐다.

예정대로라면 자정쯤 산정을 오르게 될 거였다. 마늘 축제로 유명한 도시 길로이를 지날 때 마늘빵 냄새가 풍겼다. 배가 고팠다. 차를 휴게소에 세웠다. 빵을 사서 펩시와 같이 먹으며 지도를 펼쳤다. 샌프란시스코를 출발한 지 두 시간이 지났다. 목적지인 세코야 국립공원까지도 얼추 비슷한 시간이 걸릴 터였다.

파체코 패스를 넘어서자 고개 건너편으로 옅은 달빛에 반사된 거대한 호수가 모습을 드러냈다. 산 정상 아래에 분지 모양으로 자리 잡은 넓은 호수였다.

"잠시 쉬었다 가지."

마이클의 말에 나는 렉서스에 브레이크를 걸었다. 내리막길이라 제동력에 몸이 앞으로 쏠렸다. 아스팔트 길을 벗어나 흙길로 접어들었다. 우회전을 하자 바로 호수가 코앞에 나타났다. 차를 호수 가장자리에 세웠다. 흙먼지가 헤드라이트 불빛 속에서 피어올랐다. 자동차 불빛에 잠을 깬 듯 호수 여기저기에 작은 섬들이 오롯이 떠 있었다. 하이 빔을 켜고 차에서 내린 우리는 잠시 호숫가를 거닐었다. 댐에 의해 형성된 그 호수는 관개용으로 쓰이는 일종의 저수지였다. 수위 조절을 위해 물을 품었다 방류했다를 반복해서인지 드러난 작은 섬들 가장자리에 나이테가 형성되어 있었다. 수많은 세월 동안 방류와 저수가 거듭되면서 만들어진 나이테는 소라고둥 껍질처럼 나선형으로 생성된 형태였다.

"저 섬에 한번 가볼까?"

랜턴을 비추며 마이클이 뚜벅 말했다. 마다할 이유가 없었다.

가까운 섬은 수위가 내려가서 접근이 가능했다. 우리는 호수의 비탈진 길을 걸어 내려가 나이테를 디디며 섬에 올랐다. 한밤중 금지되었던 영역에 발을 딛자 묘한 기분이 들었다. 신선하달까, 나이트클럽에서는 느낄 수 없던 색다른 느낌이었다.

두 평 남짓 되는 섬 정상에는 비틀어진 잡목 몇 그루와 마른 잔디가 전부였다. 우리는 그곳에서 닭 날개처럼 두 팔을 펴서 머리 밑에 괴고 드러누워 하늘을 올려다보았다. 하늘에 선명하게 박힌 별들이 금방이라도 우리에게 쏟아져 내릴 것 같았다. 마이클이 불쑥 말했다.

"우리에게도 이 섬과 같은 게 있을까?"

"이 섬?"

"그래. 한 번쯤 디뎌보고 싶지만 금지된 섬. 하지만 어쩌다 기회가 주어지면 한발 딛고 싶은 금지된 성역."

"터부?"

"그렇지."

마이클이 고개를 끄덕였다. 나는 대학 캠퍼스에서 얻어들은 농담을 꺼냈다.

"같은 회사 잉크에 네 펜을 담그지 말라. 같은 회사 안에서는 이성을 사귀지 말란 말은 어때?"

마이클이 엄지와 중지로 '딱' 소리를 냈다.

"오케이. 바로 그거야. 내가 제일 마음에 들지 않는 게 진료한 지 일 년이 넘지 않은 환자와 같이 자지 말라는 의료 법규야."

마이클은 내게 검지를 겨누며 킬킬 웃었다. 하지만 어딘지 허전한 웃음소리였다. 하늘에서 별똥별이 길게 꼬리를 끌며 떨어졌다. 풀냄새가 향기로웠다. 이슬이 내리기 시작했는지 등이 축축했다. 우리는 잔디를 씹어 뱉으며 몇 가지 두서없이 싱거운 얘길 나누다가 자리에서 일어나 차로 돌아왔다. 한기를 느꼈던지 히터를 틀자 갑자기 긴장이 풀어졌다. 흙먼지를 뒤집어쓰며 후진을 한 나는 숲길을 지나 본 도로에 올라섰다. 부드러운 엔진 소리가 좌석을 타고 등 뒤로 기어올랐다. 마이클을 슬쩍 훑어보았다. 스치는 자동차 불빛에 잠시 유령처럼 나타나는 프로파일이 푸르게 빛났다. 평소와는 어딘가 달랐지만 뭐가 다른지 꼬집어낼 순 없었다.

"마이클, 혹시 아까 말한 금기 때문에 여행을 떠나온 건 아니지?"

"그런데……."

내 말엔 대답하지 않고 마이클은 도리어 불쑥 물어왔다.

"운명이 반복된다는 걸 믿어?"

"반복되는 운명?"

"이를테면."

"……?"

"부모의 운명이 대물림되는 거 말이야."

"그럴 수도 있겠지. 가난이 대물림되는 것처럼. 가난하니까 교육을 못 받고, 좋은 교육을 못 받으니 가난하고."

마이클은 잠시 침묵했다. 그러더니 자신이 어긴 금기에 대해 털어놓기 시작했다.

요약하면 자기 치과 위생사와 잠을 잤다는 것이었다. 직장 내 성희롱을 엄격히 다루는 미국에서는 러시안 룰렛처럼 위험한 게임이었다.

*

"제니라는 이름의 위생사가 내 치과에 취직한 건 육 년 전 가을이었어."

둥근 얼굴에 약간 돌출된 턱을 가진 그녀는 동양인이었다. 화사한 얼굴이었지만 어딘지 그늘진 구석이 있었다. 하지만 웃기 시작하면 얼굴이 천사처럼 밝아졌다. 동그란 눈매와 작은 코, 도톰한 입술이 어우러져 눈부신 매력을 풍겼다. 마이클은 그녀를 채용했다. 그녀는 가끔씩 멍한 표정으로 골똘한 생각에 빠져 있을 때를 제외하곤 쾌활한 여자였다. 특히 마이클에게는 더욱 붙임성 있게 굴었다. 어느 날 자신이 정성껏 준비해온 스테이크와 샐러드 점심을 먹고 나자 제니가 은근한 목소리를 건넸다.

"오늘 저녁 컨트리클럽에서 맥주 한잔 어때요?"

그날 저녁 두 사람이 컨트리 댄스 클럽에서 마주 앉았을 때 먼저 손을 잡은 것은 제니였다. 설치된 무대에서는 카우보이 모자와 부츠로 치장한 젊은이들이 컨트리 음악에 맞추어 춤추고 있었다. 〈아프고 찢어지는 내 가슴(Achy Breaky Heart)〉과 〈수박이 구른다(Watermelon Crawl)〉에 맞추어 두 사람도 춤을 추었다. 슬로 뮤직이 나오자 제니가 마이클에게 안겨왔.

"마이클, 자기 집에서 커피 한잔하고 싶어요."

마이클은 혼자 사는 주택에 좀처럼 사람을 데리고 가지 않았다. 여기서 더 발전되면 뒷감당이 힘들어질 게 뻔했다. 하지만 뿌리치기에는 너무 강한 유혹이었다. 망설이던 그는 고개를 끄덕였다. 춤을 추고 난 두 사람은 마이클 집으로 차를 몰았다.

마이클의 목조주택은 운동기구 천지였다. 거실에는 거대한 전신 거울과 육체 단련도구가 자리 잡고 있었고, 역기의자와 세트, 러닝머신이 늘어서 있어 마치 헬스장에 들어선 느낌을 주었다. 거실 한쪽 벽에는 검은 마호가니 피아노 한 대가 놓여 있었다. 피아노 뚜껑을 열고 두어 번 두드려보던 제니가 마이클을 돌아보았다.

"웃겨요. 재밌어요."

눈물을 찔끔대며 웃어댔다. 근육질의 사내가 피아노 앞에 앉아 혼자 연주를 하는 모습을 상상해보니 재미있단 거였다.

마이클은 제니의 헬스 트레이너가 되었다. 운동기구들을 이용하는 방법을 알려주며 그녀의 자세를 잡아주고 근육을 만져주었다. 한 번의 터치가 다른 터치로 이어졌다. 두 사람의 나신이 전신거울에 비춰졌다. 치과에서 사용하는 유지놀 냄새가 나는 그녀 목에 입을 맞췄다. 제니의 팔이 날렵하게 등을 감쌌다. 두 사람은 그 자리에 쓰러졌다. 마이클은 헬스 기구를 사용하듯 능숙하게 그녀 위에서 움직였다. 두 번의 섹스가 끝난 후 마이클은 나른하게 카펫 위에 누웠다. 같은 치과에서 종사하는 스태프와 관계를 가져서는 안 된다는 금기 따윈 이미 안중에 없었다. 촉촉이 내리는 봄비처럼 제니는 이미 그의 삶에 스며든 뒤였다.

제니가 피아노 앞에 앉았다. 천천히 건반을 두드렸다. 쇼팽의 야상곡이었다. 잔잔하게 울려 퍼지는 곡 사이사이 그녀 목소리가 소곤소곤 들려왔다.

"마이클, 나는 매일 밤 꿈을 꿔."

"무슨 꿈?"

"말을 타고 달리는 꿈."

"에로틱한데. 참 너다운 꿈이야."

마이클이 심드렁하게 웃었다.

"한참 어둠 속을 달리다 보면 불현듯 내 머리가 없어진 걸 알아. 난 밤새 머리를 찾아다녀."

연극대사를 하듯 약간 과장된 제스처로 말하고 난 제니는 〈문 리버)를 연주했다. 매끄러운 나신의 여자를 창문으로 스며든 달빛이 실크처럼 휘감았다. 제니의 꿈 얘기를 귓등으로 흘려 넘긴 마이클은 다시 그녀를 안고 이층 침대로 올랐다. 부드럽고 강렬한 섹스를 나눴다. 생애 마지막 섹스인 양 그녀는 거칠게 몸부림쳤다. 몸속은 뜨겁고 애절했다.

사랑을 시작한 지 백 일째 되던 날 두 사람은 일주일 예정으로 여행을 떠났다. 거대한 나무들이 자라는 세코야 정상에 오르고 싶다고 제니가 조른 여행이었다. 다섯 시간을 달려 산 정상에 도착해서 눈 덮인 통나무집에 짐을 풀었다. 그들은 통나무집 주변을 하이킹했다. 한참 걷다 보니 자동차 나무(Auto Log)라는 팻말이 눈에 들어왔다. 쓰러진 거목 상부를 파서 자동차 길을 만든 곳이었다. 나무 몸체에는 손칼로 새긴 낙서들이 있었다. 이곳에 다녀갔다는 것과 누구는 누구를 사랑한다는 맹세들이었다. 낙서를 바라보던 제니가 잠시 머뭇거리더니 마이클을 힐끔 돌아보았다.

"마이클, 우리도 이름을 새길까?"

마이클은 머리를 저었다. 그는 국립공원을 훼손하는 사람들을 이해할 수 없었고, 경멸했다. 경멸하는 사람들이 하는 짓에 동참하긴 더욱 싫었다. 제니는 무슨 말을 할 듯 말 듯한 표정을 짓다가 고개를 숙였다. 통나무집으로 돌아온 그들은 투숙객들을 위한 레스토랑에서 세코야버거를 시켰다. 거대한 패티에 양배추를 듬성듬성 잘라 넣은 햄버거였다. 입맛이 없는지 햄버거를 한입 베어 물고 먹는 시늉만 하던 제니는 나머지 햄버거를 분해하기 시작했다. 제일 위에 덮인 햄버거 빵을 내려놓고 안에 든 양상추, 양파, 피클, 그리고 고기와 토마토를 테이블 위에 주욱 늘어놓았다. 어린애들이 유치원에서 음식 놀이를 하는 것 같았다. 그렇게 테이블을 어질러놓은 뒤 혼자서 통나무집으로 돌아갔다.

마이클이 통나무집에 들어갔을 때 제니는 벽난로에 장작을 피우는 중이었다. 세 개의 장작을 삼발이처럼 세워놓은 뒤 그 밑에 신문지를 뭉쳐 넣고 불을 붙였다. 하지만 그을음만 피어날 뿐 불은 좀처럼 붙지 않았다. 갑자기 제니 얼굴이 일그러졌다. 미간에 주름이 잡히며 둥근 두 눈이 찌그러지더니 흰자위가 드러났다. 작고 귀엽던 코가 숨 가쁘게 벌렁거렸다. 입술이 벌어지고 붉은 잇몸이 드러났다. 히스테릭한 목소리가 터져 나왔다.

"타버려, 다 타버려, 모두 다 타버려."

제니는 벽난로 옆에 놓아둔 불쏘시개용 기름통을 집어들었다. 기름을 장작 위에 붓고 불을 붙였다. 불꽃이 순식간에 확 번져나갔다. 한눈에 봐도 정상이 아니었다. 들이붓다시피 뿌린 휘발유 때문에 새파란 불꽃이 혀를 날름거리며 벽난로에서 마룻바닥으로 기어 나오기 시작했다.

"제니, 무슨 짓이야!"

마이클은 기름통을 빼앗아 문밖으로 던졌다. 벽난로에서 기어 나오는 불길이 금방이라도 마루로 번져 벽을 타고 오를 것 같았다. 허겁지겁 비치된 소화기를 집어든 마이클은 핀을 빼고 노즐을 벽난로에서 기어 나오는 불꽃을 향해 분사했다. 방 안이 소화기 분무액으로 가득 찼다. 밖으로 기어 나오던 불길이 잡혔다.

"미안해, 마이클."

주변이 정돈되자 제니는 마이클의 가슴에 쓰러지듯 안기며 낮게 중얼거렸다. 두 사람은 다시 난롯가에 앉았다. 잠시 타오르는 벽난로를 바라보던 제니가 말문을 열었다.

"난 비참한 과거가 있어."

제니가 더듬더듬 털어놓는 이야기는 충격적이었다.

낮은 음성으로 제니가 얘기하기 시작했다. 제니 부모는 한국 사람들이었다. 아빠는 경찰관이었는데 여섯 살 된 제니 앞에서 엄마를 총으로 쏘았다. 시체에 휘발유를 뿌리고 불을 붙인 다음 자기 머리에 총알을 박았다. 나중에 들은 바로는 치정살인이라고 했다.

"머리에 권총을 겨눈 아빠가 마지막으로 나를 바라보았어. 눈동자에는 많은 게 담겨 있었지. 모든 것을 파괴해버리려는 악마 같은 잔인함과 나에 대한 연민과 죄책감 같은 거. 아빠는 나를 바라보며 방아쇠를 당겼어. 땅. 그때 내 머리가 날아가버렸지. 분명 총을 맞은 건 아빠였는데……."

제니가 두 손으로 머리통을 부여잡고 주저앉았다. 놓치기라도 하면 머리가 잘리기라도 할 듯 온몸이 부들부들 떨렸다.

제니는 눈앞에서 부모가 죽는 걸 보고 불길에 휩싸인 집에서 도망쳐 나왔다. 고아가 된 그녀는 홀트 아동복지회를 거쳐 캘리포니아로 입양되었다. 자라나면서 부모의 죽음을 생각할 때마다 몸을 부르르 떨었다. 죽더라도 잊지 못할 기억이었다. 그런 생각을 떠올릴 때면 가끔 잔인한 충동에 휩싸이곤 했다. 모든 것을 파괴하고 분해하고 싶은 충동, 그리고 불을 질러 모든 것을 태워버리고 싶은 충동이었다. 모두 다 태워버리고 잿더미 속에서 다시 시작하면 그런 저주받은 기억에서 벗어날 수 있으리란 생각이었다.

마이클은 무슨 말을 해야 할지 몰랐다. 말없이 흐느끼는 어깨를 다독이기만 했다. 얼마나 시간이 흘렀을까. 그들은 삐꺼덕거리는 통나무 침대에서 사랑을 나누었다. 눈물에 젖은 제니 얼굴이 가슴을 파고들었다. 섬뜩하리만큼 그녀는 섹스를 탐했다. 마이클은 제니 몸 밖에 사정했다. 허벅지 위로 흐르는 정액을 닦고 제니는 조용히 돌아누웠다.

"당신도 다른 남자들과 같아. 비참한 내 과거를 알고 나니 싫어진 거지?"

마이클도 등을 보이고 돌아누웠다. 곧 터질 듯한 긴장감이 팽팽하게 방 안을 떠돌았다. 잠시 후 제니가 몸을 일으켰다. 긴 머리를 뒤로 질끈 묶더니 여행가방을 뒤지기 시작했다. 벽난로 불빛을 받은 무언가가 손안에서 번쩍 빛났다. 스위스제 나이프였다. 그녀는 전에 본 적이 없는 창백한 얼굴을 하고 있었다. 무표정하고 감정이 드러나지 않은 얼굴에 불빛이 어른거렸다. 참나무 장작 껍질이 터지는 소리가 들렸다. 마이클은 놀라 흠칫 몸을 떨었다. 나이프를 든 제니가 마이클에게 다가왔다. 온몸에 식은땀을 흘리는 마이클 앞에서 몽유병 환자처럼 멍한 표정을 짓던 제니는 문밖으로 걸어 나갔다.

마이클은 잠시 말을 멈췄다. 집채만 한 트럭들이 굉음을 내며 지나갔다. 그때마다 차가 출렁거렸다.

*

"그래서 어떻게 되었나?"

나는 마른침을 삼키며 물었다.

"제니를 내버려두고 혼자 샌프란시스코로 돌아올까 생각도 했어. 하지만 차마 그렇게는 못 하겠더군. 나는 제니가 돌아오길 기다렸어. 두어 시간이나 지났을까, 긴 머리를 풀어헤친 제니가 칼을 들고 들어서더군. 그것도 피가 묻은 칼을 말이야. 손에도 피가 묻어 있었지. 그 칼로 누구를 찔렀는지는 차마 물어보지 못했어."

다음 날 아침 마이클은 모든 일정을 취소하고 샌프란시스코로 돌아왔다. 그것이 두 사람의 마지막 여행이었다.

주유소 팻말을 보고 나는 자동차 속력을 줄였다. 마트에서 커피 한 잔씩을 들고 나온 우리는 주변을 둘러보았다. 마트 옆으로 이십여 개의 작은 모텔들이 줄지어 서 있었다. 하나같이 페인트칠이 벗어지고 때가 묻은 지저분한 외양을 하고 있었다. 싸구려 모텔들이었다. 우리는 줄지어 선 모텔들 앞을 지나갔다. 골목길에 거리의 여자들이 서 있었다. 관광객을 노리는 창녀들이었다. 남미에서 온 불법체류자 같은 소녀, 인조 가죽을 두른 백인 여자, 종마처럼 잘 빠진 흑인 등 다양한 여자들이 허리에 손을 얹고 앞가슴을 내민 채 우리를 향해 손짓했다. 창문을 썬팅한 승용차 한 대가 젖가슴이 커다란 동유럽계 여인을 태우고 거리를 벗어났다. 모텔 거리를 지나자 공동묘지가 펼쳐졌다. 마이클은 다시 이야기를 시작했다.

제니와 헤어진 그는 마음을 잡을 수 없었다. 그는 한동안 주말마다 세코야 국립공원에 올랐다. 산정 호수에서 무지개 송어를 낚기도 하고 수정 동굴을 탐사하기도 했다.

"바로 이 올리브 길이었어. 내가 제니와 비슷한 여자를 만난 곳이."

그는 프레즈노 북단에 있는 올리브 길을 배회하다 한 소녀와 마주쳤다. 눈빛과 표정이 제니를 닮은 앳된 백인 여자였다. 모텔 방에 들어가 옷을 벗자 대리석 조각 같은 몸매가 나타났다. 소녀는 사타구니가 뚫린 팬티스타킹만 남기고 모든 옷을 벗어던졌다. 침대에 누워 검은 음모를 헤쳐 입구를 드러냈다. 창 너머 공동묘지를 바라보며 마이클은 그리스의 조각 작품과 섹스를 했다. 섹스가 끝난 후 낡은 세면대에서 성기를 씻었다. 녹슨 수도꼭지를 돌리자 붉은 녹물이 쏟아져 나왔다. 고환이 얼어버릴 듯 차가운 녹물에 성기를 담그고 창밖에 펼쳐진 묘지들을 바라보았다. 제니 모습이 떠올랐다. 눈앞에서 어머니가 죽고 아버지가 자살하는 걸 지켜보았을 여섯 살 먹은 제니가 느꼈을 공포가 생생히 느껴졌다. 마치 자신이 그런 경험을 한 기분이었다. 성기를 씻으며 마이클은 잠시 눈물을 흘렸다.

"거기서 난 공포가 미치도록 섹스에 매달리게 만들 수도 있단 걸 깨달았어. 남자 사형수가 교수형을 당하는 순간 사정을 하듯 나는 몇 번이고 섹스를 했지. 그러다 문득 생각이 났어."

"뭐가 말이야?"

"말 타고 달려가는 인디언 여자."

"정말 그게 사실이라고 믿어?"

말꼬리를 잡자 마이클은 잠시 입을 다물었다가 작정한 듯 털어놓았다.

"왜 그 여자가 목이 없는 줄 알아?"

"글쎄."

"백인들에게 목 잘려 죽은 부모를 바라본 여자가 있었대. 그런데 그 여자도 나중에는 목이 잘렸다는 거야. 목 잘린 인디언 여자가 자기 머리를 찾아 밤마다 험준한 산길을 달린다는 말이 문득 생각나더군."

"누가 한 말이야?"

"주유소에 살던 늙은 노파."

"그런데 왜 목을 찾으려 하는 거지?"

"목을 찾아야 다신 그런 운명에 빠져들지 않는다는 거지. 어떤 인디언들은 자신이 두려워하는 대상을 나이프로 새긴 나뭇조각을 가지고 다녀. 그러면 그 대상의 저주로부터 벗어날 수 있다고 믿는 거야."

우리는 99번 사우스에서 198번 웨스트로 갈아타고 있었다. 이제 세코야까지는 한 시간 정도 거리였다. 고속도로 주변으로 검은 거인들처럼 거대한 가로수들이 늘어서 있었다.

잠시 어색한 침묵이 흘렀다. 엔진 소리가 더 크게 들렸다. 목울대를 움직이며 침을 삼킨 마이클이 나를 돌아보았다.

"글러브 박스에 며칠 전 신문이 들어 있어."

조수석 앞을 더듬어 글러브 박스를 열었다. 그 안에는 신문 한 장이 접혀 있었다. 신문을 펼쳤다. 샌프란시스코 크로니클 일간지였다.

운명은 반복되는가?

사회면의 제목이 큰 폰트로 눈을 사로잡았다. 단숨에 읽어 내려갔다.

어제저녁 일곱시경 샌프란시스코 베이 에어리어에서 중국계 외과의사 프랭크 왕이 자신의 부인 제니 크로포드를 권총으로 살해하고 자신도 권총 자살한 사건이 발생했다. 사건이 발생할 당시 다섯 살 난 그들의 딸이 현장에서 두 사람의 죽음을 목격하여 충격을 주고 있다. 특이한 사실은 경찰관이었던, 제니 크로포드의 한국인 생부 역시 그녀가 보는 앞에서 그녀의 생모를 권총 살해하고 자살했다는 것이다. 한국에서 부모를 잃은 그녀는 캘리포니아로 입양되었다. 그녀는 중국인 외과의사와 결혼한 뒤 자신의 부모와 같은 운명을 맞이했다. 정말 운명은 반복되는 것일까? 저주는 풀리지 않는 것일까?

신문에는 제니와 그녀의 남편 사진이 실려 있었다. 사진을 보는 순간 나도 모르게 가슴이 아려왔다. 마이클과 컨트리 댄스를 추었을 그녀. 달빛에 젖은 나신으로 쇼팽의 야상곡을 피아노로 연주하던 그녀……. 그제야 마이클이 갑작스런 여행을 제안한 이유를 짐작할 것 같았다.

자동차를 세코야가 종착지인 198번 도로로 몰았다. 마주 오는 차량의 불빛은 많지 않았다. 좌우로 어른 키만 한 오렌지 나무들이 늘어서 있었다. 차창을 열었다. 세코야 정상에서 불어 내려온 맑고 차가운 공기가 가슴속으로 스며들었다.

"제니와 헤어진 뒤 연락이 없었나?"

사 년 전 그녀에게서 편지 한 통을 받았다고 했다. 외과의사와 결혼해서 잘 살고 있다는 내용이었다. 딸아이도 하나 생겼고 결혼생활도 안정되었지만 가끔 당신을 생각하면 마음이 아프다. 세코야에 찾아간 건 나무에 소원을 새기기 위해서였다. 어느 인디언 부족은 저주받은 대상을 나무에 새기면 그 저주에서 풀려난다고 믿는다. 나는 머리 없는 기사의 꿈을 더 이상 꾸기 싫다. 세코야에서 있었던 내 행동을 잊어달라, 용서해달라, 대충 그런 내용이었다. 마이클은 제니의 편지에 답장을 하지 않았다. 그러다 제니가 피살된 신문을 읽게 된 거였다.

"그녀가 그날 밤 뭘 했는지 알고 싶어. 도대체 나이프를 들고 나가서 뭘 했던 걸까?"

이야기하는 목소리가 젖어 있었다.

세코야 국립공원이 가까워졌다. 눈이 내리기 시작했다. 산타 할아버지의 선물 가게 지붕 위로도 함박눈이 날렸다. 지붕 위에 장식된 순록과 썰매가 언제라도 날아오를 것만 같았다. 작은 마을을 지나 공원 관리 사무소를 통과했다. 산정까지 사십 분 정도 굽이진 산길을 달렸다. 마이클이 그녀와 밤을 보냈던 통나무집 앞에 차를 세운 건 자정을 갓 넘긴 시간이었다. 리셉션에서 체크인을 하고 짐을 푼 다음 우리는 밖으로 나섰다.

하늘을 떠받칠 듯 높이 솟은 세코야 나무 사이로 함박눈이 펑펑 쏟아지고 있었다. 우리는 랜턴을 든 채 눈을 맞으며 제니가 이름을 새기고 싶어 했다는 자동차 나무를 향해 걸었다.

잠시 후 도랑 하나를 건너자 옆으로 누운 거대한 로켓 모양의 자동차 나무가 나타났다. 쏟아진 눈이 나무를 덮고 있었다. 나뭇가지를 꺾어 눈을 쓸어내리기 시작했다. 얼마나 눈을 쓸어냈을까. 한 장소에서 마이클의 손놀림이 빨라졌다. 그는 나뭇가지를 버리고 맨손으로 나무 껍질에 쌓인 눈을 쓸어내렸다. 손가락이 나무 가시에 찔렸는지 피가 흘렀다. 하지만 그는 더 빨리 나무 껍질을 긁어내렸다. 갑자기 손길이 멈췄다. 힘들게 한 자 한 자를 새긴 알파벳이 모습을 드러냈다.

마이클, 널 사랑해.
내 운명에서 벗어나게 날 도와줘.
제니

그 글자 옆에 새겨진 그림이 눈에 띄었다. 말을 타고 있는 여자였다. 여자는 머리가 없었다. 탐스러운 가슴을 앞으로 내민 여인은 둥글게 구부린 오른쪽 집게손가락을 앞으로 내밀고 있었다.

제니의 목소리가 바람 소리와 함께 산정을 훑고 지나갔다.
 떨리는 손가락으로 방아쇠를 당겼어요. 땅. 그때 내 머리가 날아가버렸어요.

- 「계간 미스터리」 2009년 봄호

사랑합니다, 고객님

>>>>> 송시우

2008년 「좋은 친구」로 『계간 미스터리』 신인상을 받았다. 주요 작품으로 단편소설 「좋은 친구」, 「사랑합니다, 고객님」, 「아이의 뼈」, 「5층 여자」 등이 있다. 「좋은 친구」는 일본 미스터리 매거진에도 소개되었다.

1

 부모님은 재래시장에서 생선을 팔았다. 황학동 중앙시장 한켠 한 평 남짓한 공간에 부모님의 가게가 있었다. 아빠는 매일 새벽 트럭에서 생선 상자를 내려 받아 나무로 짠 매대 위에 진열해놓았다. 고등어, 꽁치, 갈치, 명태, 삼치가 나란히 드러누운 생선 상자 아래에는 고무 다라이에 찬물을 채워 미더덕과 바지락, 모시조개 등을 담가놓았다. 오징어와 낙지, 새우가 한쪽 구석을 차지했고, 봄 가을에는 꽃게가 매대 중앙에 진열되었다.
 손님들이 가격을 묻고 사고자 하는 생선을 가리키면, 엄마는 얼음이 반쯤 녹은 스티로폼 상자 안에서 생선을 집어 바로 옆 통나무 도마 위에 척 올려놓았다. 그 즉시 아빠는 도마에 꽂힌 무쇠 칼을 뽑아들어 재빨리 생선의 비늘을 긁어내고 배를 갈라 내장을 빼낸 후 칼끝으로 지느러미를 쩍 그어내었다. 탁. 탁. 내리치는 아빠의 칼질에 하나씩 토막 난 생선이 검은 비닐봉지에 담겨 손님 손에 건네지기까지는 오랜 시간이 걸리지 않았다. 엄마는 손님에게 받은 돈을 비닐

앞치마 안에 찬 전대에 쑤셔넣었다. 엄마가 받아 넣은 돈은 늘 젖어 있어 꾸깃꾸깃했고 생선 비린내가 났다.

우리 집은 시장 뒷골목에 있었다. 열한 평이 좀 안 되는 공간에 방은 두 개였다. 재래식 화장실이 현관 밖에 외따로 놓여 있었는데, 장사꾼들이 너나없이 종일 드나들었다. 나는 동사무소 옆 어린이공원에 있는 공중화장실을 이용했다. 여섯 살 어린 남동생도 중학생이 되면서부터 휴지와 담배를 들고 어린이공원을 찾게 되었다. 우리는 공중화장실 앞에서 마주쳐도 알은체하지 않았다.

부모님은 하루에도 수십 번 집과 가게를 왔다 갔다 했다. 틈틈이 밥과 빨래를 해야 했고, 무엇보다 떨어지지 않게 얼음을 날라야 했기 때문이었다. 부엌에 놓인 냉장고는 하루종일 웅— 하는 소리를 내며 물을 얼렸다. 아빠가 냉동실에서 얼음을 꺼낸 후 그 자리에 다시 물을 채워 넣고 급히 나간 자리, 부엌 바닥엔 물이 흥건했다. 장판은 새로 깐 지 얼마 되지 않아 꾸들꾸들 사이가 떴고, 생선 비린내가 났다.

나는 부모님이 생선 말고 다른 걸 좀 팔았으면 좋겠다고 생각하면서도, 한편으로는 옆집 정씨 아저씨처럼 시뻘건 개고기 토막을 좌판에 올려놓고 파는 것보다는 낫다고 생각했다. 하지만 얼마나 나은 건지는 알 수 없었다. 감자를 팔거나, 수세미나 '뚫어펑' 따위를 판다면 더 나을 것 같다는 생각도 했다. 하지만 그 역시 얼마나 나은 건지는 알 수 없었다.

가끔 묵은 생선을 팔았다고 따지러 오는 손님들이 있었다. 한여름에는 더욱 전전긍긍하며 생선 상자에 얼음을 채워 넣은 수고를 생각하면 부모님은 결코 수긍할 수 없었다. 손님이 소리를 지르면 엄마는 더 큰 소리로 응수했다. 욕설이 시작되면 그게 무엇이든 엄마는 한층 더 심한 욕설을 했다. 그때가 아빠가 나설 때였다. 생선을 토막치다 말고 아빠는 손님이 흔들고 있는 봉지를 낚아채 그 손에 냅다 돈을 쥐여주며 말했다.

"가쇼! 당신한테 우리 생선 안 팔아!"

그럴 때 생선은 '우리 생선'이었다.

"멀쩡한 생선 가지고 지랄이야, 망할 여편네."

손님에게 낚아챈 생선을 그날 저녁 밥상에 올리면서 엄마는 한참 손님을 욕하다가 나와 동생을 바라보며 이렇게 말할 때가 많았다.

"공부 열심히들 하고 있냐? 에구, 모르겠다. 엄마처럼 시장에서 생선이나 팔고 살고 싶지 않거들랑 알아서들 잘 해라."

사시사철 습진이 떨어지지 않는 손으로 밥을 뜨며 말하는 엄마에게 이때 생선은 '생선이나'였다. 한숨 쉬는 엄마의 등 뒤 벽에 걸린 남방셔츠 끝자락에는 간혹 생선 피가 검게 배어 있곤 했다.

2

"언니가 확실히 몸이 안 좋긴 안 좋나 보다. 점심 먹기 전엔 자리 안 뜨는 사람이 말이야."

고개를 들고 보니 정은이 자판기 앞에 서서 나를 내려다보고 있었다. 자판기 표면에 비친 내 얼굴이 내가 보기에도 때꾼하다. 며칠 감기를 앓았는데 옆자리 앉은 정은은 눈치채고 있었나 보다.

"오늘은 개시부터 재수가 없어. 바지 사이즈가 잘못 나왔다고 어떤 아줌마가 신경질을 부리는 거 있지. 자기가 이십칠 사이즈는 어느 제품이나 맞는데, 그거 있잖아 요즘 한정 세일하는 베이지색 면바지, 그게 허리에 안 맞는다고 난리야. 왜 자기가 살찐 걸 나한테 화풀이하냐. 에이, 미친년."

정은은 투덜거리며 커피 한 잔을 뽑고 내 옆에 앉았다. 막상 통화를 할 때는 비굴할 만큼 친절한 목소리로 반품 절차를 찬찬히 안내했을 거면서, 통화 후엔 누구에게라도 욕을 털어놓지 않으면 참지 못하는 정은은 아직 신참이다.

나도 그랬다. 내가 홈쇼핑에 들어오고 처음 받은 전화가 하필이면 불만접수 전화였다. 스물이 갓 넘었을까 말까 한 여자애가 홈쇼핑에서 산 화장품을 쓰고 트러블이 생겼다며 잔뜩 성을 냈다. 나는 고객응대 교육시간에 배운 대로 적당히 맞장구를 치며 불편을 드려 죄송하다고 했다. 여자애가 콧방귀를 뀌었다. 웃기고 있네. 죄송한 건 알았으니까 어떻게 보상해줄 건데요! 짜증 나 진짜. 장난하나.

"그래도 언니는 곧 교육 스태프로 갈 거 아냐. 이번엔 언니가 된다고 다들 그러던데. 언니 올해도 죽 실적 AA지? 좋겠다. 나는 2년 근속해도 실적이 안 좋아서 못 할 거야."

혼자 떠드는 정은에게 나는 살짝 미소를 지어주었다. 지난달 실적이 좋지 않아 성과급을 한 푼도 못 받았다며 낙심했던 정은의 얼굴이 떠올랐다. 그때 같아서는 곧 그만둘 줄 알았더니 좀 더 참아보기로 했나 보다. 커피를 후루룩 마시며 정은은 벽에 걸린 시계를 올려다보았다.

나는 복도에 저 홀로 켜져 있는 텔레비전을 쳐다보았다. 화면에서 깜찍한 버섯 모양 머리를 한 쇼핑 호스트와 한 주부 탤런트가 프라이팬에 계란을 부치고 있었다. 기름을 두르지 않아도 계란이 달라붙지 않는 프라이팬이 신기해 보였다. 지금 들어가면 저 프라이팬 주문을 수십 개 받을 것이었다. 아아, 조금만 더, 조금만 더 하면 된다. 신참인 정은까지 듣는 말이 있을 정도니 정말 이번엔 나를 교육 스태프로 뽑아줄 모양이다. 그럼 더 전화를 받지 않아도 된다. 강당에 신입들을 모아놓고 제품설명과 친절교육을 하고, 가끔씩 악성민원인 몇 명 처리하면 되겠지.

의외로 처음부터 너무 잘해버린 게 문제였다. 몇 달이고 실적이 낮아 타박을 받았다면, 고객의 신경질과 낮은 봉급에 지쳐 미련 없이 사표를 던지고 나가는 솜털 뽀얀 젊은 아가씨들처럼 나도 그랬을지 몰랐다.

엄마의 탄식을 새겨들은 나는 그럭저럭 이름이 알려진 4년제 대학에 들어갔었다. 하지만 그것이 내가 보여줄 수 있는 마지막 성공인 것 같았다. 몸이 아팠다. 아마 대학 입학 한참 전부터였을 것이다. 혼자 밖을 거닐 때에도 갑자기 귓속에서 옹─ 하는 소리가 들리더니 좀처럼 사라지지 않았다. 머리 한쪽이 깨질 듯 아팠고, 손발의 힘이 빠지면서 땅으로 푹 꺼져들 것 같다가 나도 모르게 까무룩 잠이 들곤 했다. 스물일곱에 세 번째로 회사를 그만둔 후 집에 주저앉았다. 매일 새벽 운동과 쑥뜸을 거르지 않은 결과 다행히 고질이 되었던 병은 씻은 듯 나았지만 아무것도 하지 않고 지낸 세월이 3년이었고, 나는 서른 살이 되어 있었다. 홈쇼핑이 아무 조건 없이 나를 받아주었다. 그리고 어디 가도 별반 다를 게 없다는 것을 알 만큼 나는 철이 들었다. "사랑합니다, 고객님!" 하는 징그러웠던 첫인사도, 입꼬리를 잔뜩 올려야 가능한 '솔' 음정의 발성도 하려고 하니 입에 붙어 저절로 나오게 되었다. 어려울 게 뭐가 있는가. 새벽에 일어나 한데 나와 있어야 하는 것도 아니고. 깨끗한 옷을 입고 출근해서 자리에 앉아 전화를 받고, 주문을 입력하고, 전화를 끊은 후 다시 다음 전화를 받으면 된다. 전화를 될 수 있는 한 많이 받으면 실적도 높아지고 성과급도 크게 붙었다. 1년 만에 자취방을 구해 독립할 수 있었다. 비록 월세 원룸이었지만, 더 이상 집 안에서 생선 비린내가 나지 않았고, 화장실을 쓰기 위해 어린이공원을 찾을 필요도 없었다.

물론 가끔은 너무나 힘이 든 날이 있었다. 세 번 연속 민원 전화를 받은 날이었다. 앞선 두 번의 전화가 욕설로 끝나고, 세 번째 전화에서는 어떤 아저씨가 느물거리는 목소리로 치근덕댔던 날. 아가씨, 이러지 말고 만나서 얘기하면 좋을 것 같은데? 몇 살이야?

나는 화장실에서 얼굴에 물을 끼얹으며 그 고객들이 꼭 한 집에서 내게 전화를 거는 것 같다고 생각했었다. 대궐같이 큰 집에 모여 살며 서로 머리를 맞대고 언제 누가 홈쇼핑에 전화를 걸어 텔레마케터에게 어떤 상처 주는 말을 할지 모의하고 있는 것 같았다. 조금만 더. 종이 타월을 뜯어내며 그때도 이렇게 혼잣말을 했었다. 조금만 더…… 조금만…….

"나 나온 지 십 분 됐다. 먼저 들어갈게."

어느새 핸드폰을 붙잡고 재잘거리고 있는 정은에게 말하고 일어섰다. 감기 기운이 아직 있어서인지 머리가 무거웠다.

3

"사랑합니다! 고객님."

자리에 돌아와 컴퓨터 화면에서 '대기' 버튼을 클릭하니 금방 전화벨이 울렸다. 헤드폰을 고쳐 잡고 저절로 나오는 인사말을 했다. 저절로 나오니까 할 수 있지, 아니면 사랑한다는 말을 이렇게 쉽게 해도 되는지 의심하느라 할 일을 못 할 것이다.

"저는 LJ 홈쇼핑 텔레마케터 이혜연입니다. 무엇을 도와드⋯⋯."

"여보세요. 홈쇼핑이죠?"

상대는 인사말이 끝나기도 전에 끼어들었다. 목소리로 봐서는 사오십대 아줌마 같았다.

"예, LJ 홈쇼핑입니다, 고객님."

"나 이 갈치 도저히 못 먹겠네. 거기서 갈치를 샀는데 말라서 푸석푸석하고 너무 비려서 먹을 수가 없어. 환불해줘요."

"갈치를 사셨어요, 고객님? 언제⋯⋯."

"내 이름은 신정희요. 컴퓨터에 한번 쳐봐. 어째 이런 걸 팔아 그래?"

시키는 대로 이름을 넣고 조회해보았다. 신정희란 고객은 한 명뿐이었다. 최근 구매내역을 보니 무려 열이틀 전에 2킬로그램짜리 토막갈치를 샀다고 나온다.

"고객님, 58년 3월 2일생 신정희 고객님 맞으신가요?"

"그려. 내 이름 신정희라고 했잖아."

"고객님, 오늘이 2월 22일인데요, 고객님은 2월 10일에 갈치를 구입하신 것으로 나옵니다. 식품의 경우에는 배송을 받으신 직후 이상이 있음을 확인하셨을 때 반품을 하실 수 있습니다. 지금은 시간이 너무 지났습니다."

"이봐! 아가씨! 그건 제대로 된 물건을 팔았을 때 얘기지. 어디서 제일 하질로 보내놓고서는 늦게 전화한 게 잘못이야?"

"고객님, 좀 여쭤볼……."

"이리저리 얘기 돌리지 말고 빨리 가져가서 환불처리 해라. 너, 안 그러면 내가 인터넷에고 뭣에고 죄다 올릴 거야 그냥. 큰맘 먹고 한 번 샀더니 말이야. 포장 뜯었을 때도 상태가 영 아니더라고. 어이가 없어서. 아이 씨, 내가 바빠서 시장 갈 시간이 없어 홈쇼핑에서 그냥 사 먹어 봤더니 이제……."

"고객님, 죄송한데요, 잠시 제 얘기 좀 들어주세요. 지금 얼마나 드신 상태인가요?"

"뭐?"

"얼마나 드셨는지……."

"이 아가씨가 뭘 자꾸 따져대. 손님 말을 막 끊어?"

"고객님."

"야!"

고객이 버럭 소리를 질렀다. 날카로운 음성이 칼처럼 귀 안에 꽂혀 잠시 헤드폰을 벗었다 끼었다. 가슴이 뛰기 시작했다.

"너 이러면 안 잘려?"

"고객님, 죄송합니다. 하지만 기본적인 사항을 확인해야 제가 상담을 해드릴 수 있으니까요……."

"아가씨 이름 뭐야?"

"예? 저는 텔레마케터 이혜연입니다, 고객님."

"가만있자, 뭐라고? 나 좀 적게. 이혜연?"

"예, 이혜연입니다."

정말로 메모를 하는 듯한 소리가 들렸다.

"쯧쯧쯧…… 아가씨도 별로 똑똑지를 못하네. 내가 거기서 한 달이면 얼마를 사는데. 뭘 알고 일을 해야지. 하긴 그러니까 거기서 그러고 있지. 그치?"

부모님의 생선가게가 떠올랐다. 돼먹지 못한 손님에게 거침없이 대응하던 엄마의 걸쭉한 욕설. 전화를 끊고 싶었다. "가쇼! 당신한테 우리 생선 안 팔아!"라고 외치고 굳어진 얼굴로 더 힘차게 생선을 토막 내던 아빠. 물과 생선 기름, 생선 비늘, 생선 피가 번들거리며 흘러내리던 아빠의 비닐 앞치마.

"수준을 보아하니 말이 안 되겠다. 사장실로 돌려! 니네 사장 바꿔!"
"고객님! 말씀이 심하십니다! 지금 똑똑하지 못한 사람은 고객님 아닙니까!"
"……뭐?"
"…….."

나도 모르게 뱉어버린 말보다 이어서 할 말이 떠오르지 않는 게 낭패였다. 고작 삼만 원짜리 갈치 한 상자 사놓고 자기가 내 월급을 다 주는 양 너절하게 구는 고객. 한두 번 겪는 일도 아닌데 내가 왜 그랬을까.

"웃기고 있다. 참 웃기고 있어. 너도 나 무시하냐. 네까짓 게?"

고객의 목소리는 분노에 차 갈라졌다. 수화기 너머에서 새빨갛게 달아올라 팔팔 뛰고 있겠지. 씩씩거리는 숨소리가 그대로 전해져 왔다.

"이거, 이 다아 썩은 갈치! 너나 먹어라! 이년아! 가져가서 다아 머억고오 자알 살아봐라아! 너 다 처먹어! 제길!"

뚜뚜뚜.

거칠게 수화기를 내려놓은 뒤 유난히 크게 들리는 통화 종료음. 잠시 그 소리를 듣고 있었다. 컴퓨터 화면에 사내 메신저로 쪽지가 도착했다는 표시가 떴다.

"이혜연 씨, 잠깐 제 방에서 봅시다."

팀장이 보낸 쪽지였다.

4

"고객은 이미 기분이 나쁜 상태로 전화를 하는 거예요. 최대한 친절하게 접근하고 설득해서 손상된 상품 이미지를 조금이라도 회복할 수 있도록 했어야죠."

최형석 팀장이 고객응대 교육 자료에 있는 내용을 줄줄 읽듯이 말했다. 현장 경험 별로 없이 본사에서 내려와 열다섯 명의 텔레마케터를 관리하고 있는 사람이었다. 본사에서 콜센터 현장을 감시하라고 박아놓은 사람이라는 말도 있었고, 열심히 하긴 하는데 잘 되지는 않는 사람이라 여기로 밀려나 있다는 말도 있었다.

"고객이 화가 나서 말을 하면 좀 더 들어봤어야지요. 갑자기 말을 끊고 들어가고…… 같이 언성을 높여서 고객을 비난하는 말을 하면 어떡합니까? 쿠션 언어, 배웠잖아요?"

팀장은 자기 자리에서 소속 텔레마케터의 통화를 실시간으로 듣고 평가 자료로 쓸 수 있었다. 노조에서 이를 근로자 감시 시스템이라며 실시간 통화 평가를 할 때 최소한 그 시기라도 공지하라고 요구하여 약속을 받아냈지만, 노조가 흐지부지되면서 그 약속도 흐지

부지되었다. 팀장이 방금 신정희 고객과 나의 통화를 들은 것은 순전히 나의 운이 나빴다고밖에 할 수 없었다.

"그리고 중간에 말이 끊기기까지 하고. 마지막 인사말도 하질 않고 말이죠."

팀장은 지금 책상 위에 펼쳐진 한 장짜리 통화품질 평가표를 보며 말을 하고 있기 때문에 자기 말에 모순이 있는지 모르고 있었다. 그 상황에서 어떻게 마지막 인사말을 할 수 있었단 말인가. *더 필요하신 것은 없으십니까, 고객님? 이상 LJ 홈쇼핑 텔레마케터 이혜연이었습니다. 감사합니다. 좋은 하루 되십시오.*

"죄송합니다, 팀장님. 순간적으로 감정조절이 안 돼서……."

"고객관리 팀 넘기지 말고 내일쯤 이혜연 씨가 신정희 고객에게 전화해서 풀어봐요. 그냥 반품 받아주고, 사고처리하는 쪽으로 합시다."

"네."

"아, 그리고 이혜연 씨."

자리를 뜨려는 나를 불러 세우더니 팀장은 자못 골치 아픈 듯 이마에 손을 짚었다.

"이번 상반기 교육 스태프 선발 말이에요. 우리 팀에서 이혜연 씨를 추천할지, 장미영 씨를 추천할지 제가 요즘 고민이 많았어요. 두 분 다 실적도 좋고 경력도 비슷하고. 그런데 요즘 통화품질 평가를 해보니 장미영 씨가 약간 더 좋네요. 이혜연 씨가 양보를 좀 해줘요. 하반기에는 이혜연 씨 생각하고 있으니까."

5

 6개월은 180일이다. 1년이 365일이니까 정확히 반을 나누면 182일 하고도 반나절. 아니, 휴일을 빼고 대충 한 달에 25일을 일한다고 하면 150일. 하루에 평균 150통을 받는다고 치면 2만 2500통.

 다시 6개월을 더 기다려야 하는 상황이 오면 4만 5천 통.

 오후 네시. 신정희 고객에게 전화하는 것을 미뤄보기 위해 쓸데없는 계산을 하고 있다가 포기하고 고객정보를 조회해보았다.

 작년에 고정 고객들을 상대로 우편 설문조사를 한 적이 있었다. 설문조사지를 작성하여 보내주면 그중 몇 개를 추첨하여 경품행사를 했다. 설문조사 내용은 주로 고객의 개인 신상정보와 소비성향에 관한 것이었는데, 고객이 답변한 모든 내용이 고객정보에 입력되어 있었다.

 신정희 고객도 작년 설문조사에 참여했다. 신상정보란이 가득 차 있었다. 강남구 논현동 H빌라. 남편과 아들 하나. 남편은 의사이고 아들은 고등학생이었다. 의사 사모님이 고작 갈치 몇 토막 때문에 전화통을 잡고 펄펄 뛰다니. 하지만 놀랄 일은 아니었다. 많이 가진 사람이 더 인색한 모습은 얼마든지 보았다.

 신정희 고객의 구입내역을 보았다. 4년 전 첫 주문은 디지털 카메라였다. 유명 브랜드 화장품과 밍크 숄이 뒤를 이었다. 모두 고가의 제품이었다. 올해 들어서는 자질구레한 식품과 생활용품들만 구입했다. 간장게장, 기능성 샴푸 세트, 베개 커버, 빨래 수납장, 곶감, 종합비타민, 그리고 갈치……. 두 달 동안 구입한 일곱 가지 품목 중 세 개를 반품하고 환불처리했다. 갈치까지 포함하면 네 개였다. 처음엔 고가품들만 구입하다가 어느새 이것저것 주문하고 반품하는 것에 맛이 들린 것 같았다. 텔레마케터들은 이런 고객을 진상이라고 부른다.

머리가 지끈 아팠다. 화장실에 갔다 와서 맘 잡고 전화를 해야겠다는 생각을 했다.

볼일을 보고 얼굴에 한 차례 물을 끼얹고 나오는데 복도 보안문 앞에서 택배 기사가 두리번거리다 나를 보더니 유리로 된 보안문을 톡톡 두드렸다.

"이혜연 씨 여기 계십니까?"

곧, 납작한 상자가 내 손에 들렸다.

아무도 없는 휴게실 구석 소파에서 상자를 뜯었다. 덮개를 열자마자 비린내가 훅 얼굴을 덮쳤다.

네 개씩 개별 포장된 갈치 토막. 두 개는 포장이 뜯어져 갈치 생살이 바로 드러나 있었다. 진작에 해동된 상태로 그냥 포장해 보냈는지 찬기가 하나도 남아 있지 않고 흐물흐물했다. 상자를 뜯기 전에 보낸 사람 이름을 보고 이미 내용물을 짐작했다. 하지만 이 정도 상태일 줄은 몰랐다.

툭. 몸 안에서 팽팽히 당겨져 있던 끈 같은 것이 끊어져 튕겨나가는 소리가 들렸다. 손발에 힘이 빠지고 땅으로 꺼지는 것만 같았다. 아아, 나는 생선장수였구나. 아닌 줄 알았더니. 생선을 만지고 배를 갈라 내장을 빼낼 일은 없지만, 생선 비린내에 전 몸으로 새벽부터 밤까지 노상에 서서 일할 필요는 없지만. 아아, 나는 생선장수였구나. 그러나 미친 손님에게 생선 대가리를 집어던지지도 못하는 생선장수구나. 그렇구나.

6

 화원에서 커다란 꽃바구니를 산다. 붉은 장미를 많이 꽂아달라고 주문한다. 여러 가지 장미가 많이 있지만 뭐니 뭐니 해도 붉은 장미가 가장 아름다운 것 같다. 노란색 프리지아도 많이 섞었다. 생선 비린내를 조금이라도 감추려면 향이 강한 꽃이 필요하다는 생각이었는데 괜한 마음을 썼다. 일주일 동안 내 방에 그대로 놓아둔 갈치 상자가 뿜어내는 비린내를 감추려면 프리지아 정도로는 어림도 없다. 시침을 떼고 지하철 7호선을 탄다. 오늘은 귀에서 웅- 소리도 들리지 않고 정신이 또렷한 것이 갑자기 잠들 염려도 없을 것 같다. 쇼핑백에 넣은 갈치 상자를 선반 위에 올려놓고, 꽃바구니를 안고 자리에 앉는다. 출근 시간을 넘긴 지하철 안이 한산하다.
 논현동 H빌라를 찾기는 어렵지 않았다. 자동잠금 장치가 있는 입구 유리문 앞에서 502호를 누른다.
 "누구세요?"
 여자 목소리다. 나는 꽃바구니를 옆구리 쪽으로 들고 마이크로 보이는 곳에 얼굴을 들이민다. 꽃이 하도 크고 풍성해서 얼굴이 반 이상은 가려질 것 같다.
 "신정희 씨 댁이죠? 꽃 배달 왔습니다."
 "꽃? 누가 보낸 거예요?"
 물음 끝에 설렘이 묻어난다.
 "누군지는 여기 없는데……."
 괜히 꽃바구니 사이에 달린 카드를 뒤적여본다.
 "무슨 병원에서 보냈다고 들었는데요. 사모님, 생일축하 꽃입니다."

"아…… 그래요? 올라오세요."

스르르 열린 입구 유리문을 지나 엘리베이터를 타고 오층으로 간다. 엘리베이터 앞에 나와 있기라도 할 줄 알았는데, 아니다. 502호 앞에서 벨을 누른다. 들어오라는 말과 함께 현관에 걸린 걸쇠가 기계음을 내며 척 열린다.

내 방보다 큰 현관 복도를 성큼성큼 걸어 들어가니 탁 트인 거실이 나온다. 하얀 블라우스와 주름치마를 입은 마르고 땅딸막한 중년 여자가 입가에 미소를 머금고 혼자 서 있다. 새하얀 목에 사파이어인지 뭔지 푸른 메달이 달린 금목걸이를 두르고 있다.

"신정희 씨 되세요?"

"예, 아이구야, 되게 크네요. 이리 주세요."

"무거워요, 사모님. 거실에 놓아드릴게요."

말이 끝나기 무섭게 신발을 벗고 거실로 들어선다. 고객은 의아한 표정을 짓다가 종종거리고 따라온다. 거실 가죽소파 앞 탁자에 꽃바구니를 내려놓았을 때 고객이 코를 감싸 쥐고 손 부채질을 한다.

"근데 이게 무슨 냄새야……."

나는 손에 든 쇼핑백을 탁자에 올려놓고 보란 듯이 상자를 쑥 잡아 빼 뚜껑을 연다.

"에구머니, 이게 뭐야!"

고객이 소스라치며 뒤로 물러서다 넘어진다. 상자 안에는 거무죽죽하게 변한 갈치 위로 통통한 하얀 벌레가 꼬물거리고 있다. 썩는 냄새가 산뜻한 거실 공기를 금세 변질시킨다.

"당신, 뭐야!"

기겁을 하고 반쯤 일어선 중년 여자의 얼굴을 본다. 심하게 일그러져서 그렇지 꽤 곱상한 얼굴이다. 남들은 외출복으로도 못 입을 하늘하늘한 하얀 블라우스를 집 안에서 입고 보석이 박힌 목걸이를 두르고 있다니. 전화로 천박한 욕지거리를 늘어놓던 고객의 고급스런 차림새가 보여주는 여유로움이 가소롭다.

"돌려드리려고 왔습니다, 고객님. 저는 LJ 홈쇼핑 텔레마케터 이혜연입니다."

"뭐? 무슨 홈쇼핑? 그게 뭐야…… 너 뭐야! 미쳤어!"

이 와중에도 고객은 냄새를 참지 못하고 코를 감싸 쥔다.

"신정희 고객님, 그냥 사과 한 마디만 하시면 돼요. 내가 너무 심했다고. 잘못했다고. 아니, 일어서지 마세요. 그렇게 앉아서 미안하다고 한 마디만 하시면 가겠습니다."

"당신 미쳤어! 경찰 부를 거야!"

숫제 발작을 한다. 고객은 응접탁자 위에 있는 전화기를 향해 뛰어든다. 나는 그런 고객의 목 언저리를 잡고 잡아당긴다. 투둑. 목걸이가 끊어지고 시폰 블라우스가 뜯어진다. 고객은 다시 나가떨어진다.

뭐야? 그 한 마디를 못 해? 나는 하루에 백번도 더 하는 말을 너는 단 한 마디도 못 해? 이렇게 찾아오기까지 했는데? 역시 어쩔 수 없어.

나는 꽃바구니 속으로 손을 집어넣는다. 빽빽한 꽃 사이로 단단하게 박아둔 칼자루가 손에 잡힌다.

고객은 비명을 질렀다. 나는 고객의 배와 가슴에 칼을 찔러 넣었다 뺀다. 오호, 커다란 대구를 토막 내는 것보다 쉽다. 비명을 멈추고 바닥에 쓰러진 고객은 약간만 움찔할 뿐 더는 소리 내지 않는다.

나는 뛰어간다. 안방처럼 보이는 곳의 문을 훌쩍 열었다. 족구를 해도 될 만큼 큰 방에 아무도 없다. 어? 왜 없지? 더 없어? 안방에 딸린 욕실 문도 열어본다. 뭐야? 없어?

다시 거실을 지나쳐 다른 방문을 열어본다. 손에 묻은 피 때문에 도어를 돌릴 때 미끄덩거린다. 책으로 가득 찬 그 방에도 아무도 없다. 다들 어디 있는 거지? 그 옆방에 들어가본다. 삼면에 옷이 가득 들어차 있다. 역시 아무도 없다. 괜히 옷 사이사이를 들춰본다.

순간 거실에서 찢어지는 여자의 비명소리가 들린다. 고객이 살아났나 보다. 후다닥 방 밖으로 나간다.

고객은 거실에 쓰러진 그대로 미동도 없이 있고, 지금 비명을 지르고 있는 것은 다른 여자다. 후줄근한 체크 무늬 남방셔츠를 입은 작고 뚱뚱한 아주머니가 손발을 휘청거리며 비명을 지르고 있다. 바닥에는 장바구니가 떨어져 있고 양파와 호박이 그 옆에 구르고 있다. 후줄근한 아주머니가 나를 보고 벌어진 입을 다물지 못한다. 검고 주름진 얼굴에 입술에는 새빨간 립스틱을 칠했다. 땀인지 뭔지 번들거리는 얼굴. 우리 엄마를 닮았다고 생각한다.

거실 벽에 걸린 전신거울에는 어떤 젊은 여자가 서 있다. 머리부터 발끝까지 피범벅인, 괴기스럽고 초라한 여자가 거기에 있다. 그 여자를 알아보느라 정신이 팔린 사이 후줄근한 아주머니는 최대한 빠른 속도로 현관으로 달려간다. 우당탕.

손발에 힘이 빠진다. 잠이 올 것 같다. 꼭 이러려고 했던 것은 아니다. 아니, 이럴 줄 알았다. 모르겠다.

피 웅덩이에 쓰러져 있는 고객을 바라본다. 움직이지 않는다. 고객을 다시 움직이게 할 수 없다는 것을 안다. 넓고 큰 베란다 창문으로 들어오는 햇빛이 쓰러진 고객의 몸뚱이를 여과 없이 비추고 있다.

7

　권미자는 맨발로 비상계단을 통해 후다닥 내려갔다. 그 피투성이 여자가 칼을 들고 쫓아올 것 같았다. 현관까지 내려왔을 때는 다리가 후들거려 그 자리에 주저앉고 말았다.

　"사…… 사람이 죽었어요!"

　권미자는 그 자리에서 냅다 소리를 질렀다. 늙수그레한 경비가 경비실에 무료하게 앉아 있다 깜짝 놀라 튀어나왔다.

　"아줌마! 왜 그래요?"

　빌라 마당에 딸린 놀이터에서 놀던 아이와 아이의 엄마도 눈을 휘둥그레 뜨고 다가왔다. 권미자는 경비의 바지춤을 잡고 꺽꺽대는 목소리로 말했다.

　"영철 엄마가 죽었어요! 강도야! 강도가…… 어떤 여자가 칼 들고 안에 있어요!"

　"뭐라구요!"

　혼비백산한 경비가 경비실로 뛰어 들어가 전화기를 들었다. 어느새 몇 명의 주민이 더 모여 권미자를 둘러싸고 어쩔 줄 몰라 했다.

　오늘은 영철 엄마의 생일이었다. 생일이면 어딜 놀러 나가든가 친구들과 저녁을 먹더라도 밖에서 좀 사 먹고 들어오면 좋을 텐데, 꼭 집으로 친구를 불러 놀겠다고 아침부터 야단이었다. 출근하자마자 장볼 거리가 가득 적힌 쪽지를 들고 마트로 가야 하는 권미자의 기분이 좋을 리 없었다. 망할 놈의 여편네. 매달 똑같이 주는 월급이 아까워 죽겠는지 기회만 있으면 날 더 못 부려먹어서 안달이지. 돈이 없는 것도 아니고 썩어날 만큼 많아 늘 헛돈만 쓰는 것이. 비슷하게 팔자 편한 여자들이 모여서 먹을 음식을 만들어야 하는 것이 고까워 권미자는 부러 천천히 장을 본 후 막 들어온 참이었다.

현관을 들어설 때부터 뭔가 집 안의 냄새가 심상치 않았다. 이 여편네가 뭐 하는 거야? 누가 왔나? 거실 응접탁자 위에 커다란 꽃바구니가 놓여 있는 것이 보였다. 거실 벽과 바닥에 온통 붉은색 물이 튀어 있는 광경이 무슨 꿈에서 보는 장면 같았다. 응접탁자 뒤쪽으로 쓰러져 있는 영철 엄마의 붉은색 발이 보였다. 비명을 지른 것은 그때였다.

얼마나 거기에 서 있었을까. 뒤에서 인기척이 들렸다. 옷방에서 어떤 여자가 튀어나왔다. 온통 피를 뒤집어쓴 여자의 오른손에 피묻은 회칼이 들려 있었다. 여자도 권미자를 보고 놀랐는지 그 자리에 멈춰 서 꼼짝하지 않았다. 그 여자는 아직까지 거기 있을까. 바로 눈앞에서 보았던 끔찍한 장면에 온몸이 후들후들 떨렸다.

아침에 나올 때까지만 해도 꽃바구니는 없었는데. 생일이고 하니 어디에서 보내왔나 보다. 이상한 건 그 옆에 놓여 있던 상자였다. 거무죽죽하게 썩은 생선이 그 안에 담겨 있었고, 썩은 물이 마분지 상자 바깥까지 배어 나와 있었다. 바닥에 떨어진 상자 뚜껑이 눈에 들어온 순간, 그 와중에도 권미자는 그게 무엇인지 알아볼 수 있었다. 지난 설 때 권미자네 집에 선물로 들어왔던 치약 세트 상자와 같은 것이었다. 얼마 전 홈쇼핑에서 샀던 갈치를 그 상자에 담아 어느 버르장머리 없는 홈쇼핑 여직원 앞으로 보낸 적이 있었다. 갈치를 산지가 오래되어 이미 갈치를 포장했던 상자는 버렸기 때문에 마땅한 것을 찾은 게 그것이었다.

매일 아침 8시부터 오후 7시까지 영철 엄마 집에서 일하다 보니 퇴근 후 장을 봐서 들어가기가 힘들었다. 작년에 영철 엄마를 대신해서 홈쇼핑에 주문을 넣은 적이 있었는데 그 뒤로 영철 엄마는 홈쇼핑을 이용하지 않았다. 권미자는 집에서 필요한 물건들을 홈쇼핑을 통해 사서 낮에 영철 엄마 집에서 받아놓고 퇴근할 때 가지고 가곤 했다. 어차피 받을 주소가 여기였으므로 영철 엄마 이름으로 샀다. 그러다 보니 홈쇼핑에 전화할 때는 마치 자기가 영철 엄마가 된 것 같았다. 권미자란 이름보다 신정희라고 불리는 게 더 듣기도 좋았다.

그런데 왜 그 상자가 지금 거기에 있는 것일까. 수취거부로 돌아오기라도 한 것일까. 이제서?

"꺅! 안 돼!"

권미자의 주위에 서 있던 한 여자가 갑자기 빌라 위쪽을 바라보더니 소리쳤다. 권미자도 그 여자의 시선이 향한 쪽으로 고개를 돌렸다.

뭔가가 5층 베란다에서 붕 떨어져 내렸다. 그것은 삽시간에 권미자가 있는 곳에서 약 열 발자국 떨어진 화단으로 툭 떨어졌다. 그것이 사람이라는 것과 그 사람이 떨어진 곳이 502호 베란다라는 것을 깨달았을 때 권미자의 입에서는 다시 비명이 비어져 나왔다.

가까이에서 사이렌 소리가 들려왔다. 사람들이 투신한 젊은 여자의 시체 주위에 불안과 호기심을 감추지 못하고 모여들고 있었다.

— 「살아 있으라(2009 올해의 추리소설)」(화남출판사, 2009)

다이어트 클럽

>>>>> 최지수

2009년 「무인년 천주 사교 기록」으로 『계간 미스터리』 신인상을 받았다. 그 밖의 주요 작품으로 단편소설 「다이어트 클럽」, 「유리」 등이 있다.

1

"그만 좀 먹어. 오자마자 먹고 있냐? 몇 끼째야?"

아빠는 현관문을 열면서 인사 대신 소리부터 질렀다. 어지간히 놀란 모양인지 엄마가 움직이던 숟가락을 급하게 놓고 실없이 웃었다. 아빠가 신경질적으로 윗옷을 벗어던지자 채 넘어가지도 못한 음식물을 우물거리던 엄마가 그것을 받아 들고 안방으로 들어갔다.

"오셨어요?"

그의 눈치를 보는 건 나도 마찬가지였다. 아빠는 언제 그랬냐는 듯 웃는 얼굴로 내 안부를 받았지만 알고 있다. 그의 심기는 매우 불편할 것이다. 식탁에 앉기 전, 아빠는 먼저 소파에 몸을 묻었다. 밖에서 또 무슨 일이 있었는지 한숨부터 쉬는 모양새가 영 예사롭지 않았다. 이럴 때는 얼른 방에 들어가는 게 제일이다. 나는 슬그머니 먹던 과자 봉지를 거머쥐고 발걸음을 옮겼다.

"창훈아, 과자 그만 먹어. 한창 클 나이에 그런 것만 먹으면 살만 찐다. 네 엄마처럼. 방학 동안 우리 아들도 다이어트 좀 하시지."

뒷덜미를 낚아채는 말에 나는 작게 고개만 끄덕였다. 왜 그가 오기 전에 얼른 다 먹어치우거나 방 안에 들어가지 않았는가. 다 저놈의 바보상자 탓이다. 나는 괜히 TV를 힐끗거렸다. 현란한 영상들이 정신없이 돌아가고 있었다. 조금 전까지만 해도 재미있었는데 이제는 원망스럽기까지 했다. 주춤거리는 걸음걸이로 방에 들어왔다. 꿍, 작은 단절음이 거실로부터 나를 완전히 차단시키자 기다렸다는 듯 큰소리가 이어졌다.

"아이고, 너도 진짜 살 좀 빼라. 이래가지고서야 부부 동반 모임 나가겠냐? 도저히 창피해서 나는 못 나가. 너 때문에 창훈이까지 저 모양이니, 원. 부끄러워서 살 수가 없다."

목소리로 짐작건대 엄마가 방에서 나왔을 것이다. 그리고 먹던 그릇들을 치우려 식탁 쪽으로 갔고, 아빠는 뒤에서 물끄러미 지켜보다가 한마디 던졌을 것이다. 보지 않아도 훤히 그려지는 상황에 쓴웃음만 나왔다. 문득 손에 쥐고 있던 과자 봉지를 봤다. 입맛이 떨어졌나, 영 씹을 마음이 들지 않았다. 책상 위에 아무렇게 던져두고 침대에 몸을 누였다. 아빠는 뭐가 그리 못마땅한지 계속해서 뭐라 뭐라 목소리를 높이고 있었다. 희미하게나마 들리는 '다이어트' '살 빼라' 등의 말은 입에 붙은 말이나 다름없었다. 인사보다 더 많이 해대는 통에 엄마와 나는 거의 노이로제에 걸릴 수준이었다. 방문 건너 듣기도 거북한데 엄마는 얼마나 상처 받을까. 다이어트, 다이어트, 우리 모자가 가장 많이 듣는 말이었다.

선천적으로 비만 체질을 타고난 나는 어릴 때부터 찌워온 살로 초등학교 비만 등급에서 '마'를 받았다. 가장 뚱뚱한 사람에게 매겨진다는 분류등급이었다. 튼튼하다 못해 비대한 육체는 중학교에 가서도 변하지 않았다. 덜 먹어보겠다는 신념도 엄마의 밥상 앞에서는 늘 무너졌고 나중에 가서는 음료수만 먹어도 살이 불어났다. 고등학교에 재학 중인 지금조차도 '고도 비만'으로 분류되었다. 그 말은 곧 체력장이나 신체검사 때마다 곤욕을 치르고 있다는 말이다. 임산부처럼 튀어나온 배를 구경하는 건 고사하고 다가와 만져보거나 찔러보기라도 할 때면 정말이지 스트레스가 이만저만이 아니었다. 미치겠는 건 그럴 때마다 음식이 더욱 간절한 것이다. 아마 사람들이 나의 육체를 있는 그대로 봐주었다면 살이 10킬로그램쯤은 빠졌을 거라는 실없는 상상도 많이 했다.

가끔은 키가 크려는지 몸이 불어나려는 건지 하루 종일 허기가 지는 날도 많았다. 친한 친구들이며 선생님은 어느 순간부터 내 성적보다 내 살에 신경을 더 많이 썼다. 달갑지 않음에도 불구하고 말이다.

'공부야 나중에 해도 되지만 창훈아, 살은 그렇지 못해. 너무 뚱뚱하면 성인병에 합병증이 오고 건강도 해칠 수 있단다.' 뻔한 이야기들을 누가 모르나. 알고도 어쩔 수 없는 거다. 그러니 몸이 이 모양인 것이고. 충고랍시고 아무렇지도 않게 내 상처를 건드리던 무수한 사람들의 입에 먹던 빵을 물려주고 싶었다. 난들 어쩌란 말인가. 공부하는 것도 싫지만 굶는 건 더 싫다. 굶는 것도 싫지만 살 빼란 소리는 더, 더, 더 싫었다. 내가 자신에게 만족하며 살겠다는데 주위에서 걱정하는 이유를 도무지 알 수 없었다. 꾸준히 다이어트를 운운하는 우리 아빠를 포함해서 말이다. 그러한 막무가내 손가락질과 부담스러운 걱정에 효과적인 대응책은 먹는 것뿐이었다. 어쨌든 스트레스는 나의 내부의 문제고 그것을 해결하기만 하면 되니까. 괜히 응수하고 맞서봤자 상처 받는 건 언제나 뚱뚱한 나였다.

그렇게 지난 세월을 살았다. 그래서 지금의 나는 먹고 싶은 만큼 먹고, 남의 이야기에 신경 쓰지 않는다. 한마디로 단단해진 것이다. 하지만 문제는 엄마였다. 불행하게도 그녀는 나와 닮았다. 성별이 다르고 머리카락만 길 뿐이지 체형, 식성, 식사 분량 등은 나와 똑같았다. 이러한 것들은 우리가 모자라는 사실을 증명해주는 것 외에 그녀의 처지를 가늠하게도 해주었다. 40대 초반의 여자가 대한민국에서 비만으로 살아간다는 것은 사람들의 심심풀이 화젯거리나 동정 어린 손가락질 대상밖에 되지 못했다. 남들이 바로 옆에서 비웃고 지나가도 찍 소리 못 하는 어수룩한 성격과 이내 고개 숙이고 마는 사회적 태도를 갖추었다면 더욱 그렇다. 뚱뚱하다는 이유로 그녀는 하루에도 몇 번씩 상처를 받았다. 사람들이 만들어낸 합법적 인격유린이었다. 엄마가 나를 볼 때면 얼마나 힘겨울까? 그녀의 배로 낳았기에 무시할 수도 없는 아들이란 존재는 어느 순간 자라서 서러운 점만 똑 닮아갔다. 생김새와 체형조차 비슷하니 참으로 박복하다 할 수밖에. 나를 볼 때마다 받는 엄마의 스트레스는 대충 짐작할 수 있었다.

머리에 팔을 괸 채로 이리저리 뒹굴거렸다. 쉽사리 잠이 오지 않는 밤이다. 점점 침대가 좁아졌다. 날이 갈수록 몸뚱이의 면적이 넓어지는 모양이었다. 젠장, 낮게 욕지거리를 뱉던 나는 책상 쪽으로 팔을 뻗었다. 아까 먹다 남은 과자 봉지가 그쯤 있었다. 과자 봉지 귀퉁이가 손가락 끝에 달랑거리며 닿았다. 나는 애써 팔을 뻗었지만 쉬이 잡히지 않았다. 세상에는 어느 하나 쉬운 게 없다. 한낱 과자 봉지 잡는 것만 봐도 그렇지 않은가. 혼신의 힘을 다해서 비틀고 뻗고 뒤틀어야 손에 겨우 들어온다. 하물며 다이어트란 오죽 힘들까. 바스락 하고 과자가 입안에서 부서진다. 내 나이 열일곱, 인생살이의 어려움을 깨달아버렸다.

 엄마는 부지런한 속도로 밥을 먹었다. 아빠가 나가자마자 기다렸다는 듯 양푼을 꿰차던 그녀의 모습에 내 입까지 떡 벌어졌다.
 "엄마, 조금만 먹어. 아빠가 살쪘다고 또 구박할라."
 속상한 마음에 충고까지 했지만 그녀는 신경도 쓰지 않았다. 이럴 때야말로 혀를 차게 되는 것이다. 빛의 속도로 밥을 먹는 엄마를 보고 있자니, 공복의 허기가 싹 가시는 기분이었다. 아무 말 없이 식탁 의자에 앉자 고추장이 벌겋게 묻은 입술이 헤벌쭉 벌어졌다.
 "야, 안 그래도 네 아빠 짜증이 늘었다. 어제 새벽에도 자는 척하면서 내가 야식을 먹나 안 먹나 감시하는 것 있지. 저런 것도 어지간히 중증이야, 중증."
 "아빠 마음도 이해가 간다. 엄마 몸을 보셔. 조금 있으면 터질지도 몰라. 건강상 좋지 않다며. 오늘부터는 세 끼만 챙겨 먹어. 그래도 안 굶어 죽어."
 앞에 놓인 단무지 조각 하나를 입안에 집어넣었다. 엄마는 내 충고가 못마땅한 건지 심드렁한 표정으로 쳐다보았다. 아삭아삭, 쩝쩝쩝. 느긋한 오전의 식탁에는 단무지 씹는 소리와 밥알 씹는 소리만 작렬했다. 누가 보면 딱 석 달 열흘 굶은 사람처럼 엄마는 양푼 비빔밥 약 3인분 분량을 비워냈다.
 물로 입안을 헹구어내던 엄마가 덧붙였다.
 "너도 방학이라고 놀지만 말고 운동이나 좀 해. 여자친구 안 사귈 거야?"
 대꾸 대신 씹던 단무지만 꿀꺽 삼켰다. 엄마 보면 여자친구 생각이 싸악 달아난다고 말할 수는 없었기 때문이다.

 오후의 햇살은 여느 때보다 강렬했다. 여름이 깊어질수록 날씨는 더워졌다. 살이 찐 사람들은 원래 더위를 많이 탄다지만 이건 기후학적인 문제를 배제할 수 없었다. 적어도 엄마와 나는 그렇게 믿었다.
 에어컨 온도를 낮추고 소파에 걸터앉았다. 이럴 때면 천국이 따로 없다. 방학이라는 특권 아래 즐기는 한가로운 오후, 한 손에는 과자, 한 손에는 TV 리모컨이 있다. 이보다 훌륭한 왕국이 어디 있겠는가. 엄마는 햇빛을 완벽하게 차단하기 위해 커튼이란 커튼은 모조리 친 상태에서 달콤한 낮잠 속을 헤맸다. 밥 먹고 바로 자면 살이 엄청 찐다던데 엄마는 그때 자는 게 제일 행복하다고 했다. 나는 브라운관과 엄마를 번갈아가며 쳐다봤다. 같이 공원이라도 가자더니 이내 곯아떨어지는 건 뭐람. 하긴 엄마 몸에 이 날씨면 움직이는 것도 일이었다. 나는 나가느니 차라리 과자 부스러기나 씹고 브라운관이나 째려보는 게 더 합리적이라고 생각했다. 고맙게도 오늘따라 재방송이 잦았다. 특히 예전에 무척이나 즐겨 봤던 병원 드라마를 하는 것이 아닌가. 출연배우들은 그다지 유명하지 않아도 스토리가 재미있어 엄마와 나는 꽤나 열광했었다. 브라운관 속 환자는 코마에 빠져 있었고 의사는 보호자들에게 거듭 고개를 숙이며 죄송하다고 하고 있었다. 지금은 유명하지만 그때는 촌스럽던 배우들이 곤란한 표정으로 허리를 굽혔다. 찡했다. 가족들이 바닥에 털썩 주저앉아 우는데 가슴이 뭉클해졌다. 막 눈가를 훔치려는 마당이었다. 요란한 차임벨 소리가 시끄럽게 울린 건.
 "아이고."

엄마는 커다란 벨소리에 어지간히 놀랐는지 몸을 벌떡 일으켰다. 그리고 시계를 쳐다봤다. 아마 아빠 올 시간이라고 착각한 모양이었다. 나는 왠지 그게 드라마보다 더 슬퍼 울컥 눈가가 젖어들었다.

"아빠 올 시간 멀었어. 지금 12시도 안 됐다."

나는 무심한 듯 말하고 비디오폰 수화기를 들었다. 화면에는 낯선 얼굴 두 개가 어른거리고 있었다.

"누구세요?" 불만 섞인 투로 입을 열었다.

"응, 창훈이구나. 어머니 계시니?"

"누구세요?"

"아빠 회사 후배……."

"아이씨."

여자의 말이 끝나기도 전에 엄마가 인상을 찌푸렸다. 미간을 좁히며 신원을 확인하려 애쓰던 그녀가 내린 결론은 그리 좋지 않은 것 같았다. "없다고 해?" 입술만 움직여 말했다. 엄마는 머뭇거리다가 수화기를 뺏어 들었다. 없는 척하긴 멋쩍은 모양이었다.

"어머, 오랜만이에요. 얼른 들어오세요."

엄마는 애써 밝은 척해봤지만 불편하기 그지없었다. 목소리와 표정이 따로 논다고 할까.

곧 현관 밖이 시끌벅적해지더니 다시 문 두드리는 소리가 났다. 엄마는 대충 손으로 머리카락을 빗어 넘긴 후 현관문을 열어주었다. 예상 밖으로 그녀들은 들어오며 환한 인사부터 건넸다.

"사모님, 안녕하세요. 자주 찾아뵀었어야 하는데 죄송해요."

"잘 계셨어요? 다들 갈수록 예뻐지시네요."

엄마의 입은 웃고 있지만 눈은 웃고 있지 않았다. 내가 아는 엄마 성격으로 비추어볼 때 이들의 방문은 달갑지 않은 것이 분명했다. 엄마는 억지웃음을 지으며 들어오길 재차 권유했다. 방금 전까지 바닥을 뒹굴고 있던 덕에 집 안은 지저분했지만 그녀들은 신경 쓰지 않는 눈치였다. 나는 소파에 앉은 여자에게 꾸벅 고개를 숙였다.

"안녕하세요."

분위기상 인사 정도는 해야 할 것 같았다. 여자는 연신 반갑다는 둥 잘생겼다는 둥 말도 안 되는 소리들을 늘어놓았다. 엄마는 빠르게 주스 두 잔을 내왔다. 아껴 먹는 석류 주스였다. 나는 아까운 생각만 들었다. 저거 사러 가는 것도 귀찮은데. 여자들이 주스를 마시는 사이 엄마는 내 곁에 바짝 붙어 앉았다. 나는 TV에 시선을 두고 있었지만 그녀가 긴장한 것쯤은 알 수 있었다. 하필이면 이 프로그램 할 때 올 게 뭐람. 화면에 앙상한 환자들이 판을 쳤다. 보기에 썩 좋은 장면은 아니었지만 끄기도 뭐해 나는 다시 드라마에 집중했다. 옆에서 뭐라고 하든 말든.

"갑자기 웬일이야?"

엄마는 제법 우아한 말투로 그녀들을 대했다. 이야기를 들어보니 여자들은 아빠가 다니는 회사 사람들의 부인, 즉 아빠 부하직원의 부인들 같았다. 전에도 나를 몇 번 본 적이 있다는데 기억나지 않았다. 그녀들은 엄마와 달리 날씬하고 세련미가 철철 흘렀다. 요즘 TV에서 말하는 소위 청담동 며느리 스타일이랄까. 아빠 회사의 아랫사람들 부인이 이렇게 말랐다는 건 은근히 불쾌한 일이었다. 엄마의 생각도 나와 다르지 않은지 안면 근육이 경직되어 있었다.

"아유, 사모님, 요즘 부장님이 선전하신데요. 회사 수주 계약을 단독으로 따내셔서 해외영업부를 먹여 살린다고 소문이 자자하시더라고요. 차기 임원 후보시라는 말도 있고요."

"그것 때문에라도 다음 사내 회식에서 주인공이 되실 것 같은데. 부부 동반이라는 말 들으셨나요? 사모님도 뿌듯하시겠어요."

엄마는 들고 있던 주스 잔을 불편하게 내려놓았다. 어제 아빠가 한 말이 저 뜻이었나 보다. 사내 회식이라면 분기별로 갖는 아빠의 회사 모임으로 부부 동반 참석이 대부분이었다. 그러한 룰을 싫어 하는 건 엄마고 아빠고 마찬가지였지만 아빠가 입사하기 전부터 그 랬다는데 안 나갈 수도 없는 노릇이다. 더군다나 주인공이라지 않는 가. 엄마는 억지로 고개를 주억거리며 "그렇지, 뭐" 하고 작게 대답 했다. 그녀들은 엄마의 기분을 짐작했는지 입을 다물고 애꿎은 주스 만 들이켰다. 부부 동반 모임은 처음이 아니었다. 그렇기에 더욱 아 빠가 엄마에게 엄청난 핀잔을 주고 있었다. 비참한 건 주변 사람들 이 이를 모를 리 없다는 것. 몇 달 전 가족 동반 모임에서 엄마가 제 일 풍풍하다던 아빠의 농담이 오고 갔을 때도 그녀들은 자리에 있었 다. 왠지 불편해져 슬그머니 자리에서 일어나려던 차였다. 갑자기 조심스레 자세를 낮춘 여자의 목소리가 들렸다.

"사모님, 그래서 말인데요. 제가 이번에 10킬로그램을 감량했어요."
"뭐요?"

엄마는 놀란 듯 목소리를 높였다. 나는 슬쩍 일어나 방으로 걸어 갔다. 천천히 문을 닫을 때 언뜻 보이는 식탁 옆으로 수많은 다이어 트 식품들이 눈에 보였다.

스트레스 받는 건 나도 마찬가지였다. 그놈의 살, 살, 저 여자들은 무슨 원한으로 조용한 오후의 거실에 폭풍 같은 이야기들을 풀어놓으려고 하는가? 괜히 신경질만 나 먹다 남은 과자 봉지 입구를 열었다. 반쯤 남은 과자들이 시끄럽게 부스럭거렸다. 나는 침대에 비스듬히 걸터앉아 그것들을 입속으로 우겨넣었다.

내 방에도 TV를 넣어달라던 요청을 간단히 무시하던 엄마가 오늘따라 왜 이렇게 짜증이 나는지. 멍하니 허공을 보고 앉아 있자니 기분이 저절로 우울해졌다. 나는 아예 벌러덩 누워 남은 과자 부스러기를 입안으로 탈탈 털어넣었다. 달콤한 초콜릿이 혓바닥에 착착 감겼다. 뭐랄까, 이렇게라도 먹으니 내가 청소년기 우울증을 피할 수 있었다고나 할까. 점점 소용없어지는 것 같긴 하지만.

해가 길다. 여름의 낮은 해가 길어서 불청객들에게 안정감을 주었다. 어두워지면 빨리 가려고 생각할 텐데 밝으니까 그런 생각조차 못 하는 듯했다. 조금 있으면 저녁 시간인데 이 시간에 남의 집에 있다는 건 실례 아닌가? 나는 책상 위에 걸린 시계와 방문을 번갈아 쳐다보며 분주한 거실이 조용해지길 기다렸다.

"창훈아, 밥 먹어라."

엄마가 불쑥 문을 열었다. 까무룩 잠이 든 모양이었다. 화들짝 깬 나는 갑자기 나타난 엄마의 모습에 가슴을 쓸어내렸다. 6시를 넘긴 시각, 여자들은 언제 갔는지 보이지 않았고 엄마의 표정은 한결 좋아 보였다.

'아까 한 여자한테서 10킬로그램을 뺐다던 말을 들었는데도 왜 저러지?'

설마 우리 엄마는 자신도 그렇게 될 수 있다는 희망을 가지고 있는 것일까? 어쭙잖은 비법을 알게 되어 기뻐하고 있는 것일지도 몰랐다. 수많은 실패를 맛봐놓고서 아직도 그런 생각을 하고 있다면 엄마가 철이 덜 들었다는 증거이고, 그것은 엄마가 괜히 살찌는 게 아니라는 주장을 뒷받침해줄 만한 근거가 된다.

무거운 몸을 일으켜 주방으로 나갔다.

"아빠 오기 전에 얼른 먹자."

엄마는 작정이라도 한 사람처럼 수저를 움직이기 시작했다. 언제 끓였는지 짭조름한 쇠고기 전골이 식탁 중간에서 보글거리고 있었다. 의자에 앉자마자 숟가락부터 들었다. 많이 먹으라고 머리까지 쓰다듬어주는 그녀는 기분이 좋아 보였다.

"창훈아, 엄마도 살 뺄 수 있을 것 같아. 아까 그 아줌마 있잖아, 원래 62킬로그램이었는데 51킬로그램이 됐대. 엄마는 지금 몸무게에서 빼면 30킬로그램도 뺄 수 있을 거야. 게다가 단기간에 그런다니 얼마나 좋냐. 엄마가 날씬해지면 우리 창훈이 학교에도 데리러 가고 예쁜 치마도 입고. 생각만 해도 좋아."

그런 날이 올까요? 되묻고 싶은 말을 목까지 꾹꾹 누르며 억지웃음을 지었다. 엄마는 기분이 좋은지 금세 한 그릇을 비우고 다시 밥을 퍼 담는 중이었다.

"그 모임이 언제라고?"

마지못해 날짜를 확인했다. 나는 안 가도 되는 거지? 덧붙이자 엄마는 비장한 눈빛으로 대답했다.

"8월 첫 주라고 했으니까 정확히 한 달 조금 더 남았다. 두고 봐. 엄마가 모두들 깜짝 놀라게 해줄 거야."

새하얀 쌀밥을 입안으로 퍼넣으며 하는 말치고는 모순이었다. 엄마의 대사는 드라마나 영화에 나오는 주인공처럼 비장하기만 했고 나는 그것을 비웃지 못해 차라리 고개를 숙였다. 자연스럽게 훗

날 좌절할 엄마를 상상하면서 말이다. 남은 쇠고기 전골을 긁어 먹은 뒤 자리에서 일어섰다. 기분 좋은 엄마는 나와 조금이라도 더 이야기를 나누고 싶은 눈치였지만 도저히 받아줄 자신이 없었다. 기대가 크면 실망도 크리라는 것을 나는 누구보다 잘 알고 있었기 때문이다. 이번에는 또 어떤 약을 사려나? 한가득 놓인 다이어트 식품을 돈으로 환산하면 몇백만 원어치는 족히 넘을 것이다. 다 먹기나 먹으면 괜찮지 하루 이틀 먹다가 버려버리길 반복하는 건 엄마의 공식이자 레퍼토리였다. 차라리 운동을 하거나 단식이 나을 것이다. 엄마도 그것을 알고 있었다. 다만 먹는 게 해결이 안 되니까 어쩔 수 없다는 말만 둘러댔다. 천성으로 먹기 좋아하는 엄마가 살이 빠질 리가 없다. 문득 밤마다 한숨 쉬는 아빠의 심정이 이해가 될 듯도 했다.

2

"어? 아빠……다."

아빠를 발견한 곳은 의외의 장소였다. 해도 지기 전에 마트라니. 엄마는 불행하게도 나보다 먼저 아빠를 발견한 것 같았다. 조잘거리다 우뚝 멈춰 서더니 한 발짝도 움직일 생각을 못 했다. 마네킹처럼 길 한가운데서 굳어버린 엄마의 얼굴은 붉게 상기되어 있었다. 아빠의 옆에는 긴 생머리를 곱게 묶은 여자가 함께 있었다. 조명에 빛나는 하얀 피부와 늘씬한 팔다리는 그녀의 존재를 한층 눈부시게 만들어주었다. 마치 갓 결혼한 신혼부부처럼 즐거워 보이는 풍경이었다. 언뜻 보아도 아빠가 진정으로 좋아한다는 것쯤은 알 수 있었다.

나는 잡고 있던 카트를 급하게 반대편으로 몰았다. 엄마가 주춤거리며 따라왔다. 당장 달려가 여자의 머리채를 휘어잡아야 당연한 상황이었지만 그러지 못하는 엄마의 마음은 복잡할 것이다. 여자가 지나치게 아름다워서도, 사람들이 엄청 많아서도 아니었다. 단지 너무나 행복한 듯 웃고 있는 아빠 때문에 엄마는 철저하게 무너져버렸다.

아빠에게 애인이 있다는 건 어렴풋이 짐작하고 있었다. 최근에야 든 기분은 아니었다. 한 3, 4년 전부터 아빠는 연락 없이 외박을 한다거나 출장이 잦았다. 하루는 회사에서 출장 갔다던 아빠를 찾는 전화도 걸려왔다. 그가 병결했다는 것이다. 엄마는 대충 둘러대 주었지만 그날 저녁, 기록에 남는 폭식을 했다. 바보가 아니라면 누구나 다 알 수 있었다. 아빠의 사생활쯤은.

물끄러미 쳐다보던 시선을 애써 카트 속으로 처박았다. 아무렇게나 담긴 음식이며 세제들이 눈에 들어왔다. 엄마는 떨고 있었다. 말아 쥔 주먹 사이사이로 하얗게 피가 걷혔다.

"빨리 가자."

그녀를 끌고 계속해서 반대편으로 갔다. 아빠의 웃음소리가 희미하게 들리는 듯했다. 엄마는 입술을 꾹 깨물었다. 언뜻 쳐다본 그들의 카트에는 꽤 많은 물건이 담겨 있었다. 누가 봐도 함께 사는 집에 들여놓을 물건들이었다. 가슴이 먹먹해졌다. 나는 곧 마트에 따라온 걸 후회했다. 엄마 혼자 봤다면 덜 비참했을 수도 있다. 하필 내가 있어 엄마의 자괴감은 증폭되었을 것이다. 집에서 뒹굴거리고 있을 참이었다. 그랬다면 최소한 아빠에게 아들로서의 실망감은 들지 않았을지도 모른다. 미처 쇼핑을 끝내지도 못하고 계산대로 갔다.

"엄마 뭐 해?"

좀처럼 정신을 차리지 못하는 그녀의 팔을 쳤다. 흐트러진 물건을 비닐 속으로 주워 담던 내가 다시 목소리를 높였다.

"배고파. 빨리 가서 밥 먹자."

재촉하자 엄마는 넋 나간 얼굴로 지갑을 뒤적거렸다. 큰 충격이었다면 차라리 달려가서 그 여자의 머리채를 잡고 아빠의 따귀라도 때렸으면 했다. 자신 없는 엄마는 그저 터질 것 같은 울음을 막고 고개 숙이는 것밖에 못 했다.

날씨는 더웠다. 나처럼 면적이 넓은 인간에게는 더욱 힘든 계절, 여름이니까 당연했다. 모든 것이 습하고 덥고 힘겨웠다. 엄마에게도 그건 마찬가지였다. 우리는 뚱뚱하니까. 땀이 자꾸만 목덜미며 얼굴을 타고 흘렀다. 닦을 새도 없이 택시부터 잡고 엄마를 밀어넣었다. 일 초라도 빨리 마트를 벗어나고 싶었다.

"아름다운아파트요."

둘만으로도 뒷좌석이 꽉 찼다. 기사가 계속 거울을 힐끗거리며 엄마와 나를 번갈아 쳐다봤다. 마치 신기한 구경거리를 쳐다보는 듯했다. 나는 엄마의 손을 꼭 쥐었다. 확인 사살 받는 건 언제나 잔인한 일이었다. 그것도 엄마는 철저한 피해자가 아닌가. 입만 꾹 다물고 있던 참에 메마른 목소리가 들렸다.

"엄마 살 뺄 거야. 너희 아빠 취향은 날씬한 아가씨인가 보다."

억지로 웃는 그녀의 눈이 축축해져 있었다. 차라리 펑펑 울었으면 했다. 그게 마음은 편할 테니까 말이다.

아빠는 여느 때와 다름없는 표정으로 들어왔다. 들어오자마자 엄마를 확인한 아빠는 그녀가 멍하니 소파에 앉아 있자 사람 되어간다며 실없이 웃었다. 리모컨을 놓고 일어섰다. 그를 웃는 얼굴로 대할 수 없어서였다.

"다녀오셨습니까."

미처 대답을 듣기 전에 방문부터 닫아버렸다. 홀로 남겨진 방 안은 적막했다. 더위가 스멀스멀 피부로 감겨왔다. 참 이래저래 비참한 계절이다, 여름은.

제법 소란한 소음에 눈을 떴다. 물건들이 부딪히는 소리 같았다. 나는 직감적으로 무슨 일이 일어날 것만 같은 느낌이 들었다. 소스라치듯 일어나 방문부터 열었다. 일어났냐는 식으로 힐끔 나를 쳐다보던 엄마는 여행용 가방에 이것저것 주워 담고 있었다. 옆에는 지난번 우리 집에 왔던 두 여자 중 한 명이 서 있었다. 아마 10킬로그램 뺐다던 그 여자가 맞을 것이다.

"엄마, 어디 가?"

불안한 듯 말하자 그녀는 움직이던 손을 멈추고 나를 봤다. 엄마의 애매한 미소는 불길하기만 했다.

"응. 엄마 살 빼러 갔다 올 거야. 금방 올 거니까 창훈이 공부 열심히 하고 운동도 열심히 하고 있어."

엄마는 가방 지퍼를 올리고 자리에서 일어섰다. 덩달아 움직이던 여자가 가벼운 목례를 보냈지만 모르는 척 현관을 나가는 그녀 뒤에 섰다.

"언제 오는데?"

"조금만 있으면 와. 엄마 날씬해져서 올게."

단식원을 찾을 때마다 했던 말이다. 나는 한시름 놓았다. 한두 번 겪은 일이 아니었다. 다만 이번에는 조금 더 불길한 예감이 들긴 했지만 엄마는 일주일이 안 돼서 집으로 돌아올 것이 뻔했다. 그것도 밤에 몰래 먹다가 단식원 원장에게 걸려 돈 한 푼 못 받고 쫓겨난 상태로 말이다. 지금껏 모두 그랬으니까 이번에도 그럴 것이다. 아니, 그랬으면 좋겠다. 유명 탤런트들이 몇십 킬로씩 쭉쭉 뺐다는 유명 단식원에 들어가도 엄마는 그대로였다. 심지어 요요현상으로 입소 전보다 더 살이 찌기도 했다. 나는 마지못해 고개만 끄덕였다. 엄마가 다정하게 내 머리칼을 쓸어주었다. 그 손길이 너무 서글퍼 나는 아무 말도 할 수 없었다. 쓸쓸하게 웃던 엄마가 곧 현관문을 나섰다.

집 안이 휑했다. 매일 함께 뒹굴던 사람이 없어지니 폭풍처럼 밀려오는 외로움을 어찌 느끼지 않겠는가? 밥 먹을 때도 혼자, TV 볼 때도 혼자였다. 나사가 열 개쯤은 빠져버린 기분이다. 엄마의 빈자리는 상상 이상이었다.

'하루도 안 됐는데 보고 싶은 건 뭐람.'

막 코끝이 시큰거릴 즈음이었다. 소파에 던져둔 전화기가 시끄럽게 울렸다. 아빠였다.

"네."

"너희 엄마 갔나?"

"아까 나갔어요. 이상한 아줌마랑"

"그래? 하이고, 이번에는 또 얼마나 버틸지. 엄마 없어도 밥 잘 챙겨먹고 있어. 아빠는 오늘 늦는다."

그 여자랑 약속 있는 모양이었다. 그런 거냐고 묻고 싶은 마음이 굴뚝같았지만 수화기를 내려놓는 걸로 대신했다. 갑자기 온몸에 힘이 쭉 빠졌다. 아빠도 늦고, 엄마도 없는 게 순식간에 철저히 혼자가 된 기분이었다. 학교라도 가면 좋겠구먼, 여름방학은 야속하게도 길었다. 소파에 몸을 묻었다. 엄마가 며칠씩 집을 떠나 있겠다는데 아빠는 별반 걱정도 되지 않는 눈치였다. 오히려 들뜬 목소리에 가깝다고 할까. 날씬해져서 올 엄마를 기대하는 건 아닐 테고 한결 자유로워진 며칠에 환호성을 지르는 것 같았다. 외로운 건 나뿐이었다.

3

 엄마가 돌아온 건 예상보다 오랜 기간이 지나서였다. 아침, 반가운 목소리에 현관으로 나오던 나는 그만 넘어질 뻔했다. 갓 깨어나 흐릿한 시야 앞에 엄마가 보였기 때문이다. 아니, 더 정확하게 말하면 반으로 줄어든 엄마가 내 이름을 부르고 있었기 때문이다. 영 낯선 모습이었다. 완전 달라진 엄마의 얼굴에 나는 거리감과 반가움을 동시에 느꼈다. 전과 확실하게 구분되는 덩치였다. 놀란 마음에 쉽사리 엄마 곁으로 다가가지 못했다. 엄마는 그런 내가 어색해 보였는지 나를 안아주었다. 그 순간에도 내 머릿속은 이게 우리 엄마가 맞을까, 라는 의구심을 떨칠 수 없었다.
 "엄마 맞아?"
 "맞아."
 내 질문에 그녀는 간단하게 답했다. 보고 또 봤지만 우리 엄마 같지 않았다. 이목구비는 흐릿하게 남아 있었으나 육중했던 몸매는 어딜 가고 없었다. 엄마는 아름다워진 모습으로 돌아왔다. 단식원 원장에게 쫓겨나지도, 살이 쪄서 오지도 않았다. 전에 없던 가느다란 허리와 얇은 팔이 한결 여성스러워 보였다. 게다가 목에 두른 스카프는 어떤가, 목이 두꺼워 감지 못했던 스카프는 엄마의 가는 목을 돋보이게 해주었다. 한때 90킬로그램에 육박했던 사람이라고는 도저히 믿을 수 없는 몸뚱이였다. 요리조리 엄마를 둘러보며 연신 감탄사를 내뱉었다. 얼굴이 좀 푸석하고 피곤해 보였지만 감량한 것 치고는 나쁘지 않았다. 겨우 1킬로그램 감량하고서 배고프다며 파랗게 질려 왔던 예전에 비한다면 말이다.

토끼 눈으로 자신을 훑어보는 내가 귀여웠는지 엄마는 살포시 웃으며 가방을 내려놓았다. 예전에 입고 나갔던 옷이 볼품없이 헐렁해져 있었다. 엄마의 가방을 안방으로 옮겨놓았다. 엄마는 안방에 들어오더니 가방 지퍼를 열고 옷을 풀었다. 하나도 안 입은 모양인지 그것들은 모두 납작하게 눌려 있었다.

"입고 다닐 시간이 없었어."

내가 물끄러미 옷을 쳐다보고 있어서 그런지 엄마는 묻지도 않은 대답을 했다.

"배 안 고파?"

나는 넌지시 엄마 눈치를 살폈다. 정신력을 시험해보고 싶은 마음이 아니라 오랫동안 함께하지 못한 모자만의 밥상이 그리워서였다. 지금껏 집에 들어오는 둥 마는 둥 한 아빠 때문에라도 제대로 끼니를 챙겨 먹은 적이 몇 번 없었다. 엄마는 내 말에 귀가 솔깃한지 고개를 끄덕였다.

장을 보러 가기에는 피곤하다는 엄마 때문에 비빔밥을 만들어 먹기로 했다. 남은 반찬을 양푼으로 모조리 쏟아넣고 비볐다. 이른바 양푼비빔밥. 엄마가 제일 좋아했던 메뉴다. 입가에 미소가 떠나지 않았다. 엄마의 푸석해진 눈가가 건조하게 웃었다. 뚱뚱하면 건강에도 좋지 않다고 말하던 예전의 엄마가 생각났다. 사실 그때가 더 생기 있어 보였지만 지금 날씬한 엄마도 나쁘지 않았다. 나는 숟가락을 그릇에 꽂아 넣으며 웃었다.

"아빠 오기 전에 얼른 먹자."

엄마는 오랜만에 접한 식단이 마음에 드는지 정신없이 밥을 먹기 시작했다. 살은 빠졌지만 식성은 예전보다 왕성해진 것 같았다. 불도저처럼 입안으로 밥을 밀어넣던 엄마의 기세에 슬그머니 숟가락을 놓았다. 역시 살 빼면 뭐하나, 저렇게 먹으면 요요현상이 없을 리가 없다. 나더러 많이 먹으라던 엄마는 금세 한 그릇을 뚝딱 비워냈다. 더 달라는 엄마의 제스처에 나는 양푼을 들고 일어났다.

"거기서는 밥 안 줘? 요요현상 와. 천천히 먹어."

"또 가면 되지."

잔소리처럼 덧붙였지만 엄마는 아랑곳하지 않았다. 밥솥에 있던 밥을 바닥까지 삭삭 긁어 양푼에 담아주었다. 그릇을 내려놓자마자 밥을 떠먹는 엄청난 속도에 나는 그저 바라볼 수밖에 없었다. 그럼 그렇지. 엄청나게 먹는 엄마를 보자 왠지 반가운 느낌이었다.

3차전의 타깃은 소파에 널린 군것질거리들이었다. 엄마는 점심 시간이 넘어가자 예전처럼 소파에 앉아 TV를 켰다. 그리고 사다놓은 과자며 빵 등을 모두 꺼내왔다. 평소 엄마가 좋아했던 초콜릿 과자를 포함해 꺼리던 감자칩까지 전부 쌓아놓은 엄마는 하나씩 봉지를 비워갔다. 밥을 먹은 지 불과 십 분도 지나지 않아서였다. 고개를 젖혀 크게 입을 벌리고 과자를 털어넣는 그녀의 모습은 수상할 만큼 늘어버린 식탐을 보여주고 있었다. 목에 맨 스카프가 고개 움직임에 따라 이리저리 휘날렸다.

"그만 먹어, 엄마. 힘들게 살 뺐으면 유지를 해야지."
"내일부터 하지 뭐."

전형적인 비만 환자들의 미루기 방식을 보여준 엄마는 끝내 과자 다섯 봉지를 모두 먹어치웠다. 그리고 언제 그랬냐는 듯 곯아떨어졌다. 새근새근 숨을 내쉬는 그녀의 배는 적응되지 않을 만큼 홀쭉했다. 한 편의 드라마를 본 것 같은 착각이 들었다. 확실히 예전보다 먹는 양이 늘었다. 단식원에서 못 먹은 탓일까, 그렇더라도 한꺼번에 먹기에는 버거운 양이었다. 수상한 느낌이 가시질 않았다.

"당신, 수고했어."

아빠는 놀랐는지 입을 다물지 못했다. 내가 엄마를 처음 봤을 때와 똑같은 표정 같았다. 나는 흐뭇한 미소로 엄마와 아빠를 번갈아 쳐다보았다. 아빠는 저녁을 먹고 TV를 보는 내내 날씬한 아내가 낯선지 어색한 기색이 엿보였다. 엄마는 아빠가 오기 전부터 못 보던 원피스를 입고 곱게 화장까지 하고 있었다. 목에는 원피스와 같은 색깔의 스카프가 멋스럽게 걸려 있었다. 건조하던 얼굴이 화장기를 입자 화사하게 변했다. 게다가 "여보, 식사하세요"와 같이 나긋해진 말투를 쓰다니. 예전, 구박에 치여 입만 겨우 뻥끗하던 때에 비하면 180도로 달라져 있었다. 아빠 또한 평소에 일삼던 불평 혹은 핀잔 등을 완전히 자제했다. 간만에 맛있는 저녁이었다. 아빠는 집에 일찍 들어왔음에도 혼자 서재에 들어가거나 먼저 잠자리에 들지 않았다. 기다렸다는 듯 엄마가 과일 한 접시를 내어왔다. 몇 년 만에 조성된 아늑한 거실이었다. 처음으로 우리 가족은 TV에 시선을 두지 않았다. 아빠도 엄마도 뻣뻣하지만 각자의 이야기를 하며 떨어져 있던 날들의 회포를 풀었다. 나는 사과 두어 개를 입안에 쑤셔넣고 슬그머니 일어났다. 이럴 때는 빠져주는 센스. 유난히 새빨간 엄마의 립스틱이 예뻐 보였던 게 부디 나만이 아니길 바랐다.
"졸리네. 자야겠다."
초보 배우처럼 어색한 대사를 내뱉으며 방문을 열고 들어왔다. 방 안이 포근하단 느낌은 실로 오랜만이었다. 유쾌한 기분으로 침대에 누웠다. 방문 틈으로 새어 들어오던 거실의 불빛이 꺼질 때쯤 미소가 나왔다. 역시 사람은 살을 빼야 해.
부부 동반 모임의 날짜는 성큼 다가왔다. 사실 엄마가 아침부터 서두르는 통에 모를 수가 없었다는 게 맞다. 늦은 오후까지 과자를 먹으며 드라마를 시청하다가 느지막이 저녁을 준비하던 예전과 달리 그날은 오전부터 난리법석이었다. 미용실을 다녀온 뒤 화장을 두 시간씩이나 하고도 모자라 옷을 입었다가 벗었다가 패션쇼를 방불케 했다. 달라진 자신을 보여준다는 설렘 때문인지 엄마는 한결 초조한 표정이었다. 식탁 위에 놓인 과자 봉지를 뜯으며 대충 해, 안 그래도 예뻐, 하고 목소리를 높여주었다. 엄마는 방문 밖으로 불쑥 얼굴을 내밀고 그렇지, 하고 반문했다. 예전에 비하면 연예인 수준이었다. 대충 고개를 끄덕이며 엄마가 나가기만을 기다렸다. 몸집만큼 성격도 느긋했던 나는 부산스러운 건 딱 질색이었다. 분홍색 원피스를 곱게 차려입은 그녀가 거실로 나왔다. '어때?'라는 눈빛에 나는 마지못해 엄지손가락을 들었다. 엄마도 꽤 만족하는 눈빛이었다.
"다른 여편네들 코를 납작하게 해줘야 하는데."
엄마는 구시렁거리면서도 거울 앞을 떠날 줄 몰랐다. 아빠의 전화는 약속 시간보다 한참이나 빨리 걸려왔다. 엄마가 쏜살같이 달려나갔다. 17년을 살면서 이런 경우는 처음이었다. 부부 동반이라면 화를 내던 엄마도, 아빠도 같이 못 나가 안달이라니. 그래서 세상은 살아볼 만한가 보다.

4

"뭐? 또 집을 비운다고?"

엄마의 일방적인 통보에 냅다 소리부터 질렀다. 부부 동반 모임이 끝나고 일주일이 지나서였다. 밥 한 공기를 비우려던 참에 나는 숟가락부터 내려놓았다. 엄마는 태연한 얼굴로 비빔밥을 마지막까지 긁어 먹고서야 말했다.

"싫어. 엄마 없으니까 집이 개판이야. 아빠도 그렇고. 근데 또 가겠다고?"

나는 제법 흥분했다. 사실 엄마가 막 돌아왔을 때보다 살이 찐 건 맞다. 하지만 예전에 비하면 개과천선인데 또 살을 빼러 가겠다니, 그것도 집을 오래 비우고서 말이다. 밥맛이 뚝 떨어졌다.

"싫어. 엄마 가면 나도 비뚤어질 거야."

"아들, 실없는 소리 마. 너도 엄마가 살 빼니까 좋아했잖아. 집에 있으니까 자꾸 찐단 말이야. 벌써 5킬로그램 넘게 불었어."

"그렇게 먹는데 당연히 돌아오지."

"이만 끝, 어쨌든 엄마는 간다."

엄마는 끝내 마음을 돌리지 않았다. 어지러운 집과 밀린 빨래, 설거짓거리에서 나는 냄새와 하루 종일 혼자 뒹굴던 시간들이 반복된다 생각하니 우울증이 올 것 같았다. 엄마는 일사천리로 짐을 쌌다.

점심을 먹고 TV 앞에 앉아 있자니 가방을 든 엄마가 방문을 열고 나왔다. 가벼운 옷차림이었지만 얼굴은 못내 어두워 보였다.

"가고 싶어 가는 사람이 왜 그런 표정이래. 정말 가는 거야?"

못마땅한 눈으로 엄마를 쳐다봤다. 그녀도 마음이 아픈지 내 머리를 쓰다듬는 손길이 예전보다 찡한 것 같기도 했다.

"살 빼서 올게."

엄마는 가을바람처럼 쓸쓸한 걸음걸이로 현관을 나섰다. 짜증 난 나는 일부러 배웅도 하지 않은 채 애꿎은 리모컨 버튼만 눌러댔다. 다이어트가 그렇게 중요한가? 언뜻 고개를 돌린 베란다 창밖으로 8월의 태양이 불타고 있었다. 나는 신경질적으로 리모컨을 던지며 자리에서 일어섰다. 엄마가 없는 거실은 기름 없는 참치 통조림 같았다. 퍽퍽하기만 한.

아빠와의 외출은 오랜만이었다. 그러나 나는 이 불편한 자리를 어떻게 해야 하나 내심 망설였다. 다행히도 흘러나오는 유행가가 부자지간의 분위기를 조금이나마 편하게 만들어주었다. 작게 노래를 따라 부르며 주문한 음식이 나오길 기다렸다. 아빠는 가벼운 티셔츠 차림이었다. 하얀 얼굴에 뿔테 안경이 돋보이는 그는 나이를 먹었어도 여전히 어려웠다. 갑자기 점심을 같이 먹자는 그의 제안은 반갑지 않았다. 하지만 휴일에 오붓한 부자의 정을 느끼고 싶어 하는 아빠의 의도가 보여 따라 나올 수밖에 없었다. 그것이 아들의 도리니까. 메뉴를 주문한 지 십 분이 넘었을까? 나는 물기 없는 빵만 질겅거리며 침묵을 메우려 애썼다. 무슨 말이든 해야 하는데 공유할 만한 게 없다 보니 오고 갈 말도 없다. 토막 낸 빵들이 접시 위를 굴러

다녔다. 나는 입속으로 조각들을 밀어넣었다.

"많이 먹지 마. 그거 먹고 메인 요리 먹으면 배 터진다."

아빠가 빵 접시를 자기 앞으로 옮겨놓으며 덧붙였다. 나는 들고 있던 빵을 입속에 밀어넣었다. 다정한 척 등을 두드려주는 아빠의 손이 어색해 나도 모르게 움찔거렸다. 다행히도 그는 신경 쓰지 않는 눈치였다. 계속 마음 한구석이 찜찜했다. 엄마도 없는데 갑자기 외식을 하자고 하는 꿍꿍이가 무엇일까? 아빠가 말문을 열었다.

"엄마 없으니까 허전하지?"

"네, 엄마 언제 와요?"

"글쎄 2주라고 했으니까 금방 올 거야."

"아빠는 엄마가 다이어트하는 데 다니는 거 좋아요?"

"창훈아, 엄마는 너무 뚱뚱해. 보는 건 둘째 치더라도 건강에 나빠. 그러니 다이어트는 해야지. 그래야 엄마가 건강하게 아빠하고 창훈이하고 오래오래 살지."

아빠는 마치 짜놓은 대사를 읊듯 말했다. 겉으로는 엄마를 위하는 척해도 속내는 사뭇 다른 걸 모를 리 없었다. 아빠는 엄마가 창피했던 것이다. 말할 수 없이 뚱뚱한 엄마의 몸이 부담스러웠을 것이다. 두 가지를 합리화시키기에 가장 좋은 거짓말은 걱정이었다. 건강을 해친다는 걱정, 물론 그의 말도 틀리지 않았지만 적어도 엄마의 건강을 걱정한다면 스트레스부터 줄여주는 쪽이 효과적일 것이다. 아빠의 무지막지한 스트레스와 무시, 엄마는 그것을 제일 힘들어했다. 아빠는 아직도 내가 어리다고 생각하는 모양이었다. 무슨 말을 해야 할까, 고민하는 참에 음식이 나왔다. 다행히도 나는 맞장구를 치지 않은 채로 대화를 마무리할 수 있었다.

파스타 한 접시와 치킨 샐러드가 앞에 놓여 있다. 담백한 크림소스에 흥건히 젖은 파스타를 밀어주던 그가 웃었다. 문득 엄마와의 밥상이 생각났다. '아빠 오기 전에 얼른 먹자.' 음악처럼 들리던 그 말이 귓가를 맴돌았다. 파스타를 마구 입속으로 쑤셔넣었다. 제법 연한 면발인데도 체할 것 같은 느낌이었다. 나에게 그와의 식탁은 그런 것이다.

집에 오자마자 소화제 두 알을 찾았다. 면발들이 위 안에서 꼿꼿하게 서 있는 기분이었다. 아니나 다를까 아빠는 회사에 간다는 알량한 거짓말을 늘어놓으며 사라졌다. 식탁에 놓인 마지막 과자 봉지를 뜯었다. 속이 텅 비어버린 기분이었다. 점심은 엄청나게 비싼 레스토랑에서 먹었지만 아침에 시켜 먹은 자장면이 백배는 더 맛있었다.

5

엄마가 언제 돌아올까? 그 생각에 짜증이 날 즈음이었다. 시켜 먹는 음식도 사 먹는 것도 진절머리가 났다. 엄마가 떠난 지 2주가 넘어갔다. 아빠가 아침에 놓고 간 만 원짜리 몇 장으로 과자를 사러 나가려던 참이었다. 철컥하고 현관문이 열린 건.

"엄마야?"

설마 하는 마음에 냅다 소리부터 쳤다. 한층 홀쭉해진 엄마가 막 현관을 들어서고 있었다. 진짜 우리 엄마였다. 나는 손에 든 돈을 팽개치고 엄마에게 달려갔다. 낯선 소독약 냄새가 코를 찔렀다. 엄마는 앙상한 팔을 들어 늘어진 스카프를 목 뒤로 감았다. 언뜻 하얀색 반창고가 목에 붙어 있는 것이 보였다. 엄마는 손을 들어 내 볼을 쓰다듬었다. 잘 있었냐고 물어보는 그녀의 목소리에 소름이 돋았다.

처음 집을 떠났다가 되돌아왔을 때보다 더욱 날씬해져 있었다. 아니, 날씬하다 못해 마른 엄마는 다시 쪘던 것까지 합해 15킬로그램을 뺐다며 희미하게 웃었다. 겨우 말문을 열어 너무 날씬해졌다고 한마디했다. 그녀는 쓰러질 것처럼 창백한 안색과 달리 뿌듯한 미소를 보였다.

"밥 먹을래?"

엄마를 보자 무엇이라도 먹여야겠다는 생각이 들었다. 얼마나 힘겹게 다이어트를 한 건지 2주 사이 엄마는 폭삭 늙어버렸다. 돼지 살가죽처럼 탱탱했던 피부, 그리고 건강한 모습은 무엇과도 비교될 수 없는 엄마의 자랑이었다. 찔러도 물기 한 방울 안 나올 것 같은 안색은 엄마와 어울리지 않았다.

"아니, 밥은 나중에 먹고 엄마 좀 잘게"

되돌아서는 그녀에게서 알코올 냄새가 다시 코를 찔렀다.

엄마는 놀랍게도 하루가 훌쩍 넘어서야 일어났다. 하루 종일 자는 그녀가 걱정되었던 나는 거실에서 부스럭거리는 소리가 들리자마자 총알같이 튀어나갔다. 엄마는 식사 중이었다. 예전으로 돌아온 것일까? 반가워 졸린 눈을 비비면서도 단걸음에 엄마 옆으로 엉덩이를 붙였다.

"맛있지? 집밥이 최고지?"

인사를 대신해 건넨 말에도 그녀는 답이 없었다. 다만 쩝쩝거리는 소리만이 유난스러울 뿐이었다.

"엄마?"

나는 그때서야 똑바로 그녀를 쳐다봤다. 잠이 확 달아났다. 여전히 엄마는 양푼비빔밥을 먹고 있었지만 뭐랄까, 예전과 달랐다. 거의 미친 듯이 밥을 입안으로 퍼넣고 있었다. 먹음직스러운 수준이 아니었다. 숟가락 한 가득 쌓고는 또 쉬지 않고 넣고, 또 밀어넣고. 미처 들어가지 못한 밥들이 주변에 떨어졌다. 걸신이라도 들린 사람처럼 먹는 통에 말문이 막혔다. 엄마의 어깨를 툭 쳤다. 그녀는 밥그릇을 뺏긴 개처럼 이글거리는 눈빛으로 나를 쏘아봤다. 소름이 돋았다. 엄마는 방해하지 말란 듯 계속해서 밥을 먹었다. 한 발짝 물러선 나는 본능적인 위험을 감지했다.

엄마는 밥통을 깨끗하게 비우고서야 안방으로 들어갔다. 미련 없이 들어간 엄마를 보고 난 뒤 두려움은 조금씩 잦아들었다. 그녀는 밥을 먹는 내내 아무 말도 하지 않았다. 가만히 안방 문을 열고 고개를 디밀었다. 뭐가 그리 피곤한지 엄마는 잠들어 있었다. 여윈 가슴팍이 가쁘게 오르내렸다. 확실히 지난번보다 살이 많이 빠져 있었다. 이렇게 식탐 많은 사람이 얼마나 독한 마음으로 다이어트를 했을까? 옷 사이로 드러난 다리에 시선이 머물렀다. 육안으로도 쪼글쪼글해진 살이 보였다. 예전처럼 탱탱한 느낌이 전혀 없었다.

엄마가 잠을 깬 건 채 한 시간이 지나지 않아서였다. 이런저런 고민으로 소파에 누워 있자니 안방 문이 열렸다. 이어 요란한 발걸음 소리가 들렸다. 화들짝 놀란 나는 반사적으로 몸을 벌떡 일으켰다. 엄마였다. 벌써 일어났냐고 물어볼 사이도 없이 부엌으로 간 그녀는 꽤나 분주해 보였다. 엄마는 밥솥 뚜껑부터 열어젖혔다. 그리고 물끄러미 안을 살피더니 갑자기 무서운 눈으로 나를 쨰려봤다. 살기등등한 눈빛에 간담이 서늘했다.

"밥 남은 거 네가 다 먹었니?"

"아까 엄마가 다 먹었잖아. 비빔밥."

"거짓말하지 마. 임창훈! 엄마가 언제 밥 먹었다고 그래?"

"아까 하, 한 시간 전에 먹었잖아. 설마 또 배고파? 그렇게 먹고도?"

엄마는 기억하지 못하는 눈치였다. 아무리 식탐과 음식의 노예인 엄마였지만 이건 아니다 싶었다. 무서울 속도로 밥을 모조리 비워놓고 또 밥을 찾다니. 뭔가 잘못됐다는 걸 느낀 건 그때부터였다.

"배고파! 밥 먹을 거야."

엄마는 무엇에 홀린 사람처럼 배고프다는 말만 중얼거렸다. 그러고는 싱크대 옆 서랍을 열어 군것질거리들을 찾아냈다. 엄마가 가기 전에 사두었던 과자며 라면들이었다. 그중에는 꽤 오래된 빵도 있었다. 푸른곰팡이가 낀 게 눈에 띄었다.

"엄마, 빵 그거 상했어. 2주일도 훨씬 넘었잖아."

"괜찮아. 그래도 먹을 수 있어."

엄마는 보란 듯이 빵 비닐을 벗기더니 입속으로 알맹이를 우겨넣었다. 미처 들어가지 못한 빵의 꽁무니에는 파랗다 못해 검은 곰팡이가 피어 있었다. 비위가 뒤틀려 인상을 찌푸렸다. 엄마는 유감없이 그것들을 먹어치웠다. 그러고는 여유 있는 포즈로 냄비에 물을 받았다. 집에서 제일 큰 냄비였다. 항상 같이 먹을 거냐고 물어보던 엄마가 아니었다. 내가 있는 것도 모르는 듯 그녀는 라면 네 봉지를 차례로 냄비 속에 집어넣었다. 콧노래까지 부르면서 라면을 끓이는 모습이 낯설어 보였다.

아빠가 집 안에 들어서자마자 나는 그의 팔을 붙들고 거실 귀퉁이로 갔다. 다행인지 불행인지 엄마는 상한 빵들과 라면 네 봉지를 차례로 먹어치운 후 안방에서 자고 있었다. 포만감 때문인 듯했다. 그는 영문을 모르는 눈으로 나를 쳐다봤다.

"아빠, 엄마가 이상해요."

"뭐가?"

아빠는 태연하게 되물었다. 아무리 바빠도 살을 부비고 산 지 20년이 넘은 부부인데 어떻게 저런 변화를 모를 수가 있을까. 날씬해진 겉모습은 아주 잘 보일지 몰라도 감춰진 속내는 보지 못하는 사람이 바로 아빠였다. 나는 답답한 마음에 목소리를 한층 낮추었다.

"오늘 밥을 세 양푼 먹고, 라면 네 개에 상한 빵들도 다 먹고 과자도 먹고, 아까 밥해서 또 다 먹고 계속 잠만 자요. 밥 먹었는지 안 먹었는지 기억도 못 해요. 먹어놓고 까먹고, 또 먹고 안 먹었다고 우겨서 또 먹고 그래. 밥 먹은 걸 기억을 못 하더라고요."

나의 관찰이 못마땅했는지 아빠는 인상부터 썼다.

"아니, 저 여편네가 또 클럽 가서 살 빼려고 막 처먹지. 하여튼 돈 들여봐야 소용이 없어요."

아빠는 혀를 끌끌 찼다. 문제의 초점을 인식 못 하는 건 그나 엄마나 똑같았다. 더 자세하게 설명하려다가 그만두었다. 말해봤자 아빠는 이해하지 못할 게 분명하다. 아빠의 관심사는 또 살을 빼느냐 마느냐 같았다. 밀려나오는 한숨을 내쉬게 될까 봐 그대로 돌아섰다.

"먼저 잘게요."

억지로 마무리 짓자 아빠는 어깨를 두드리며 안방으로 들어갔다.

가슴에 돌덩이가 얹힌 것처럼 답답했다. 방문을 닫자마자 침대에 벌러덩 뻗어버렸다. 머릿속이 복잡했다. 이리저리 뒤척거릴 때마다 낮에 보았던 엄마의 모습이 떠올랐다. 나를 째려보던 차가운 눈, 마치 먹이 앞에서 라이벌을 대하는 맹수처럼 날카롭고도 표독스러운 눈빛은 오로지 본능만이 존재하고 있었다. 막연한 공포감이 어둠처럼 나를 적셨다. 시야에서 사라지지 않는 엄마의 두 눈이 자꾸만 주변을 맴도는 기분이었다.

 잠이 오지 않는 건 당연했다. 천장의 어지러운 벽지 무늬를 세다가, 양도 세다가 결국 새벽녘까지 잠을 설쳤다. 눈만 감으면 엄마가 붉게 충혈이 된 눈으로 노려보는 통에 퍼뜩 잠에서 깼다. 내일이면 괜찮겠지, 애써 잊으려 했던 나는 차라리 그때까지 눈을 뜨고 있기로 했다. 그렇게 몇 시간을 침대 위에서 굴러다니다가 스르륵 선잠이 들 무렵이었다. 쨍그랑거리는 소리에 눈을 떴다. 본능적으로 부엌에 누군가가 있음을 알아차렸다. 그리고 그것이 엄마일지도 모른다는 짐작도 함께 들었다. 더 이상 가만히 누워만 있을 수 없었다. 살금살금 방문을 열었다. 어두운 거실에는 분명 누군가의 기척이 들렸다. 나는 천천히 부엌으로 걸음을 옮겼다. 가까이 다가갈수록 소리는 더욱 선명하게 들려왔다. 급하게 음식물을 씹는 소리였다. 그것도 매우 게걸스럽게 먹어치우는 소리. 갑자기 온몸에 소름이 오소소 돋았다. 후들거리는 다리를 애써 추스르며 한 걸음 나갔다. 그리고 식탁에 앉아 있는 엄마의 뒷모습을 보았다. 옆으로 널려 있는 어지러운 반찬통들도. 엄마는 남은 반찬들을 모조리 꺼내놓은 채 먹고 있었다. 식탁 한쪽에는 밥풀이 묻은 밥그릇이 덩그러니 놓여 있었고 밥솥 뚜껑은 활짝 열려 있었다. 남은 밥을 먹어치운 엄마는 그것도 모자라 반찬까지 먹고 있는 듯했다. 힐끗 넘겨본 시계는 4시를 가리키고 있었다. 엄마는 먹는 데 열중한 나머지 내가 보고 있는 것도 모르는 듯했다. 반찬통들은 하나씩 비어갔다.

다시 방 안에 들어왔다. 문을 닫자마자 풀썩 주저앉은 건 턱까지 올라찬 공포감 때문이었다. 잘못되어도 크게 잘못됐다. 다이어트하고 온 엄마가 이전과 달라졌다. 그것도 아주 명백하게 말이다. 머리가 또 복잡해졌다. 간신히 책상까지 기어가 연필과 종이를 찾았다. 정리가 필요했다. 나는 가만히 기억 속을 짚어보았다.

먼저 엄마가 처음 다이어트 클럽에 갔던 날짜와 시기를 썼다. 7월 20일부터 2주간, 8월 2일부터 2주간, 살펴보자면 모두 2주 차이로 나뉘었다. 그렇다면 이 2주라는 기간 동안 살을 10킬로그램씩 뺐다는 건 어떤 의미일까? 상식적으로는 하루 종일 굶는다 해도 어려워 보였다. 게다가 하루에 물 한 모금도 안 먹을 수는 없다. 좀 더 독하게 마음을 먹고 운동이나 약 복용을 병행했을 수도 있고 주사나 병원 시술이 이루어졌을 수도 있다. 하지만 목에 붙인 반창고 빼고는 큰 상처나 멍이 없는 걸로 보아 그것도 아닌 것 같았다. 더 말이 안 되는 건 엄마 성격에 2주 동안 물 한 모금 마시지 않고 버틸 수 있느냐는 말이다. 그건 거식자라도 불가능할 것 같았다. 그렇다면 다른 방법으로 다이어트를 했단 말인가? 아무리 끼워 맞추어보려고 해도 말이 되지 않았다.

어둠이 점차 희미한 새벽빛을 불러들였다. 암청색 하늘이 창 너머로 보일 즈음, 밖도 주변도 고요해졌다. 약하게나마 안방 문 닫는 소리가 들리자 안도했다. 더 자세히 알아봐야 할 필요가 있었다. 다행히 엄마는 제정신을 차렸는지 콧노래를 흥얼거리고 있었다. 나는 아침부터 피곤한 탓에 늘어지는 몸을 가까스로 추스르며 그녀 옆에 걸터앉았다. 자꾸 떠오르는 어젯밤이 생각났다. 엄마는 일어났냐며 안부를 물은 후 다시 TV 화면에 집중하고 있었다. 주변에는 다 먹은 과자 봉지가 널려 있었다.

"엄마 피곤해서 좀 잔다. 아빠 오면 깨워."

건조하게 말하는 엄마 말에 신경질부터 났다. 내가 늦잠을 자든 말든 일어나면 밥상부터 챙겨주던 엄마는 없었다. 섭섭한 마음에 대답도 하지 않았는데 엄마는 방 안으로 쏙 들어갔다. 곧 거실은 조용해졌다. 나는 흘금거리며 안방 앞으로 다가갔다. 미처 닫히지 않은 문 안쪽에는 엄마가 누울 준비를 하고 있었다. 나는 방 앞에 쭈그리고 앉아 엄마가 잠들기만을 기다렸다. 원래 잠이 많은 그녀였지만 요즘 지나치게 잠이 느는 것도 이상했다. 얼마나 지났을까? 엄마가 누워서 꼼짝도 하지 않자 열린 문 사이로 들어갔다. 화장대 옆에는 엄마의 가방이 그대로 놓여 있었다. 미처 옷 정리를 다 마치지 못한 것 같았다. 조심스레 그것을 집어들고 다시 밖으로 나갔다. 내 방에 들어와 문을 닫자 안도의 한숨이 터졌다. 미션 성공이다. 급하게 가방 지퍼를 열었다. 아무렇게나 들어 있는 잡동사니들이 보였다. 지갑이며 열쇠, 그리고 자잘한 화장품까지 바닥에 통째로 쏟아부은 내가 하나하나 살피기 시작했다. 모두 평범한 엄마의 물건들이었다. 그리고 그 사이에서 명함 한 장이 나왔다. 다이어트 클럽이라고 적혀 있는 명함이었다. 자세히 훑어보았다. 하얀색 종이에는 아무런 설명 없이 상호명과 주소, 전화번호만 적혀 있었다. 다이어트 클럽이라는 상호에서부터 느낌이 왔다. 나는 얼른 메모지를 찾아 주소와 전화번호를 베껴 적었다. 경기도 양평군? 강남 단식원에 다녀도 살을 뺄까 말까 했던 엄마가 그 먼 시골까지 가서 다이어트에 성공하다니 수상한 점이 한두 군데가 아니었다. 가방 안에 물건들을 다시 집어넣었다. 아무것도 하지 않은 척 안방에 다시 두려는데 아무렇게나 널브러져 자고 있는 엄마의 몸이 눈에 띄었다. 마치 시체 같았다.

며칠 잠잠하다 싶더니 엄마는 다시 먹기 시작했다. 전과 비교되지 않을 만큼의 식탐이었다. 이제는 보기만 해도 심사가 뒤틀렸다. 엄마는 양푼비빔밥 한 그릇을 뚝딱 비우고 곧 과자며 군것질거리에 달려들었다. 전과 달리 줄곧 먹기만 하는 그녀에게 나는 질릴 만큼 질려버렸다. 나의 식욕 본능이 뚝 떨어졌다고 해야 옳으리라. 괜히 마른침만 삼키던 나는 TV와 엄마를 번갈아 쳐다봤다. 어느 정도의 군것질이 끝났는지 엄마는 중얼거리며 거실 소파로 왔다. 뭐가 그리 못마땅한 건지 인상이 확 구겨져 있었다.

"나 살쪘어. 벌써 5킬로그램이나 불었네."

충격을 받은 건지 그녀는 손에 들고 있던 과자 봉지를 내 쪽으로 휙 던졌다. 엉겁결에 받아 든 나는 어쩔 줄을 몰라 다시 소파에 과자를 처박아버렸다.

"다시 가야겠어. 며칠 먹었다고 5킬로그램이 찌다니. 한 일주일만 먹다가 다시 가서 이번에는 아예 확 빼고 와야지. 먹어도 먹어도 안 찌도록 말이야."

살을 쭉 빼러 간다는 엄마의 말이 피를 쭉 빼러 간다는 말처럼 들렸다. 엄마는 이내 소파에 처박아두었던 과자 봉지를 뜯었다. 몸에 전율이 일었다. 엄마는 크게 잘못되어가고 있었다.

6

그녀의 일상은 온통 잠을 자거나 먹는 것뿐이었다. 예전처럼 내 손을 잡고 마트에 가자고 하지도 않았으며 TV를 보면서 수다를 떨지도 않았다. 눈 떠서 밥 먹고 군것질하고 자고 다시 먹다 보면 엄마의 하루가 지나갔다. 그리고 점점 불어가는 체중이 보였다. 하루가 다르게 살쪄가는 팔다리를 보면서 엄마는 수십 번씩 체중계 위를 오르내렸다. 나날이 높은 숫자를 가리키는 바늘이 못 미더워 엄마는 또 먹고 또 올라가고, 또 자기를 반복했다. 얼마 지나지 않아 엄마의 몸은 집에 막 왔을 때보다 두 배가 불어버렸다. 걱정이 되는 건지 돈이 아까운 건지 아빠는 오며 가며 요요 조심하라는 당부를 잊지 않았다. 그때마다 엄마는 거기에 갔다 오면 된다는 대답만 반복할 뿐 식욕을 멈추지 못했다.

아침부터 부스럭거리는 소리에 잠이 깬 나는 얼른 문을 열고 안방으로 뛰어갔다. 엄마는 가방에 짐을 챙기고 있었다. 물어보지 않아도 다시 집을 비우려는 것쯤은 알 수 있었다. 급한 마음에 나는 빠르게 짐을 챙겼다. 대충 가방을 꺼내 카메라며, 아마추어 망원경, 휴대전화 등을 넣고 간단한 줄과 필기도구도 챙겼다. 심장이 쿵쿵거리며 뛰었다. 엄마가 나오는 기척이 들렸다. 나는 태연한 척 밖으로 나갔다. 엄마는 막 현관문을 열려던 참이었다.

"엄마 어디 가?"

"다이어트하고 올 테니까 아빠랑 잘 있어."

"또 가?"

"살 빼야지 너무 쪘어."

엄마는 더 이상 대꾸하지 않고 현관을 나섰다. 시간이 없어 보였다. 나는 얼른 엘리베이터로 다가갔다. 재빨리 엄마 가방을 빼앗아 들었다.

"택시 잡아줄게."

엄마는 피곤한 건지 대꾸하지 않았다. 애매한 침묵이 우리를 감쌌다. 엄마와 집 밖에 나오는 건 정말 오랜만이었다. 지난번 마트 갔을 때 이후로 처음이랄까. 그 생각이 들자 울컥 눈시울이 뜨거워졌다. 엄마는 눈을 감고 한숨만 내쉬고 있었다.

아파트 초입에서 택시는 쉽게 잡을 수 있었다. 나는 일부러 짐을 싣는 척 뒷좌석 문을 열고 서 있었다. 엄마는 조수석 문을 열며 말했다.

"아저씨, 양평 갈 거예요."

"양평이요?"

되묻는 택시기사의 말까지 듣고 나는 뒷좌석 문을 닫았다. 엄마가 탄 택시는 유유히 도로 위를 달려갔다. 나는 재빨리 집으로 들어가 챙겨두었던 가방을 둘러멨다. 차라리 살 빼러 간다는 말이 거짓말이거나 하루 종일 운동만 하는 단식원이었으면 좋겠다. 아빠처럼 바람을 피워도 좋고 몰래 내 과자를 다 먹어도 좋으니 엄마가 더 이상 다이어트를 하지 않았으면 좋겠다. 내 바람은 오직 그것뿐이었다.

"양평군······ XX면······ X리······."

택시기사는 고개를 갸우뚱거렸다. 세 시간 동안 버스에 시달린 나는 어렵지 않게 양평 터미널에 내렸고, 택시에 오르자마자 주소가 적힌 메모를 그에게 내밀었다. 모르면 물어보는 게 제일 현명했다. 게다가 요즘 차에는 내비게이션이라는 게 달려 있으니 찾는 게 어렵지는 않을 것이라는 판단에서였다. 멋들어진 선글라스에 노란색 유니폼을 차려입은 그가 물었다. 기름 낀 얼굴이 햇빛에 번들거렸다.

"학상두 살 빼러 가는 겨?"

선글라스 너머로 끔뻑거리는 눈동자와 마주치자 어색한 웃음만 지었다. 차마 엄마 찾으러 간다는 말을 못 해 고개만 주억거렸다. 그가 입술을 삐죽이며 말을 이었다.

"요즘 많이들 가더만. 애고 어른이고 거기만 갔다 오면 살이 쭉쭉 빠진다매. 근디 나는 반대여, 아줌니들은 그렇다 쳐두 학생은 한창 클 나인디 다 키로 가는디. 그거 빼서 뭐할라고."

겨우 의미만 알아들을 수 있는 사투리였지만 그곳에 대한 그의 반감은 확실히 느껴졌다. 콜이 자주 뜬다는 그곳에서는 택시를 타고 나오는 사람마다 산송장 같다고 했다. 약냄새도 진동한다고.

"거기는 사람 굶기는 데인감?"

"그건 저도 잘 모르겠는데요."

"암튼 간다고 하니께. 다들 시퍼렇게 송장 냄새 풀풀 풍기면서 나오던디 배짝 마르긴 했더구먼."

그는 태웠던 손님들을 떠올리는 눈치였다. 멋쩍은 웃음만 짓다가 입을 다물었다. 언젠가 희미하게 느꼈던 엄마의 약냄새가 점점 풍겨오는 듯했다.

산은 푸르기만 했다. 눈이 아플 정도로 싱싱한 8월의 나무와 수풀들은 차창 너머로 빠르게 뒷걸음질쳤고 마치 한 장의 엽서를 보는 듯 맑은 도랑물은 유리처럼 반짝거렸다.

"저그, 쩌그 있제?"

그가 가리키는 곳을 쳐다봤다. 우뚝 솟은 하얀색 건물이 눈에 들어왔다. 싱싱하고 푸른 산 중간에 콘크리트 건물이 어울리지 않게 서 있었다. 높게 세워진 담과 그 아래로 진 그늘은 마치 건물 주변만 검게 물든 듯한 착시를 일으켰다. 나는 일부러 멀찍이 떨어져서 내렸다. 큰 쇠창살로 만든 출입문은 굳게 잠겨 있었고, 한쪽 벽면에 붙은 붉은 버튼의 인터폰만이 유일하게 세상과의 소통을 허락하고 있었다. 조심스럽게 붉은 버튼을 누르고 기다렸다. 시간은 이제 막 오후 5시를 넘기고 있었다. 시끄러운 기계음이 들리나 싶더니 다소곳한 여자 목소리가 흘러나왔다.

"예약번호 주십시오."

"없는데요."

"죄송합니다. 예약하지 않으면 못 들어오십니다."

그럴 줄 알았다. 인터폰 너머의 그녀는 미처 대답을 듣기도 전에 전화를 끊어버렸다. 한 번쯤 사정해볼까 했지만 들어줄 것 같지 않았다. 게다가 엄마 찾아왔다는 얼토당토않은 소리를 한다면 아예 못 들어오게 할지도 몰랐다. 나는 미성년자이니 보호를 목적으로 신고한다거나 서울행 버스에 강제 탑승시킬지도 모르고 말이다. 철저한 예약제로 운영하는 걸 보면 숨겨야 할 게 많은 곳임은 틀림없었다.

천천히 주변을 둘러보았다. 아니나 다를까 문 위에는 감시 카메라가 빼곡하게 붙어 있었다. 내가 인터폰을 누르기 전부터 그들은 나를 보고 있었을 것이다. 오늘따라 뚱뚱한 게 참 다행스러웠다. 어줍지 않은 의심 따위는 사지 않을 수 있으니까 말이다. 나는 뒤돌아 걸어 옆 오솔길로 몸을 숨겼다. 일단 다른 방법이 필요했다.

7

산속이라 그런지 주변은 순식간에 어스름이 깔렸다. 어떻게 침입할까를 연구하던 나는 뾰족한 수 없이 오솔길 귀퉁이에 엉덩이를 붙이고 있었다. 영화 속 주인공들은 난공불락 요새에도 잘만 들어가던데 왜 아무 생각도 안 드는지 모르겠다. 몸으로 때워야겠다고 마음을 먹은 건 그쯤이었다. 나는 몸을 일으켜 건물 가까이 다가갔다. 전형적인 침투 방법인 담치기로 결정한 것이다. 그것도 뒤쪽이라면 노려볼 만했다. 체육시간마다 반 전체 기록을 끌어내리는 건 내 몫이었지만 엄마의 안위가 걸린 이상 태평하게 앉아 기다릴 수는 없었다. 땅거미가 완전히 내려앉은 시각, 왔던 오솔길을 걷다가 숲 쪽으로 숨어 걸었다. 주위는 간간이 들리는 짐승 울음소리와 풀벌레 소리뿐 인기척은 없었다. 나는 최대한 조용히 담 쪽으로 이동했다. 담은 앞문을 기준으로 둥그런 원 모양이었다. 앞쪽을 제외한 뒤쪽 주변으로는 나무가 둘러싸고 있었다. 언뜻 보면 나무에 가려져서 뒤쪽 담은 잘 보이지 않았다. 나무를 기어오르다 적당한 거리에서 담으로 매달려 이동한다면 승산이 있어 보였다. 우선 앞에는 감시 카메라가 두 대나 돌아가고 있으니 불가능, 그나마 뒷담이 거기보다는 안전해 보였다. 숲 쪽으로 바짝 붙어 조심스레 이동했다. 혹시나 사람이 튀어나올 때를 대비해 최대한 나무와 붙어 건넜다. 어디가 제일 낮을지, 혹은 나무에 매달렸다 건너가기 좋을지 육안으로 살폈다. 얼마 지나지 않아 가장 적당한 지점을 찾았다. 이 정도면 나무에 매달려 담으로 건너갈 때도 눈을 피할 수 있겠다 싶었다. 손바닥을 나무 줄기에 붙인 내가 막 기어오르려던 참이었다. 뒷문 쓰레기 담과 가까운 곳에서 쪽문 두 개를 발견한 건. 그 문 바로 옆에 쓰레기가 산더미처럼 쌓여 있었다. 쓰레기 하치나 허드렛일을 처리할 때 드나드는 문 같았다. 나는 쾌재를 부르며 주변을 살폈다. 정말 죽으라는 법은 없었다. 담 바로 뒤쪽 나무 기둥 뒤로 몸을 숨겼다. 일이 쉬울수록 신중해질 필요가 있었다. 나는 들어가기 전에 누군가 없는지 꼼꼼히 살피기로 했다. 열심히 눈알을 뒤룩거리고 있을 때였다. 허술하게 닫혀 있던 문이 열렸다. 안쪽에서 하얀색 옷을 위아래로 갖춰 입은 사람 둘이 나왔다. 그들은 모여 있는 쓰레기 더미에 각자 봉지 하나씩을 내려놓았다.

"갈수록 환자가 더 늘어."

잠시 멈춘 한 사람이 구시렁거리자 같이 나온 한 사람도 고개를 끄덕였다. 나무 기둥 뒤로 바짝 붙어 그들의 눈을 피했다. 그들은 늘어가는 사람들 때문에 심기가 불편한 모양이었다. 그들의 목소리가 곧 들리지 않았다. 담배를 피우려는 모양이었다. 서로 라이터를 주거니 받거니 하던 그들은 약속이나 한 듯 동시에 정문 쪽으로 향했다. 뭔가 볼일이 있는 것 같았다. 문은 빼꼼히 열려 있었다. 머뭇거릴 시간이 없었다. 나는 본능적으로 이때 들어가야 한다고 생각했다. 주위를 한 번 더 둘러본 후 빠른 걸음으로 문 앞에 섰다. 다행히 안쪽도 잠잠했다. 재빨리 몸을 숙여 문 안으로 들어섰다. 어두워져서인지 사람들의 발걸음은 끊긴 것 같았다. 주위를 두리번거릴 새도 없이 불이 켜진 건물 안으로 전력 질주했다. 혹시라도 발걸음 소리가 들릴까 심장이 뛰었다. 검은 그림자를 드리운 기둥이며 조각상, 나무가 가는 길 곳곳에 서 있었다. 그때마다 괜히 불안해진 나는 뒤로 옆으로 몸을 숨기며 혹 쫓는 기척이 있을까 걱정했다. 다행인지 불행인지 건물 앞에 다다르는 건 그리 어려운 일이 아니었다. 몇 번 바람 소리가 귓가를 스쳐가나 싶더니 불이 환하게 켜진 건물이 눈앞에 나타났다.

신종 다이어트 클럽

상호명이 적힌 간판이 보였다. 환한 형광등 빛을 뿜고 있는 그것은 하얀 바탕에 검은 글자로 만들어져 어둠 속에서도 선명하게 눈에 띄었다. 벽 전체를 구성하고 있는 유리 너머에는 간간이 사람들이 지나다녔다. 온통 환한 불이 켜져 있었다. 그래서인지 밝은 건물 안은 숨을 곳도 없어 보였다. 이제 이판사판이었다. 어차피 걸려봤자 쫓겨나기밖에 더 할까. 최대한 당당하게 어깨를 펴고 걸었다. 마치 볼일이 있어서 온 사람처럼 문을 열고 들어서며 자연스레 안쪽을 훑었다. 엘리베이터와 안내 데스크, 그리고 이름이 붙은 몇몇 방들. 이상한 건 회원들도 많을 법한 이곳에 온통 의사 가운과 간호사 가운을 입은 사람들만 지나다니고 있었다. 그들은 저마다의 일 때문에 정신없는지 나를 신경 쓰지 않는 눈치였다. 이럴 때는 또 어리거나 뚱뚱한 점이 다행스러웠다. 익숙한 곳이라는 양 나는 멀찍이 붙은 안내실 간판 앞으로 다가갔다. 무작정 단식원인 줄로만 알았던 나의 생각이 틀렸다는 걸 알 수 있었다. 수년간 용하다는 다이어트 병원은 다 가본 나였다. 이곳은 단식원이 아니라 차라리 병원에 가까운 분위기였다. 괜한 의심을 피하기 위해 척척 걷던 나는 무언가를 찾는 척 가방을 뒤적거렸다. 빠끔 열린 지퍼 사이로 손을 넣어 열심히 뒤적거렸지만 눈은 건물 층을 설명한 팻말에 꽂혀 있었다. 한곳에 오래 있는 것보다 어디로든 움직여야 했다. 이왕이면 목표와 가까운 곳이 더 좋고. 무뚝뚝하게 안내된 건물 팻말에 정신을 집중했다.

2층 검사실

3층 입원실

4층 입원실

5층 입원실

안내된 층수를 보면서 도대체 어디로 가야 하는지 잠시 고민했다. 이 많은 층 중 엄마가 있는 곳을 어떻게 찾으며 거기 있다는 보장은 어떻게 받는가. 숫자가 적힌 버튼을 한참 동안 노려봤다. 그때 고맙게도 바로 옆 엘리베이터가 무거운 기계음을 내며 움직였다. 엉겁결에 탄 나는 2층에서야 새로운 사람들과 마주할 수 있었다. 의사 가운을 걸친 남자 두 명이 타는 동시에 4층 버튼을 눌렀다. 행선지는 희망사항과 관계없이 4층으로 향하고 있었다. '입원실'이라고 적힌 팻말이 슬쩍 보였다. 얕은 생각을 할 사이도 없이 그들은 엘리베이터 안 침묵을 깼다.

"며칠 전에 새로 온 환자 말이야. 너무 무리하는 거 같지?"

"우리는 몇 번이나 말렸잖아. 무슨 일이 생겨도 슈(sue)까지 가지는 못할 거야. 골치만 아프게 됐지 뭐."

말을 마친 자가 인상을 찌푸렸다. 모르긴 몰라도 꽤나 심각한지 둘은 침묵을 유지했다. 각자 생각하는 바가 복잡한 것처럼 보였다. 자꾸 엄마 얘기 같아서 물어보고 싶은 마음을 간신히 참았다. 엘리베이터가 목적 층에 도착했다. 효과음과 함께 문이 열리자 그들은 잰걸음으로 엘리베이터를 벗어났다. 나는 무엇에 끌리듯 그들 뒤를 따라갔다. 확실하게 물어볼까, 말까 하는 마음이 자꾸만 나를 갈등하게 만들었다. 기다랗게 이어진 복도에는 400~442라는 숫자가 크게 붙은 팻말이 보였고, 나무로 만든 작은 문 옆에는 방마다 호실을 표기하는 팻말이 붙어 있었다.

먼저 내린 그들은 복도 끄트머리로 막 들어가는 중이었다. 나는 움푹 파인 화장실 벽 쪽으로 몸을 숨겼다. 최대한 눈에 띄지 않기 위해서였다. 간간이 보이는 사람들도 모두 랩 가운이나 간호사복을 입고 있었다. 때문에 사복인 나는 멀리서도 관련자가 아님을 알아볼 수 있을 것이다. 긴장한 숨을 몰아쉬고 있자니 곧 복도 쪽이 소란스러워졌다. 고개만 조용히 돌려 그쪽을 쳐다봤다. 커다란 이동용 침대와 가운을 입은 사람들이 모습을 드러냈다. 하얗게 이불이 덥힌 침대 위에는 젊은 여자가 파리한 얼굴로 누워 있었다. 하얗다 못해 새파랗게 질린 얼굴과 생명력 없는 몸, 엄마가 막 집에 왔을 때와 같았다. 그들은 그녀의 머리맡에 흔들거리는 링거 병을 계속해서 만지고 있었다. 침대의 연결고리가 부실한지 자꾸 침상이 흔들렸지만 여자는 미동도 없었다. 벽 사이에 납작하게 붙은 나는 조금 더 고개를 내밀어 침대 맡을 보려 애썼다.

김삼순, 30세, 91kg / 희망 체중 : 50kg

간략하게 적힌 환자의 이름과 체중이 보였다. 원래는 91킬로그램이었으며 이곳에 온 이유가 50킬로그램이라는 몸무게를 만들기 위해서라는 것도 대충 짐작할 수 있었다. 어마어마한 감량이 이루어진 탓일까, 침대 위 그녀는 희망 체중이라고 적힌 숫자보다 훨씬 말라 보였다. 불길한 예감이 뒤통수를 훑었다. 어디선가 엄마도 터무니없는 희망 체중을 적어놓고 저 여자처럼 누워 있을 것 같았다. 딩동, 엘리베이터가 도착하자마자 그들은 침대의 바리케이드를 고쳐 쥐었다.

"죽어도 괜찮다더니 진짜 죽겠네."

침대를 밀던 그가 농담처럼 뱉은 말이 귀에 꽂혔다.

시간이 없었다. 빨리 엄마를 찾아야 했다. 이 넓은 곳 어딘가에서 저 꼴로 누워 있을 엄마를 찾아야 했다. 그들이 무심코 하던 말과 새파랗던 여자의 얼굴이 눈앞에 겹쳐졌다. 엘리베이터 문이 닫히자마자 나는 비상구 팻말이 붙은 쪽으로 갔다. 다행히 계단으로 통하는 문은 열려 있었다. 2층으로 내려갔다. 엄마도 오전에 왔을 테니 검사실을 거쳐 갔을 것이다. 2층에는 다른 층과 달리 간간이 사복 차림의 사람들도 눈에 띄었다. 이마를 흥건하게 적신 식은땀을 훔친 나는 태연하게 복도 쪽으로 나왔다. 어느 정도 걸어가자 간호사 데스크처럼 둥글고 하얀 스테이지가 나왔고, 주변에는 간호사 복장을 한 여자 몇이 옹기종기 모여 컴퓨터를 두드리고 있었다. 슬쩍 책상 앞으로 갔다. 그리고 매우 천연덕스러운 표정으로 서 있었다. 여자들은 매우 바쁜지 얼마 동안은 나를 보지 못했다. 어느 정도 시간이 흐르고 나서야 한 여자의 목소리가 들렸다.

"학생, 입원실로 돌아가주세요."

짜증이 잔뜩 섞여 있었다. 나는 그 기회를 놓치지 않았다.

"엄마랑 같은 입원실 쓰고 싶은데. 혼자서만 4층 쓰니까 무서워서요."

일부러 울먹거리자 여자는 그제야 가까이 다가왔다. 제법 나이가 있어 보였다. 자글자글한 주름을 구기며 날 전체적으로 훑어보던 그녀가 컴퓨터 자판을 두드리며 말했다.

"입원실은 내일 날 밝는 대로 다시 해줄 테니 돌아가. 지금은 모두들 바쁘단다."

"엄마한테 가방이 있어요. 그 안에 내 베개가 있는데 그거 없으면

편하게 못 자서요."

막무가내로 떼를 쓰는 내가 귀찮은 건지 그녀는 한숨을 내쉬더니 건조하게 물었다.

"엄마 성함이 뭔데?"

그녀가 6층에 있다는 걸 알았을 때는 기쁨 반 슬픔 반이었다. 잘못 찾아와도 좋으니까 차라리 여기 없었으면 하고 바랐기 때문이다. 게다가 엘리베이터를 오르는 내내 보였던 '중환자 입원실'이라는 팻말이 마음에 걸렸기 때문이다.

"엄마는 벌써 주무실 거야. 만나기는 늦었으니 입원실로 올라가렴."

그녀는 거의 히스테리에 가까운 눈빛으로 나를 쏘아봤다. 하지만 그것보다 더욱 무서운 건 엄마가 벌써 자고 있다는 말, 평소에 늘 자던 잠이 아니라는 뉘앙스 같아 조바심이 일었다. 고개를 주억거리던 나는 다시 엘리베이터를 탔다. 심장이 뛰었다. 6층 버튼을 눌러놓고도 막상 그 층에 도착하자 무서워졌다. 심장에 이상이 있는지 숨이 가쁘기 시작했다.

복도는 조용했다. 머리 위에는 붉은 글씨로 커다랗게 '중환자 입원실'이라고 적혀 있었다. 다른 층보다 독한 소독약 냄새가 코를 찔렀다. 구역질이 밀려왔지만 지금은 화장실에 앉아 있을 시간도 없었다. 빨리 엄마를 깨워야 한다는 생각밖에 들지 않았다. 나는 빠른 걸음으로 주변을 훑었다. 문 위쪽으로 조그맣게 난 창문 안을 일일이 들여다보았다. 그 안에는 방이 있었고 대여섯 명의 사람들이 링거를 달고 누워 있었다. 아직 초저녁인데도 모두 일찍 잠자리에 든 모양이었다. 을씨년스럽게도 움직이는 이는 한 사람도 없었다. 저마다의 머리맡에는 링거와 기계가 복잡하게 돌아가고 있었다. 침대 맡에는 아까 엘리베이터에서 본 그 여자처럼 이름과 체중을 적은 팻말이 하나하나 붙어 있었다. 그중에 혹시 엄마가 있을까 봐 걱정이 앞섰다. 그때였다, 어렴풋이 목소리가 들려온 건.

"선생님, 저 이번에 20킬로그램 빼면 다시는 이런 부탁 안 드려요."

직감적으로 목소리의 주인공이 엄마임을 알았다. 나는 반사적으로 목소리가 들리는 곳을 향해 걸음을 빨리했다. 긴장이 탁 풀리는 바람에 오만 가지 생각이 다 들었다. 가장 안도하는 건 엄마가 아직 자고 있지 않다는 사실이었다. 복도 끝에 다다르자 유독 불빛이 환하게 켜진 창문이 보였다. 미처 닫히지 않은 문 사이로 의사 가운을 입은 남자와 엄마, 간호사 차림의 여자가 서 있는 모습이 보였다. 당장이라도 문을 열고 뛰어 들어가고 싶은 마음이 굴뚝같았다. 하지만 문을 열고 들어가기에는 시간이 필요했다. 가쁜 숨을 고르며 문 앞에 서 있었다. 열린 문틈 사이로 그들의 대화가 흘러나왔다. 엄마는 거의 우는 목소리였다. 조심스레 시선을 창문 너머로 고정시켰다. 엄마는 새하얀 환자복을 입은 채로 침대 위에 걸터앉아 있었다. 두 손을 모으고 의사를 올려다보는 모습이 꼭 무언가를 애원하는 모양 같았다. 엄마는 절박해 보였다. 무릎을 꿇은 채 의사의 가운을 붙들고 있는 모습이 더 그랬다.

"저 안 먹을게요. 집에 가도 안 먹고 밖에서도 안 먹을 테니까 이번만 그렇게 해주세요, 제발. 다시 살찌면 큰일 납니다."

"권 선생님, 위험할 수 있어요. 벌써 짧은 기간 동안 세 번이나 주무셨는데 또 무리하시면 위험하세요. 제가 충분히 설명드렸지 않습니까."

"3주는 거뜬히 버틸 수 있어요. 원래 지나치게 건강했던 몸인데 그 정도 못 합니까? 게다가 이 몸으로 어떻게 삽니까. 차라리 그냥 죽는 게 낫지요. 선생님, 죽어도 제가 죽고 살아도 제가 살아요."

엄마는 거의 제정신이 아니었다. 마치 처음 보는 사람 같았다. 반쯤 젖은 눈과 집요하게 매달리는 손은 무서울 정도였다. 특히 살을 뺄 수 있다면 죽어도 된다는 그 말이 가슴에 박혔다. 엄마, 목소리가 입안에서 맴돌았다.

급기야 엄마는 짜증까지 내기 시작했다. 남자는 매우 곤란한 표정으로 안경테만 고쳐 썼다.

"선생님, 제발 뚱뚱한 몸집으로는 살기 싫습니다. 다시 살찌는 게 느껴지는데 어떻게 그대로 있어요. 내가 하겠다는데 왜 그래? 죽어도 내가 죽겠다는데!"

광기 어린 엄마의 목소리가 점점 커졌다. 간호사는 지겹다는 듯 눈살을 찌푸렸다. 가운을 입은 남자는 자신의 옷가지를 거머쥐는 엄마의 손을 떼내기에 급급했다. 엄마는 거의 발광 수준이었다. 팔다리를 마구 흔들며 흰자위가 번뜩이는 눈으로 그들을 노려보던 엄마는 소리를 지르기도, 땅을 치기도 했다. 그녀의 입가에 흐르던 침이 가슴팍을 타고 흘렀다. 간호사는 거친 몸짓으로 엄마의 양 팔을 붙잡아 침대 위로 앉혔다. 그녀는 여전히 성난 짐승처럼 울부짖다가 씩씩대기를 반복했다.

"3주면 죽을 수도 있어요. 정말 괜찮습니까?"

그의 말이 떨어지기가 무섭게 엄마는 고개를 끄덕거렸다. 남자는 간호사에게 턱 끝을 들어 무언가를 지시했다. 그러자 간호사는 들고 있던 서류를 엄마에게 내밀었다. 일종의 동의서 같았다.

"히히히히!"

반강제적으로 눕혀지는 엄마가 기괴한 웃음소리를 냈다. 살을 뺄 수 있다는 희망 때문일까? 차마 비명을 지를까 봐 내 손으로 입을 틀어막았다. 그녀가 누운 침대 모서리에는 '권연실, 66kg / 46kg' 팻말이 달랑거리고 있었다.

힘이 쭉 빠졌다. 간신히 버티던 다리가 끝내 후들거렸다. 엄마는, 내 기억 속의 엄마는 양푼 비빔밥을 맛있게 비벼 먹고, 아빠의 잔소리에도 꿋꿋하게 음식을 찾으며, 아빠 오기 전에 밥 먹자던 사람이었다. 느린 오후에 과자를 먹으며 TV를 즐겨 보고 무엇보다 나와 마트에 가길 좋아하던 사람이었다. 눈앞에 있는 저 모습이 아니었다.

목구멍으로부터 뜨거운 무언가가 올라왔다. 눈시울이 후끈해지는 느낌에 고개를 뒤로 젖혀보았지만 끝내 눈물은 흘러내렸다. 엄마의 인생에 있어 다이어트가 그렇게 중요했던 것일까? 날씬해야만 관심받는 사회의 일원으로 살고 있는 엄마가 불쌍했다. 알맹이가 아닌 껍데기로만 평가하는 아빠, 아니 그 아줌마들, 아니 세상 사람들이 모두 원망스러웠다. 엄마는 희생양이었다. 폄하받던 과거로 돌아가기보다 차라리 죽는 것이 낫다는 엄마의 말에 마음이 아팠다. 뚱뚱했어도 인간적이었던 엄마를 이렇게 만든 건 도대체 무엇이란 말인가? 죽어도 날씬한 게 좋다던 그녀의 서슬 퍼런 미소만이 어둠 속 달빛처럼 창문에 걸려 있었다. 가장 슬프고도 괴기스러운 모습으로.

한동안 엄마의 병실은 시끌벅적했다. 한 무리의 의사들이 소란스레 문을 열고 들어갔다가 한참 만에 나왔다. 안에서 무엇을 했는지 도무지 볼 자신이 없었다. 맞은편 병실에 몸을 숨기고 있던 나는 엄마를 끌고 나올 타이밍을 기다렸다. 드디어 엄마의 병실 창문에 어른거리던 간호사가 나왔다. 소등 스위치를 누르는 모양새가 오늘 밤만은 그녀의 방 쪽에 볼일이 없다는 신호 같았다. 나는 떨리는 발걸음으로 엄마가 있는 방을 향해 다가갔다. 약물 냄새 때문에 머리가 아팠다. 조심스레 문손잡이를 잡았다. 철컥거리는 평범한 소음조차 무서웠다. 아주 조금씩 문이 열리고 침대 끄트머리가 보였다. 조금 더 밀고 들어간 문 안에는 엄마가 곤히 잠든 모습으로 누워 있었다.

"엄마!"

듣지 못했는지 엄마는 움직이지 않았다. 덜컥 겁이 났다. 아까 죽은 듯 실려간 여자가 다시 생각나서였다. 차마 두 번 부를 수 없어 그녀 곁으로 바짝 다가갔다. 흔들어서라도 깨울 작정이었다. 가까이 갈수록 지독한 약물 냄새가 밀려왔다. 미처 치우지 못한 빈병들이 한쪽에 굴러다녔으며 용량이 가득 찬 두 개의 링거 병은 엄마의 머리맡에서 각자 덜렁거리고 있었다. 좀 더 다가가 엄마의 선명한 모습을 확인했을 때 아, 짧은 비명부터 터졌다. 만일 내가 병약한 아이였다면 그 자리에서 고꾸라졌을지도 모른다. 엄마는 목에 구멍이 뚫린 채로 튜브를 꽂고 있었다. 튜브 안쪽의 옅은 수증기가 엄마의 호흡 상태를 대신 보여주고 있었다. 나는 비로소 엄마가 지금껏 목에 붙이고 있던 반창고와 스카프의 용도를 알 수 있었다. 잔악하게도 엄마는 지금껏 상처 난 목을 가리기 위해 그것들을 이용해왔던 것이다. 또한 엄마의 팔에는 굵은 바늘 두 개가 꽂혀 있었다. 그것들은 모두 머리맡 위쪽 두 개의 링거 병과 연결되어 있었다. 영어로 표기된 왼쪽 링거 스티커에는 굵은 글씨로 '마취과'라는 글씨가 선명하게 쓰여 있었고 오른쪽엔 굵은 매직으로 '근이완제'라고 적혀 있었다.

나는 무작정 엄마의 팔을 흔들었다. 그녀는 일어나지 않았다. 나는 입술을 꾹 깨문 채 계속 엄마의 몸을 흔들어보았다. 입이라도 열었다간 울음이 터질 것 같았기 때문이다. 언뜻 엄마의 머리맡 옆에 놓인 차트 위 굵은 글씨가 눈에 들어왔다.

1일 최소 공급 열량 100kcal /기간 : 21일

이제야 모든 의문이 풀렸다. 집을 떠나 다이어트하러 온 동안 엄마는 이런 식으로 감량을 해낸 것이었다. 지금까지 본 수많은 사람들도, 누워 있던 이들도 모두 같은 모습이었다. 주기적으로 울리는 기계음마저도 엄마와 같았다.

모두들 깨어날 날만 기다리고 있었다. 마취제와 근이완제가 담긴 링거 병을 꽂고서 무리한 감량을 희망사항으로 적어가며 말이다. 나는 거대한 영안실 속을 헤매고 있는 착각이 들었다. 그중에 한 명은 우리 엄마였고. 손끝에 닿은 그녀의 피부가 싸늘했다. 이대로 놔두면 숨이 넘어갈 것 같았다. 뚫린 목 가운데 호수가 곧이라도 빠질 것 같았다. 붉은 핏물이 그 사이에서 보글거리고 엄마는 끝내 죽을지도 모른다. 나는 반사적으로 고함을 지르기 시작했다. 머릿속에는 피가 모조리 빠져나간 엄마가 하얗게 웃는 모습이 그려졌다. 뼈만 앙상하게 남은 채.

"엄마! 엄마! 일어나! 집에 가야지!"

소리쳤지만 엄마는 깊은 잠에 빠진 건지 도통 일어날 생각을 하지 않았다. 나는 더욱 크게 소리쳤다.

밖이 소란스러워졌다. 누군가 달려오는 급한 발소리, 문이 열리는 소리, 굵은 남자들의 목소리가 차례로 귓가를 스쳐갔다. 나는 엄마의 손을 거머쥐고 목을 놓아 울었다. 머리가 깨어질 듯이 어지러웠다.

다리에 힘이 풀리고 온몸이 뜨거웠다. 끌려가는 와중에도 힘을 다해 엄마를 흔들었다. 누군가 강력하게 제지하는 손길이 느껴졌다. 차가운 대리석이 무릎에 닿나 싶더니 곧 주변이 팟, 하고 정전되었다.

8

"임창훈! 밥 먹자!"

창문을 두드리는 소리에 번뜩 정신이 들었다. 온몸이 땀으로 흥건하게 젖어 있었다. 악몽 같은 밤이었다. 나는 현실 같은 꿈에 몸서리를 쳤다. 희미한 잔상은 지나치게 생동감이 넘쳤다. 불현듯 주위를 둘러보았다. 익숙한 풍경이 눈에 들어왔다. 지그재그로 나누어진 천장의 벽지 무늬, 어질러진 책상과 널린 과자 봉지는 모두 내가 알고 있는 것들이었다.

"꿈이 엄청 지독하네."

의아심에 급히 방문을 열고 부엌을 살폈다. 밀려오는 훈기와 TV 소리, 물 내려가는 소리가 여느 날처럼 익숙했다. 싱크대 앞에서는 엄마의 엉덩이가 부지런히 움직이고 있었다. 얇은 체육복 바지 밑으로 툭 튀어나온 엄마의 엉덩이뼈를 한참 동안 쳐다봤다. 나는 무엇에 이끌린 듯 그녀 곁으로 다가갔다. 깜빡거리는 전구처럼 머릿속이 복잡했다. 어떤 영상이 떠올랐다가 흑백 TV처럼 지워지기도, 흐려지기도 했다. 부자연스러운 행동이 마음에 걸렸는지 엄마는 곱게 눈을 흘기며 입을 열었다.

"자꾸 늦잠 잘 거야?"

그녀는 어지간히 배가 고팠는지 의자에 먼저 걸터앉았다. 편하게 차린 반찬이며 찌개와 밥 두 공기가 식탁의 공백을 메워주고 있었다. 볼이라도 꼬집어볼까 하는 마음에 검지와 엄지를 뺨으로 가져갔다. 오히려 지금이 꿈은 아닌지 서서히 두려워졌기에 확인해야 할 필요가 있었다. 나는 일부러 밝은 척 입을 열었다.
"엄마, 나 꿈꿨는데 정말 생생하고도 무서운 꿈이었다."
  아직 마르지 않은 땀을 손으로 훔쳐내며 빈 의자에 엉덩이를 붙였다. 그리고 접시에 담겨진 소시지 한 점을 집어 입으로 가져갔다. 무심코 씹으며 엄마를 보던 나는 하마터면 입안의 음식물을 도로 뱉어낼 뻔했다. 양푼 가득 밥을 털어넣고 있던 엄마의 목에 보이는 붉은 흉터 때문이었다. 바랜 사진처럼 꿈의 일부가 기억났다. 그 속에서 엄마는 목 안에 튜브를 넣고 있었다. 딱 저런 모양으로 찢어서 말이다.
"왜 그래?"
  뭐가 이상하냐는 엄마의 질문에 말을 제대로 잇지 못하자 그녀가 히죽거리며 웃었다. 그 슬프고도 괴기스러운 웃음을 나는 어딘가에서 본 적이 있었다. 점점 숨이 가빠졌다. 천천히 엄마가 가리킨 냉장고 쪽으로 고개를 돌렸다. 양 문이 모두 거울로 된 그것은 몇 달 전에 바꾼 최신 냉장고였다.
  처음 눈에 들어온 형상을 확인한 순간 그대로 나자빠졌다. 냉장고 문에 비친 나는 아주 파리한 얼굴에 바짝 마른 몸을 가지고 있었다. 엄마와 같은 흉터가 목 중간에서 붉게 빛났다. 두통이 다시 시작되었다. 나는 미처 내 모습을 확인할 사이도 없이 머리를 감싸 쥐고 나뒹굴었다. 기억이 나지 않았다. 나는…… 나는……. 비명이 먼저 목구멍을 비집고 나오려는 사이 그녀가 다시 히죽거렸다.

"히히히히!"

한동안 히죽거리던 엄마는 익숙하게 팔을 뻗어 남은 반찬을 모조리 털어넣고 밥을 비볐다. 쩝쩝쩝쩝쩝, 그녀의 소음 뒤로 희끄무레한 팻말 영상이 눈앞에서 달랑거리고 있는 듯했다.

임창훈 86kg / 60kg

정신없이 구역질했다. 엄마는 예전보다 더욱 무서운 속도로 밥을 비웠고 나는 원인 모를 포만감에 괴로웠다. 도무지 뭐가 뭔지 알 수 없었다. 나는 엄마를 깨우고 있었다. 집에 가자고 소리치고 있었을 뿐이었다. 켜둔 TV에서 앵커의 목소리가 흘러나왔다.

"경기도 양평에서 운영되던 신종 다이어트 클럽이 의료법 위반으로 영업 폐지되었습니다. 이들은 감량을 원하는 환자의 목에 튜브를 삽입해 하루 최소한의 열량만을 공급하고 마취제와 근이완제로 호흡기를 유지시켜 오랜 시간 동안 수면 상태를 유도하여 비정상적인 감량을 해온 것으로 밝혀졌습니다. 환자들은 최소 2주에서 많게는 몇 달씩 마취 상태에 빠져 음식 섭취를 전혀 하지 못했으며 포도당만으로 생존했습니다. 이번에 적발된 이 업체는……."

몸이 떨렸다. 나는 겨우 고개를 돌려 엄마를 쳐다봤다. 엄마가 작게 속삭였다.

"살쪄도 괜찮아. 다이어트 클럽 가서 빼면 되니까. 히히히."

- 「살아 있으라(2009 올해의 추리소설)」,(화남출판사, 2009)

그들의 시선

>>>>> 신재형

2007년 「그와 나의 지그춤」으로 『계간 미스터리』 신인상을 받았다. 장편소설 『흔한 일들』로 2011년 한국추리문학 신예상을 받았다. 그 밖의 주요 작품으로 단편소설 「피해자들」 「그들의 시선」 「푸른 비늘 위에서」 등이 있다.

그가 이 반지하실에 처음 들어왔을 때는 지금과 같은 새벽이었다. 커튼이 쳐진 작은 방의 방충망을 L자 형태로 반듯이 자른 다음 창문을 통해 넘어왔다. 바닥에 족적이 남는 것은 신경 쓰지 않았다. 그냥 숨죽인 채 거실로 천천히 이동할 뿐이었다. 255밀리미터 마름모꼴 무늬 족적은 그녀가 자고 있는 침실까지 이어져 있었다. 장갑을 낀 그의 손이 방문에 닿자 문고리가 소리 없이 돌아갔다. 그때까지 그녀는 아무것도 눈치채지 못하고 있었다. 낮 동안 쌓인 고된 업무의 피로가 좀처럼 그녀의 의식을 놓아주지 않은 탓일 거다. 어느새 침대 곁으로 다가선 그는 준비해온 예리한 칼을 꺼내 들었다. 그가 쥔 칼 끝에 한순간의 망설임이라도 존재했었는지는 알 수 없다. 다만 확실한 것은 그녀의 상체 부위에 그 칼이 내리꽂혔다는 사실뿐이다. 순식간에 몸속으로 들어온 금속의 이질감과 쓰라린 고통에 놀라 눈을 뜬 그녀는 있는 힘을 다해 소리치며 거실로 몸을 피했다. 바닥을 기어가다시피 도망치는 그녀의 상체에서 피가 흘러내렸다. 그 순간에도 그의 족적은 일정한 간격을 유지하며 그녀를 따라갔다. 또 한 번의 가격이 가해졌다. 피가 묻은 칼을 휘두를 때 생긴 작은 혈흔들이 선상 형태를 띠며 왼쪽 벽면에 새겨졌다. 잠시나마 균형을 잃고 쓰러졌던 그녀는 안간힘을 내어 현관문을 잡았다. 그의 칼이 손등을 내리쳤다. 혈흔이 문고리를 붉게 적셨다. 뒷걸음치는 그녀의 동맥에서 피가 뿜어져 나왔다. 수많은 아치형의 혈흔들이 벽면에 새겨졌다. 벽에 몸을 기댄 그녀가 주저앉으며 살려달라고 빌었다. 하지만 높이 40센티미터에 동맥분사혈만 남긴 채 그녀는 그 자리에 쓰러지고 말았다. 그의 마지막 가격이 이루어진 것이다.

숨진 그녀의 환부에서 상당량의 혈흔이 새어 나오는 동안 그는 사체유기를 위해 미리 준비해둔 장비를 챙기러 다시 한 번 작은 방으로 들어갔다. 잘려진 방충망을 제치고 밖으로 나가 커다란 트렁크 가방을 들고 다시 돌아왔다. 바닥에 넓게 번진 혈흔 위로 두 개의 바퀴 자국이 선명하게 새겨졌다. 그 붉은 자국은 그녀가 쓰러진 자리 앞에서 여러 번 비틀대다가 작은 방으로 이어졌고, 창문 앞에서 완전히 사라져버렸다.

나는 우두커니 그 자리에 서서 창문 밖의 어두운 거리를 가만히 내다보았다. 가로등 불빛조차 스며들지 않는 거리의 모습처럼 막연한 그의 정체를 애서 상상하며 그날 있었던 행동을 재구성해봤다. 그러다 문득 한 가지 의문이 떠올랐다. 무거운 가방을 들어 옮기려면 손에 쥐고 있던 칼을 잠시나마 어딘가에 내려놓아야 했지 않았을까. 만약 내 생각이 맞다면 칼자국은 창문을 기점으로 왼편에 자리하고 있을 것이다. 그녀에게 칼을 휘두를 때 생긴 혈흔들이 전부 왼쪽 벽면에 튄 걸 보면 왼손잡이인 게 분명했기 때문이다. 곧바로 손전등을 켜고 방 내부의 왼편을 샅샅이 살폈다. 서랍장 위에 두 개의 크고 작은 혈흔이 찍혀 있었다. 직각삼각형 모양의 작은 혈흔과 10센티미터가량 간격을 둔 곳에 새겨진 손잡이 모양의 혈흔. 그녀를 해친 칼이 틀림없다.

트랜스퍼를 촬영하기 위해 카메라에 스트로브를 연결했다. 셔터를 누르려는 순간 등 뒤에서 현관문이 열렸다. 뒤돌아보니 누군가 폴리스라인 뒤편에서 나를 향해 손전등을 비추고 있었다.

"당신 누구야?"

그 남자가 물었다. 경찰 특유의 강직한 목소리였다. 나는 손바닥으로 그 빛을 가리며 대답했다.

"경찰청 범죄행동분석팀 최재준 경사입니다."

*

사체가 발견됐다는 연락을 받고 찾아간 곳은 강화군 하점면 창후리의 한 제방도로 밑이었다. 인적이 드문 데다가 사방이 울창한 갈대들로 둘러싸여 있어서 그야말로 사체유기에 제격인 장소였다. 기동대 21개 중대와 100여 명의 형사들이 투입됐는데도 왜 그동안 사체를 찾지 못했는지를 어느 정도 알 것 같았다.

"일찍 오셨네요, 최 경사님."

인천지방경찰청 광역수사대 소속 김 형사가 나를 반겼다. 그와는 2년 전에 강화모녀살해사건을 함께 수사한 적이 있었다. 그때 이후로도 나를 우호적으로 대해준 유일한 형사라서 똑똑히 기억하고 있다. 같이 수사에 참여했던 다른 형사들은 더 이상 나를 달갑게 생각하지 않았다. 아마도 사건해결 이후 특진한 사람이 나밖에 없다는 게 가장 큰 이유일 것이다. 배고픈 건 참아도 배 아픈 건 못 참는 게 형사라는 사람들이니까.

"오랜만이네. 다시는 안 봐도 될 줄 알았는데."

강화경찰서 강력1팀장이었다. 그 역시 나를 달갑게 생각하지 않는 다른 형사들 중 한 명이었다.

"아쉽네요. 사건해결만 진작 됐어도 팀장님 바람처럼 됐을 텐데."

그는 아무 말 없이 나를 뚫어져라 쳐다봤다. 한쪽 입고리가 서서히 올라가는 게 보였다.

"그러지 말고 일단 사체부터 살펴보죠."

김 형사가 중재하듯 끼어들며 말했다. 한동안 나를 쏘아보던 강력 1팀장은 바닥에 침을 뱉더니 몸을 돌려 사체가 있는 곳으로 걸어갔다. 나와 김 형사도 그를 따라 움직였다. 갈대밭을 헤치며 안쪽으로 깊숙이 들어가자 먼저 도착한 과학수사요원들 사이로 몸을 웅크린 채 쓰러져 있는 여자의 사체가 눈에 들어왔다. 본래의 형태를 알아볼 수 없을 정도로 얼굴 부위가 상당히 훼손된 상태였다.

"옷은 처음부터 벗겨져 있었나요?"

"네. 직접 한번 보시겠어요?"

현장감식 중이던 과학수사요원이 비켜서며 대답했다. 현장에서 본 혈흔 형태를 다시 한 번 머릿속에 떠올리며 피해자의 상처를 살펴봤다. 사체의 오른쪽 옆구리에 45도 각도로 비스듬히 난 상처에서는 창자가 돌출되어 있었고, 열 손가락의 끝 마디는 전부 잘려나가 있었다. 목에는 액흔이 넓게 번져 있는 상태였다. 심상치 않은 생각이 들어 손등을 들여다봤지만 아무런 상처도 보이지 않았다.

"김미숙의 사체가 확실해요?"

내가 물었다. 그러자 강력1팀장이 불쑥 끼어들었다.

"당연한 거 아냐? 그럼 김미숙 말고 누구겠어."

"신원확인할 만한 단서는요?"

"그런 게 왜 필요해. 현장에서 여기까지 12킬로미터밖에 안 되는데. 죽인 다음에 내다 버린 게 뻔하지."

"……왜 보름 동안 헤맸는지 이제야 알겠네."

내가 한숨을 내쉬며 말했다.

"뭐? 너 지금 뭐라 그랬냐?"

"팀장님, 참으세요. 지금 우리끼리 이럴 때가 아니잖아요."

김 형사가 강력1팀장을 막아섰다. 팀장의 입에서도 답답함이 짙게 밴 한숨이 새어 나왔다.

"그럼 네가 말해봐. 누군데, 김미숙이 아니면 누구냐고."

"신원확인해보면 알겠지만 아무튼 김미숙은 아니에요. 범인이 자고 있는 김미숙의 상체에 최초로 가한 가격은 서 있는 위치상 수직일 가능성이 높아요. 근데 이 사체의 환부를 보면 흉기가 비스듬히 들어가 있잖아요. 이건 몸싸움하는 와중에 찌른 거거나 아니면 상당히 서툰 솜씨로 가격한 거라고밖에 볼 수 없어요. 그리고 피해자가 도망치려고 현관문을 잡았을 때 범인이 손등을 내리쳤는데, 보세요. 아무런 흔적도 없잖아요."

"네가 봤어? 범인이 그러는 거 네가 봤냐고."

"현장은 거짓말 안 하잖아요."

"누가 보느냐에 따라 다르지, 이 새끼야. 너같이 야밤에 혼자 들어가서 이상한 짓 하는 새끼 말을 어떻게 믿어?"

"그러면 계속 헤매든가."

"이 새끼가 진짜 말이면 단 줄 아나!"

강력1팀장이 내 멱살을 잡아챘다. 그의 상기된 호흡이 얼굴에 와 닿았다. 김 형사가 말리려고 애써봤지만 소용없었다. 될 대로 되라는 식으로 체념하고 있는데 때마침 벨소리가 울렸다. 강력1팀장의 휴대폰이었다.

"건방 떨지 마. 저번엔 단지 운이 좋았던 거니까. 알았어?"

나는 아무 말 없이 그의 손을 뿌리쳤다. 그러고 나서 갈대밭을 지나 제방도로 위로 올라갔다. 도무지 말이 통하지 않으니 나로서는 그 방법밖에 없었다.

"최 경사님, 잠깐만요."

뒤돌아보니 김 형사가 내 뒤를 쫓아오고 있었다.

"원래 팀장님이 다혈질이잖아요. 그냥 이해하세요."

"이해해. 그래서 상대 안 하려고."

"그럼 저한테라도 말씀해주세요. 아까 얘기했던 거."

멈춰 서서 담배를 한 대 피워 물었다.

"김 형사도 팀장 말대로 김미숙이라고 생각해?"

"아니요. 그렇진 않아요."

"그럼 어떻게 생각하는데?"

"제가 볼 때도 김미숙이랑은 관련이 없는 거 같아요. 경사님도 수사보고서를 보셔서 알겠지만, 김미숙의 주변 사람들 진술로는 내연관계나 채무관계가 전혀 없었다고 하잖아요. 그런데 이번 사건은 얼굴을 훼손하고 손가락을 잘라서 피해자의 신원을 은폐하려고 했어요. 그런 점으로 본다면 범인은 피해자와 꽤나 가까운 사이가 아니었나 싶어요. 왜 주로 원한관계에 있는 면식범들은 얼굴을 가격하잖아요. 게다가 성폭행 흔적도 없고……. 경사님은 어떻게 생각하세요?"

나는 쓰러져 있는 사체를 다시 한 번 바라보며 말했다.

"저기 목 부근을 한번 봐봐. 액흔이 너무 넓게 번져 있어. 그건 한 번에 사망까지 이를 정도로 조르지 못했다는 거야. 목을 조른 건 피해자의 옆구리에 칼을 찔러넣은 후일 텐데도 말이야."

"범인의 손아귀 힘이 약하다는 뜻인가요?"

"아마도. 그래서 손가락을 자른 게 아닐까 싶기도 하고."

"잘 이해가 안 되는데요."

담배를 바닥에 버리고 두 손을 뻗어 김 형사의 목을 살며시 붙잡았다. 그는 잠시 어리둥절한 표정을 지었지만 피하려 들지는 않았다.

"내가 이렇게 목을 조른다면 김 형사는 어떻게 하겠어?"

"뭐, 팔을 비틀어버리거나 꺾어버리겠죠."

"목을 졸리고 있는 게 여자라면? 게다가 오른쪽 옆구리에 칼을 맞은 상태라면?"

"어떻게든 살아야 되니까 팔이라도 할퀴겠죠. 아…… 그래서 손톱 밑에 범인의 피부가 남았고, 그걸 은폐할 생각으로 손가락을 전부 자른 걸 수도 있겠네요."

나는 다시 담배를 한 대 꺼내 물었다.

"범인은 상대적으로 왜소한 체구의 젊은 사람인 것 같아. 사체를 이곳에 내다 버린 걸 보면 차를 운전했다는 소린데, 그러면 최소한 20대 초중반은 되겠지. 혹시 아까 검시관이 한 말 중에 도움 될 만한 정보는 없었어?"

"오른쪽 옆구리에 난 상처가 치명상일 거 같다던데요. 척추 부근까지니까 한 10센티미터 정도는 칼이 들어간 것 같대요."

"10센티미터?"

문득 서랍장 위에 놓인 칼자국이 떠올랐다.

"폭은?"

"약 2센티미터요."

"게다가 왼손잡이고?"

"뭐, 그렇게 볼 수도 있죠. 오른쪽 옆구리에 상처가 났으니까."

"……어쩌면 그놈일지도 몰라."

담배연기를 길게 내뿜으며 읊조리듯 말했다. 김 형사의 눈빛이 변하는 게 느껴졌다.

"그게 무슨 뜻이에요?"

"아직 확실한 건 아니지만 한 놈의 소행일 수도 있어. 일단 저 피해자의 신원확인부터 빨리 진행해. 가까운 곳에서 한 달 사이에 두 건이나 발생했다면 범인은 아직 강화도에서 벗어나지 않았을 수도 있어."

"알았어요. 최대한 빨리 움직일게요."

말이 끝나자마자 김 형사는 동료 형사들 쪽으로 걸음을 옮기기 시작했다. 멀어져가는 그에게 혹시 탐문하면서 의심 가는 사람이 없었냐고 물었다. 그러자 그는 광역수사대는 수사 위주라서 잘 모르고 탐문은 강화서 강력팀 형사들이 도맡아서 진행하고 있다고 대답했다. 순간 울창한 갈대밭 사이에서 통화를 하며 여전히 나를 주시하고 있을 강력1팀장의 모습이 떠올랐다. 담배를 피우고 있는데도 담배 생각이 더욱 간절해졌다.

국과수에서 피해자의 신원파악을 위해 유전자분석을 진행하는 동안 한 건의 가출인 신고가 접수됐다. 실종자의 이름은 이아현, 3년 전 인천의 한 미용실에 취직한 뒤 목포에서 올라와 강화도에 자리 잡은 26세의 젊은 여성이었다. 며칠 동안 연락이 안 된다며 그녀의 어머니와 남동생이 직접 강화경찰서를 찾아와 신고했다. 여러 정황들이 들어맞아 피해자와 DNA를 비교해보자는 형사들의 요구에도 그녀의 어머니는 우리 딸이 죽었을 리가 없다며 완강히 거부했다. 하지만 끝내 어머니를 설득했고, 서로의 구강세포를 채취해 비교해본 결과 그녀의 딸인 이아현으로 최종 확인됐다.

"우리 딸이 죽었을 리가 없어요. 누구한테 원한 살 일도 없는 착실한 앤데, 걔가 무슨 죄가 있다고 이렇게 죽어요."

피해자인 이아현의 어머니는 눈물을 흘리며 오열했다. 이제껏 많은 유가족들을 접해봤기에 그녀의 심정이 어떨지 이해가 갔다. 그러나 그녀는 한 가지 잘못 생각하는 게 있었다. 누군가에게 원한을 사야만 살해당하는 건 아니다. 범인이 누군가를 죽이려고 마음먹었을 때 그의 눈에 띄었기 때문에 죽은 거다. 그것이 진짜 이유다.

경찰서를 나와 이아현이 살해당한 현장을 찾아갔다. 김미숙이 살해당한 곳과 불과 5킬로미터밖에 떨어지지 않은 곳이었다. 이미 1차 현장감식이 끝난 상황이라 다른 형사들은 모두 철수한 상황이었다. 현관문을 열고 들어서려는데 휴대폰이 울렸다. 김 형사였다.

"최 경사님, 말씀하신 대로 범행 추정시간대에 강화대교랑 초지대교를 통과한 차량들의 CCTV 자료를 전부 확인했어요. 총 7921대예요."

"이아현의 차량은?"

"없었어요. 아직 강화도 내에 있는 게 틀림없어요."

강화도에서 외부로 나가는 길은 강화대교와 초지대교 단 둘뿐이다. 김 형사의 말대로라면 사라진 이아현의 차량은 강화도 내에 있는 게 확실했다.

"그럼 수사본부에 연락해서 기동대원들 최대한 빨리 수색에 동원시켜. 어떻게든 차량을 찾아내야 돼."

"알았어요."

"용의자 탐문은 어떻게 됐어?"

"지시하신 대로 이미 면장님과 이장님들한테 유력한 용의자를 찾았다는 허위 소문을 유포해놓은 상태고요. 범인 추정상에 걸맞은 사람들을 재탐문하는 건 지금 팀장님이 도맡아서 진행하고 있어요."

범행 현장의 지리적 특성상 범인은 강화군 일대에 살고 있을 가능성이 높다. 만약 아직도 강화도에 머물러 있다면 분명 유력한 용의자를 찾아냈다는 소문을 듣게 될 것이고, 조만간 어떤 움직임을 보일 것이다. 그때를 놓치지 않고 잡아내야 한다.

"알았어. 계속 주시해줘. 무슨 일 있으면 다시 연락하고."

"네, 경사님도 연락 주세요."

폴리스라인을 걷어내고 조심스럽게 현관문을 열었다. 어두운 실내에서 새어 나오는 시큼한 피비린내가 코를 찔렀다. 손전등을 비추자 벽면에 새겨진 핏자국이 눈에 들어왔다. 그것은 환한 빛의 원 속에서 아직도 서서히 흘러내리고 있는 것처럼 보였다. 거실 어디를 비춰도 마찬가지였다. 심지어 형광등 스위치마저 붉게 물들어 있었다. 나는 한참 동안 멈춰 서서 어떻게 시작해야 좋을지를 곰곰이 생각했다. 일단 나보다 먼저 현장감식을 끝낸 형사들이 작성한 보고서를 읽어보는 게 가장 좋은 방법일 것 같았다.

보고서의 내용에 따르면 범인의 것으로 추정되는 지문과 타액, 모발 등은 이번 현장에서도 발견되지 않았다고 한다. 주변 사람들의 진술을 들어봐도 의심 가는 용의자가 딱히 없는 실정이었다. 게다가 사라진 물건도 차키를 제외하고는 별다른 게 없었다. 다만 수사본부 형사들이 확신하고 있는 건 범인의 침입경로가 부엌이라는 점이었다. 내부 도면을 들고 그곳으로 이동해보니 그들의 말이 맞다는 걸 한눈에 알 수 있었다. 방충망이 L자 형태로 반듯하게 잘려 있었기 때문이다. 김미숙의 집에 침입했을 때와 동일한 방법이었다. 도로를 향해 난 대문을 통하지 않고 건물 뒤를 돌아 옆 건물 사이의 담을 넘은 다음 방충망을 제거하고 집 안으로 들어온다. 범인은 사전에 현장 특징을 철저히 인지한 것이 틀림없다.

창문 바로 밑에도 그의 흔적은 남아 있었다. 이번에도 255밀리미터 마름모꼴 무늬 족적이다. 휴대용 가변광선기를 비추며 발자국을 따라 이동했다. 피해자가 자고 있던 침실이 아니라 화장실 바로 앞에서 중복되어 나타나 있었다. 그 뒤로는 온통 혈흔에 젖은 족적뿐이었다. 피해자가 화장실 안에 있었던 걸까, 문을 활짝 열어봤다. 예상대로 사방이 온통 분사혈흔들로 가득 차 있었다. 벽과 거울, 변기, 세면대 할 것 없이 모두 붉은색이었다. 벽 구석에는 직하혈흔이 상당량 고여 있었다. 범인은 이곳에서 피해자를 살해한 것이다. 그렇다면 거실에 튀어 있는 혈흔들은 대체 무엇일까.

천천히 움직이며 거실에 펼쳐진 혈흔 형태를 유심히 살펴봤다. 김미숙이 살해당한 현장과는 다르게 바닥 곳곳에서 흉기의 트랜스퍼를 발견할 수 있었다. 똑바로 찍혀 있는 것이 아니었기에 몸싸움 도중 수차례 떨어뜨린 것으로 봐야 했다. 화장실에서 최초의 가격이 이루어진 다음 거실에서 난투를 벌이고 다시 화장실로 들어갔다는 건가. 앞뒤가 맞지 않았다. 거실과 화장실 사이에는 단 한 방울의 혈흔도 떨어져 있지 않았다.

  도무지 범인의 동선을 파악할 수가 없었다. 그렇다고 마냥 가만히 있을 수도 없는 일이었다. 마음을 다잡고 집 안 전체를 둘러볼 생각에 침실 문을 열었다. 믿기지 않게도 그곳마저 분사혈흔이 난무했다. 불규칙한 높낮이로 벽면을 비롯한 가구 전체에 무차별하게 흩뿌려져 있었다. 더욱 이상한 점은 침대 시트에 또 하나의 발혈점이 나타나 있다는 것이었다. 그렇다면 화장실에서 발견된 발혈점은? 혹시 내가 잘못 본 건가? 그럴 리 없다. 내가 본 건 발혈점이 확실했다. 그런데 왜 여기에도 나타나 있는 거지?

  형광등을 켜고 침대 시트에서 시작된 혈흔이 어디로 이어지는지를 살폈다. 여러 방향으로 겹쳐 있어서 진행 방향을 파악하는 게 쉽지 않았다. 상체를 숙여 하나하나 자세히 들여다보는데 침대 바닥에 떨어져 있는 MP3 플레이어가 눈에 띄었다. 신경 쓰지 않고 혈흔의 이동 방향에만 집중했다. 얼마 지나지 않아 붉은 점으로 이어지는 하나의 선이 발견됐고, 그 선은 거실 쪽으로 쭉 이어지고 있었다.

  침실에서 이어진 혈흔을 따라 거실로 나가봤지만 더 이상 뚜렷한 연결점은 찾을 수 없었다. 바닥에 떨어진 혈흔들이 전부 본래의 형태를 잃어버린 후였기 때문이다. 그는 이곳에서 무슨 짓을 한 걸까. 대체 어떤 짓을 벌였기에 이토록 혼란스러운 모습만 남게 된 걸까. 감이 잡히지 않았다. 다시 한 번 거실을 휘 둘러봤다. 깨져버린 전신 거울이 눈에 띄었다. 제멋대로 갈라진 유리 조각들이 현장의 모습을 더욱 기괴하게 비추고 있었다. 가까이 다가가자 갈라진 틈 사이에 튀어 있는 혈흔이 보였다. 피해자를 살해하기 전에 깨뜨린 것이 분명했다. 그도 이 거울을 통해 자신의 모습을 보았던 것일까. 쓰러진 피해자, 난무한 혈흔, 바뀌어버린 현장의 공기 속에서 그는 자신의 모습을 보며 어떤 기분을 느낀 것일까.

소파에 앉아 혼란스러워진 머릿속을 애써 추스르고 다시 한 번 범인의 패턴에 대해 생각했다. 김미숙이 살해당한 현장에서 나타난 그의 동선은 마치 정해져 있기라도 한 것처럼 다분히 계획적이었다. 불필요한 움직임은 거의 없었다. 작은 방으로 침입한 뒤 침대 위에서 곤히 잠들어 있는 김미숙을 찌르고, 거실로 도망치는 그녀의 뒤를 따라가서 살해했다. 그런 그가 왜 이 현장에서는 이토록 무질서한 동선을 보이게 된 걸까. 자신의 계획대로 진행되지 않았기 때문에? 무언가 계획의 차질이 생겼던 것일까?

자리에서 일어나 베란다로 걸어갔다. 진하게 요동치는 피비린내가 자꾸 내 몸에 엉겨 붙는 느낌이라서 환기라도 시킬 겸 창을 열었다. 습관적으로 담배를 꺼내 물고 몸속에 쌓인 현장의 불쾌함을 연기와 함께 내뱉었다. 그 연기는 빨래 건조대에 널린 피해자의 옷가지들 사이에서 묘하게 구부러지다 사라졌다. 문득 그 옷을 입고 있는 피해자의 모습이 궁금해졌다.

왜 너는 그녀의 옷을 벗겼지? 애초에 강간할 생각도 없었잖아. 단지 그녀를 죽이는 게 좋았던 거 아냐? 사람을 죽일 때 느껴지는 짜릿함이 좋았던 거 아니냐고. 그런데 왜 그녀의 옷을 벗긴 거야? 그 옷에 어떤 단서라도 있었나? 네 혈흔이라도 튄 건가? 대체 옷은 왜 벗긴 거야? 말해봐, 대체 왜 벗긴 거냐고. 그녀가 옷을 벗고 있었을 리도 없는데…….

순간 어떤 가능성들이 머릿속에 떠오르기 시작했다.

만약 그녀가 옷을 벗고 있었다면? 샤워를 마치고 나오다가 범인과 마주치기라도 했다면? 나는 그 가설을 토대로 범인의 행동을 재구성해봤다.

화장실에 그녀가 있다는 걸 몰랐다면 너도 쉽게 공격하지는 못했을 거야, 그렇지? 때문에 화장실에서 몸싸움이 벌어졌을 테고. 그러다 그녀의 복부에 45도로 칼을 찔러넣은 거겠지. 치명상을 입은 피해자는 점점 힘이 빠져 바닥에 쓰러지고 말았고, 그때 네가 달려들어 목을 졸라 살해한 거야, 그렇지? 그리고, 너는 침입 당시 피해자가 침실에 있을 거라고 생각했어. 아마도 누군가 침실에 누워 있는 걸 창문을 통해 사전에 확인한 거겠지. 그래서 피해자의 차량이 필요하게 된 거야. 안 그래? 내 말이 틀렸나?

담배를 끄고 마지막 의문을 확인하기 위해 재빨리 침실로 들어갔다. 침대 밑에 떨어져 있던 MP3 플레이어의 전원을 켠 다음 볼륨 상태를 확인했다. 30칸을 다 채워야 MAX가 되는 시스템이었고, 현재는 25째 칸에 맞춰져 있었다. 이 정도 음량이라면 화장실에서 나는 소리가 안 들렸을 가능성이 컸다.

나는 곧장 수사본부에 전화를 걸었다.

"이아현의 사체가 발견된 갈대밭을 재수색해주세요. 근방 500미터, 아니 1킬로미터 이내요. 네, 넓으면 넓을수록 좋아요. 최대한 빨리 진행해주세요. 또 다른 사체가 버려져 있을지도 몰라요."

강력1팀장을 만나기 위해 강화경찰서로 가는 중에 이아현의 차량이 발견됐다는 소식이 전해졌다. 장소는 강화군 내가면 고천리의 한 빌라 주차장, 이아현이 살해된 현장에서 8킬로미터쯤 떨어진 곳이었다. 차량 내부를 감식해본 결과 트렁크에서 피해자의 것으로 추정되는 혈흔이 몇 점 발견된 것을 제외하면 아직까지 별다른 단서는 나타나지 않았다. 혹시 그 외에 주목할 만한 점이 있느냐는 질문에 감식팀 형사들은 깨진 후미등을 언급했다. 주차 과정에서 화단에 부딪힌 것으로 보인다고 했다. 전화를 끊고 강화경찰서 형사과 사무실로 향했다. 신문 너머로 나를 쏘아보는 강력1팀장의 시선이 느껴졌다.

"여긴 어쩐 일이야?"

"앉아도 되죠?"

"좋을 대로."

나는 의자를 끌어다가 그와 마주 보고 앉았다.

"다른 형사분들은 안 보이네요."

"네 덕분에 밤새도록 죽어라 갈대밭만 수색하고 있지. 근데 너, 도대체 무슨 생각으로 그딴 짓을 시킨 거냐?"

"사체 찾을 생각으로요."

"이아현 찾을 때 이미 다 수색 끝낸 거 몰라?"

"아직 발견 안 됐잖아요."

그는 신문을 반으로 접어 책상 위에 세차게 내려놓았다.

"벌써 지방청장만 세 번이나 왔다 갔어, 알아? 탐문하기도 바빠 죽겠는데 지금 그딴 수색작업이나 시킬 때야?"

"어쩔 수 없는 거 팀장님도 다 아시잖아요."

"그럼 네가 직접 가서 찾아, 임마. 애꿎은 애들 뺑이치게 하지 말고."

"알았어요. 제가 찾을 테니까, 일단 탐문 결과부터 알려줘요."

"그전에 네가 말한 사체부터 찾아와."

"네? 지금 그게 말이 돼요? 빨리 잡아야 된다면서요."

"네 도움 없어도 때 되면 알아서 잡으니까 신경 꺼, 이 새끼야."

나는 아무런 대꾸도 하지 않았다. 지금 입을 열면 모든 일을 그르치게 될 것이 뻔했기 때문이다. 하지만 참고 있는 것도 그렇게 쉬운 일만은 아니었다. 애써 억누르고 있는데 벨소리가 울렸다. 강력1팀장의 휴대폰이었다. 그는 발신번호를 확인하더니 휴대폰을 들고 밖으로 나가버렸다.

담배를 물고 라이터의 부싯돌을 돌렸다. 가스가 떨어진 탓에 헛바퀴만 돌았다. 화가 치밀었지만 그래도 담배는 피워야 했기에 책상 위를 살폈다. 그러다 강력1팀장이 내려놓은 신문에 시선이 고정됐다. 사회면 전체가 이번 사건에 대한 기사들로 빼곡히 채워져 있었다. 초동수사 미흡부터 부실한 수사과정, 주변 사람들의 불안한 심경 등을 세세하게 담고 있었다. 그중에서도 내 눈길을 끈 건 어느 범죄심리학자의 인터뷰였다. 그는 이번 사건의 원인을 사회와 가정의 와해에서 찾고 있었다. 상실감과 박탈감, 일부 도태되는 구성원들과 같은 사회병리적인 문제들이 결국 이런 연쇄살인을 야기시킨 것이라고 했다. 그의 말대로 과연 그런 부분들이 평범한 사람을 범죄의 시작점으로 내몬 것일까. 물론 체포된 이후 누구나 자신의 범죄 동기를 그런 식으로 밝히는 것쯤은 익히 알고 있다. 하지만 그들은 단순히 자신을 합리화하기 위해 그렇게 말하는 것은 아닐까. 살인을 계획하고 실행할 때만 비로소 느낄 수 있는 또 다른 세계가, 빛과 공기, 시간의 흐름조차 변해버리는 그 순간들이야말로 그들의 손에 재차 칼을 쥐여주고 있는 게 아닐까.

잠시 후 등 뒤에서 문이 열리는 소리가 들렸다. 강력1팀장이 내 앞으로 다가와 앉았다. 책상 서랍에서 보고서 한 장을 꺼내더니 내게 내밀었다.

"이름은 나원학, 나이는 21세이고 키는 170센티미터. 네 말대로 왜소한 체격에 내향적인 성격이고, 아직 사회 경험은 없어. 고등학교 중퇴한 뒤부터는 주로 집에서 게임만 하며 시간 때우는 놈이야. 부모들은 5년 전에 교통사고로 죽었고. 그래서 지금은 다섯 살 터울인 누나가 먹여 살리고 있어."

"갑자기 왜 호의적이세요?"

내가 물었다. 그러자 그가 되물었다.

"보기 싫어?"

"그럴 리가요."

나는 보고서를 받아 들고 처음부터 꼼꼼히 읽어 내려갔다.

"강화군 송해면 하도리…… 여기가 김미숙이 살해당한 곳이죠?"

"맞아. 거기서 1.5킬로미터 정도 떨어진 곳에 사는 놈이야."

"탐문할 때 직접 보셨죠? 어땠어요?"

"숫기 없고 말주변 없고, 불안해하는 기색도 띠는 거 같고. 집 안을 둘러보겠다는 말에 거부반응도 나타내고. 아무튼 이 주위에서는 그놈이 네가 말한 범인상에 가장 근접했어."

형사 경력 15년차의 눈썰미라면 신뢰할 만했다. 이제 용의선상을 좁혀서 수사를 진행해야 될 시기가 온 것이다.

"이제부터는 네가 알고 있는 걸 말해봐."

그는 책상 위에 깍지를 낀 두 손을 올려놓으며 말했다.

"저는 이미 다 말씀드린 거 같은데. 왼손잡이에 왜소한 체격, 키는 약 170센티미터, 거기다 내향적인 성격에……."

"그런 거 말고, 네가 생각하는 범인의 심리에 대해서."

강력1팀장의 눈빛이 달라지는 게 느껴졌다. 그의 절실함이 나에게까지 전달되는 기분이었다.

"범인은 범행을 저지르기 전에 강한 죄의식을 느끼는 거 같아요."

입술 사이에서 담배를 돌리며 내가 말했다. 그러자 그는 놀란 기색을 띠었다.

"죄의식을 느낀다고? 그런 녀석이 어떻게 사람들을 죽여?"

"그런데 그 죄의식이란 게 범인에겐 결국 범행의 동기로 작용하는 거 같아요. 어떤 불안한 상황이나 겁나는 일에 처했을 때 그 상황에서 벗어나려면 되도록 빨리 그 일을 결정지어야 하잖아요. 그런 의미로 범인은 살인을 하기 전에 느끼는 죄의식을 떨쳐내기 위해서 즉각적으로 사람을 죽인 다음 안도감을 찾는 거 같아요."

"그걸 어떻게 알 수 있지?"

"이아현이 살해당한 현장에 놓인 깨진 거울 때문이에요. 갈라진 틈 사이로 혈흔이 튄 걸 보면 범인은 피해자의 숨통을 끊어놓기 전에 거울을 깬 것이 분명하거든요. 혈흔이 난무한 현장과 쓰러진 채 살려달라고 애원하는 피해자 사이에 우두커니 서 있는 자신의 모습을 보고 일종의 죄의식을 느낀 거죠. 그래서 거울을 깨버린 거 같아요."

그는 천천히 고개를 주억거렸다.

"하지만 지금처럼 계속 살인을 저지르다 보면 얼마 지나지 않아 자신만의 어떤 내성이 생기게 될 거예요. 어쩌면 이미 생겼을 수도 있구요."

"앞으로는 죄의식 없이 사람을 죽일 거라는 말이지?"

"그렇죠."

내가 말했다. 그러자 그는 잠시 심각한 표정을 지어 보이는가 싶더니 이내 자리를 박차고 일어섰다.

"서둘러야겠어. 지금 당장 출발하자고. 빨리 준비해."

"네? ……저요?"

"그럼 여기 또 누가 있어? 시간 없으니까 네가 직접 가서 보고 판단해. 그래야 임의동행해서 신문이라도 하든가 말든가 할 거 아냐."

"전 사체 수색 나가야 되는데요."

"그럴 필요 없어."

그가 외투를 걸치며 말했다.

"방금 또 다른 사체 찾았대, 갈대밭에서."

강력1팀장은 길게 이어진 비포장도로를 지나 별다를 것 없는 단층형 주택 앞에서 차를 세웠다. 주위에는 드문드문 늘어선 주택들만 자리하고 있을 뿐, 흔한 상가 건물조차 없는 매우 한적한 곳이었다.

대문 앞에 서서 초인종을 누르자 인터폰으로 젊은 여성의 목소리가 흘러나왔다. 우리는 신분을 밝혔고, 곧 문이 열렸다. 현관문으로 다가가는 내내 주위를 둘러봤다. 앞마당 한편에 화단이 꾸며져 있는 게 눈에 띄었다. 그러나 잘 관리된 화단과는 어울리지 않게 땅을 한 번 파헤친 뒤 다시 덮어놓은 흔적이 남아 있었다. 언뜻 봐도 2미터는 족히 될 넓이였다.

"팀장님, 저번에 오셨을 때도 이렇게 땅이 헤집어져 있었어요?"

내 말에 강력1팀장은 걸음을 멈추고 앞마당을 유심히 쳐다봤다. 잠시 후 내게 시선을 옮기더니 고개를 가로저었다.

"먼저 들어가 있어. 혹시 모르니까 형사들한테 수색견 동원해서 당장 오라고 지시할 테니까."

 나는 고개를 끄덕이고 현관문 손잡이를 돌렸다. 문은 열려 있었다. 안으로 들어서자 바닥에 놓인 두 켤레의 신발이 가장 먼저 눈에 띄었다. 서로 크기가 같은 검은색 스니커즈와 여성용 구두였다. 신발장을 열어 나머지 신발들을 확인해보려는데 오른쪽에서 누군가 방문을 열고 거실로 나왔다. 나원학의 누나였다.

"이번엔 무슨 일로 오신 거죠?"

 인터폰으로 들었던 목소리로 물었다. 두 팔을 감싼 채 멀뚱히 서서 나를 바라보고 있는 그녀에게 눈길을 돌렸다. 나이는 스물네댓쯤으로 보였다. 무엇보다 제법 큰 키에 짧은 커트머리가 인상적이었다. 신발장을 닫고 가볍게 고개를 숙여 인사했다.

"물어볼 게 있어서 잠깐 들렀어요."

"들어오세요."

 그녀는 나를 거실 소파로 안내했다.

"마실 거라도 한 잔 드려요?"

"아니요, 괜찮아요."

 내가 주위를 돌아보며 대답했다. 전체적으로 어두운 조명 탓에 어렴풋이 가구의 위치만 확인할 수 있었다.

"그보다 동생분이 안 보이네요."

"지금 집에 없어요."

 오렌지 주스를 건네며 그녀가 대답했다. 잔을 받아 들고 한 모금 마신 다음 탁자 위에 올려놓았다.

"어디 갔는데요?"

"저도 몰라요."

"언제 나갔는지는 알아요?"

"어제 퇴근하고 돌아왔더니 없더라고요. 휴대폰도 놓고 가서 연락도 안 되고……. 근데 그건 왜요? 혹시 원학이한테 무슨 일 있어요?"

그녀가 걱정스러운 표정을 지으며 물었다.

"아니요."

내가 대답했다. 표정이 일순 안정되는 게 느껴졌다.

"그럼 무슨 일 때문에 오신 건데요? 이번에도 단순한 탐문인가요?"

"그런 셈이죠."

"들리는 소문에 이미 유력한 용의자를 잡았다고 하던데, 그런데도 이런 탐문을 계속해야 돼요?"

그녀의 질문이 끝날 무렵 강력1팀장이 현관문을 열고 들어왔다. 잠시나마 짜증스러운 표정이 그녀의 얼굴 위를 스치고 지나갔다. 나는 자리에서 일어나 그에게 다가갔다.

"지금 집에 없다는데요."

"어디 갔는데?"

"어제 나가서 아직까지 연락 없대요."

"어제? 우리가 탐문한 게 어제였는데?"

"마실 거라도 한 잔 드릴까요?"

그녀가 자리에서 일어나 냉장고를 열며 말했다.

"됐어요. 그전에, 저긴 누가 팠어요? 나원학이 그랬어요?"

강력1팀장이 앞마당을 가리키며 물었다.

"무슨 일 때문에 그러시는데요?"

"누가 팠냐고 묻잖아요, 지금."

강력1팀장이 다시 신경질적으로 말했다. 나는 그 틈을 타서 오른

쪽에 위치한 방으로 들어갔다. 행거에 걸린 옷가지들이 나원학의 방임을 말해주고 있었다.

"몰라요. 어제 퇴근하고 돌아왔을 때부터 저랬어요. 근데 왜 자꾸 제 동생 얘기만 하시는 건데요?"

방 안 어디를 둘러봐도 짐을 싼 흔적은 없었다. 책상 위의 모습에서도 별다른 특이점을 찾아볼 수 없었다. LCD 모니터와 마우스, 스피커, 스탠드까지 모두 제자리에 놓여 있었다.

"나중에 말해드릴 테니까 묻는 말에만 대답해요. 정확히 언제 나갔어요? 퇴근하고 집에 돌아왔을 때가 몇 시였어요?"

서랍장과 장롱 속도 마찬가지였다. 속옷과 티셔츠, 청바지들을 잘 접어 차곡차곡 쌓아놓은 상태였다.

"저녁 8시 반이요."

책상 서랍을 열었다. 휴대폰이 놓여 있었다. 통화 목록을 확인해보니 저녁 9시 반과 새벽 1시경에 누나가 건 부재중 통화 기록이 찍혀 있었다.

"평소에도 이렇게 연락 없이 외박해요?"

"아니요. 이런 일은 처음이에요. 근데 왜 제 허락도 없이 동생 방에 들어가시고 그래요?"

그녀가 소리쳤다. 나는 재빨리 휴대폰을 주머니에 넣고 거실로 나갔다.

"아무래도 뭔가 이상해."

강력1팀장이 나를 바라보며 말했다. 그러자 그녀는 두 손으로 얼굴을 감쌌다.

"그런 말씀만 하지 마시고 무슨 일인지부터 말해주세요, 네?"

"당신 동생이 이번 사건의 용의자예요."

손가락 사이로 그녀의 눈동자가 크게 흔들리는 모습이 보였다.

"말도 안 돼. 무슨 증거로요?"

"아직 확실한 건 아니에요."

내가 끼어들었다. 수사를 원만하게 진행하려면 그녀를 진정시키는 게 최우선이었다. 그러나 이런 간단한 말 한마디로 진정될 거라면 애초에 이토록 놀라지도 않았을 것이다.

"말도 안 돼. 진짜 말도 안 돼요."

예상대로 그녀는 자리에 털썩 주저앉고 말았다.

"걘 그럴 애가 아니에요. 정말이에요."

그녀가 나를 올려다보며 말했다.

"저희도 잘 알아요. 걱정하지 마세요. 어쨌든 동생분부터 찾는 게 우선이니까 얼굴 제대로 나온 사진 있으면 한 장만 주세요."

나는 그녀의 팔을 잡고 조심스럽게 일으켜 세우며 말했다.

"앨범에 있을 거예요. 잠시만요."

그녀는 그렇게 말하며 자신의 방으로 들어갔다. 뒤돌아보니 강력1팀장이 나를 머쓱한 표정으로 바라보고 있었다.

"사진은 제가 받아갈 테니까 팀장님은 나원학 뒷조사 좀 해주세요. 우선 운전면허증이 있는지부터요."

그는 조용히 고개를 끄덕이더니 현관문을 열고 밖으로 나갔다. 나는 다시 한 번 거실 내부를 천천히 둘러보기 시작했다. 어두운 조명에 가려져 있던 물품들의 형체를 이제야 알아볼 수 있었다. 하나하나 자세히 들여다보고 있는데 TV 옆에 놓인 작은 액자가 내 시선을 끌었다. 긴 생머리를 한 여자와 머리를 귀밑까지 기른 남자의 전신

사진이 그 속에 담겨 있었다. 그들은 회전목마를 배경으로 환하게 웃고 있었다.

"저와 제 동생이에요."

어느새 내 뒤로 다가온 그녀가 말했다. 목소리는 이제 어느 정도 안정감을 되찾은 듯했다.

"언제 찍은 사진이죠?"

"한 달 전이요. 월미도에서 찍은 거예요."

"사이가 좋아 보이네요."

"그럼요. 제 하나밖에 없는 동생인데. 여기, 사진."

책상 앞에 앉아 게임을 하고 있는 나원학의 옆모습을 찍은 사진이었다. 얼굴을 알아보기에는 이것만으로 충분했지만 어쩐지 심상치 않은 느낌이 들었다. 생각을 정리할 시간이 필요했다.

"꼭 좀 찾아주세요. 부탁드릴게요."

"너무 걱정하지 마세요. 그런데 화장실이 어디죠?"

"저쪽이에요."

소리 없이 문을 잠그고 강력1팀장에게 나원학의 운전면허 보유 사실이 확인되면 곧바로 답문해달라는 내용의 문자 메시지를 보냈다. 한 달 전이라…… 나는 화장실 벽에 몸을 기대고 이제까지의 일들을 처음부터 다시 생각해보았다.

김미숙이 살해당한 건 지금으로부터 정확히 21일 전이었다. 이아현과 그녀의 친구가 살해당한 건 일주일 전. 그렇다면 2주 사이에 김미숙의 사체를 유기하고 이아현을 살해할 계획을 세웠다는 뜻이 된다. 범행 현장을 보더라도 김미숙을 살해할 때는 애초의 계획대로 진행됐다는 느낌이 강했다. 빠른 기한 내에, 게다가 차량을 사용하지 않고 사체를 유기했다…… 그래서 앞마당을 파헤친 걸까? 죄어 오는 수사망을 피하기 위해 미리 도망친 걸까? 그런데 왜 사진 속에서는 검은색 스니커즈를 신고 있는 거지? 게다가 마우스는 왜 오른손으로 쥐고 있는 거야?

알 수 없는 의문들이 머릿속에서 소란스럽게 움직였다. 세면대에 두 팔을 기대고 거울에 비친 내 모습을 유심히 들여다봤다. 그리고 생각했다. 너라면 어떻게 했겠어? 네가 범인이라면 어떻게 수사망을 피했겠어? 말해봐, 어떤 식으로 피했겠냐고…….

순간 하나의 가설이 눈앞에 생생하게 떠올랐다. 범인의 형상을 한 여러 가능성들이 저마다 유기적으로 움직였다. 나는 그 생각들이 어떤 식으로 귀결되는지를 잠자코 지켜보았다. 비로소 그 움직임들이 모두 멈췄을 때, 막혀 있던 의문이 서서히 풀리기 시작했다. 이제 그 가설을 뒷받침할 단서만 찾으면 된다. 화장실 내부를 꼼꼼하게 훑어보았다. 그러다 양변기 뒤편에 튀어 있는 작은 혈흔 한 점을 발견해 냈다. 하지만 그것만으로는 충분하지 않았다. 곧바로 주머니에서 나원학의 휴대폰을 꺼내 다시 한 번 통화 기록을 확인했다. 누나가 건 부재중 통화 기록 2건을 제외한 모든 목록이 지워져 있었다. 종료 버튼을 누르고 발신함을 열었다. 누군가에게 보내려다 실패한 메시지 기록이 한 건 남아 있었다. 시간은 어제저녁 9시 38분.

"형사님, 뭐 하세요?"

문밖에서 그녀의 목소리가 들렸다. 그때 강력1팀장이 보낸 문자 메시지가 도착했다. 내용은 이랬다.

"나원학은 운전면허가 없는데?"

문을 열고 거실로 나서자 멀찌감치 떨어진 곳에서 나를 바라보고 있던 그녀와 눈이 마주쳤다. 나는 시선을 피하지 않았다.

"동생분에 대해서 뭐 좀 더 물어볼 게 있는데, 괜찮죠?"

"네, 괜찮아요. 일단 앉으세요."

내가 소파에 앉자 그녀도 맞은편으로 다가와 앉았다. 주머니에서 담배 한 개비를 꺼내 입에 물었다. 그리고 가스가 떨어진 라이터의 부싯돌을 돌렸다.

"라이터 하나 드릴까요?"

고개를 끄덕였다. TV 선반 위에 놓인 라이터를 집어드는 그녀의 손에 시선을 집중했다. 환기를 시키기 위해 앞마당이 내다보이는 베란다 창을 열고 내게 다가와 라이터를 건넬 때까지도 눈을 떼지 않았다. 역시 생각하던 대로였다.

"무슨 일 때문에 그러시죠?"

"별 건 아니고, 그냥 동생분이 평소에 친하게 지내던 친구가 있나 해서요."

"글쎄요. 그건 저도 잘 모르겠어요."

이번에는 팔등을 쳐다봤다. 얼마 지나지 않아 그녀도 내 시선을 의식하는 게 느껴졌다. 가만히 그녀의 행동에 주목했다. 이윽고 부자연스럽게 자신의 두 팔을 감싸 안았다. 그녀의 몸짓이 서서히 내 시선에 반응하고 있었다.

"오늘 날씨가 좀 으스스하네요. 주스 말고 따뜻한 거라도 한 잔 드시겠어요?"

"괜찮아요. 이제 가려던 참이었어요."

내가 일어서려고 하자 그녀가 먼저 탁자 위에 놓여 있던 유리잔을 집어들고 자리에서 일어났다.

"그러지 마시고 한 잔만 하고 가세요."

애써 미소 짓는 그녀의 입고리가 희미하게 떨리고 있었다. 그녀 역시 무언가 알아차린 게 분명했다.

"아까 같이 오신 형사분은 먼저 가셨나 봐요?"

베란다 밖을 내다보며 그녀가 말했다.

"원체 의리 없는 분이라서."

"그러게요. 왜 의리 없이 먼저 가셨을까."

이제까지와는 전혀 다른 음색이었다. 그녀는 부엌 쪽으로 걸어가서 잔에 담겨 있는 오렌지 주스를 싱크대에 버리고 수도꼭지를 틀었다. 물은 잔에 닿지 않았다.

"운이 좋은 거겠죠."

내가 대답했다. 싱크대 표면에 떨어지는 단조로운 물소리가 한동안 실내를 가득 메웠다. 그녀는 서랍장을 열어 무언가를 꺼낸 후에야 다시 입을 열었다.

"아까 하시던 말씀 계속 해보세요. 제가 알고 있는 건 다 대답해드릴 테니까."

탁자 위에 라이터와 담배를 내려놓고 그녀에게 시선을 옮겼다. 정확히 말하면 등 뒤에 감추고 있는 그녀의 왼손을 본 것이다.

"뭐든지요?"

"네, 뭐든지요."

"그럼 하나만 물을게요."

나는 그녀의 두 눈을 똑바로 보며 말했다.

"왜 그랬어요?"

질문이 끝나자 그녀의 얼굴에 서늘한 웃음기가 서렸다. 또다시 입꼬리가 희미하게 떨리기 시작했다.

"무슨 말씀이신지 모르겠네요."

"저녁 8시 반에 퇴근하고 돌아왔더니 이미 동생은 없었다고 하셨죠?"

"네, 그게 왜요?"

주머니에서 나원학의 휴대폰을 꺼내 탁자 위에 올려놓고 말을 이었다.

"그런데 왜 저녁 9시 38분에 문자를 보내려다 만 흔적이 여기 남아 있는 거죠?"

"허락도 없이 남의 물건을 참 잘도 뒤지셨네요."

그녀가 수도꼭지를 잠그며 말했다. 불편한 침묵이 실내를 감쌌다. 나는 시선을 유지한 채 자리에서 일어났다. 그리고 말했다.

"왜 죽인 거예요? 동생까지."

그녀의 얼굴에 허탈한 웃음이 잠시 떠올랐다가 사라졌다. 그러더니 아무 말 없이 베란다 쪽으로 걸어가서 창을 닫았다. 나는 그 모습을 담담하게 지켜봤다. 더 이상 왼손은 감출 생각이 없는 듯했다.

"대답치고는 너무 직설적이네."

내가 말했다.

10센티미터의 예리한 칼날이 어두운 조명 아래에서 날카롭게 빛나고 있었다.

"눈치를 채려면 아까 그놈이랑 같이 있을 때 챘어야지."

그녀는 그렇게 말하며 내 쪽으로 천천히 다가왔다. 눈에는 어떠한 망설임도 깃들어 있지 않았다. 칼끝의 떨림도 없었다. 벌써 그녀만의 내성이 생긴 게 분명했다.

"동생을 죽였을 때 알아봤어야 했는데."

내 말이 끝나자 그녀의 입에서 경련과도 같은 웃음이 흘러나왔다.

"왜 이 칼에 죽는 애들은 다 너처럼 말이 많은 걸까?"

간격을 유지하기 위해 조금씩 뒤로 물러났다. 한발 한발 다가오는 발소리가 자꾸만 내 신경을 건드렸다. 이런 식으로는 더 이상 피할 방법이 없었다. 어떻게든 그녀를 멈춰야 했다.

"사람을 죽이는 게 그렇게 좋았어요?"

눈을 똑바로 쳐다보고 말했다. 그녀의 표정이 서서히 일그러지는 게 보였다.

"그딴 식으로 지껄이지 마."

"동생까지 죽여야 할 만큼 좋았냐구요."

"알지도 못하면서 멋대로 지껄이지 말라고."

"죄 없는 여자 세 명을 죽여서 한 명은 앞마당에 묻고, 두 명은 갈대밭에 버리고, 수사망이 좁혀오니까 화장실에서 동생까지 죽였잖아요. 내 말이 틀렸어요?"

"입 닥쳐."

"대답해봐요. 그렇게 사람을 죽이는 게 좋았냐구요."

"입 닥치라고!"

"동생을 죽여서 누명까지 씌울 만큼 좋았냐구요!"

"입 닥치라고 했잖아!"

"그 칼 안 내려놔!"

현관문을 열고 들이닥친 강력1팀장이 소리쳤다. 순간 그녀의 시선이 크게 흔들렸다. 그 틈을 타 재빨리 손목을 잡아챘다. 그녀가 안간힘을 쓰며 저항했다. 소리를 지르고 몸을 비틀고 내 팔을 마구 할

퀴었다. 소용없다는 걸 알면서도 끝까지 몸부림쳤다. 자신의 손목에 네 명을 살해한 칼 대신 수갑이 채워지기 전까지는.

*

 취조실에 들어선 피의자들의 모습은 언제나 낯설다. 과연 이 사람이 보고서에 기록된 사건을 실제로 저질렀을까 하는 의문이 들 정도다. 체포되기 직전의 극렬한 모습은 온데간데없고 다분히 순종적인 태도만 취한다. 그들의 능동적인 행동이란 이따금씩 벽면에 걸린 시계를 올려다보는 게 전부다. 시간이 빨리 흘러가기를 원하는 것인지, 아니면 잃어버렸던 현실 감각을 재차 확인하려는 것인지는 알 수 없다. 다만 확실한 건 대부분의 피의자들이 그런 행동을 취한다는 것이고, 그녀 또한 마찬가지였다는 점이다.
 열려진 문틈 사이로 강력1팀장에게 심문을 받는 그녀를 바라보고 있는데 누군가 내 어깨에 손을 올렸다. 김 형사였다.
 "이번에도 한 건 하셨네요."
 그의 말이 끝나기 무섭게 그녀의 시선이 나를 향했다. 억울함과 분노가 뒤섞인 눈빛이었다. 얼마 전 끝난 나와의 면담에서 시종일관 보였던 눈빛, 그녀는 나를 포함한 사회 전체가 자신의 인생을 망쳤다고 말했다. 교통사고로 부모님을 잃고 동생마저 먹여 살려야 하는 자신의 처지가 한탄스러워 살인을 저질렀다고 했다. 그리고 면담 내내 스스로 그 말을 믿었다.
 사무실을 나와 담배를 한 대 피워 물었다. 김 형사에게 권하자 고개를 가로저었다. 연기가 허공을 떠돌다 이내 사라졌다.

"사체는 발견됐어?"

"네, 진술대로 인근 야산에 묻어놨더라구요. 화장실에서 발견된 혈흔도 나원학의 것으로 판명됐고, 아마 별 무리 없이 송치될 거 같아요."

"다행이네."

"근데 전 아직도 믿기지가 않아요. 다른 사람도 아니고 친동생까지 살해한 게. 대체 무슨 생각이었을까요?"

"글쎄……."

재떨이에 담배를 비벼 끄며 말했다.

"멈출 수가 없었겠지. 이미 다른 걸 보게 됐으니까."

"다른 거요?"

아직 꺼지지 않은 한 줄기의 담배 연기가 위태롭게 피어오르고 있었다.

"아무튼 수고 많았어. 다음엔 서울에서 보자고."

"벌써 가시게요? 현장검증은요?"

나는 그에게 잘 알아서 처리해달라는 말만 남긴 채 주차장으로 걸음을 옮겼다. 차문을 열고 올라타려는데 그의 다급한 목소리가 다시 한 번 들려왔다.

"그럼 팀장님한테 인사라도 하고 가세요. 같이 검거하셨잖아요."

"나중에 또 볼일이 있겠지. 김 형사가 대신 특진 축하한다고 전해줘."

경찰서를 빠져나와 길게 늘어선 도로를 타고 서울로 향했다. 가는 내내 보이는 것은 사람, 그리고 사람들이었다. 그들은 오늘도 만나고 헤어지며 소통하고 단절한다. 그들 중에 누군가 살해당하는 일이 생긴다면 우리는 먼저 그 사람의 주변인들을 탐문하고 수사한다. 모든 사람들에게는 저마다 내재된 살인을 할 만한 이유가 있기 때문이다. 그것은 이해할 수 있는, 혹은 이해할 수 없는 일이기도 하다. 그래서 나는 그들처럼 균열된 눈으로 세상을 봐야 한다. 깨진 거울과도 같은 기괴한 시선으로.

  나는 이제 그런 것들밖에 보이지 않는다.

- 「12인 12색(한국 젊은작가 추리 단편집)」,(한스미디어, 2009)

탈출

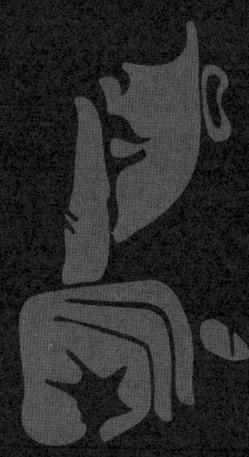

>>>>> 김주동

2008년 「동성로」로 『계간 미스터리』 신인상을 받았다. 주요 작품으로 단편소설 「대리자」, 「강박관념」, 「취미와 직업」, 「택시」, 「귀향」, 「파탄」 등이 있다.

"너 알지, 창호?"

맞은편에 앉은 친구 상철이가 창호란 이름을 꺼냈을 때 나는 멍한 표정을 지었다. 선뜻 안다고 나서기도, 그렇다고 모른다고 발뺌할 수도 없는 어정쩡한, 딱 떨어지는 대답을 꺼내기엔 소심한 인간이나 지을 법한 망설이는 표정.

"몰라?"

상철이는 재차 물었다.

"으응."

나는 잘 생각나지 않는다는 얼굴로 친구놈의 질문을 피했다.

"기억 안 나?"

상철이는 끈질기게 나를 구석으로 몰아붙였다.

이게 재미있는 모양이었다. 상철이의 생글거리는 눈매에 다 드러나 있다. 나는 목덜미가 붉어졌다. 상철이는 씩 웃으며 담배를 꺼내 피우려 했다.

"여기 금연이야."

옆에 있던 친구가 무미건조하게 말했다.

상철이 욕을 뱉었다.

"요즘에는 담배 하나도 맘대로 못 피운단 말이지. 담배뿐이면 몰라. 여 가도 하지 마라, 저 가도 하지 마라, 온통 하지 마라 소리뿐이잖아. 제기랄. 근데 우리 중학교 땐 말이지, 온통 하지 마라 소리뿐이었지만 생까고 멋대로 다 해버렸잖아. 근데 지금은 상사 눈치, 마누라 눈치나 살피는 겁 많은 소시민이 됐단 말이거든. 너무 억울한 기분이야. 요즘 같아선 내가 왜 사는지도 잘 모르겠어."

나를 제외한 모두가 맞장구를 쳤다.

십여 년 전 우리는 경북 진동의 촌구석 중학교를 나왔고, 지금은 다들 서울에서 살고 있다. 모임은 두 달에 한 번꼴로 있었다. 내가 동창 모임에 나오게 된 건 몇 년 전 상철이를 지하철 화장실에서 우연히 만나고 나서였다. 술에 만취해 변기에다 오줌을 누고 있는데 누군가 내 등을 세게 탁 친 것이다. 오줌은 바지에 튀기면서 뚝 끊겼다.

"어이, 정현이 맞재?"

키가 작은 나는 상철이의 어깨에 시선이 닿아 있었다.

"긴가민가했는데, 맞재?"

나는 그때도 "으응" 긍정하지도 부정하지도 않는 답을 흘렸다. 그러면서 상철이의 큰 얼굴을 올려다보며 어색하게 웃고 말았다.

상철이는 빈 잔을 내게 밀었다.

"한 잔 도."

나는 급히 소주를 따랐다. 상철이는 술을 한 번에 비운 뒤 삼겹살

한 점을 상추에 싸 입에 쑤셔넣으며 씹어댔다.

"근데 창호는 왜?"

상철이 옆의 친구가 물었다.

"오늘 그 자식이 오거든."

순간 찬물을 끼얹은 듯 분위기가 가라앉았다.

친구가 확인차 물었다.

"진짜가?"

"응."

"어떻게 지냈다 카던데?"

"뭐, 그놈이 그렇지 뭐. 학교 다닐 때처럼."

학교 다닐 때처럼.

나는 소주 든 잔을 만지작거리며 맘속으로 되씹었다.

"출소한 지 얼마 안 됐다 카던데, 진짜가?"

상철이가 눈초리를 치떴다.

"누가 그래!"

친구는 입을 꾹 다물었다.

"맞긴 한데, 억울하게 갔다 왔지."

"어떡하다?"

"뭐, 별건 아니고, 하지만 난 창호 자식 믿거든. 어쩔 수 없는 사연이 있었으니까."

더는 창호가 무슨 죄목으로 감옥을 다녀왔는지 묻기 어려운 분위기였다.

"언제 오는데?"

"곧 올 기다. 주인공은 맨 마지막에 나타나는 거 아이겠나. 아, 그카고 오늘 몰래 도망갈 생각 마라. 끝까지 달리는 거다. 알았재?"

상철이는 술잔을 돌렸다.

모두 건배를 마치고 술을 마시는데 밖에서 신발 벗는 소리가 들렸다. 나는 문 쪽을 조용히 응시했다. 드디어 드르륵 방문이 열렸고 누군가 성큼 들어섰다. 통통하게 살이 쪄 있었고 면도는 하지 않아 턱 주위가 시커멓게 지저분했다. 머리는 짧게 쳤는데 출소 뒤 머리를 만진 적이 없는 것 같았다. 상철이가 반가운 얼굴로 일어서자 다른 친구들도 따라 일어섰다. 나는 고개를 숙이고 앉아 있다가 상철이한테 한소리 들었다.

"뭐 하노?"

나는 깜짝 놀라 자리에서 일어났다. 내가 주뼛거리며 창호를 쳐다보니 그가 가늘게 눈을 뜨고는 나를 보았다. 성이 난 얼굴처럼 느껴졌는데 돌연 큰 웃음을 지으며 악수를 청했다.

"오랜만이네, 정현."

창호의 악력은 세월이 흘렀음에도 그 옛날과 같았고 서늘한 기운 역시 여전했다.

창호는 내 맞은편에 자리를 잡았다. 상철이는 창호 옆에 바싹 붙어 앉아 쉴 새 없이 지껄였다. 나머지 친구들은 그저 입을 다물고 있다가 상철이가 방정맞게 웃으면 조용히 따라 웃었다. 나도 마찬가지였다. 가끔 창호는 내 쪽으로 시선을 던졌는데, 나는 그 눈길을 피하곤 했다. 창호가 오고 한 시간여 만에 자리를 옮겼다.

창호는 술집 아가씨한테는 별 관심을 두지 않고 무슨 꿍꿍인지 나를 보는 일이 잦았다. 창호를 제외하고 나와 상철이만 남았다. 나머지 세 놈은 집안 핑계를 대고 부리나케 도망가버렸다. 나도 도망치려 했지만 창호에게 손목을 잡히고 말았다. 나는 마지못해 창호를 따라온 것이다.

"사내 새끼가 이래 숫기가 없어 어디 쓰노?"

분명 내 옆에서 심심한 얼굴로 입을 비쭉 내밀고 있는 아가씨를 염두에 두고 하는 말이었다.

그러자 상철이가 지껄였다.

"뭘. 그래도 할 건 다 했는데."

창호가 상철이를 보았다.

"결혼도 했는걸, 뭐."

"그래?"

창호가 뜻밖이라는 눈길로 나를 보았다.

"이 새끼, 결혼도 못 할 줄 알았는데."

"그러게."

상철이가 폭탄주를 마시다 말고 맞장구쳤다.

"근데 왜 청첩장도 안 보낸 거냐?"

창호가 나직하게 물었다.

나는 대꾸할 말을 찾지 못하고 당황했다.

그때 다행이랄까, 상철이가 도와주었다.

"오지도 못했잖아. 네가 학교에 있었는데."

학교라면 물론 감옥이다.

"아, 그렇지."

창호가 고개를 끄덕였다.

"여튼 이 새끼, 우리한테 여자 있다 소리도 안 하다 갑자기 결혼한다 그러잖아. 잠꼬대하는 줄 알았다니까."

창호는 말없이 미소 짓고 있었다.

"근데 결혼식장에서 깜짝 놀랐잖아."

창호가 상철이 쪽을 보았다.

"진짜 미인이더라구. 와, 우리들 중에서 최고로 이쁜 마누라를 얻었다니까. 이 새끼, 뒤로 호박씨 깐 거지."

나는 얼굴이 붉어졌다. 모욕당한 기분이 들었다. 하지만 상철이에게 싫은 소리를 하지 못했다.

어느새 화제는 내 아내였다. 안줏거리로 아내가 언급되는 게 싫었지만 그만하라는 말을 하지 못했다. 더욱 곤혹스러웠던 건 그때 집에서 전화가 온 것이었고 놀란 난 받지도 않고 전화를 끊어버렸다. 창호가 이걸 보고는 상철이에게 한마디했다.

"그만하지."

상철이는 정색하고 입을 다물었다. 창호는 내가 하고 싶은 말을 대신 해주었고 그건 학창시절 때도 그러했다.

그런데 어찌 된 노릇인지 창호는 아가씨를 옆에 두고도 점잖이 앉아 있었다. 여자라면 사족을 못 쓰는 놈이었는데. 특히나 감옥에서 나온 지도 얼마 되지 않았다는데, 보는 눈이 있어 그러나. 그런 걸 신경 쓸 놈이 아닌데.

어찌 됐든 나는 상철이가 창호에게 던지는 시시껄렁한 농담을 흘려들으며 빨리 술자리가 파하기를 기다렸다. 그러다가 상철이는 아가씨들 중 하나가 맘에 들었는지 그녀의 치마 밑으로 손을 집어넣고 술을 홀짝였다. 술자리를 끝내자고 한 것도 당연 상철이었다. 2차라도 갈 요량으로 자기 사타구니를 만지작거렸다.

창호는 상철이를 따라 모텔가로 향하지 않았다. 상철이가 여자를 껴안고 모텔 쪽으로 가는 걸 지켜보던 창호가 나를 힐끔 보았다. 나는 은근히 취해 있었다. 하지만 창호에 대한 긴장은 가시지 않았다. 창호가 어깨동무를 했을 때 그에게 폭 파묻혔다는 게 정확할 것이다. 당연이 숨이 막혔다. 창호는 술내를 풍겼다.

"반가웠다, 새끼."

"으응."

택시가 왔다.

"같은 방향이면."

"아니, 혼자 가면 돼."

"이 새끼, 나하고 있는 거 싫냐?"

"아냐, 그런 거."

나는 펄쩍 뛰었다.

"농담이다, 자식."

택시 조수석에 올라타려다 뭔가 잊었다는 듯 돌아보았다.

"아 참, 그리고 초대할 거지."

"응?"

"니 집에. 니 마누라한테 인사라도 함 해야지."

창호가 눈웃음을 치며 말을 흐렸다.

"그럼. 조만간 보자."

나는 넋 나간 얼굴로 떠나는 택시의 꽁무니를 지켜보았다.

밤거리를 터벅터벅 걸으며 나는 창호가 짓던 웃음을 떠올렸다. 구역질 나는 능글맞기 짝이 없는 웃음이었다.

시간은 이미 새벽 1시를 넘어서고 있었다. 마침 휴대폰으로 전화가 왔다. 아내였다.

"어디야?"

"지금 가고 있어."

"왜 그냥 끊었는데?"

"그게."

"아침에 싸웠다고 삐쳐서 그래?"

"아냐, 그런 거."

"하여튼 이런 걸로 신경 쓰고 싶지 않으니까 담부턴 전화라도 해."

그러마고 대답을 마치기도 전에 아내는 톡 전화를 끊어버렸다.

결혼한 지 1년도 채 안 되었음에도 사이는 별로 좋지 못했다. 결혼 6개월이 되고부터 틀어지기 시작했다. 아내는 툭하면 자격지심을 버리라고 말했지만, 장인의 회사에서 그것도 말단 영업직으로 일하는 건 그리 내세울 게 못 됐다.

나는 아내에게 물론 첫 남자가 아니었다. 그런데 아내의 첫사랑이 6개월 전 경영학 공부를 마치고 입국한 것이다. 첫사랑을 만나고 온 날, 아내는 밤늦게 취해 들어와서는 첫사랑의 이름을 불러댔다. 그 후 아내는 은연중 그놈과 나를 비교하곤 했다. 6개월 전부터 삐거덕대던 사이는 지금에 와서는 아무것도 아닌 사소한 일로도 큰 말싸움을 벌이는 사이로 변하고 말았다. 오늘은 김치를 흘리면서 먹는다고 아내에게 잔소리를 들었고 이내 큰 싸움으로 번지고 말았다. 현재는 대충 짐작하고 있다. 아내가 장인의 반대로 첫사랑과 헤어지고 나서 장인에게 반항하기 위해 홧김에 나와 결혼한 거라고.

어쨌든 다시 창호에게서 연락이 온 게 그로부터 3일 뒤였다.

"왜 전화 안 해? 상철이한테 번호 받아 하는 거다."

"그게."

"핑계 대지 말고 얼른 초대해라. 집 구경이나 함 하자."
그 말에는 아내를 얼른 자신에게 보이라는 것도 내포되어 있었다.
"으응."
"오늘 저녁 어때?"
"그건 곤란하고. 내가 이번 주말쯤에 전화할게."
"정말이지?"
"그래."
전화를 끊고 나서 가슴에 돌멩이라도 달린 듯 마음이 무거웠다.

낯선 남자의 방문에 아내는 놀란 듯했다.
"친구야."
아내는 뜻밖이란 얼굴로 나를 보았다.
"아까 전화했잖아. 친구 데려간다고."
아내는 흘려들은 게 틀림없다.
민소매 셔츠에 반바지 차림으로 소파에서 지금까지 뒹굴다 막 일어난 모양이었다. 헐렁한 셔츠 아래는 아마도 맨가슴일 것이다. 집에서는 브래지어를 착용하지 않았으니까. 거실로 물러서는데 언뜻언뜻 가슴골이 보였다. 나는 화가 났다. 친구를 데려온다고 분명 전화로 얘길 했는데도 옷조차 갈아입지 않았다니.
나는 불안하게 창호를 흘깃거렸다. 창호는 눈에 기름이라도 낀 듯 번들번들 아내의 몸을 살피고 있었다. 아내는 자신의 옷차림 때문인지 얼굴을 붉히며 간단히 인사하곤 이내 부엌으로 몸을 피했다. 창호는 그런 아내에게서 시선을 떼지 않았다. 아내는 160센티미터가 조금 넘는 글래머에 가까운 몸매의 여자였다. 얼굴은 몸매와 달리

청순하게 생긴 편이었다. 분명히 창호 맘에 들었을 것이다. 놈의 두꺼운 입술 틈으로 두툼한 혀가 움직였다. 창호는 기름으로 반질한 펑퍼짐한 콧등을 쓱 훔쳤다. 아내를 보고 무슨 생각을 할지 짐작하고도 남을 일이었다.

나는 창호를 거실 소파로 데려갔다. 지금이라도 아내가 방으로 들어가 겉옷이라도 걸치고 나왔으면 싶었다.

창호는 쓰윽 둘러보더니 입을 뗐다.

"이 새끼, 성공했네."

"성공은 무슨."

아내는 부엌에서 방으로 들어간 뒤였고, 방에서 나와 곧 차를 내왔다. 내 바람대로 겉옷을 하나 껴입고 있었다. 뜨듯한 차를 한 모금 마시던 창호는 찻잔을 툭 내려놓으며 청했다.

"술 같은 건 없어요?"

"아, 술요."

아내는 창호의 말이 떨어지기가 무섭게 냉장고로 달려가 맥주를 몇 병 내왔다. 아내가 병따개를 찾으러 두리번거릴 때 창호가 허세를 부리듯 말했다.

"괜찮아요."

그러면서 주머니에서 뭔가를 꺼냈다. 맥가이버 칼이었다. 불빛에 반짝거리는 칼날을 보자 나는 불쾌한 기억이 떠올랐다.

"아직도 가지고 다니네?"

창호가 피식 웃었다.

"당연하지. 내 애장품인데."

칼날을 새삼 살피던 창호가 그 눈길을 거둬 역시 칼을 보고 있던 아내에게 향했다. 아내가 창호의 눈길을 보고는 놀라 시선을 돌렸다.

창호는 거품 흐르는 맥주를 들이켜며 기분 좋게 말했다.

"이렇게 불쑥 찾아와 미안해요."

"아, 예. 괜찮아요."

돼먹지도 않은 예의를 차리다니. 나는 그런 창호가 역겨웠다.

그런데 아내가 쓸데없는 질문을 던졌다.

"처음 뵙는 분 같네요. 결혼식장에서도 못 뵌 거 같고."

창호가 아내를 보며 씩 웃었다.

"그럴 만한 사정이 있었거든요. 죄송합니다. 부조도 못 하고."

"아뇨, 괜찮아요. 그냥 궁금해서."

"이놈이 내 얘길 한 적이 없나 보네요. 중학교 동창입니다. 고등학교도 같이 다녔는데, 제가 전학을 가는 바람에. 절친한 사이였는데. 안 그래?"

나는 얼떨결에 고개를 끄덕였다.

그러고 나서 대화는 한참이나 끊어졌다. 창호는 맥주를 다 마시고도 일어날 생각을 하지 않았다. 집에 온 지 한 시간 가까이 되어가고 있었다. 아내가 입을 가리고 하품을 했다. 그걸 창호가 봤는지 꿈틀거리며 소파에서 일어섰다.

"그만 가봐야겠다. 근데 화장실이 어디냐?"

창호가 화장실로 들어가고 나서 아내가 나를 즉각 쏘아보았다. 가고 나면 두고 보자는 얼굴이었다. 민망할 정도로 창호의 소변 소리는 컸다. 마지막으로 방귀도 시원히 붕 뀌고 변기 물을 내렸다. 물 내려가는 소리가 시끌벅적했다. 그렇지 않아도 불편한 내 마음을 심란하게 휘젓기에 충분했다. 창호는 일어서는 아내에게 지나칠 정도로 정중하게 허리를 숙여 인사했다.

"잘 있다 갑니다."

나는 창호를 따라 문밖으로 배웅차 나왔다.

"멀리 나올 거 없다."

나는 아파트 엘리베이터 버튼을 눌러주었다. 엘리베이터 앞에 우리는 말없이 서 있었다. 창호는 때 낀 흰 운동화를 구겨 신고 있었다.

"자주 좀 보자."

"으응."

엘리베이터 문이 열렸을 때 창호는 툭 내 어깨를 세게 치곤 엘리베이터로 올랐다. 그는 가볍게 손을 들었다. 그의 모습이 닫히는 문으로 인해 점점 줄어들고 있었다.

"그 사람 뭐야!"

아내는 들어오는 나를 향해 꽥 소리를 질렀다.

"미안해."

나는 대꾸를 하지 않았다. 물론 아내는 그런 사과의 말이나 들으려고 화를 낸 건 아니었다. 창호에 대한 더 구체적인 정보를 요구하고 있었다. 도대체 어떤 친구기에 저녁 늦게 찾아와 제 집인 양 그러고 간 거냐고. 그러니 내 사과에 아내는 열불만 났을 것이다. 답답하기 짝이 없는 인간이라고.

"뭘 더 바래!"

아내는 톡 쏘고는 안방으로 들어가버렸다.

나는 현관 옆에 있는 방으로 들어왔다. 그렇지 않아도 싸움이 잦던 터라 며칠 전부터 각방을 쓰고 있었다. 오늘쯤 해서 기어들려 했지만 창호의 등장으로 물거품이 돼버렸다. 나는 침대에 누워 팔베개를 하고 가만히 천장을 보고 있었다. 잠들려 애썼지만 몸만 뒤척였다. 잠자기는 틀려먹었다 여기고 안방으로 향했다. 안방 문 앞에 이르자 아내의 말소리가 흘러나왔다. 누군가와 통화를 하고 있었다. 6개월 전 돌아왔다는 그 첫사랑과 통화를 하고 있는 게 틀림없었다. 분명 창호와 내 욕을 하고 있겠지. 욕쯤이야 실컷 하라지. 그것뿐이라면 상관없었다. 그게 아니다 보니 문제다. 내 욕을 실컷 하고 난 뒤에 아내가 무슨 짓을 할지 생각하니 분노가 끓어올랐다. 별것 아닌 일에도 아내가 각방을 고집하는 데는 다 이유가 있다. 그 새끼와 폰섹스를 즐기곤 했다. 그러한 이유로 아내는 각방을 강요했고, 그걸 알면서도 나는 화를 낼 수 없었다. 나를 바보 같은 놈이라 해도 별 수 없다. 화를 내는 것도 훈련이 필요한 법. 어설프게 화를 내봤자 돌아오는 건 서글픈 자신을 확인하는 것에 불과하다. 수화기에 대고 그놈을 기쁘게 하기 위해 자위를 할 아내를 생각하면 당장에라도 문이라도 부수고 쳐들어가고 싶었지만 손잡이를 잡은 내 손은 부들부들 떨리기만 할 뿐이었다.

남몰래 좋아하던 여자를 다름 아닌 창호가 맘껏 유린한다는 걸 어린 맘에 알게 됐을 때도 그랬다. 창호는 대구에서 진동으로 전학을 왔는데 중학생치고 꽤 큰 편이었다. 175센티미터가 조금 넘는 신장에 살집도 두둑했고 나이에 비해 몇 살 더 들어 보였다. 창호는 전학 온 지 몇 주 만에 아이들 사이에서 전설이 되었다. 싸움 좀 한다는 녀석들을 하나씩 자기 발 아래에 쓰러트렸고 곧 상대할 놈이 없어졌다. 스위스 군용 칼인 일명 맥가이버 칼을 가지고 다녔는데, 정작 싸움을 할 때는 사용하지 않았다. 상대를 쓰러뜨린 뒤에야 그 칼로 상대의 볼을 툭툭 쳐대곤 했다. 패배자는 더없는 두려움과 동시에 모욕을 느꼈을 것이다. 나는 옆반이었는데 말로만 그에 대해 들었을 뿐 자세한 건 알지 못했다.

창호가 내 인생에 끼어든 건 내가 복도 창문에서 지우개를 털던 중 분필 가루가 바람에 날려 복도로 밀려 들어왔을 때였다. 하필 그 때 그가 지나가고 있었던 것이다. 그는 마른기침을 뱉었다. 내가 돌아봤고 그와 눈이 마주쳤다. 그는 경멸하는 눈으로 나를 봤고 나는 미안하다는 말도 하지 못했다. 며칠 뒤 복도를 걸어가는데 그가 뒤에서 불렀다. 나는 흘긋 쳐다보다 심장이 오그라드는 듯했다. 그가 맥가이버 칼로 자기 목을 베는 시늉을 한 것이다. 나는 그냥 교실로 들어와버렸다. 수업을 마치고 교실을 나오는데 그가 나를 불렀다. 내가 돌아봤다.

"왜 갔는데?"

"못 들었는데."

나는 휘청 쓰러지고 말았다. 그가 주먹으로 내 따귀를 갈겼던 것이다.

"거짓말 깔래? 다 들은 거 안다, 이 새끼."

나는 감당하기 힘든 두려움에 사로잡혔다. 저절로 눈물이 고였고, 이런 나를 창호는 말없이 지켜보았다.

창호에게 맞은 따귀 한 대로 창호와의 본격적인 인연이 시작되었다. 창호는 다른 아이들에게 나를 친구라고 소개했지만 나는 창호를 친구라고 생각한 적이 없었다. 창호 곁에 붙어 다녔지만 그건 어디까지나 창호의 의지였다.

"난 니가 맘에 들어. 기집애같이 생겨가지고."

창호는 내가 귀엽다며 볼을 톡톡 때렸고 엉덩이를 툭툭 쳤다. 다른 아이들에게 나는 어디까지나 창호의 애완동물쯤으로 인식되었다. 그런데 차츰 창호의 애완동물로 지내는 것도 크게 나쁘지 않다는 생각이 들었다. 나를 괴롭히던 아이들이 없어졌기 때문이다. 창호한테만 잘 보이면 그만큼 학교생활이 편했다. 더욱이 창호는 선생들한테도 인기가 좋았다. 창호 아버지가 무슨 사업을 했다는데, 선생들한테 학교 후원금 명목으로 상당량의 뇌물을 먹인다는 소문이 자자했다.

그 당시 창호의 관심은 단연 여자였다. 창호는 외설 잡지를 가져와 돈을 받고 빌려주기도 했는데 물론 나는 공짜로 맘껏 볼 수 있었다. 나는 잡지 정도에 만족했지만 창호는 잡지 따위에 만족할 놈이 아니었다. 창호는 큰 덩치에 어울리게 나이를 부풀려 여고생들과 어울렸다. 그중 한 여자를 내게 자랑스레 소개해줬는데 나는 그만 한눈에 반하고 말았다. 그 여자 때문에 속앓이를 하고 있을 때, 손이 스치는 것만으로도 억제할 수 없는 불쾌한 긴장을 느껴야 했을 때, 창호는 이미 여러 번 그 여자와 잡지에서나 봄직한 짓을 했다는 소문이 있었다.

그런데 내 서툰 감정은 곧 들통 나고 말았다. 그 여자 앞에서 얼굴을 붉히고 있는데 불쑥 그 여자가 입을 뗀 것이다.

"얘, 내 좋아한대. 아냐?"

나는 당황해서 어쩔 줄을 몰랐다. 창호는 뜻밖이란 얼굴로, 놀랍다는 얼굴로 나를 놀렸다.

"우, 그렇단 말이지."

나는 모멸감을 느꼈다. 단호히 부인하고 그 자리를 도망치듯 벗어났다. 그다음부터 나는 그 여자를 증오했고 창호 앞에서도 화가 난 듯 입을 열지 않았다.

그러던 어느 밤, 나는 창호를 따라 여관으로 갔다. 거기서 창호가 건넨 소주를 들이켰다. 첫 음주였다. 하지만 그걸로 끝이 아니었다. 옆방으로 나를 데려갔는데, 그 방엔 낯이 익은 여자가 술에 취해 정신을 잃은 채로 있었다. 창호는 대뜸 여자에게 다가가 여자의 치마를 들췄다. 항상 소지하던 맥가이버 칼로. 차가운 칼날을 흐릿한 핏줄 어린 허벅지에 대고는 팬티 쪽으로 가져갔다. 그 칼날은 유달리 반짝거렸다. 창호는 소박한 꽃무늬 팬티를 한 손으로 내렸다. 나는 그 광경에 눈을 떼지 못했다.

"뭐 해? 좋아한다매?"

나는 떨기만 했다.

"이 새끼, 친구니까 특별히 주는 기다. 잘해봐. 설마 이것도 가르쳐줘야 되는 건 아니겠재?"

그러면서 툭 어깨를 치고 나가버렸다.

나는 그저 꼼짝 못 하고 그 밤 오한에 떨기만 했다. 새벽녘이 됐을 때 방을 나왔고, 그날 등교를 하지 못했다. 독감에 시달리며 이불 속에 처박혀 있었다. 그날 오후에 창호가 병문안을 왔다.

"걱정 마. 첨엔 다 그래."

나는 차마 하지 못했다는 말을 입 밖에 낼 수 없었다.

창호는 아무 일 없었다는 듯 그 뒤에도 내가 보는 앞에서 그 여자를 데리고 다녔다. 몇 개월 뒤 그 여자를 차버리고 다른 여자를 데리고 다녔다. 창호에게 여자는 그런 존재였다. 그때는 우둔하게도 자기 여자마저 내준 창호에게 고마움을 느꼈다. 나를 우롱했다는 걸 세월이 지나 깨달았지만 그때는 창호를 진정한 친구라 여겼다. 예상치 못한 더 큰 사건 앞에 이런 우정도 무너지긴 했지만.

그 당시 나를 함부로 대하는 아이들은 없었지만 한 놈만은 예외였다.

그는 대놓고 나를 무시했다.

"창호 새끼한테 개처럼 빌붙어가지고, 잘난 척은."

나는 그 새끼를 두들겨 패주고 싶었지만 내 힘으론 역부족이었다. 나는 이를 갈았고, 마침 그가 내 뒤통수 한 대 갈긴 걸 부풀려서 창호에게 일렀다.

"뭐! 어떤 새끼야!"

창호는 그를 학교 뒷산으로 데려가 흠씬 패주었다.

"야, 니 차례다."

나는 쓰러져 버둥대는 새끼의 허리와 등을 차고 밟았다. 그가 사력을 다해 주먹을 휘둘렀고 그 주먹에 나는 쓰러졌다. 그 모습을 본 창호가 그 새끼의 옷깃을 잡고 일으켜 세워 얼굴을 내리쳤을 때였다. 그 새끼가 쓰러지더니 그만 삐죽하게 튀어나온 바위에 뒤통수를 찍고 말았다. 그는 바위에서 미끄러져 흙바닥에 엎어졌다. 그의 뒤통수는 피로 흥건했다.

툭툭 건드렸는데 기척이 없었다. 창호도 당황하는 기색이 역력했지만 정신을 차리곤 나를 달래기 시작했다. 땀으로 흠뻑 젖은 나는 두려움에 바들바들 떨었다.

"우선 치우자. 빨리."

창호가 시키는 대로 바위 뒤편으로 시체를 옮겼다. 그날 밤, 삽을 가져온 창호는 대충 땅을 파고 시체를 묻었다. 나는 옆에서 창호를 도왔다. 시체를 묻은 흙을 꾹꾹 밟던 창호가 이마의 땀을 닦으며 중얼거렸다.

"이건 절대 비밀인 거 알재? 무덤까지."

나는 당연 고개를 끄덕였다.

하지만 며칠 뒤 경찰이 학교를 들락거렸고, 그들은 죽은 새끼가 마지막으로 사라지기 전 나를 만났다는 증언을 얻어냈다. 교무실로 끌려간 나는 선생의 갖은 회유와 경찰의 윽박지름에 그만 입을 열고 말았다.

그렇게 1학기가 끝났고, 악몽 같은 방학을 보낸 다음 등교했을 때 상철이가 내게로 왔다.

"니는 죽었다, 이제."

창호가 어찌 된 일인지 학교로 돌아오게 되었다는 것이다.

동기도 없고 증거도 없어 풀려났다는데, 창호의 아버지가 돈을 썼다는 소문이 더 힘을 얻었다.

창호가 돌아온다던 그날, 나는 화장실도 가지 못했다. 오줌을 쌀 지경이 되어도 자리에서 일어나지 못했다. 수업이고 뭐고 도망쳐야 할 판이었지만 엄두조차 나지 않았다. 나를 진정으로 걱정해주는 아이들은 없었다. 호기심과 걱정 섞인 관심만을 보였다. 선생들은 신경조차 쓰지 않았다. 창호가 온다는 소식을 내게 알려준 상철이는 불쌍하다는 얼굴로 지나갔다. 나는 철저히 혼자였다. 나 혼자 해결해야만 했지만 방법 같은 건 없었다. 나는 너무나 무서워 소금기 가득한 눈물을 글썽였다. 화장실 가는 것마저 잊어버리고 넋이 나간 채 수업이 끝나기만을, 빨리 집으로 돌아갈 수 있기만을 기다렸다. 마지막 수업 시간, 뒷문이 드르륵 열리며 교실로 들어서는 창호를 보고 아이들이 웅성거렸다. 나는 창호를 볼 엄두가 나지 않았다. 창호는 걸상을 소리 내어 빼고 앉았다. 나는 책상에 고개를 처박고 무슨 해결책이라도 찾아볼까 머리를 굴렸지만 아무 생각도 나지 않았다. 나는 죽은 듯 엎드려 있었다. 가끔 누군가의 헛기침 소리가 나를 화들짝 놀라게 했다. 나는 수업이 끝나자마자 가방에 책을 쑤셔넣고 앞문으로 해서 재빨리 교실을 뛰쳐나왔다. 오줌이 마려웠지만 참고 뛰었다. 하지만 상철이를 비롯한 몇 아이들이 나를 붙잡았고, 나는 화장실로 끌려왔다.

창호는 표정이 없었다.

"고개 들어."

내가 슬쩍 고개를 드니 큼직한 손바닥이 얼굴로 날아왔다. 머리가 흔들거리는 느낌이었고 얼굴 전체가 얼얼했다. 상철이가 오뚝이처럼 나를 일으켜 세웠다. 다시 창호의 손바닥이 날아왔다. 나는 쓰러졌다. 일어서다가 다시 따귀를 맞고 쓰러졌다. 이미 내 바지는 흥건히 젖어 있었다. 방광이 풀려 참고 있던 오줌을 싸고 만 것이다. 창호 손에 죽고 말 거란 공포 때문에 잘못했다는 말도, 살려달라는 말도 하지 못했다. 그런데 창호가 뜻밖의 말을 꺼낸 것이다.

"용서해준다."

아, 나는 내 귀를 의심했다. 내가 똑바로 들은 게 맞는가 하고.

아, 꿈이 아니란 걸 깨닫고 나니 가슴속 깊은 곳에서는 안도의 한숨이 터져나왔다. 나는 감동하고 말았다. 용서해준다는 창호의 그 말 한마디는 내가 지고 있던 시름의 짐을 단번에 내려주었다. 창호는 내게 구원자나 다름 없었다. 나는 창호가 원하는 일이라면 뭐든 들어줄 듯, 내가 아끼는 것이 뭐가 됐든 내어줄 듯 창호에게 충성을 맹세했고, 실제로도 그가 시키는 잔심부름을 비롯해서 그가 귀찮아하는 모든 일을 들어주었다. 변비에 시달리는 그를 위해 대신 배설이라도 해줄 의향마저 있었다. 나는 철저히 길들여진 애완동물이 되고 말았다. 내 것은 뭐든지 그의 것이 되고 말았다. 그건 당연한 것이었고 여자라고 예외가 되지는 않았다.

그런 창호는 고등학교 3학년 여름방학을 앞두고 아버지의 사업이 부도 나는 바람에 자퇴를 했고 그렇게 내 인생에서 휙 사라져버렸다. 그때의 허탈함은 잊을 수가 없다. 창호가 없는 나는 그야말로 아무것도 아니었다. 아이들은 다시 나를 괴롭히기 시작했고, 온갖 잔심부름을 창호가 그러했듯 자기들도 내게서 얻어내길 원했다. 창호가 떠난 학교생활은 비참하기 짝이 없었다. 그때마다 나는 창호를 그리워했다.

창호는 내 집을 다녀간 후 빈번이 전화 연락을 했고, 나는 그의 전화를 무시하다가 결국 술집에서 다시 만났다. 창호는 아가씨의 허연 허벅지를 큰 손으로 쓰다듬으며 아내 얘길 꺼냈다.

"어떻게 만났냐?"

"그냥 우연히."

"그래? 근데 뭐 특별히 좋아하는 거 있냐? 전에 빈손으로 가서 실례가 많았잖냐. 이번에 갈 땐 뭐라도 사가야지. 안 그러냐?"

그러면서 은근히 물었다.

"어때? 그거는 몇 번이나 하냐? 한 달, 아니 일주일에."

킥킥대는 아가씨의 눈치를 살피며 민망한 얼굴로 목덜미를 붉히니까 창호가 껄껄거렸다.

"뭐, 어때? 친구끼리."

나는 불쾌한 얼굴로 대답을 꺼렸다. 그러자 창호는 삐쳤다는 얼굴로 역시 불쾌한 표정을 지었다.

"이 새끼, 소심하기는. 옛날이나 지금이나 변한 게 없네, 변한 게."

나는 버럭 화를 내고 싶었지만 참고 말았다. 그걸 눈치챈 창호가 빈정거렸다.

"이 새끼, 뭐 할 말 있냐?"

나는 욕 대신 당당하게 나가기로 했다.

"매일 한다. 어쩔래?"

"매일?"

창호가 반색했다.

"거짓말. 설마 매일 할라꼬?"

"진짜라니까!"

나는 어쨌든 우겼다. 창호는 빙그레 웃었는데 속으로 아내를 생각하는 모양이었다.

"음, 그럴 수도 있겠네. 원래 청순하게 생긴 애들이 보기와는 다르거든. 왜, 내가 니 먹으라고 준 년도 그러고 보니 청순했지."

나는 쥐구멍이라도 있으면 숨어들고 싶었다.

"근데, 얼마 전에 그년 봤는데, 가정주부 하더라고. 뜻밖이었거든. 날 보고 슬슬 피해."

그러면서 웃었다.

"너, 뭐 계획 없어?"

내가 눈치를 살피다 잽싸게 화제를 돌렸다.

"계획이라니?"

"아니, 살아가려면……."

"이 새끼야, 지금 내 걱정 하냐? 상철이가 그러는데, 장인 밑에서 일한다매? 그래가 마누라한테 어디 기가 살겠나? 매일은커녕 한 번도 못 하는 거 아이가? 이거."

나는 화가 머리끝까지 치솟았다.

"기분 상했다면 미안, 미안."

창호는 실실 웃으며 사과했다.

나는 앞에 있던 폭탄주를 단번에 마셨다.

한참 뒤에 그가 잔뜩 취해 지껄였다.

"야, 니 마누라 뭐 좋아하냐? 담에 갈 때 사가게."

"그런 거 없어."

"없어? 뭐 좋아하는데? 사간다니까."

"그런 거 없다니까."

"빨리는 거 좋아하냐?"

잠깐 무슨 소린가 하다가 창호를 죽일 듯 노려보았다.

"좋아하냐고 묻잖아!"

나는 벌떡 일어나 창호의 셔츠를 낚아챘다. 창호가 내 팔을 세게 뿌리쳤다. 나는 소파에 벌러덩 자빠졌다.

"이 새끼가 어디서."

창호가 눈을 치떴고 앞에 있던 술병을 쓸어버렸다. 술잔이 바닥에 깨졌고 쏟아진 술이 흥건했다.

"다시 함 캐봐. 우째 되는지. 나 박창호란 말이다. 니 박창호 잊어뿐 거 아이겠지? 이 새끼."

"오빠! 그만해!"

옆의 아가씨가 말리기 시작했다.

나는 다시 창호에게 대들지 못했다.

"내 전화 또 씹기만 해봐. 니는 내 무시하면 안 돼!"

내가 대꾸가 없자 창호가 사근하게 말했다.

"우리, 친구 아이가? 것도 아주 특별한. 맞재?"

그 일이 있은 후로 나는 창호가 전화를 걸어올 적이면 꼬박꼬박 받아냈다. 그러자 창호는 얌전해졌고 아내와 관련된 말은 하지 않았다. 그러나 나는 창호를 믿지 않았다.

만날 때마다 창호는 학창시절 얘기를 꺼냈다. 특히 창호 자신과 나와의 관계에 대해.

"이 새끼, 완전히 내 꼬붕이었는데. 못 본 새 진짜 마이 컸다."

생판 처음 보는 술집 아가씨들 앞에서 나는 모욕감마저 느꼈다.

그렇게 얘기는 흘러흘러 막판에는 그 여자에 대해 지껄였다.

"며칠 전에 전화했는데, 내 목소리 듣고 대뜸 하는 말이, 전화 잘못 걸었습니다, 그러잖아. 지하고 논 게 몇 년 세월인데. 계속 그렇게 생까는 기라. 그래가, 저번 금요일에 내가 일방적으로 약속을 잡은 기라."

"그래서요? 나왔어요?"

창호 옆에 앉은 아가씨가 흥미 있다는 듯 물었다.

"그라만, 지가 어쩔 긴데. 남편한테 확 불어버린다니까 군말 않고 나온 거지. 그캐가 여관 가서 한바탕 요란하게 몸 좀 풀었지."

창호가 껄껄거렸다. 물론 나는 잔뜩 성난 얼굴로 앉아 있었다. 창호가 나를 걸고 넘어갔다.

"이 새끼, 왜 이리 화난 얼굴로 있는 줄 아나? 소심해가지고 좋아

한단 말도 못 하는 걸 내가 함 먹으라고 줬거든."

아가씨들이 나를 보고 와, 하면서 웃었다.

"근데 궁금한 게 있는데 그때 함 하긴 했냐?"

나는 대답도 못 하고 무안해져 얼굴이 홍당무가 되고 말았다. 내 옆에 있던 아가씨가 창호를 거들었다.

"딱 보니까 못 한 거 같은데요."

"나도 그리 생각해."

창호는 낄낄거리며 건배를 외쳤다. 실컷 술자리에서 놀림감이 된 나는 술값까지 계산했다.

나는 그렇게 창호를 만날 때마다 분노를 느꼈고, 살의마저 느꼈다. 창호 새끼가 죽어버렸으면 하고 바랐다. 하지만 그건 덧없는 바람에 불과하다는 걸 스스로 너무도 잘 알고 있었다.

더구나 집에서는 아내에게 시달려야 했다.

"당신 도대체 정신이 있어? 카드는 왜 이리 긁는 건데? 그것도 모두 술집이잖아! 미친 거 아냐!"

"그런 게 아니라 쓸 데가 있어서."

"당신이 쓸 데가 어디 있는데? 이번 달도 당신 부서에서 꼴찌 했다며? 아버지가 얼마나 속상해하시는 줄 알아!"

"그러니까 좀 잘해볼라고 그러는 거잖아."

"그러는 게 술집 가서 돈 쓰는 거야? 이게 다 당신 돈이야?"

"미안하다. 정말 미안하다."

나는 아내에게 버럭 고함을 지르고 방으로 들어와버렸다.

그렇게 몇 시간 지나 안방 앞으로 오면 아내는 또 첫사랑에게 전화로 내 욕을 실컷 늘어놓고 있었다. 나는 아내에게도 살의를 느꼈다. 창호와 아내를 세트로 죽여버리고 싶었다. 아내를 창호에게 넘겨버리는 망상마저 들었다. 창호가 아내를 강제로 범하는 망상에 사로잡혔던 것이다. 떨쳐버리려 해도 쉽사리 떨쳐내기 힘든 망상이었다. 하지만 그 망상이 현실이 된다면 나는 죽고 말 것이다.

창호를 내 삶에서 떨어져 나가게 할 방법은 없을까.

맞다, 그 여자. 어쩌면 창호를 감옥으로 다시 보내버릴 수도 있지 않을까.

며칠 후 심부름 센터로 연락을 해 창호를 미행하라고 시켰다. 창호 말처럼 녀석은 금요일에 웬 여자와 외곽에 위치한 모텔에 들른다고 했다. 그들이 모텔로 들어갔다 나오는 사진이 내 손에 들어왔다. 나는 사진 속 창호가 만난다는 여자의 얼굴을 확인했다. 창호는 거짓말을 하지 않았다. 그 여자가 맞았다. 여자 앞에서 뜬눈으로 꼬박 밤을 새우던 날이 생각났다. 가슴이 아팠다. 그렇다. 창호에게 유린당하고 돈을 뜯기는 여자를 구해주는 정의로운 일이기도 했다. 창호에게 그렇게 당하는 것보다는 남편에게 들키거나, 아니면 내가 바라는 대로 간통죄로 감옥에 가는 게 나을 것이다.

나는 전화를 걸었다.

"당신 아내에 관한 겁니다."

내가 본 남자는 덩치가 큰, 인상 더러운 남자였다. 키도 180센티미터 정도로 창호와 엇비슷했다. 오호. 나는 남자의 체격에 믿음이 갔다. 창호에게도 밀리지 않을 체격이었다.

남자는 부동산 중개업을 하고 있었는데 사진이 든 회색 봉투를 그의 사무실 앞에 두었다. 문을 두드리고 후다닥 자리를 피했다. 잠시 뒤 남자가 사무실 문을 열고 바닥에 얌전히 놓인 봉투를 보았다. 잠깐 망설이다가 결국엔 봉투를 들고 안으로 들어갔다.

남자는 내 계획대로 금요일에 창호와 자신의 아내가 든 모텔로 차를 몰았고 나는 그 뒤를 미행했다. 주차장에 차를 세우고 남자는 씩씩거리며 모텔로 황급히 들어갔다. 나는 그걸 확인하고 차를 돌렸다.

며칠 잠잠했다.

집에 있는데 누군가 벨을 막 눌렀다. 나는 방에 있었기 때문에 아내가 신경질을 내며 현관으로 갔다가 내 방문을 벌컥 열었다. 아내의 얼굴은 경직되어 있었다.

"당신 친구."

잠시 벨소리가 멎었다.

"아무도 없나!"

나는 도리 없이 문을 열었다.

"왜 이리 늦게 여노!"

나는 슬금슬금 물러났다. 아내를 보던 창호가 반갑게 인사했다.

"어, 이거 오랜만입니다. 뭐, 전에는 빈손으로 와서 미안했습니다. 뭐 사올 거는 없고, 이거 화장지."

'잘 풀리는 집'이란 상표가 찍힌 화장지였다.

"예에."

아내는 화장지를 받고는 뒤로 물러났다. 창호는 아내를 흘깃거리며 소파로 왔다. 나는 맞은편에 앉았다. 아내가 조심스레 말했다.

"저, 오늘은 맥주 없는데요."

"아, 괜찮습니다. 신경 안 써도 돼요. 뭐, 시원한 물이라도 한 잔 주세요."

"예에."

아내는 얼버무리며 컵에 물을 따라 가져왔다. 물을 단번에 마셔버린 창호가 컵을 내려놓았다.

"무슨 일로?"

내가 물었다.

"뭐, 꼭 무슨 일이 있어야 오나?"

"그건 아니지만."

"전부터 온다, 온다, 하다가 못 왔잖아."

그러면서 말을 흐렸다. 나는 아내에게 방에 들어가 있으라 했다. 웬일로 창호는 아내를 순순히 보내주었다. 방으로 들어가는 걸 보고 창호가 말문을 열었다.

"실은 말이지."

창호가 입을 뗐다.

"딱 본론만 얘기할게. 니 3천 있나?"

"뭐? 3천."

창호가 고개를 끄덕였다.

"그건 왜?"

나는 조심스레 물었다.

"누가 꼬질렀는지 그년 남편이 우리 관계를 알아챘다 아이가. 그 새끼가 법적인 거는 묻지 않겠다면서, 대신 3천 해달라잖아. 내가 그년한테서 뜯어낸 돈인데, 그걸 내가 가지고 있겠나? 벌써 다 썼지. 좀 도와도."

나는 곤혹스러웠다. 제기랄, 이딴 식으로 일이 풀리다니.

창호는 불쌍한 표정을 지으며 나를 보고 있었다.

"그게 나도 도와주고 싶은데, 그리 큰돈이 갑자기."

"야, 니 안 도와주면 나 깜방 간다. 간통죄로 처넣겠다는데. 최소한 그년한테 뽑은 돈만이라도 돌려줘야 안 되겠나."

"그렇긴 하지만, 나한테 그 돈이."

"씨발, 누가 꼬질렀는지는 모르지만 그 새끼 잡히기만 하면 내가 화악, 죽여버릴 건데. 그 새끼가 대신 돈 내라고 말이지."

나를 똑똑히 보면서 창호가 욕을 뱉어냈다. 창호가 나를 지목하며 말하는 것 같아 조마조마했다.

"내가 친구가 어딨노? 니 말고."

나는 어찌하지도 못하고 이마에 맺힌 식은땀만 훔쳤다.

"그럼 며칠만 기다려봐라."

"고맙다. 역시."

그러면서 창호는 일어났다.

"그럼 니만 믿고 간다."

창호는 안방으로 성큼성큼 가더니 안에다 대고 소리쳤다.

"저, 그럼 이만 가보겠습니다."

문이 열렸고, 아내가 어색한 표정을 지으며 나타났다.

"예에, 안녕히 가세요."

창호는 크게 인사를 하고 가버렸다.

창호가 가자말자 아내가 다짜고짜 화를 냈다.

"뭔데? 돈 빌려달라고 온 거 같던데? 도대체 얼마를 달라던데?"

"그게. 내가 알아서 할게."

"알아 하긴, 뭘 알아 해? 당신 돈 주기만 해봐. 그럼 이혼이야, 이혼."

나는 안절부절못하고 발만 굴렀다. 사실 창호는 빌려달라는 게 아니라 내놓으라고 으름장을 놓고 간 거나 같았다.

몇 시간 뒤, 안방 문에 귀를 갖다 대었을 때 아내는 첫사랑에게 시시콜콜 그 밤 있었던 일을 전화로 털어놓고 있었다. 그러면서 또 딱 거절하지 못한, 우유부단한 나를 맹공격해대기 시작했다. 나는 들어가 전화 줄로 아내의 목을 졸라버리고 싶었다.

다음 날 창호를 회사 앞에서 만났을 때 아내 핑계를 댔다. 아내가 반대한다는데 창호도 뭘 어쩌겠어.

"그 있잖아. 나도 해주고 싶은데, 마누라가 결사반대한다."

"마누라가?"

"으응, 돈 해주면 당장 이혼이라도 할 기센데."

"그래? 니는 해줄 생각이 있는데?"

나는 당황하면서도 긍정했다.

"그렇단 말이지. 니, 마누라한테 꽉 잡혀 사는 거 아이가?"

"아니, 그건 아이고."

"이 새끼, 여자한테나 잡혀가지고. 옛날이나 변하게 없잖아. 어째 그래 사냐?"

나는 머뭇거렸다.

"내가 손 좀 봐주까? 니한테 절대 복종하게. 나를 무시한다는 건 니도 무시한다는 소리거든."

"아내가 니를 무시해서 그런 게 아니라."

"그게 그거잖아. 평소에 니를 얼마나 만만하게 봤으면. 그게 전부다 니가 장인 밑에서 일하니까 그런 거 아이겠나. 내 다 짐작하고 있었다."

"아이다."

"딱 보면 안다. 부정하지 마라."

그러면서 창호는 사라져버렸다.

나는 아내를 손봐주겠다는 창호의 말에 어떤 일이 벌어질지 불안에 떨고만 있었다.

그러다가 며칠 후 창호에게서 한 통의 전화가 걸려왔다.

"좀 만나자. 니 마누라 일로 할 얘기가 있다."

회사 근처 공원 벤치에서 창호는 자못 심각하게 나를 맞았다.

"어서 온나."

창호 옆에 얌전히 앉았다.

"어떻게 할까 고민하다 얘기하는 게 나을 거 같아서."

나는 긴장한 낯빛으로 창호를 보았다.

창호는 뜸을 들이다가 입을 뗐다.

"니 마누라 딴 새끼 만나는 거 같더라."

단도직입적이다.

그러나 나는 놀라기는커녕 아무 대꾸도 하지 않았다.

"괜찮나?"

나는 그렇다고 고개를 끄덕였다. 내가 너무 덤덤한 반응을 보이니 창호가 내 눈치를 조심스레 살폈다.

"혹시, 알고 있었던 거 아이가?"

나는 부정하지 않았다.

"알고 있었는데도 가만 내버려뒀단 말이가!"

창호의 목소리가 커졌다.

"구질구질하잖아."

"모른 척 가만있는 게 더 구질구질하다. 우아, 니는 속도 좋다, 정말."

나는 비굴하게 웃었다.

"이 새끼, 정말 변한 게 없네, 변한 게. 소심해 빠져가지고."

창호의 말은 틀린 게 없었다. 그래도 변명이랍시고 한마디했다.

"뭐 뾰족한 수도 없고."

"이혼당할까 겁내는 거 아냐? 병신같이."

나는 휙 창호를 쏘아보았다.

"자슥, 내한테 자존심 내세울 게 아이잖아. 니 마누라한테 세워야지."

나는 발끝으로 시선을 내렸다.

"내가 손 좀 봐주까, 그 연놈들."

나는 펄쩍 뛰었다.

"그러지 마라. 가만둬라."

"가만두라고? 제정신이가."

"내가 알아서 할 테니까."

"니가 뭘? 내 잠깐 심부름 센터 운영했는데, 바람피우는 연놈들 혼내주는 게 내 일이었거든. 그카다 잘못돼 사기로 깜방도 다녀왔고."

심부름 센터? 나는 불길한 느낌을 받았고 확인해보고 싶어졌다.

"그건 어떻게 됐는데?"

"뭐?"

"돈."

"아, 그거. 대충 해결될 거 같다. 누가 꼬질렀는지 그 새끼 잡아 족치려 했는데, 그라만 뭐 하겠노? 다 끝난 일인데. 그 남편하고도 원만하게 해결 봤다."

"잘됐네."

"근데 남편에게 사진 갖다준 놈이 암만 봐도 그년 무척 사랑하는 것 같단 말이지."

창호는 나를 빤히 바라보았다. 나는 심장이 벌렁거렸다.

"그렇게 해서라도 그 여자한테서 내 떨어지라고. 근데 놈의 진심을 받아들일 생각이다. 우짜겠노."

역시 창호 새끼는 모든 걸 알고 있다. 나는 창호 손바닥에서 논 셈이다. 나는 스스로 한심스러워 견딜 수가 없었다.

창호가 툭 강하게 어깨를 내리쳤다. 학창시절 같았으면 따귀를 올려붙였을 테지.

"걱정할 거 없다."

나는 아주 잠깐 창호가 알아서 해주겠지 하는 생각에 이상스레 맘이 놓였다.

그날도 별일 아닌 것으로 아내와 대판 싸웠다. 내 뒤에는 창호가 버티고 있다는 생각 때문인지 아내에게 버럭 화를 내기 일쑤였고, 아내 역시 지지 않고 덤벼들었다. 실행에 옮기진 못했지만 아내의 따귀를 올려붙이려 팔을 쳐들기까지 했다. 아내는 당황한 모양이었다. 아니, 겁을 먹은 것 같았다. 나는 득의만만해졌다. 아내도 어쩔 수 없는 여자였어. 아내가 불쌍하다는 생각까지 들었다.

나는 쾅 문을 처닫고 내 방으로 들어와버렸다. 아내는 어안이 벙벙한 얼굴로 서 있을 것이다. 예상치 못하게 뒤통수라도 세게 맞았다는 바보 같은 표정으로. 나는 신바람이 났다. 잠시 후 안방 앞에 섰다. 아내가 첫사랑에게 무슨 소릴 지껄일지 궁금했다. 분명 내가 변했다고 말할 테지. 이게 모두 창호 때문이긴 하다. 아내도 그걸 눈치쳤을 것이다. 아내는 창호와 나를 싸잡아 비난할 것이고 그 비난 수위가 오늘은 더 높을 것이다. 나는 문에 귀를 바싹 붙였다. 그런데 방 안은 조용했다. 조심스레 문을 열었을 때 아내는 이불을 덮어쓰고 죽은 듯 누워 있었다. 아내는 첫사랑과 통화를 못 한 것 같았다. 나는 그 이유를 잠시 뒤에 알게 됐다. 휴대폰으로 전화가 왔는데 창호였다.

"탁 쳤는데, 억 하고 넘어가데. 제기럴."

"어떻게 된 거고!"

"실수야, 실수. 혼만 좀 내줄라 캤는데 일이 틀어졌다."

창호를 탓하는 건 의미가 없었다.

당장에 아내 첫사랑의 빌라로 차를 몰고 갔다.

창호가 현관문을 열어주었다.

아내 첫사랑 집 앞에서 대기하다 집으로 밀고 들어왔는데 말싸움 끝에 일이 터졌다는 것이었다.

"너무 뻔뻔하게 나와 나도 모르게 그만. 참아야 했는데. 미안타."

나는 대꾸할 말을 못 찾았다.

시체를 현관에서 화장실까지 끌고 갔다는데 그렇지 않아도 핏자국이 바닥에 그려져 있었다.

창호는 욕조에 시체를 밀어넣고 옷을 홀라당 벗겨냈다. 나는 걸레를 적셔 현관에서부터 화장실에 이른 핏자국을 쪼그리고 앉아 열심히 닦아내기 시작했다.

"쓸데없는 짓 마라."

루미놀 반응을 하면 다 나오겠지만 그렇다고 핏자국을 가만히 두고 싶지 않았다.

창호는 연장통을 뒤져 톱을 찾아냈다.
"확실히 처리하자."
창호는 곧 발가벗었다.
"너도 벗어."
멀뚱히 보았다.
"너도 도와야지."
나는 옷을 벗었다.
번데기처럼 쪼그라든 성기를 끄덕이며 우리는 조용히 일만 했고, 쓰레기봉투에 처리했다. 일을 끝내고 났는데, 갑자기 눈물이 흘러내렸다.
"걱정 마라. 아무 일도 없을 테니까. 그카고 난 니 불행하게 사는 거 싫다."
창호가 내 등을 토닥이며 자기 가슴에 나를 가볍게 안았다.
　아내는 히스테리를 부렸다. 모두 첫사랑과 전화를 하지 못한 이유에서일 것이다. 나는 아내가 애를 태우며 발을 동동 구르는 모양을 지켜보며 희열에 사로잡혔다. 가끔 그런 아내를 보며 즐기고 있는 내가 지독한 악당처럼 느껴졌다.
그런데 그날 저녁, 아내는 분명 첫사랑에게 무슨 일이 벌어졌다고 여기고 어디 간다는 말도 없이 집을 나가버렸다. 나는 아내가 그 첫사랑의 집으로 간다는 걸 눈치챘지만 굳이 말리지는 않았다. 집은 깨끗이 치워져 있었다. 첫사랑은 어디에서도 만나지 못할 것이다. 아내는 헛걸음을 하고 돌아올 게 틀림없었다. 나는 혼자서 애를 태울 아내를 속으로 실컷 골려주었다.
하지만 이런 상황은 오래가지 못했다.

며칠 뒤 뉴스에 첫사랑의 집이 나왔다. 아내의 첫사랑은 아내 말고도 진지하게 만나던 여자가 있었다. 그 여자가 실종 신고를 냈고, 경찰이 첫사랑의 집을 수색했고, 결국 루미놀 반응이 나온 것이었다. 그 뉴스를 접한 아내는 충격을 받은 모습이었다. 뭐라고 위로라도 해야 할 판인가. 그 와중에도 아내의 속을 뒤집고 싶었다.

"당신, 알고 있었어?"

아내가 창백한 얼굴로 나를 보았다.

"그놈, 다른 여자 있었던 거? 꽤 깊은 사이 같던데."

아내는 입을 꾹 다물고 끙, 거렸다.

"그놈, 다른 여자 있다고 얘기했어? 안 했을 거 같은데."

"아니, 알고 있었어."

"알고 있었다고? 에이, 거짓말. 몰랐잖아. 뉴스 보고 처음 알았잖아. 당신은 아마도 그놈 죽은 거보다 그놈이 다른 여자 만난 거에 더 열받아 있지? 맞지?"

아내가 나를 죽이기라도 할 듯 노려보았다.

나는 점점 열을 냈다.

"당신은 속은 거야. 그놈이 감쪽같이 가지고 논 거지. 당신은 그것도 모르고 전화에 대고 낄낄거린 거고."

어디서 이렇게 술술 말이 풀려나오는지 내가 생각해도 놀라웠다. 나는 아내에게 품고 있던 악의를 맘껏 드러냈다. 아내는 몸을 떨며 나를 노려보았다.

"당신은 별거 아니었어. 쯧쯧."

아내가 내게 팔을 휘두르며 덤벼들었다. 아내는 긴 손톱으로 내 손등을 긁었다. 살갗이 벗겨져 따끔거렸다. 나는 나도 모르게 아내의 뺨을 호되게 갈겼다. 아내가 폭 고꾸라졌다. 나는 아내의 얼굴을 주먹으로 연방 내려쳤다. 아내는 팔로 머리를 감싼 채 주먹질을 막고 있었다.

아내는 갑자기 비명을 지르며 일어섰고 방으로 달려갔다. 그러고는 문을 닫으려 했다. 그걸 저지하려 손을 내밀었다가 문틈에 새끼 손가락이 끼이고 말았다.

나는 숨통이 떨어져나갈 듯 비명을 질렀다. 아내는 도로 문을 열지도 않고 그대로 눌러버렸다. 손가락 마디가 두둑 부러지는 지독한 고통을 느꼈고, 나는 문에서 나가떨어지고 말았다.

손가락을 붕대로 칭칭 감고 나는 식탁에서 아내를 노려보았다. 아내는 소파에 앉아 고민에 빠진 얼굴로 꺼진 텔레비전에 시선을 고정시키고 있었다. 내 손가락을 이렇게 만든 아내를 가만 내버려두지 않으리라. 맘속으론 아내를 이미 수백 번 죽이고 또 죽였다. 아내를 갖가지 방법으로 죽이는 상상을 하며 아픈 내 손가락을 달래었다.

그러던 어느 날 집으로 웬 남자 둘이 찾아왔다.

"최미나 씨 계십니까?"

"예, 누구신데요?"

"경찰입니다."

아내는 거실로 나와 있었다. 형사들은 이것저것 아내에게 물었고, 아내는 조곤조곤 답을 해나갔다.

아내는 자신이 첫사랑의 내연녀였음을 숨기지 않았다. 나는 아내에게 그런 존재였다.

형사가 느닷없이 내게 질문을 던졌다.

"남편분도 알고 계셨나요? 아내분에게 다른 남자가 있단 걸."

나는 덜컹 심장이 내려앉았다. 나는 대답을 하지 못하고 있었다.

"알고 있었어요."

아내는 똑 부러지는 정확한 발음으로 형사에게 일렀다.

이년을 그냥. 나는 아내를 노려보았다. 이 눈길을 형사 하나가 눈치챘고, 나는 이내 실수했다는 걸 깨달았다.

형사들은 그렇게 가버렸고, 나는 아내에게 성을 냈다.

"뭐 하자는 거야!"

"뭘?"

"내가 언제 알았다고 지랄이고!"

"몰랐다고? 다 알고 있었잖아. 난 숨긴 적 없어. 그런데도 몰랐다고? 당신 바보야?"

"내가 언제! 난 전혀 몰랐다!"

"손가락은 왜 다쳤는데?"

나는 꿀 먹은 벙어리가 되었다.

나는 대신 찬물만 벌컥벌컥 들이켰다. 한순간 살인 용의자가 되고 말았다. 아내를 노려보던 내 눈길을 형사가 보고 말았다. 이제 어쩌면 좋은가.

"당신이 죽였지?"

아내가 조심스레 물었다.

"아니!"

"그래? 그럼 누가 죽였는데?"

아내는 살금살금 다가오며 캐물었다.

"그럼 누가 죽였는데?"

"난 안 죽였어."

"그니까 누가 죽인 건데?"

나는 중학교 시절 선생의 질문이 생각났다.

"그래, 누가 그랬는데? 니 똑바로 대답 안 하면 니가 감옥 간대이. 누가 그랬노? 니는 알고 있잖아? 누고?"

"그러니까, 누가 죽인 건데?"

"김정현, 니는 알고 있잖아. 여기 있는 선상님들한테 니 본 거 고대로 말하기만 하면 되는 기라. 걱정할 거 전혀 없다. 누고?"

"당신이 안 그런 거 다 안다니까."

"선생님한테 다 털어놔 봐라. 김정현, 니 있는 대로 말 안 하면 니가 감옥 간대이. 거가 어떤 덴지 상상도 못 할 기다."

"당신은 살인 같은 걸 할 사람이 못 돼. 누가 죽인 거야, 누가?"

"김정현! 바른 대로 말 안 하나!"

"창호. 박창호."

아내가 빤히 나를 보고 있었다.

아내는 그 즉시 전화기로 달려갔다. 나는 아내를 말리려 쫓아갔다. 아내는 잽싸게 안방으로 뛰어 들어갔고, 문을 잠가버렸다. 나는 꽝 닫힌 문을 미친 듯 두드렸다.

아내는 곧 문을 열고 내 앞에 나타났다.

"당신은 걱정 없어. 당신이 죽인 것도 아니잖아."

나는 휘청 현기증을 느꼈다.

그로부터 얼마 동안 창호를 볼 수 없었다. 하지만 나는 창호가 다시 나타날 것을 예감하고 있었다. 학교로 다시 돌아왔던 것처럼 내게 돌아올 것이다.

내 예감은 적중하고 말았다. 상철이가 외근 중이던 내게 휴대폰으로 연락을 해왔다.

"니 아나?"

"뭐를?"

"창호가 풀려났다."

창호는 어찌 된 노릇인지 증거 불충분으로 풀려난 것이다.

나는 전화를 끊고 즉각 집으로 전화를 걸었다. 아내가 받았다. 아내도 창호가 풀려난 걸 알고 있었다.

"시체 어딨어!"

아내가 윽박질렀다.

"시체라니?"

"그 사람 시체 어디에 처리했냐고!"

"몰라."

"기억해내."

아내는 창호가 시체를 어디다 숨겼는지 내게 추궁했지만 난 기억할 수 없었다. 첫사랑이 살던 아파트 뒷산 어디에다가 묻었는데, 정확한 위치를 기억할 수 없었다.

"도대체 당신은 아는 게 뭐야! 이 병신아!"

아내는 분통을 터뜨리며 전화를 끊어버렸다.

나는 학창시절 그때처럼 넋이 나갔다.

창호가 온다, 창호가.

나는 다급히 차를 몰고 집으로 왔다.

계속 벨을 눌렀는데도 문이 열리지 않았다. 나는 바지 주머니를 뒤적여 열쇠를 꺼내 문을 열고 집 안으로 들어갔다. 아내는 안방 침대에 앉아 있었다.

"빨리 가자!"

"어딜?"

"빨리."

"왜 이래?"

"창호가 올 거야. 빨리."

"흥."

"이번엔 절대로 가만 놔두지 않을 거야."

"무슨 말이야?"

"그런 게 있어."

아내는 굼뜨기만 했다.

"빨리. 내 말 좀 들어. 한 번만이라도 남편 말 들어주면 안 되냐. 제발."

나의 간곡한 부탁에 아내가 마음을 돌렸다.

엘리베이터가 오늘따라 더디게 올라오는 것 같았다. 땡 하며 우리 앞에 엘리베이터가 섰을 때, 그 문이 열리면 창호가 턱 하니 서 있을 것만 같았다. 나는 비상계단으로 아내를 끌고 가려 했다.

"왜 이래! 진짜."

문이 열렸을 때 엘리베이터 안은 다행히 비어 있었다.

아파트 동을 빠져나와 주차한 곳으로 아내를 데려갔다. 차문을 열고 운전석에 앉았다. 아내가 조수석에 올라타자 나는 시동을 걸었다. 차가 빼곡히 주차되어 있어 빠져나오는 게 쉽지 않았다. 천천히 후진을 한 뒤 핸들을 바로 잡았다. 앞으로 길이 뚫렸고 액셀을 지그시 밟았다. 차가 왼쪽 코너를 돌고 아파트 단지를 빠져나와 도로로 진입하려 했다. 다른 차들이 지나가는 바람에 잠깐 기다려야 했다. 도로가 비었을 때 핸들을 오른쪽으로 꺾었다. 이제야 완전히 아파트를 빠져나오게 되었다. 그때였다. 누군가 앞창을 손바닥으로 쾅 내리쳤다. 아내가 화들짝 놀랐다. 창호였다. 나는 본능적으로 액셀을 밟았고, 창호는 옆으로 비켜나는 듯하다가 차를 놓치고 넘어졌다.

끼이익.

차는 얼마 달아나지 못하고 사거리 신호등에 걸렸다. 인간들이 도로를 건너기 시작했다. 파란 불이 깜빡거리고 있을 때 창호가 멀리서 씩씩거리며 달려오고 있었다.

"빨리, 빨리."

뒤창으로, 쫓아오는 창호를 본 아내가 재촉했다. 나는 신호가 바뀌지도 않았는데 차를 출발하려 들다가 막 뛰어든 아이 하나를 칠 뻔했다. 사람들이 그 장면을 목격하고 나를 보았다. 그럼에도 나는 쓰러진 아이를 피해 차를 출발하려 들었고 사람들이 손으로 나를 막 가리켰다. 뺑소니로 생각하는 것 같았다.

얼마 가지 못하고 시장통 입구에서 차를 세우고 말았다. 창호는 인도로 올라서더니 우리에게로 달려오고 있었다. 아이는 다행히 괜찮았다. 다시 차를 출발하려 들었을 때 아내가 끔쩍 놀라고 말았다. 뒷좌석에 창호가 턱하니 팔짱을 끼고 앉아 있었다.

"어딜 그리 급하게 가노?"

"아니, 볼일이 조금 있어가."

내가 말을 흐렸다.

아내는 가끔 백미러를 흘끔거렸는데 창호와 눈이 마주치면 급히 시선을 내렸다.

창호가 싱글거리며 중얼거렸다.

"오랜만에 코에 바람이나 넣는 거 어떻노? 가까운 산으로."

산을 낀 도로에는 지금 다니는 차들이 없었다. 그 도로로 천천히 차를 몰았다. 창호가 창문을 내리더니 바람을 맞았다.

"음, 좋은데. 갑갑한 데 있다가 탁 트인 데 나오니까 역시 좋다. 안 그러냐?"

"으응."

창호는 씩 웃으며 아내에게도 물었다.

"안 그래요?"

"예에."

창호는 다리를 벌리곤 아내를 보고 소리 없이 웃었다.

"여기서 세우지."

인적 없는 산 아래에 차를 세웠다.

"내려."

창호가 명령했다.

내가 먼저 차에서 내렸다. 아내도 따라 내리려 하자 창호가 말렸다.

"잠깐, 서두를 거 없잖아요."

아내는 창호가 시키는 대로 했다.

창호는 입맛을 다시곤 창밖을 휙 둘러보더니 말했다.

"밖이 좋겠네. 그냥 내려요."

아내가 내리고 나니 창호도 차에서 내렸다.

"올라가."

산은 그리 가파르지 않았다. 나는 아내의 손을 붙잡고 산으로 올라갔다. 창호는 뒤에서 따라왔다.

버려진 묘지가 몇 보였고, 고목들이 흉물스럽게 서 있는 곳에서 멈췄다.

아내는 이미 지쳐버린 듯했다. 땀이 송글송글 이마에 맺혀 있었고 불규칙한 숨을 내쉬었다. 나도 오랜만의 산행이라 쉽지 않았다. 서늘한 바람이 몰려왔고 젖은 땀 때문인지 오한이 들었다. 창호는 잔뜩 찡그린 얼굴로 나와 아내를 번갈아 보았다. 나는 창호에게 무슨 말이라도 해야 했다.

"그게 말이지, 니가 뭘 오해하는 거 같은데."

"오해?"

기가 찬 얼굴로 창호가 반문했다.

"그래, 그게."

"그만해라. 변명 따윈 듣고 싶지 않다. 난 니를 탓하고 싶지 않아."

창호는 분명 아내를 보고 있었다.

"다 이년 때문이겠지."

아내는 위협을 느꼈는지 흠칫 물러섰다.

"정현이가 말했던가. 우린 옛날부터 서로 나누면서 지냈다꼬."

아내가 두려운 눈길로 창호를 보았다.

"무슨 말을 하는 거야!"

내가 끼어들었다.

"이 새끼, 니는 가만있어!"

창호는 다시 아내를 보며 말했다.

"뭐든 나눠 가졌다꼬."

그러면서 씨익 웃는 것이다.

나는 창호 앞을 가로막고 섰다.

"비켜! 이 새끼야!"

창호는 내 뺨을 세게 갈겼다. 나는 울분이 치솟았다.

"누가 잡아묵기라도 하나!"

창호는 나를 밀치고 아내 쪽으로 다가섰다. 아내가 뒤로 발을 빼다 제바람에 쓰러졌다. 아내를 내려다보던 창호가 아내에게 손을 내밀었다. 그 손을 잡을지 말지 아내가 망설였다.

"걱정 마요. 안 잡아먹으니까."

그러면서 자기 손을 잡으라고 채근했다. 아내가 바르르 떠는 손을 도리 없이 내밀자 창호가 그 손을 와락 낚아챘고 순간에 아내를 일으켜 세우더니 거칠게 키스를 해대기 시작했다. 나는 당장 창호에게 달려들었고 그 틈에 아내는 창호한테서 벗어났다. 아내는 구역질을 하며 침을 뱉었다.

"이 새끼가."

창호는 내 목덜미를 낚아채더니 나를 걸어 넘어뜨렸다. 그러고는 발길질을 퍼부었다. 그것도 모자라 내게 올라타더니 계속 주먹을 내리쳤다. 내 볼은 금방 터져나갔다. 내가 정신을 차리지 못하고 비틀대자 창호가 일어섰다.

"배신자 새끼."

돌아설 듯하다 다시 내 얼굴로 발길질을 했다.

나는 피가 섞인 침을 뱉으며 뒹굴었다.

잠시 뒤 눈을 돌려 아내 쪽을 보았다.

아내에게 다가선 창호는 발버둥치는 아내의 머리채를 붙잡고 얼굴에 주먹질을 가하고 있었다. 아내가 쓰러지자 아내의 셔츠를 서슴없이 올렸다. 창호는 거추장스런 브래지어를 벗겨내고는 드러난 맨

가슴을 움켜잡고 집요하게 핥아댔다. 거기서 입을 떼고 다급히 고개 숙여 아내의 바지를 무릎까지 끌어내리고는 곧바로 팬티 안으로 손을 밀어넣었다. 아내가 비명을 지르며 발악했지만 팬티는 이미 허벅지까지 내려와 있었다. 창호는 거뭇한 음모에 흥분해서는 한 손으로 자기 바지와 팬티를 대충 내려 넓적한 궁둥이를 반쯤 드러내고 위에서 들썩거렸다. 그러면서 아내의 꽉 닫힌 입술에 자기 혀를 쑤셔넣으려 했다. 아내는 창호의 얼굴을 두 손으로 죽을힘을 다해 밀어냈다. 창호는 아랑곳 않고 아내의 연방 솟구치는 어깨를 한 손으로 꽉 내리눌렀다. 다른 손은 아내의 밑살 속에 찔러넣고 강제로 허벅지를 벌렸다. 아내는 질겁하며 하체를 뒤틀었고 두 손으로 창호의 목을 감싸 쥐고 졸랐다. 창호는 그런 아내에게 주먹을 한 차례 날렸고 얼굴을 정면으로 얻어맞은 아내는 순간 기운을 잃으면서 창호의 목을 감싸고 있던 손을 무력하게 풀어버렸다. 창호가 입꼬리를 추어올리면서 자기 욕심을 채우려고 아래로 시선을 내렸을 때 내가 달려들었다.

나는 풀어낸 내 바지 벨트로 창호의 목을 꽉 졸라버렸다. 창호가 상체를 쳐들며 비틀댔다. 창호는 힘겹게 아내에게서 떨어져 나왔다. 나는 창호와 함께 벌러덩 뒤로 나자빠졌다. 창호는 내 위에서 자기 목을 감싼 벨트를 풀려고 버둥거렸다.

나는 욕을 뱉으며 조르고 또 졸랐다. 갑자기 내 손에서 힘이 죽 풀려나갔다. 창호의 벌려진 손이 보였다. 끝났구나 싶어 창호를 옆으로 밀어내려는데 갑자기 창호가 도로 주먹을 쥐고는 내 쪽으로 몸을 돌려 내 목을 조르기 시작했다. 나는 창호의 불같은 눈을 보고 이제 죽었구나 싶었다.

"이 새끼!"

창호는 두 손을 맞잡고 내 목을 힘껏 졸랐다. 몸부림쳤지만 벗어나기 어려웠다. 점점 의식이 희미짐을 느꼈다. 그런데 창호가 비명을 지르며 내게서 떨어져나갔다. 창호는 머리를 감싸 쥐고 고통스러워하고 있었다. 그의 두 손은 검붉은 피로 흥건했다.

아내가 큼지막한 돌 하나를 떨어뜨렸다. 그러고는 나를 보았다. 공허한 눈길이었다. 그러다가 갑자기 자기 목덜미를 와락 거머쥐었다. 아내의 손가락 사이로 굵은 핏줄기가 죽 흘러내렸다. 아내의 눈에는 눈물이 한가득 고여 있었다. 잠시 뒤에 창호는 찔러넣었던 맥가이버 칼을 아내의 목에서 천천히 빼냈다. 그러면서 만족스런 눈길로 고통스러워하는 아내를 보았다. 아내에게서 시선을 거둔 창호는 나를 향해 웃었다. 그 웃음은 서늘한 칼날로 여자의 치마를 들췄던 그 옛날의 웃음과 어딘지 닮아 있었다.

창호는 아내를 밀쳐버리고 일어서려 했지만 잠시 비틀거렸다. 손으로 머리를 감싸 쥐며 얼굴을 찌푸렸다. 나는 창호 곁으로 갔다. 창호가 내 쪽으로 힘겹게 고개를 돌리며 손을 내밀었다. 나는 그런 창호의 얼굴로 냅다 돌을 내리쳤다. 창호는 허무하게 쓰러져버렸다. 쓰러진 창호를 보고 있자니, 어디서 이런 용기가 나왔는지 혼란스러웠다.

창호가 갑자기 버둥거렸다. 이번에는 두려움 때문에 반사적으로 창호의 머리통을 몇 차례 더 내리찍었다. 시퍼렇게 눈을 뜬 채 반듯이 누워 있는 창호를 보았다. 창호의 죽음이 믿기지 않아 옆구리를 툭툭 건드려보았다. 미동은 없었다. 창호가 낯설기 그지없었다.

피가 흥건한 돌을 힘 풀린 손에서 놓쳤다. 아내는 피에 젖은 목덜미를 누른 채 수풀에 쓰러져 간절한 눈길로 나를 보고 있었다.

아내는 내게 뭘 기대하고 있을까. 살려달라고? 아내는 분명 그걸 기대하고 있었다. 남편이니 당연히 그렇게 해주리라고. 그런데 내가 정말 해줄 거라 기대하는 건가. 창호를 향해 돌을 내리찍었다고 자기도 구해줄 거라 생각하는 건가. 그건 말할 것도 없이 별개의 문제다.

시간이 흐를수록 아내는 불안한 얼굴로, 동정이라도 일으켜보려는 가식의 얼굴로 나를 살피기 시작했다. 내가 아내에게 느꼈던 모멸이 하나씩 스쳐갔다. 나는 몸통에 핀이 박힌 벌레를 관찰하는 아이처럼 그렇게 아내를 보았다. 아내는 기다리다 지쳤는지 스스로 일어서려 시도했지만 곧바로 수풀에 얼굴을 처박고 말았다. 얼굴을 쳐든 아내는 죽일 듯이 나를 쏘아보았다. 아내의 신경질적인 눈은 이렇게 소리치고 있었다. 제발 뭐라도 하란 말이야. 이 머저리, 병신 같은 놈아. 나는 실소했다. 아내는 평소대로 나온 것이다. 그래, 그게 당신한텐 더 잘 어울려.

나는 죽어가는 아내를 남 보듯 무시하고 산을 내려왔다. 운전석에 앉아서 아내가 있는 산등성 쪽을 응시했다. 날은 점점 어두워지고 있었다. 아내는 언제까지 버틸 수 있을까. 그래, 운에 한번 기대보는 거다.

사실 난 재수가 썩 좋은 놈이 못 되었다. 아내는 이를 갈며 살아났고 곧 내게 돌아왔다. 물론 혼자는 아니었다.

아내 첫사랑을 창호와 함께 죽인 공범자로, 또한 창호를 죽인 살인범으로 아내는 그렇게 나를 지목했다. 나는 경찰에게 떠오르는 대로 진술했는데 별다른 이변 없이 진술한 장소 부근에서 아내의 첫사랑 시체가 나왔다. 나는 불가피한 상황이었다는 식의 그 어떤 구차

한 변명도 구구절절 늘어놓지 않았다.

나는 얼마 뒤 교도소로 들어왔다. 세상과 단절된 이 좁은 공간이 내가 있을 곳이 되었지만, 아무런 책임도 질 필요 없고 아무런 변명도 할 필요 없는 이곳이 가끔은 너무도 편안하다는 느낌마저 들곤 한다.

그러던 어느 쓸쓸한 밤에 누구를 보았다. 창호였다. 창호는 어떻게 여기로 들어왔는지 조용히 나를 보고 있었다. 나는 창호가 두려웠다.

나는 눈을 떴다. 동료 죄수들의 지독하게 코 고는 소리 외에는 고요한 밤이었다. 그리고 방금 보았던 창호는 거짓말처럼 없었다. 창호는 개꿈에 불과했다. 여기는 사실 아무나 들어올 수 있는 데가 아니다. 교도관은 잠도 자지 않고 수고스레 나를 지켜주고 있었다. 기상 시간도 아직 먼 것 같았고, 나는 다시 잠을 청하려고 눈을 감았다. 지금 더없이 만족스러운 기분이 내 몸을 감쌌다.

- 『계간 미스터리』 2009년 겨울호

선택

>>>>> 도진기

2010년 「선택」으로 『계간 미스터리』 신인상을 받았다. 주요 작품으로 장편소설 『어둠의 변호사』, 『라 트라비아타의 초상』, 『정신자살』, 『나를 아는 남자』, 단편집 『순서의 문제』 등이 있다.

1

 늦은 오후였지만 사무실 창 바깥으로 내다보이는 거리는 9월 중순에 찾아온 뒤늦은 태풍이 선사한 비바람으로 먹물을 뿌린 듯 이미 컴컴해져 있었다.
 '불길한데.'
 괜한 불안감이 피어올랐다. 연정은 혼자 피식 웃고 말았다.
 검사 호연정으로서의 길지 않은 관직생활을 올해 2월에 그만두고 교대역 근처 테헤란로가 내다보이는 건물 7층에 조그맣게 변호사 사무실을 개업한 이래 예전과 달리 이러저러한 '징조'라든가 '예감' 따위에 마음이 흔들리는 자신을 발견하게 되었다. 국가라는 가장 안전한 고용주로부터 봉급을 받던 검사 시절이 아늑한 산장이라면 경쟁이 일상화된 변호사 업계는 산에서 하는 비박에 비유될 수 있었다. 예측도 힘들고 대응도 어려웠다. 반드시 노력에 값하는 성과를 얻는 게 아니라는 걸 깨달으면서 어두운 산중에서 별자리에 의지해 길을 더듬어 찾는 사람의 심정이 되어가는 것이었다.

연정은 서울북부지검을 마지막 근무지로 사표를 냈다. 연정이 사직서를 내러 검사장실에 들렀을 때 평소 그녀를 아끼던 검사장이 물었다.

"왜 로펌에 가지 않고 서초동까지 가서 개업을 하나? 힘들 텐데."

연정은 싱긋 웃으며 대답했다.

"진검승부를 하고 싶어서요."

연정은 어드밴티지 룰이 없는 제대로 된 게임을 하고, 이기고 싶었다. 또 자신감도 있었다. 하지만 현실세계에서 맞닥뜨린 변호사 업무는 법률 실력보다 영업 능력의 대결이었고 여기서는 통 자신이 없었다.

창유리에 비친 자신의 긴 그림자 사이로 겹쳐진 비 오는 거리를 내다보며 멍해져 있던 연정은 의뢰인이 찾아왔음을 알리는 비서의 말에 퍼뜩 깨어났다. 임타분이라고 밝혔다는데 예약한 바도 없고 소개받은 적도 없는 이름이었다.

길을 지나가다 간판을 보고 변호사 사무실에 들르거나 인터넷 검색으로 찾아와 사건을 수임하는 경우란 거의 없다. 아는 사람을 통해 소개받는 경우가 거의 백 퍼센트라고 보아도 무방하다. 그런데 오늘의 의뢰인은 그 희귀한 예외에 속하는 모양이었다.

문이 조심스럽게 열리면서 미지의 의뢰인이 들어섰다. 일흔이 넘었을 성싶은 할머니였다. 돈이 있어 보이지도 않았고 풍채라고 할 만한 게 없는 왜소한 몸집이었지만 은발에 온화한 표정, 예의를 갖춘 태도가 그녀가 살아온 역정의 품격을 말해주는 듯했다.

그녀는 비서가 내온 찻잔을 바라보며 조심스럽게 입을 뗐다.

"이렇게 무작정 방문해도 되는지 모르겠어요. 제가 이쪽 법도를 잘 몰라서…….”

"아뇨. 전혀 상관없습니다. 마침 저도 시간이 비어 있고, 편안하게 말씀하세요."

연정은 돈이 되지만 무례한 의뢰인보다는 이 할머니처럼 상식이 통할 것 같은 보통 사람들 쪽이 좋았다. 그것도 변호사로서의 영업 감각이 부족하다는 증거일 것이다. 연정은 할머니가 편안히 말할 수 있도록 기다렸다.

"전 임타분이라고 해요. 변호사님한테 상의드릴 일은 제 손녀딸 일이에요. 제가 법적으로 손녀의 대리인이 된다고 그러더군요."

"손녀딸 부모님이 안 계신가 보군요."

"네…….”

타분의 꼿꼿한 자세가 흐트러지고 눈시울이 붉어졌다.

"먼저, 죽은 딸네 가족에 대해 말씀을 드려야겠네요. 딸의 이름은 백해령이라고, 의사였어요. 외과의사였는데, 그쪽 일이 힘들어서 여자는 드물대요. 회사원이었던 사위는 3년 전에 저세상으로 가버렸지요. 암으로 오래 투병했는데 죽기는 정작 교통사고였어요.

해령이 부부한테는 딸아이가 둘 있었어요. 장녀 현희가 초등학교 4학년인데 말씀드렸다시피 제가 지금 대리인인가 후견인인가 그렇답니다. 둘째 현지는…… 겨우 세 살배기였어요. 올 7월 말에, 그러니까 두 달 전에 해령이하고 둘째 현지하고 그만…….”

타분은 목이 메는 듯했다. 잠시 목 아래 부분을 오른 손바닥으로 누르고 있다가 말을 이었다.

"같이 차를 타고 가다가 교통사고로 나란히 세상을 떠났어요…….”

"저런, 얼마나 상심이 크셨겠어요."

연정은 자신도 모르게 타분의 손을 덥석 잡았다. 의사 딸을 자랑스러워하며 곱게 늙어온 타분은 불과 2개월 전에 딸과 막내 손녀를 한꺼번에 잃은 일대 충격에서 벗어나지 못하고 있음이 틀림없다. 변호사 사무실까지 찾아온 걸 보면 그 충격을 채 소화하기도 전에 엎친 데 덮친 격으로 법률문제까지 얽혀버린 모양이다.

"애들이 가여워 못 견디겠어요. 현지는 이제 겨우 더듬더듬 말하게 되었는데. 생글생글 웃는 게 얼마나 예뻤는지 몰라요. 태어나기도 전에 아빠를 잃고는 정작 지도 얼마 살아보지 못하고……. 해령이는 말할 것도 없고요. 하지만 지금 제일 불쌍한 건 현희에요. 아빠를 잃었고 이번엔 또 교통사고로 엄마와 동생까지 잃었잖아요.

딸이 의사였지만 사실 남긴 돈이 없어요. 목동 E대학병원에서 일했는데, 사위가 몇 년간 암으로 투병하면서 거기에 돈을 다 써버린 거예요. 차도 소형차를 몰았답니다. 저는 교직 생활 하다가 은퇴해 연금으로 근근이 먹고사는 정도예요. 영감님을 오래전에 여의고 시골에서 혼자 사는 힘없는 노친네죠. 그래서 지금 현희를 어떻게 키울지 막막하기만 해요. 딱 한 가지 바라보고 있었던 게 해령이의 생명보험금이에요. 한 5억 정도 되는데 보험금 수취인이 손녀딸 둘로 되어 있거든요. 현지도 엄마 따라 가버렸으니 원래 보험금이 현희한테 다 오게 되어 있었는데, 보험회사에서는 지급이 안 된다고……."

"보험회사에서 괜한 트집을 잡고 있는 거군요."

연정의 마음 한구석에 자리 잡고 있던 투지가 고개를 들었다.

'이건 얼마든지 받아낼 수 있다.'

생명보험에 든 가입자가 교통사고로 사망했는데 보험회사가 지급을 거절할 만한 사유란 없다. 소비자의 무지를 이용해서 사소한 절차적 문제나 숨겨진 약관조항 따위를 들먹이고 있을 것이 틀림없다. 그런 허위는 변호사인 자신이 얼마든지 부수어줄 수 있다. 연정은 자신에 차 말했다.

"걱정 마세요. 받아내실 수 있어요. 보험회사에서는 뭐라고 하며 거절하던가요?"

"그게…… 딸아이가 생명보험 가입 후 2년 안에 자살한 거여서 보험금을 줄 수 없다고 딱 잘라 거절하네요."

"자살요? 조금 전에 교통사고라고……?"

의외의 말에 연정도 놀랐다.

"교통사고로 죽은 건 맞는데 경찰조사에서 자살로 결론이 나왔대요."

"좀 더 자세히 말씀해보시겠어요?"

기묘한 호기심에 연정은 이야기를 재촉했다.

"사고가 난 건 두 달 전인 7월 말이에요. 현희, 그러니까 큰손녀가 여름방학이 되어서 할머니 보고 싶다고 저희 집에 며칠 있기로 했거든요. 아 참, 저는 태안반도 근처 시골 마을에서 조그맣게 텃밭을 가꾸면서 혼자 살고 있답니다. 지금은 현희 때문에 서울에 와 있지만요. 해령이는 그날 병원 일을 마치고는 애들 데리고 태안반도에 있는 제 집까지 내려왔어요. 현희만 저희 집에 내려두고, 어린 현지를 다시 차에 태우고 밤늦게 서울로 돌아갔죠. 다음 날 병원에 출근해야 하니까 무리를 한 거랍니다. 현지는 뒷좌석 유아용 카시트에 앉혔고요. 그런데 그날 오후 늦게부터 태풍이 몰려왔는지 갑자기 어마어마한 비가 내렸어요. 그럴 줄 알았다면 다른 날 내려오게 하는 건데……. 서울로 급히 돌아간다고 빗길 해안가 도로를 달리다가 그만 절벽 아래로 추락해버린 거예요.

근데 사고 경위에 관해 경찰이 하는 말이 그래요. 해령이가 운전 중에 외과용 메스로 자기 손목을 그었다는 거예요."

"네? 운전 중에 손목을요?"

연정은 놀랐다. 욕조에서 손목을 그어 자살하는 경우는 들어보았어도 운전 중에 손목을 긋다니. 게다가 뒤에는 아기를 태운 채. 숱한 사건을 접해온 연정으로서도 경악할 일이었고, 전대미문의 괴사건이었다.

"그렇다네요. 저도 해령이 시신을 보았는데 손목이 처참하게 그어져 있더군요. 손목을 그었다기보다는 반 잘려 있는 거나 마찬가지였어요."

"……."

"경찰 얘기로는 아기하고 동반자살하려고 운전 중에 손목을 그었대요. 운전하던 차는 가드레일을 부수고 바닷가 절벽에 떨어졌다고. 그래서 아기까지 같이 죽었고."

"그건 누가 봐도 상식적으로 좀 이상한 결론인데요. 혹시 빗길에 단순 교통사고인데 절벽에 떨어지면서 무언가 날카로운 것에 부딪혀 손목이 잘린 것일 수도 있지 않겠어요? 그렇다면 자살이 아니라 그냥 사고인 거고, 보험금 수령도 문제없을 텐데요."

"딸아이의 사인이 손목 출혈로 인한 것으로 밝혀졌답니다. 절벽 밑으로 차가 떨어지면서 받은 충격도 컸지만, 더 직접적인 사인은 손목의 상처에서 뿜어져 나온 출혈이 과다해서라더군요."

타분의 말에는 울음기가 섞여 있었다.

"보험회사는 경찰조사를 근거로 자살로 단정하고 보험금 지급을 거절하고 있는 거군요."

"네. 하지만 저는 도저히 해령이가 자살했다고 믿을 수 없어요. 그날 우리 집에 큰손녀를 맡기고 갈 때만 해도 기분이 좋아 보였거든요. 게다가 현지까지 같이 동반해서 자살했다니, 그건 말이 동반자살이지, 살인이잖아요. 그런 참혹한 짓을 할 리가……."

"평소에 따님, 그러니까 해령 씨는 어땠나요? 남편분도 갑작스런 사고로 돌아가신 데다가, 혼자서 아기까지 딸 둘을 키우기도 많이 힘들었을 텐데. 혹 우울증이라든가."

"해령이하고 사위하고 사이가 좀 각별하긴 했죠. 연애할 때부터 아무도 못 말릴 정도였고……. 이런 말씀은 그렇지만 사실 제 마음은 좀 그랬어요. 사위가 내리 4년을 암으로 온갖 치료를 받느라 가족들이 너무 힘들어했어요. 그래서 정작 교통사고로 죽었을 때 슬프기는 했지만, 그것보다는 좋은 데 가라고 명복을 비는 마음이 더 컸어요. 오랫동안 불치병 환자를 돌보아본 가족들은 그 심정을 알 거예요.

해령이야 물론 많이 슬퍼했지요. 그래도 애들 때문에라도 내색은 절대 안 했어요. 우울증에 빠졌다거나 그런 건 전혀 없었고요. 다만 아빠 없이 커야 할 아이들을 생각하면 마음이 몹시 아프다면서 걱정을 많이 했어요. 그래서 그런지 아이들을 정말 끔찍이 생각했어요. 저도 해령이한테 그렇게까지는 못 했는데, 제가 놀랄 정도였어요. 그런 애가 동반자살이라니요. 설사 자살을 한다고 해도 혼자 하지, 현지까지 죽게 한다는 건 정말 상상할 수 없어요."

연정은 조심스럽게 타분을 위로했다.

"그런 건 제3자인 제가 들어도 믿기지 않네요. 제가 한번 조사해볼게요. 분명히 길이 있습니다. 제게 맡기고 걱정 마시고 기다려주세요."

타분이 돌아간 뒤 연정은 내일부터 꽤 바빠질 듯한 '징조'를 감지했다.

2

연정은 다음 날 사무실 직원을 태안반도로 내려 보냈다. 백해령과 이현지 사망교통사고를 담당한 관할 P경찰서에 가서 유족 측 변호사임을 밝히고 수사기록을 복사해오도록 했다. 용도는 보험회사와의 소송용이라고 밝혔다. 직원이 받아온 경찰기록 사본은 두 사람이나 죽은 사고치고 매우 얇았다.

경찰의 결론은 타분의 이야기와 거의 일치했다. 경찰이 조사하여 확인한 대략의 내용은 다음과 같았다.

사고일시는 7월 28일 밤 10시 30분경. 엄청난 폭우가 내려 시계가 불투명하고 운전하기에 극히 힘든 날씨였다. 백해령은 생후 30개월 남짓 된 자신의 둘째딸 이현지를 뒷자리 유아용 카시트에 태운 채 베르나 승용차를 운전하여 태안반도를 가르는 603번 바닷가 지방도를 시속 100킬로미터의 속도로 달렸다. 백해령은 남편을 3년 전 여의고 나서부터 우울증에 시달려온 것으로 보인다(이는 치료기록에 근거한 것이 아닌 경찰의 추측인 듯했다). 백해령은 빗길을 과속으로 주행 중 충동적으로 왼손을 창밖으로 내밀고 오른손으로 핸드백에서 수술용 메스를 꺼내어 왼 손목 동맥을 깊숙이 잘라 순간적으로 의식을 잃었고, 차량은 가드레일을 들이받아 부순 후 낭떠러지가 있는 앞쪽으로 돌진하여 절벽 아래로 추락하였다. 운전자 백해령과 뒷자리에 탄 아기(이현지)는 거의 동시에 사망하였다.

백해령은 왼 손목 동맥이 잘려 몸 안의 피가 거의 다 빠져나온 끔찍한 상태였다고 했다. 백해령의 사인은 출혈과다와 뇌진탕, 골절 등인데, 어느 쪽이 앞선다고 단정하기 어려울 정도로 복합적이었고, 이현지는 전신 무차별 타박상, 골절과 뇌진탕이 사인이었다.
기록에는 백해령의 사체 사진이 여러 장 첨부되어 있었고, 사고 현장의 간략한 약도 및 사진이 몇 장 편철되어 있었다. 현장 약도에 따르면 가드레일과 절벽까지는 약 20미터의 거리가 있었다. 또한 그 사이에 나지막한 잡목이 들어서 있었다.
여기까지만 보아도 당장 일어나는 의문점이 한두 가지가 아니었다.
달리는 차 안에서 우울증에 시달린 나머지 충동적으로 손목을 그어 자살한다는 사건 자체의 괴상함은 제쳐놓고라도, 해령의 왼 손목 사진을 자세히 들여다보았지만 주저흔이 발견되지 않았다. 주저흔이란 자살할 때 단번에 죽을 만큼 찌르지 못하고 깊이가 얕은 상처를 수차례 내는 것을 말한다. 죽음에 대한 마지막 두려움이자 망설임의 흔적이다. 그런데 이 주저흔이 없다면 일단은 자살로 보기엔 무리가 있다.
또, 해령은 차가 절벽 아래로 떨어질 즈음 이미 과다출혈 상태였다고 했는데, 손목을 그은 후 출혈로 죽기까지는 아무리 빨라도 5분은 필요할 것이다. 그렇다면 손목을 그은 후 차가 5분 동안 혼자 빗길을 달리다가 가드레일을 들이받고 나무까지 깔아눕히고 절벽으로 다이빙했다는 것인가?

　당장 떠오르는 몇 가지 의문점에도 불구하고 검찰 역시 백해령의 자살이라는 경찰의 결론을 승인하고 사건을 종결지은 상태였다.

　분명히 경찰이나 검찰의 결론과는 다른 가능성이 있었다. 백해령 모녀 외에 누군가, 즉 제3의 범인이 있었다고 치자. 그가 백해령의 손목을 그어 자살로 위장하여 살해한 다음, 차를 낭떠러지로 밀어 떨어뜨려 교통사고로 인한 죽음으로 위장한다. 이런 가설은 어떨까. 적어도 백해령이 몇 분간의 출혈 이후 낭떠러지로 추락해서 사망했다는 점에 대한 설명은 된다. 압도적인 논리는 못 되더라도 경찰이 제시한 자살설 정도만큼의 설득력은 있지 않을까? 자살이 아니라는 것을 입증 못 한다 하더라도 최소한 타살의 의혹만이라도 강하게 제기되면 보험회사는 보험금 지급을 거절하지 못한다. 만약 거절한다 하더라도 보험회사를 상대로 보험금 지급 소송을 제기하면 이길 수 있다. 민사소송의 구조상 원고 측에서 '자살이 아니다'라는 것을 입증할 책임이 있는 것이 아니라, 보험회사가 '자살이다'라는 점을 입증해야 하기 때문이다. 타살의 의심만 강력히 부각시키면 된다. 이 사건에선 타살의 의심이 충분하다.

　이것은 되는 사건이다, 라고 연정은 확신했다.

　연정은 P경찰서에 전화를 걸어 백해령 사건 조사의 책임자인 교통계 장이철 경위를 찾았다.

　"안녕하세요. 전 호연정 변호사라고 합니다. 백해령 이현지 교통사고 건에 관해서 좀 여쭈어볼 게 있어서요."

　장이철은 우호적으로 응대했다.

"예, 알고 있습니다. 기록도 복사해가셨죠? 어떤 게 궁금하시죠?"

"자살로 결론을 내리셨던데요. 제가 좀 의문점이 있어서요."

"의문 가질 게 뭐 있습니까."

장이철의 목소리가 금세 냉랭하게 변했다. 서울의 웬 낯선 변호사가 갑자기 등장해 이미 끝난 사건을 뒤적이며 경찰의 결론에 이의를 제기하고 있으니, 경찰로서는 불쾌할 법도 했다. 연정은 개의치 않고 말을 이었다.

"경찰에서는 백해령 씨가 주행 중에 자기 손목, 게다가 정맥도 아니고 동맥을 그었다고 했는데, 그러면 순간적으로 의식이나 통제 능력을 잃었을 것이고, 그런 사람이 액셀을 밟을 수는 없지 않겠어요? 그런데 어떻게 동력을 잃고 관성만으로 움직이는 차가 혼자 주행하다가 가드레일을 들이받아 부수고 나무까지 짓밟고 20미터가량이나 돌진할 수 있을까요?"

"그거야, 타이밍의 문제죠. 기록에는 자세한 내용은 빠져 있어서 문외한의 입장에서는 오해하시는 것도 당연한데……."

장이철은 슬그머니 교통사고처리 전문가로서의 권위를 내세웠다.

"백해령 씨는 비 오는 커브길에서 엄청 과속을 했어요. 타이어 흔적으로 보면 거의 100킬로 가까운 속력이었죠. 거긴 말이죠, 구불구불한 지방도에다가 밤의 빗길이었어요. 그걸 감안하면 엄청난 속도죠. 그때 손목을 확 그은 겁니다. 그게 하필 커브길 가드레일 바로 앞 지점이었어요. 그래서 과속으로 달리던 차는 바로 가드레일을 들이받아 부수고 힘이 남아 벼랑 끝까지 가서 떨어진 거죠."

"백해령 씨의 사인이 출혈과다였다면서요. 그렇다면 출혈과다로 죽은 다음에 벼랑 아래로 떨어졌다는 것 아닙니까? 그렇다면 이상하잖아요. 제가 알기로 출혈과다라면 아무리 빨라도 사망까지 5분은 걸리는데, 백해령 씨가 손목을 긋고 차가 벼랑에서 떨어지기까지 5분씩이나 걸렸다는 것인가요?"

"그게 아니죠. 부검 결과를 잘 읽어보시면 출혈과다는 사인 중의 하나일 뿐이에요. 출혈과 추락으로 인한 뇌진탕, 골절, 타박상 등이 복합적인 사인으로 되어 있어요. 그건 의사가 확인한 사항이에요. 그 말은, 동맥을 자르면서 거의 동시에 벼랑으로 떨어져 뇌진탕을 입었다고 해석할 수 있는 겁니다. 물론 떨어진 뒤에도 출혈은 계속되었을 거예요. 그런 것들이 다 복합적인 원인이 되어서 사망한 거죠."

"교통사고로 사망한 이후에 다른 이유로 손목에 상처를 입었을 수는 없을까요?"

"전혀요. 죽은 후에 손목이 잘렸다면 출혈이 그렇게 많을 수 없죠. 심장이 멈춘 후인데요."

"아무리 그래도 타살의 가능성이 전혀 없을까요?"

장이철은 혀를 끌끌 찼다.

"변호사님도 참, 생각해보세요. 타살이라면 제3자가 백해령 씨 손목을 그었다는 얘긴데, 도대체 달리는 차 안에서 누가 간 크게 운전자의 손목을 긋습니까? 차가 뒤집어지기라도 하면 범인 자신도 죽는데요. 또 백해령 씨는 왼 손목에 상처가 났어요. 범인이 조수석에서 손목을 찌른다면 백해령 씨의 오른손에 상처가 있어야겠죠. 또, 어찌어찌해서 범인이 백해령 씨 왼 손목을 그었다고 쳐도 달리는 차에서 어떻게 범인이 도망갑니까? 차는 손목을 그은 후 곧장 절벽으로 떨어졌는데."

이런 설명은 백해령이 운전 중 자해했다는 경찰의 가설 하에서만

나올 수 있는 반론에 불과했다. 마치 뱀이 자신의 꼬리를 무는 것과 같은 논리였다. 하지만 연정은 이런 점을 따지고 들어 장이철과 입씨름을 하는 것은 소용이 없다고 판단하고 다른 질문을 던졌다.

"이런 건 어떨까요? 백해령 씨가 운전부주의로 벼랑 아래로 떨어졌는데, 마침 그때 창밖으로 왼손을 내밀고 운전하던 중이었고, 떨어지면서 뭔가 날카로운 돌이나 나무 같은 것에 손목이 찔려 다쳤다든가."

연정은 자신이 말해놓고도 무리한 상상이라는 생각이 들었다. 역시나 장이철의 힐난하는 듯한 답변이 되돌아왔다.

"그날 날씨가 어땠는지 아세요? 때 이른 태풍이 몰려와서 기록적인 폭우가 내렸어요. 한 치 앞도 안 보였을걸요. 차 유리창이 1센티만 열렸어도 비가 들이쳤을 겁니다. 그런데 유리창을 열고 창밖으로 왼손을 내밀고 운전을 했겠습니까? 뒷좌석에 애기까지 있는데. 또, 손목의 상처는 돌이나 나무 같은 자연물로 생긴 게 아니었어요. 메스로 그은 거라니까요. 부검의가 확인한 사항입니다."

"메스는 발견되었나요?"

"그럼요. 차 안에서 피 묻은 채로 발견되었어요. 운전석 밑에서. 백해령 씨의 지문도 당연히 있고요. 다른 사람 지문은 없었어요."

"사진을 보니까 손목 상처에 주저흔 비슷한 것도 보이지 않던데, 과연 자살로 단정할 수 있을까요?"

이 부분이 역시 취약점인지 장이철의 목소리는 다소 수그러들었다.

"운전하다가 울컥해서 손목을 잘랐을 정도니까요. 보통의 자살자와는 다른 심리 상태였다고 봐야 되겠지요. 순간적으로 흥분한 나머지 휙, 그렇게 된 거 아닐까요."

"현장의 핏자국은요?"

"그거야 아무리 피가 많이 흘렀다 해도 어마어마한 폭우였으니까 다 씻겨나갔죠. 전혀 남아 있지 않았어요."

전화를 끊은 연정은 당혹감에 휩싸였다.

차를 운전하던 중 손목을 그어 자살했다는 것이 너무나 상식 밖이라는 점에서 의문이 출발했지만, 장이철의 설명을 듣고 보니 경찰의 의견에 딱히 모순된 점 또한 없어 보였다.

아니, 오히려 메스, 지문, 손목의 상처, 사인 등을 종합해보면 다른 설명이 어려울 것 같다. 제3자에 의한 살인이나 단순한 교통사고라고 결론 내릴 가능성이 거의 없지 않은가. 도대체 자살이 아니라면 어떻게 제3자나 사고에 의해서 운전자의 손목 동맥이 잘릴 수 있단 말인가. 백해령 자살설로 결론 내린 경찰 의견을 검찰도 승인할 수밖에 없었으리라.

하지만 선뜻 납득해버리기 싫은 감정이 뿌연 의혹으로 변해 연정의 마음 한구석에서 위화감을 던져주었다.

앞뒤가 맞는 설명이 된다고 하여 진실은 아니다. '우리 딸이 절대 자살할 사람이 아니다'라는 유족의 비논리적인 감이 경찰이 모아온 차가운 사실의 조합보다 더 많은 진실을 내포할 때도 있다. 살인이든 자살이든 물리법칙에 맞는 설명보다 더 우선되어야 할 것은 바로 '동기'다. 동기라는 인과를 벗어나 있는 사람은 없다. 그래서 동기 없이는 사건도 없다고 할 수 있다. 사실을 구성하는 블록이 차례차례 맞아들어가 물리법칙에 근거한 모든 의심을 잠재운다 하더라도 동기가 제대로 납득이 되지 않는다면 사건은 처음부터 다시 들여다보아야 한다. 해령의 모친인 타분의 이야기가 아니더라도 해령의 자살은 선뜻 동기를 납득하기 어려웠다.

연정은 백해령이 가입했던 B생명보험회사에 직접 전화를 걸어 입장을 확인해보기로 했다.

"안녕하세요. 여기는 백해령 씨 사건 변호사인 호연정이라고 합니다."

"네, 말씀하세요."

사무적이면서 기름기 많은 남자의 목소리가 들려왔다.

"보험사에서는 백해령 씨가 자살이라는 이유로 보험금 지급을 거절했다고 들었습니다만, 자살로 단정하는 이유가 뭔가요?"

"그건 경찰조사에서 자살로 결론 나왔기 때문입니다. 저희로서는 경찰 의견에 따를 수밖에 없고요."

몇 마디 이의를 피력해보았지만 상대방은 같은 말만 반복할 뿐이어서 대화가 진행되지 않았다. 연정은 백해령의 보험금 지급 실무를 담당하는 최고책임자를 바꿔줄 것을 청했다. 이번에는 점잖고 친절한 목소리가 전화기를 넘어왔다.

"전화 바꿨습니다. 저는 부장 김기환입니다. 무슨 일이신지요?"

"백해령 씨 생명보험금 지급 건 때문인데요. 저는 유족의 대리인인 호연정 변호사라고 합니다."

"예, 안녕하세요."

"용건은 아실 테니 직접적으로 말씀드리겠습니다. 백해령 씨가 자살했다는 경찰 의견 때문에 보험금 지급을 거부한다고 하셨는데, 그건 경찰의 의견일 뿐이고 사실상 백해령 씨가 자살이라고 잘라 말하기는 어렵지 않겠습니까?"

"변호사님도 잘 아시겠지만 저희는 기본적으로 경찰수사의 결론에 따르고 있습니다. 저희가 독자적으로 판단해서 임의로 보험금을 지급하는 건 곤란합니다. 물론 유족들 충격이 크시겠지만 이해해주십시오."

"달리는 차 안에서 손목을 그어 자살했다는 게 믿어지세요? 더구나 아기도 뒤에 타고 있었는데. 아무리 경찰조사라도 너무 비상식적인 결론 아닐까요?"

"저는 그런 건 잘 모르겠습니다. 사고조사는 경찰이 전문가니까요. 저희는 사고에 관해서는 경찰의 의견을 존중하고 그에 따라 처리할 수밖에 없습니다. 그리고 변호사님, 보험사고란 게 원래 세상에 듣도 보도 못 한 희한한 일들이 다 생깁니다. 이번 건도 그런 것 중의 하나겠지요."

상식에 호소하는 연정의 의문 제기에도 김기환은 꿋꿋하게 회사의 공식적인 입장을 고수했다.

"보험사에서는 백해령 씨가 보험금을 타려고 고의로 사고를 일으켰다고 보시는 건가요?"

"그런 건 아닙니다. 어떤 개인적인 이유로 자살을 결심하신 거겠죠."

김기환은 트집을 잡히지 않으려고 말을 조심하고 있었다. 상대방이 변호사인 만큼 앞으로 예상되는 소송을 어떻게든 막거나 파장을 줄이려는 방침을 철저히 우선하고 있는 듯했다.

"백해령 씨의 부검 결과에 따르면 출혈과다뿐 아니라 낭떠러지에서 떨어질 때의 뇌진탕, 골절, 타박상 등도 복합적인 사망 원인이 되어 있고, 어느 쪽이 직접적인 원인이었는지 불분명하다고 합니다. 그렇다면요, 손목 동맥을 그어 출혈과다로 사망한 거라면 몰라도 추락해서 뇌진탕으로 죽은 거라면 결과적으로 자살이 아니라 사고사로 볼 수도 있지 않을까요?"

"아니죠. 추락으로 인한 뇌진탕으로 죽은 거라고 하더라도, 역시 자살하려고 운전 중에 손목 동맥을 긋는 바람에 차가 낭떠러지로 떨어져 발생한 거니까 그 역시 자살한 거라고 봐야 되는 거죠."

이런 공격을 예상하고 있었던 것처럼 김기환의 답변은 즉각적이고 단호했다. 법률적으로나 상식적으로나 김기환의 말이 옳았다. 연정은 금융감독원에 신고를 하거나 법원에 보험금 지급 소송을 제기할 수도 있음을 슬쩍 내비치고는 전화를 끊었다. 하지만 자살이라는 경찰조사가 뒤집어지지 않는 한 허깨비 같은 위협에 불과하다는 것을 연정 자신도 잘 알고 있었다.

3

"아무리 외과의사라도 메스를 갖고 다닐까?"

전화기를 내려놓고 굳은 모습으로 가만히 앉아 있던 연정은 불쑥 혼잣말을 내뱉었다. 의자를 빙글 돌려 창밖을 내다보며 생각에 잠겨들었다. 확실히 이상했다. 핸드백에 수술용 메스를 넣어 다닌다는 것은 참으로 드문 일이다. 백해령이 자살하려고 미리 메스를 준비했을 수도 있다. 하지만, 그렇다면 충동적으로 자살했다는 경찰의 견해와 모순된다.

경찰의 결론은 그날 밤 운전하다가 갑자기 우울증으로 자살의 충동이 일어 백에서 메스를 꺼내 자해했다는 것이다. 그렇다면 백해령이 평소에 메스를 백에 넣어 가지고 다녔다는 이야기일 수밖에 없다. 이 점이 전혀 납득이 안 가는 것이다.

 이것이 하나의 단서가 되지 않을까? 애당초 자살하려고 메스를 갖고 갔다고 생각할 수도 있겠지만, 아기를 뒤에 두고 달리는 차 안에서 손목을 그어 죽는 자살 계획을 세운다는 건 무슨 퍼포먼스도 아니고 생각하기 어렵다. 만약 자살이라면 분명 충동적 자살이다. 그렇다면 마치 손목을 그으라고 유혹하는 것처럼 메스가 백해령의 백에 들어 있었다는 건 누가 봐도 이상하다. 그게 아니라면, 그것을 현장에 갖고 와서 휘두른 제3자가 있다는 얘기가 된다.

 미리 계획된 범죄라면 굳이 메스를 살인 흉기로 선택하지는 않을 것이다. 수많은 칼을 제쳐두고 굳이 구하기 힘든 메스를 택할 이유가 없다. 만약 범인이 의사라면, 특히 외과의사라면 메스를 흉기로 선택할 가능성이 있을까? 계획살인이라면 절대 그렇지 않을 것이다. 메스는 그에게 친숙한 도구이긴 하겠지만, 현장에 남겨진 흉기로 너무나 쉽게 범인이 의사가 아닌가 하는 의구심을 불러일으키게 된다. 스스로 직업을 드러내는 흉기를 준비할 정신 나간 범인은 없다. 그렇다면 역시 메스는 어떤 이유로 현장에 존재한 우발적인 흉기일 가능성이 높다. 그 '어떤 이유'란 역시 범인이 외과의사이며 수술 준비 따위의 업무적인 일로 현장에 갔기 때문이 아닐까. 그래서 우발적으로 살인하게 되었을 때 마침 갖고 있던 편리한 도구, 메스를 들게 된 것 아닐까.

 또, 달리는 차에 범인이 뛰어들 수는 없는 일이니, 그 폭우 속에서 범인은 백해령의 차를 멈추고 올라탔다고 봐야 된다. 백해령은 비 오는 밤, 차를 세워 길 위에 서 있던 킬러를 태워주었다. 낯선 사람일 리는 없다.

그렇다면 범인은 백해령이 잘 아는 사람이면서, 동시에 외과의사인 자가 아닐까. 혹시 동료 의사? 그리고 우발적인 살인.

가만있자, E대학병원이면 분명 누군가 있었는데. 연정은 서랍 맨 밑단에 처박아두었던 여고 동창회 명부를 꺼냈다. 한참을 뒤적이던 연정은 백해령이 근무하던 목동 E대학병원에서 의사로 일하는 친구의 이름을 찾아냈다.

"갑자기 전화 와서 놀랐어. 고등학교 때 우린 거의 알지 못하고 지냈는데."

흰 가운에 무테 안경을 쓴 자그마한 키의 송채린은 반갑다는 건지 나무라는 건지 모를 묘한 어조로 말했다.

E대학병원의 바쁜 하루는 끝나가고 있었고, 외래 환자들이 썰물처럼 빠져나가는 중이었다. 연정과 채린은 로비의 적당한 빈 의자에 앉아 어색한 인사를 나누었다. 고교시절 문과인 연정과 이과인 채린은 서로 알고는 있었지만 친해질 기회는 갖지 못했다. 연정이 미안한 기색을 띠며 말했다.

"그렇네. 내가 필요하니까 겨우 연락하게 되네."

"무슨 일이야? 이제 와서 나하고 사귀려고 온 건 아닐 테고, 일과 관련된 거지?"

"어, 사실은 너네 병원에 백해령 씨 있잖아."

"백 선생님? 그분은 교통사고로 애기하고 같이 돌아가셨는데. 아하! 그 사건을 너가 맡은 거구나."

채린은 그 인연이 신기한 듯 눈을 동그랗게 떴다.

"그래, 보험금 문제가 좀 있어서."

연정은 굳이 살인이니 자살이니 하는 얘기는 꺼내지 않았다. 그런 단어는 익숙하지 않은 상대방을 필요 이상으로 긴장하게 만든다.

"너는 지금 무슨 과 담당하고 있니?"

"나, 가정의학과."

"백해령 씨하고는 잘 아는 사이였어?"

"글쎄, 과도 다르고 나이 차도 좀 있고 해서 그다지. 인사만 하는 정도였지."

"어떤 분이셨어?"

"매사에 열심이셨지. 근데 한 번도 회식 같은 데 나오신 적이 없었어. 그래서 더 친해질 기회가 없었어. 일 끝나면 무조건 집으로 직행이셨지. 항상."

"근데, 외과의사들이면 수술용 메스를 쓰잖아."

"그렇지."

"그 메스를 갖고 다니는 사람도 있어?"

"뭐? 메스를?"

채린은 어이없다는 듯이 피식 웃었다.

"그런 위험한 걸 왜 갖고 다니니? 말도 안 돼."

"그런 일은 없구나."

"그런 건 수술실에서 보는 걸로 충분해. 그럼 변호사는 법전 들고 다니니?"

연정은 내심 쾌재를 불렀다. 역시 백해령이 그때 메스를 갖고 있었다는 건 이상하다.

"백해령 씨하고 특별히 친하게 지낸 분 없어? 좀 소개받았으면 싶은데."

"글쎄, 난 잘 모르겠고, 같은 외과 선생님들하곤 친했겠지. 내가 외과 선생님 한 분하고 친한데 소개해줄게."

"고마워. 나중에 밥 한번 살게."

연정은 채린과 같이 외과 쪽으로 걸어갔다. 채린은 한 외과의의 방에 쑥 들어가서는 막 퇴근하려는 그를 붙잡고 갑작스럽게 연정을 소개했다.

"아, 네. 백 선생 사건 변호사님이시군요."

그는 연정을 데려다만 주고 가버리는 채린과 눈앞의 연정을 번갈아 보며 당황스러워했다. 사람 좋아 보이는 중년의 의사로 이름은 이국원이었다.

"피곤하실 텐데 죄송합니다. 잠시만 시간을 내주시면 안 될까요?"

"아, 물론이죠. 백 선생 일인데 당연히 도와야죠."

그는 흔쾌히 수락하고 다시 자리에 앉았다. 그러고는 먼저 탄식조로 사고 얘기를 꺼냈다.

"교통사고로 애기하고 같이 죽다니 그런 불쌍할 데가 어디 있겠습니까."

아무래도 병원 내에서는 자세한 사고 내용은 모르고 단지 교통사고로 아기와 같이 명을 달리한 정도로만 알고 있는 듯했다.

"백해령 씨하고는 평소에 친하게 지내셨나요?"

"아마 저하고 제일 친했죠."

이국원은 필시 누구나 편하게 느끼고 친근하게 지낼 수 있는 성격이었다. 연정은 잘 찾아왔다는 생각이 들었다.

"어떤 분이셨어요? 백해령 씨는."

"밝고 열심히 사는 친구였어요. 남편 잃고는 애들만 생각하고 정신없이 살아왔죠."

"우울증에 빠져 있지는 않았나요?"

"천만에요. 얼마나 씩씩했는데요. 본인이야 물론 가끔은 사는 게 힘들었을 거예요. 그래도 전혀 내색을 안 했어요. 내가 그랬어요. 사람이 좀 무너지고 눈물도 흘리고 그래야지, 어째 그러냐고."

"그랬더니요?"

"애들 생각하면 그럴 틈이 없다나요."

"남편분이 죽은 뒤엔 오로지 애들뿐이었군요."

"그런 셈이죠."

연정은 문득 생각난 것을 물어보았다.

"혹시 만나는 남자분은 없었나요?"

이국원은 잠시 머뭇거리다가 말했다.

"사실은 우리 과에 남자 선생 한 사람이 대시했었죠."

"그래서요?"

"우리도 권했는데 백 선생이 결국 싫댔어요."

"그분은 어떤 분이세요?"

"마흔 중반 된 이혼남이에요. 인물도 좋고, 성격도 무난하고, 참 괜찮은 사람인데······."

"왜 거절했는지 혹시 아세요?"

"그런 건 잘 모르겠네요. 남녀 문제라."

백해령은 이국원과 남녀 문제까지 이야기하는 사이는 아니었던 모양이다. 아무래도 동성이 아니니 그랬을 것이다.

"그분의 이름은요?"

"김형진이라고······."

연정은 최후의 질문을 꺼냈다.

"마지막으로 하나만 더 여쭙겠습니다. 좀 이상한 질문인 건 압니다만 혹시 백해령 씨가 평소에 메스 같은 걸 갖고 다니지는 않았나요?"

이국원은 눈을 크게 뜨더니 예상 외의 반응을 보였다.

"변호사님이 그걸 어떻게 아세요?"

"예?"

연정이 더 놀랐다. 말도 안 된다는 답을 기대했던 연정으로서는 불의타였다.

"백 선생은 평소에 핸드백에 수술용 메스를 넣고 다녔지요."

"도대체 왜 그러셨죠?"

"백 선생한테는 참 아픈 기억이었죠. 남편도 3년 전에 교통사고로 죽었거든요."

"그건 저도 알고 있어요. 암으로 투병하시다가 정작 교통사고로 돌아가셨다고."

"그래요. 그때 둘째 현지는 아직 배 속에 있었지요. 현희는 외할머니한테 맡기고 남편을 공기 좋은 데 데리고 간다고 차를 타고 강원도 산속 어딘가로 가던 중이었대요. 오대산 쪽이던가? 겨울이었어요. 빙판길에 미끄러져 사고가 크게 났어요. 백 선생은 다행히 멀쩡했는데 운전하던 남편이 많이 다쳤어요. 들이받을 때 백 선생 살린다고 자기 쪽으로 핸들을 돌렸나 봐요. 근데 깊은 산속인 데다가 폭설, 빙판에 구급차가 출동을 못 하는 거예요. 응급조치만 잘 했으면 남편을 충분히 살릴 수 있었는데."

"백해령 씨가 의사인데 왜 응급조치를 못 했다는 거죠?"

"남편이 기흉이 생겼어요."

"기흉이라면 폐에 공기가 차는 병 아닙니까?"

"정확히는 늑막에 공기가 들어가는 겁니다. 이게 폐를 눌러 숨을 제대로 못 쉬는 거죠. 외상성 기흉은 교통사고 때에 생기는 수가 가끔 있어요."

"그럼 응급조치란 건……?"

"여러 가지가 있겠지만 정 급하면 폐에 구멍을 뚫어주는 방법이 있습니다. 메스 하나만 있었으면 폐에 구멍을 뚫어 목숨을 건졌을 텐데, 아무것도 없었어요. 백 선생은 자신이 외과의사면서도 숨을 헐떡이면서 죽어가는 남편을 두 눈 뜨고 지켜만 볼 수밖에 없었던 거죠."

"아, 그런 일이……."

상상만으로도 연정의 호흡조차 막혀오는 양 괴롭게 느껴졌다.

"네, 그 일의 충격이 컸던지 그 사건 뒤로는 항상 메스를 휴대하고 다녔어요."

"그랬군요. 아내로서, 외과의로서 이중의 자책감을 가졌겠네요."

"어떤 트라우마였을지도 몰라요. 혹시라도 다시 그런 상황을 겪는 건 스스로 용납할 수 없었던 거죠."

이국원은 안타깝다는 듯 눈을 감았다.

연정은 백해령의 슬픈 개인사를 듣게 되어 가슴이 울컥했지만 한편으로는 상당한 낭패감에 휩싸였다.

'백해령은 메스를 가지고 다녔다!'

연정의 머릿속에서 경찰이 내린 자살설의 망령이 다시금 부활했다. 경찰은 휴대하던 메스로 스스로 손목을 그었다지만, 아무리 외과의사라도 메스를 가지고 다닐 리가 없다는 데서 연정의 의혹이 출발했다. 그런데 백해령은 남편을 잃은 아픈 기억 때문에 자책인지 집착인지 메스를 항상 갖고 다녔다는 사실이 드러났다.

연정은 백해령에게 프로포즈했다던 의사 김형진의 방을 찾아갔다. 마침 그는 비번이었고 방은 비어 있었다. 이국원으로부터 받아낸 김형진의 연락처로 전화를 걸어 만날 수 있는지 물었다. 그는 처음에는 경계하는 빛이었지만 백해령 사건의 변호사라고 밝히자 기꺼이 응낙했다.

늦은 저녁 연정은 폭우에 잠긴 한강이 꿈속처럼 내다보이는 카페에서 그를 기다렸다. 백해령이 죽던 날도 오늘처럼 비가 내렸겠지. 감상에 잠겨 있던 연정 앞에 김형진이 편안한 차림으로 모습을 드러냈다. 중년의 나이가 무색하게 구릿빛 피부에 다부진 몸을 가진 호남이었다. 의사라기보다는 스포츠맨처럼 보였는데, 그 점이 외려 의사라는 정적인 직업에 더해져 매력의 상승작용을 일으키고 있었다.

"안녕하세요, 변호사님. 백 선생 사건 잘 부탁합니다."

먼저 털털하게 인사하며 악수를 청해왔다. 성격 또한 남자다웠다.

"네, 안녕하세요. 쉬시는데 죄송해요. 나와주셔서 감사합니다."

"아닙니다. 이렇게 열심히 하시는 변호사님을 만나서 백 선생은 저세상에서라도 다행이라고 생각할 겁니다."

김형진은 연정의 열성이 고마운 모양이었다. 그가 물었다.

"백 선생에 대해서 어떤 조사를 하고 계십니까?"

"백해령 씨가 우울증 때문에 자살한 거라며 보험사가 보험금 지급을 거절하고 있어요."

"저런, 교통사고로 알고 있었는데……?"

"차 안에서 자살했고, 교통사고는 그 이후에 난 거라고 보고 있더군요."

연정은 자세한 속사정에 대한 언급은 피했다. 김형진은 안타까운 듯 눈살을 찌푸렸다.

"……가만있자. 현희라고 백 선생 어린 딸이 있는데 힘들겠군요. 백 선생이 모아놓은 돈도 없는 걸로 아는데. 병원에서 모금운동을 했지만 큰돈도 아니고."

"네, 그렇죠. 평소에 백해령 씨가 우울해하는 일이 많았나요?"

"제가 알기론 아닙니다. 오히려 무척 밝았어요. 힘들면서도 늘 웃는 게 그 사람의 매력이었죠."

가늘어진 그의 눈에 그리움의 빛이 감돌았다.

"병원 일에서는 어땠나요? 가사일하고 병행해야 했으니까 스트레스를 많이 받으셨을 것 같은데."

"힘들었겠죠. 그래도 일에는 확실한 사람이었어요. 책임감도 강했고. 집안일 때문에 병원 일을 등한시한다는 소리를 굉장히 듣기 싫어했어요. 지난번 사고 때도 다음 날 출근 때문에 빗길에 서울로 급히 올라오다가 그렇게 되었잖아요? 그 다음 날은 마침 제가 비번이었기 때문에 저한테 바꿔달라고 했으면 얼마든지 되었는데……."

김형진의 말에 한스러움이 묻어나왔다. 연정은 조심스럽게 물었다.

"실례지만 듣기로는 백해령 씨와 남녀로서 가깝게 지내셨다고요?"

"네, 맞습니다. 백 선생에게 제가 차였지만요."

역시 말을 시원하게 한다. 연정은 자신도 의아해졌다. 의사라는 든든한 직업에 외모, 성격 모두 호감인 이 매력적인 중년남을 백해령은 왜 거절했을까.

"백해령 씨가 왜 싫다고 하셨는지 혹 여쭈어봐도 될까요?"

"사실 뭐 제가 남자로서 잘난 건 없지만, 우리 나이에 서로 보완하면서 의지하고 살면 좋잖아요. 백 선생도 저를 그다지 싫게는 생각 안 했고. 그래도 백 선생한테는 아이들 문제가 걸렸나 봐요. 저는 이혼하고 중학생, 초등생 아들 둘을 키우고 있거든요. 같이 살면 아무래도 자신의 아이들한테 소홀해지고, 애들이 낯선 오빠들 때문에 힘들어하지 않을까 걱정되었던 것 같아요. 드러내서 말은 안 했지만 그랬을 겁니다. 그래서 전 일단 물러나 기다리기로 했죠. 백 선생의 둘째 현지가 아직 아기라서 더 그럴 것이다, 현지가 커서 초등학교 들어갈 때쯤이면 마음이 바뀔 거다, 하는 기대로 말이죠."

"그랬군요……."

남자의 깊은 배려심에 감탄한 연정은 다시 한 번 그를 쳐다보았다.

이날 하루의 성과는 희비가 갈리는 것이었다. 백해령이 평소에 메스를 가지고 다녔다는 것은 경찰의 자살설에 힘을 실어주는 것이었지만, 주변 사람들의 말로는 충동적으로 자살할 마음을 먹을 만한 우울증 따윈 없었던 것 같다. 하지만 사람의 마음에는 다른 사람이 절대 알 수 없는 부분이 있는 것도 사실이다. 아이들에, 병원 일에는 밝은 척, 안 아픈 척 가면을 썼지만 그녀에게 인생은 아수라장이었을 수 있다. 적어도 자살이라고 주장하는 쪽에서는 얼마든지 그런 추측을 할 수 있다. 평소에 우울 증세가 보이지 않았다고 항변해봐야 소용없는 일이다.

'뒤집으려면 역시 사건의 외부에서부터 밝혀나가야 한다.'

연정은 재차 결론을 내렸다.

4

연정은 사고 현장인 태안반도까지 가보기로 했다. 사무장과 직원들은 소용없다며 모두 말렸다. 변호사의 업무란 원래 당사자가 가져다주는 서류를 책상에서 검토하고 사실을 법리적으로 재정리하여 법정에 들고 나가 온갖 공방을 펼치는 일이다. 현장으로 출동하거나 사건 관계자들을 직접 만나는 일은 많지 않다. 직원들은 승산도 없는 사건에 또 연정의 고집이 발동했다며 어이없어했다. 하지만 이미 애마인 쏘나타 승용차에 올라타 서해안 고속도로를 질주하고 있는 연정의 눈에는 이대로 맥없이 무너지지 않을 거라는 실체 없는 예감에 사로잡혀, 승부가 기울어진 게임을 물고 늘어지는 승부사의 동물적 감각이 번뜩이고 있었다.

서해안 고속도로, 해미 인터체인지에서 빠져나가 603번 지방도로 올라탔다. 다행히도 태풍은 전날 밤을 끝으로 단말마의 발악을 남긴 채 수명을 다했고, 청명한 가을하늘이 아무 일 없었던 듯 시침을 뚝 떼고 펼쳐져 있었다. 해령이 죽던 날은 분명 지옥의 레이스였을 터이지만, 맑은 날의 603번 지방도는 기분 좋은 길이었다. 굴곡이 심한 도로여서 사고 현장까지의 거리는 멀지 않았지만 시간은 꽤 걸렸다.

사고 현장의 가드레일은 이미 말끔히 수리되어 있었다. 반짝거릴 만큼 새것이라 확 눈에 띄었고 덕분에 현장임을 알아보기 쉬웠다. 연정은 도로 가에 정차한 후 차에서 내렸다. 사진에서 본 것보다 더

심한 커브길이었고 가로등 하나 없어 매우 외진 느낌을 주었다. 폭우가 내리는 밤이라면 헤드라이트를 켰다 하더라도 시계는 거의 제로에 가까웠을 것임에 틀림없었다. 물론 자살하려는 자가 실행에 옮기기에도 분명 좋은 장소였으리라.

가드레일을 타넘고 절벽 가장자리까지 걸어가보았다. 경찰조사대로 가드레일에서 절벽 가장자리까지는 20미터 정도였다. 그날 백해령의 차에 부딪혀 쓰러졌던 나무들의 잔해는 복구되어 있었고, 그 덕분에 힐을 신고 왔는데도 걷는 데 큰 어려움이 없었다.

연정은 긴 다리로 성큼성큼 절벽 가장자리까지 걸어가 아래를 내려다보았다. 깊이는 약 20미터 정도에 불과해 절벽이라고 부르기에는 미흡했지만, 떨어지면 즉사를 피할 수 없을 듯했고 공포감을 느끼기에 충분했다.

고소공포증이 있는 연정은 아찔해서 한 발짝 뒤로 물러나 마음을 가라앉혔다. 앞쪽으로는 바다가 보이고, 절벽 바로 아래는 큼지막한 돌들이 삐죽삐죽 질서 없이 솟아 있었다. 연정이 발을 디딘 절벽 부근은 사암과 흙으로 이루어진 듯 꽤 물러 보였고, 백해령의 차가 내달렸을 가장자리 부근은 일부가 부서져나가 있었다. 땅이 심하게 뭉개져 있는 모습이 눈에 띄었다.

연정은 준비해온 국화꽃 두 송이를 조심스레 절벽 아래로 뿌렸다.
'자살이라니. 난 믿지 않아요. 진실을 꼭 밝혀낼 겁니다. 현희는 내가 반드시 지켜줄게요. 이제는 고단한 세상 잊어버리고 편안한 곳으로 가세요. 현지도 안녕.'

연정은 P경찰서로 향했다. 사고 현장에서 꽤 멀었다. 며칠 전 통화

했던 장이철 경위를 만나는 대신 사고 현장에서 발로 뛰어 조사 실무를 담당했던 박태호 경사를 만나 좀 더 생생한 얘기를 들어보기로 했다.

박태호는 30대 중반의 성실해 보이는 경찰관이었다. 그는 자신의 책상 앞에 찾아와 예의 바르게 앉은 늘씬한 미모의 여변호사에게 호감을 느낀 듯 연신 미소를 띠면서 자판기 커피를 뽑아 권하는 친절을 베풀었다.

"변호사님, 멀리까지 오셨는데 별 소득이 없을 것 같아 제가 괜히 죄송하네요."

"별말씀을요. 감사합니다. 현장에서 직접 조사하신 분으로서 몇 가지 말씀만 해주셔도 큰 도움이 될 겁니다."

"어떤 게 궁금하시죠?"

"백해령 씨 손목의 상처는 어떤 거였나요?"

"왼 손목 동맥이 정확하게 잘려 있었어요. 보통 손목을 찔러 자살하는 사람들은 정맥을 자르고 서서히 죽습니다. 동맥은 손목에서도 깊숙한 지점에 있어 보통 사람들은 찾기도 어렵고, 자르는 것도 어렵죠. 백해령 씨는 외과의사라서 그런지 한 번의 메스질로 손목 깊숙한 곳에 있는 동맥을 정확하게 잘랐어요."

"메스로 손목을 잘랐다면 단순한 교통사고만은 아니군요."

"그렇죠. 사고사는 적어도 아닌 거죠."

"그렇다면 타살로 볼 수도 있을 텐데, 그 가능성을 부정하시는 이유는 뭐죠?"

박태호는 다 예상된 질문이라는 듯 자신 있게 대답했다.

"아기는 뒷좌석에 있었으니까, 범인이 따로 있었다면 조수석에 앉아 있었겠죠. 하지만 거기서 메스로 백해령 씨의 왼손을 찌르기는 아주 어렵습니다. 찌른다면 오른 손목을 찔렀겠죠. 또 빗길을 과속으로 달리는 차에서 운전자를 공격하면 자신도 죽음을 감수하는 겁니다. 미친 자가 아니고서야 그럴 리는 없겠지요. 게다가 손목을 그은 후 차가 곧 벼랑으로 떨어졌는데 범인이 탈출할 틈도 없었습니다. 제3자 범인설은 성립이 안 됩니다."

장이철 경위의 말과 한 치의 오차도 없다.

"그건 달리는 차 안에서 백해령 씨를 공격했다는 전제 하에서 그런 거구요. 현장에서 어떤 이유로, 가령 백해령 씨가 차를 정차하고서 범인과 말다툼 같은 걸 했고, 거기서 범인이 백해령 씨의 손목을 그어 자해한 것으로 위장하여 살해한 다음, 다시 차를 움직여서 아기와 같이 절벽으로 떨어뜨렸다고 생각할 수는 없을까요?"

"제3자 범인설이라면 물론 그런 시나리오밖에 없겠지요. 하지만 그건 현장 상황과 전혀 맞지가 않습니다."

"어째서죠?"

연정도 맞지 않는 건 잘 알고 있었다. 하지만 경찰의 견해를 들어보고 싶었다.

"범인이 백해령 씨를 살해한 후 차를 움직였다고 하셨는데요, 현장에서는 분명히 차가 주행 중에 가드레일을 들이받아 부수고 절벽으로 떨어진 흔적이 남아 있어요. 타이어 자국이니 스키드 마크 같은 거 아시죠? 그 흔적 속에 사고는 다 기록되어 있습니다. 정차시킨 상태에서 살해 후 차를 다시 인위적으로 움직여놓고 타이어 흔적만을 위장하는 건 불가능합니다."

"사고 직전에 휴대폰 통화 한 흔적 같은 건 없었나요?"

"없어요. 당연한 거지만 휴대폰은 배터리와 분리된 채 박살나 있었습니다. 차 바닥에 여기저기 흩어져 있더군요."

연정은 잠시 생각에 잠겼다가 화제를 돌렸다.

"사고 당시 사체의 상태는요? 가능하면 좀 구체적으로 설명해주세요."

"백해령 씨는 운전석에서 죽어 있었습니다. 안전벨트는 매지 않은 상태였어요. 운전석 쪽 유리창은……."

"말씀 중 죄송한데요, 안전벨트를 매지 않았다고요?"

"아, 네. 그야 자살하려던 사람이니까 벨트 따위는 안 매었겠죠."

"네에."

자살설을 부정하러 온 연정에게는 정황상 불리한 사실이었다. 정상적인 운전자라면 그 정도의 폭우가 쏟아지는 위험한 빗길에 아기까지 태운 상태에서는 안전벨트를 당연히 채웠을 것이다.

"운전석 쪽 유리창은 반쯤 열려 있는 상태였어요. 그 열려진 사이로 백해령 씨의 왼손이 창밖으로 나와 걸쳐져 있는 상태였고요. 운전석 문짝은 떨어질 때의 충격 때문인지 고장 나서 열리지 않았어요. 시체를 빼내는 것도 아주 힘들었습니다. 비도 엄청 왔으니까요. 메스는 운전석 시트 밑에서 발견되었습니다. 백해령 씨의 지문도 물론 나왔고요. 큰 기저귀 가방이 뒷좌석 쪽에 있었고, 작은 손지갑이 앞좌석 바닥에서 발견되었어요. 아마 백해령 씨는 평소에 손지갑 안에 메스를 넣고 다니는 버릇이 있었던 모양이에요. 외과의사 중엔 원래 괴짜가 많답니다."

연정은 메스가 있었던 까닭을 알고 있다. 박태호는 이야기가 적절치 못하게 흘러버렸다고 생각했는지 헛기침을 한 후 말을 이었다.

"사인은 출혈과다와 뇌진탕 등이 복합적이라는 부검 결과가 나왔습니다. 뇌진탕은 추락이니까 당연히 생기는 거고, 출혈은 물론 손목 동맥을 자른 것 때문이지요. 자살일 수밖에 없는 겁니다. 동맥이 잘리면 원래 그렇긴 하지만 끔찍하게도 몸속의 피는 거의 다 빠져나온 모양이었습니다."

"사고 난 차량은 지금 어떻게 되었나요?"

"폐차 처리됐습니다. 자살로 결론 나서 사건으로서 종결되었으니까 증거로서 보존할 이유도 없고."

"아쉽군요. 사고 난 차의 현장 모습을 꼭 보고 싶었는데."

박태호는 대답 대신 책상 아래쪽 서랍을 열더니 주섬주섬 몇 장의 사진을 꺼냈다.

"초동수사 당시에 현장과 차량을 찍어놓은 겁니다. 사건 기록에 필요한 몇 장 빼고 나머지는 따로 보관해두었죠. 다행히 아직 버리지 않고 있었네요."

연정은 사진을 건네받아 찬찬히 들여다보았다. 현장에 출동한 직후 사고 차량과 사고 지점인 절벽 등을 폭우 속에서 촬영한 생생한 사진들이었다. 박태호의 성실한 성격을 보여주듯 현장을 입체적으로 조망해볼 수 있도록 구석구석 충실히 찍은 것이었다. 경찰이 취사선택해 조리해낸 기록만으로는 알 수 없는 사고 현장에 대한 정보가 담긴 귀중한 자료들이었다. 그날 밤의 참혹했던 현장이 마치 자신의 기억처럼 스멀스멀 되살아나는 것 같았다. 사진을 한두 장 넘기던 연정의 눈에 띄는 것이 있었다.

"이 사진들은 현장에 출동한 직후 사체에 손대기 전에 찍으신 거 맞죠?"

"물론이죠."

"아기가 엄마 옆에 나란히 죽어 있네요."

연정은 의문에 찬 눈으로 박태호의 얼굴을 빤히 들여다보았다. 호기심과 의문에 사로잡히면 항상 보이는 연정의 버릇이었으나, 상대방은 공격적인 태도로 오해하고 당황할 때가 많았다.

"아기는 뒷좌석에 고정된 유아용 시트에 태우고 운전했던 것으로 아는데요. 어떻게 엄마 옆에……?"

박태호는 연정의 시선이 부담스러운지, 아니면 답변에 자신이 없어서인지 뒷머리를 쓰다듬었다.

"글쎄요. 아마 추락할 때의 충격으로 시트의 벨트가 풀린 것 아닐까요?"

연정은 사진을 몇 장 더 넘겨 뒷좌석 유아용 시트 부분을 찍은 사진을 들여다보았다.

"유아용 시트는 아기가 앞쪽을 보도록 시트에 앉히고 그 몸을 엑스 형으로 묶는 식이로군요."

"네, 그렇습니다. 엑스반도식이죠. 흔한 겁니다. 아기 가슴께, 벨트가 교차하는 부분 한가운데에 버클 보이시죠? 거기 위에 크고 동그란 버튼을 누르면 벨트가 해제되는 식입니다. 그게 그만 충격으로 풀려버린 거죠."

"충격으로 이 버튼이 눌러져 벨트가 풀렸다……?"

연정은 시선을 아래로 떨구고 혼잣말을 하듯이 박태호의 답변을 곱씹어보았다. 의혹이 해소되지는 않았지만 박태호를 상대로 답을 내놓으라고 추궁하는 것도 소용없는 일이었다.

사진을 더 넘겨보았다. 차체 외부를 찍은 사진들이었다. 창문이

나온 몇 장을 이리저리 돌려보던 연정은 고개를 갸웃했다.

"차 앞쪽이 특히 많이 찌그러졌네요."

"네. 20미터 절벽을 거의 수직으로 떨어졌으니까요."

연정은 다시 고개를 갸우뚱했다.

"차가 가드레일을 부수고 절벽으로 뛰어들었다고 하셨는데, 그렇다면 절벽에서 앞쪽으로 뛰쳐나가는 힘으로 포물선 비슷하게 궤적을 그리면서 떨어지게 되지 않나요? 그리 높은 절벽이 아니니까 땅에 충격할 때는 달릴 때 모양 그대로는 아니더라도 적어도 비스듬하게 떨어질 거 같은데요."

"맞습니다. 차의 찌그러진 모양에서 차가 어느 정도 속력으로 절벽에서 달려나갔는지도 추정할 수 있습니다. 상세한 정황은 엄밀하게는 추측에 불과하기에 수사보고서에는 적지 않았지만, 저는 그냥 달리다 떨어진 것은 아닌 것으로 보고 있습니다."

"그러면요?"

"차가 가드레일을 들이받고 관성으로 달리다가 절벽 끝에 일단 걸렸던 거죠."

"아."

조금 전 사고 현장을 다녀왔던 연정은 머리에 퍼뜩 떠오르는 게 있었다.

"그래서 절벽 끝에 뭉개진 흔적이 있었던 거군요."

박태호는 의외라는 듯이 놀라며 빙긋이 웃었다.

"변호사님도 아시네요. 맞습니다. 절벽에 생긴 자국을 보면 사고 당시에 차가 절벽에서 그대로 달려나간 게 아닙니다. 가드레일을 뚫고 달리다가 절벽 끝에 와서는 힘이 다해서 걸려 있었어요. 타이어

자국은 끝이 나 있었고, 비가 와서 흙이 부드러워진 탓에 밋밋하게 뭉개진 흔적이 남았죠. 현장에 남은 타이어 자국을 분석해보면 다 알 수 있습니다. 벼랑 끝에 걸렸다가 아래로 추락해버린 거죠. 그러니까 비스듬하게 떨어질 수 없었죠. 거의 수직으로 차 앞쪽부터 바다으로 떨어진 겁니다. 그게 더 안 좋았죠. 벼랑에서 달려나갔다면 돌 위가 아니라 그 앞쪽 바닷가 모래 위로 떨어져 살 수도 있었을 텐데."

"그랬군요……."

연정은 벽에 부딪힌 기분이 들었다. 경찰이 제시한 견해들은 대체로 타당성이 있었다. 몇 가지 의문점에 대한 경찰의 설명은 분명히 모순되어 있긴 했지만 진상에 대한 확실한 결론에 도달하지 못한 연정으로서는 더 캐묻거나 밀어붙일 수가 없었다. 이대로 자살로 종결돼 모녀의 한을 풀어주지 못할지도 모른다고 생각하니 갑자기 가슴이 울컥해졌다.

"여러 가지로 감사했습니다."

연정은 벌떡 일어나 꾸벅 인사한 후 마음의 동요를 숨기듯 급하게 자리를 떴다. 경찰관들은 울 것 같은 얼굴로 황급히 걸어나가는 연정을 보고는 무슨 일이냐는 듯 동료 경찰관 박태호를 째려보았다. 영문을 모르는 박태호는 서둘러 문밖을 나서는 연정의 뒷모습을 어리둥절한 눈으로 바라볼 뿐이었다.

태안반도까지 내려갔다 왔지만 별다른 수확을 얻지 못한 연정은 초조한 기분에 휩싸였다. 오후 내내 다른 사건들조차 손에 잘 잡히지 않았다.

경찰의 설명을 다 수긍할 수는 없었고, 분명히 약점도 있었다. 그렇다고 경찰을 능가할 다른 설명을 제시할 수 있는 것도 아니었다. 더 이상 채집해올 증거도 팩트도 없다. 초기 사고 현장에서부터 관여한 경찰이 조사한 이상의 객관적인 자료를 두 달이 지난 이제 와서 구할 수 있을 리가 만무했다. 차에 아기를 태우고 달리다가 손목을 그어 자살했다는 미증유의 사건인 만큼 사건의 해결에는 상궤를 벗어난 상상력을 동원해야겠지만, 진상은 탁한 안개에 휩싸인 검은 숲처럼 안이 들여다보이지 않았다.

심란해진 연정은 저녁 약속을 취소했다. 사무실을 나와 곧장 걸어서 혼자 사는 아파트 단지로 들어섰다. 피로감이 몰려왔다. 어린이 놀이터의 빈 벤치가 지친 연정에게 쉬었다 가라고 손짓하는 것 같았다. 연정은 얇은 하프코트를 구겨지지 않게 쓸어올린 다음 벤치에 앉았다. 긴 다리를 앞으로 쭉 뻗어 편안한 자세를 취했다.

어스름한 석양 아래 아이들이 뛰어다니고 있었다. 옆 벤치에는 아이 엄마 둘이 앉아 잡담을 나누고 있었다. 사고만 없었다면 현지도 지금쯤 엄마하고 저렇게 놀고 있었을 텐데. 사진으로 보았을 뿐이지만 참 예쁜 아이였지……. 또다시 백해령 모녀의 생각이 떠올라 기분은 더 가라앉았다.

놀이터 한가운데에 놓인 형형색색의 미끄럼틀이 가장 인기 있는 시설물이었다. 남자아이 서넛이 서로 앞서거니 뒤서거니 하며 미끄러져 내려오고 있었다. 한꺼번에 뒤섞여 내려온 탓에 아래에서 한 무더기로 겹쳐 넘어지곤 했다. 미끄럼틀 너머에는 크고 작은 철봉 세 개가 나란히 줄지어 있고, 작은 철봉보다 더 작은 여자아이가 대롱대롱 매달려 있었다. 짓궂은 아빠는 아이가 내려달라고 보채도 한참 동안 손을 뻗어주지 않다가, 마침내 아이가 으앙 하고 울음을 터뜨리고 나서야 아이를 내려주었다. 철봉대 왼쪽에는 시소가 있었다. 둘이 타는 시소를 아이들 셋이서 쟁탈전을 벌이고 있었다. 두 아이가 각각 시소의 양 팔에 앉았고, 밀려난 한 아이는 시소 위를 줄타기하듯 왔다 갔다 했다. 시소는 꾸벅꾸벅 졸듯이 양쪽 땅에 번갈아 방아를 찧어댔다.

멍한 시선으로 아이들이 노는 모습을 보던 연정의 표정이 화들짝 깨어났다. 어딘가 화난 사람의 얼굴 같기도 했다. 곧이어 연정은 무언가를 골똘히 생각하는 표정으로 초점이 맞지 않는 어딘가를 응시했다.

그랬구나…….

연정의 눈가가 촉촉이 젖어들었다. 그러고는 마침내 왈칵 눈물을 쏟는 것이었다.

5

다음 날 연정은 백해령의 모친 임타분을 자신의 사무실에서 다시 만났다.

"어머님, 한 가지만 여쭤볼게요."

"네, 말씀하세요."

타분은 딸과 손녀를 잃은 슬픔을 내면으로 갈무리한 채 여전히 침착하고 온화한 모습이었다.

"해령 씨는 운전할 때 휴대폰을 어디에 두었나요?"

"차 가운데 놓고 핸즈프린가 하는 걸로 사용했어요. 아이를 태우고 다니니까 항상 안전이 우선이었던 거죠."

연정은 역시, 하듯이 고개를 끄덕였다.

"한 가지만 더 여쭐게요. 해령 씨가 그날 운전석에 탈 때 안전벨트를 맸는지 어땠는지 혹시 기억하세요?"

"분명히 채웠어요. 원래가 해령이는 10미터를 운전하더라도 벨트는 무조건 매는 버릇이 있었어요. 그날은 비도 오고 뒤에 현지까지 태우고 가니까 제가 더 걱정돼서 한 번 더 안전벨트를 했는지 확인까지 했는걸요. 그랬는데……."

타분의 눈가가 붉어지기 시작했다. 무거운 표정을 짓고 있던 연정은 나지막하게 말했다.

"어머님, 제 나름대로 사건의 진상을 조사해봤어요."

타분은 젖은 눈으로 연정을 쳐다보았다. 어서 결론을 말해달라는 듯이.

"따님, 그러니까 해령 씨는 역시 교통사고를 낸 거였어요."

"아…… 그러면 자살은 아니라는?"

타분은 다행이라는 듯 숨을 크게 들이쉬었다. 연정의 굳은 표정은 풀리지 않았다.

"해령 씨는 그날 밤 어머님 댁에 현희를 데려다놓고 늦은 저녁에 현지만 차에 태우고 서울로 향했죠."

"그래요. 그렇게 늦은 저녁에 운전하도록 내버려두는 게 아니었는데. 비까지 그렇게 오는데 해령이가 부득불 서울로 돌아가야 한다고 우겨서……."

회한 가득한 말이었다.

"맞아요. 너무나 위험한 운전이었죠. 생각해보면 해령 씨는 남편을 잃고 혼자 고군분투하면서 참 힘들게 살아왔어요. 외과의 자체가 육체적으로 힘든 일이죠. 남자들도 견뎌내기 어렵다더군요. 월급 의사로 일하면서 아이 둘까지 키우려면 하루도 편히 쉴 수 없었겠지요. 보모 월급도 줘야 했고. 아무리 비 오는 밤이라도 다음 날 출근을 위해 서울로 서둘러 운전해 갈 수밖에 없었을 겁니다."

"그래요. 병원 출근 때문에……."

"사고는 밤 10시경에 있었죠. 서울로 빨리 돌아가야 되는데 차는 아직 태안반도에 있고, 마음이 급했을 겁니다. 비는 세상을 삼킬 듯이 내리고, 언제 서울에 도착할지 막막했겠지요. 그래서 무리하게 과속을 했어요. 경찰 추정으로는 시속 100킬로 정도였다고 하더군요. 당시 기상 상황에서, 그런 길에서는 극히 위험한 속도였지요. 심한 비로 거의 한 치 앞이 보이지 않는 정도였다고 해요. 도로에는 차도 거의 없었죠. 실처럼 가느다란 헤드라이트 불빛 두 줄기만을 의지해 어둠 속을 더듬어 달리던 해령 씨의 차는 해안가 낭떠러지를 따라 뻗어 있는 지방도의 어느 급커브 길에서 그만 가드레일을 들이받은 거예요."

"경찰이 자살이라고 한 건 왜일까요?"

연정은 경찰의 결론이 다시 생각해보아도 어이없다는 듯 고개를 절래절래 흔들었다.

"감정 없는 사실만을 블록놀이처럼 쌓아올린 거죠. 가드레일을 부수고 달려나간 자동차, 창밖으로 나와 동맥이 잘려진 운전자의 왼손, 추락의 흔적, 메스와 지문, 이런 것들을 의미 없이 요철만 맞게 조합한, '사람'이 빠진 결론이에요. 그래서 '아기 둘을 가진 엄마가 그중 갓난아이 하나만 뒤에 태우고 빗길에서 달리던 중에 손목을 그어 자살했고, 차는 벼랑 아래로 떨어져 아이와 같이 죽었다'는 해괴

망측한 그림을 그려버린 거예요. 물론 경찰이 만든 그 사실의 조합 자체에도 많은 모순점이 있지만요. 어머님은 절대로 납득하시지 못하셨죠?"

"물론이죠. 우리 딸이 그런 짓을. 상상조차 할 수 없어요."

"저도 마찬가지예요. 모성이라는 것, 어머니라는 것을 조금이라도 이해했다면 그런 의견을 낼 순 없다고 생각해요. 해령 씨를 잘 아시는 어머님은 물론 더 그러시겠지만요.

해령 씨는 3년 전 남편을 잃었지만 어머님 말씀을 들어보면 언제까지나 슬픔에 빠져 있기보다는 남아 있는 아이들을 더 걱정하는 씩씩한 사람이었어요. 아이들을 위해 열심히 살려고, 당장 내일의 출근을 위해 비 오는 밤길을 달려나온 사람이 곧장 심경의 극적인 변화를 일으켜 자살했다? 너무 이상하죠.

만약 사는 게 힘들어서 아이와 같이 죽고 싶다고 생각했다 해도 왜 현희는 남겨두고 현지만 데리고 갔을까요? 현희는 꿋꿋해 보여서? 아니면 현희를 덜 사랑해서? 제가 어머님 앞에서 감히 이런 말씀 드리기는 주제넘지만 모성이란, 여자란 그런 게 아니잖아요?

설사 어떤 이유로 현지만 저세상으로 같이 데리고 가자고 생각했다고 해도 그래요. 한 치 앞도 안 보이는 상황에서 당장 가드레일 앞쪽이 낭떠러지인지, 풀밭인지 어떻게 알 수 있을까요? 자기 손목을 긋는다 해도 그다음 순간 차가 앞쪽 낭떠러지로 떨어져 둘이 같이 확실히 죽을지 어떨지는 알 수 없단 말이죠. 그렇다면 현지를 저승의 길동무로 해야겠다는 의지는 당초부터 없었다고 봐야 맞겠죠. 경찰은 해령 씨가 하필 달리는 차에서 손목을 그은 것은 현지와 같이 동반자살하기 위해서라고 했지만, 해령 씨가 앞쪽 낭떠러지의 존재를 알 수 없었다는 점에서 앞뒤가 맞지 않아요.

 그렇다면 해령 씨가 혼자만 죽으려고 자살을 결행했다는 이야기가 되는 건데, 이게 더욱 말이 안 되는 게 그럴 거면 차 안에서 손목을 자를 리가 없죠. 혼자가 아니라 뒷좌석에는 현지가 타고 있었으니까요. 같이 죽으려 했다면 모를까, 혼자 죽으려 했다면 현지가 다칠 수도 있는 그런 상황에서는 절대 자살을 시도하지 않았을 겁니다."

 "네, 듣고 보니 다 맞네요. 경찰은 왜 그렇게 생각하지 않을까요."

 타분은 안타까워하며 한숨을 쉬었다.

 "저는 경찰과 똑같은 자료를 가지고 다른 결론을 내렸어요. 감히 사건에 대한 완전한 설명이 된다고 생각되는 전혀 다른 결론을요."

 "⋯⋯역시 단순한 교통사고인 거죠?"

 "네, 사건의 처음에는 그랬죠."

 "처음에는?"

 "네, 말씀드렸듯이 빗길에 급한 마음으로 과속하던 해령 씨가 사고를 내버렸던 거예요. 차가 가드레일을 뚫고는 남은 힘으로 돌진하다가 절벽 가장자리까지 와서야 멈춘 겁니다. 가드레일을 들이받는 순간 해령 씨는 어지간히 놀랐던지 브레이크도 제대로 밟지 못했던 것 같아요. 차는 그대로 나무를 들이받으면서 앞으로 나아가다 절벽 끝에 다다라서는 힘이 다해 벼랑 끝에 걸려버린 거예요. 마치 흔들바위처럼."

 "아⋯⋯."

 "해령 씨는 너무나 놀라고 겁에 질렸겠지요. 아마도 차체가 금방이라도 떨어질 것처럼 앞뒤로 흔들거렸을 겁니다. 특히 해령 씨가 앉은 차체 앞부분은 절벽 쪽으로 튀어나와 있었으니 그 공포는 엄청났을 거예요. 아래쪽은 끝이 보이지 않는 어둠이었을 겁니다. 황천 구덩이의 입구처럼 보였겠지요. 하지만 그 공포보다도 해령 씨를 더 압도했던 건 뒷좌석 시트에서 죽을 듯이 울어대는 현지에 대한 걱정이었습니다."

"얼마나 무서웠을까요."

타분은 그 장면을 상상하듯 눈을 감았다. 딸아이가 느꼈던 고통과 두려움을 만분의 일이라도 같이하고 싶었는지도 모른다. 타분의 처진 눈꺼풀이 파르르 떨렸다.

"금방이라도 떨어져 내릴 것 같았겠지요. 거센 빗줄기가 마구 차체를 때리고 흔들었을 거예요. 벼랑 끝의 물러진 흙이 언제 무너져 내릴지도 모르고. 차체는 이미 슬슬 미끄러져 가는 듯이 느껴졌을 거예요. 휴대폰으로 일단 구조를 요청하는 게 먼저겠지만 가드레일을 들이받을 때의 충격으로 핸즈프리 통화를 위해 꺼내놓았던 휴대폰이 손이 닿지 않는 데로 날아가버렸던 것 같아요. 해령 씨 휴대폰은 배터리하고 분리된 채 차 바닥에서 부서진 상태로 발견되었다더군요. 그 상황에서 언제 올지 모를 구조대가 올 때까지 마냥 기다리는 게 나았을지……. 그건 사후에야 알 수 있는 문제겠지요. 그때의 해령 씨로서는 폭우 속의 외딴 길까지 사람이 오기를 태평하게 기다릴 여유는 없었어요. 적어도 심리적으로는요. 차는 흔들흔들했고, 자신의 죽음은 피할 수 없다고 생각했을 거예요. 동시에 자신의 실수로 현지까지 죽게 되었다고 극도로 자책했을 겁니다. 그리고, 자신은 어차피 죽더라도 무슨 수를 써서라도 현지만은 꼭 살리겠다고 생각했던 겁니다."

"……."

연정은 잠시 이야기를 멈추고 타분을 응시했다. 앞으로의 이야기는 연정으로서도 힘든 일이었다. 타분은 미동도 않은 채 눈을 살포시 뜨고 말없이 연정을 바라볼 뿐이었다.

"해령 씨는 의사로서 자연과학도의 사고가 몸에 밴 사람입니다. 금방이라도 떨어져 내릴 것 같은 차의 무게중심을 조금이라도 뒤로 옮기는 것만이 현지를 살리는 길이라 생각했어요. 뒷자리의 현지를 구하기 위해서는 앞부분의 무게를 한 줌이라도 덜어내야 한다고 생각했던 거죠."

타분의 눈썹이 다시 파르르 떨리기 시작했다.

"운전석 창을 내리고 밖으로 왼손을 내밀었어요. 작은 손지갑에 넣어놓았던 메스를 꺼내 오른손에 쥐고 자신의 왼손 동맥을 깊숙이 잘라버린 겁니다. 몸속의 피를 다 뽑아내기 위해서. 그래서 앞쪽의 차 무게를 조금이라도 줄이기 위해서."

늙은 타분의 감은 눈에서 두 줄기 눈물이 흘러내렸다. 마침내 타분은 참지 못하고 고개를 숙이고 앙상한 두 손으로 얼굴을 감싸고 오열하기 시작했다.

"현지를 구하겠다는 일념이었습니다. 심약한 자살자들이 보여주는 주저흔 따위는 없었어요. 단 한 번의 망설임도 없이 한 번의 메스질로 깊숙이 자신의 동맥을 잘라냈습니다. 최대한 빨리 피를 뽑아낼 수 있도록요. 피는 분수처럼 솟아났을 겁니다. 능숙한 외과의의 솜씨니까요. 그건 피가 아니라 엄마의 염원이었어요. 피는 시커먼 벼랑 밑으로 떨어져 내리자마자 폭포수처럼 쏟아져 내리던 빗물에 깨끗이 씻겨나갔습니다.

저도 예전 검사 시절 몇몇 사건을 담당해봐서 아는데, 피가 빠져

나간 사람의 시체는 깜짝 놀랄 만큼 가벼워져요. 해령 씨가 자신의 피 무게를 덜어낸 것이 차의 균형을 유지하는 데 효과가 있었을지도 모릅니다. 소형차였기에 더 효과가 컸을 수도 있겠지요. 물론 반대로 아무 효과가 없었을 수도 있습니다. 해령 씨의 희생이 없었더라도 차는 그대로 버텼을지도 모르구요. 그냥 구조를 기다리는 게 맞는 답이었을 수도……. 하지만 그 모든 건 상황이 지나간 다음에야 말할 수 있는 거겠죠."

"아무리 그래도 어떻게 그런 바보 같은 짓을……."

"저도 안타까워요. 왜 그런 선택을 했을까 하고 마음속으로 나무라 보기도 했어요. 해령 씨는 '어머니'였어요. 긴급한 상황에서 응급조치를 못 해 남편을 잃은 뼈아픈 기억을 현지에게서만큼은 절대 되풀이해서 겪고 싶지 않았던 건지도 모르죠……. 해령 씨의 선택이 최선이었는지, 옳았는지 어떤지는 아무도 모릅니다. 그 상황을 경험하지도 못한 저 같은 제3자가 펜대를 굴리면서 '그땐 이랬어야 했어' 따위로 말하는 것도 오만이겠지요. 몇 년 전 미국의 어떤 산악인은 바위 틈에 팔이 끼여 고립되자 무딘 칼로 한 시간에 걸쳐 자기 팔을 잘라내고 탈출했다고 하더군요. 극단적인 상황에서의 판단은 상식을 넘어서는가 봐요."

"너무 불쌍해요. 차라리 앞문을 열고 뛰어내릴 것을. 그렇게 처참하게 죽다니……."

타분은 얼굴을 두 손으로 가린 채 울먹였다.

"예, 맞습니다. 그 상황에선 그게 앞부분 하중을 덜어낼 제일 확실한 방법이죠. 해령 씨는 필사적이었어요. 앞문을 열고 벼랑 아래로 뛰어내려 아기만이라도 살리려는 시도도 당연히 해봤을 거예요. 하지만 해령 씨는 뛰어내리고 싶어도 그럴 수가 없었던 겁니다.

 사고 후 경찰에서 차체를 조사할 때 운전석 문이 고장 나 열리지 않았다더군요. 경찰은 추락할 때의 충격으로 그렇게 된 것으로 보았지만 제 생각에는 가드레일을 부술 때 충격으로 이미 앞문이 찌그러져 고장 나버린 게 아닌가 싶어요. 그래서 뛰어내릴 수 없었겠죠. 그렇지 않다 하더라도 균형을 겨우 이루고 있는 차에서 뛰어내리거나 움직이려고 몸을 섣불리 움직이다가는 오히려 균형이 무너져 차가 떨어져 내릴 위험이 큽니다.

 해령 씨는 운전석에서 뒷좌석으로 건너오는 방법도 당연히 생각했을 거예요. 해령 씨의 안전벨트가 풀려져 있는 걸 보면 그런 시도를 했던 걸 알 수 있어요. 경찰은 자살하려던 사람이니까 애초부터 안전벨트 따위는 안 채웠을 거라 하지만, 어머님이 아까 처음부터 안전벨트를 했다는 걸 확인해주셨잖아요? 해령 씨는 이때 자신의 몸을 벼랑 아래로 던지든지 뒷자리로 넘어가든지 하려고 벨트를 푼 겁니다.

 하지만 운전석 문짝은 고장 나 있어 열고 뛰어내릴 수 없고, 뒷좌석으로 넘어가려니 아무래도 움직임의 외중에 차체에 하중의 순간적인 변화가 미쳐 불안해집니다. 아마 해령 씨는 자신의 몸 전체를 움직이려다가 차의 균형이 미묘하게 무너지는 걸 느끼고 그만두었을 거예요. 그 방법이 훨씬 더 위험하다고 판단한 거예요.

 몸을 움직일 수도 없었고, 다른 어떤 방법도 없었어요. 이대로 있으면 어차피 둘 다 죽게 된다고 생각했고, 아이만이라도 살리려 했어요. 절박했던 해령 씨는 마침내 몸속의 피를 뽑아내서라도 앞자리의 무게를 줄인다는 무서운 길을 선택한 겁니다."

"……그렇게까지 했는데 왜 떨어져버렸을까요."

연정은 다시금 마음이 아렸다.

"아마 해령 씨가 손목을 그은 후 몇 분 정도는 차가 그대로 절벽 끝에 걸려 있었을 거예요. 그게 피를 흘려 보낸 덕택인지, 그게 아니더라도 균형을 잡았을지는 물론 알 수 없지만요. 저로서는 해령 씨가 피를 흘린 덕분이라고 믿고 싶어요. 해령 씨의 피가 거의 다 몸 밖으로 흘러나왔다는 부검 결과를 보면 차가 꽤 오래 걸려 있었던 것 같아요.

하지만 정말 불운이 겹쳤다고밖엔 할 수 없어요. 뒷자리의 현지는 사고의 충격과 엄마의 이상한 모습에 겁에 질려 울며 몸부림쳤을 거예요. 격렬하게 버둥거리다가 그만 자신의 시트 벨트를 고정하고 있던 버튼을 눌러 풀려나버린 거예요.

아무것도 모르는 현지는 무조건 엄마만 찾았어요. 겁에 질려서, 늘 자신 곁에서 보살펴주던 엄마 곁으로 무작정 가고 싶었던 거죠. 엄마는 앞좌석에서 어딘지 평소와 다르게 고개를 늘어뜨리고는 움직이지 않았어요. 엄마가 자기를 구하느라 피를 다 뽑아내 죽음 직전인 것도 모르고 현지는 뒷좌석에서 앞좌석으로 엉금엉금 기어 넘어갔어요. 겨우 다정한 엄마 품에 안겼다고 안도한 순간, 균형을 잃어버린 차는 낭떠러지로 떨어져 내린 거예요.

현지가 30개월이었으니까 10킬로는 훨씬 넘었겠죠? 그만큼의 무게가 뒤에서 앞으로 이동했으니 겨우 균형을 맞추고 있던 차는 일순간에 벼랑 쪽으로 무너져 내릴 수밖에 없었어요. 마치 시소가 무게 중심의 이동에 따라 오른쪽 왼쪽으로 왔다 갔다 하는 것처럼요. 아이들이 놀이터에서 시소 놀이 하는 것을 보다가 문득 사건의 진상을 깨달을 수 있었어요.

경찰은 땅에 떨어질 때의 충격으로 현지의 유아용 시트 벨트가 풀렸다고 보고 있어요. 그건 땅에 떨어지기까지는 벨트가 채워진 상태였다는 얘기고, 그렇다면 타박상은 벨트 부위를 따라 난다든가 하는 흔적이 있어야 하거든요. 그런데 현지의 부검 결과를 보면 온몸에 무차별적으로 타박상이 있고 뇌진탕까지 입은 것으로 되어 있어요. 벨트가 채워져 있었다는 흔적이 전혀 없는 거죠. 그러니까 땅에 떨어지면서 벨트가 풀렸다는 경찰의 이야기는 부검 결과와 들어맞지 않아요. 현지의 벨트는 차가 추락하기 전에 이미 풀려져 있었다고 볼 수밖에 없어요.

벨트라는 안전판을 잃은 현지는 추락으로 도리 없이 절명했고, 해령 씨 역시 과다출혈을 한 데다가 추락 시의 일격이 보태져 사망한 거죠."

차창에 들이치는 가랑비처럼 타분의 늙어버린 뺨 위를 연신 눈물이 타고 흘러내렸다. 연정은 더 이상 말을 잇지 않고 타분이 진정되기를 기다렸다.

한참의 시간이 지났다. 타분이 몸을 추스르며 일어섰다.

"실례했습니다. 그리고 정말 감사드려요. 결국 해령이는 자살한 거네요. 보험금은 탈 수 없는 거고요. 그래도 의뢰비는 꼭 드릴게요."

"어머님, 의뢰비는 안 주셔도 돼요."

"그건 안 될 말이죠. 얼마나 힘써주셨는데."

"정 그러시면 실비만 받을게요. 다만, 보험사로부터 받겠습니다."

타분은 의아해했지만 더 이상 묻지 않고 정중히 인사한 후 조용히 사무실을 나갔다. 법이란 것을 이 호연정 변호사만큼 믿을 수 있으면 좋을 텐데, 라고 생각하면서.

6

연정의 결론대로라면 해령이 손목을 그은 것은 자살이라기보다는 아이를 구하기 위한 긴급한 조치로서 법률적으로 달리 평가될 여지가 있었다. 보험회사를 상대로 소송을 하더라도 승산이 전혀 없지는 않았다. 하지만 자살이라는 경찰의 공적인 결론이 바뀌지 않는 한 실제 소송에서는 불리한 것이 현실이었다.

상상력이 작용할 여지가 가장 좁은 영역이 법률이다. 재판에서는 경찰의 결론은 '사실'에 가까운 취급을 받고, 연정이 내린 결론은 아무리 이치에 맞더라도 당사자의 '공상'에 불과하다. 그렇다면 연정의 감성적 결론이 통하는 곳에서 답을 찾아야 했다.

연정은 검사 재직 시부터 알고 지내던 L신문 법조출입기자를 만났다. 백해령 사건에 대한 연정의 설명을 덧붙였다. 경찰조사 결과에 반대되는 가설이라 기사화하기에는 어려울 수도 있었다. 하지만 기자는 '요즘 사람들이 원하는 것이 여기에 있다'며 눈을 반짝였다. 다음 날 L신문과 인터넷 포털사이트에는 해령의 눈물겨운 모성 이야기가 실렸다.

"남에게 뒤질세라 열심히 세상의 때를 묻혀가던 사람들이 모든 것에 실망하고 등 돌린 뒤 마지막으로 고개를 돌아볼 수 있는 단 하나 남은 곳, 그것은 어머니였다"로 마무리 지은 백해령 사건에 대한 기자단상 형식의 기사는 모두가 갖고 있던 어머니에 대한 향수를 건드려버렸다. 경찰의 자살설은 곧바로 부정되었다. 네티즌은 댓글을 쏟아내며 경찰의 등 뒤에 숨어 보험금 지급을 거절하는 B생명보험사에 대한 즉각적인 비난을 퍼부었고, 보험사는 부랴부랴 그날 오후 보험금을 지급하기로 했다는 보도자료를 돌려야 했다.

그로부터 얼마 후 현희가 타븐을 통해 보내온 편지글 앞머리는 연정을 다시 한 번 뭉클하게 만들었다.
"엄마에게."

- 「계간 미스터리」 2010년 여름호

빛이 닿지 않는 세계의 남자

〉〉〉〉 정혁

2009년 「죽는 자를 위한 기도」로 『계간 미스터리』 신인상을 받았다. 주요 작품으로 단편소설 「스텐 바이 유어 맨」, 「그녀가 죽었다」, 「4월의 눈동자를 가진 소녀」 등이 있다.

오렌지색과 노란색이 없다면 푸른색도 없다.
　　　　　　　　　　　　　　　　－ 빈센트 반 고흐

1

 아홉시가 넘도록 손님은 없었다. 비 오는 월요일. 이 가게의 징크스라면 이상하게도 비가 오는 날에는 손님이 없다는 것이다. 스피커에서는 쳇 베이커의 〈look for the silver lining〉이 흘러나오고 있었다. 나는 바카디를 한 잔 마시며 담배를 피워 물었다. 그리고 벽에 걸려 있는 사진을 바라보았다. 거기에는 잔뜩 찡그린 얼굴과 터질 듯한 볼로 트럼펫을 불고 있는 루이 암스트롱의 사진이 있었다. 가만히 보고 있자니 트럼펫을 분다기보다는 트럼펫에 찔려 아파하는 것 같았다. 그만둬도 괜찮다고 말해주고 싶었지만 별로 귀담아들을 것 같지 않아서 관두기로 했다. 가게는 조용했고, 담배 연기만이 쳇 베이커의 목소리 사이로 흩어지고 있었다.
 남자가 들어온 것은 바카디를 한 병쯤 비웠을 무렵이었다. 조용히 문이 열리더니 180센티 정도 되어 보이는 남자가 안으로 들어왔다. 나의 작은 키 덕분에 머리까지 확인하는 데 조금 시간이 걸렸다.
 차림이 깔끔한 남자였다. 회색 정장에 노타이, 흰색의 셔츠는 빛이 나올 정도였다. 표백제를 한 통은 썼을 것 같았다. 본인도 눈이 부신지 짙은 선글라스를 쓰고 있었다. 아무튼 신사복 카탈로그가 집이라고 해도 충분히 믿을 수 있을 것 같은 차림의 남자였다. 다만 머리칼이 모두 하얘서 나이를 짐작할 수가 없다는 것만 빼고 말이다.

"김릿으로!"

남자는 바에 앉은 후 미소를 지으며 내게 말했다. 내가 여자였다면 두 잔 정도는 공짜로 줄 수 있을 만큼 부드럽고 낮은 목소리였다.

"잘 지냈어?"

남자는 나를 보며 말을 건넸다. 나는 혹시 아는 사람인가 싶어 찬찬히 얼굴을 뜯어보았지만, 도대체 이 잘생긴 스티비 원더가 누구인지 기억이 나질 않았다.

"나야. 상기."

남자는 얼굴을 반쯤 가린 선글라스를 벗으며 말했다. 그제야 눈에 익은 얼굴이 들어왔다. 마지막으로 봤을 때보다 20킬로그램쯤 빠진 듯했다.

"오랜만이네. 잘 지냈어?"

내가 웃으며 말했다.

"그럭저럭."

상기는 그렇게 말하고는 악수를 청했다. 내가 손을 잡자 그가 기분 좋게 흔들었다. 안상기. 한때는 늘 붙어 다녔던 친구다. 유명해지고 나서는 본 적이 없다. 벌써 십 년도 더 전의 일이다. 그래도 통화나 메일은 자주 주고받았다. 그마저도 이 년 전부터는 없었지만. 온다는 소식은 듣지 못했다.

"술집을 한다는 얘기를 듣고 조금 놀랐어. 학교 다닐 때부터 술을 좋아하는 건 알았지만, 설마 그 앞에서 술집을 하리라곤 상상도 못 했었거든."

알고는 있었지만 여전히 의외라는 듯이 상기가 말했다.

"만약 알았다면 등록금으로 그때 술집을 차렸겠지."

"그러고 보니 너는 그때 소원이 술집 사장인 친구가 있는 거였지. 별난 녀석이다 싶었어."

"글쎄, 막상 술집 사장이 되고 보니 별로 친구를 만들고 싶진 않아지던데. 외상만 늘더라고."

웃으며 말하자 상기 역시 웃었다.

"조니워커 블루로. 오랜만인데 진하게 한잔해야지."

상기는 김릿을 입안으로 털어놓고는 그렇게 말했다.

"좋지. 오늘 하루 전체 매상이군. 서비스로 지금부터 가게 문을 닫아줄게."

"그럼 두 병을 먹으면?"

"그땐 가게 문을 열어주지. 혼자서는 열기 힘들 테니까."

"아마 둘이서 열어야 될지도 모르지."

"매상만 오른다면 그 정도는 얼마든지."

"진정한 자본주의자가 되었구먼."

"설마? 돈을 버는 데 눈이 빨개진 술집 사장 정도겠지."

나는 그렇게 말하고는 세팅을 했다.

"십 년 만인가?"

"그럴걸? 네가 스물아홉에 미국으로 갔으니까."

"벌써 그렇게 됐군. 결혼은 여전히?"

"아직."

"왜?"

"뭐, 지금 사는 것도 충분히 고달프니까."

나는 쓴웃음을 지으며 말했다.

"은희는 잘 있어?"

상기는 졸업과 동시에 결혼을 했었다.

"일 년쯤 됐어. 다시 만나지 못한 지가."

상기는 술잔을 비웠고 한참을 정면만 응시한 채로 아무 말이 없었다. 이혼을 했다는 생각이 들었다. 하지만 아픈 과거일 테니 캐묻기도 뭐했다. 나는 어색함을 피하기 위해 음악을 바꾸고 테이블 세팅을 다시 했다. 상기가 다시 입을 연 것은 음악이 타니타 티카람의 〈I might be crying〉으로 바뀐 후였다.

"실은 부탁이 있어 왔어."

뭔가 어렵다는 듯이 상기가 말을 꺼냈다.

"술값을 외상으로 해달라는 것 외에는 들어줄 수 있어."

그저 그런 농담이었다.

"현금으로 확실히 지불해줄 테니까 걱정하지 마."

상기가 정색을 하며 대답했다.

"조만간 은희가 여기로 찾아올지 몰라."

"왜?"

"……"

상기는 뭔가 얘기하기 어렵다는 표정을 지으며 대답을 하진 않았다.

"하긴 뭐, 너희 둘 다 내 친한 친구니까 그렇겠지. 그런데?"

"은희가 오면 나 대신 말 좀 전해줘."

"뭘?"

"미안하다고. 하지만 여전히 사랑한다고."

"요즘에는 유행가도 그런 가사는 안 써. 그리고 할 말이 있으면 직접 하지그래?"

"그런 말을 하기엔 너무 늦었어."

"이혼했기 때문에? 아니면 헤어지고서 아직 미련이 남은 건가?"

조심한다는 것이 툭, 하고 말이 나와버렸다.

"그렇다기보다는…… 아무튼 너밖에는 부탁할 사람이 없어."

다시 어색한 침묵이 흘렀다. 자세한 대답을 기다렸지만 더 이상의 말은 없었다. 나는 질문에 대한 답을 포기한 채 한숨을 쉬고는 말을 돌렸다.

"그런데 왜 헤어진 거야?"

"헤어졌다기보다…… 아무튼 얘기하자면 길어."

"밤도 충분히 길지."

"그래. 밤도 충분히 길지. 지금의 나에게는 더욱 그렇고."

상기는 알 듯 모를 듯한 말을 한 후 잔을 비웠다. 그러고는 팔짱을 끼고 잠시 생각에 잠긴 듯한 모습을 하더니 천천히 얘기를 시작했다.

"너도 알다시피 은희와는 어렸을 때부터 친구야. 한 병원에서 며칠 사이로 태어났으니까 인생의 시작을 같이 했다고 봐도 좋겠지. 양쪽 부모님이 대학 동기기도 하고 집도 앞뒤로 살았으니까 어렸을 때부터 줄곧 함께 자랐어. 초등학교부터 대학까지 학교도 같이 다녔고. 친구가 없었던 것은 아니지만 그래도 서로가 서로에게 가장 좋은 친구였지. 비슷한 환경에 비슷한 경험을 계속 공유하면서 자랐으니까. 게다가 성격도 서로 잘 맞았기 때문에 자연스럽게 연인이 되었어. 무난하지만 만족스런 인생이었다고 생각해. 적어도 그 여자를 만나기 전까지는 말이야."

상기는 말을 끊고 잠시 생각을 되살리는 듯 양미간을 찌푸렸다. 그러고는 머리카락을 한 번 쓸어올린 후 말을 이었다.

"어릴 때부터 그림을 좋아했어. 르네상스의 화가들, 인상주의 화풍, 샤갈, 에드워드 호퍼, 말레비치 등등. 화집에는 내가 현실에서 느끼지 못하는 무한한 상상의 세계와 손으로 만져질 듯한 작가들의 감정들이 온전한 형태로 있었지. 나는 그 세계가 너무나 좋았어. 외롭거나 힘들거나 혹은 상처 받는 일이 생길 때 화집 속의 그림들은 한 번도 배반하지 않고 나를 위로해주고 다독여주고 쓰다듬어주었어. 해서 그러한 시간들이 쌓이면서 나는 자연스럽게 화가가 되고 싶다는 결심을 하게 된 거야. 거창하게 나의 그림으로 다른 누군가에게 감동을 주겠다는 것이 아니라, 화집 속의 화가들처럼 나 역시 자신을 나만의 방식으로 표현하고 싶다는 욕구가 간절했거든. 그건 어떤 기분일까? 작가가 글을 쓰면서 어느 한 순간의 감정을 제대로 문장에 담았을 때, 혹은 자신의 생각을 절묘하게 표현해냈을 때의 기분 같은 걸까. 나 역시 그림으로 그 기분을 느껴보고 싶었어. 그것이 설령 슬픔이나 절망의 감정이라 해도 말이야. 그래서 예고를 가고 미대를 갔지. 하지만 그뿐이었어. 나는 나의 그림에 한 번도 만족한 적이 없었어. 완성해놓고 보면 언제나 유치하고 구도도 터치도 색감도 무엇 하나 쓸 만한 것이라곤 없었지. 그리고 대학에 들어와서 동기들을 보면서 더욱 뼈저리게 느낀 거야. 나에게는 그림을 보는 안목은 있을지 몰라도 재능이라곤 쥐뿔만큼도 없다는 것을 말이야."

상기는 더듬거리듯 잔을 찾더니 단숨에 비웠다. 그런 모습을 보면서 나는 조금 의외라는 생각이 들었다. 상기는 예전부터 시시콜콜

하게 무언가를 말하는 성격이 아니었기 때문이다. 대학을 다닐 때도 농담을 잘 받아주고 분위기도 잘 맞췄지만 그 이상의 선을 넘지는 않았다. 간혹 힘들다는 얘기를 할 때도 그 한마디뿐 딱히 어떤 이유로 힘들다고 설명하지도 않았다. 하지만 그게 묘하게 사람에게 와 닿는 부분이 있어서 상기의 힘든 마음이 나에게도 전달되는 것이었다. 그런 상기가 오늘처럼 말을 많이 하는 것도 의외였고, 그의 고민이 그림 때문이었다는 것도 처음 아는 사실이었다. 그때의 나는 또래의 고민이 대개 그렇듯이 학점이나 취업, 혹은 불편한 인간관계 정도로만 생각하고 있었다. 우리는 젊다기보단 어렸고, 쓰잘머리 없는 고민을 스스로 만들어서는 그것을 구실로 술을 마셔대기 바쁜 시절이었으니까. 하지만 상기는 그때부터 계속 그림에 대한 고민을 하고 있었던 거였다. 어쩌면 그것이 유명한 화가가 된 이유 중의 하나인지도 모르겠다.

"넌 대학 때도 말이 많은 친구는 아니었지. 솔직히 네가 그림 때문에 그렇게 고민했었다는 건 지금에야 알았어."

"뭐 그렇게 심각했던 정도는 아니고. 열등감을 심하게 느끼긴 했지만 뭐 재능이야 타고나는 거니까 어쩔 수 없지, 라며 스스로 위로했지. 차이를 너무 심하게 느끼면 사람은 노력보다는 타협을 하게 되니까. 졸업하면 기껏해야 어디 조그만 광고 사무실이나 들어가겠구나, 하고 생각했었는데 그게 꼭 나쁜 것만도 아닌 것 같았어. 은희도 그때는 안정된 회사를 다니고 있었고, 둘이서 맞벌이하면 사는 데는 크게 지장도 없을 것 같았지. 썩 내키지는 않았지만 그림은 혼자서 틈틈이 그릴 수도 있을 것 같았고. 천천히 시간을 가지다 보면 언젠가는 내가 원하는 그림도 나오지 않을까, 라고 생각했어. 무난

한 인생 정도면 괜찮지 않은가, 하고."

"괜찮은 정도가 아니라 멋진 거지."

"그런가? 아무튼 그런 인생을 살 거라고 생각했어. 그해 봄 그 여자를 만나기 전까지는 말이야."

상기는 잠시 망설이는 듯하더니 다시 이야기를 시작했다.

"그날은 은희를 기다리던 중이었어. 4월이었지. 화창하고 멋진 날이라서 우리는 점심을 같이 먹기로 했어. 마침 강의도 일찍 끝나서 나는 약속한 커피숍에 먼저 가서 은희를 기다렸지. 느긋하게 봄날의 풍경을 즐기면서 말이야. 거리는 봄, 창으로는 벚꽃이 떨어지고, 햇살이 파도의 잔해인 듯 깨끗하게 흩어지고 있었어. 나는 커피를 마시며 지나는 행인과 거리의 간판과 오가는 차들을 무심히 바라보았지. 몇 줌 의미 없는 시간을 쓰면서 말이야. 얼마인가의 시선이 거리를 훑고, 커피도 이제는 식어갈 무렵, 나에게 길 건너편의 조그만 플래카드가 눈에 들어왔어. 이영수 개인전. 거기에는 그렇게 쓰여 있었어. 전공이 그림이고 또 좋아하다 보니 전시회는 많이 다녔어. 하지만 조그만 개인전까지 챙겨 보는 건 무리지. 게다가 그럴 필요도 별로 없었고. 그런데 그날은 달랐어. 어쩐 일인지 꼭 한 번 들어가서 보고 싶은 거야. 거리 모퉁이 초라한 삼층 건물을 보고 있자니 별로 대단할 것 같지도 않다는 생각을 하면서도 자꾸만 마음이 끌렸지. 결국 나는 가보기로 했어. 길 건너 맞은편이고 12시까지는 아직 삼십 분 정도 여유가 있어서 은희와의 점심 약속은 지킬 수 있을 것 같았거든. 나는 커피숍을 나와서 곧장 그곳으로 갔어. 건물은 멀리서 볼 때보다 훨씬 더 낡았어. 나는 잠시 망설이다가, 이까지 왔는데 하며 안으로 들어갔지. 역시 예상대로 초라한 전시회였어. 시설이고 조명이고 모두 엉망이었고, 무엇보다 그림이 형편없었어. 어디 낡은 달력에 나오는 삼류 풍경화 같은 그림만 즐비했거든. 도무지 쓸 만한 그림이라고는 하나도 없었지. 하지만 바로 나올 수는 없었어. 화가로 보이는 사람이 누군가와 조용조용 얘기를 나누고 있었거든. 금방 왔다가 나가기엔 상대에게 미안한 생각이 들었지. 그래서 천천히 감상을 하는 듯이 그림을 한 점 한 점 보고 있었어. 화가에게는 미안하지만 상당히 곤욕스러웠어. 그리고 마침내 마지막 그림을 거쳐서 입구로 다시 나가려는 찰나에 나는 그 그림을 만난 거야."

상기는 거기서 말을 끊더니 물을 한 모금 마셨다. 그러고는 긴 한숨을 쉬었다. 회환과 후회가 묻어 있는 한숨이었다.

"그것은 벚나무 아래 등을 기대고 서 있는 여인의 그림이었어. 역시 대단한 그림은 아니었어. 하지만 그 여자의 얼굴, 그중에서도 여자의 눈빛이 나의 시선을 사로잡았지. 무언가를 그리워하는 듯한, 혹은 누군가를 기다리는 듯한 그 눈빛에 나는 발을 옮길 수가 없었어. 그림 속이라기보다 마치 내 앞에 실재하고 있는 사람처럼 느껴졌지. 잃어버린 것들, 잃어가는 것들, 그리고 앞으로 잃어버릴 것 같은 삶의 느낌들을 가지고 내 앞에 서 있는 것 같았어. 그것은 내가 지금까지 보아왔던 그림 속의 그 어떤 눈빛보다 나의 마음을 끌었어. 나는 한참을 그 눈빛에 이끌려서 떠나지를 못하고 서 있었지.

그러자 누군가 나에게 다가와 말을 걸었어. 그림이 마음에 드시나요, 라고. 그림을 그린 화가인 것 같았어. 나는 대답도 잊은 채 고개를 끄덕였지. 그러고는 물었어. 그림 속의 모델은 아시는 분이냐고. 그러자 남자가 말했지. 아뇨, 저도 단 한 번 만났을 뿐입니다. 내가 놀란 표정을 하자 남자가 그러더군. 저는 원하지 않았으니까요, 라고. 밑도 끝도 없는, 무슨 말인지 도통 알 수 없는 말이었어. 남자가 말했지. 설마 이 그림에 끌리는 사람이 있으리라곤 생각지도 못했습니다. 하지만 만약 그런 사람이 있다면 그 사람 역시 저와 같은 경험을 하지 않을까 하고 생각합니다. 저는 원하지 않았지만 당신이라면 어떤 선택을 할지 모르겠군요, 라고. 그러더니 물끄러미 나를 바라보고만 있었어. 나는 어색하기도 하고 겸연쩍기도 해서 적당히 인사를 하고는 건물을 나왔어. 복잡한 기분이었어. 그림 속의 여자가 나의 마음에 선명하게 남아서 지워지지도 않았고, 화가의 말이 이해가 되지 않아서 혼돈스럽기도 했지. 은희와 점심을 하고 학교로 돌아와서도 줄곧 그 기분이었어. 어쩐지 강의에 들어갈 마음도 생기지 않았어. 나는 캠퍼스 주위를 생각 없이 맴돌았지. 도무지 어딘가 앉아 있을 수 있는 마음이 아니었거든.

그렇게 캠퍼스 구석구석을 정처 없이 걷다가 어느 사이에 학교 뒤로 난 산길까지 가게 됐어. 간혹 등산객이 내려오곤 하지만 주된 등산로가 아니라서 그렇게 사람이 많이 다니는 길은 아니었어. 도대체 어쩌다가 이까지 왔을까, 생각할 사이도 없이 나는 어느 벚나무 근처에 있는 내 자신을 발견했어. 그리고 거기에는 그림에서 본 것과 같은 얼굴의 여자가 그림에서와 같은 옷차림과 같은 자세로 벚나무 아래 등을 기대고 서서 어딘가를 보고 있는 거야. 나는 하마터면 숨이 멎는 줄 알았어. 신기하다거나 두렵다거나 하는 감정이 아니라 그 여자를 이렇게 마주하고 볼 수 있다는 기쁨 때문이었어. 내가 조금씩 그쪽으로 다가가자 여자는 천천히 고개를 돌리더니 나를 바라보았어. 그림에서 보았던 눈빛 그대로 말이야. 나는 순간 걸음을 멈출 수밖에 없었어. 말로 설명할 수 없는 아름다운 얼굴, 기품이 흐르는 자태, 슬픈 듯하면서도 사람을 편안하게 만드는 눈빛, 바람에 자연스레 날리는 옷자락, 그 모든 것을 놓치고 싶지 않다는 기분이 들었어. 지구가 멈춰 서고, 시간이 정지되어, 주위의 그 어떤 소리도 들리지 않는 것 같았지. 그렇게 얼마쯤 흘렀을까? 여자가 나에게 묻는 듯했어. 한 가지, 한 가지만, 이라고. 여자는 말을 하는 것도 아니었어. 하지만 나는 알 수가 있었어. 한 가지, 당신이 원하는 한 가지만 말하라고. 나는 훌륭한 그림을 그리고 싶다고 말했지. 당시에는 잊고 있었고, 열정도 사라지고 현실과 타협하면서 무난한 인생을 살아갈 거라고 생각했는데, 불현듯 가슴 깊은 곳에서 그러한 욕망이 한없이 커지더니 한 치의 망설임도 없이 그 말이 나오는 거야. 하지만 어쩐 일인지 그제까지 나를 짓누르던 알 수 없던 마음의 갑갑함이 순식간에 사라져버리는 거야. 이제껏 살면서 그렇게 마음이 가벼워지는 느낌은 처음이었어. 마치 공기 중에 아무런 무게를 느끼지 못하고 떠돌아다니는 것 같았지. 여자는 그런 나를 가만히 보고 있더니 말했어. 그럼 당신에게 가장 소중한 한 가지를 나에게 줄 수 있겠냐고. 정확하게 말하면 그렇게 말하는 것 같았어. 나는 고개를 끄덕였지. 그러자 그 여자는 다시 고개를 돌리더니 처음 봤던 그 모습으로 먼 곳을 바라보았어. 나는 그 시선을 따라 같은 방향을 바라보았지. 그러자 바람이 불었어. 부드러운, 정말이지 감촉이 부드러운 바람이었어. 나는 그 바람에 잠겨서 눈을 감았어. 눈을 감지 않고는 그 감촉을 온전히 받아들일 수 없을 것 같았거든. 그리고 한참이 지나 눈을 떴을 때 그 여자는 없었어. 벚나무만이 꽃잎을 날리며 있을 뿐이었어."

얘기를 멈춘 후 상기는 옛 생각에 잠긴 듯 잔을 들고는 가만히 앞만 바라보았다. 하지만 나는 상기에게서 시선을 떼지 않았다. 비현실적인 얘기기는 했지만 어딘가 사람을 끄는 힘이 있었던 것이다.

"어쩌면 꿈이었을지도 모른다고 생각해. 봄날 캠퍼스를 거닐다가 어딘가 사람의 발길이 뜸한 곳에서 벚나무 한 그루를 발견했다. 피곤해서 쉴 겸 앉았다가 잠시 너무나 생생한 꿈을 꾸었다. 낮에 보았던 그림이 뇌리에 남아서 꿈까지 연결됐다. 그렇게 생각하면 앞뒤가 맞기도 하고. 하지만 화가가 했던 말은 무엇이었을까. 자신은 바라지 않았다고 했는데 그것은 그 여자가 말하라던 한 가지 소원을 말하는 것이었을까? 그렇다면 그 화가는 말하지 않았다는 것일까? 무언가 소중한 한 가지를 잃는 것이 두려워서? 꿈을 꿨다고 생각하면 그러려니 하고도 생각할 수 있었어. 하지만 화가와 같은 꿈을 꿨다고는 아무리 생각해도 연결고리가 너무 희미했어. 그래서 나는 다시 그 전시회를 가보기로 했어. 오후도 한창이라 만날 수 있을 거라고 생각했지. 학교에서 버스로 오 분 정도의 거리였고 말이야. 하지만 만날 수 없었어. 이미 그 건물에는 플래카드도 그림도 없었거든. 심지어는 전시회가 있었다는 사실조차도 의심이 들 정도로 아무것도 없었어. 그저 텅 빈 공간밖에는 없었지. 하긴 애당초 전시회라고 할 만큼 제대로 갖추지도 않았으니까. 마음만 먹는다면 그림만 떼어내고 몇 가지만 치우면 되니까. 치우는 데 시간이 오래 걸리지도 않았을 거야. 마침 그날이 마지막 날이고 오전까지만 전시회를 했을 수도 있었으니까. 세상에 기묘한 일들 중에 비슷한 꿈을 꾼 사람이 없다고 단정을 지어 말할 수도 없는 거고. 묘한 기분이기는 했지만 가슴속 한켠이 깨끗이 정리된 기분이기도 했고, 그때의 느낌도 이제껏 경험한 적이 없을 만큼 좋았기 때문에 나는 그냥 잊어버리기로 했어. 꿈을 꿨는데 기분이 좋았다면 그것은 그 나름대로 좋은 거니까, 하면서. 그러고는 오랜 시간 그 꿈에 대해서 잊어버리고 살았어. 지금 생각해보면 졸업 작품을 할 때부터 이상했는데 말이야."

상기가 두각을 나타내기 시작한 것은 대학교 4학년 때였다. 졸업 작품으로 제출한 것이 교수의 마음에 들어 자신이 한때 몸담았던 뉴욕의 화랑에 그 그림을 보내면서부터다. 갤러리 쪽에서 마음에 들어 했고, 장래성이 보인다며 몇 점을 더 보내줄 것을 요청했다. 상기는 석 달 동안 열 점의 그림을 그려서 보냈다. 그로부터 한 달 후 상기는 뉴욕의 어느 갤러리 후원으로 유학을 가게 되었다. 그러고는 상당히 유명해졌다는 것, 그것이 내가 알고 있는 상기의 전부다. 졸업 작품 즈음해서부터 상기를 보지 못했기 때문이다. 심지어는 뉴욕으로 갈 때 환송회조차도 없었다. 결혼식도 가족들끼리 조촐하게 했고. 연락이야 하고 살았지만 보지는 못했다. 때문에, 어느 순간 너무 높은 곳까지 가버려서 한때 친구였다는 기억조차도 가물가물해지고 있던 참이었다.

"신들렸다는 표현이 맞을 거야. 그때의 나는 자신조차도 주체할 수 없을 정도로 끝없이 영감을 쏟아내고 있었어. 그동안 내가 표현하고 싶었던 모든 것을. 졸업 작품을 낼 때 교수가 눈이 휘둥그레지더군. 솔직히 말해 난 자네가 이 정도일 줄은 몰랐어, 라며. 기뻤지. 재능을 인정받는 순간이었으니까. 게다가 나에게 재능이 없다고 대놓고 말하던 교수에게서 들은 얘기니까. 모든 일이 그때부터 순탄하게 풀리기 시작했어. 붓을 들면 그리고 싶은 것이 무궁무진하게 떠올랐고, 생각했던 그대로 표현됐지. 어려움이라곤 전혀 없었어. 슬럼프도 없었지. 줄기차게 계속 성장해간 거야. 심지어는 자신조차도 성공의 속도에 두려워질 정도로 말이야."

확실히 그의 그림은 좋았다. 나는 그림에 관한 한 거의 문외한이라고 할 정도지만 그의 그림만큼은 그런 나에게도 멋지게 보였다. 그의 그림은 언뜻 극사실주의처럼 보였지만 찬찬히 들여다보면 자신만의 색깔이 있었다. 그가 그린 바다는 정말 눈앞에 바다가 있는 것처럼 분명한 색감을 띠고 있어서 파도가 치는 기분이 들 정도였다. 그림 속의 사람은 고독한 자는 진정 고독한 느낌이, 사랑하는 연인은 진정 서로 사랑하고 있는 듯이 보였고, 안정된 구도는 아무리 오랫동안 들여다보고 있어도 전혀 지겹다는 느낌을 주지 않았다. 그의 연작 시리즈들, 예를 들어 계절이나 연인, 도시 등의 그림을 보고 있노라면 무엇 하나 그 이름에 어울리지 않는 것이 없을 정도였다. 친구를 떠나서 나는 그의 그림을 좋아하고 있었다.

"확실히 나는 성공을 했는지도 몰라. 서른이 되기 전에 이름을 얻기 시작해서 지금은 위치를 굳혔으니까. 돈도 죽을 때까지 펑펑 써도 될 만큼은 벌었고."

"가끔은 이 가게에서도 써주길 바란다. 술값은 그림으로 줘도 괜찮으니까."

반쯤은 진심이었다.

"그랬으면 좋겠지만 더 이상 그림은 그리지 않아."

내가 놀라며 대답 없이 바라보자 상기가 나를 보며 선글라스 벗으며 말했다.

"나는 이제 눈이 보이지 않아."

우리는 한동안 서로의 얼굴을 바라보았다. 초점을 잃은 듯한 그의 눈만이 말없이 나를 보고 있었다.

"아예 안 보이는 것은 아니야. 네 얼굴도 어렴풋하게는 보여. 하지만 그게 전부지. 작은 것은 전혀 보이지 않아. 화가로서는 끝난 거지."

상기가 목을 자르는 시늉을 하며 말했다.

"병원에서는?"

"원인불명이라더군. 이 년 전부터 이랬는데 아직까지도 병명을 몰라. 당연히 치료법도 없지."

"더 나빠지지는 않는 건가?"

"모르겠어. 지금은 멈춰 있는 상태 같아. 하지만 앞으로 더 나빠질 가능성이 크겠지."

위로의 말을 해주고 싶었지만 딱히 생각나는 말은 없었다. 나는 그저 몇 번이고 술잔을 비울 뿐이었다.

"처음에는 굉장히 괴로웠어. 어느 날 갑자기 안 보이게 됐으니까. 게다가 나는 승승장구하고 있었지. 거칠 게 없었어. 그래서 더 견디기 힘들었지. 하지만 무엇보다 힘든 건 이제 그 희열은 두 번 다시 맛보지 못할 거라는 불안감이었어. 나의 욕구가 내 붓을 통해서 섬세하게 표현될 때의 그 기쁨, 오감의 극한까지 올려다주던 그 쾌감의 순간을 말이야. 그것은 세상의 그 무엇과도 바꿀 수 없는 것이었어. 비교할 수 있는 것이 없었지. 섹스, 사랑, 돈, 온갖 진미도 결코 줄 수 없는 것이었으니까. 나는 절망했어. 시간이 지날수록 깊어졌지. 그럴수록 주위 사람들에게 폐를 끼쳤지. 갤러리 사람들부터 시작해 결국에는 은희에게까지. 어쩌면 은희에게 가장 많이 끼쳤는지 몰라. 지금 와서 시시콜콜 말하기는 그렇지만, 세상에서 사람에게 상처 줄 수 있는 모든 방법을 다 쓴 거 같으니까. 아마 언제나 옆에 있었기 때문에 더 그랬는지도 모르지. 의지한다는 것이 투정이 되고, 투정이 강도가 더해져서 증오로 변질됐나 봐. 나는 변해가는데, 나는 추락해가는데, 이 여자는 어찌 이리 한결같을 수 있을까? 왜 나를 떠나지 않는 것일까? 이 여자의 사랑은 왜 그대로일까? 내가 추락한다면 이 여자의 사랑도 추락해야 해. 나는 이렇게 절망스러운데 이 여자는 왜 이렇게 아직도 사랑에 충만한 거야 하고. 유일한 나의 위안인 줄 알면서도 나는 그녀를 떠나게 만든 거야. 건물의 옥상에 올라서서 아래를 볼 때, 떨어지면 죽는다는 것을 알면서도 마음한구석에는 한 발 내밀고 싶은, 마음이 붉은 혀를 내밀 때처럼. 당시의 나는 그런 심정이었어."

"왜 그랬는지 모르겠군."

"나도 돌이켜보면 그때의 내가 이해가 안 돼. 하지만 내 주위의 모든 것이 떠난 후에야 멈춰지더군. 그림에 대한 미련이 말이야. 그리고 그림에 대해 한 점의 미련도 남지 않았다고 생각한 다음 날 일어나보니 머리가 온통 하얘져 있었어."

상기는 손가락으로 자신의 머리를 가리키며 말했다. 거기에는 한 올의 검은 머리카락도 보이지 않았다.

"내가 속물이라 그런지 모르지만 만족하는 그림도 그렸겠다, 명예도 가졌겠다, 돈도 충분히 있겠다, 지금부터는 그냥 유유자적하며 살아도 될 것 같은데."

"사랑의 깊은 감정을 맛본 인간이 헤어지고 나면 두 번 다시 사랑을 하지 않는다고 생각해? 아마 전보다 더 빨리 더 열정적으로 할 걸. 욕망이란 그런 거야. 끝이 없지. 내 경우야 어떤 식으로든 방법이 없으니까 포기한 거지만."

"모든 것을 희생할 만큼 인생에서 대단한 것은 없다는 주의라서 이해가 잘 안 되는군."

"너는 예전부터 뭔가에 집착하는 것이 없는 친구였지."

"내가 그렇게 쿨했었나?"

"설마? 단순히 의욕이 없는 쪽이었겠지."

"하긴, 그렇긴 했지. 하지만 왜 갑자기 눈이 멀어지게 된 것일까? 정말 꿈속의 그 여자 때문일까?"

"글쎄. 그 여자를 만나고부터 이름을 얻기 시작한 것도 사실이고, 소원을 이룬 것도 맞아. 대가라면 뭐하지만 화가에게 가장 소중한 눈을 잃은 것도 사실이고. 뭐라고 딱히 규정짓기가 어렵군."

얘기는 듣고 있었지만 별로 신빙은 가지 않았다. 오히려 어느 날 불현듯 재능을 꽃피우기 시작했다는 쪽이 훨씬 믿음이 갔다.

"상황은 충분히 이해가 되는데 그렇다면 네가 직접 은희를 만나는 것이 좋지 않을까? 오히려 그쪽이 맞을 것 같은데. 사과할 게 있다면 직접 하고. 내가 낄 문제가 아닌 것 같아."

"했어. 하지만 받아주지 않더군."

"당사자가 안 되는데 내가 말한다고 될까?"

그러자 애처로운 눈빛으로 상기가 나를 바라보았다. 지푸라기라도 잡으려는 눈빛이었다.

"알았어. 은희에게는 내가 말할게. 별로 의미 있을 것 같긴 않지만 딱히 어려운 부탁도 아니니."

"고마워."

상기는 그렇게 말하고는 잔을 들며 나에게 건배를 권했다. 우리는 말없이 잔을 부딪치고는 그대로 쭉 넘겼다. 창밖에는 여전히 비였고 스피커에서는 쇼스타코비치의 재즈 모음곡 2번이 흘러나왔다. 깊은 밤 속으로 왈츠의 선율이 한없이 빠지고 있었다. 우리는 오랜 시간 동안 술을 비웠다. 하지만 더 이상 누구도 말을 하진 않았다.

2

 재떨이에 떠다니는 담배가 된 기분이었다. 술을 마시면 세 갑 정도를 피워대니 혈관 속에는 피보다 니코틴이 많을 테니까. 그래도 간은 명품인지 여태껏 숙취 때문에 아파본 적은 없다. 하지만 어제는 너무 마신 탓인지 자리에서 일어나는 것조차 마라톤 코스를 완주하는 느낌이었다.
 나는 가까스로 일어나 세면대로 향했다. 거울을 보고 있자니 부스스한 머리와 지저분한 수염 덕분에 나인지 알아채는 데 꽤나 시간이 걸렸다. 이대로 나간다면 누군가 동전 몇 개는 기꺼이 던져줄 것 같았다. 겨우 면도와 세수를 하고 가게 청소를 시작했다. 가게 문을 열 준비를 하니 시간은 일곱시였고, 창밖으로는 비가 내리기 시작했다.
 은희가 가게로 온 것은 열두시였다. 세월의 흔적은 없었다. 예전의 청순했던 미모와 차분한 말투도 여전했고, 간간이 상대의 말을 들어주면서 짓던 미소도 변함이 없었다. 갑작스런 방문에 조금 놀라긴 했지만 어제 상기가 올 거란 말도 했었고, 또 가벼운 안부인사와 몇 순배의 술이 돌자 쉽사리 어제 헤어진 친구와 얘기하는 기분이 들었다. 상기 얘기는 묻지 않았다. 은희도 딱히 꺼내지는 않았다. 깊은 밤 속으로 비와 추억만 있는 시간이었다.
 "아담하고 예쁜 가게네."

한참을 얘기하다 화제를 돌리듯 은희가 말했다.

"매상도 아담하지."

바카디 스트레이트를 비우며 내가 말했다. 은희는 그저 싱긋이 웃을 뿐이었다.

"괜찮아?"

나는 잠시 뜸을 들인 후 물었다. 복합적인 물음이었고 은희 역시 무슨 뜻인지 알겠다는 듯 씁쓸한 표정을 지었다.

"어디까지 들었어?"

나는 상기에게 들은 이야기를 간략하게 했다. 상기가 부탁한 말은 하지 않았다.

"역시 너를 편하게 생각했나 보네. 질투 나는걸."

"거의 십 년이야. 대학시절 함께 다녔던 시간이. 편할 수밖에 없잖아. 질투는 무슨."

"농담을 구분 못 하는 건 여전하네. 그래가지고는 절대 여자는 못 사귄다고."

은희는 귀엽다는 듯이 나를 보며 말했다. 나는 괜히 쑥스러워져서 앞에 놓인 잔을 비웠다. 별일도 아닌데 귀가 빨개지는 기분이 들었다. 은희는 한참을 그런 내 모습을 보며 미소 짓더니 말을 이었다.

"이해할지 모르겠지만 나에 대한 실망 때문이었어."

"실망?"

"응, 실망. 상기를 정말 사랑하는 줄 알았거든."

"그런데?"

"사랑하는 데 있어 가장 힘든 게 뭔지 알아?"

은희가 질문을 질문으로 받았다.

"글쎄. 그런 걸 알고 있다면 지금쯤 내게 줄 서 있는 여자들에게 대기 번호표라도 나눠주고 있겠지."

"필요야. 그 사람에게 내가 필요하다는 것. 필요하기 때문에 가질 수 있는 의미. 나라는 사람의 의미. 그 사람에게 있어 말이야."

"서로 사랑하지 않았어? 옆에서 보는 내가 질투가 날 정도였다고 생각되는데."

"사랑이야 했지. 하지만 그게 전부가 아냐. 사랑하기 때문에 나여야만 된다는 필요. 누구도 아닌 나. 나만이 그 사람에게 있어야 의미가 된다는 필요. 사랑은 그런 필요를 먹고 자라는 거거든."

나는 은희의 말을 듣고는 잠시 생각에 잠겼다.

"그러니까 너만이 채워줄 수 있는 영역이 상기에게 있어야 한다는 건가?"

"그렇지."

"모르겠군. 뭔가 굉장히 복잡한 느낌이야."

"너도 언젠가는 알게 될 거야. 사랑하면 누구나 알 수 있는 거니까."

"아무튼 그런 게 없었다는 건가?"

"그래."

"차라리 리만의 가설을 푸는 게 쉽겠구먼."

"수학 싫어하잖아?"

"그러니까. 그리고 이건 농담이라고."

"아!"

뒤늦게 뭔가를 깨달은 것처럼 은희가 감탄사를 뱉었다. 그러고는 너는 누군가를 사랑하면서 실망한 적 없어, 라고 물었다.

"있지. 한 삼만 이천 번 정도."

"상대 말고 자신에 대해서."

"물론 있지. 한 삼만 이천 번 정도. 내가 원한다면 더 줄 수도 있어. 삼만 이천삼백 번 정도로."

시답잖은 농담이었지만 은희는 큭큭거리며 웃었다.

"있잖아, 살면서 제일 힘들었던 때가 언제야?"

"심리 테스트 하는 거야?"

"그냥 궁금해서 그래."

"물질적인 거, 아니면 정신적인 거?"

"둘 다."

"물질이라 해봐야 돈인데, 회사 망했을 때가 정말 힘들었지. 빚 독촉에 시달리는 건 둘째고 밥을 못 먹을 때도 있었으니까. 하지만 무엇보다 힘든 건 주위 사람의 진짜 모습을 보게 될 때지."

"진짜 모습?"

"루쉰의 「눌함」이란 소설을 보면 이런 구절이 있거든. 어느 정도 살던 집안의 아이가 몰락을 하게 되면 세상 사람들의 진짜 모습을 보게 된다는. 그런데 그게 별로 친하지 않은 사람이라면 상관이 없는데 친구나 아주 가까운 사람이라면 굉장히 상처를 받게 돼."

"그런 적 많아?"

"다른 사람과 비교해서 어떤지는 모르겠지만 그때 친구의 대부분을 잃어버렸다고 생각하니까 많았다면 많았겠지."

"예를 들면?"

"별로 얘기하고 싶지 않은데."

"오늘은 날 위로해주는 시간 아냐? 들으면 위로가 될지도 몰라."

"언제 그런 시간으로 바뀌었는지는 모르겠지만, 아무튼 갑자기 안데르센 이야기가 생각나네. 누군가 당신은 왜 그렇게 슬픈 얘기만 쓰냐고 물으니까 아이들은 자기 처지보다 못한 이야기에 위로를 느끼기 때문이라더니."

"엉뚱한 얘기 하지 말고."

은희의 재촉에 나는 한숨을 쉬었다.

"한 삼십만 원 정도 필요했던 적이 있어. 그렇게 큰돈은 아니잖아? 당시 여자친구에게 전화를 했지. 이유를 말하고 좀 빌릴 수 있겠냐고 말이야. 흔쾌히 대답을 하고는 삼십 분쯤 있다가 전화를 달라더군. 그래서 전화를 했지. 그랬더니 전화기가 꺼져 있는 거야."

"뭐야, 그게 다야?"

"대학교 때 그 친구가 등록금이 모자란 적이 있었거든. 그때 그 친구에게 어학연수 가려고 모아뒀던 비용을 준 적이 있어. 사랑하고 있었으니까. 하지만 사람이다 보니 힘든 때가 되니까 내가 준 게 생각나더라고. 갚아달라는 생각은 아니었고, 그런 일도 있고 했으니 조금 융통할 수 있지 않을까 생각했어. 그 친구에게 말은 안 했지만, 사실 삼 일이나 물만 먹고 있던 상태라서 부탁을 안 할 수 없기도 했고."

"그런데 부탁을 안 들어줬단 말이야?"

나는 고개를 끄덕였다.

"많이 아팠지. 아마 그 친구는 회사가 망했을 때 이미 헤어질 생각을 하고 있었던 것 같아. 계기가 필요했을 뿐일 테지. 하지만 지금 와서 보면 이해 못 할 것도 아냐. 그 친구뿐만 아니라 많은 사람들의 반응이 그랬으니까. 심지어 어떤 친구는 만나서 얘기하자더니 세 시간 동안 인생에 대해서 설교만 하더군. 하지만 결론은 못 빌려주겠다는 거였어. 밑 빠진 독에 물 붓기라나? 하긴 그 말도 틀린 말은 아니었지. 그때의 내 상황이 그랬으니까. 그래도 그 친구는 고마웠던 게 호프집에서 만났거든. 닭이라도 먹으면서 배고픔이라도 달랠 수 있었지. 뭐 말하고자 한다면 수가 없겠지. 삼십대 초반부터 이제까지 거의 빚에 짓눌려 살았으니까. 그런데 빚이란 게 크기는 별로 중요하지 않아. 백만 원이라도 자기 능력 밖이면 십억을 빚진 사람과 받는 스트레스는 똑같다고 생각해. 성실한 사람일수록 훨씬 더 무섭게 다가오지. 아무튼 별의별 일이 다 있었어. 극한까지 몰릴 때는 자살하는 사람의 심정이 이해될 정도니까."

"그래도 넌 그러지 않았잖아?"

"난 겁이 많아. 샤워하다가 물이 조금만 뜨거워도 식겁하는걸. 아마 일제시대 독립운동을 하다가 잡혔다면 고문도 하기 전에 다 불어버리고 말았을걸. 이토 히로부미는 안중근이 죽였다고. 그러니까 그런 생각은 아예 꿈도 꾸지 못했지."

"용케 극복했네?

"견뎠을 뿐이야. 극복한 건 운이 좋았을 뿐이고. 물론 노력도 했지만 내 생각에 노력은 인생에서 30퍼센트 정도밖에 안 되는 거라고 봐. 나머지 70퍼센트는 그냥 운일 뿐이지."

"비관적이구나."

"현실을 직시하는 거지. 아무튼 첫 번째 책임은 나에게 있다고 생각했어. 어떤 식으로든 인생을 제대로 못 산 거니까. 상처 받는 건 인간이니까 어쩔 수 없었던 거고. 아마 대개의 사람이 빚을 지게 되면 여태껏 쌓아왔던 인간관계의 99퍼센트를 잃어버릴걸. 인생을 완전히 다른 눈으로 바라보게 되지."

갑자기 씁쓸한 기분이 몰려들었다. 나는 바카디 한 잔을 속으로 흘려넣었다. 한 줄기 뜨거움이 가슴까지 닿았다.

"너는 그런 적 있어?"

나는 조금 망설이다가 입을 열었다.

"나는 상기와 별로 추억이 없어."

은희가 창가를 지나가는 사람들을 보며 말했다. 시간은 이미 두 시를 지나고 있었다.

"보통 연인끼리의 추억이란 게 있잖아? 생일날 외식을 한다거나 어디 놀러 갔는데 굉장히 즐거웠다거나 그런 거 말이야. 난 하나도 없어. 그러니까 상기와 뉴욕에 간 이후로는. 상기가 거의 화실에만 있었으니까. 물론 화실에 있으면 다정하게 대해주긴 했어. 하지만 그뿐, 그림 그리는 걸 보는 게 대부분이었는걸. 처음이야 좋았지. 하지만 그것도 일 년이고 이 년이고 지속되니까 견딜 수가 없는 거야. 내가 설 자리는 어디에도 없었거든. 오직 그림만 그리는 남자와 그것을 바라만 보는 여자만 있는 거야. 대화는 오히려 화상이 나보다 백만 배는 더 많았을 거야. 소외되는 기분이었어. 오히려 유명해지기 전이 훨씬 좋았다는 생각이 들 정도로. 평범한 연인들처럼 살았으니까."

"생활은 윤택하지 않았어? 너도 뭔가를 했으면 됐잖아. 학교 다닐 때 공부도 좋아했으니 학업을 다시 시작하는 것도 괜찮았을 테고."

"이래서 남자들은 대화가 안 된다니까. 그런 문제가 아니야. 단 일 분이라도 좋으니까 내가 없다면 이 사람이 참 곤란하겠구나, 라는 감정이 없으면 여자에게 사랑은 아무런 의미가 없어."

"복잡하군. 프로이트가 들었다면 무덤에서 걸어나오고 싶겠어. 그래봐야 모든 게 너의 성기 탓이라고 하겠지만."

"아무튼 나는 그랬어."

"그런 거라면 상기가 눈이 멀었을 때 충분히 가질 수 있지 않았을까?"

나의 말이 끝나기 무섭게 은희가 나의 눈을 바라보았다. 잠시 은희의 눈이 흔들리더니 딱 한 방울 눈물이 흘렀다. 남자에게 있어 가장 곤란한 경우였다. 냅킨을 건넸고 은희가 짧은 순간 눈물을 훔쳤다.

"조금씩 먹으면 눈을 멀게 하는 독초가 있어."

"뭐라고?"

"그러니까 조금씩 먹으면 눈을 멀게 하는 독초가 있다고."

나는 잔을 들다가 귀를 의심하며 멈췄다.

"그렇다면 상기의 눈이 멀어진 게 네가 독초를 먹였기 때문이란 말이야?"

은희가 대답 없이 고개를 끄덕였다.

"도대체 어떤 독초를 먹인 거야?"

역시 대답은 없었다.

"맙소사."

망연자실한 표정을 짓고 있을 거라고 생각됐다. 내 모습이.

"혹시 그게 네가 말한 사랑의 필요 때문에? 그러니까 너의 의미를 찾기 위해서?"

또 한 번 은희가 고개를 끄덕였다. 나는 한참 동안 말을 하지 못했다. 다만 은희의 얼굴을 초점 없이 바라보고만 있을 뿐이었다.

"물론 상기는 몰랐겠지?"

여전히 은희가 고개를 끄덕였다. 무슨 말을 해야 할지 감도 잡히지 않았다.

"하지만 그 때문에 너 역시도 힘들었잖아. 그 정도는 충분히 예상할 수 있었을 텐데."

"많은 일들이 있었지. 내가 예전에 알고 살아왔던 사람이 맞나 싶을 정도로. 맞기도 하고, 폭언을 퍼붓기도 하고, 심지어는 살해 위협까지 당했으니까. 하지만 좋았어. 매 순간 내 사랑이 필요한 사람이 바로 눈앞에 있었으니까."

나는 고개를 흔들었다. 사전에서 이해라는 낱말만 빠진 기분이었다.

"하지만 그것도 오래가지는 못했어. 내 사랑이라는 게 그렇게 대단한 게 아니란 걸 알았으니까. 어느 날 밤에 창문을 열고는 같이 뛰어내리자고 했었거든, 상기가. 억센 남자 팔로 나를 잡고 놓아주질 않는데 상기의 눈이 광기에 휩싸여서 정말 뛰어내릴 것 같았어. 그때 내가 어떡했는지 알아?"

나는 고개를 저었다.

"살려달라고 애원했어. 제발 살려달라고. 말 그대로 빌었어. 울면서."

은희가 손을 비비는 시늉을 하며 말했다.

"세상에서 상기를 가장 사랑한다고 생각했어. 아무리 힘들어도 그 옆에 있어줄 수 있다고 생각했지. 그런데 말이야. 정말 죽을 것 같으니까 빌게 되더라고. 사랑이고 뭐고 아무것도 없었어. 그냥 공포만 남더라고."

휴, 하고 나는 한숨을 쉬었다.

"그런 상황이면 누구나 그렇지 않을까?"

"일반론이지. 하지만 나에게는 충격이었어. 내가 생각했던 만큼 상기를 사랑하지 않는다는 게."

"그럼 같이 뛰어내려야 사랑하는 거란 말이야?"

의아한 눈으로 내가 물었다. 은희가 고개를 끄덕였다.

"맙소사, 그게 사랑하고 무슨 상관이 있는 거지."

"내겐 그랬어. 입장이 바뀌었다면 상기도 그랬을 거야."

맙소사. 그럼 세상의 사랑하는 연인들은 모두 창문을 뛰어내릴 각오를 하고 사귀어야 한단 말인가? 터무니없는 얘기였다.

"그러니까 너의 사랑이 네가 생각했던 것보다 크지 않아서 힘들었다는 거야? 같이 뛰어내리지 않았으니까 상기를 사랑할 자격이 없는 것 같아서?"

"응."

나는 또 한 번 고개를 흔들었다. 하도 흔들어서 디스크가 걸릴 지경이었다. 하지만 뭔가 응어리를 풀어놓은 기분인지 은희는 차분한 표정으로 잔을 비웠다. 더 이상 어떤 말을 해야 될지는 감도 잡히지 않았다. 몇 번인가 잔을 비우고만 있자 은희가 먼저 입을 열었다.

"혹시 고흐가 어떻게 죽었는지 알아?"

"권총으로 자살하지 않았던가?"

"맞아. 그런데 바로 죽지 않았어. 바깥에서 권총으로 쏘고 살던 다락방으로 기어들어 갔대. 아무래도 총을 맞았으니까 꽤나 힘들게 갔을 거야. 그러고는 침대로 들어가 누워 있었대. 옆방 사람이 자꾸 이상한 소리가 나서 가보니까 고흐가 피를 흘린 채로 있는 거야. 급히 의사를 불렀는데 왔다고 한들 그 상황에 뭘 할 수 있었겠어? 다음 날에 고흐는 죽었다는데 정말 괴로웠을 것 같지 않아? 권총으로 자살하려고 했는데 바로 죽지도 않고 다음 날까지 고생고생하다 죽다니. 불쌍하지 않아?"

"불쌍하군."

"그런데 왜 총을 쏘고 집으로 갔을까? 이해가 돼?"

"아니. 자기 손으로 귀를 자르고 권총으로 자살하지 않고는 절대로 이해할 수 없다고 생각해."

"그렇지? 근데 말이야, 상기가 그랬어. 총을 사와서는 새벽에 머리를 쏜 거야. 게다가 잘못 쏴서 한참을 병원에서 보냈지. 무척이나 괴로웠을 거야. 자기가 무슨 고흐도 아니고."

상기에게서는 듣지 못한 얘기였다. 듣고 나니 예술가란 정말 이해할 수 없는 족속이란 생각이 들었다.

"더 우스운 건 뭔지 알아? 나중에 경찰이 총을 수거했는데 거기에는 딱 두 발이 들어 있더란 거야."

"……."

"……."

"그럼 원래는 너를 먼저 보낼 생각이었단 말인가?"

"아마도 그렇겠지. 하지만 정말 바보 같다고 생각하지 않아? 그때의 나라면 아마 같이 죽어줄 수도 있었을 텐데 말이야. 저번처럼 살려달라고 하지 않았을 텐데 말이야."

세상에, 라는 말밖에는 나오지 않았다. 도무지 내가 이해할 수 없는 관계가 세상에는 있구나 싶었다. 그렇다면 상기는 그런 사경을 헤매다가 비로소 고향으로 돌아왔단 말인가? 자신의 얘기는 끝내 다 하지 않는 성격은 여전하다 싶었다. 나는 그제야 은희에게 상기의 말을 전해줘야겠다는 생각이 들었다.

"상기가 그랬어. 미안하다고. 하지만 여전히 사랑한다고. 그러니까 너무 자책하진 마."

　해줄 수 있는 말은 그게 전부였다. 더 이상 무슨 말을 한단 말인가?

　"예전에 너에게 했던 말이겠지. 그런 말은 지금도 꿈속에 찾아와서 하는걸. 하지만 나는 아무 말도 할 수가 없어. 나 때문에 그 모든 일들이 벌어진 거니까."

　"상기 얘기는 다르던데. 네가 사과도 받아주지 않고 아무 말도 없어서 네게 꼭 전해달라고 하던데."

　"그게 무슨 얘기야?"

　"어제 가게로 와서 그렇게 얘기했는걸."

　내가 의아한 표정으로 말하자 은희가 놀란 표정으로 대답했다.

　"무슨 소리야. 상기는 이 년 전에 죽었는걸. 병원에서 하루 동안 사경을 헤매다 죽었단 말이야."

　은희가 자리에서 일어서며 외치듯 말했다. 순간, 은희의 모습 위로 어제의 일들이 찰나에 스쳐 지나가고, 자꾸만 발밑이 새하얗게 꺼져가는 기분이 들었다.

-「스탠 바이 유어 맨」 개작, 『계간 미스터리』 2010년 여름호

세 번째 표적

>>>>> 장세연

1987년 스포츠신문 신춘문예에 추리소설 「그 여름의 끝」이 당선되어 등단하였다. 1991년 장편소설 『광개토대왕』으로 한국추리문학 신예상을 받았다. 주요 작품으로 장편소설 『비명』, 『욕망이 타는 숲』, 『숨겨진 목소리』 등이 있으며, 일본 소설 『나선 계단의 엘리스』, 『무지개 집의 엘리스』 등을 우리말로 옮겼다.

강남에 있는 임페리얼 아파트에서 총기사고가 났다. 903호에 사는 젊은 남자가 퇴근해 차에서 내리다 엽총에 맞은 것이다. 피투성이가 된 남자는 곧바로 아파트에서 멀지 않은 S의료원 응급실로 실려갔다. 남자는 이마를 정통으로 맞은 위급상황이었으나 생명에 지장은 없다고 했다.

신고를 받은 관할 경찰서 강력계는 비상에 걸렸다. 총기사고가 흔치 않은 우리나라 실정상 엽총으로 사람을 쏘았다는 사실 자체가 충격이었기 때문이다. 더구나 서울하고도 강남의 한복판, 퇴근시간이라지만 아직도 밝은 때에 일어난 사건이라 그 충격이 더욱 컸다.

사건을 배정받은 형사들은 곧바로 수사에 들어갔다. 피해자 주변을 살피는 한편 다음 날부터 어느 방향에서 어떻게 날아온 총알인지, 엽총을 가진 사람이 누구누구인지 아파트 주민들을 조사하기 시작했다. 그러나 조사는 쉽지 않았다. 30대 후반의 직장인인 피해자는 생김새도 단정하고 별달리 원한을 살 만한 사건도 동기도 없는 극히 원만한 사람이었다.

사고가 난 임페리얼 아파트는 4년 전 분양 당시 평당 3천만 원을 넘기는 분양가격으로 세간을 떠들썩하게 했던 17층 높이의 고급 주상복합 아파트였다.

피해자의 상처 부위로 봐 총알은 임페리얼 아파트 건너편에 있는 빌딩의 4층과 7층 사이, 오른쪽 방향에서 날아온 것으로 판단됐다. 건너편 빌딩은 1년 전 신축된 15층짜리 오피스텔로 세종이라는 이름을 갖고 있었다. 조사 결과 세종 오피스텔은 3층까지는 오피스 전용이고 4층부터 7층까지는 17평 내외의 비교적 작은 면적의 원룸들이 배치되어 있었다. 한 개 층에 6가구, 4층에서 7층까지 네 개 층에 24가구가 살고 있는데 그중 3가구가 엽총을 갖고 있었다. 경찰은 즉시 엽총을 갖고 있는 3가구의 인적사항을 조사하기 시작했다.

그리고 5일 후 두 번째 총기사고가 났다. 경찰이 조사를 위해 세 자루의 엽총을 모두 수거해간 다음 날이었다. 두 번째 사고 역시 첫 번째 사고가 난 시간과 비슷한 오후 7시경이었다. 총알이 날아온 방향과 각도도 첫 사고 때와 같았다.

피해자 또한 30대 후반의 남성이었다.

두 번째 피해자는 미관을 관통당했다. 그 역시 곧바로 S의료원 응급실로 실려가 응급조치를 받았으나 중태였다. 자칫 왼쪽 눈을 꿰뚫을 뻔한 총상이 뇌에까지 영향을 미친 것이었다.

아파트 주민들과 경찰은 아연 긴장했다. 처음 사건 때는 엽총을 가진 사람의 오발사고이거나 인근 불량배들의 실수에 의한 것이려니 생각했다. 그러나 사건은 생각만큼 단순한 것 같지 않았다. 같은 장소, 같은 시간대에 비슷한 연령대의 남자를 대상으로 일어난 두 번의 저격사건. 베테랑 수사관이 아닌 단순 초보라도 동일범의 소행이라 단정지을 만큼 두 사건은 닮아 있었다.

"죽일 생각은 아니고 단순히 뭔가 원한 때문일 거라고들 해요."

저녁식사 후 거실에 마주 앉아 차를 마시며 영란이 말했다.

"원한?"

반문하는 김성훈의 목소리가 뛰었다.

"죽일 생각이라면 심장을 겨냥해야 할 텐데 두 번 다 얼굴 쪽이었다잖아요."

"글쎄……."

성훈은 떨떠름한 표정으로 마시던 찻잔을 내려놓았다. 텔레비전에서는 마침 저녁뉴스 시간에 맞춰 엽총 저격사건을 보도하고 있었다.

"경찰조사 결과 총알이 날아온 것으로 확인된 임페리얼 아파트 건너편 세종 오피스텔 4층에서 7층에 입주해 있는 24가구 중 절반이 넘는 17가구가 세입자들인 것으로 나타났습니다. 그중 상당수 입주자들이 여성 가구주이거나 아예 주민등록을 하지 않은 채 살고 있는 사람들로 나타나 경찰은 조사에 어려움을 겪고 있습니다."

아나운서의 멘트 위로 사건 현장인 임페리얼 아파트와 세종 오피스텔 전경이 비춰지고 있었다. 세종 오피스텔은 오피스 빌딩들이 밀집해 있는 교통요지에 있었다. 관리회사는 인근 직장인들을 타깃으로 작은 평수의 원룸을 11층까지 배치해놓았다.

"결국 절반 이상이 그렇고 그런 여자들이 사는 오피스텔이 바로 코앞이라는 얘긴데…… 이사를 가든지 어쩌든지 해야지 이건 원, 격떨어져 살겠어요?"

영란이 쫑알댔다.

"사람 사는 데 다 마찬가지지. 어디라고 별다르겠어?"

성훈은 영란의 말을 퉁겨버리듯 소파에서 일어났다. 마시던 찻잔을 내려놓은 그는 창 쪽에 있는 홈바로 갔다. 거실 전면이 통유리로 마감된 그들의 77평짜리 초호화 아파트는 맨 꼭대기인 17층에 자리하고 있었다.

"흘려듣지 말고 조심해요. 저격당한 두 사람 모두 키가 후리후리한 30대 남자라잖아요."

"키 크고 잘생긴 젊은 남성이라…… 그러니까 딱 나 같은 사람이라 그 말이지?"

싱긋 웃는 그의 얼굴 가득 오만과 만족이 흘렀다.

"가볍게 생각할 일이 아니라니까."

"그렇다고 집 안에 가만 틀어박혀 있을 수도 없잖아."

입이 넓은 텀블러에 브랜디를 따라 든 채 성훈은 창가에 섰다. 어둠으로 검게 물든 통유리창 아래로 보석을 뿌려놓은 듯 찬란한 빛의 거리가 명멸하고 있었다.

"당분간 귀가시간을 좀 바꾸는 게 좋겠어요, 9시 이후로."

"퇴근 후에 술집이나 어슬렁거리고 다니라고 부추기는 거야, 지금?"

성훈이 웃으며 말했다. 그는 사업상 필요한 저녁 약속 외에는 퇴근 후 바로 귀가하는 타입이었다. 주변 사람들 모두가 모범 남편이라고 칭찬했다. 그러나 그것은 부잣집 데릴사위로서 아내에게 지켜줘야 하는 일종의 묵계 같은 것이었다.

"당분간 그렇게 해요. 언제 어디서 총알이 날아올지 모르는데 불안하잖아요."

"알았어. 소원대로 해주지. 밤 10시 이전엔 기다리지 마, 이젠."

아스라하게 흐르고 있는 밤의 도시를 내려다보는 성훈의 얼굴 가득 웃음이 번지고 있었다.

메이크업 아티스트의 손길에 얼굴을 맡긴 채 혜선은 눈을 감았다. 점심을 먹고부터 시작된 화보 촬영은 오후 6시가 넘었는데도 아직 끝나지 않았다.

중소 의류업체의 신제품 화보 촬영에 동원된 모델은 모두 5명. 혜선을 비롯한 5명 모두가 경력이 짧은 신인들이기 때문인지 촬영 속도가 일정대로 진행되지 않고 있다.

"오늘 밤 촬영이 있어 가봐야 되는데……."

조명을 맡은 젊은 남자가 초조한 목소리로 말했다.

"오늘 중으로 끝나긴 힘들 것 같다."

진행을 맡은 키 큰 남자가 내뱉는 소리가 어둡고 서늘한 스튜디오 안에 퍼졌다.

"안 되는데……."

"그만해라. 너 아니라도 짜증 난 사람 많으니까."

촬영감독의 말이 아니라도 대여섯 명에 달하는 촬영 스태프들의 표정이 밝지 않았다.

"미리 전화해둬. 밤 12시 전에 끝나면 다행일 거니까."

진행자의 심드렁한 목소리에 혜선의 감겨 있던 눈이 반짝 뜨였다. 혜선이 오늘 촬영에서 입은 옷은 모두 세 벌. 몇 번씩 옷을 갈아입고 똑같은 포즈로 촬영을 한 게 벌써 네 번째다. 그런데 밤 12시가 돼야 끝난다니 앞으로 몇 번을 더 똑같은 작업을 해야 한단 말인가. 미간이 절로 찌푸려지는데 휴대폰 벨이 울렸다. 김성훈이었다.

"웬일이세요?"

오늘은 그가 전화할 날이 아니었다.

"저녁식사나 함께 할까 해서. 7시 30분까지 나올 수 있겠나?"

전화기 너머에서 성훈이 물었다.

"오늘은 안 되는데…… 지금 촬영 중이거든요."

"……"

잠시 생각을 하는지 성훈은 대답이 없었다.

"언제 끝날지 모르거든요."

혜선은 다른 사람들이 들을세라 입을 막은 채 낮고 빠르게 말했다.

"알았어. 다시 연락하지."

말을 마친 김성훈은 곧바로 전화를 끊어버렸다. 촬영은 자정을 넘겨서야 겨우 끝났다.

"수고하셨습니다. 여기에 사인하시구요."

기업체 홍보 관계자가 내미는 봉투를 받아 들고 혜선은 탈의실로 들어갔다.

"에게, 밤 12시까지 일하고 겨우 이거야?"

옆 탈의실에서 들려오는 여자의 속삭임이 생각보다 크게 들렸다.

"잔말 말고 입 다물어. 이거라도 시켜준 게 어딘데. 진행자 들었다 간 앞으로 국물도 없다."

"안다, 알아. 근데 이혜선인가 하는 그 재수 없게 생긴 애, 걔는 이런 데 왜 나와?"

레깅스에 발을 꿰려다 말고 혜선은 갑자기 들려오는 자기 이름에 놀라 멈칫했다.

"무슨 소리야?"

"돈 많은 스폰서 붙었대매. 곧 케이블에도 나갈 거라던데."

"어머, 어머, 어디서 들은 소리야?"

다른 사람들이 들을지 어쩔지 신경도 쓰지 않는 듯 두 사람의 말소리는 좀 더 또렷해졌다. 혜선은 떨리는 손으로 힘들여 옷들을 주워 입었다.

"꼭 들어야 알아? 걔 차 안 봤어? 초보 주제에 요즘 제일 인기 있는 외제 쿠페잖아."

"그래, 나도 봤어. 이제 생각나네. 돈 많은 스폰서들이 내거는 첫째 조건이 그 차라면서?"

혜선은 코트와 가방 등을 한꺼번에 끌어안고 소리 나지 않게 탈의실 문을 밀고 나왔다. 스튜디오 안에는 짐을 챙기고 뒷정리를 하느라 스태프들이 부산하게 움직이고 있었다. 혜선은 행여 누구 눈에라도 띌세라 재빨리 문을 밀고 스튜디오를 나섰다.

지하 2층에 있는 주차장까지 어떻게 내려왔는지 자신의 차 앞에 선 혜선의 두 다리가 후들후들 떨렸다. 텅 비워진 주차장에 버티고 서 있는 혜선의 유백색 승용차가 어둑한 조명 아래서 날렵한 모습으로 빛나고 있었다.

'돈 많은 스폰서들이 내세우는 첫째 조건이 그 차라면서?'

소곤거리던 여자의 목소리가 혜선의 머리에 꽂히듯 울려왔다. 차문을 열고 좌석으로 올라탄 혜선은 시트에 몸을 기댄 채 그대로 눈을 감았다. 입술을 깨문 채 잠시 정신을 가다듬는데 누군가 차문을 두드렸다.

"누, 누구세요?"

소스라치게 놀란 눈을 뜬 혜선의 시야에 더벅머리 남자의 얼굴이 들어왔다.

"괜찮으세요?"

낮은 목소리의 남자는 조명을 맡고 있던 사람이었다.

"네. 그, 그런데 무슨 일이시죠?"

"아, 저도 지금 막 가려고 내려온 참인데 혜선 씨가 이러고 있어서. 몸이라도 안 좋으신가 걱정되어서요."

"아, 아니에요. 지금 갈 거예요."

말과 함께 혜선은 서둘러 차를 출발시켰다. 넓은 주차장을 빠져나오는 동안 그녀는 조명기사의 눈길이 내내 자신의 뒤통수에 박혀 있는 듯한 느낌이었다.

김성훈은 다음 날 오후 7시 30분 이혜선의 아파트로 들어섰다.

"오늘…… 화요일인데……."

출입문의 비밀번호를 누르고 안으로 들어서는 김성훈을 보며 혜선이 중얼거렸다.

"미리 얘기했잖아. 오늘은 예외라고."

양복 상의를 벗어 혜선에게 내밀며 김성훈이 싱긋 웃었다. 상대방의 기분까지 좋게 해주는 상큼한 웃음이었다.

'이건 또 뭐야, 적응 안 되게…….'

입 밖으로 소리 내 말을 하지는 못했지만 혜선의 표정은 여전히 떨떠름했다.

"어제 밤늦게까지 촬영했다더니 아직 피곤하신가?"

멀뚱하게 서 있는 혜선을 끌어안으며 김성훈이 말했다. 혜선이 들고 있던 김성훈의 양복 상의가 바닥으로 떨어져 내렸다. 김성훈은 개의치 않고 혜선을 끌어안은 팔에 힘을 주었다.

"퀭한 눈이 더 섹시해 보이니 이걸 어쩌나."

속삭임과 함께 김성훈이 혜선의 입술 위에 입술을 눌러왔다. 은은하게 배어 나오는 남성 화장품 향기가 싫지 않은 느낌으로 혜선의 코를 자극했다.

김성훈은 매주 목요일 오후 7시 혜선의 아파트를 방문한다. 한강변이 내려다보이는 전망 좋은 혜선의 아파트는 그가 근무하는 여의도 회사에서 승용차로 10분도 채 안 되는 가까운 거리였다. 그러나 용의주도한 그는 6시 30분쯤 회사를 나와 멀찍이 돌아 도착했다.

5개월 전 이혜선은 평소 알고 지내던 클럽의 매니저를 통해 김성훈을 소개받았다.

"점잖은 분이에요. 혜선 씨가 연예인으로 성공할 때까지 물심양면으로 후원하실 겁니다."

일주일에 한 번 정도 만나는 조건으로 김성훈은 한강변에 위치한 38평짜리 아파트와 외제 승용차, 월 한도 500만 원의 플래티넘 카드를 제시했다. 혜선은 별다른 망설임 없이 그의 제안을 받아들였다.

그 후 5개월여간 김성훈은 해외 출장기간을 빼곤 매주 목요일, 어김없이 그녀의 아파트를 찾았다. 그가 머무는 시간은 한 시간 정도. 목요일이 아닌 때는 단 한 번도 나타나지 않았다. 혜선이 의아해하는 것도 무리가 아니었다.

그날 김성훈은 혜선이 내온 과일을 먹으며, 지내는 데 불편한 건 없는지 묻기도 했다.

"시간이 많지 않아 혜선에게 내가 뭘 해줄 수 있는지 미처 신경을 못 썼어. 섭섭하다 생각 말고 언제든 필요한 것이 있으면 말해주면 좋겠어."

그건 잠시 머무르는 손님이 아닌, 마치 퇴근해 들어온 남편과 같은 모습이었다.

침대 속에서도 달랐다. 평소의 그는 혜선의 반응 같은 건 안중에도 없다는 듯 자신의 행위에만 열중했다. 그러고는 용무가 끝나기 무섭게 옷을 챙겨 입고 돌아가기 바쁜 사람이었다. 그러나 그날 김성훈은 어느 때보다 오랜 시간 혜선의 몸을 애무하고 구석구석 탐했다. 언제나처럼 그가 하는 대로 가만 몸을 맡기고 있던 혜선이 김성훈을 올려다보았다. 그러나 뜨거운 숨을 토해내고 있는 남자의 얼굴은 언제나처럼 욕정에 탐닉해 몽롱한 상태였다.

옷을 모두 차려입은 김성훈이 자리에서 일어선 건 밤 10시가 다 되어가는 시각이었다.

장식 없이 텅 빈 벽에 흑백으로 그려진 실물 크기의 남자 얼굴 그림이 걸려 있다.

"조금만 더 왼쪽으로, 조금만."

중얼거리는 사내는 가늠쇠를 주시하는 눈에 좀 더 힘을 주었다. 사내는 가늠쇠 너머로 보이는 남자 얼굴 그림의 왼쪽 눈을 향해 조심스레 총신을 옮겼다. 이어 방아쇠에 걸린 검지를 힘주어 잡아당겼다. 총신을 뚫고 나가는 총알의 반동으로 사내의 어깨가 살짝 뒤로 밀렸다. 엽총의 총구에서는 미세하나마 포연이 비쳤으나 소리는 나지 않았다.

사내는 잡고 있던 엽총을 내려놓고 과녁 앞으로 다가갔다. 벽에 걸린 사람 얼굴 모양의 과녁은 촘촘히 난 총구멍으로 벌집처럼 되어 있었다.

"됐어. 이 정도면 됐어."

왼쪽 눈 거의 가까이에 뚫린 총구멍을 보며 사내가 싱긋 웃었다.

"잘생긴 낯짝 한복판에 눈알 대신 시커멓게 총구멍이 난다?"

중얼거리는 사내의 입가로 비직이 웃음이 흐른다.

"생각만 해도 보기 괜찮을 것 같은데……."

고개까지 주억거리며 뇌까리는 사내의 얇은 입술 언저리에 웃음이 피어올랐다. 진회색 털모자를 깊숙이 내려써 얼굴의 반 이상이 가려진 사내의 얼굴은 뾰족한 턱선 때문인지 전체적으로 날카로워 보였다.

블라인드로 가려진 창밖이 어둑해진다. 사내가 손목시계를 들여다본다. 6시 45분. 어두워질 시간이다. 사내는 벽에 걸어두었던 남자 얼굴 크기의 과녁판을 떼어낸 다음 가방 속에 집어넣는다. 이내 침대 위에 몸을 내리고 담배를 피워 문다.

한쪽 구석에 침대가 놓여 있는 천장이 낮은 실내는 17평 정도 돼 보인다. 두 쪽짜리 싱크대 위에는 가스레인지뿐 깨끗하게 비어 있었다. 원룸의 기본 설비인 침대와 텔레비전, 소형 냉장고, 가스레인지 외 물컵 하나도 보이지 않았다. 침대 역시 매트리스에 씌워진 커버뿐 베개 등 침구가 전혀 없었다. 한마디로 사람이 살고 있다는 흔적이 나지 않는 곳이었다.

전기도 켜지 않은 어두운 실내에서 얼마나 있었을까. 사내가 다시 한 번 시계를 확인했다. 7시 7분. 침대에서 몸을 일으킨 사내는 내려놓았던 엽총을 들고 창가로 다가갔다. 닫혀 있는 블라인드를 세워

밖을 살폈다. 사내가 서 있는 5층에서 건너편 임페리얼 아파트 주차장은 손바닥처럼 잘 보였다. 지상에 설치된 주차장은 조명도 밝고 널찍널찍한 게 최고급 주상복합 아파트 주차장다웠다. 미리 확인해 둔 1705호 주차면은 비어 있었다.

'차분하게 기다려보실까?'

사내는 목요일을 제외하고 거의 매일 7시에서 7시 30분 사이에 주차되는 1705호의 묵직한 BMW를 기억하고 있었다.

10분쯤 지났을까? 붉은색 승용차가 1705호 주차면으로 들어와 섰다. 사내는 서둘러 엽총을 들어 조준을 했다. 차에서 내리는 사람은 여자였다. 가늠쇠를 뚫어져라 보고 있던 사내가 천천히 총신을 내렸다. 그가 기다리고 있는 인물은 BMW를 운전해 들어오는 30대 후반의 키가 큰 남자였다. 그날 밤 늦도록 1705호 주차면으로 들어오는 차는 없었다.

"오늘 분명 월요일인데…… 해외 출장도 아니었잖아. 이 자식, 어디 간 거야?"

엽총을 내리며 중얼거리는 사내의 얼굴이 굳어 있었다. 뾰족한 턱선이 한층 강팔라 보였다.

김성훈은 이틀 후 오후 7시경 혜선의 아파트에 다시 나타났다. 그리고 이틀 전처럼 혜선과 함께 시간을 보낸 다음 밤 10시경 자리에서 일어섰다.

"아 참, 이거 잊고 갈 뻔했네."

나가려던 김성훈이 양복 주머니에서 작은 상자를 꺼내 혜선에게 내밀며 말했다.

"혜선이한테 어울릴 것 같아 샀는데, 어떨지."

상자 속에는 목걸이가 들어 있었다.

"어머, 정말 예쁘다!"

혜선이 감탄사를 쏟아냈다. 마름모의 화이트 골드 프레임 안에 세팅된 다이아몬드는 얼핏 봐도 1캐럿 정도는 되는 것 같았다.

"맘에 든다니 다행이군. 잘 자고, 내일 다시 올게."

다시 한 번 혜선을 끌어안고 짙게 입맞춤을 한 후에야 김성훈은 출입문을 나섰다.

'예정에 없는 시간을 뺏은 데 대한 보상인가? 아니면…….'

다이아몬드 목걸이를 손에 펼쳐 든 채로 찬찬히 훑어보며 혜선이 중얼거렸다.

'여러 가지로 헷갈리게 하는 사람이야.'

떠오르는 갖가지 망상들을 잘라내듯 혜선은 목걸이가 든 상자의 뚜껑을 소리 나게 닫아버렸다. 샤워를 하고 이것저것 생각할 것 없이 잠이나 푹 자겠다는 생각으로 욕실로 들어서려는데 초인종이 울렸다.

'뭐지? 혹 김성훈이 뭔가 빠트린 물건이 있어 다시 올라왔나?'

순간적으로 생각하며 혜선은 초인종 박스 화면을 열었다. 그런데 화면이 비어 있었다. 벨을 누른 사람이 없다는 것이다. 고개를 갸웃거리며 현관문을 열어보았다. 문밖에는 역시 아무도 없었다. 호텔 복도처럼 깔끔하게 단장된 문밖 복도는 엘리베이터 앞까지 텅 빈 채 깊은 정적에 잠겨 있었다.

초인종이 고장 나 저절로 소리가 나지는 않았을 텐데. 혜선은 알 수 없는 불안감으로 다시 한 번 복도를 훑어보았다. 찜찜한 채로 문을 닫고 돌아서는데 문자 메시지 신호가 울렸다.

"돈 많은 남자 너무 좋아하지 마. 후회하게 될 거야!"

발신번호가 없는 메시지에서 눈을 떼지 못하는 혜선의 두 다리가 후들후들 떨리고 있었다.

같은 시간. 엘리베이터를 타고 지하 주차장으로 내려온 김성훈은 곧장 자신의 승용차를 세워둔 곳으로 갔다. 최신형 고급 승용차들이 즐비하게 들어찬 주차장은 그렇게 어둡지도 밝지도 않고 천장도 높았다.

출입구에서 별로 멀지 않은 곳에 세워둔 자신의 승용차로 다가가 차의 시동을 걸던 김성훈은 앞 유리에 꽂힌 큼직한 종이를 발견했다. 이런 곳까지 들어와 광고지를 끼우나 어이없어하며 종이를 빼내 구겨 쥐는데 느낌이 이상했다. 예감대로 그것은 광고지가 아니었다.

"더 이상 그 여자와 만나지 마. 죽는 수가 있어. 이건 경고야."

흰 종이 위에 굵은 사인펜으로 휘갈겨 쓴 글씨가 선명했다.

"어떤 놈이야?"

순간적인 섬뜩함으로 종이를 와락 구겨 쥐며 김성훈은 주변을 둘러봤다. 그러나 승용차들만 묵직하게 엎드려 있을 뿐 넓은 주차장 안에 인기척은 없었다.

'누구지?'

역삼동에 있는 집을 향해 차를 운전하는 김성훈의 머릿속이 실타래처럼 흐트러져 있다. 아내인 고영란이 자신의 행적을 추적하고 있는 것인가? 협박 메모를 본 순간 가장 먼저 떠오른 인물이 자신의 아내였다. 고영란이 남편의 외도를 염려해 추적할 수도 있는 일이었다. 그러나 그건 아닌 것 같았다. 만일 김성훈에게 숨겨둔 여자가 있다는 사실을 알았다면 영란은 경고를 하고 어쩌고 할 성격이 아니었다. 자신이 직접 나서건 사람을 시켜서건 이혜선부터 박살을 내놓고 난 다음 김성훈을 거꾸러뜨릴 성격이었다.

'더 이상 그 여자와 만나지 마. 죽는 수가 있어. 이건 경고야.'
김성훈의 머릿속은 종일 어젯밤 발견한 메모지 내용으로 무거웠다. 아내 고영란의 짓이 아니라면 이혜선과 관계된 인물일 수도 있었다. 정리되지 않는 생각들로 갈피를 잡지 못하고 있는데 비서가 퀵서비스가 왔다며 누런 서류봉투를 놓고 나갔다. 발신자가 씌어 있지 않은 서류봉투 안에는 선명하게 인화된 사진들이 들어 있었다. 혜선의 아파트 출입문과 그곳을 드나드는 혜선과 김성훈의 모습들이 여러 각도에서 찍혀 있는 사진이었다. 놀란 김성훈의 눈이 화등잔만 해지는데 휴대전화가 울렸다. 발신번호는 없었다.
"보내준 사진들 잘 보셨겠지?"
낮고 굵은 남자의 목소리가 반쯤 넋이 나간 김성훈의 귀를 울렸다.
"누, 누구야, 당신? 내, 내게 이러는 이유가 뭐야?"
"이유? 경고는 이미 했을 텐데."
"다, 당신 도대체 누구야? 혜선이 애인이라도 되는가?"
"애인? 생각하는 수준하고는. 하여튼 보내준 사진, 아무리 봐도 잘 나왔단 말이야. 그대로 두기 아까운데 당신 회사 홈페이지에 올려줄까? 아니면 패션 담당 기자들에게 돌려볼까?"
"마, 만납시다. 만나서 얘기하자구요."
"만나서 뭘 어쩔 건데? 졸부네 데릴사위답게 돈이라도 듬뿍 던져주실 건가?"

"일단 내 얘기라도 들어봐야 되지 않겠소?"

"당신 얘기 따위나 들어줄 만큼 한가한 놈 아니오. 내가 뭘 할 건지 곧 알게 되겠지."

낮은 웃음소리와 함께 사내의 전화는 끊겼다.

퇴근길 젊은 남자가 총에 맞은 사건이 또다시 일어났다. 총기사건에 대한 세인의 관심이 어느 정도 사라진 한 달쯤 후에 일어난 일이었다. 저격사건의 세 번째 표적이 된 피해자는 김성훈이었다. 앞의 두 피해자와 달리 그는 미간이 아닌 왼쪽 눈에 총알을 맞았다. 생명에는 지장이 없었지만 그는 실명을 했다. 총에 맞은 왼쪽 눈의 상처가 워낙 깊어 나머지 한쪽 눈도 실명할 수 있다는 진단이 내려졌다.

사건 발생 한 달이 넘도록 단서 하나 찾지 못한 수사진은 초조했다. 총알이 날아온 방향으로 추정되는 세종 오피스텔 입주자들은 물론 인근 빌딩의 사건 발생 출입자들까지 샅샅이 뒤졌다. 수거해 들인 CCTV 기록 테이프만도 두 박스 가득이었다.

인근 도로변 CCTV 기록까지 훑어가던 수사진의 용의선상에 털모자를 덮어쓰고 검은 테 안경을 쓴 30대 초반의 남자가 떠올랐다. 짙은 색 털모자를 깊숙이 눌러쓰고 큼직한 상자를 양팔로 끌어안은 남자는 첫 번째 총기사고가 나기 3일 전 세종 오피스텔 출입구에 설치된 CCTV에 찍혀 있었다. 그는 오피스텔 입주민이 아니었다.

수사진이 처음 단순한 상품 배달원으로 생각해 지나쳤던 그의 모습은 두 번째 사고가 나던 날 오전 CCTV에 다시 나타났다. 수사진은 처음에 그를 동일인으로 보지 못했다. 두 번째 모습은 상자를 들지도 않았고 털모자를 덮어쓰지도 않았기 때문이다. 두 번째 나타난 그는 더벅머리에 검은 테 안경을 쓰고 있었다. 세 번째 김성훈이 사고를 당하기 이틀 전 오피스텔 CCTV에 다시 잡힌 인물은 털모자를 눌러쓴 모습이었다.

두 번 세 번 CCTV를 돌려 보던 경찰은 마침내 털모자를 눌러쓰고 상자를 안고 있던 남자와 두 번째 사건 때의 검은 테 안경을 낀 젊은 남자, 그리고 세 번째 나타난 털모자가 동일인인 것으로 단정했다. 얼굴을 들지 않고 줄곧 시선을 내리깐 모습이었지만 뾰족한 턱선과 걸음걸이 등이 같은 인물임을 알 수 있었다. 거기에다 첫 사고 3일 전 오피스텔 CCTV에 등장한 그가 들고 있던 상자가 세 번째 사고가 난 직후 오피스텔 CCTV에 나타난 털모자의 팔에 다시 들려 있었다. 남자는 CCTV에서 멀리 떨어진 기둥 뒤에 세워둔 차에 올라 주차장을 빠져나갔다. 은색의 중형차라는 것뿐 차종도 번호도 알 수 없었다.

"저거다. 엽총 케이스를 저 박스에 넣어 배달하는 것처럼 오피스텔 안으로 운반한 거라구."

CCTV를 검색하던 형사가 기가 막히다는 얼굴로 소리쳤다.

"그럼, 입주민도 아닌 저자가 한 달이 넘게 저걸 어디다 보관했다는 거야?"

경비원들과 함께 그럴 만한 장소를 찾던 수사팀은 사건 발생 전부터 비어 있는 집이 있다는 사실을 알아냈다. 비어 있는 곳은 5층, 7층, 15층의 세 개 층에 있었다. 추측대로 5층 2호실에서 사람의 흔적을 찾을 수 있었다.

"치밀하게 준비했군. 흔적 남길까 봐 전기도 수도도 전혀 사용하지 않은 걸 보니 말이야."

지문 하나 남아 있지 않은 17평 집 안 바닥을 샅샅이 뒤진 끝에 담뱃재 부스러기 조금과 285밀리미터 정도의 운동화 자국들을 발견해 낸 수사관이 길게 한숨을 토해내며 말했다.

CCTV 속 인물들을 조합해 몽타주가 작성되었다.

패션쇼가 끝난 것은 오후 5시가 넘어서였다. 혜선에게 오늘 패션쇼는 모델로서 데뷔 무대나 다름없다. 그동안 패션잡지 모델이나 패션회사의 제품 모델 활동은 몇 번 있었지만 디자이너의 작품을 발표하는 패션쇼 무대 모델로는 처음이었다.

점심도 제대로 먹지 못하고 종일 긴장 상태로 있었던 혜선은 패션쇼가 끝난 후에도 긴장을 풀 수 없었다. 평소 이름만 들었던 쟁쟁한 선배들과 함께 식사하고 차 마시는 자리가 이어졌기 때문이다.

파김치 상태의 혜선이 자신의 아파트로 돌아온 시각은 밤 9시경이었다. 그녀는 외출복 차림 그대로 소파 위에 털썩 몸을 떨어뜨렸다. 솜처럼 늘어진 그대로 눈을 감았다.

그러다 깜빡 잠이 들었나 보다. 뭔가 정적을 깨는 소리에 가물가물하던 혜선의 의식이 눈을 떴다. 꿈속인지 현실인지 부연 의식이 혜선의 눈앞 가득 흐르고 있었다. 그 의식을 끊고 시커먼 물체가 다가왔다. 가물거리던 혜선의 눈이 반짝 뜨였다.

"누, 누, 누."

놀람으로 입을 채 벌리지도 못하는 혜선의 눈앞에 시커먼 얼굴이 불쑥 디밀어졌다.

"입 다물고 조용."

남자의 목소리가 윽박지르듯 말했다. 깊게 눌러쓴 털모자에 가려져 얼굴이 거의 보이지도 않는 남자의 오른손에는 끝이 날카로운 주머니칼이 들려 있었다.

"시키는 대로만 하면 해치진 않는다. 명심해."

담배를 피워 문 채 사내가 말했다. 등골이 서늘할 만큼 낮은 목소리였다.

"사, 살려주세요. 잘못……했어요."

안간힘을 다해 말하던 혜선의 얼굴이 굳어졌다. 어둑한 남자의 목소리가 어디에선가 들어본 듯 익었기 때문이다. 주저하던 혜선이 눈을 들어 남자를 쳐다보았다. 반쯤 가려진 남자의 얼굴에서 뾰족한 턱선이 먼저 눈에 들어왔다. 그 턱선 역시 낯설지 않았다.

"다, 당신은……."

사내의 강파른 얼굴을 뚫어져라 살피던 혜선의 입술 사이로 마침내 비명이 새어 나왔다.

"기억해낸 모양이군."

말과 함께 사내가 털모자를 벗었다. 숱이 많은 더벅머리가 흘러내리며 역시 눈밑까지 덮었다. 남자는 혜선의 촬영장마다 나타나던 더벅머리 조명기사였다.

"반장님, 이거 보십시오. 김성훈의 회사 책상에서 나온 것인데 아무래도 사건과 관계 있는 것 같습니다."

박 형사가 두툼한 서류봉투를 수사 책임자인 오 경감 앞에 내놓았다. 김성훈이 저격 3일 전 퀵서비스로 받은 이혜선과의 사진들이었다.

"결국 여자로 인한 원한관계인가? 이 여자 신원 파악은 됐겠지?"

사진을 훑어보던 오 경감이 물었다. 피곤이 묻어나는 얼굴과 달리 목소리에 힘이 넘쳤다.

"이름 이혜선, 나이 스물셋, 패션모델 초년생인데 김성훈과 내연 관계인 것 같습니다."

"그 털모자, 이혜선의 애인일 수 있겠군. 박 형사, 지금 곧 이혜선 소환하도록. 김 형사는 김성훈의 부인 만나보고 여차하면 소환해도 좋고."

"설마 남편이 바람 난 걸 안 부인이 청부했을 수 있다는 겁니까?"

"있을 수 있는 가능성은 모두 동원해야지. 시간 없어. 빨리빨리 움직이도록."

"청순 발랄한 척 낯짝 들고 다니던데 어디 몸뚱이도 그런가 한번 볼까?"

혜선의 재킷을 거칠게 잡아채며 사내가 말했다.

"사, 살려주세요. 다, 다시는 그, 그러지 않을게요."

혜선은 바짝 얼어붙은 입술로 힘들여 말했다. 사내의 거친 손길 아래 벗겨져 나가는 옷들을 필사적으로 부여잡는 그녀의 큰 눈동자가 공포 때문이지 더욱 커져 있었다.

"어린 게 돈 많은 놈 너무 좋아한다는 생각, 안 해봤니?"

마침내 알몸뚱이가 된 혜선을 바라보는 사내의 얇은 입술 끝에 차가운 웃음이 흘러나왔다.

'돈 많은 놈?'

사내의 비아냥거림을 듣는 순간 혜선은 그가 휴대전화로 문자를 보낸 사람이라는 것을 깨달았다. 그와 함께 김성훈에게 엽총을 쏘아 실명시킨 괴한 역시 그라는 것도 직감했다. 덮쳐오는 공포감으로 혜선은 이가 딱딱 부딪칠 만큼 얼어붙었다.

"요, 용서해주세요, 제발. 하라는 대로 다 할게요."

"용서해라? 살려만 달라? 그러니까 흥정을 하자, 이 말이지? 역시. 몸뚱이 하나로 고급 아파트에 외제 승용차, 풍족한 생활비까지 만들어내는 재주꾼답군."

"제, 제발……."

흘러내리는 눈물과 콧물로 범벅이 된 얼굴로 혜선은 필사적으로 빌었다.

"돈 좀 있다고 재는 네 기둥서방 같은 놈들, 거기 붙어먹고 사는 거지 같은 인간들. 살 가치조차 없는 말종들. 그런데도 살고 싶다구? 살려달라구?"

입술을 부르르 떨 만큼 증오스런 소리와 함께 사내가 혜선에게 달려들며 거칠게 뺨을 쳤다. 엉거주춤한 자세로 가슴을 안고 있던 혜선은 두 팔을 허공에 내뻗으며 바닥으로 나둥그러졌다. 넘어지는 그녀의 시야 가득 바지를 벗어 던지는 사내의 모습이 비쳤다.

"이, 이러지 마요. 제, 제발……."

혜선은 자신의 몸 위로 덮쳐오는 사내의 몸을 밀어내며 악을 썼다.

"입 다물고 조용 있으면 해치지 않는다고 했을 텐데. 죽고 싶나?"

옥죄는 소리와 함께 사내의 주먹이 혜선의 얼굴을 강타했다. 혜선의 코에서 터져나온 피가 사내의 얼굴에까지 튀었다. 그러나 그것은 겨우 시작일 뿐이었다. 두 뺨을 연속적으로 갈겨대는 사내의 억센 손아귀 아래서 혜선은 마침내 축 늘어졌다.

시간이 얼마큼 지났을까. 혜선은 희미하게 들려오는 소리에 눈을 떴다. 사위가 조용했다. 분명 소리를 들은 것 같은데 조용하다. 벌떡 몸을 일으켰다. 그러나 몸을 일으켰다는 건 생각일 뿐 그녀의 몸은 꼼짝도 하지 않는다. 그녀는 잠시 자신이 지금 꿈속에 있는 것인지 현실 속에 있는 것인지 가늠되지 않은 채로 주변을 둘러보았다. 벽에 걸린 그림과 사진, 커튼 등 눈에 익은 실내가 시야에 비쳐든다. 그 순간 초인종이 울렸다. 그녀가 조금 전 무의식 속에서 들었던 바로 그 소리였다. 그녀는 몸을 일으켰다. 그러나 고개만 겨우 들썩여질 뿐 다른 곳은 전혀 움직여지지 않았다. 그녀는 발가벗겨진 채 바닥에 널브러져 있었다. 벗겨진 그녀의 몸은 물론 바닥까지 검붉은 피로 얼룩져 있었다.

'뭐, 뭐야? 내, 내가 왜 이래?'

중얼거리며 혜선은 다시 한 번 몸을 일으켜 세웠다. 순간, "카메라 보이지? 그럼 지금 네 행위가 모두 촬영되고 있다는 것도 알겠군." 어둑한 목소리가 벼락처럼 귀를 스쳤다.

"네가 조용하면 이 필름도 조용할 것이고, 네가 떠들면 그 순간 애네들도 입을 열겠지?"

발가벗겨진 자신의 몸속을 파고들며 윽박지르던 더벅머리의 강파른 얼굴을 혜선은 환영처럼 그러나 또렷이 떠올렸다. 혜선은 순간 몸서리를 쳤다. 그때 다시 초인종이 울렸다. 그러나 혜선은 두 손으로 입을 막은 채 꼼짝도 하지 않았다.

"이혜선이란 여자, 외출 중인가 본데 어떻게 하지?"

이혜선의 아파트 초인종을 계속 누르던 이 형사가 마침내 단념한 듯 중얼거렸다.

"일단 서로 돌아가지. 그 여자 휴대폰 번호부터 수배해 연락하는 게 빠를 것 같잖아?"

지켜보고 있던 박 형사가 말했다. 두 형사는 몸을 돌려 엘리베이터를 향해 걸음을 옮겼다.

문밖에서 두런거리던 소리가 사라진 후에야 혜선은 입을 막았던 손을 뗐다.

"돈 많다고 재는 네 기둥서방이나 잘 빠진 몸매 하나로 출세해보겠다는 너, 그런 인간들 부숴주는 재미에 사는 나나 결국 똑같지 않니? 그렇게 공평한 세상이라고 생각하면 억울할 것 하나 없을 거다."

다시 보자던 말과 함께 사내가 주절거리던 소리까지 떠올랐다. 그녀의 두 눈 가득 눈물이 흐르기 시작했다. 눈물은 이내 폭포처럼 쏟아져 내리며 오열로 변했다.

- 『**악마는 꿈꾸지 않는다(2010 올해의 추리소설)**』(화남출판사, 2010)

여자는 한 번 승부한다

>>>>> 김남

전남 광주에서 태어나 전남대학교를 졸업했다. 동아일보 신춘문예에 희곡과 시나리오가 당선되었다. 중편소설 「어른들만 사는 거리」로 월간 「세대」 신인문학상을 받았다. MBC 경찰 드라마 〈수사반장〉 극본을 7년간 집필했으며, TV와 라디오 단막극 1천여 편을 집필했다. 주요 추리소설 작품으로 「돛배를 찾아서」 등이 있다.

남편은 오늘도 늦는다.

여름도 이제 거의 가버리고 늦여름의 마지막 비가 추적거리며 내리고 있는 밤이다. 남편은 지금 어디서 무엇을 하고 있을까.

12시가 넘었다.

이제 곧 들어오겠지. 술에 잔뜩 절어서. 대리운전자가 운전하는 차에 실려서. 그러곤 그럴 테지.

"남자가 사업을 한다는 것이 얼마나 힘이 드는지 알아? 모르면 가만있으란 말이야."

사실 남자들이란 바깥 일이 복잡하니까 자주 술을 마실 수밖에 없겠지. 남편의 말이 맞는지도 모른다. 이제 결혼 6년째인데 내가 애를 가질 수 없다는 것이 확실해진 뒤로 부쩍 신경이 예민해져서 공연히 남편한테 신경질을 부리는지도 모른다. 그러나 이 커다란 집에, 더구나 이렇게 비가 추적거리며 내리는 밤에 혼자 있어보라. 남편을 기다리지 않을 여자가 어디 있겠는가. 남편이 좋아서가 아닌 것이다.

드디어 남편이 돌아왔다.

차고의 문이 여닫히는 소리가 들린다.

그런데 이상하다. 차고를 지나 집 안으로 들어오는 발소리가 들리지 않는 것이다. 5분이 넘고 10분이 다 되어서 나는 결국 차고로 내려갔다. 그리고 놀라운 광경을 봤다.

남편은 평상시의 모습이 아니었다. 눈을 부릅뜬 채 핸들을 손으로 움켜잡고 차에서 나오지를 않았다.

"여보, 무슨 일 있어요?"

몇 번을 물었으나 꼼짝 않고 있던 그는 차문을 열고 들어가 곁자리에 앉는 나에게 비로소 첫 질문을 던졌다.

"지금 집에 누가 있어?"

"아무도 없어요."

"파출부는?"

"돌아갔잖아요. 지금 12시가 넘었는데."

남편은 돌연 쉬어빠진 음성으로 "당신 먼저 들어가" 하더니 핸들에 얼굴을 처박았다.

그 순간 나는 놀라지 않을 수가 없었다. 결혼 이후 이미 사랑은 다 식어버리고 마치 타인처럼 느껴지기만 했던 이 남자의 두 눈에 눈물이 가득 고여 있는 것이다.

"여보, 말해봐요. 무슨 일이에요?"

오랜 침묵. 그리고 내가 그의 머리칼을 어루만져주자 용기를 얻은 듯 남편의 입에서 나온 한마디.

"사람을 죽였어."

오, 맙소사! 세상에, 이런 비 오는 밤에 이런 고백을 듣다니.

"죽고 싶어. 나 자살하고 말 거야."

"얘기를 좀 해봐요. 누구를 죽였어요? 그 사람 지금 어디에 있어요?"

"그 사람, 차 트렁크 안에 들어 있어."

다음 순간 어찌 된 일인지 내 눈에서도 눈물이 흘러내렸다. 그동안 숱하게 남편과 싸워왔지만 눈물 한 방울 흘려본 적이 없었는데, 아마 갑작스런 두려움 때문에 그런 것인지도 모른다.

"어째서 이렇게 됐는지 나도 모르겠어. 사고를 저지른 순간 곧장 자수를 하고 싶었지만 내 인생이 너무 억울하다는 생각이 들었어. 무엇보다도 맨 먼저 당신 생각이 떠올랐고. 지금까지 정말 나에게 잘해줬는데 이런 일로 당신까지 피해를 입게 되다니, 그것도 너무 두려웠고."

어쩌면 그건 거짓말일 것이다. 내가 불임증이라는 것이 밝혀진 이후 나한테 얼마나 모멸적이었던가. 아마 내 재산과 친정 부모님의 재산이 아니었다면 진작 이혼했을지도 모른다.

"나 지금 자살하고 싶어. 정말이야."

남자가 우는 모습을 보니, 그리고 지금 이 사람은 세상에서 나밖에 믿을 사람이 없다는 것을 절감하고 있으리란 생각에 갑자기 통쾌한 기분이 들었다.

"교통사고라면 합의하고 해결할 수도 있을 거 아니에요?"

남편의 입에서는 더 충격적인 소리가 흘러나왔다.

"아니야. 내가, 죽였어."

"누구를요?"

"여자야."

"어떤 여잔데요?"

남편은 강남에서 작은 오퍼상을 하고 있다. 방독면과 소방기구, 휴대용 공구들을 주로 취급하는데 중동 경기가 살아나면서 사업을 시작한 지 5년 만에 재미를 보는 중이다. 사실은 남편의 회사가 아니다. 친정아버지가 자금을 대고 사무실도 내주었으며 판매도 대부분 도와주고 있기는 하지만 어떻든 처음으로 회사가 일어서고 있던 때였다.

"용서해줘. 무릎을 꿇고 빌라면 그렇게 하겠어."

결혼 후 처음 보는 비굴하고 나약한 모습이 된 남편은 더듬더듬 그 전말을 털어놨다. 한마디로 남편은 그동안 나 몰래 다른 여자를 만나고 있었다.

"그 여자는 회사 근처 커피숍 아가씨였어. 미스 서라고 불렀는데."

남들이 들으면 시시한 얘기겠지만 내 가슴은 질투심으로 폭발 직전이 되었다. 그 아가씨는 남편의 아기를 가진 것이다. 4개월이라고 한다.

"나 이제 지긋지긋해요. 이런 생활. 하루 종일 오가는 이 남자 저 남자한테 눈웃음이나 치고 아양이나 떨어대고. 커피를 하루에 스무 잔씩이나 마셔대고."

"그럼 어떡할 셈이야?"

"사장님이 알아서 해주셔야죠."

"처음에는 내가 당했다 싶어 콧방귀도 뀌지 않았더니 이 여자 본색이 드러나는 거야. 사무실 계단에 와서 앉아 있기도 하고 집주소를 알아내려고 여기저기 쑤시기도 하고."

그 여자는 질이 좋지 않았다. 그런 여자들 사실 하나둘이 아닌데 남편은 우습게 알고 바람을 피우다가 정통으로 목덜미를 잡혀버린 것이다.

"정말 임신을 한 거예요? 당신의 아기를?"

"병원에 확인을 해봤어. 맞대."

"뭘 요구했는데요?"

"결혼."

흥, 나는 콧소리를 냈다. 이 남자가 그동안 그 여자에게 뭐라고 했을지 짐작이 갔다. 싸구려 연속극에서도 걸핏하면 나오는 얘기 아닌가. 마누라하고는 성격이 안 맞아 도무지 같이 살 수가 없다고 하면서 마누라보다 너를 더 사랑한다고 했겠지.

"그럼 이혼하고 결혼하지 그랬어요?"

남편은 대답하지 않는다. 하나마나다. 이혼하면 그는 사실 거지가 된다. 지금 살고 있는 집도 내 명의다. 회사도 처가에서 차려준 것. 그런 식으로 이혼하면 위자료 한 푼도 없는 빈털터리가 될 뿐이다. 그래도 그다음 말은 의외였다. 그 여자가 그랬다고 한다.

"식당을 나가든 술집을 나가든 내가 먹여 살리겠어요. 가난해도 우리 애를 낳고 당신과 사랑하면서 살고 싶다구요."

흥, 사랑에 미친년이로군.

"오늘 밤 만나서 어떻게든 그 여자를 설득시키려 했어. 그랬더니 어떻게 알았는지 장인 전화번호를 꿰더니 전화를 하려 들잖아."

"어디서요?"

"회사 지하 주차장에서."

당신 사위라는 인간이 이런 식이다. 알려주겠다고 전화번호를 눌러대기 시작하는데 엉겁결에 남편이 여자를 후려잡는 순간 여자는 피하려다가 그대로 넘어지면서 주차장의 기둥 모서리에 머리를 정통으로 부딪혀 삽시간에 죽어버렸다. 남편은 한 마디 한 마디 마치 되씹듯 회오에 찬 비통한 음성으로 전모를 털어놓았다.

"병원에 갈 형편이 못 되었어요?"

"만져보니 이미 늦었어."

"왜 그럼 집으로 데려온 거예요? 경찰에 신고를 해야죠. 당신이 죽인 것도 아닌데."

나의 몇 마디는 아무 의미도 없는 것이다. 내 머릿속도 공황이 되어 있기 때문이다.

"내가 죽이지 않았다는 것을 누가 믿겠어. 세상은 무조건 내가 그 여자를 밀쳐서 죽였다고 할 거야."

여보, 좀 도와줘! 남편은 비통하게 외쳤다. 그의 얼굴은 납덩이같았다.

"어떻게요?"

"우선 저 시체를 파묻어야겠어."

"어디다가요?"

"우리 별장 뒷산에."

남편은 다시 웅얼거렸다.

"하늘에 맹세코 절대로 절대로 당신을 끌어들이지 않겠어. 만약 혹시라도 문제가 되어도 내가 혼자 묻었다고 할 거야. 그러니 별장까지만 차를 운전 좀 해줘요. 나는 지금 너무도 혼란스럽고 손이 떨려서 더 이상 운전을 할 수가 없어."

몇 번은 울다가 소리 지르기도 하다가 결국 나는 남편 대신 핸들을 잡고 용인의 산기슭에 있는 별장으로 가고 말았다. 남편의 말이 맞다. 만약 남편의 일이 세상에 알려지면 나는 물론이고 아무 죄 없는 친정 가족들까지 평생 손가락질을 당하면서 살아야 할 거 아닌가.

관리인이 나가버리고 비워둔 지 오래인 별장 근처는 몹시 을씨년스러웠다. 근처에는 인가도 없고 교회 기도원이 하나 있을 뿐이지만 기도원은 사람이 없는 듯 캄캄하다.

내가 집 안에서 삽을 가져오는 동안 남편은 시체 자루를 메고 비틀비틀 별장 뒷산 기슭으로 올라갔다.

나는, 언덕 밑 희미한 플래시 불빛 아래에서 경황없이 삽질을 하고 있는 남편을 지켜봤다. 빗방울은 쉬지 않고 흩뿌려지고 있는데 지금 한 여인이 아무도 몰래 음습한 땅속으로 사라지고 있는 것이다.

나는 친정에 가서 며칠을 묵었다. 도저히 남편의 얼굴을 마주할 수 없었기 때문이다.

일주일 만에 남편을 만나 결혼 전 자주 다녔던 한강이 굽어보이는 호텔 레스토랑에서 우리는 타인처럼 마주 앉았다.

황혼의 강변이 마주 보이는 환상적인 좌석을 남편은 예약해두었다.

소년처럼 수줍어하면서 결혼 전의 우아하고 핸섬한 청년 한 사람이 거기 앉아 있었다. 그는 술을 한 잔 마시면서 장렬한 한마디를 털어놨다.

"나는 지금 두 번째 인생을 살고 있어. 당신이 그 인생을 만들어줬어. 당신이 나를 붙잡아주지 않았더라면 나는 틀림없이 그때 자살하고 말았을 거야."

나도 참 이상하다. 이미 애정도 식어버린 사이였는데 왜 그런 필생의 모험을 한 것일까? 아마도 그건 남자의 눈물 때문이었을 것이다. 남편이 우는 모습을 그때 처음 봤다. 울고 있는 남자를 어떻게 돕지 않을 수 있으랴.

"이제부턴 당신만을 위해 살 작정이야. 맹세할 수 있어."

나의 의문은 아직 남아 있다. 그런데 남편은 자신만만하였다.

"그 여자는 어려서부터 가출을 일삼은 고아야. 게다가 그날 다니던 커피숍에 사표를 내고 나왔어. 그런 여자를 누가 찾을 사람이 있겠어?"

남편의 말이 맞을 것이다. 한 해에 우리나라에서 실종 인구가 1만 명이 넘는다는데 어느 누가 그 여자를 찾으랴.

가장 큰 문제는 이제 우리들의 기억 속에서 그 여자를 지워버리는 것뿐이다. 그러나 그 이상한 일이 일어난 것은 시체를 매장해버린 지 일주일쯤이 지나서였다. 역시 보슬비가 내리는 밤이었다.

나는 새벽 2시경 그 이상한 소리에 잠이 깼다. 2층에서 누군가 천천히 걷고 있는 발걸음 소리가 들린 것이다. 그것도 사뿐사뿐 걷는 발소리가 아니라 아주 뚜렷하게 걷는 발소리였다.

아파트도 아닌 단독주택에서 비어 있는 2층의 소리가 들릴 수는 없다.

"여보, 2층에 누가 있어요."

후들거리는 음성으로 남편을 깨웠을 때 갑자기 그 소리는 사라졌다.

"아무 소리도 안 들리잖아."

긴장했던 남편은 이상하다는 눈빛으로 나를 건너다봤다.

"아녜요. 분명히 들렸다구요."

남편은 일어났다. 호신용으로 지니고 있는 5연발 공기총을 꺼내 들고 복도로 조심스럽게 나갔다.

집은 물론 완벽하게 방범장치가 되어 있다. 외부 사람이 집 안에 손만 대도 비상벨이 울리게 되어 있고, 게다가 작지만 상당히 영리한 슈나우저가 방 안에 같이 자고 있다. 그런데 개는 아무런 이상한 동작도 하지 않았다. 꼬리만 흔들어댈 뿐.

남편은 2층은 물론이고 아래층 전부에 불을 밝히고 샅샅이 다 뒤져본 다음 다소 짜증스러운 얼굴로 돌아왔다.

"잘못 들었겠지. 도둑이 어떻게 들어오겠어? 비가 오고 바람도 좀 불어서 목재 기둥이 뒤틀리는 소리를 당신이 착각한 거 같애."

"그렇다면 다행이네요. 미안해요."

"당신 신경이 부쩍 예민해진 거 같애."

내 신경이 예민해졌다면 그게 누구 때문이겠는가. 남편은 그런 점에 관해선 위로의 말 한마디 없이 등을 돌리고 그대로 잠들어버렸다. 그리고 한 시간쯤 엎치락뒤치락하다 간신히 다시 스르르 잠에 빠져들 무렵, 그 소리는 또 들려왔다.

천천히 2층 복도를 걷는 발걸음 소리.

남편은 다시 일어났다.

그리고 두 사람이 함께 귀를 기울였지만 아무 소리도 들리지 않았다. 희미하게 비 오는 소리뿐. 남편은 다소 경멸하는 듯한 눈초리였지만 더 이상 아무 말도 하지 않았다.

다음 날 파출부가 오자 온 집 안을 샅샅이 청소시켰다. 속셈은 청소보다도 2층에 뭔가 수상한 게 있지 않나 하는 불안 때문이었지만 역시 아무것도 없었다. 그렇다면 내가 잠결에 뭔가 잘못 들은 거겠지.

창문의 잠금장치도 아무 이상이 없었고 방범경보도 울리지 않았으며 개도 짖지 않았다면 도둑은 아닐 것이다. 어떻든 그런 소리는 다음 날에는 들리지 않았다. 그러나 3일 후 나는 다시 한밤중에 잠에서 깨어났다. 소름 끼치게도 어디선가 여자가 흐느껴 우는 소리가 들렸기 때문이다.

분명히 들렸다. 2층에서 들려오는 울음소리. 처음에는 전번처럼 뭘 잘못 들은 것이 아닐까 했지만 아니었다. 분명히 들렸다.

이번에는 강아지도 몇 번 으르렁거렸다. 분명히 들은 것이다.

남편은 다시 벌떡 일어났다. 그러나 한참 귀를 기울이더니 허망한 표정으로 나를 바라봤다.

"무슨 소리가 들린다는 거야?"

"저 소리가 안 들려요?"

내 귀에는 분명히 들리는 여자의 먼 흐느낌 소리. 그런데 남편은 안 들린다는 것이다. 그리고 그 소리는 점점 희미하게 되더니 이윽고 그쳐버렸다.

"당신, 또 그러는군그래, 응? 자꾸 그러면 노이로제 걸려."

남편의 시선은 복잡해졌다.

"마음을 편히 먹으라고 했잖아. 왜 그렇게 겁을 먹고 그래? 들리긴 뭐가 들리냐구?"

파출부는 40대의 통통한 부인이다. 별로 말이 없는 그녀는 요즈음 부쩍 나를 유심히 보는 것 같다. 내가 안색이 창백해졌다고 한다.

"아줌마, 혹시 귀신을 믿으세요?"

나는 그런 이상한 질문까지 던졌다.

"귀신요? 아유, 귀신이 어디 있어요. 전 교회 다니는데요."

그, 그렇지. 귀신이 있을 리 없지.

하지만 며칠째 입맛도 사라지고 더욱이 밤만 되면 공포가 오싹오

싹 치밀어 올라왔다. 그 이상한 소리는 이틀 뒤 밤에도 들려왔기 때문이다. 분명히 2층에서 그 이상한 발소리가 들려오는 것이다. 천천히 흘러가는 것 같은 소리를 내면서.

남편은 코를 골며 자고 있지만 이제 남편을 깨울 수도 없다. 미심쩍게 나를 보면서 헛소리를 들었다고 할 것이니까. 그러나 환청 같은 것은 정말 아니었다. 분명히 30분 넘게 그 소리가 들려오는 것이다. 나중에는 울음소리, 그리고 문이 삐꺽 열리는 소리까지.

"당신 또 잠을 못 잤어?"
"못 잤어요."
"왜 또 그 이상한 소리가 들렸어?"
"들렸어요."

남편은 미안해하는 표정으로 나를 안아줬다. 이제 그 원인을 알겠다는 표정이다. 그리고 한 가지 제안을 했다.

"기분전환 겸 우리 내일은 호텔에서 잡시다."

오랜만에 기분이 가라앉았다. 먹고 마시고 실내 공연도 보고 룸과 응접실이 따로 있는 VIP 객실을 빌렸기 때문에 그날 밤은 마치 신혼여행을 온 것 같았다. 그만큼 달콤한 밤이었다. 그 여자가 희생되긴 했지만 이제 우리 부부 사이는 원상회복이 되었다.

침대 머리맡의 디지털 시계가 02시를 가리킬 때 나는 다시 잠에서 깨어났다. 욕조에 물방울 떨어지는 소리가 뚜렷이 들려왔다.

샤워를 하고 물을 내리지 않았나?

욕조를 확인한 순간 나는 다시 머리끝까지 소름이 끼쳤다. 욕조에는 물이 한 방울도 없었고 물론 물도 떨어지지 않고 있었다.

이건 내가 잘못 들은 것이 분명하다. 나는 조금은 노이로제 상태인지도 몰라.

남편을 깨우지 않은 채 다시 잠을 청하려고 했지만 어렴풋이 잠이 들려는 순간 다시 들려오는 소리. 오, 그리고 그다음 순간 여자의 콧노래 소리. 음침하게 우는 것처럼 들려오는 그 콧노래 소리.

나는 기절하고 말았다.

의사는 꼼꼼하게 체크를 하는 것 같다.

"불면증이 있으시군요. 혈압도 상당히 높아지셨습니다. 식사는 어떠세요?"

"거의 잘 먹지 못합니다."

"안정을 하셔야겠는데요."

의사들 얘기의 태반은 아무나 해줄 수 있는 수준의 말이다. 나는 한참 듣고 있다가 무심코 입을 열었다.

"집이건 호텔이건 어디 가도 마찬가진데요. 차라리 교회에 가볼까요? 교회 한 곳 소개해주세요."

의사는 분명히 의심스러운 눈빛이 되었다. 심상치 않다고 생각했을 것이다. 병원을 나오면서 남편은 드디어 짜증을 냈다.

"무슨 교회 얘기를 하는 거야?"

"그 의사가 뭐라고 했어요?

"당신을 치료해줄 곳은 한 군데뿐이라고 했어."

"어디요?"

"정신과."

"내가 미쳤단 말인가요?"

"아니, 나랑 같이 자는데 왜 나한테는 아무 소리도 안 들리고 당신한테만 들리느냔 말이야."

나는 버럭 소리를 질렀다.

"내가 정신이 이상하니까 그렇지."

"정말 정신병원에 입원을 해야겠군."

"그래. 입원시키고 혼자 잘 살아! 여자는 얼마든지 많으니까. 아무나 데려다가, 흥."

"이제 나를 협박하는 거야?"

"악몽에서 벗어나고 싶어. 제발. 벗어나게 해줘!"

"방법을 말해봐. 어떻게 해야 되겠어?"

"경찰에 자수하고 모든 것을 다 고백해."

"뭐 어째?"

"그리고 절에 가서 그 여자 천도제 같은 것도 지내주고 시체도 좋은 곳에 다시 묻어주고."

내가 뭐라고 떠들었는지 모르겠다. 얼굴은 붉어지고 온몸에서는 습기가 차올랐다.

"제정신으로 그런 말을 하는 거야?"

"그럼 어떻게 하면 좋겠어?"

"내가 발각되면 이제 당신도 공범이라고, 함께 들어갈 수밖에 없잖아."

나는 차 안에서 흐느껴 울고 말았다. 우는 것밖에 아무 할 일이 없어진 것이다.

그날 이후 걸핏하면 나는 친정에 가서 자고 동생네 집에도 가서 잤다. 희한하게도 그곳에서는 아무 소리도 들리지 않았다. 그러나 악몽은 당연히 나타났다. 악몽과 함께 환청도 따라붙었다. 당연히 남편과는 다시 거리가 멀어지고 말았다. 내가 집으로 들어가지 않으려 했기 때문이다. 친정으로 간 지 열흘이 지나자 남편이 찾아왔다.

"이런 식으로 살 거야?"

"집으론 이제 못 가겠어."

"그러면 갈라서자는 말이야? 작심했구나?"

남편의 어조가 몹시 표독스러웠다. 위로의 기색은 한 점도 없었고 조롱하는 것 같은 표정이었다. 내 말투 역시 즉각 반응을 했다.

"그래, 안 되면 경찰에 찾아갈 거야."

"미친년. 진작 정신병원에 처넣어야 했어."

"그래, 넌 진작 교도소로 가야 했어."

싸움은 전혀 예고 없이 이루어진다.

"머리가 영리하니까 잘 알겠지? 이젠 나 혼자 가지 않는다는 것을. 흥, 여자가 쇠고랑 차고 방송 뉴스에 나오고, 어디 마음대로 해봐."

"더러운 자식."

나는 그렇게 온순하고 헌신적인 여자가 아니다. 고함을 지르며 손이 날아가자 남편의 입에서도 그동안 담아두었던 폭언들이 거침없이 쏟아져 나왔다.

"재수가 없으려니까 이런 것하고 결혼을 해가지고. 정상적인 여자 만났더라면 나도 바람피우지 않고 사람도 죽이지 않고 잘 살았을 거 아냐."

"나 때문에 그렇게 됐다는 말이지?"

"그렇다. 부잣집 외동딸이라는 것이 얼마나 오만하고 독선적인 줄 너는 모를 거야. 남편을 남편이 아니라 자기 아랫사람으로 알고 세상에서 자기가 가장 똑똑하고 잘난 줄 아는 골 빈 여자 같으니. 너

같은 것은 니 부모 재산 빼버리면 미아리 창녀만도 더 쓸모가 없어."
"마음대로 지껄여봐. 거지 같은 자식."

서로 마구 소리 지르고 집기들이 날아갔다. 그것으로서 우리 사이는 끝이었다.

나는 다음 날 드디어 내 발로 경찰서를 찾아가고 말았다.

"그게 정말입니까?"

"네, 그대로 참고 살았다간 심장마비에 걸리든지, 아니면 정말 정신 이상으로 병원에 실려갈 거 같았어요."

"남편하고 싸운 끝에 공연히 그러시는 건 아니고?"

"그런 비겁한 인간은 이제 남편도 아니에요."

"어떻든 일단 확인을 해보죠."

"전 어떻게 되는 거예요?"

"시체 유기에 관련이 있지만 정상이 참작되어 실형까지는 가지 않을 겁니다."

담당형사는 그 아가씨가 근무했던 커피숍으로 전화를 걸어 그 여인의 행방부터 찾아봤다.

"그 커피숍에 서 양이라는 아가씨가 있었다는군요. 한 달 전쯤 이유도 없이 그만두고 나가버렸다는데."

30분도 안 되어 남편은 즉시 연행이 되었다. 남편의 눈에서 시퍼런 불이 치솟았다.

"이 여자 미친 여잡니다. 병원에도 조회해보세요. 몇 번이나 정신병원을 권유받았는지 아십니까."

"가만 계세요. 확인해볼 테니까."

"이 여자 말 곧이듣지 말라니까요."

소용이 없었다. 우리는 경찰차에 실려 별장까지 오고야 말았다.
"그 장소가 어딥니까?"
"저기 나무 아래쪽이에요."
남편의 어조는 싸늘하고 증오에 차 있었다.
"미친년, 넌 명예훼손으로 고소당하고 지금 이 순간 이혼이라는 걸 명심해."
나는 침묵했다. 저 가련한 인간은 이제 곧 끝이 난다.
"이곳을 파보자구."
경찰들이 남편이 가리킨 장소를 파헤치고 있을 때 나는 남편의 표정을 잘 살펴보았다. 얼음장같이 싸늘한 미소를 지으며 나를 가소롭다는 듯 쳐다보는 그 소름 끼치는 눈초리.
그는 내 귀에 대고 낮게 속삭였다.
"잘해봐라."
남편의 눈가에는 예상과 달리 냉소와 오만함, 자신감이 배어 있는 것이다. 나 역시 슬며시 웃어주었다. 그리고 마주 속삭였다.
"잘 가세요."
남편은 약간 움찔했지만 입술을 비틀며 아무도 모르게 피식 웃어주었다. 아주 인상적으로.
나는 그 웃음의 의미를 너무나도 잘 알고 있다.
그는 지금 이렇게 외치고 있을 것이다.
"잘 파봐라. 사람 시체는커녕 포대 자루 속에 죽은 개 한 마리가 들어 있을 테니까. 미련한 여자 같으니. 내가 미쳤냐? 저 여자보다도 백배는 더 마음씨 좋고 나를 사랑해주는 그 아가씨를 죽이게?"
그는 득의의 미소를 짓고 있다. 아마 그 아가씨한테 이렇게 말했을 테지?

"두어 달만 숨어 있어. 정말 죽어 없어진 것처럼."

"그럼 사모님과 두 달 안에 이혼할 수 있어요?"

"그게 무슨 사모님이야? 얼어 죽을. 내가 돈 한 푼 없던 총각 때 돈만 보고 그 여자 하자는 대로 이를 악물로 참고 살아왔지만 이제 도저히 안 되겠어. 생각해봐. 부부라는 것이 재산이 있건 없건 화목하고 아내는 남편을 존중해줘야 되는 거 아냐? 그런데 그게 아냐. 그 여자는 물론이고 그 집안 식구들도 모두 나를 제 집 종으로 알고 있어. 비루먹은 개 한 마리를 거둬줬으니까 고마운 줄 알아라 하는 식이야."

"그럼 진작 이혼했어야죠."

"내가 그렇게 멸시를 받다가 빈손으로 쫓겨나야겠어? 이혼이야 얼마든지 할 수 있지만 그럴 경우 빈손으로 나와야 한단 말이야. 안 그러고 그 여자가 정신 이상 상태에서 남편을 살인범으로까지 몰게 되면 당당히 내가 재산의 절반을 위자료로 받을 수 있지."

"그럼 사장님 시키시는 대로 두 달만 숨어 있을게요."

"그래. 그 여자 정신병자로 확인되고 이혼이 끝나면 그때 당당히 나타나라구. 잘하면 그 여자 그 안에 심장마비로 죽을지도 모르니까."

경찰은 삽질 끝에 뭔가를 발견한 것 같다. 포대의 끝자락이 드러난다. 남편의 눈가에 미소가 어린다.

감식반이 사진을 촬영하나 싶더니 한 사람이 포대 자루의 끝을 잘랐다.

"맞다. 예, 여자 시쳅니다."

죽은 개가 아니라 여자의 시체가 나온 것이다. 남편이 얼굴을 찌푸리더니 소리를 질렀다.

"잘 보세요. 여자가 아니고 개 한 마리가 들어 있을 건데요."

소용없다. 형사 두 사람이 그의 팔을 꺾더니 수갑을 채웠다. 그는 몸부림을 치며 포대를 확인했다. 포대 안에는 여자의 시신이 얼굴부터 드러났다.

"아니, 미스 서, 이게 웬일이야?"

그의 비명 같은 외침 소리.

경찰들이 포대를 완전히 끌어내고 있다. 아니야, 나는 개를 묻었다구, 개! 남편은 울부짖으며 다음 순간 도망치려다가 형사의 발길에 걸려 쓰러졌다.

"정신병원은 당신이 가야겠네."

그는 차에 처박혔다.

"사모님, 수고하셨습니다. 고생 많으셨네요."

형사들이 다투어가며 나를 위로했다. 그의 차가 먼저 떠나면서 우리는 마지막으로 시선이 마주쳤다. 아마 도무지 이해할 수 없다는 표정이란 저런 것이겠지.

처음에는 정말 깜박했다. 죽은 여자의 귀신이 나온 줄로만 알았으니까. 그런데 어느 날 남편의 책상 아래 구두 박스 안을 우연히 들여다봤더니 배터리가 가득 들어 있지 않겠어? 비닐 포장을 벗기지도 않은 채 수십 개가 말이야. 대체 쓰지도 않는 이 배터리를 왜 이렇게 많이 사다났을까? 쓰레기통을 보니 다 쓴 배터리가 또 한 움큼 버려져 있고.

그래서 뒤지기 시작한 거야. 어떤 전자제품에 이 배터리를 사용한 것일까?

겨우 찾아냈다구. 천장 모서리, 커튼 뒤쪽에 마이크로 녹음기를 붙여두셨더구먼. 여자 울음소리, 발걸음 소리를 몽땅 녹음해가지고. 고생했어. 나 몰래 그저 녹음해다가 천장에 붙여놓고 날마다 배터리 갈아끼우느라고.

침대에 누운 채 코를 골면서 리모컨으로 그것을 조정했다는 것은 그다음에 알아낸 거야.

당신을 사흘간 미행했더니 그 계집이 금방 드러나더군. 죽어서 묻어버린 그 여자 말이야.

헤어져서 돌아가려는 그 계집을 뒤따라가서 차에 타라고 했지.

삼자대면을 하자고 했더니 놀라서 도망치려다가 미끄러져서 콘크리트 바닥에 머리를 부딪고 이번에는 진짜 죽어버리지 뭐야.

그래서 네가 가르쳐준 대로 했지. 별장으로 데리고 와서 저 자리에 파묻었지. 개를 치우고. 그 안에 집어넣었어. 어차피 당신이 한 번 죽였던 여자 아냐?

여자가 그렇게 약한 줄 알았어? 여자가 그렇게 만만한 줄 알았냐구. 어리석은 자식 같으니.

- 〈KBS 무대〉 단막극(2011), 개작

살인의 가치

>>>>> 이승영

1991년 장편소설 『미스코리아 살인사건』으로 제2회 김내성추리문학상을, 같은 작품으로 한국미스터리클럽 선정 제1회 추리문학 독자상을 받았다. 주요 작품으로 장편소설 『코리언시리즈 살인사건』, 『위험한 내일』, 『죽음을 부르는 펜 끝』, 단편소설 「인간의 덫」, 「욕정과 전생의 비밀」, 「몰래 카메라」, 「환상의 여인」 등이 있다. 어린이를 위한 추리퀴즈 책 『도전 명탐정 비밀수첩』을 쓰기도 했다.

살인범 이야기

J공원은 여느 때처럼 평화로웠다.

야산에 불과했던 사건 현장 인근에는 고층 아파트촌이 들어서 있었다. 아파트 공원에는 은행나무와 도토리나무가 칼바람에 흔들리고 있었다. 칼바람은 바닥에 나뒹굴고 있는 낙엽들을 휩쓸고 저쪽으로 사라져가고 있었다.

나는 나무에 등을 기대고 털썩 주저앉았다. 내 시선은 화단 옆 잔디밭에 고정되어 있었다. 저 잔디밭에 시신이 땅속 깊이 묻혀 있다. 최근까지 땅이 파헤쳐진 흔적은 없었다.

휴대폰을 든 손끝이 가볍게 떨려왔다. 내 목숨과 바꾸어도 아깝지 않은 건이의 사진이 화면에서 활짝 웃고 있었다.

나의 시선은 놀이터에서 뛰놀고 있는 아이들에게 옮겨졌다. 다시 돌아온 칼바람이 얼굴을 난도질해댔다. 시신이 발견되면 경찰의 최종 체포 대상은 누구일까? 영구미제 사건이 될 가능성은 없는 건가? 해골로 변해 있을 피해자의 신원과 주변인물을 밝혀내는 것은 어렵지 않을 것이다. 최신 법의학과 첨단과학수사로 경찰의 수갑은 내 손목에 채워질 것이다. 그러면 건이는 하루아침에 살인자로 변한 나를 어떻게 받아들일까?

어제까지만 해도 천재지변이 나거나 공원이 거주지로 변경되면서 시신이 발견되더라도 범행이 밝혀질 확률은 희박하다고 확신했다. 경찰이 피해자와 관계 없는 나를 용의선상에 올려놓기 전에 사건이 종결되기 때문이다. 내가 가장 신경 쓰였던 부분이 피해자를 묻기 위해 굴삭기를 사용한 점인데, 그 당시 공원조성 공사에 굴삭기 기사로 일하던 내가 파놓은 구덩이라고 진술하면 그만이었다.

뻐꾸기 같은 여자. 내가 윤서화를 죽음의 위기에서 구해준 곳이 바로 사건 현장이었다. 인연의 시작이자 내 운명이 폭풍 속으로 휘말려 들어간 장소가 일터였던 것이다.

공병부대를 제대하고 처음으로 취직한 건설사에서 굴삭기 기사로 일하고 있었다. 원하는 직업을 갖기 위해 시험 준비를 하던 나는 그날 작업을 마치고 공사 현장의 자재와 장비를 지키기 위해 야간경비를 서고 있었다. 컨테이너 박스에서 책을 읽다가 손전등을 들고 공사 현장을 돌아볼 때였다.

야산 아래 공터에는 승용차 두세 대가 주차할 만한 공간이 있었는데, 으슥한 숲 속 같은 분위기여서 아베크족의 데이트 장소로 적격이었다.

고급 승용차 한 대와 소형차가 주차되어 있었는데, 남녀가 다투는 음성이 어둠을 뚫고 내 귓가에 들려왔다.

"여기에 숨겨놓았어? 그래서 여기서 만나자고 한 거야?"
"이제는 착각을 넘어서 망상 단계까지 왔군요."

"죽고 싶어?"

"죽여보세요!"

"오냐, 아주 회를 떠주지!"

짧은 머리의 사내는 품속 칼집에서 사시미 칼을 빼서 여자의 머리칼을 움켜쥐고 칼끝을 목에 대었다. 칼이 달빛에 반사되었다.

"어차피 나도 살아남지 못해! 너를 죽이고 잠수를 타든가 내 살 궁리를 할 수밖에."

"맘대로 하세요!"

"아까는 줄 것처럼 하더니 날 갖고 노는 거야, 뭐야! 그래, 순서대로 회를 쳐주지."

눈동자가 풀린 사내가 뺨을 그으려고 하자 여자는 미동도 하지 않고 노려보았다.

"어디에 숨겨놓았는지 불어! 이마부터 주홍글씨를 새겨주지."

순간, 사내가 뒤로 한 걸음 물러서면서 휘청거렸다. 얼굴이 심하게 일그러졌다.

"뭐지? 왜 갑자기 머리가 아프고 졸음이 밀려오지? 너!"

여자는 경멸에 찬 미소를 지어 보였다.

"이제야 약효가 나타나네. 드링크라면 사족을 못 쓰더니……."

"이게 나한테 약을 타? 주, 죽여버리겠어!"

이성을 잃은 사내는 사시미 칼 자루를 꽉 쥐고 여자의 복부를 향해 일직선으로 내뻗었다. 그전에 이미 뒤로 두 걸음 물러난 여자는 컨테이너 불빛이 보이는 곳으로 뛰기 시작했다. 청바지와 운동화를 신은 여자는 사슴처럼 날렵하게 비탈길을 올라갔다.

여자가 소나무 뒤에 몸을 감추고 있는 내게 달려오고 있었다. 내 손에는 이미 근처 자재 더미에서 뽑아온 쇠파이프가 들려 있었다.

　내 머릿속은 사내와의 격투에서 승리할 수 있는 확률을 계산하고 있었다. 심장이 심하게 떨렸다. 사내의 체격과 포스를 봐서는 승리를 장담할 수가 없었다. 대화는 무의미할 것이다. 목숨을 걸어야 할 상황이었다. 도망치고 싶었지만 이미 때는 늦었다.

　"살려주세요!"

　여자는 하얗게 질린 얼굴로 애원을 했다. 여자는 거친 입김을 내 뺨에 쏟아냈다. 눈이 부시도록 아름다운 하얀 미모. 사랑은 순식간에 찾아올 수 있다는 말이 사실이었다.

　"저 인간 쓰레기를 죽이지 못하면 내가 죽어요."

　여자의 말 한마디로 모든 것이 결정되었다. 질문은 무의미했다. 죽음의 공포가 내 심장에 닿았다가 빠르게 사라졌다. 심호흡을 크게 한 나는 쇠파이프를 힘껏 쥐었다.

　"뒤로 물러나 계세요."

　나는 달빛을 등지고 사내 앞에 섰다.

　"뭐야, 넌!"

　식은땀을 흘리며 거친 숨을 가쁘게 몰아쉬던 남자는 내 손에 들린 쇠파이프를 보고 살의를 나타냈다. 그런데 막상 마주친 사내의 눈빛은 과도한 음주 상태처럼 풀려 있었다. 맹수의 눈빛이 아니었다. 허점투성이였다.

　"이건 또 어디서 나타난 미친 개야! 밥숟가락 놓기 싫으면 당장 꺼져!"

　기 싸움에서 밀리면 실패다. 상대방이 죽을 수 있다는 극도의 공포감을 느끼게 해줘야만 했다. 순간, 나는 선수를 뺏기면 치명적일 수 있다고 판단했다. 승기를 잡는 것만이 내가 살길이었다. 사내가 내 눈길을 좇으려는 찰나 온 힘을 실어서 쇠파이프를 휘둘렀다. 바람을 가른 쇠파이프에서 통쾌할 정도로 기분 좋은 타격 소리가 손끝부터 들려왔다. 사내는 어이없게도 본능적인 방어조차 못 하고 머리에서 피를 튀기며 통나무 쓰러지듯이 머리부터 땅바닥에 박았다. 그러고는 신음 한마디 없이 뻗어버렸다.

"수, 숨을 안 쉬어요……."

여자는 어느새 남자의 목에 손가락을 대면서 맥을 확인하고 있었다. 나는 들고 있던 쇠파이프를 힘없이 바닥에 떨어뜨리고는 사정없이 떨리는 내 두 손바닥을 보았다.

"내가…… 내가 사람을……."

시신 앞에 무릎을 꿇은 채 불안에 떨고 있는 내 눈앞 여자의 손에 송곳처럼 길쭉한 칼이 들려 있었다. 여자는 물 한 컵만 가져다 달라고 부탁했다. 내가 컨테이너 숙소에서 물을 가져왔을 때 여자의 손에는 칼이 사라져 있었다.

"어, 어떻게 되었죠?"

여자는 단숨에 컵을 비우고 시원한 표정을 지었다. 손등으로 입가의 물기를 훔치고 난 그녀의 미소는 두렵기조차 했다.

"물맛이 참 다네요."

"도대체 왜……."

"이자가 살아나면 님과 나는 그날로 죽어요. 이자의 신분을 대충 눈치챘겠지만, 어둠을 먹고사는 조폭 쓰레기예요. 내 말 무슨 뜻인지 알겠죠?"

나는 시신 옆에 놓인 사시미 칼을 보면서 그때서야 여자의 정체에 대해서 자각이 들었다.

"이제 저를 보호해주세요."

여자는 당당하게 요구했다. 그 요구에는 엄청난 선물이 담겨 있었다. 내가 목숨을 걸고 지킬 만했던 그 휘황찬란한 보석이…….

"그리고 이건 제 순수한 고백이기도 해요."

여자는 청바지에서 휴대폰을 꺼내 액정화면을 열어 보였다. 휴대폰을 건네받은 나는 눈을 의심하지 않을 수 없었다. 굴삭기에서 독서 삼매경에 빠져 있는 내 모습이 배경사진으로 저장되어 있었다.

"보름 전에 머리를 식히러 이 근방에 차를 세웠다가 님의 모습에 매료되어서 찍었지요. 굴삭기와 책…… 그리고 군계일학 같은 님의 멋진 모습. 더 이상은 가슴이 콩닥콩닥거려서 말을 잇지 못하겠어요."

가슴이 폭발할 것 같은 희열이 내 전신을 휘감다 못해서 온 세상 사람들이 다 듣도록 소리치고 싶어 미칠 지경이었다. 세상에 태어나서 나 같은 행복을 느끼는 사람이 있냐고 공사장이 떠나도록 소리치고 싶었다. 그러면서 여자의 행동이 작위적이고 잘 계산되어진 것이라는 의혹은 가슴속 깊이 묻혀지고 있었다.

"그래서 오늘 내 운명을 님한테 배팅했던 거예요."

"……내가 어떻게 해주면 좋겠어요?"

"우리가 경찰서에 가야 할까요?"

그녀의 차가운 반문에 가슴이 덜컹 내려앉았다. 앞으로 그녀의 입에서 경찰서라는 말이 다시는 나오지 않게 해주리라.

공범이 된 우리는 일사불란하게 사건 은폐에 들어갔다. 그런데 여자는 사시미 칼로 자신의 머리칼을 한 움큼 잡아서 싹둑 잘랐다. 굴삭기로 땅을 깊게 파고 사시미 칼과 한 움큼의 머리칼, 살해도구인

쇠파이프와 칼, 피 묻은 흙, 그리고 목에 관통 구멍이 나 있는 시신을 함께 암매장했다. 그리고 삽으로 남자의 족적을 파헤치고 마지막으로 신분증이 들어 있는 남자의 양복과 구두, 승용차를 사건 현장에서 30킬로미터 떨어진 강물에 추락시켰다. 히치하이킹을 가장해서 탄, 여자의 소형차로 내 전세방에 돌아왔을 때는 새벽 2시가 넘어서고 있었다.

나는 다시 공사 현장으로 가서 완벽한 마무리를 하고 오려고 샤워를 하고 옷을 갈아입었다. 윤서화는 거울 앞에서 가위로 머리를 자르고 있었다.

"날이 밝기 전에 현장을 한 번 더 둘러보고 올게요. 오늘은 굴삭기 작업이 없어서 아침에 소장님한테 인사만 하고 오면 돼요."

나는 끝없이 이어지는 질문을 그녀에게 하고 싶었지만 기다릴 줄 아는 지혜를 가진 남자로 인식되고 싶었다.

"인호 씨, 앞으로 우리가 함께하는 시간은 무한대일 거예요. 그러기 위해서는 사건 현장에서 우리한테 최초로 발생한 의견 차이를 해소할 필요성이 있어요. 인호 씨는 시신만 묻고 도구들은 다른 곳에 버리자고 했지만, 그렇게 하면 인호 씨가 진범으로 몰릴 가능성이 있어요. 시신을 완전히 없애지 못하면 완전범죄는 성립될 수 없잖아요. 그럴 가능성은 없지만 우연하게 시신을 묻은 장소가 발견되면 인호 씨가 유력한 용의자가 될 수밖에 없어요. 살인 동기는 강도 살인이든 우발적인 살인이든 구덩이를 팔 수 있는 굴삭기 기사가 경찰의 수사망에 포획될 수밖에 없어요."

서화는 숄더백에서 화장품 병을 꺼냈다. 그러고는 피 묻은 내 셔츠를 들고 화장실로 갔다. 뚜껑을 열자 휘발유 냄새가 풍겼다. 휘발유에 흠뻑 젖은 내 셔츠에 불길이 번졌다.

"……도구들은 사건의 조합을 논리정연하게 만들어줄 거예요. 경찰의 과학수사와 법의학은 머리칼에서 내 DNA를 추출해낼 것이고, 내 머리카락이 사시미 칼에 의해 잘린 것이라고 쉽게 분석할 것이고, 칼에 묻은 피와 쇠파이프에 묻은 피로 그것들을 살해도구로 단정짓겠지요. 그리고 세포분석에서 약물 흔적을 검출해낼 것이고, 약물 중독인 피해자의 머리를 쇠파이프로 휘둘러서 절명시킬 수 있는 힘은 여성에게도 얼마든지 있다고 결론 내리겠지요. 그리고 소형 칼로 대미를 장식했을 거라고 최종 결론을 내릴 거고요. 인호 씨는 숙소에서 깊은 잠을 자고 있었다고 하거나, 파놓은 웅덩이를 범인이 사용한 것 같다고 진술하면 경찰은 참고만 할 거라고 봐요."

내 머릿속은 온통 카오스였다. 그러면서 동시에 근원을 알 수 없는 외로움이 밀물처럼 밀려들었다. 동상이몽이라는 슬픈 마음마저 솟아올랐다. 시신을 유기하면서 서화하고 생사를 함께할 수 있다는 현실감에 신에게 감사함을 느끼기까지 했다. 형장의 이슬로 사라져도 같이 사라져야 하고 살아도 영원히 같이 행복하게 살아야 하는 사이로 믿고 있었는데 동등하지 못한 관계가 성립된 것이다.

"……도구들은 물론이고 시신도 완벽하게 없애는 방법을 찾으면 되잖아요. 시신을 소각하면……."

서화는 고개를 절레절레 흔들었다.

"그 상황에서는 암매장이 가장 최선의 방법이었어요. 더 이상 좋을 수 없을 정도로……. 장담하는데 시신이 발견될 가능성은 거의 제로에 가깝다고 봐요. 단지 시신이 거기에 존재한다는 사실만 있을 뿐."

사건 발생 6개월 후.

공원조성 공사가 끝난 뒤 나는 전직을 하기 위해 건설사에 사표를 냈다. 서화는 임신 중이었다. 그동안 우리는 공원이 멀리 보이는 단독주택으로 이사를 갔다. 서화는 머리가 알맞게 자라나 상큼한 커트 머리로 한껏 미모를 자랑하고 있었다.

내 생애 최고의 행복한 시간이었다. 오직 나만을 위해 밥상을 차리고, 샤워를 하고, 나만을 위해 하루 24시간 생활하는 서화를 위해서라면 하나뿐인 생명을 내줘도 아깝지 않았다.

나를 향한 서화의 사랑은 계산이 전혀 들어 있지 않은 완전한 사랑이라고 확신할 수 있어서 더욱 행복했다. 그녀는 내 아이를 임신했고, 단독주택 구입비와 생활비 등 금전적인 부분도 해결해주었다. 내가 원하는 직장에 합격시키기 위해서 물심양면으로 뒷바라지를 해주었다.

그리고 사건 초기에 악몽을 자주 꾸는 나를 심리치료사처럼 잘 배려해주었다.

깊은 밤, 촛불 앞에서 서화는 사건 전반에 대해 진실을 고백했다.

"……죽은 그 쓰레기는 조직폭력의 비자금 담당이었어요. 채무에 연관된 살인과 폭력을 뒤에서 조종하기도 한 실무책임자이기도 했어요. 나는 그 조직과 어릴 때부터 타의에 의한 운명에 휘둘려 살아왔고요. 그 쓰레기의 보스인 강 회장님과 나의 운명…… 나를 친딸처럼 진정으로 사랑해준 분이었어요. 대학을 졸업한 나는 취업을 미루고 간암 말기의 시한부 인생을 사는 강 회장님을 나이팅게일의 천사 같은 마음으로 극진히 모셨어요."

서화는 와인 한 모금으로 입술을 축이고 다시 말했다.

"그분 조직의 사업 영역은 거대한 편이었어요. 그 흔한 조폭들처럼 자기 영역에서 상인들에게 자릿세나 뜯는 양아치 조직이라고 생각하면 안 돼요. 기업 M&A부터 수백억대의 부동산 매매, 창투사 운영 등 덩치가 큰 합법적인 기업이었어요. 다만, 이익 창출 앞에서는 법보다는 폭력을 최우선한다는 점이었지요. 하여튼 회장님의 심각한 병세는 차기 보스를 노리는 실권자들의 암투로 발전해갔고, 그분의 권위는 점점 추락해갔어요. 공수래공수거라며 주변을 정리하던 회장님이 운명하기 전에 저를 별장으로 호출하더군요. 그 쓰레기의 부축을 받으면서 소파에 앉은 회장님이 테이블 위에 놓인 서류봉투를 내 앞으로 밀더군요. 그동안의 고마움에 대한 표시라면서요. 내 명의로 분산된 통장에는 총 50억 원이 들어 있었어요. 박 실장이 수고했다고 하시면서요."

나는 불안한 눈빛으로 하늘거리는 촛불을 보았다. 또 하나의 위험한 그림자가 우리 앞에 나타날 것 같은 불길한 예감이 들었다.

"견물생심이라고 말하고 싶지 않아요. 내게 통장을 건네줄 때 그분이 행복해하던 표정은 지금도 잊을 수가 없어요. 나 없어도 행복하게 살라고, 진정으로 사랑하고 싶은 남자를 만나면 목숨을 걸고서라도 사랑하라고……. 내가 할 수 있는 건 오열하는 것밖에 없었어요. 그 쓰레기가 회장님 뒤에서 음흉하게 웃고 있는 줄은 까맣게 모르고서요. 그리고 회장님은 쓰레기가 없는 자리에서 한 장의 메모지를 건네주었어요."

글라스를 감싼 서화의 손가락이 가늘게 떨렸다. 눈가에는 이슬이 촉촉하게 맺혀 있었다. 창문에서 빗소리가 들려오고 있었다. 내 마음속에는 여전히 행복과 불안감이 공존하고 있었다. 그녀의 사연이 박동이 빨라지는 내 심장을 향해 오고 있었다. 가늘게 떨리는 그녀의 손끝은 거짓을 말할 때도 반응하는 버릇이 있었다.

"……회장님이 운명하고 주류에서 밀린 그 쓰레기는 차기 보스에게 비자금 내역을 모두 밝혔지만, 50억만큼은 함구했어요. 그 외에도 자기가 착복한 일부 비자금도 입을 다물었겠지요. 그러나 시간이 지나면 누락된 비자금의 액수가 거의 드러날 것이고, 그렇게 되면 그 쓰레기는 쥐도 새도 모르게 암매장당했거나 물고기 밥이 되었겠지요."

"아……."

나도 모르게 짧은 신음이 새어 나왔다. 죽음의 그림자가 우리 주위를 맴돌고 있을 것 같은 오싹함에 온몸의 신경세포가 소름 돋듯 살아났다.

"외국으로 도주할 준비를 마친 그 쓰레기는 나를 협박했고, 타협안으로 50억 중 5억은 내가 갖고 45억을 돌려달라고 하더군요. 온갖 협박으로도 안 되자 살의를 드러내기 시작했고 사시미 칼로 나를 죽일 계획이었어요. 그래서 나도 살아남기 위해서 목숨을 걸어도 사랑할 수 있을 것 같은 인호 씨를 내 인생의 흑기사로 선택한 거고요. 내가 암매장되거나 물고기 밥이 되지 않기 위해서요. 법은 유권해석을 달리하겠지만 정당방위였어요."

서화의 고백은 우리의 미래가 풍전등화에 놓여 있다는 걸 말해주고 있었다. 보스가 바뀐 조직에서 비자금을 회수하려고, 서화의 은신처를 찾아내려고 혈안이 되어 있을 것이다. 그래서 주택 명의부터 자동차, 휴대폰 명의도 내 이름으로 사용하고 있었다. 그렇기에 혼인신고는 처음부터 불가능했다.

"인호 씨, 이제 짐작했겠지만, 저들은 회장님의 증여를 인정 안 할 뿐 아니라 회수를 위해서 수단 방법을 가리지 않을 거고요, 비자금 문제로 세상이 시끄러워지면 조직이 위험해질 수 있기 때문에 나를 찾아내면 흔적도 없이 처치할 거예요. 인호 씨도 예외일 수 없어요……."

나는 결연한 눈빛으로 서화의 손등을 감쌌다.

"우리 해외로 나가자. 이민 가서 마음 편하게 살자."

"저들은 영원히 포기 안 할 거예요. 조직에서 사채업도 하는데, 중소기업 사장이 아르헨티나로 도주했지만 거기까지 찾아가서 죽이고 추락사로 위장하고 돌아올 정도니까요. 저들은 주민등록번호 하나만 있으면 지구 끝에 은신해 있어도 찾아내요."

"그럼 비자금을 돌려주면……."

나는 심약하고 나약한 모습을 보여준 것 같아 얼른 입을 다물었다. 고개를 숙이고 있는 내게 다가온 서화는 가볍게 포옹을 했다.

"인호 씨 마음 충분히 이해해요. 돈보다는 생명과 사랑이 소중하니까요. 조직은 현재 쓰레기의 행방을 찾고 있을 거예요. 언젠가는 강물에 빠트린 차가 발견되겠지요. 그러다 보면 비자금을 내가 소유한 사실을 밝혀낼 거고요. 그전에 완벽한 대비책을 마련해야겠지요……."

서화는 집에서 출산을 했다. 산고의 고통을 이겨낸 산모는 탯줄이 잘린 아기를 배에 올려놓고 기쁨의 눈물을 흘렸다. 임신기간 동안 우리는 의학서적으로 출산 공부를 했고, 자연분만에 성공했다. 장시간 신원노출을 할 수 없다는 서화의 강력한 주장으로 병원 입원을 포기한 것이다.

몸을 푼 서화는 본격적인 다이어트에 들어갔다. 날씬한 몸매를 회복하기 위해 운동과 식이요법을 병행한 그녀는 빠르게 체중이 줄었다.

그러던 어느 날, 후드티 모자로 머리를 덮은 그녀가 산책길에서 내게 장난 같은 싸움을 걸어왔다. 유모차에 태운 건이를 나무 밑에 놓고 대련을 시작한 나는 기습적으로 날아오는 옆차기에 가슴을 맞고 뒤로 휘청거렸다. 여자의 발차기도 엄청난 힘을 갖고 있다는 것을 처음 알았다. 서화는 중심을 잡으려는 내게 바람처럼 접근해서 각이 잡힌 주먹을 옆구리에 가격하고 내 얼굴을 향해 재차 주먹을 뻗으려다가 멈췄다. 피식 웃으면서.

"만약 내 손에 칼이 들려 있었다면 인호 씨는 최하 사망이었을걸요. 태권도와 격투기 유단자가 바로 나랍니다. 어렸을 때부터 태권도로 단련된 그대의 여자, 윤서화."

서화는 내 뺨에 살짝 키스를 하고 유모차를 밀고 집으로 향했다. 나는 한동안 충격이 남아 있는 옆구리를 만지면서 얼굴을 찡그렸다.

'무슨 의미지? 그날 내가 없었어도 약물에 중독된 그자를 쉽게 처리할 수 있었다는 의미인가?'

서화는 건이의 돌잔치가 끝나자 공원이 보이는 반대편 아파트에 전세로 입주했다. 한 장소에 오래 살면 불길하다는 이유로 단독주택은 전세를 놓고 거주지를 옮긴 것이다.

그리고 한 달 후 서화는 강물에 빠트린 차가 발견되었다면서 나와 건이를 남겨놓고 매정하게 떠났다. 건이를 양육할 수 있는 돈을 탁자 위에 놓아두었을 뿐, 거액의 통장은 가지고 떠났다. 내 명의의 휴대폰과 자동차도 그대로 버려두었다. 나와의 모든 연결고리를 지우고 어떤 약속도 없이 떠나버린 것이다.

공원의 칼바람은 더욱 강하게 휘돌고 있었다. 나무 아래에서 일어선 나는 시신이 묻혀 있는 잔디밭 쪽으로 걸어갔다.

**제보 수사 종결 전. 17시에 J공원 잔디밭으로 아드님과 함께 가겠습니다.
– 경찰청 한지혜**

오후 5시가 지나가고 있었다. 공원 입구에 경찰차 한 대가 멈췄다. 정복을 입은 여순경이 뒷좌석 문을 열고 건이를 내려주었다. 두툼한 점퍼를 입은 건이에게 점퍼 모자를 씌워준 여순경은 서류봉투를 옆구리에 끼고 혼자서 걸어왔다. 건이는 차문 앞에 선 채 여순경의 뒷모습을 쳐다보고 있었다.

"본청 정보과에서 나온 한지혜 순경입니다. 문자를 받고 깜짝 놀라셨겠지만, 아드님을 도주 우려의 방어막으로 이용한 건 아니라는 걸 분명히 말씀드립니다. 유감이지만 보름 전부터 내사에 들어갔고, 최종 진실을 파악하기 위해 전인호 형사의 머리카락을 사무실에서 확보해서 친자확인 유전자 검사를 했습니다."

여순경은 서류봉투에서 검사 결과를 기록한 서류와 머리카락이 담긴 비닐을 꺼내 보여주었다. 서류 내용이 한눈에 들어왔다. 동공부터 시작한 떨림은 손끝을 지나서 온몸으로 퍼져나갔다.

"아, 아니야…… 천지가 개벽해도 건이는 내 친아들이야……."

형사 이야기

한 달 넘게 엄마의 따뜻한 품을 잃어버린 건이는 깊은 밤만 되면 잠에서 깨어나 우는 버릇이 생겼다. 이럴 때 아기를 돌볼 수 있는 친

할머니라도 계시면 좋겠지만, 어머니는 내가 군복무 중에 암으로 돌아가시고 말았다. 그런데 시간이 흐르자 건이의 증상이 점차 호전되기 시작했다. 아기의 머리에서 엄마의 체온이 사라지고 있는 것 같았다.

나는 경찰 시험을 보는 것을 뒤로 미루고 육아에 전념했다.

다시 경찰 시험 날짜가 잡혔다. 이제는 하루라도 빨리 해결책을 찾아야 했다. 건이를 저녁때까지 아가방에 맡기면서 시간을 효율적으로 사용할 수 있었다. 우수한 성적으로 경찰에 합격한 나는 야간 근무를 할 때면 보모를 썼다.

서화는 일 년이 넘도록 단 한 통의 전화나 문자조차 없었다. 내 마음속에 화석처럼 굳어 있던 사랑의 믿음이 흔들리기 시작했다. 사랑의 환상에 빠져서 서화의 최면에 걸렸던 것인지도 모른다는 의혹까지 일었다.

"인호 씨가 경찰이 되면 우리 안전은 더욱 확보될 거예요. 생활비는 걱정 말고 시험에 전념하세요."

서화는 내가 경찰관을 지망한다는 사실에 행복해했다. 그때는 그 말의 의미를 깊게 알지 못했다. 그러다가 공원을 오고 가면서 깨닫게 되었다. 경찰은 언제든지 합법적으로 수사를 목적으로 공원의 잔디밭을 파헤칠 수 있다는 사실을. 그리고 권총은 정당방위를 가능하게 해주는 최상의 무기이기도 했다.

그랬던 그녀가 거액의 돈만을 챙기고 뒤도 돌아보지 않고 뻐꾸기처럼 날아가버렸다. 우리의 보금자리에서 낳은 목숨 같은 건이를 버리고 황금알만 가지고 말이다.

서화가 달랑 내 앞으로 남겨놓은 단독주택 한 채, 그것이 내 몫이었고 건이는 보너스에 불과했단 말인가.

  의심은 또 다른 의심을 걷잡을 수 없이 불러왔다. 서화는 그날 단독으로 충분히 죽음의 위기에서 벗어날 수 있었다. 약물에 중독된 사람을 제압할 수 있는 힘을 갖추고 있었고, 정당방위를 주장할 수 있었다. 자신의 옷을 찢어서 성폭행 미수로 살인동기를 위장할 수도 있었다. 물론 여기에는 약간의 위험부담이 따르긴 한다. 부검을 하게 되면 약물중독이 밝혀질 것이고, 두 사람의 관계가 사망한 강 회장과 연관되어지고, 조직에 비자금의 출처가 발각될 확률이 높아진다. 그러니까 결론은 비자금을 지키기 위해서는 나의 도움과 함께 완벽한 은신처가 필요했던 것이다. 그러기 위해서는 사전에 내 뒷조사가 이루어졌을 것이고, 거기에 부합되는 최상의 조건을 갖춘 남자가 나였던 것이다. 최고의 미모와 몸매를 갖춘 서화를 보고 한눈에 반하지 않을 남자는 드물 것이다. 그런 여자가 당신은 나의 이상향이라고 작업을 걸어온다면 기사도 정신을 발휘하지 않을 수 없을 것이다.

  서화는 통장 명의도 내 이름으로 바꾸었다. 물론 내가 은행 일을 보았지만, 단돈 1원도 욕심을 내본 적이 없었다. 오직 서화와의 사랑만이 내 인생의 전부였다. 그리고 우리 곁을 떠날 때까지 서화의 사랑을 의심한 적이 한 번도 없었다.

  나를 완벽하게 속이려고 출산까지 했다면 암매장은 어떻게 해석해야 한단 말인가. 사랑이 변해서 분노가 되고 증오로 불타올라 주체할 수 없는 복수심이 솟구친 결과 경찰에 슬쩍 제보하면 서화는 전국에 지명수배가 될 것이다. 내 마음이 영원히 변치 않을 거라고 확신하고 떠났단 말인가. 버려진 남자의 슬픔과 절망은 안중에도 없이 말이다.

서화의 철두철미한 성격으로는 허술하기 짝이 없는 뒷마무리다. 사건 현장에서 그녀는 혹시 있을지도 모를 목격자의 눈을 가장 무서워했다. 만약 주변에 목격자가 있었다면 같이 암매장당했을 것이다. 우리가 살기 위해서는 선택의 여지가 없었을 것이다.

그런 서화가 조직의 비자금 추적조와 경찰의 박 실장 실종사건 수사망을 피하고 나면 다음 액션은 나일 수도 있다. 그게 아니면 암매장의 시신과 도구들을 모험을 걸고 깨끗하게 처리할 것이다. 오직 돈만이 목적이었다면 나를 타깃으로 삼을 것이다.

거기까지 생각이 미치자 나는 쌔근쌔근 자고 있는 건이를 끌어안고 소리 없이 흐느꼈다.

'그럴 바엔 영원히 우리 앞에 나타나지 말고 행복하게 살아라……. 건이가 없을 때는 스스로 목숨을 끊어줄 수도 있었지만 이제는 그럴 수가 없어. 사랑이 식은 게 아니고 건이가 있기 때문에 죽어줄 수가 없어…….'

술을 끊어야 했다. 제정신일 때는 출산하면서 흘린 서화의 눈물이 천사의 눈물처럼 아름답게 느껴졌지만, 방에 술병이 늘어날수록 그 눈물은 맹독으로 이루어진 거라고 믿었다.

금주를 하면서 서화에 대한 믿음도 다시 살아났다. 입장을 바꿔놓고 생각해보니 무소식의 심리를 이해할 수 있었다. 내게 문자나 전화를 걸면 기록이 남을 것이고, 그녀가 경찰에 체포되거나 조직에 붙잡히면 내 존재가 드러날 것이다. 그리고 건이의 생명을 담보로 해서 협박해온다면 암매장 장소를 자백하지 않을 수 없다. 또한 경찰의 수사 종결은 서화와 나의 동시 구속으로 끝날 것이다. 살인과 사체유기죄로 구속되면 건이의 미래는 불행해진다. 나와 건이를 목숨처럼 사랑했기에 그런 사태를 미연에 방지하기 위해 어떤 승부수를 걸려고 보금자리를 박차고 나갔을 거라고 믿었다. 그러기 위해서는 거액이 필요했을 것이다. 서화는 완벽해지기 전에는 우리 앞에 나타나지 않을 것이다. 단 한 통의 문자조차 없다는 사실은 역으로 무소식이 희소식일 수 있는 것이다.

나는 최악의 상황이 온다면 둘만의 공간에서 조폭의 다리와 심장을 쏴서 사살하고 사시미 칼로 죽지 않을 만큼만 가슴에 박아서 정당방위를 만들 각오를 하고 있었다.

그렇지만 무작정 서화를 기다리는 것은 어리석을 수 있다. 나는 서화의 정보를 조금이나마 얻을 수 있는 위치에 있지 않은가.

먼저 나는 신분증을 가지고 은행 창구로 가서 통장 예금을 확인했다. 통장과 도장이 없는 나는 분실신고를 해야만 했고, 통장을 재발급받았지만, 거액은 인출되고 없었다. 서화가 차명계좌를 만들었다는 증거이기도 했다.

사무실 컴퓨터에 앉은 나는 조심스럽게 자판을 두드렸다. 서화의 주민등록번호를 입력했다. 신원조회를 하던 나는 모니터를 보는 순간, 심장이 멎는 충격을 받았다.

신원조회 불가. 사망.

주민등록이 말소되었다. 나는 수전증 환자처럼 서화의 주민번호를 다시 쳐서 재확인했지만 모니터 내용은 똑같았다. 권총을 허리춤에 쑤셔놓고 미친 듯이 사무실을 뛰쳐나간 나는 경찰서 앞에서 어디로 가야 할지 몰라 짐승처럼 속으로 울부짖으면서 제자리에서 맴돌기만 했다.

여경 이야기

윤서화(사망) : 과부의 딸로 입양되어 주민등록 발급받음. 미아였거나 유괴로 인한 실종 상태로 추정됨. 너무 어려서 입양될 당시 자신의 이름조차 기억 못 함. 아마도 혼자 된 충격으로 그 이전의 단편적인 기억마저 상실했을 가능성 큼. 머리가 좋아 우수한 성적으로 대학에 입학함. 전국 규모의 태권도 대회에 출전해서 입상할 정도로 운동신경도 뛰어남. 여고 시절 양모가 암으로 사망. 대학 졸업을 앞두고 후견인인 강 회장의 간병을 한 후 실종됨. 후견인은 어릴 때부터 양모를 대신해서 신변보호와 물질적 지원을 해줌.

올봄에 사망한 윤서화는 실종신고된 박 실장의 승용차가 환경단체의 강물정화운동 중에 발견되자, 2년여의 은둔생활을 청산하고 인생의 모험을 걸었다. 사실상 고아로 살아왔던 그녀는 자신의 목숨보다 소중한 아기와 언제라도 자신을 위해서 기꺼이 생명을 버려줄 수 있는 사랑하는 남자를 위해서 최후의 선택을 해야 했다. 박 실장의 협박에 살의마저 실리면서 더 이상은 물러날 수 없는 최악의 상황에 직면했을 때, 드라이브를 하다가 두통이 심해서 잠시 멈춘 공원조성공사 현장 근처에서 본 이상향의 남자를 사랑하게 되었다. 굴삭기 작업을 멈추고 책을 읽고 있는 그 남자를 무조건 사랑하고 싶었다. 그를 영원한 마지막 남자로 삼고 싶었던 것이다. 시간이 없어서 선택한 것은 결코 아니었다.

관할서의 박 실장 실종 수사는 다각도로 진행되었다. 2년 전의 실종 당일 휴대폰 통화기록과 발신 위치, 그리고 승용차의 주행도로에서 찍혔을 CCTV 화면을 확보하는 수사를 병행했다. 그리고 원한을 살 만한 박 실장의 주변인물과 직장에 대한 조사가 이루어졌다. 그러나 박 실장의 승용차가 발견된 사실만 직장에 알려줬을 뿐, 내부조사는 조직원들의 방해로 제대로 소득을 얻을 수 없었다. 경찰은 박 실장의 실종을 살인사건 쪽으로 보고 수사에 박차를 가했다. 형사는 강물을 중심으로 해서 공원까지 포함된 지역을 탐문하고 다녔다. 박 실장의 사진을 들고 목격자를 찾고 있었다. 그 형사를 검정색 선글라스를 낀 양복 차림의 건장한 사내가 차 안에서 사시미 칼로 손톱을 다듬으면서 지켜보고 있었다.

택시를 탄 서화는 두 개의 목적지 중에 한 곳을 선택해야 했다. 태양 아래로 나온 이상 1퍼센트의 확률조차도 용인해서는 안 되었다. 아무리 선글라스와 모자로 얼굴을 가리고 다녀도 우연한 만남과 목격은 생길 수 있다. 병원에 입원한 서화는 전체적인 얼굴 성형수술을 했다. 그리고 다시 2차, 3차 성형수술과 양악수술을 했고, 퇴원을 했을 때는 수술 전 얼굴과 달라져 있었다. 자세히 보지 않으면 타인의 얼굴이었다. 화장을 짙게 하면 수술 전 얼굴은 거의 사라지고 없었다. 성대수술도 추가로 받았다.

서화는 두 번째 목적지인 전원주택 대문 앞에서 옷깃을 가다듬고 초인종을 눌렀다. 경찰청에서 근무하는 한민택 경무관의 자택이었다.

"……유언이라고 생각하고 듣거라. 내가 죽고 나면 서화 너를 조직에서 가만 놔두지 않을 거다. 조직에 대해서 모르는 게 없으니 일을 시키든가 제거하려 할 것이다. 이건……."

박 실장이 퇴근하고 단둘이 마주 앉은 강 회장은 한 사람의 집주소와 전화번호가 적힌 메모지를 건네주었다.

"너무나 힘들고 어려울 때 이분을 찾아가거라. 한민택 경무관하고의 인연은 악연이었단다. 조직을 결성하고 있을 때 한 경위로 인해 풍비박산이 났지. 거기에 앙심을 품은 나는 보복으로 그의 어린 딸을 유괴했고, 멀리서 한 경위의 고통을 즐겼었지. 그러다 귀엽고 사랑스런 소녀를 아버지 같은 심정으로 보호해주기 시작했고, 이제는 그곳으로 다시 보내주려는 거란다. 천륜을 떼어놓은 내 영정 앞에서 지옥으로 가라고 저주를 해도 할 말이 없구나……."

서화는 강 회장이 눈을 감기 전까지 비자금이 숨겨져 있는 차명계좌들의 50억을 조금씩 인출해서 자신의 계좌에 이체시켰다. 강 회장은 비자금 관리를 서화에게 맡기고 있었다. 빈손으로 조직을 나오기에는 잃어버린 세월이 너무나 억울했다.

부친과 상봉한 서화는 거액의 통장들을 보이며 박 실장 살해 사실만 빼고 인생역정을 얘기했다. 병원에서 친자확인 유전자 검사 결과 친딸로 증명된 서화는 유괴 전의 본명인 한지혜로 새 주민등록증을 발급받았다. 거액은 부모와 자신 명의의 통장으로 분산시켰다.

"아버지, 저는 윤서화로 살 때 경찰행정학과 나왔어요. 그래서 경찰이 되고 싶어요."

"허허, 피는 못 속인다더니……."

"특채는 서류전형 심사를 통과해야 하는데, 학력을 인정받으려면 윤서화의 이력을 써야 되잖아요. 소급적용이 가능하겠지요?"

"이런 경우는 한 번도 없었겠지만 학력을 인정받을 수 있을 거야. 오히려 유괴의 고통을 극복하고 경찰에 투신하는 너의 직업정신을 심사관들이 높이 평가할 거다."

"그럼 윤서화의 행정 처리는……."

"당연히 사망으로 주민등록 말소를 시켜야지. 유령을 대한민국 국민으로 인정하는 법은 없으니까."

경찰에 합격한 나는 임관 전 4차 성형수술을 해서 윤서화의 얼굴을 거의 지웠다. 화장을 하면 서화의 얼굴은 완벽하게 사라졌다. 수술을 집도한 국내 최고 수준의 성형의사는 새 미녀가 탄생했다면서 흡족해했다.

나는 본청 아버지 집무실에서 보름 전에 건이와 함께 사복 차림으로 찍은 폰카 사진을 보여주었다. 어린이집으로 건이를 보러 다닌 지도 석 달이 넘었다. 물론 그전에도 멀리서 인호 씨와 건이를 지켜보면서 눈물을 훔치면서 돌아오곤 했다. 건이는 나를 이모라고 불렀다. 아파트 전세에서 단독주택으로 이사해서 살고 있는 부자의 집에 윤서화의 사진은 그 어디에도 없었다. 열흘 전에는 골목길에서 인호 씨가 옆을 지나갔지만 나를 전혀 몰라봤다.

"허허, 장군감이구나. 어서 결혼식도 올리고 혼인신고도 했으면 좋겠구나."

"그 조직이 공중분해되기까지는 긴장을 늦추지 말아야 돼요. 검찰 쪽에서 조폭조직에 대해서 증거를 모으고 있는 것 같은데, 쉽지 않을 거예요. 그들을 비호하는 하이에나들이 있으니까요. 그래서 비자금이 많이 필요할 거고요."

"어디나 곪으면 터지기 마련이란다. 시간은 결국 정의 편이지."

나는 첫 만남 장소인 공원에서 인호 씨하고의 극적인 재회를 준비했다. 그리고 마지막 과거를 지워버릴 이벤트를 마련했다.

"……나를 체포하려고 온 겁니까, 아니면 이런 가짜 검사 결과로 사망한 내 여자를 모독하려는 겁니까!"

"아이 엄마가 정말 사망했다고 믿고 계시나요?"

"묵비권 행사를 하겠습니다."

"좋아요. 그럼 이 유전자 검사를 보세요. 나 한지혜와 건이의 친자 확인 유전자 검사 결과예요."

두 눈을 크게 뜬 인호 씨가 잠시 내 눈을 보다가 서류에 시선을 고정시켰다. 그 순간 다리 힘이 풀린 듯 스르르 바닥에 무릎을 꿇더니 서류 종이로 얼굴을 가리고 흐느껴 울기 시작했다. 남자의 흐느낌 소리는 그 어떤 슬픈 음악보다 가슴을 휘저으며 아프게 했다.

"미안해요. 나 지금 인호 씨를 껴안고 한없이 울고 싶은데 주위에 눈이 있어서 가슴으로만 울게요. 우리가 해야 할 일이 있잖아요……."

우리는 한밤에 폴리스라인을 설치하고 누구도 근처에 접근하지 못하게 했다. 인호 씨가 임대한 굴삭기로 능숙하게 잔디밭을 파냈다. 뼈와 살해도구 등을 모두 자루에 담아 수거한 우리는 약속시간에 도착한 인부를 시켜 잔디밭을 정돈시켰다. 관리소장에게는 허위 제보였다고 하면서 회식비를 주는 걸 잊지 않았다.

산골 빈집을 구입해서 설치한 소형 소각로에서 나온 재를 계곡 물에 뿌린 우리는 공원으로 다시 갔다.

잔디밭 공사가 잘 된 J공원은 여느 때처럼 평화로웠다.

- 「원죄는 없다」 개작, 「솟대문학」 2011년 여름호

그녀는 알고 있다

>>>>> 손선영

2008년 「제비둥지 성의 살인」으로 『계간 미스터리』 신인상을, 2011년 장편소설 『죽어야 사는 남자』로 한국추리문학 신예상을 받았다. 그 밖의 주요 작품으로 장편소설 『합작-살인을 위한 살인』, 단편소설 「합작」 「서명합니다」 「그녀는 알고 있다」 「LA탐정 존 피터, 유불란을 만나다」 「안구사」 등이 있다.

그녀는 알고 있다. 한겨레신문 오늘자 사회면에 실린 살인 피해자의 이름을.

그녀는 가만히 눈을 감고 토스터의 타이머가 멈추기를 기다린다. 뭉크의 절규와 같은 소리 없는 침묵. 보이나 들리지 않는.

결혼생활만큼 햇수를 더한 식탁 의자에서 그녀를 쳐다본다. 외면. 타이머의 부저와 함께 고개를 드는 식빵에 시선이 모였다 뭉그러진다. 말없이 내미는 접시. 적당히 구워진 토스트가 침묵의 결정체인 양 내 앞에 이단으로 쌓였다. 사과잼 뚜껑을 열려다 신문을 그녀에게 내민다. 그러나 그녀는 모른 체한다.

수많은 유령 같은 언어가 눈빛과 몸짓 사이에서 모였다 부스러지기를 수차례, 그녀가 샤넬 숄더백을 집어들고 등을 보인다. 대치는 그렇게 끝이 난다. 소금기 없는 잼처럼 싱겁게. 그러나 잼처럼 달콤하지 않은 끝맛으로.

그녀는 멀어졌다. 결혼 십일 년 만에. 연애와 결혼의 다른 점을 교과서로 가르쳐주었다면 오히려 소설을 쓰는 내게 지침서가 되었을 테다. 붉고 강렬한 케첩이 점차 바닥을 드러내면 결국 누를 때마다 남는 것은 피식거리는 바람 소리뿐이라는 걸, 그즈음이면 결혼도 빛깔을 잃어 닳아진다는 걸 소설로는 알 수 없었다. 그녀가 현관을 나설 때 스카프로 목을 가렸다는 사실을 그제야 알았다. 인생도, 그녀도 차마 알 수 없게만 변해간다.

윈도의 시작음이 나를 깨우기까지 서재 컴퓨터에 앉았다는 사실을 인지하지 못했다. 이제 시간의 대부분을 습관이 지배한다. 그녀를 대면하는 것마저도. 모니터 사이, 내가 끼워두지 않았던 그녀의 일기장이 보인다. 이제 지옥과 같아져버린.

그녀와 몸을 나눈, 그녀의 눈가에 네 개쯤 주름이 보이지 않았던 스물세 살 생일의 다음 날, 그녀가 내게 내민 것은 일기장이었다. 이미 절반 이상 활자로 들어차 있었다. 아쉬운 작별 뒤로 자취방에 틀어박혀 그것을 읽었다. 현대 시문학 강의를 듣던 중 나는 오른 대각선 앞자리에 앉은 그녀의 왼팔에 포스트잇을 붙였다. '커피 한잔하죠'라고 적힌. 김소월의 「팔베개 노래조」를 목청 돋워 설명하던 강사가 잠시 고개를 숙이자 '무슨 커피'라는 노란 종이가 되돌아왔다. '자판기'라고 꾹꾹 눌러 쓴 종이는 '싫어요'라는 말로 변했다. '캐러멜 마키아토'라는 생소한 글자가 되기까지 두 번 더 강사의 눈치를 보아야 했다. 일기장은 그날부터 시작된 그녀와 나의 소소한 일상이 델 것 같은 사랑으로 변한 육 개월을 기록해놓은 것이었다. '남은 빈 곳을 채워줘'라고 적힌 마지막 글씨. 손에 잡힌 일기장은 사랑이었다. 구체적으로 변한 행복이었다. 나는 그것을 채웠다. 사랑이라고 믿으며.

모니터 사이에 낀 일기장을 보자 사랑이 아닌 한숨이 끼어든다.

소설을 쓰는 나보다 기록하는 것을 좋아하는 그녀. 감정을 담지 않으려 모니터로 시선을 고정하지만 증오가 가래처럼 들러붙는다. 보이지 않는 곳에 저것을 던져버리고 싶지만 손을 대는 것도 이제 싫어졌다. 사랑은 십일 년 만에 증오로 변했다. 그러나 오늘자 신문으로 증오마저 끝이다. 그녀가 부추기지만 않는다면. 창문을 열고 증오를 내뱉고 싶다. 기침으로 가래를 떼어내듯, 그렇게.

획, 바람 한 점이 머리를 건드린다. 아래에서 불어왔는지 13층을 향해 머리카락이 잠시 떠오른다. 아직 찬 기운을 떨쳐내지 못한 삼월의 기운에 쿡, 기침이 터진다. 그러나 증오는 떨어지지 않는다. 12층에서 내려다본 아래에 사람들이 움직인다. 조금 큰 개미만큼 분주히, 그러나 열을 맞추지 않은 채 각자의 사냥을 향해.

그들도 일기를 쓸까. 아니라면 상대의 목을 죄는 무언가가 있을까.

생각이 눈을 돌리자 개미의 움직임과 아파트 경계 사이에서 검은색 BMW M5가 보인다. 그녀처럼 멀리서도 알아볼 수 있는 그녀의 차. 출근하지 않은 것일까.

삼월에 곤해진 피부가 소름을 드러낸다. 창문을 닫자 그녀의 차도 사라진다. 모서리를 장식한 기역자 책상에 앉는다. 네이버를 열고 메일을 확인한다. 그러나 글자가 말하는 의지를 알아차릴 수 없다. 출근하지 않았다면 그녀는 어디로 간 것일까. 부르르 아랫도리가 떨린다. 내 의지가 아닌 타인의 의지가 기계에 전해진다. 폴더를 열자 주부만세의 편집장이 영상통화로 뭐야, 하고 큰 소리를 낸다. 메일함을 다시 열어 편집장의 이름에 칼처럼 커서를 쿡 찌르고 첨부파일을 보낸다. 퇴고가 안 됐을 거야, 미안. 짧은 내용이지만 프로답지 못한 모습에 괜스레 화가 난다. 그것도 그녀 때문이다.

보란 듯 멈추어 선 자동차. 모니터 사이에 낀 일기장. 편집장의 독촉전화. 단면이 모여 내게 클레임을 건다.

답답함에 고개를 돌려 창문을 연다. 담배를 물지만 찬바람에 포기하고 만다. 그러나 그녀만큼은 포기할 수 없다. 보라고 끼워놓은 일기장에 결국 의지가 승복한다.

그녀의 일기장. 연옥을 넘어선 지옥. 그것을 다시 열고 만 박약함. 의지는 잠식되고 정신은 부유한다. 역시 열지 말았어야 했다. 한번 열어버린 판도라 상자 속에 더 이상 희망은 없다. 그녀는 알고 있다. 내가 그곳에 갇혀버린 사실을.

지옥의 시작도 일기장이었다. 소설에만 매달려 경제력을 상실한 나는 그것을 베스트셀러라는 로또로 항변했다. 언젠가는 될 거야. 알아, 믿어. 두 문장이 그녀와 나 사이에 반복될수록 그녀의 의지는 약해졌고 믿음 역시 의지와 비례했다. 하지만 그것은 내 의지와 믿음이라는 사실을 깨닫지 못했다. 두서없는 소설처럼 구차하고 비루해지는 나와 달리 사회적 주체로서 그녀는 가히 성공적이었다. 광고회사의 말단이었던 그녀가 칠 년 만에 광고계의 총아처럼 군림하기까지 어떤 일들이 벌어졌는지 나는 알지 못한다. 다만 그녀의 숄더백이 명품으로 바뀔수록 꼬리처럼 들러붙는 남자의 향기를 느꼈을 뿐이다. 그녀가 처음으로 외박을 했던 날 처음으로 그녀의 일기장을 펼쳤다. 부여잡고 싶은 사랑 때문이었는지, 아니라면 불신에 대한 확인을 원했던 것인지 알지 못했다. 그저, 그것이라도 하지 않으면 이빨이 빠져버린 블록처럼 쌓아온 무언가가 무너질 것만 같았다. 그즈음 그녀의 믿는다는 말은 내가 말하는 베스트셀러처럼 아무 감흥도, 어떤 변격도 없는 하이쿠와 같았다. 단조로운, 밋밋했던, '믿는다'와 베스트셀러. 그러나 그녀의 일기는 달랐다. 몇 줄 지나지 않아 베토벤으로도 설명할 수 없는 파괴의 교향악으로 변해갔다. 덤덤히 등장했던 남자의 이름이 내 소설조차 묘사하지 못했던 살아 숨쉬는 듯한 섹스의 모습으로 바뀌자 이내 분노하고 말았다. 남자의 이름은 이재성이었다. 대한그룹 본사의 삼십대 마케팅 총괄부장. 네이버는 그가 명문대를 나와 고속승진 중이라는 필요 없는 설명까지 덧붙였다.

마시지 않던 양주를 꺼냈고, 폭탄을 삼키듯 갈색 액체를 부어넣었다. 아픈 머리를 흔들며 주방으로 향했을 때는 하루가 지난 오후였다. 탁자 위에는 웬일이야, 하는 노란 포스트잇과 함께 북엇국을 볼 수 있었다.

그래, 까짓것.

모른 척하기로 했다. 가면 하나쯤 쓴다고 세상이 달라지진 않는다. 실수라고 치부하자. 하루에도 얼마나 많은 남자들이 거리에서 맴돌던가. 가장인 그녀를 위해 어쩌면 눈감아야 할 일이다. 나였다면 더했을지 모르니까. 그렇게 일기를 덮자 분노가 사그라지는 것을 알아차릴 수 있었다.

그래, 그녀의 일기장만은 앞으로도 펼치지 말자. 내 의지는 한동안 결심에 굴복했다.

재작년쯤이었을까. 부쩍 해외 출장이 잦아진 그녀를 기다리다 다시 그것을 건드리고 말았다. 지옥을 불러들이는 헬레이저의 퍼즐 상자와 같은 그것. 열지 말아야 했다는 후회는 늦었다. 그리고 의미가 된 그것들이 내 눈에서 영상을 만들었다. 생면부지 타인의 살갗을 내 것처럼 부여잡았을 그녀를 떠올리자 쉽게 세상은 암흑으로 변했다. 부록처럼 따라붙은 술도 함께 내 속으로 빨려들었다. 잊었던 이름 뒤에 하나가 덧붙었다. 미래여행사 사장 김광규. 이재성에 이은 두 번째.

  그날 밤, 가장 세상살이를 잘 한다는 친구를 불러냈다. 일백만 원 범위 내에서 세상을 보여달라고 하자 녀석은 날개 달린 천사처럼 행동했다. 강남에서 가위질로 일가를 이루었다는 달인의 삼겹살 가게를 소개할 때는 노련한 영업인 같았고, 클럽에서 부킹을 주선할 때는 물 찬 제비 같았다. 육십만 원이 남았다는 사실을 확인하자 주저 없이 선릉역 주변의 룸살롱으로 향했다. 그가 보여준 세상은 그곳에서 정점을 찍었다. 벗고 노는 것에 그치지 않고 성관계까지 시연했다. 그를 관찰하며 망설임 없이 혼란을 접었다. 내가 바깥에서 가장으로 나돌았다면 몇 번의 유혹 앞에 굴복했을 테니까.

  '백만 원이 아니라 천만 원이라도 좋아. 그러니 앞으로 사람도 좀 만나고 그래라. 보기 좋아.' 포스트잇이 그녀를 대변했다. 흐뭇하진 않아도 참아줄 수는 있었다. 그러나 지옥의 퍼즐 상자 같은 그녀의 일기장에 대해서도 용인한 것은 아니었다. 오히려 철저히 기만했다. 나는 그것을 바탕으로 「여성 CEO의 사생활」이란 중편소설을 썼다. 그녀의 이름과 직업은 바꾸었지만 그들마저 바꿀 수는 없었다. 그것은 일종의 경고이기도 했다. 글이 실린 문예지를 건네자 그녀는 고생했네, 라며 오랜만에 외식을 제안했다. 외식은 침대까지 이어졌지만 결국 외면하고 말았다.

  그날 밤, 서재 모니터에 비친 내 모습은 셰익스피어였는지 모른다. 수백 수만 번 햄릿을 창조했다.

  죽일 것인가!

고민 앞에 침실에서 잠든 그녀를 수십 번 내려다보았다. 살기 위해 택한 그녀의 선택이 죽음에 이른다는 역설 앞에 섹스와 다른 의미로 침대를 외면했다.

백지로 펼쳐진 한글 프로그램 사이에 딸깍 하는 오토도어락 소리가 끼어들었다. 잠을 깨고 거실로 나가자 예의 주방 탁자에는 포스트잇이 있었다. 서재에서 자는 것 같아서. 소설 잘 읽을게.

몇몇 문예상에 노미네이트되고 실제 문학상을 탄 여섯 달 동안 그녀는 소설에 대해 언급하지 않았다. 상패와 상금으로 여섯 달 전 외식했던 레스토랑 생 클레어에서 같은 시간, 같은 메뉴를 먹는 동안에도 하마 소설에 대해 무심하기만 했다. 그래도 잊지는 않았던 듯 침실로 들어가며 오늘도 그날처럼 혼자겠네, 하고 그녀는 속삭였을 뿐이다.

나는 그녀가 놓아둔 일기장을 펼치고 말았건만 그녀는 내 소설을 읽지 않았다는 뜻일까. 육 개월이나 지났는데도. 일기장과 소설의 대치, 결론은 나의 굴복이었나.

그날 밤, 수없이 햄릿을 썼다 지우기를 반복했다. 생식 능력도 의식에 잠식되고 생존 능력조차 사회에 잠식된 비루한 소설가. 그런 나에게 그녀는 라 트라비아타의 비올레타일까. 아니라면 내가 알프레도에 지나지 않을까. 오페라의 장엄한 음악보다 나를 짓누르는 컴퓨터의 팬 소리.

죽이고 싶은……

컴퓨터를 죽이며 그날 밤은 그녀 곁에서 잠들기로 했다. 돈을 던져 모욕했던 알프레도처럼 나는 소설을 던져 그녀를 모욕하지 않았던가. 사죄라도 하듯 그녀를 꼭 보듬었다. 그녀는 잠든 중에도 어미 새에게 파고드는 새끼처럼 내 품을 찾아들었다. 그런 그녀에게서 나는 처음으로 소름이 돋았다. 사랑이 아닌 본능, 어쩌면 그녀는 그런 본능을 따라 둥지를 찾아다닌 새끼 새가 아니었을까.

눈을 감자 본능을 다하지 못한 어미 새는 날아가지 못했다. 저곳, 저 먼 곳으로. 식은 땀. 날아야 하건만. 몸부림, 그리고 추락. 둥지에서 떨어져버린 어미 새. 꺾어진 날개는 피투성이 손으로 변했다. 그것은 나였다. 피투성이가 되어 사지가 부서진.

무언가 해야만 한다고 느낀 것은 그로부터 일주일 뒤였다. 그녀의 숨소리가 지워진 서른세 평 아파트가 식어갈 때 그녀는 쇼핑백들을 들고 나타났다. 무심히 그녀와 눈을 맞추자 그녀는 미소를 지을 뿐이었다. 일주일 전 써놓았던 포스트잇에는 유럽 출장이야, 라고만 적혀 있었다. 유럽의 부산물들이 거실에 내려앉자 안도감보다는 한숨이 앞섰다.

날지 못하는 피투성이 새. 사정하지 못하는 남자. 일기장에도 지고 마는 소설. 하마 다하지 못한, 아니 다할 수 없는. 그녀 앞에서.

그녀를 외면한 채 아파트를 나왔다. 사회성을 잃어가는 내게 집 밖은 미노사우루스의 미궁과 다를 바 없었다. 친구를 부를까 했지만 효용가치를 잃은 구식 휴대폰일 따름이었다. 아파트 근처인 천호동을 헤매다 한강에 다다랐다. 흐르는 한강물을 내려다보고 싶어 천호대교를 따라 걸었다. 한동안 강물을 바라보았다. 짙은 남색의 일렁임이 가고 오지 않는 것들을 부추겨 깨웠다. 군살도 주름도 없던 어머니. 짝사랑했던 여자 교생. 반합에 끓이던 라면. 제대 후 처음 보았던 캠퍼스. 후광이 비치던 그녀까지. 그러나 그것들은 강물처럼 가버린 뒤 오지 않을 것이다. 망각이라는 이름으로. 난간을 잡은 채야, 하고 고함을 질렀다. 그러나 들리지 않았다. 되받아줄 무언가가 없는 탓에 메아리마저 강물에 묻어 흘렀다. 그러다 난간에 적힌 글자들을 보게 되었다. 그녀가 내게 건네는 포스트잇처럼 단면적으로 쓰인 글자들.

나 여기서 그만 삽니다.
서른아홉 김** 잘 살다 갑니다.
신발을 벗어두어 미안합니다.

그날 밤 나는 그곳에 신발을 벗어두었다. 그러나 미안하지 않았다. 택시를 타고 집으로 돌아오며 그녀를 생각했다. 오랜만에 섹스가 생각나는 밤이었다.

현관에 들어서자 자동 점멸등이 나를 반겼다. 그림자를 잔뜩 묻힌 그녀의 샤넬 숄더백이 거실 소파 위에 헤벌어져 있었다. 그 안으로 보이는 그녀의 일기장. 멈칫거리는 사이 현관 등이 꺼졌다. 움직일 것인가. 아니라면 저것과 대치할 것인가. 이대로 암흑 속에서 악마의 퍼즐 상자와 날이 새기를 기다린다면. 그러나 그것은 오래가지 않았다. 내가 한숨을 내쉬며 어깨를 들척인 순간 현관 등이 점등되었기 때문이다. 그 순간, 웃으며 나를 기다린 듯한 일기장의 모습이 둔각의 그림자와 맞물려 있었다. 멸등과 점등, 섹스가 의미를 잃어버린 그 두 번의 시간 사이 나는 숄더백에서 일기장을 꺼내고 말았다.

대기업 수주를 받을 정도의 규모가 아닌 회사 크기 탓에 그녀는 KH건설의 광고 입찰에 밀착 마케팅을 시도했다. 모든 인연과 연줄을 동원해 개인별로 만났다. 그러던 중, 은밀하게 유럽 여행을 제안한 KH건설회사의 대표 박상진의 뻔뻔함에 나는 끙 탄식이 터졌다. 그는 그녀를 〈호건과 사라〉에 등장하는 셜리 맥클레인의 전성기와 비교했다고 한다. 일기장과 함께 서재로 돌아온 나는 셜리 맥클레인의 전성기 사진을 검색했다. 미소가 닮았다. 무언가를 담은 듯, 그러나 말하지 않는. 확실히 닮았다. 그녀는 유럽에서 그와 함께 여덟 번의 섹스를 나누었다고 묘사했다. 젖어들게 만드는 그의 마력에 잠시나마 흔들렸다는 내용과 함께 사업이 아닌 사랑이 될 뻔한 절묘한 섹스가 마음에 들었다는 것까지 써놓았다.

소설 같은.

이런 순간, 오히려 냉정해지는 나 자신에게 화가 치밀었다.

'몇 년만 참으면 남편과 행복한 노후를 누릴 수 있다.' 그녀는 한국으로 돌아오는 비행기 안에서 적은 마지막 글로 유럽에서 구입한 일기장 열두 페이지를 끝냈다.

몇 년만 참다니! 나의 묵인인가, 아니라면 그녀의 기만인가. 그러나 더는 내가 참을 수 없었다. 이제 행동해야 할 때다. 그렇지만 에둘러 가기로 했다. 그녀가 아닌 그들에게. 대한그룹 마케팅부장 이재성, 미래여행사 사장 김광규, KH건설사 대표 박상진에게. 결국 그녀는 내 경고를 알게 될 것이다.

여독이 풀리지 않았을 그녀를 깨우기 싫어 탁자 위에 포스트잇으로 '이제 그만 일하면 안 돼?' 하고 썼다.

공복을 느끼고 늦은 아침을 위해 눈을 떴을 때 탁자 위에는 '삼 년만 참자. 당신 소설 그만두고 일할 수 있어?' 하고 되물은 쪽지가 보였다. 완곡한 거절이다. 그녀 말처럼 삼 년을 참은 뒤 결단을 내린다? 아니, 그러기에는 너무 늦다. 나는 하루하루 인내심이 메마르며 파삭파삭 죽어가고 말 것이다. 성경의 한 구절처럼 때가 이른 것이다. 심판의 때가.

나는 대한그룹 마케팅부장인 이재성을 관찰했다. 서툴렀던 탓에 출근하는 그를 놓치는 것은 빈번했다. 내가 사회생활이 서툴렀고, 그의 생활 반경을 알지 못하는 탓에 모든 것이 생경했다. 그가 다니는 멤버십 바, 스카이라운지 레스토랑, 영어 이니셜 J만이 적힌 룸살롱까지. 그러나 두 주일 만에 그에 관한 대부분을 파악하고 기록할 수 있었다. 소설을 쓰면서도 몰랐던 일이다. 인간의 관계란 게 결국 거기서 거기였다. 그리고 그녀의 일기장을 참고했다. 이재성은 어떤 인간인가, 라는 심리와 내면적인 것들을 그녀는 잘 포착해서 기록했다. 약간은 소심하며 능동적이라기보다 수동적인 채 고생 없이 살아왔다는 내용, 그것을 읽으며 그가 폭력에 약할 것 같다는 인상을 받았다.

  결단은 빠를수록 좋고 주저하지 않을수록 빛난다던 어느 인문서의 문구가 생각났다. 나는 그에게 폭력을 사용하기로 했다. 그렇다고 물리적인 폭력을 말하는 것은 아니다. 소위 장돌뱅이처럼 굴러먹지 못한 인간들은 오히려 정신적인 폭력에 약한 법이다. 그를 관찰한 지 칠 주째에 접어든 토요일, 결단을 감행했다. 그는 부산 해운대의 한 콘도에서 마케팅 관련 세미나에 참석하고 있었다. 그날 밤, 콘도 옆 바에서 양주를 마신 그는 12시가 넘어서야 7층 콘도로 돌아왔다. 그를 뒤따르던 내가 그녀의 이름을 끙끙거리며 말하자 문은 쉽게 열렸다. 나는 그의 얼굴을 애써 외면했다. 망각에라도 남을 잔재를 두고 싶지 않았다. 무릎을 꿇은 그는 남자 대 남자로 한 번만 용서해달라고 했다. 고개를 끄덕인 나는 대신 제안을 했다. 내가 부르는 대로 써달라는 부탁이었다. 나 역시 상기되었다. 목소리가 떨리며 새나왔다. 많은 불륜을 저질러서 미안합니다. 그들 모두의 남편에게 사죄합니다. 그는 정신적인 폭력 앞에 주체하지 못하며 눈물을 흘렸다. 얼마간 시간이 흐른 뒤 그는 당신이 이러면 안 되잖아, 미안해, 라고 말했다. 내가 나타나지 않았다면 미안한 생각조차 없었을 수동적인 인간이. 그는 나를 보며 수동적인 미안함이 생겨났던 것에 지나지 않았다. 담배 한 대 하자며 그를 베란다로 내보냈다. 잠시 내게 눈길을 주던 그는 바다로 눈길을 돌렸다. 그때 나는 그의 뒷다리를 붙잡아 들었다. 사십대 가장의 몸은 생각보다 가볍게 베란다 너머로 사라졌다. 짧은 찰나였다. 비명소리조차 없었다. 둔탁한 파열음이 일 초가 되지 않아 들려왔다. 몸을 숨긴 나에게 약 이삼 분의 시간이 주어졌을 것이다. 내가 호텔 안에서 건드린 것이 있었던가. 그것을 확인한 뒤 나는 그가 쓴 글을 콘도 탁자 위에 놓았다. 그 순간, 그가 사라진 베란다에서 십일월의 찬바람이 커튼을 스쳐 펄럭거렸다. 바람에 눈길을 주자 오히려 저 멀리 바다에 비친 몇몇 배의 점등이 그것을 대신했다. 아무도 없는 베란다 바깥이 아름다웠다. 재떨이로 유서를 눌러두는 마지막 작업이 끝나자 알 수 없는 희열이 느껴졌다.

좋은 것도 좋지 않은 것도 아닌, 목적과 이유를 알 수 없는 희열에 괜스레 숙연해졌다. 그저 먼지 하나가 어깨에서 털어졌을 뿐인데도.

죽음은 대대적으로 보도될 줄 알았다. 기대와 달리 며칠이 지나도록 그의 죽음은 보도되지 않았다. 그가 죽은 이틀 후 사회면 부고란에 한자로 적힌 그의 이름 석 자를 확인했을 따름이었다.

나는 그녀가 볼 수 있도록 부고란 그의 이름 아래에 볼펜을 놓아두었다. 그녀가 그것을 알아차릴까. 토스트를 굽고 수프를 만들자 신기한 듯 그녀가 바라보았다. 탁자에 앉은 그녀의 눈길이 볼펜과 신문 사이 어디쯤에서 방황하고 있기를 기도했다. 끓인 수프를 들고 돌아서자 그녀는 신문을 뒤로 덮었다. 나는 다시 그것을 되돌려 수프 깔개로 사용했다. 그녀가 숟가락을 들 때마다 부고란이 보이도록 놓아둔 채.

잔인했는가. 알아차렸는가. 당신은 어떻게 생각하는가.

수프를 한 순갈씩 뜰 때마다 그녀에게 눈으로 물었다. 그러나 그녀는 어떤 대답도 없었다. 대신 조금 어색한 반달 모양의 눈짓으로 내게 미소를 보냈다. 부고란 이름 석 자보다 노란 수프가 잘 보인다는 듯. 그래서 너무 고맙다는 듯.

이상하게도 그다음 일주일은 어떤 사념도 없이 창작에 매진할 수 있었다. 그렇고 그런 부인의 불륜에 역정이 난 남편이 부인을 액살한다는 내용이었다. 영화나 소설처럼 칼도, 그렇다고 야구방망이나 총조차 사용되지 않는 죽음은 그저 밋밋하기만 했다. 소설 역시 밋밋해졌다. 그러나 죽음에는 굳이 그런 것이 필요하지 않다는 사실을 내 손으로 확인했다. 그러고 보면 밋밋한 것은 소설이 아니라 감정이었다. '끝'이라는 단어를 써넣은 뒤 그 소설을 삭제했다. 어차피 쓰레기 같은 글이었으니까. 그러나 기다릴 수 없었다. 미래여행사 사장 김광규, 그가 버젓이 숨 쉬고 있다. 그녀가 그를 기억한다면 그가 그녀를 기억하지 못하게 하는 수밖에 없다. 말하지 않는 기억은 망각이나 다름없으므로. 그리고 그녀가 말하지 않는다면 그가 말하게 하는 것밖에 도리가 없다.

여행사 사장인 김광규는 직업처럼 다이내믹했다. 좀체 그의 인생을 몇 줄의 기록으로 도식화하기가 쉽지 않았다. 임계점에 다다른 분자처럼 어딘가를 끊임없이 뛰어다니는 듯한 그를 보며 폭력이 먹히지 않을 거라고 결론 내릴 수 있었다. 그렇다면 임기응변적으로 짧은 틈새를 노릴 수밖에 없다는 뜻인가. 일주일 만이었다.

아침형 인간을 신봉하는지 그는 일곱시면 회사로 출근했다. 대신 여섯시면 칼퇴근. 그런 뒤 피트니스 센터에 들렀다. 그러나 그것도 일주일에 두세 번뿐, 보통 2박 3일 일정으로 여행을 떠나곤 했던 것이다. 때론 가이드로, 때론 예약 취소된 회사 매출을 위해 자비를 들인 여행으로.

찬바람이 오리털 점퍼를 밀고 들어왔던 일월의 하순, 나는 무작정 그를 뒤따르고 있었다. 그때 나는 그의 차종과 똑같은 검은색 에쿠스 2007년식을 렌트해 동해안 국도를 내달렸다. 다행이라면 일반적인 사람들이 이런 미행이나 노출에 매우 둔감하다는 사실이었다. 하지만 딱 한 번 그가 나를 응시한 순간은 아찔했다. 마치 나를 아는 듯, 아니 정말 귀찮다는 듯 인상을 찌푸린 탓이었다. 그 뒤로 줄곧 그를 차로 미행했다.

지금도 그것이 기회였다고 생각하지는 않는다. 그냥 우발적이었을 뿐이다. 동해안 칠번 국도를 따라 하조대 근처에 이르렀던 것 같다. 대시보드에 깜빡이는 시간은 11시 36분. 나는 오른쪽 아래가 낭떠러지라는 사실을 인지하자 주저 없이 액셀러레이터를 꾹 밟았다. 물론 도로가 왼쪽으로 굽어진다는 것에도 착안한 결정이었다. 차는 굉음을 냈다. 렌터카에 설치된 블랙박스는 잠시 꺼두었다. 그런 조합이 맞아떨어지며 김광규가 몰던 에쿠스 승용차는 중심을 잃고 가드레일을 들이받았다. 팔십 킬로미터가 넘는 속도로 운전하는 자동차에게 철판 가드레일은 그저 종이 쪼가리에 불과하다는 사실을 눈으로 확인했다. 그러나 그에게 그녀를 말하게 하지는 못했다. 어찌면 그는 차가 낭떠러지로 굴러 눈앞에 이른 죽음을 체험하는 종국까지 생각할 겨를도 없었을 것이다. 그런 그에게 이재성처럼 그녀와 나눈 섹스에 대한 확인 절차는 사치였는지도 모른다.

블랙박스를 켜고 한 시간을 더 달렸다. 서울에 미치지 못한 양평 인근에서 나는 어어, 브레이크가, 하는 말을 덧붙이며 앞차를 들이받았다.

나는 타인에게 기쁜 마음으로 몸을 굽실거렸다. 그런 기분은 태어나 처음이었다. 조수석 여인은 끝내 내리지 않았다. 운전석에서 내린 남자는 역시 미덥지 못한 드라이브였던 듯 얼른 사고합의를 하자고 했다.

다음 날 내 어깨와 목 부근은 통나무 하나를 얹어놓은 듯했다. 그러나 기쁜 마음은 쉽게 사그라지지 않았다. 신문 사회면에 여행사 사장 김씨의 죽음이 졸음운전으로 활자화되어 있던 탓이었다.

이 개월 전 그날처럼 나는 신문에 볼펜을 두었다. 이번에는 부고란이 아니라 사회면이었다. 기뻤다. 내가 한 일이야, 이거. 그녀가 알아주겠지. 토스트를 굽고 수프를 끓였다. 이번에는 양파와 당근도 썰어 넣었다. 그들의 목을 치는 심정으로 칼을 내리쳤다. 소리가 날 정도로 수프를 떠먹던 그녀는 그러나 신문에 눈길조차 주지 않았다. 내가 이룬 것인데. 그 순간 날아갈 것 같던 기분이 땅으로 주저앉았다.

그래, 두고 보자.

나는 남은 수프와 토스트를 음식물 쓰레기통에 부어 넣으며 마지막 결심을 굳혔다. 이번에는 타살로 마무리하자. 결국 찾아낼 수 없는 미결 사건으로.

이재성과 김광규에게 닥칠 죽음을 준비하며 내가 주목한 것은 변사자였다. 한 해, 대한민국에는 삼만 명에 조금 못 미치는 변사 사건이 발생한다. 죽음도 가지각색, 누군가는 바다를 떠돌다 해안가로 밀려오기도 하고, 누군가는 토막 사체가 된다. 누군가는 절벽 낭떠러지에서 삶을 마감하기도 하며 화장실에서 큰일을 보다 자신의 혈압을 이기지 못해 사망하기도 한다. 심지어 차가운 산에서 뜨거운 국물을 마시려고 후후 불어대다 사망한 사람까지 있었다. 그런 그들이 며칠이 지나 발견될 때, 또는 죽음에 대한 원인이 명확하지 않을 때 그들을 변사자로 처리한다. 그들 삼만 명 중 절반에 가까운 상당수는 자살로 처리된다. 외적요인이니 내적사망요인이니 하는 법의학적 정의를 떠나 그들이 죽음에 이른 실체적인 요인이 무엇인가를 밝힐 수 없기 때문이다. 아니, 그것을 밝힐 인력과 시간이 없기 때문이다. 경찰은 그들에게 자살이라는 사망확인서를 발부한다. 그리고 유족의 저항에도 상관없이 공권력의 폭행이 되어 그의 호적은 말소된다. 내가 이재성과 김광규에게 노린 것도 그것이었다. 짧은 유서 같은 문구, 그리고 7층에서 떨어져 내린 죽음, 112 신고를 받거나 119 구급대의 호출로 출동한 경찰은 그 죽음을 밝힐 원천적인 판단근거가 부족하다. 드라마 속 CSI는 드라마 속 CSI일 뿐이니까. 영화 속 슈퍼맨이 영화 속에서만 존재하듯. 김광규의 죽음도 마찬가지였다. 오 미터의 낭떠러지에서 추락해도 대부분 사망하는 것이 교통사고다. 나는 글을 쓰며 내재된 내 안의 지식으로 삼십 미터가 넘는 낭떠러지라고 판단한 순간, 생각은 우발적 행동으로 발현했다. 결국 우발(偶發)이라는, 우연에 따른 행동도 인간이 가진 뇌의 바운더리 안에서만 작용하는 행동기제였던 셈이다. 그리고 그것은 신문 사회면이 졸음운전이라는 정의를 내렸다. 그것이면 되지 않는가. 그러나 이번만큼은 그녀가 확실히 인지해야 했다. 그것은 내가 애초 생각했던 그녀에 대한 경고와 맞물린다. 그녀는 나의 경고를 여전히 모르거나 무시하고 있다. 그래서는 안 된다.

이번에는 잡문을 쓰는 일 따위는 하지 않은 채 곧바로 박상진에 대한 작업에 착수했다. 먼저 증권사를 돌며 KH건설에 대한 공시자료를 입수했다. 대학 동기는 KH건설 역시 여느 건설사들처럼 구리게 시작한 곳이라고 덧붙였다. 그것은 조직폭력이나 세금 포탈, 뇌물공여와 하도급 비리 등 거의 전반적인 건설회사의 부정을 담고 있었다.

박상진에 대해서도 함께 조사를 병행했다. 그러나 그를 뒤따르거나 캐내는 것은 쉽지 않았다. 늘 경호원이 함께했고, 외부에 노출되는 일이 없었다. 그제야 느낀 것은 많은 죄를 저지른 범죄자일수록, 또 큰 죄를 저지른 범죄자일수록 많은 담을 쌓고 산다는 것이었다. 그것이 두려움인지, 아니라면 그 자신을 위한 정의나 구실인지 나는 알지 못한다. 그렇지만 그에게 쉽게 접근해서는 안 된다는 아우라를 단번에 알아차렸다.

그를 쫓는 것보다 준비가 먼저라는 판단에 도서관을 향했다. 범죄수사학이나 범죄수사론, 과학수사론 등의 개념서들을 뒤졌다. 눈길을 끈 것은 수사에 대한 정의 중 하나였다. 수사는 진실규명을 위한 창조적인 활동이어야 한다는 것이다. 내가 박상진에게 가하려는 것은 일종의 단죄였다. 수사는 아니지만 범죄라고 생각하지도 않는다. 그렇지만 창조적인 무언가가 필요한 것은 사실이었다. 어떻게 그녀가 저런 녀석과 어울려 일주일이나 살을 맞댔단 말인가. 그 생각이 뇌리를 건들 때마다 욕지기를 참지 못하고 토악질을 했다. 참을 수 없는 것은 참아서는 안 된다.

그를 단죄하기 위해 머릿속을 멈추지도 않았고, 그를 추적하는 일을 게을리하지도 않았다. 그러다 가능성을 보았다. 아니, 가능성은 그것밖에 없었다. 그가 애인으로 둔 세 명의 여인 중 강슬기라는 여인에게서 묵는 하룻밤.

가능성을 현실로 바꾸기 위해 팔 개월을 준비했다. 그 팔 개월 동안 어긋나지 않도록 연기했다. 몇 번이나 그만둘까 생각하기도 했다. 이재성에서 시작해 김광규를 거쳐 박상진에 이르는 길은 그만큼 지난했다. 정확히 일 년이 걸렸으니까. 그러나 육 개월째에 접어들며 확신이 서자 결행할 날짜만을 숨죽여 기다렸다.

정확히 십 일 전이었다.

박상진의 보디가드가 역삼동 640번지 ㄴ자 형태의 골목길에 차를 세우고 강슬기의 원룸 현관문을 두드린 시간은 오전 11시였다. 이미 스케줄 하나가 펑크 난 탓에 어쩔 수 없이 근처에서 대기하던 보디가드가 박상진을 깨우려 했던 것이다. 눈을 비비며 문을 연 강슬기는 사장님 없는데요, 하며 뿌루퉁한 눈길을 보냈다. 보디가드는 의아해하며 박상진에게 전화를 걸었다. 그러나 묵묵부답. 좀 이상해요, 하며 강슬기가 방 안을 가리켰다. 보디가드가 강슬기의 방을 살피기 위해 들어갔을 때 그는 무언가 잘못됐다는 것을 직감했다. 박상진의 지갑과 벗어놓은 옷가지가 그대로였고, 무음으로 된 휴대전화마저 침대 아래에 놓여 있었기 때문이다. 보디가드는 서열 2위인 상무에게 재빨리 전화를 걸었다. KH건설 전체에 비상이 걸린 것이다. 조직의 습성상 그들은 은밀하게 타 조직을 살폈고 심지어 상대

파인 M개발을 습격하기까지 했다. 자체적으로 박상진을 수소문하다 실종 삼 일째 그들은 경찰에 도움을 청했다. 그러나 삼 일이 지난 시점에서 경찰이 할 일은 없었다. 그저 기다리자는 말밖에. 경찰은 조직 간에 벌어진 암투라 판단하고 때를 기다리려 했는지도 모른다. 그게 경찰과 조직 간의 생리니까.

신문기사와 함께 소설가적인 상상과 덧붙인 정황으로 내가 추정한 것들이다. 물론 직접 들은 정보도 상당수이고.

박상진은 보란 듯 용인 부근에 있는 진천의 한 저수지에서 떠올랐다. 그것이 삼 일 전이었다. 경찰은 살인사건으로 규명하고 즉시 사법해부를 국과수에 요청했다. 그러나 국과수는 익사체의 폐라고 단정했다. 혈액검사에서 경구 투여한 것으로 추정되는 수면유도제 성분인 미다졸람이 소량 발견되기는 했지만 그것과 익사 폐를 연관시키기 어렵다는 견해를 보였다. DNA 모발 검사에서 마약 성분이 검출되었다. 필로폰 상습복용으로 추정되었고 그에 대한 수사는 별도로 진행되었다. 결국 미다졸람도 그가 투약한 마약의 한 분야로 취급되었다. 경찰은 열쇠를 쥔 강슬기가 마약복용으로 인해 잠적한 것으로 추정했다. 최종적으로 경찰은 그를 변사처리할지 아니라면 살인사체로 판단할지 여전히 고심 중이었다.

박상진이 대표로 있던 KH건설은 표면적으로는 덤덤했다. 안타깝지만 사체가 떠오른 뒤 강슬기는 어디론가 사라졌다. 그것은 차마 내가 생각하지 못했던 부분이다. 조직에게 납치나 감금된 것이다. 그녀가 어떤 고통을 당할지는 당장 묻어두기로 했다. 사건 관계자인 만큼 그녀의 목숨을 빼앗는 따위의 행동은 하지 않을 거라 짐작했다. 그러나 KH건설 내부는 전쟁을 준비하고 있는지도 모른다.

문이 잠긴 원룸에서, 또 강슬기와 함께 있는 박상진을 사라지게 하는 것은 일견 어려워 보였다. 밀실이라면 밀실에서 일어난 사건이었으니까. 나는 박상진을 단죄하기 위해 지난 팔 개월 동안 소설가의 지위를 십분 활용했다. 집에서 멀리 떨어진 구로구에 위치한 위내시경 전문 내과의 한 사람과 호형호제하게 되었고, 영업인인 친구의 주민등록증을 빌렸다. 경기 불황으로 월세가 높은 편인 강남구 역삼동에는 빈 원룸이 수두룩했다. 그러나 강슬기의 옆집이 비기를 기다리는 데 육 개월이 지나갔다. 그것을 기다리기가 힘들었다. 몇 번이나 포기하자고 다짐했지만 아내를 볼 때마다 그녀에게 경고를 해야만 한다고 나 자신을 다독였다. 이 개월 전 기다리던 방이 매물로 나오자 친구의 주민등록증으로 그곳을 계약했다. 그런 뒤 이만 칠천구백 원이면 구입 가능한 집음기로 옆집을 감시했다. 물론 넷북으로 우아하게 창작활동에 매진하면서. 내가 계획을 실행에 옮기기 위해 직접적으로 가한 물리력은 원룸 사이에 이어진 화재용 베란다 방호벽을 열었다 닫을 수 있게 한 것뿐이었다.

그녀가 읽지 않았던 한겨레신문 오늘자에는 KH건설 박상진에 대해 자살이라는 견해를 뒤엎었다는 내용과 중요제보로 인해 살인사건 수사로 전환되어 수사본부가 설치되었다는 짤막한 내용의 두 줄 기사가 실려 있었다.

그래, 내가 원한 것이다. 자살로 묻히기에는 너무 많은 공을 들였다. 그녀가 반드시 알아야 한다. 아니, 그녀는 알고 있다. 그렇지만 모니터 사이에 끼인 저 일기장에는 또 무슨 화마가 도사리고 있을까. 한참을 고민하다 나는 그것을 펼쳤다. 그 사이에서 편지 한 장이 똑 떨어졌다. 포스트잇이 아닌 편선지.

당신은 변했어, 알지? 당신이 쓰던 일기장을 보지 않았더라면 나조차 놀랐을 거야. 당신이 벙어리라서 적어두는 말이 아니야. 이혼하자는 말은 더더욱 아니고.

벙어리라는 말은 사과할게. 그러나 당신은 변했어. 아니, 당신 안에 또 다른 누군가가 들어앉아 있는 것 같아. 어느 순간 당신은 나에게 너무 집요해졌고 그런 뒤에는 조울증 환자처럼 굴어.

일기장 얘기도 할까? 당신은 말을 하지 못하는 동안에도 세 번이나 바람을 피웠다고 일기에 적었어. 내게 보라고 일부러 그것을 두었고. 그런데 왜 그 대상이 남자이지? 당신이 여자라도 된다는 거야? 당신이 군에서 당했던 성폭력으로 한동안 정신과 치료를 받았고, 그것으로 인해 지금까지 실어증에 걸렸다는 것도 알고 있었어. 그렇지만 이게 뭐야? 당신이 여자처럼 굴다니!

일기장! 그래, 일기장. 모든 건 당신 때문에 참아주었던 거야.

글쓰기 힘들다는 건 알아. 나와 당신이 어느 순간 노란 포스트잇만으로 대화하고 있다는 사실도 알고. 그것조차 당신을 위한 배려였어. 당신은 말을 하지 못하니까. 나를 처음 만난 국문학 수업 때부터 지금까지.

내가 그랬잖아, 당신이 베스트셀러 쓸 때까지만 사업하겠다고. 그게 힘들면 지금까지 모아둔 돈으로 귀농해서 살아도 돼. 당신만 원한다면. 그리고 이제 일기는 제발 그만 써. 무섭고 신물 난다. 제발!

가만, 가만. 이게 무슨 소리지?

나는 그녀의 편지에 당황했다. 분명 그녀의 글씨였다. 일기장을 내던지고 벌떡 일어나 서재를 나섰다. 대각선 맞은편에 위치한 침실 문을 밀자 그녀가 침대 위에 누워 있었다. 싸늘하게 식은 그녀. 목에는 스카프를 감고 있었다.

　이게 어떻게 된 건가.

　그 순간 편린의 기억들이 스쳐갔다. 그녀에게 올라타 무릎으로 두 팔을 제압한 뒤 목을 짓누르던. 그녀의 목을 잡았던 남자 같던 손. 파닥거리던 그녀는 결국 오줌을 지렸다. 목에 손자국이 남고 말았다. 스카프를 매주자 가만히 잠자는 여인처럼 다소곳했다.

　이불을 갈아주고……. 가만, 이게 내 기억이었던가. 아니라면. 아니었다. 이건 아내의 기억이다. 아니, 나의 기억인가.

　그녀의 일기장을 펼칠 때마다 느꼈던 검은 의혹이 나를 덮쳤다. 무서웠다. 저 지옥이 다시 나를 삼키면 나는……. 내가 아닌. 그녀도 아닌. 지옥 속의 또 다른. 희망이 빠져버린 판도라의 상자에 갇힌, 그건 누구인가.

　잠시 눈을 감았다.

　편린.

　유리조각 같은 부서진 기억. 멍이 든 목을 다시 누르고.

　뒤바뀐 시간.

　암전.

　그녀의 자궁에 기대 눈물을 흘리던. 블랙홀 같은, 또 다른 암전. 가만 그게 어째서. 두 개의 기억. 두 사람의 기억. 그것이 왜 나에게. 아니, 그것이 하나였던가.

　벌벌 손이 떨려왔다. 어쩌면 눈을 감는 것은 내가 할 수 있는 가장 손쉬운 저항이었다. 저 깊은 어딘가에서 자꾸만 나를 긁는 일기장이 소리쳤다. 감은 눈에 더욱 힘을 주었다. 그러나…….

　눈을 뜨고 눈을 감고. 눈을 뜨고 다시 눈을 감고.

심호흡을 하고 눈을 뜨자 그녀가 있었다. 가만히 눈을 감은 그녀의 목에는 스카프가 매져 있었다. 내가 맨 것은 아닌데. 남편이 매주었나?

저 여자, 남편의 여자.

그녀는 남편과 바람을 피웠다. 버젓이 아내인 내가 있는데. 나를 두고 바람을 피우며 집사람처럼 집 안 곳곳에 사진까지 걸어놓았다. 마치 그녀가 사랑하는 내 남편의 아내라는 듯.

그녀는 마지막 순간 턱, 막히는 숨소리로 내게 말했다. 여보, 왜 그래, 라고. 나는 그녀에게 미친년, 하고 말하고 싶었다. 그러나 목구멍에서 바람 새는 소리가 그것을 대신했다. 왜 그런 건지는 알 수 없다. 어버버. 어버버. 그래, 내가 그녀를 죽였다. 그녀는 죽어 마땅했다. 베스트셀러 소설가가 꿈인 남편을 휘저어 정욕의 구렁텅이에 빠뜨린 그녀를 내가 죽였다.

마지막 그녀의 눈동자에 비친 남편의 모습은 환상이었을까.

나는 그것을 모른다. 그러나 그녀는 알고 있다.

나와 남편에 관한 모든 것들. 그녀는 알고 있었다. 잠시 후면 그녀는 스카프를 맨 채 숄더백을 집어들고 이곳을 나갈 것이다. 내가 버티어 선 이 집에 그녀의 자리는 없다. 이제, 그녀는 아무것도 모른다.

- 『목련이 피었다(2011 올해의 추리소설)』(청어람, 2011)

포인트

>>>> 조동신

2010년 단편소설 「칼송곳」으로 여수해양문학상 대상을 받았다. 그 밖의 주요 작품으로 「마트로시카」, 「프레첼 독사」, 「포인트」, 「오를라」, 「클루게임」 등이 있다.

1

"오빠, 난데, 나 지금 거기 좀 갈게."

느닷없이 걸렸다가 끊긴 전화에 손명우는 가볍게 한숨을 내쉬었다. 그녀는 언제나 그런 식이다. 요즘 말로 터프하다고 해야 하나, 그의 대답을 듣지도 않고 일방적으로 통보를 하니 말이다. 하지만 그렇다고 오지 말라고 할 수도 없었다. 공공도서관은 누구나 방문할 수 있는 곳인데 어떻게 하랴.

과연 몇 분 후 가벼운 옷차림에 포니테일 모양으로 머리를 묶은 은미가 도착했다.

"잠시 시간 좀 돼? 지금은 사람도 별로 없는데."

"야, 그렇다고 경찰수첩 들이밀면 도서관 사람들이 내가 경찰서 드나드는 줄 알 거 아니겠냐. 나도 좋은 소리 못 들어."

"그럼 나와. 공적인 일로 온 거니까."

쳇, 누군지 몰라도 나중에 이 여자랑 결혼하면 꽉 쥐여 살겠군 하는 생각을 하였다. 다행히 마침 점심시간이라 손명우는 잠시 후 도서관 식당에 가 있었다.

"오빠, 밀실 살인에 대해서 알고 있어?"

손명우의 눈이 커졌다.

"아직 공식적인 발표는 없었는데, 뉴스 같은 데서 봤지? 어느 원룸텔에서 일어난 사건."

은미는 설명을 시작했다.

"세상에, 맙소사."

"저 집, 흉가라더니 결국 또 일이 터졌구먼."

어느 원룸텔 앞에 이른 아침부터 모인 사람들끼리 웅성이고 있었다. 은미는 사람들을 헤치고 경찰 저지선을 넘어 현장에 들어갔다.

"어, 정 형사, 이제 왔어?"

오 경감이 불렀다.

"목격자는요?"

"이 건물 주인이랑 피해자 딸이야."

오 경감은 건물 한편에 완전히 미동도 않은 채 앉아 있는 두 사람을 가리키며 말했다. 두 사람 모두 표정은 달랐지만 넋이 나갔다는 점은 마찬가지였다.

은미는 현장을 보자마자 그들이 왜 넋이 나갔는지 금방 짐작할 수 있었다. 우연인지 아닌지는 몰랐지만 피해자는 푸른 옷(죄수복을 연상시키는)을 입은 채 흰 용수(사형수의 얼굴에 덮어씌우는 두건)를 쓴 채 올가미에 목이 감겼고 손발은 완전히 결박되어 있었기 때문이다. 영락없이 사형대를 재현한 모습이었다. 방 안에는 싸구려 책상 하나, 접이식 간이침대, 붙박이장 하나가 가구의 전부였다. 책상 위에는 노트북 컴퓨터 한 대와 교도소 관련 서적 네댓 권이 있었다.

"저기, 박지희 씨라고 했나요?"

은미는 건물 주인 옆에 있는 젊은 여성에게 물었다. 그녀는 은미보다 두세 살 아래로 보였으니 아마 대학생일 것이다.

"네."

"어떻게 시체를 발견하셨죠?"

"아빠가 어제 들어오지 않으셨어요."

그녀가 벌벌 떨며 대답했다. 피해자 박기준은 최근까지 작은 사업을 하였지만, 사업은 점점 기울고 건강도 나빠져 은퇴를 선언하고 사업도 정리한 뒤, 이 원룸텔에 작은 방을 얻고 출퇴근하며 책을 쓰는 데 힘을 기울이고 있었다고 했다.

그건 그렇고, 앞서 언급한 대로 사건 전날 밤 피해자는 집에 돌아가지 않았다. 방에 간이침대도 있으니 여기서 자는 줄로 안 피해자 가족들은 연락하지 않았다. 그런데 나중에 전화해도 답이 없기에 이상히 여긴 박지희가 이 원룸텔에 와서 건물 주인에게 부탁해 문을 열었는데 문에는 쇠사슬까지 채워져 있었다. 그보다도 이상한 점은 열린 틈으로 보니 방 한가운데에 누군가 손발이 밧줄에 단단히 묶인 채 간이침대에 누워 있었다는 것이다. 그래서 경찰을 불러 쇠사슬을 끊고 들어갔다.

"그런데, 이 사람은 자살한 겁니까?"

건물 주인이 오 경감에게 물었다.

"정황상 자살은 아니고 타살입니다. 자살했다면 발판이 있거나 어디 매달려야겠죠. 발판도 없는 데다 저항한 흔적도 있고요. 사망 시간은 밤 12시 정도쯤 되겠군요."

감식반원이 대신 대답했다.

"타, 타살이요? 누가……?"

옆에 있던 박지희가 비명을 지르며 말했다.

"그건 그렇고, 타살이라면 조금 이상한데요? 누가 자기에게 자루까지 뒤집어씌우고, 그것도 뒤에서 목을 조르는데 가만히 있었을까요?"

은미가 물었다.

"일부러 수면제라도 먹였다가 목을 졸랐겠죠. 아마 검출되기 힘든 클로로포름 같은 걸 썼거나. 그런데 그저 목을 졸라도 됐을 텐데 왜 용수를 뒤집어씌우고 올가미까지 씌웠는지는 모르겠습니다. 혹시 사형장을 연출하려던 거 아닌가?"

감식반원이 말하는 동안 건물 주인은 허탈한 표정으로 담배에 불을 붙이며 푸념을 시작했다.

"벌써 몇 번째야, 확 집에 불을 질러버리든지 해야 되나……. 그건 그렇고 정말 집값 또 떨어지겠네. 무당 불러서 굿까지 했는데 말이야. 오죽했으면 이젠 흉가 소문이 나서 흉가 동호회 사람이 오지를 않나, 원."

"장한철 씨, 어젯밤 12시쯤에 뭐 하셨죠?"

사람이 죽었는데 집값 걱정부터, 그것도 유족 앞에서 하다니 고약하다는 생각이 들었지만 반장이 건물 주인에게 물었다.

"텔레비전 보고 있었죠. 혹시 밤에 이상한 소리가 들렸냐고 물으시겠다면 모른다는 말밖에는 할 말이 없습니다. 우리 집은 5층이고 여긴 지하실이니까 여기 일에 대해서는 뭘 보지도 듣지도 못했으니까요."

건물 주인이 귀찮은 듯 대답하였다. 오 경감은 무슨 프로고 어떤 내용이었는지 다시 물었다. 건물 주인은 적당히 대답하였다.
"그런데 뭔가 수상한 점은 느끼지 못했어요?"
반장이 건물 주인에게 물었다. 그는 고개를 흔들었다. 하긴, 주인 자신이 세입자 하나하나의 습관 등을 다 기억할 일이 있겠는가. 이 원룸텔에 한두 명이 세 들어 사는 것도 아닌데.

잠시 후 오 경감과 은미는 근처에 있는 중국집으로 향했다. 박지희가 아침에 처음 이곳을 방문했을 때, 누군가 막 그 지하실 방에서 나오는 모습을 목격하였다. 처음에는 그 사람이 용의자가 아닐까 했으나 그는 근처의 중국집 주인으로 다음 날 출근 전에 그릇을 찾으러 그 방에 갔던 것이다.
어차피 중국집 주인 역시 목격자 중 하나라고 할 수 있으니 미리 뭔가 물어보는 편이 좋으리라. 그는 사건 이야기를 듣자마자 뭔가 충격을 받은 듯 비틀거리며 말했다.
"사람이 또 죽었다고요? 정말 안 되겠네. 흉가가 따로 없다니까. 그 건물 주인이 벌써 송장만 얼마나 치웠는지 몰라요. 정말 무서워서 그 집 근처에도 못 가겠어요."
"어제 저 건물에 자장면을 배달했나요?"
오 경감이 물었다.
"네, 그 지하 방에 있는 분이 가끔 여기서 자장면 시켜 먹었죠. 점심때는 가끔 왔고, 저녁때는 시켜 먹었어요. 그래서 오늘 아침에 출근하는 길에 그릇 찾으러 갔는데, 그릇이 밖에 있어서 그냥 들고 왔죠. 나는 대체 그 사람이 왜 그 흉가에 방을 얻었나 궁금했지만 그걸 가지고 내가 뭐랄 수도 없고."

"어제 몇 시에 몇 인분이나 시켰죠?"

"8시쯤에 자장면 한 그릇 시켰죠."

"두 명 이상이었으면 최소 두 그릇은 시켰을 테고, 사망 시간은 밤 12시니 이 중국집이랑은 관련이 없군. 하지만 외부 침입 흔적이 없는 점으로 미루어보아 면식범임은 확실하고…… 알겠습니다."

오 경감은 잠시 생각한 뒤 다시 물었다.

"여기서 몇 년이나 장사하셨죠? 그리고, 저 집을 보고 흉가라고 하시는데 그 이유가 뭔지 아시나요?"

중국집 주인은 자리에 앉았다.

"25년쯤 전엔가, 어떤 사람이 술에 취해 그 집 반지하 방에 들어가 어린아이, 그것도 자기 조카들을 망치로 때려 죽였어요. 그다음부터 바로 그 방에서 벌써 20년 동안 여섯 명, 아니, 자살한 사람까지 합하면 일곱 명쯤 되나? 죽었죠. 자살에, 집단 학살에…… 그래서 무당 불러다 굿까지 했어요, 그런데도 또 이런 일이 나다니."

"기억을 잘 하시는군요?"

은미가 묻자 주인은 움찔하더니 대답했다.

"그걸 어떻게 잊겠습니까. 제가 여기서 30년 가까이 중국집을 했는데요. 그날 그 사람, 그 조카 죽인 살인범 말이죠, 그 일 저지르기 전에 바로 이 집에서 술을 마시고 갔으니 기억하죠. 보니까 선량해 보이던데, 술이 웬수죠. 강소주에 배갈 몇 병을 정말 차에 기름 넣듯 들이붓더니…… 솔직히 잊고 싶지만 똑똑히 기억납니다."

"그래요. 최근 피해자, 즉 박 사장님이 이상한 행동을 하지는 않았습니까?"

경감의 물음에 주인은 은미 쪽을 물끄러미 보았다.

"그건 잘 모르는데, 아, 그제였죠, 아마……. 박 사장님이 웬 젊은 아가씨랑 둘이서 여기서 식사했어요. 나는 딸인 줄 알았는데…….”

은미의 눈이 크게 떠졌다. 피해자에게 자식은 박지희 하나뿐인데, 그녀는 사건 전날에는 이곳에 오지 않았다.

"둘이 분위기가 어땠던가요?”

오 경감이 물었다. 주인은 둘이 꽤 심각한 이야기를 하고 있는 눈치였고 피해자가 공책에 적은 뭔가를 그녀에게 보여주었다고 말했다. 그녀는 나이가 20대 초중반 정도 되어 보였고 단발머리에 키가 꽤 작은 편이었으며 검은 옷을 입고 있었다고 했다. 박지희와 비슷한 나이지만 그녀는 단발이 아니다.

그런데 정작 수사진을 당황케 한 문제는 따로 있었다. 그날 현장 감식 결과, 현장에는 외부 침입 흔적이 전혀 없었고 문도 창문도 완전히 잠겨 있었으며 문에는 쇠사슬, 창문에는 쇠창살까지 걸려 있었다. 그런데도 문제는 앞서 언급했듯이 자살이 아니라 분명히 타살이었다는 점이다. 즉, 간단히 말하면 밀실 살인이었다.

2

"그래서 나를 찾은 거냐?”

"응, 잘 해서 해결하면 오빠한테도 단단히 쏠 테니까. 오빠가 괜히 '도서관의 홈즈'겠어?”

은미는 기대에 찬 눈으로 손명우를 보았다. 도서관의 홈즈라. 손명우의 직업이 사서라 오 경감은 그를 그렇게 불렀다. 오 경감과 손명우는 전에 어느 사건을 통하여 만났고, 그 뒤 미궁에 빠질 수 있었던 사건을 몇 번이나 손명우의 도움으로 해결하였다.

은미는 처음으로 손명우를 만났을 때 신기하기만 했다. 겉보기에는 여윈 샌님 스타일이고 늘 자상한 미소를 지어주는 그 남자가 그 잔혹하고 어려운 사건들을 경찰 뺨치게 해결하다니, 은미는 점점 그에게 개인적인 관심을 갖게 되었고 이제는 스스럼없이 그를 대할 수 있었다.

"그건 그렇고 밀실 살인이라, 밀실 살인이야 따지고 보면 간단해. 문제는 '어떻게'보다는 '왜'라고 물어야지. 왜 범인이 밀실을 만들었을까? 아니, 밀실은 그렇다 쳐도 노트북이 있었다고 했지? 그 안에 뭔가 중요한 게 있다면 범인이 가져갔을 텐데, 왜 그대로 뒀을까? 누가 손을 댄 흔적은 없어?"

손명우도 사건에 흥미를 느꼈는지 말을 시작하자 은미는 회상에서 현실로 돌아와 대답하였다.

"음…… 노트북에 누가 손을 댔는지는 몰라. 지문도 피해자 것밖에 없었고 암호도 걸려 있지 않았어. 그런데 피해자 딸이 그러는데 피해자가 가지고 있던 수첩이 없어졌대. 참, 노트북에 있는 파일을 인쇄해왔는데 볼래?"

은미가 서류봉투를 하나 내밀며 말했다. 그 원고는 피해자가 쓴 일종의 자서전으로 '교도소 24시'라는 제목이 붙어 있었다.

"피해자 전직이 교도관이어서 이런 책을 쓴 건 그렇다 쳐도, 왜 퇴직하고 사업한 지 20년 가까이 되는 이제 와서 그 글을 썼는지 궁금한데."

그러고 보니 피해자는 그 점에 대해서는 가족에게도 전혀 아무 말도 하지 않았다고 했다. 손명우는 그 글을 읽기 시작했다.

(전략) 1997년 12월 30일에 사형이 집행된 이후 한국에서는 한 번도 사형이 집행되지 않았다. 물론 법적으로 완전히 사형제가 폐지되지는 않았으므로 법원에서 사형 판결을 받은 죄수는 아직 있다. 그 때문에 사형제를 완전히 없애자는 주장과 존속시키자는 주장이 아직도 팽팽히 맞서고 있다.

사형제를 존속시키자는 주장의 근거는 첫째, 가해자의 인권은 피해자의 인권보다 중요하지 않다. 둘째, 그렇게 흉악한 범죄를 저지른 범죄자들에게 무기징역을 선고하면 그들을 국민의 세금으로 먹이고 재우는 셈이 되므로 이는 세금 낭비일 뿐이다. 셋째, 사형은 범죄를 예방하는 효과가 있다는 점이다. 이런 퀴즈도 있지 않은가. "A국에서 두 명을 죽이고 B국에서 세 명을 죽인 범죄자가 양국의 국경에서 두 나라의 경찰에 완전히 포위되었다. 투항 외에는 방법이 없었다. 그런데 이 범죄자는 B국의 경찰에 투항했다. 왜 그랬을까?" 답은 B국은 사형이 폐지된 국가였기 때문이다.

반면, 사형제를 반대하는 이들의 주장은 다음과 같다. 첫째, 신이 주신 생명을 빼앗을 권리는 누구에게라도 없고, 둘째, 나중에라도 무죄가 증명될지 모르는데 죽인다면 돌이킬 수 없게 되며, 셋째, 사형을 집행하는 교도관들이 사형을 통하여 합법적인 살인자가 되므로 그들의 양심과 정서에 큰 악영향을 주게 되며, 넷째, 독재 정권 등에 의해 악용될 수 있다 등이다. 양쪽 다 충분히 근거 있는 주장을 하고 있으니 뭐라고 하긴 어렵다.

우선 내 생각을 말해본다면, 나는 어렸을 때 사형제 존속을 찬성했지만 지금은 아니다. (중략)

"사형제라……."
손명우는 글을 계속 읽었다.

 (전략) 이제, 내가 처음으로 사형 집행을 했을 때의 이야기를 하려고 한다. 사실 그날이 내 부임 다음 날이었다. 사형수의 죄목을 보자 분노가 치밀어올랐다. 어린아이, 그것도 자신의 조카 둘을 망치로 때려죽인 이 인면수심(人面獸心), 아니, 인면마심(人面魔心)의 살인범, 그는 교수형도 아깝고 쳐 죽이든지 광화문 네거리에 매달아서 말려야 된다는 생각이 들었다. 그래서 사형 집행에 지원할 때 서슴지 않고 손을 들었다.
 그런데 정작 그 사형수의 얼굴을 보았을 때 나는 분노보다 먼저 놀라움을 느끼지 않을 수 없었다. 그는 내가 태어나서 본 누구보다도, 내가 다니던 성당의 신부님보다도 선량한 얼굴을 하고 있었다. 그는 죽는 순간까지 사회도, 나나 교도관들도 원망하지 않았다. 반대로 교도관들 모두, 심지어는 집행을 하던 내게도 축복을 빌어주고 조용히 죽음을 맞았다. 그러는 동안 내가 처음 그의 죄목을 보았을 때의 분노는 어느새 사라지고 도저히 지금도 설명할 수 없는 야릇한 감정에 온몸이 떨렸다. 사형수의 얼굴에 씌우는 용수는 죄수보다는 교도관들을 위한 것이라는 말이 있는데, 그 말이 맞는 모양이다. 사형수와 눈이 마주치지 않기 위함이니까.
 처음으로 '포인트(사형수의 발판을 떨어뜨리는 레버)'를 당긴 순간의 느낌을 나는 지금도 잊을 수 없다. 그날 나는 집행 보너스를 들고 사형 집행에 참여했던 교도관들과 함께 술자리를 가졌다. 그렇게 말이 없는 술자리는 장례식에서도 보지 못했다.

그런데 선배 한 명이 넋두리인지, 아니면 그새 그 사형수의 변호사가 되었는지 그날 죽은 이의 사연을 이야기해주었다.

그는 직장에서나 가정에서나 성실한 직원이자 자상한 남편이며 아버지였다. 그러나 형제복은 없는지 그의 형은 중증의 도박 중독자였다. 형이 자기도 모르게 자신을 보증인으로 삼아 빚을 진 뒤 떼어먹고 도망쳤다고 한다. 그래서 자신마저 거리에 나앉을 신세가 되고 설상가상으로 아직 갓난아기였던 딸이 폐렴에 걸렸는데도 병원비마저 댈 수 없었다.

그래서 어느 날 술에 크게 취한 상태에서 형의 집으로 형이 귀가한 줄 알고 쫓아 들어갔는데, 집에 조카들만 있었다. 조카들을 보자 갑자기 아픈 딸이 생각났는지, 조카들이 형으로 보였는지, 나중에 정신을 차리니 조카들이 피투성이가 되어 쓰러져 있었다고 한다. 그 사연을 듣고 나는 연민을 금할 수 없었다. 그 후로 며칠 동안 내 꿈속에서는 그가 매달렸을 때 떨고 있던 다리가 떠나지 않았다. (중략)

몇 년 동안 나는 사형 집행에 계속 참여했고, 많은 이들의 목을 매달았다. 하지만 사형을 집행한 날, 그날만은 술, 아니 수면제 없이는 잘 수 없었다. 어쩌다가 그런 엄청난 죄를 짓고 그렇게 되었을까. 거기다 내 손으로 보낸 죄수 중 사후무죄가 증명된 이도 있다. 그래서 교도관들이 죄수, 특히 사형수들과 너무 친해지지 말라는 말이 나온 건지도 모른다. 언젠가는 친해진 사람을 내 손으로 묻어야 할지도 모르니까. (중략)

도살업자도 계속 짐승을 잡다 보면 태연해진다는데, 사람을 매다는 일은 아무리 해도 적응이 되지 않았다. 하지만 지금도 여론을 보면 사형 집행에 찬성하는 이가 많다고 한다. 그들에게 말하고 싶다. 당신이 한번 사형수들과 이야기를 해보고, 나중에 직접 포인트를 당겨보라고. (중략)

무엇보다도 내 일이 나와 내 가족에게 영향을 준다는 사실은 견디기 어려웠다. 한번은 딸이 울면서 내게 왔다. 자신이 다니는 성당 신부님이 사형 폐지 운동가였는데 그 영향을 받은 주일 학교 아이들이 '네 아빠는 살인자'라고 놀렸다고 한다. 아이가 다시는 성당에 가지 않겠다고 떼를 써서 달래느라 혼났다. (중략)

갑자기 손명우의 눈이 날카로워지며 어느 대목을 가리켰다. 은미 역시 그쪽을 보았다. 마지막 대목, 아니, 미완성 원고니 마지막이 아닐지도 모르지만.

어젯밤에도 그 형제의 꿈을 꿨다. 먼저는 동생, 다음은 형, 대체 그게 무슨 인연일까? 형제가 모두 사형수가 되고, 둘 다 내가 집행관이 되다니, 잠들기가 무섭다. 아니, 이젠 길을 가다가도 그의 얼굴이 보인다. 과연 망령은 있는 것일까? 나는 지금까지 유령을 믿지 않았는데 내가 틀린 걸지도 모르겠다.

(이하 없음)

"형제를 사형시키다니?"
손명우가 물었다.
"자기 조카들을 죽이고 사형당한 죄수야. 이름은 최찬혁이고. 최찬수는 최찬혁의 형인데, 그도 도박단 네 명을 죽이고 사형을 당했어. 그런데 무슨 악연인지 둘 다 피해자가 사형을 집행했고, 거기다 이번에 피해자가 죽은 곳도 같은 건물이야. 이게 무슨 우연인지 모르겠어."

"가만있자, 그렇다면 조카들을 죽이고 사형당한 사람이 동생이고, 그 형도 살인을 한 건가?"

"응, 최찬수는 도박 빚 때문에 그 지하방으로 온 가족이 쫓겨나고 말았거든. 졸지에 동생과 자식을 잃고 그 일로 부인까지 자살한 데다가 불법도박으로 그 자신도 교도소에 갔어. 그런데 최찬수는 출감한 다음에 얼마 있다가 그 지하방으로 도박을 한다는 핑계로 다시 가서 도박단원 네 명 전부를 블랙잭(가죽 주머니에 모래나 금속을 채워 만든 흉기)으로 때려죽이고 돈을 빼앗아 달아났어. 전에 중국집 주인이 말한 '집단 학살'이 바로 그 사건이야."

손명우의 표정이 심각해졌다.

"덧붙이자면, 나중에 최찬수가 체포된 다음에 훔친 돈을 어떻게 했는지 몇 번이나 물어도 전부 태워버렸다고 대답했어."

"그건 거짓말이 분명하다."

손명우는 단정짓듯 말했다.

"그렇지? 그건 경찰도 그렇게 생각했대. 블랙잭으로 때리면 강한 타격을 받아도 겉으로는 상처가 나지 않으니까, 피가 자기나 돈에 튀지 않게 하려고 그런 짓을 한 거잖아. 그래서 계속 돈을 어떻게 했는지 물었지만 대답을 끝까지 하지 않았어."

"그래서?"

"그런데 한 가지, 최찬수가 교도소에서 여러 차례 자기 제수, 즉 최찬혁의 아내에게 편지를 보냈어. 혹시 마지막으로 양심이랍시고 제수에게 그 돈을 숨긴 장소를 알려준 게 아닐까 생각하고 조사해보았는데, 편지를 받을 때마다 그 제수는 그 자리에서 다 찢어버렸다고 해. 거기다 시간도 오래 지났으니 편지는 우리도 몰라."

은미가 물을 한 모금 마시고 말했다.

"그렇다면 지금, 용의자 명단에는 몇 명이나 올라 있어?"

"두 명. 한 명은 건물 주인인 장한철. 외부인 눈에 띄지 않고 이 건물 혹은 피해자의 방에 드나들 수 있는 이는 건물 주인뿐이야. 그리고 피해자 외에 방 열쇠를 가진 사람도 주인뿐이지. 하지만 그에게는 피해자를 죽일 동기가 없잖아."

"문이야 열쇠로 잠그면 그만이지만 문 쇠사슬을 밖에서 채울 수는 없었을 텐데."

"그게 골치야. 그리고 두 번째 용의자는 중국집에서 피해자랑 만났다는 그 여자. 그전부터 피해자의 집에 누군가가 익명으로 편지를 보냈대. 그런데 피해자 딸한테 물어보니까 그 편지를 받고 얼마 지나지 않아서 피해자가 바로 그 방을 얻고 글을 쓰기 시작했대. 그리고 건물 주인한테 물어보니 중국집 주인이 말한 인상착의랑 건물 주인이 본 여자 인상착의가 거의 비슷했고."

"건물 주인도 그 여자를 봤대?"

"그 뭐냐, '흉가 동호회'라고 온 여자 있잖아. 웬 여자가 그 원룸텔 사진을 찍길래 주인이 붙잡았는데 그렇게 대답하더래. 그래서 그 여자를 지금 잡아서 경찰서에서 조사하고 있는데 결정적인 증거가 잡히지 않아. 그 여잔 범행을 부인하고 있고."

3

그 흉가 동호회 회원이라는 여자를 찾기는 의외로 쉬웠다. 그녀가 피해자와 통화한 기록이 있어서 핸드폰 위치 추적을 한 것이다.

"국적은 미국, 아기 때 입양되었다고 해요. 한국 이름은 최현진입니다."

그때 뒤에서 중년 여인과 칠순이 넘어 보이는 노부인이 달려왔다. 둘 다 그녀를 보자 울부짖으며 달려왔다.

"아니, 이 녀석아, 요 며칠 나가 있더니 왜 여기 있어?"

"어, 엄마……."

최현진은 울기 시작했다. 오 경감은 그들에게서 그동안의 이야기를 들을 수 있었다.

최찬혁이 사형을 당하고 집도 파산했을 때 그의 딸은 폐렴에 걸려 매우 위험했음은 앞서 언급하였다. 그 딸은 겨우 회복한 후 해외로 입양되었다. 즉, 최현진이라는 여자는 최찬혁의 딸이었다. 해외로 입양된 그녀는 성장한 후 친부모를 찾아 한국으로 돌아왔다가 친어머니를 만나 모든 사연을 알게 되었다.

그런데 현진은 자신의 외조모에게서 편지 이야기를 듣게 되었다. 앞서 언급했지만 도박에 빠져 자기 자신은 물론 현진의 가족까지 파탄으로 몰고 간 원흉 최찬수는 교도소에서 현진의 어머니에게 몇 차례 편지를 보냈다. 현진의 어머니는 편지를 받을 때마다 뜯어보지도 않고 갈기갈기 찢어버렸다. 하지만 편지는 계속 왔고, 현진의 어머니는 편지를 찢은 조각을 봉투에 넣어서 교도소로 다시 보냈다. 이 편지만 보면 가슴이 찢어져서 읽고 싶지도 않다는 문장도 함께 넣어서였다. 그러나 현진의 외조모는 최찬수에게서 받은 편지 중 하나를 현진이 돌아와 사실을 알게 될 때를 대비하여 간직하였다.

현진이 그 편지를 보니 겉봉에 "이 편지마저도 찢어버릴 거라면 차라리 불에 태워버리십시오"라는 글이 적혀 있었지만, 정작 그 편지를 보니 이렇게 된 건 전부 자기 때문이다, 미안하다는 상투적인 사과 편지일 뿐이었다. 그런데 불에 태워버리라는 말이 이상하다는 생각이 들어 그 편지를 촛불로 그을려보니 비밀 글자가 나타났다. 과일즙으로 글을 써서 말린 뒤 열을 가하면 글자가 나타나는, 이른바 비밀 잉크였다.

그런데 문제는 그 내용이었다. 최찬수는 교도소에서 우연히 동료 죄수를 통하여 그들 가족에게 비극을 가져온 사건에 대하여 알게 되었다. 최찬수의 아들 둘을 죽인 이는 최찬혁이 아니라 도박단의 한 일당이었다. 그들이 술에 취해 쓰러진 최찬혁의 손에 망치를 쥐여주고 도망쳤으며, 나중에 그 사실을 알게 된 최찬수는 복수를 위해 도박단 패거리를 모두 없애고 돈을 빼앗아 현진과 그 어머니에게 주려고 했다고 한다. 하지만 그 현금을 그대로 현진과 그 어머니에게 주면 경찰에 압수당할 수도 있었기에 돈을 다이아몬드로 바꿔 뒷산에 숨기고 그 위치를 비밀 잉크로 적어서 줬던 것이다.

"그런데 그 사건이 이번 살인사건이랑 무슨 상관이죠?"

은미가 물었다.

"박기준 교도관 말이에요! 그 사람이 그 돈을 빼돌렸어요!"

"무, 무슨……?"

"큰아버지는 과일즙으로 쓴 편지를 여러 번 보냈거든요, 그런데 그 교도관이 아마 과일즙으로 편지 쓰는 걸 봤거나 해서 그 편지를 몰래 읽었을 거예요! 그리고 그 돈을 가져갔어요!"

은미는 머릿속에서 뭔가가 터지는 느낌이 들었다.

"난 그 비밀 잉크로 쓴 편지에 나온 장소를 몇 번이나 뒤졌어요. 그러다가 교도소에 찾아가서 담당 교도관을 뵈려고까지 했죠. 그런데 보니까 이미 은퇴했대요. 혹시나 해서 흥신소에 부탁해서 조사해 봤는데 우리 큰아버지 사형당한 다음에 곧 교도소 그만두고 사업을 시작했던 거예요! 사업 자금을 어디서 마련했겠어요?"

최현진은 반은 우는 듯한 목소리로 말했다.

"그렇다고 사람을 죽이면 됩니까?"

오 경감이 큰 목소리로 말했다.

"난 죽이지 않았어요! 솔직히 소송을 걸고 싶지만 큰아버지의 그 돈도 강도에 살인까지 해서 빼앗은 돈이잖아요! 또 소송 걸어도 공소시효 지난 지가 언젠데 그렇게 해요? 하지만 박 사장님한테 편지를 보내고 직접 만나서 이야기도 해봤는데, 그분은 순순히 인정하셨어요. 하지만 그분도 누가 제 사촌오빠들을 죽이고 우리 아빠한테 그 누명을 씌웠는지는 몰랐어요. 단지 도박단 사람이라고만 했지, 저는 그분에게 모든 걸 용서할 테니까 대신 우리 아빠 누명을 벗기는 일을 도와달라고 했어요. 그래서 그분은 그 건물에 방을 얻고 글을 쓰시겠다면서 건물을 조사했어요."

"저, 저런······."

은미는 놀라지 않을 수 없었다.

"전 아빠 얼굴도 못 봤어요. 살인자, 그것도 자기 조카를 죽인 살인자의 딸이란 걸 아는 게 어떤 기분인지 아세요? 그런데 편지에 아빠가 무죄라는 말이 나왔어요. 그래서 저는 그게 사실인지 알아보고 싶었어요."

"그게 다야? 혹시 적외선 카메라로 발자국을 검사해보진 않았어?"
손명우가 물었다.
"요즘 수사 드라마가 하도 많아서 오빠도 금방 짐작했구나? 맞아, 감식반 불러서 적외선 촬영을 했어. 그런데 현장에서 비밀 통로가 발견됐어."
"역시."
손명우는 그리 놀라지도 않았다. 그 방은 비밀 도박장으로 쓰였던 곳이니 처음부터 단속을 피해 비밀 통로를 만들든지 할 수도 있다. 사실 불법 유흥업소나 카지노 등에는 그러한 비밀 장소나 통로가 마련된 곳이 의외로 많다.
"모든 물체는 적외선을 방출하기 때문에 그 공간이 비어 있는지 아닌지도 적외선 카메라로 보면 알 수 있거든. 그리고 적외선 카메라로 발자국을 따라가니까 붙박이장 쪽으로 향하더라. 그래서 찾아보니 비밀 통로가 하나 있었어, 뒷산으로 통하는."
"그렇다면 밀실이 아니네."
손명우가 말했다.
"맞아. 그 때문에 용의자로 몰린 최현진이 결국 구속됐어. 지금도 무죄를 주장하고 있지만 그런 상황이라면 어쩔 수 없잖아."
손명우도 고개를 끄덕였다. 비밀 통로의 발견에 따라 결국 현진은 살인 혐의로 기소되었다. 그녀는 혐의를 부인했지만 그녀의 알리바이가 확실하지 않다는 점, 그리고 그 최찬수가 조카인 자신에게 준 돈을 피해자인 박기준이 빼돌렸다는 점으로도 동기는 충분했다. 그녀가 피해자를 죽인 뒤 문을 잠그고 비밀 통로로 나갔으리라. 그리고 문을 잠그고 간 뒤 자신은 미국으로 돌아가면 그만이다.

"하지만 그 최현진이라는 여자가 범인이고 밀실을 만들었다고 해도 왜 현장을 사형장처럼 꾸미는 연출을 했을까?"

"그걸 모르겠어."

손명우는 잠시 생각한 뒤 은미를 보았다.

"이번 사건이 이제 와서 일어난 원인이 최현진에게 있다는 점만은 확실해. 최현진은 방금 말한 사건 전개과정 중 두 번째 단계에서 미국에 입양되었다가 이제 막 한국에 돌아와서 모든 것을 알았고 사건도 거의 그 시점에 발생했고, 그리고 최현진 씨는 최찬수가 보냈다는 편지도 가지고 있어. 그런데 최현진이 정말로 그 박기준 교도관을 죽였다면, 왜 굳이 그 방에 자리를 얻고 자서전까지 쓰게 했을까? 집 밖에서 잠복하고 있다가 으슥한 밤에 뒤에서 몽둥이로라도 한 대 때리면 그만이지."

"그걸 나한테 물어보면 어떻게 해?"

그날, 은미는 손명우가 퇴근하자마자 그를 살인 현장으로 데려갔다. 손명우가 보기에도 이상했다. 최현진이 범인이라 해도 어떻게, 왜 밀실을 만들었고, 범행 현장에 사형장과 같은 연출을 한 이유는 무엇 때문인지 알 수 없었다. 다시 찾아간 현장은 경찰 저지선만 있을 뿐 한산했다.

"혹시 피해자의 방 열쇠가 복사할 수 없는 특수 열쇠는 아니야?"

"오빠, 여긴 그냥 주택인걸."

"차라리 강도로 위장하는 편이 낫고, 문을 열고 가는 편이 좋을 텐데, 혹시 다른 사람에게 발견될 시간을 늦추려면 피해자의 열쇠로 문을 잠그기만 하고 가도 무방할 텐데. 하지만 현장에서 방 열쇠는 발견됐지?"

은미는 고개를 끄덕였다.

"피해자를 처음 발견했을 때 피해자의 머리가 베개 위에 있었어, 없었어?"

손명우가 물었다. 은미는 잠시 생각한 뒤 고개를 저었다.

"없었어. 꼭 침대 끝이랑 머리 사이에 베개를 끼운 것처럼 보였어."

"그리고 이 문 쇠사슬은 쇠사슬 고리를 잡아 뺐다가 다시 끼우거나 하면 밀실을 만들 수 있지 않을까?"

손명우가 다시 물었지만 은미는 고개를 저었다.

"그랬으면 쇠사슬에서 범인의 지문이 나왔어야지. 장갑 끼고 고리를 끼웠다 뺄 수는 없잖아. 그리고 어떻게 밀실을 만들었는지 나도 많이 고민했다고. 처음에는 핀셋이나 집게를 잠금장치에 고정시킨 다음에 밖에서 끈으로 당겨서 잠그고 끈을 계속 당기면 결국 그 핀셋도 빠지고 핀셋은 우유 구멍으로 회수하면 되겠다고 생각했어. 하지만 이 방 우유 구멍은 막혀 있고 집게나 핀셋이 들어갈 틈도 없더라. 그리고 그런 방법으로도 쇠사슬은 채울 수 없고."

"가느다란 낚싯줄이라면 문틈으로 나갈 수는 있겠지. 하지만 낚싯줄로 쇠사슬 자물쇠를 채울 수는 없었을 텐데."

손명우가 문틈을 보며 말했다. 그때 갑자기 문 쪽에서 목소리가 들렸다. 돌아보니 건물 주인인 장한철이었다.

"오늘은 안 나가셨나요?"

은미가 물었다.

"조퇴했습니다. 자꾸 신경이 쓰여서요. 이제 이 건물 사려는 사람도 없고, 주민들도 나가려고 하는 것 같아서 원."

건물 주인은 이 원룸텔 임대업 외에도 회사에 다니고 있으며, 이 건물 임대업은 주로 그의 아내가 하고 있다고 한다.

"그런데, 그쪽 분도 형사슈?"

건물 주인이 손명우를 가리키며 물었다.

"사건 감식 전문가세요. 참, 장한철 씨, 사건 당일 12시에 나가지 않고 집에만 계셨다고 했는데, 저기 편의점 CCTV에 당신이 찍혔던데요?"

은미가 말했다. 그런데 예상 외로 건물 주인은 당황하지 않았다.

"아, 그거요? 사실 그것 때문에 경찰에서도 왔어요. 조금 겁이 나서 말하지 않았는데…… 사실, 제가 금연 중이거든요. 그게 끊기가 정말 어렵더군요. 그래서 토크쇼 2부 시작하기 전, 마누라가 샤워하는 틈을 타서 몰래 편의점에 담배 사러 갔어요. 그런데 마누라가 내 생각보다 일찍 나와서 그 쇼프로를 보고 있었죠. 그래서 그만 마누라에게 담배 피운 걸 들키고 말았지만요. 하지만 지하 방에서 무슨 일이 있었는지는 나도 모릅니다. 반장님한테도 똑같이 말했으니까 뭣하면 확인해보세요."

건물 주인은 고개를 흔들며 말했다. 하긴, 건물 주인은 텔레비전의 심야 토크쇼 내용을 정확히 기억하고 있으니 알리바이가 있다고 할 수 있다. 건물 주인이 자기 집으로 올라가자 손명우가 은미에게 말했다.

"그 피해자 딸한테, 아버님이 결벽증이 심하시거나 아주 정리 정

돈을 잘하는 습관이 있었는지 물어봐줄 수 있어?"

"왜?"

은미가 물었다. 하지만 손명우가 뭔가를 발견했는지도 모른다는 생각이 들어 그의 말대로 했다. 전화를 한 결과, 그렇지 않다는 대답이 돌아왔다.

"이 쇠창살은 녹이 슬기는 했지만 말끔하게 닦여 있어서 그래. 피해자가 결벽증이 심하지 않다면 말끔하게 청소할 리가 없는데, 아, 그리고 웬만하면 저 주인 아저씨랑 좀 이야기를 할 수 있을까?"

주인의 집으로 가보니 허름한 외관과는 달리 그 집은 꽤 깨끗하게 단장되어 있었다. 은미는 건물 주인이 비밀 통로를 몰랐다는 사실이 약간 의아했지만, 알고 보니 지금의 건물 주인은 이 건물을 사촌 형에게서 물려받았다고 한다. 그 사촌 형은 문제의 사기도박단 두목이었고 최찬수에게 살해되었다.

"조만간 이 건물이 팔리지 않더라도 다른 데에 집을 하나 얻기라도 해야겠어요, 원······."

건물 주인이 소파에 앉으며 말했다.

"저도 그렇게 생각해요. 그나저나 여보, 과연 누가 거기에 비밀 통로를 뚫었을까?"

주인의 아내가 쟁반에 찻잔을 얹어 들고 오며 말했다.

"사촌 형이 뚫었겠지. 아마 단속이라도 뜨면 도망치려고 만들었을 거야······. 원, 도박이 뭔지······ 솔직히 나로서는 떠올리기 싫은 기억이고, 형한테 가족이 없어서 내가 이 건물 물려받았지만 흉가라고 애물단지만 되고 있으니 문제지. 그나저나 내가 살인 혐의를 덮어쓰지 않아서 다행이지만요. 알죠? 내 알리바이는 확실한 거."

건물 주인은 속이 후련하다는 투로 말했다. 현장에서 발견된 비밀 통로는 뒷산으로 통하고 있었기 때문이다. 건물 주인이 범인이고 범행 후 그 비밀 통로로 나갔다면 산길로 돌아서 귀가해야 한다. 하지만 형사들이 직접 시험해본 결과 그 방법대로 하면 이 건물로 돌아오는 데에만 30분은 걸리고, 눈에 띌 수도 있다. 더욱이 사건이 일어난 시간은 한밤중이다. 하지만 그는 계속 집에 있었고 편의점에 가느라 집 비운 시간도 10여 분 남짓이며, 집에서 본 텔레비전 프로의 내용도 정확히 기억하고 있다.

"그래도 전에 실수로 그 방을 그 가족한테 빌려주는 바람에……."
부인이 말했다.
"가족이라니요?"
"거기, 어린애들 죽고 애 엄만 자살한 가족이요. 이이의 사촌 형수님이 그 가족에게 싼 값에 지하 방을 빌려줬대요. 그런데 그 문제로 형수님이 사촌 형님이랑 크게 싸웠다고 해요. 왜 그런지는 저도 모르겠는데."
"그런 이야기는 뭐하러 해?"

건물 주인이 약간 신경질적으로 말했다. 은미는 멍하니 있던 손명우를 쿡 찔렀다. 손명우의 눈은 무엇 때문인지 부엌에 있는 물건 걸이와 온갖 광고 전단이 가득 붙은 냉장고를 향해 있었다.

"아 참, 그나저나 이제 사건이 종결되었으니 현장 저지선도 치워야겠군요. 그런데 그 방은 다시 내놓으실 건가요?"
손명우가 화제를 바꿨다.
"아, 먼저 그놈의 비밀 통로를 어떻게 하든지 해야죠. 아마 틀어막아야겠죠? 하지만 솔직히 그 방을 다시 세를 줄 수 있을지 모르겠습니다. 한두 명이 죽었어야죠."

주인이 대답하는데 손명우는 핸드폰을 꺼냈다.

"이런, 문자가 왔네. 아, 그건 그렇고 범인인 그 아가씨도 정말 끔찍하더군요. 태어나자마자 아버지 잃고, 집안 잃고, 사실 경찰생활 오래 하다 보면 범인에게 동정이 갈 때도 많습니다."

손명우는 경찰인 척하며 최현진이 한 말을 건물 주인에게 간단히 설명해주었다. 피해자가 최찬혁의 무죄를 증명할 증거를 찾기 위해 이 건물을 얻었다는 사실을.

"그런데 이제 그런 증거를 찾는다고 찾아지겠어요?"

건물 주인이 말도 안 된다는 목소리로 말했다.

"그런데 조금 이상하거든요. 피해자가 뭔가 찾아내긴 한 모양이거든요. 비밀 통로 여는 문이 녹슬어 있긴 했지만 기름칠까지 누가 최근에 했어요. 아마 피해자가 했겠죠? 피해자가 한 번 정도 왔다 갔다 했을 수도 있고요."

"아, 그래요?"

"내일 감식반이 한 번 더 올 것 같습니다."

"왜요?"

주인은 약간 의아해하며 물었다.

"피해자가 그 비밀 통로를 발견했는지 아닌지 파악하기 위해서요, 피해자의 물건 중에 발견되지 않은 게 있거든요. USB…… 아, 이런, 이런 이야기는 하면 안 되는데, 죄송합니다."

손명우는 갑자기 허둥지둥하면서 은미를 끌고 집을 나섰다. 은미는 손명우가 허둥대는 모습을 보고 약간 의아해했지만, 건물 밖으로 나오자 손명우가 은미를 꽉 잡았다.

"오빤 내일 감식반 온다는 말을 왜 했어?"
"형장에서 사형수의 발판을 내리는 장치를 '포인트'라 부르지?"
"응?"
"포인트가 바로 그 힌트였어."
손명우는 대답도 않고 말했다.

4

그날 밤, 손전등을 든 사람 한 명이 불을 켜고 현장의 비밀 통로 저지선을 넘었다. 그는 손전등 불빛으로 통로의 바닥과 벽을 핥듯이 샅샅이 뒤지기 시작했다. 그는 침착하지만 필사적으로 곳곳을 뒤졌는데, 아무리 봐도 통로에는 그가 찾는 물건이 없는 모양이다. 그는 통로에서 나선 뒤 뒷산에 있는 입구 주변을 살펴보았다. 그리고 등산로로 나섰는데 주변을 보니 은색으로 반짝이는 물건이 하나 보였다. USB였다. 그가 그것을 집는 순간, 뭔가가 그의 팔을 잡았다.
"장한철 씨?"
은미였다. 건물 주인은 흠칫 놀랐다.
"여기서 뭐 하세요? 사건 현장은 아직 건드리지 말라고 했는데."
"아, 한번 와본······."
"당신을 박기준 살인 혐의로 체포합니다."
그는 팔을 뿌리치려 했으나 그 뒤에도 여러 명의 형사들이 있었다.
"무슨 소리야!"
"뭐긴요, 우선 제 USB나 돌려주세요."

은미가 말했다.

"아까 저녁에 댁에 갔을 때, 저는 최현진 씨보다는 당신이 범인일 확률이 높다고 여겼죠."

"이봐요, 내가 그를 죽였다고? 난 알리바이가 확실해! 여기 비밀 통로에서 우리 집까지는 산길로 돌아서 가기 때문에 30분도 넘게 걸린다고!"

"물론 그렇죠. 당신은 비밀 통로를 처음부터 이용하지도 않았으니까요. 당신은 그 문으로 나갔어요. 당신이 첫 번째 용의자가 될 수밖에 없는 이유 중 하나가 당신이 저 건물의 모든 열쇠를 가지고 있다는 점입니다."

"열쇠는 있지만, 그래, 체인은 어떻게 걸었어?"

"현장에 가서 볼까요?"

은미는 조금도 흔들리지 않고 대답했다.

"지금부터 당신이 어떻게 밀실을 만들었는지, 당신이 그날 무슨 행동을 했는지 보여드리지요. 그날 9시경 당신은 피해자를 찾아갔어요. 그대로 가면 피해자가 경계할 수도 있으니 아마 집으로 가려고 그 방을 나설 때 습격했을 수도 있죠. 그리고 기회를 봐서 클로르포름 등으로 피해자를 마취시킨 뒤 미리 용수도 씌우고 손발도 묶었죠. 다음에는 간이침대를 반쯤 접어놓고 각목으로 가운데를 받쳐 펴지지 못하게 둔 뒤, 피해자를 그 위에 눕혔어요. 그리고 올가미를 피해자의 목에 걸고 다른 쪽은 피해자의 발목에 묶었죠. 막대기에도 낚싯줄을 묶어둔 다음에 한쪽 끝은 쇠창살에 매뒀죠."

현장에서 은미는 밧줄의 매듭을 지었다. 보니 접힌 침대를 받치고 있는 막대기에는 가느다란 낚싯줄이 묶여 있었다.

"그리고 당신은 그대로 귀가한 다음에 텔레비전을 보면서 기다렸지요. 그리고 밤 12시에 쇼프로 시작하기 전 부인이 샤워하는 동안, 담배를 사러 슬쩍 내려갔다가 집 밖으로 나갑니다. 다음에 밖에서 미리 쇠창살에 매뒀던 낚싯줄을 잡아당기면(자신이 직접 끈을 당겼다), 각목이 넘어지면서 피해자의 몸무게로 인해 침대가 펴지고, 올가미는 자동으로 당겨지면서 피해자의 목을 조르게 되죠. 사냥용 올무와 비슷한 방법이라고 보면 되나요? 이 막대기가 교수형의 발판을 내리는, 일종의 포인트 노릇을 한 셈이죠, 물론 집 밖에서 잠시 어슬렁거리는 척 이걸 당기는 데는 5초도 걸리지 않고요. 큰길에 있는 편의점으로 담배를 사러 다녀오는 데 15분 정도 걸릴 테고, 돌아오면 이미 피해자는 죽은 다음이죠. 그리고 당신은 문을 열쇠로 열고 들어간 다음에 끈을 잘랐겠죠. 피해자의 손발을 묶은 건 사형장과 같은 연출에도 목적이 있지만 이 방법을 들키지 않기 위해서였어요."

"……."

"그리고, 이 방법을 쓰면 침대에 피해자의 머리가 부딪힐 수 있어요. 그래서 일부러 베개를 머리와 침대 벽 사이에 놓아서 혹 등이 생기지 않게 했죠. 그리고 그렇게 하면 머리 모양이 흐트러지니까 일부러 용수를 씌웠겠지요. 용수를 씌우면 그걸 벗길 때 자연스럽게 머리 모양이 흐트러지게 되니까요. 즉 연출 자체가 위장이었습니다."

은미의 설명이 이어짐에 따라 건물 주인의 표정이 점점 달라졌다.

"잠깐, 밀실은? 이 사람이 열쇠가 있으니 문을 잠가도 쇠사슬까지 걸 수는 없었을 텐데?"

오 경감이 이의를 제시했다.

"그것도 간단해요. 이거 하나면요."

은미는 너트를 하나 들어 보이며 말했다.

"이건 강력한 영구 자석인 네오디뮴이에요. 대형 문구점에만 가도 쉽게 구할 수 있죠. 이렇게, 너트도 여러 개 붙일 수 있어요."

그 조그만 자석에는 너트가 네 개나 차곡차곡 쌓이듯 붙어 있었다. 은미는 약간 힘을 줘서 그 너트들을 자석에서 떼어낸 후 방의 문을 향했다.

"이 정도 두께의 너트를 붙일 수 있을 정도라면 쇠문 밖에서도 통하겠죠. 먼저 이 방문 바깥 쪽 위에 벽 부착용 만능 걸이를 붙여요. 이 걸이는 타일 등에 붙이면 공기가 빠지면서 압축기 같은 효과를 내죠. 그리고 그 걸이에 낚싯줄로 만든 고리를 다시 걸어둔 다음에 그 고리의 끝은 쇠사슬의 고리에 매두는 거죠."

건물 주인의 얼굴에서 핏기가 완전히 가셨다.

"그렇게 되면 쇠사슬 고리가 구멍 앞에 정확히 닿게 됩니다. 그리고 밖에 나와서 문을 닫은 다음에 정확히 그 자리에다 네오디뮴을 대기만 하면……."

찰칵, 소리와 함께 쇠사슬 고리는 정확히 구멍에 꽂혔다.

"다시 문을 열고 마지막 확인 수단으로 쇠사슬을 이렇게 끝까지 당기기만 하면 나머지는 오케이죠. 밖에서 고리를 걸기는 어렵지만 쇠사슬을 당기는 건 쉬우니까요. 그리고 쇠사슬 고리에 매뒀던 낚싯줄은 자르면 되고 문은 열쇠로 잠갔고, 보시다시피 이렇게 하는 데에는 많은 시간이 걸리지도 않았어요. 이 방법을 연습할 시간이 가장 많은 사람도 주인 아저씨뿐이지요. 비밀 통로로 나갔다면 집까지 돌아오는 데에도 30분이 넘게 걸리니, 비밀 통로가 발견되면 오히려 자신의 알리바이가 증명되겠죠? 범행에 사용한 도구들도 이때 전부

회수했다가 쓰레기 수거 날짜에 맞춰서 버리면 그만이고. 아니, 일부러 쓰레기 치우는 날에 범행을 저질렀다고 하는 편이 더 옳은가요?"

"어떻게 그걸 알았지?"

건물 주인이 으르렁대며 말했다.

"댁에는 문을 살펴보러 갔을 뿐이죠. 그 원룸텔 건물의 문 구조는 전부 똑같더군요, 주인집마저도. 즉 이 모든 트릭을 연습할 공간이 당신에게는 충분합니다. 그 USB 이야기도…… 제가 그 사람한테 부탁해서 말한 거예요."

"빌어먹을……!"

건물 주인은 털썩 바닥에 주저앉았다.

"이런 젠장, 이제는 깨끗하게 살고 싶었는데……."

건물 주인은 모든 걸 자백했다. 그의 사촌 형은 도박단 두목이었고 현재 건물주인 자신도 사실 한 패거리였다. 30여 년 전 이들은 이 건물 방 하나를 도박장으로 쓰려고 했으며 일당 중 몇몇을 건물에 입주시킨 뒤 사람들을 끌어들여 도박을 하기로 했다. 그 와중에 걸린 이가 바로 문제의 남자인 도박 중독자 최찬수였다. 당시 도박단 두목은 최찬수의 동생인 최찬혁의 재산도 노리고 있었기 때문에 그마저 끌어들이기 위해 일부러 최찬수의 가족에게 방을 싼 값에 임대해주었는데, 그의 아내가 실수로 그 도박용 아지트로 쓰는 방을 그들에게 주고 말았다.

그리고 문제의 그날, 즉 최찬혁의 조카 살인사건이 있었던 날, 우연히도 최찬수의 두 아들이 비밀 통로를 발견하고 말자 건물 주인은 엉겁결에 두 아들을 죽인 뒤, 술에 취해 찾아온 최찬혁의 손에 망치를 쥐여주고 자신은 비밀 통로로 달아났다.

그 자리에 피의자가 있었고 정황상 모든 게 확실한 데다 최찬혁 역시 너무 취해 자신이 죽였는지 아닌지도 몰랐기에 결국 그는 근친 살인죄로 사형당하고 말았다. 그리고 최찬수는 도박 혐의로 잡혀가고 그 부인은 그 방에서 자살했는데, 그 일로 사람들이 그 건물에 입주하기 꺼려했으므로 은밀히 도박장으로 쓰기에는 더욱 좋아졌다.

그런데 어떻게 그 사실을 알았는지는 몰라도 최찬혁의 형인 최찬수가 그 도박장에 다시 왔고, 그는 미리 준비한 흉기로 도박단 일당을 모두 죽이고 돈을 빼앗아 달아났다. 졸지에 조직을 잃고 돈도 잃었지만 건물 주인에게만은 혐의가 돌아오지 않았기 때문에 그는 그때부터 계속 흉가를 안고 살게 되었다.

"그런데 그 박기준 그놈이 내 뒤를 캐고 다녔소이다. 이젠 나이도 있고 해서 손 씻고 조용히 살려고 했는데……."

"죄를 짓고 계속 살 수 있을 거라 믿었던 겁니까? 그리고, 25년이면 공소시효가 지난 지도 오랜데 왜 죽였죠?"

오 경감이 물었다.

"나는 이 흉가에서 가족들까지 데리고 살고 있는데, 내가 이 건물에서 살인에 도박, 사채까지 했다는 걸 가족들이 알게 되는 게 싫었죠. 그래서!"

5

"솔직히 전에는 나도 사형제에 찬성했는데 이번 사건을 보니 조금 그렇더라. 만약에 무기형이었다면 그 최찬혁이라는 사람은 풀려났을 텐데, 요즘 법적으로 원한이나 우발적으로 사람을 죽였으면 사형은 면할 수 있다고 했는데, 그 당시엔 아니었나 봐."

은미가 말했다. 두 사람은 손명우가 근무하는 도서관 근처의 작은 카페에 앉아 있었다.

"나중에 박지희 씨가 그러더라. 자기 아빠가 교도소 그만두고 이사하고 새 사업도 시작했을 때 자긴 뭣도 모르고 좋아했대. 그런데 알고 보니 아빠가 사업하기 위해 남의 돈에 손을 댄 게 자기 때문인 것 같고, 그래서 최현진한테도 미안하다더라."

"뭐, 별 수 없지."

손명우는 시큰둥하게 대답했다.

"오빤 사형제 존속에 찬성해?"

"글쎄, 나는 찬성하지도, 반대하지도 않는다. 그게 범죄의 예방 수단이니 일종의 필요악인지, 혹자는 사형제도가 범죄자들에게 진심으로 뉘우칠 기회를 준다고 하지만, 솔직히 모르겠어. 찬성 측도 반대 측도 다 나름대로 근거가 있으니까 뭐라고 할 수가 없네."

찬성도 반대도 하지 않는다니? 손명우는 곧 은미의 생각을 읽은 듯 말을 이었다.

"맞아, 모순된 답이지. 이는 어떻게 보면 영원한 화두가 될지도 몰라. 하지만 한 가지 확실한 게 있어."

"뭔데?"

"사형이 결코 도덕적인 일은 아니겠지만, 그렇다고 교도관들은 결코 살인자가 아니라는 것. 당연한 걸 왜 사람들이 모르나 몰라."

손명우는 박기준의 원고를 펴 보이며 말했다.

(전략) "만약 사형이 도덕적으로 정당한 것이라면 논리적으로 사형 집행인의 직업은 훌륭한 직업이 돼야 한다. 그런데 많은 열정적인 사형 존치론자가 이러한 인간을 혐오하고 교제 대상에서 배척한다는 사실은 그들 스스로 사형이 명백하게 도덕적으로 비난받아야 함을 안다는 점을 나타낸다." 로이 칼바트라는 이가 『20세기의 사형』이라는 책에서 한 말이다. 그의 말은 옳다고 생각한다. 거의 모든 문화권에서 사형 집행관은 불가촉천민으로 간주되었다. 그리스나 로마에서 사형 집행관은 회의에도 참석할 수 없었다고 한다.

이는 분명히 억울한 일이다. 사형을 선고하는 건 판사인데 판사는 존경받는 직업이고, 우리는 일을 집행한다는 이유로 불가촉천민 취급을 받는다. 판사는 양반이고 교도관은 머슴, 아니, 백정이 된 기분이다. (후략)

은미는 고개를 끄덕이기만 했다.

"참, 오 경감님이 이번 사건 오빠가 해결한 거 다 아시더라."

그야 당연한 일이다. 오 경감이 은미보다 손명우와 먼저 만났고 이를 통하여 경찰과의 인연도 이어졌기 때문이다.

"오빠 정말 대단해. 그거 한번 본 거 가지고 밀실 자석 트릭도 그 자리에서 풀어냈고 범인 잡을 함정까지 파다니, 정말 오빠를 경찰에 특채해도 되겠다. 생각 없어?"

은미가 생글생글 웃으며 말했다. 손명우는 늘 그렇듯 짧게 대답했다.

"난 도서관이 좋다."

"그래도, 오빠 때문에 경찰 체면이 말이 아니게 됐다고 그러던데."

"뭐, 사건 설명은 다 네가 했으면서 뭘 그러냐."

손명우가 웃으며 말했다. 은미는 손명우를 볼 때마다 신기했다. 이렇게 평범한 샌님처럼 보이는 남자가 수수께끼 같은 사건을 가볍게 해결해낼 줄이야. 정말 추리소설에 나오는 탐정이 따로 없었다.

"그런데 오빤 어떻게 하다가 이렇게 경찰 뺨치게 범인을 잘 잡는 법을 익혔어?"

은미는 정말 궁금해서 물었지만, 순간 손명우의 눈에서 빛이 났다. 그 눈빛을 본 은미는 입을 다물 수밖에 없었다. 잠시 동안 은미가 아니라 누구라도 얼어붙을 만큼 차갑고도 섬뜩한 눈을 하던 손명우는 곧 평소의 부드러운 얼굴로 돌아왔다.

"그럴 만한 일이 있었어. 이런, 나 내일 출근해야 되니 이젠 가야겠다. 너도 출근해야지?"

손명우는 그대로 카페를 나섰다. 은미는 점점 그가 궁금해졌다. 경찰에서 신원조회를 해보았지만 손명우는 전과는커녕 어렸을 적부터 전혀 특이한 경력 없이 똑바르게 자라온 보통 남자일 뿐이었다. 하지만 은미는 서두르지 않기로 했다. 아무리 그래도 손명우가 현재로서 경찰에 가장 든든한 조력자임은 분명하므로.

- 「목련이 피었다(2011 올해의 추리소설)」,(청어람, 2011)

B사감 하늘을 날다

>>>>> 홍성호

2011년 「위험한 호기심」으로 『계간 미스터리』 신인상을 받았다. 주요 작품으로 「B사감 하늘을 날다」 「핏빛 인연」 등이 있다.

형사가 한쪽 눈썹을 올리며 묻는다.

"확실하죠?"

네, 라는 대답이 목구멍에 걸려 올라오질 않는다. 형사가 이상하게 생각하지 않을까.

형사의 하얀색 스웨터가 짧게 자른 머리에 검은 얼굴과 도무지 어울리지 않는다. 이 와중에도 문자 수신 진동이 울린다. 철부지 남친이다. 중요한 순간인데 집중할 수가 없다. 대답을 해야 한다. 지금.

"네, 맞아요."

키보드를 치는 소리가 짧게 들렸다. 내 대답을 적었나 보다.

"그러니까 10일 밤 10시경에 나가서 11일 정오를 조금 지나 들어왔다는 거죠?"

방금 물었던 걸 또 묻는다. 이 아저씨는 패션 감각뿐만 아니라 기억력도 영 꽝이다. 추리소설에 등장하는 날카로운 형사와는 거리가 먼 남자다. 그래도 대답해야 한다.

"네."

나도 성격 있는 여자다. 군더더기 없이 짧게 대답했다. 멋없고, 무디고, 기억력 없는 형사에 대한 소심한 반발이다.

"그럼 죽은 이경진 씨를 마지막으로 본 게 정확히 몇 시입니까? 대략 말고."

정확한 시간은 물론 알고 있다. 그 시간이 작전 개시 시간이었으니까. 하지만 정확한 시간은 말해주면 안 될 것 같다. 무엇 때문인지는 모르겠지만, 나의 본능이 그렇게 시키고 있었다.

"정확히는 모르겠어요. 밤 9시에서 9시 30분 사이였던 거 같아요."

형사의 손이 움직이지 않는다. 당연하다. 조사를 시작하자마자 묻고 대답했던 내용이니 더 적을 게 없으리라.

"권아람 씨, 이경진 씨 방에서 권아람 씨 지문이 찍힌 음료수병이 발견됐어요. 더군다나 병에 남은 음료수에서 수면제 성분이 발견됐고."

이 물음에는 바로 대답해야 할 것 같았다.

"아까도 말씀드렸잖아요. 음료수를 건네준 건 맞아요. 그런데 수면제는 정말 모르는 이야기예요. 전 사감 언니가 자살한 거랑은 상관없어요."

형사의 거칠고 까만 얼굴이 일그러졌다.

"자살이요? 우린 자살이라고 말한 적 없는데."

내 얼굴도 일그러졌다. 거울을 본 건 아니지만 분명 얼굴 근육이 평소와는 다르게 수축하는 걸 느꼈다. 일그러진 얼굴을 형사가 볼까 봐 고개를 살짝 숙였다. 자연스럽게 보이려고 고개를 숙임과 동시에 발을 꼬고 무릎을 손가락으로 톡톡 쳤다. 동요하는 모습을 보여서는 안 된다.

하지만 내 심장은 바짝 오그라들어 있었다. 키보드 위에 올린 형사의 두툼한 손이 내 심장을 마구 쥐어짜는 것 같았다. 형사의 마지막 말이 내 심장을 떠나지 않는다.
'우린 자살이라고 말한 적 없는데.'
자살이 아니라면 누가 살해라도 한 거란 말인가?

B사감. 아니, 경진 언니는 성실한 사람이었다. 물론 이미 고인이 되었다고 좋게 말하는 건 아니다. 언니를 아는 사람이면 모두 고개를 끄덕일 정도로 모범적이었다.
하지만 사람은 모두 자기에게 걸맞은 자리가 있는 법. 언니는 우리 기숙사의 사감으로서는 낙제인 사람이었다. 다른 사람들이 자신과 같을 거라는 착각을 했던 것 같다.
언니는 우리 학교 대학원에서 박사과정을 밟으며 기숙사에서 생활했다. 원래 대학원생은 기숙사를 이용할 수 없지만, 기숙사 사감을 무보수로 하는 대가로 기숙사를 이용하고 있었다.
언니의 별명은 원래 알바생이었다. 대학원에 다니면서 기숙사 사감 노릇을 하고 있어 붙은 별명이다. 대학원생이 기숙사를 이용하면 후배의 자리가 하나 없어지는 꼴이어서 기숙사에서 생활하는 학생들은 언니를 좋지 않게 바라봤다. 한때는 지도교수님이 힘을 써줘서 기숙사 이용의 특혜를 받았다는 소문도 돌았다.
학생들 사이에서 안 좋은 소문과 별명이 입에 올려지는 걸 아는지 모르는지 언니는 오로지 자신의 방식대로 기숙사를 통제해나갔다. 2인 1실의 각 방이야 사감도 어쩔 수 없는 개인 공간이라 손길이 미치지 못했지만, 공동으로 사용하는 장소인 휴게실과 컴퓨터실은 항상 언니의 잔소리가 따라다녔다.

언니는 휴게실에 민소매와 핫팬츠 차림으로 드나드는 것과 소파에 모로 누워 과자를 먹으며 TV를 보는 걸 제일 싫어했다.

그렇게 누워 있으면 팬티가 보인다는 둥, 모로 누워 과자를 먹으면 소화가 안 된다는 둥, 과자 부스러기가 소파에 떨어진다는 둥 후배들에 대한 잔소리가 끝이 없었다. 심지어는 TV 채널도 간섭했는데 패거리로 몰려다니며 먹고 노는 버라이어티 프로그램은 아주 질색을 했다. 언니가 휴게실에 들어오면 채널은 언제나 다큐멘터리 채널로 고정됐다.

그러다가 당찬 1학년이 언니에게 기숙사에서 옷 입는 거나 쉬고 있는 자세 가지고 너무 간섭하는 거 아니냐며 대든 적이 있었다. 기숙사는 각자의 집이나 마찬가지고 집에서는 누구의 간섭도 받지 않고 편히 쉬어야 한다는 논리였다. 어린 후배의 예상치 못한 항의에 당황할 만도 했는데, 언니는 안색 하나 바꾸지 않고 그 후배의 손목을 낚아채더니 자신의 방으로 데리고 들어갔다. 그날 언니 방에서 후배가 나오길 기다리던 친구들은 결국 후배가 방에서 나오는 모습을 보지 못하고 각자의 방으로 돌아갔다.

나중에 들은 이야기로는 언니 방에 들어간 그 후배는 언니와 얼굴을 마주 보고 장장 세 시간 동안 기숙사 운영방식에 관해서 이야기했다고 한다. 학교 기숙사 운영규칙을 꺼내놓고, 왜 그런 규정이 생겼는지를 학교 내력과 설립 취지까지 들먹이면서 누가 잘한 건지 누가 잘못한 건지를 따졌다고 한다.

당찬 1학년 후배는 처음엔 언니의 말에 꼬박꼬박 대거리하였지만, 시간이 지날수록 빛나는 언니의 눈과 카랑카랑해지는 목소리에 기가 질려 두 손 두 발 다 들고 언니의 방을 나왔다고 한다. 물론 앞으로는 사감의 기숙사 운영방침을 잘 따르겠다는 다짐도 한 후였다.

언니는 현진건의 소설 「B사감과 러브레터」에 나오는 B여사처럼 사십에 가까운 노처녀도 아닌 삼십대 초반이었고, 여러 겹 주름이 잡힌 훌렁 벗어진 이마 대신 숱이 많은 머리를 가지고 있었지만, 학생들에게는 딱 소설 속 히스테리의 B사감이었다. 그 사건 이후 언니는 알바생에서 B사감이 되었다.

그런 B사감이 죽었다. 수면제를 먹고 잠든 언니 옆에는 타다 만 번개탄과 연탄이 발견됐다. 그런데 경찰은 나를 의심한다.

맞다. 수면제를 먹인 건 나다.

"그게 가능할까?"

투명한 피부의 윤지영이 나를 힐끗 바라봤다.

"불가능할 건 뭐야. 덕분에 잠을 푹 자는 거지. 평소에 우리를 건사하느라 잠도 제대로 못 잤을 텐데."

내 말에 모두 웃음을 터뜨렸다.

"구체적인 계획은 있고?"

윤지영이 미니스커트에 붙은 보푸라기를 떼어내며 말했다. 평소 스커트에 보풀이 일어나거나 뭐가 묻는 걸 몹시 싫어해서 얼굴에는 벌써 짜증이 묻어났다.

"그래, 한번 해보자. 그렇지 않아도 다음 주에 한 과목 시험만 보면 이번 학기도 끝인데, 고향에 내려가기 전에 화끈하게 한번 놀아야지. 발상이 재미있네."

B형 성격의 전형이자 나와 함께 미스터리 동아리 활동을 하는 김

수현이 읽고 있던 추리소설을 내려놓으며 내 말에 지원사격을 했다.

"약은 어디서 구하게?"

정은정이 네일아트가 도드라지는 손톱을 다듬으며 나를 바라봤다.

"작년에 불면증 때문에 병원에서 처방받은 수면제가 남은 게 있어. 하루는 충분히 잘 수 있는 양이야."

"그래그래, 그렇게 하자. 저번 달에 남친이랑 싸우고 쫑나서 줄곧 여기에 콕 틀어박혀 있느라 심심했는데 정말 괜찮은 생각이다."

살짝 콧소리를 섞은 정은정이 손을 맞잡고 간절한 눈빛으로 모인 사람들을 둘러봤다.

"아람아, 네 계획대로라면 잘 될 거 같아. 은정이도 저렇게 바라는데 한번 해보자. 난 완전동의!"

김수현이 진지한 표정으로 말했다.

"오케이, 오케이. 수현이 너도 그렇지? 그래 우리 어절씨구 놀아보자고."

정은정이 옆에 앉은 김수현의 손을 잡고 또다시 콧소리를 냈다.

나는 윤지영을 바라보며 말했다.

"지영, 너도 좋은 거지? 너도 짧지만, 기숙사 생활이 올해까지잖아. 혹시 B사감하고 잘 안다고 빼는 거야?"

"아냐, 그런 거."

윤지영의 얼굴에 미소가 살짝 지나갔다.

"난 언니한테 어떻게 수면제를 먹일까, 그게 걱정돼서 그러는 거야. 네가 계획을 잘 짠다면 나도 반대할 건 없지."

나는 세 명을 둘러보고 말했다.

"그럼, 내 계획대로 B사감에게 수면제를 먹이고 이 기숙사를 탈출하는 거야. 알았지?"

"오케이."

정은정이 손가락을 튕기며 소리를 냈다.

사건을 모의한 그날의 기억을 있는 대로 머리에서 짜냈다. 내가 왜 그런 제안을 했을까. 후회란 건 이럴 때 써먹는 단어인가 보다.

전신거울에 비친 나를 봤다. 어깨선을 살짝 지나쳐서 멈춘 볼륨감 있는 웨이브 머리. 탱글탱글한 피부와 도톰한 입술. 그리고 나의 자존심인 길고 탄력 있는 다리.

거울 속에 갑자기 중학교 1학년 때 기억이 비쳤다. 굴비를 엮은 듯 포승줄에 꿰어 줄줄이 지나가던 수감자들. 포승줄엔 하늘색과 황토색 수의를 입은 사람들이 뒤섞여 있고, 사람들의 앞과 뒤 그리고 옆에서는 교도관들이 삼엄한 눈초리로 걸음을 같이했다.

한 무리의 남자 수감자들이 지나가자 잠시 후 여자 수감자들이 모습을 나타냈다. 푹 숙인 고개와 오십대 아저씨들이 입을 듯한 통 넓은 수의. 미국 드라마에서 본 오렌지색 수의랑은 차원이 다르게 후줄근했다.

중학교 때 법원 견학의 기억이 왜 돌아왔는지 바로 이유를 알아챘다. 나는 지금 위험에 처해 있다. 기억 속의 수의를 내가 입게 될지도 모른다. 지금 이대로라면.

난 수의가 싫다. 나의 다리는 터질 듯이 죄는 스키니진이 어울리지, 이상한 색깔의 펑퍼짐한 그따위 바지는 전혀 어울리지 않는다.

거울 속에 또 다른 모습이 나타났다. 검고 거친 얼굴의 형사다.

"우린 자살이라고 말한 적 없는데."

형사의 한쪽 눈썹이 또다시 올라갔다.

"권아람 씨의 지문이 찍힌 음료수병은 그렇다 치고. 연기가 빠지지 않게 방문 틈에 붙여둔 청테이프에 죽은 이경진 씨 지문 대신 장갑흔이 발견됐어요. 이상하지 않아요?"

형사의 눈썹이 원위치로 돌아가자 입꼬리가 씩 올라가면서 비웃음이 흐른다.

"이경진 씨가 유서를 컴퓨터로 작성하고 죽었죠. 그런데 키보드랑 마우스에도 장갑흔이 발견됐어요. 방 안에서 장갑은 발견되지 않았는데 말이죠. 죽음을 목전에 둔, 더군다나 자살을 할 사람이 장갑을 끼고 문틈을 테이프로 발랐을까요? 키보드랑 마우스는 어떻게 설명해야 할까요?"

나도 모르게 고개를 끄덕였다. 그렇다. B사감은 살해된 게 맞다. 형사의 말은 논리적이다.

실행 전날.

TV 앞 소파에 앉아 김수현과 정은정이 스마트폰을 들여다보고 있었다. 김수현은 살짝 상기돼 있었고, 정은정은 놀란 표정으로 화면을 뚫어지게 보고 있었다.

"뭐야?"

나는 둘 사이에 앉으며 정은정의 스마트폰을 봤다.

"이거 봐. 이게 탤런트 A양 섹스 비디오라네."

스마트폰 화면에서는 희미한 얼굴의 남녀 한 쌍이 이상한 자세로 뒤엉켜 서로 자극하고 있었다.

"아휴, 이게 뭐야. 치워라, 치워."

새로운 동영상이 하나 떴나 보다 생각했다.

"이런 건 어디서 구했어?"

"응, 이거 지영이가 자기 남친이 보내준 걸 우리한테도 보내준 거야. 지금 남친이 아마 IT 쪽에서 일할걸. 그래서 우리보다 이런 게 빠른 거 같아."

정은정이 동영상을 응시한 채 대답했다.

이런 동영상은 싫어하지만, 남들이 다 본 걸 나만 안 봤다고 하니 봐야겠다는 생각이 들었다.

"이거 나한테도 보내줘."

김수현이 나를 바라보며 키득거렸다.

"그냥 은정이 폰으로 봐. 이건 스마트폰이어야 가능해. 넌 스마트폰 아니잖아."

나는 김수현에게 바짝 붙어서 폰 속 두 남녀의 움직임을 멍하니 바라봤다.

"뭐 해?"

고개를 들었다. 윤지영이 휴게실로 들어서고 있었다.

"지영이 너도 양반은 못 되겠다."

김수현이 빙글거리며 윤지영에게 자리를 비켜줬다.

"앉아. 지금 네가 보내준 A양 동영상을 보고 있었어."

윤지영도 살짝 미소를 지었다.

"좀 그렇지? A양이 아닌 거 같기도 하고. 요즘 이런 동영상이 하도 많아서 이젠 가십거리도 안 되는 거 같아. 괜히 보내줬나. 내 이미지가 이런 거 아닌데……."

"맞아. 네 이미지가 이런 동영상하고는 전혀 안 어울리지."

정은정이 인정하는 건지 비아냥거림인지 모를 어중간한 억양으로 윤지영의 말에 맞장구를 쳤다.

"그건 그렇고."

오늘은 오리엔테이션 날이다. 즉, 내일 거사를 위한 사전준비 날이다. 주위를 환기했다.

"내가 엊그제 말하긴 했는데, 다시 한 번 내일 계획을 상세히 말해줄게. 잘 들어."

셋은 모두 고개를 끄덕였다.

먼저 9시에 내가 B사감의 방으로 찾아가 수면제가 든 음료수를 뚜껑을 따서 건넨다. 나도 같은 음료수를 준비해서 자연스럽게 마신다. 음료수를 마시며 이런저런 얘기를 하다가 10분 후쯤 우리 중 하나가 전화를 해주면 통화를 핑계로 방에서 나온다. 그러고는 B사감의 몸에 약기운이 퍼지길 기다렸다가 10시쯤 기숙사에서 나와 준비된 차를 타고 파티 장소인 호텔로 직행한다. 그다음은 광란의 파티. 만약 주체할 수 없을 정도로 흥이 나면 그 호텔 지하의 유명 클럽에서 춤과 부킹으로 흥을 달랜다. 새벽 4시나 5시쯤 클럽이 문을 닫으면 다시 호텔로 올라가 잠을 자고, 체크아웃 시간에 맞춰 호텔을 나와서 유유히 기숙사로 돌아온다.

"이히히히, 정말 간단한 계획이지만 임팩트 있다. 수면제만 먹이면 끝인 거네. 난 좀 복잡한 계획을 원했는데, 아쉽지만 일단은 만족."

김수현은 요란한 웃음과 함께 흡족한 표정을 지었다.

"흥이 나건 안 나건 나이트는 꼭 가야 해. 파티에 나이트가 빠지면 앙꼬 없는 찐빵 아니겠니."

정은정이 톡 끼어들었다.

"난 나이트 안 가면 이번 계획에서 빠질 거야. 호호호."

입을 가리고 웃는 정은정의 손톱 색깔이 바뀌었다. 며칠 사이 네일아트숍을 또 들렀나 보다.

"걱정하지 마. 남친이 호텔 파티룸 예약해주면서 나이트도 예약해 놨어. 비싼 룸으로 말이야."

윤지영이 정은정에게 윙크하며 배시시 웃었다.

"넌 참 복도 많아. 남자친구가 철마다 명품을 사다 바치질 않나, 요렇게 필요할 때마다 최상급으로 준비를 척척 해주니. 어휴, 복 받은 계집애."

정은정이 윤지영의 새로 산 구찌 숄더백을 물끄러미 바라보며 말했다.

"우리 아빠는 젊었을 때 돈 안 벌고 뭐 하셨는지 몰라. 지영이 주위에 빵빵한 남자만 꼬이는 건, 지영이가 잘나가서…… 아니, 대학생이 BMW를 끌고 다니면 남자들은 그게 무슨 뜻인지 아니깐."

김수현이 한마디 거들었다.

여자들의 이야기가 항상 그렇지만 또 삼천포로 빠질 기세였다.

"여하튼 내일 계획은 내가 말한 대로야. 복장은 나이트까지 고려해서 간지 나게 입고 오시고. 알았지?"

마지막 참고인 조사를 받은 후 이틀이 지났다. 그날 같이 있었던 친구들도 모두 조사를 받았다. 물론 내가 수면제를 탔다는 건 함구했다.

마지막 조사 후, 기숙사에 있는 게 꺼림칙해서 대전에 있는 우리 집에 내려와 있었다. 집에 있으면 마음이 편할 줄 알았는데 더 심란해졌다. 방에만 틀어박혀 있는 나에게 엄마가 자꾸 무슨 일 있느냐고 물어 표정을 관리하느라 힘들었다. 매 시간 울리는 남친의 문자 수신 진동도 지겨웠다.

아무래도 사건 현장인 기숙사로 가는 게 더 낫겠다는 생각이 들었다. 조만간에 연락을 주면 바로 출석해야 한다는 위협적인 형사의 말이 장난은 아닐 것이다. 불시에 걸려온 형사의 전화를 부모님이 계신 집에서 받는 것도 문제 중 하나였다.

모든 문제는 기숙사에서 일어났으니 해결도 기숙사에서 해야 할 것 같다.

사건 당일, 밤 9시.

"웬일?"

성의 없이 뒤로 머리를 동여맨 민낯의 언니가 방문을 열었다.

"뭐 좀 말씀드리려고요. 들어가도 되지요?"

"어, 어…… 들어와."

불시의 방문에 약간 당황한 눈치였다. 이 방을 자진해서 찾아오는 학생도 없을뿐더러, 스스로 B사감의 방에 들어가겠다고 한 학생은 내가 처음일 터였다.

나는 계획한 대로 기숙사가 추운 것 같다며 난방을 올려달라고 말하면서 자연스레 음료수를 건넸다. B사감은 아무 의심 없이 음료수를 마셨다.

난방 문제에 대해서 이런저런 얘기를 하고 있는데 내 휴대전화의 벨소리가 요란스레 울렸다. 들어온 지 10분이 지났다는 신호였다. 약속된 전화를 받은 나는 이따 다시 온다며 휴대전화를 들고 방을 나왔다.

휴게실로 갔다. 김수현이 스마트폰을 치켜들고 나를 향해 흔들었다. 나도 오케이 사인을 보냈다. 다른 사람들은 지금 각자의 방에서 한창 화장과 몸치장을 하느라 분주할 것이다. 김수현에게 30분 후에 휴게실에서 보자고 하고 각자의 방으로 돌아갔다.

약속대로 9시 40분에 모두 모였다. 정은정과 윤지영은 미니스커트에 재킷을 걸쳤고, 김수현은 레깅스와 부츠에 길게 떨어지는 스웨터를 입었다. 모두 한껏 멋을 부렸지만, 얼굴엔 약간의 긴장이 배어 있었다.

우리는 아무 말 없이 고개를 끄덕이고 현관으로 향했다. 내가 선두로 현관 바로 옆 B사감의 방을 지나칠 때는 긴장이 최고조가 됐다. 현관문을 열며 뒤를 돌아봤다. 한 사람이 모자랐다.

곧 현관 옆 B사감의 방문이 열렸다. 윤지영이 방 안에서 살짝 머리만 내밀었다. 그러고는 손짓으로 우리에게 들어오라는 신호를 보냈다. 우리는 잠시 서로의 얼굴을 바라보다 윤지영의 손짓을 따라 B사감의 방으로 들어갔다.

윤지영은 웃음을 참으며 손가락으로 침대에 널브러져 있는 B사감을 가리키고 스마트폰으로 사진을 찍었다. 아무렇게나 누워 있는 B사감을 보고 약속이나 한 듯 모두 킥킥거렸다. 이미 B사감은 깊은 잠에 빠져 있었다.

B사감이 잠든 걸 확인한 우리는 여유 있게 다시 현관문을 열고 윤지영의 BMW에 탔다.

차 안은 왁자지껄했다. 정신을 잃은 B사감의 모습에 모두 통쾌해했다.

"넌 무슨 용기로 문을 열었어?"

김수현이 운전하고 있는 윤지영에게 물었다.

"으응, B사감의 자연스러운 모습을 하나 찍고 싶었어. 풋."

"하하하하."

네 명의 웃음이 차에 가득 찼다.

차는 20분 만에 예약한 호텔에 도착했다. 프런트에서 예약을 확인하고 열쇠를 받았다. 프런트에 걸린 큰 시계를 보니 10시가 조금 넘은 시간이었다.

예약한 객실은 도시의 야경이 한눈에 펼쳐지는 복층형 파티룸이었다. 객실의 아래층은 바닥과 벽이 온통 대리석으로 마감돼 있었고, 소파와 식탁은 한쪽 벽면에 설치된 커다란 TV 쪽으로 향해 있었다. TV 옆에 노래방 시설이 갖춰져 있는 걸로 보아 이 객실은 방음장치도 잘 되어 있을 거란 생각이 들었다. 음료수와 술이 가득 찬 냉장고와 창가 쪽을 향한 고급스러운 월풀, 그리고 위층의 깔끔한 침실은 내가 여태 다녀본 어느 펜션이나 콘도보다 고급스러웠다. 역시 윤지영은 노는 물이 달랐다.

나처럼 김수현과 정은정이 놀라는 사이에 윤지영은 벌써 재킷을 벗어 소파에 걸쳐놓고, 스커트에 뭐가 묻기라도 했는지 손으로 털면서 우리를 바라봤다.

"오늘 마음껏 놀아보자. 몰래 나오니깐 더 흥분되는 거 같아. 술도 내가 가져왔으니까 안주만 룸서비스를 부르면 될 거야."

윤지영이 차에서 가져온 쇼핑백을 소파 앞 테이블 위에 올려놓았다.

"이야! 좋다, 좋아."

정은정이 호들갑을 떨었다.

한쪽에서 물소리가 났다. 김수현이 월풀에 벌써부터 물을 채우고 있었다.

"난 야경과 함께 술을 마시며 월풀에 몸을 담그는 게 소원이었어. 여기 남자만 하나 있었으면 더 바랄 게 없겠다. 히히히."

프런트에서 전화가 오지 않는 걸로 봐서는 역시 방음이 잘 돼 있는 것 같았다. 넷이 돌아가며 쉬지 않고 노래를 부르는데도 아무 항의가 없었다. 테이블 위의 스테이크나 파스타 같은 안주들은 벌써 식었고, 언더록 잔과 스트레이트 잔이 녹차 캔, 우롱차 캔, 양주병과 함께 어지럽게 뒤섞여 있었다.

양주도 고급에 속한다는 코냑과 글렌피딕 30년산이었다. 좋은 술이라 그런지 스트레이트 잔으로 한 번에 들이켜도 목구멍을 타고 내려가는 느낌이 아주 부드러웠다. 몇 잔째인지 세는 건 벌써 그만뒀다.

정은정의 노래를 마지막으로 넷이 모두 식탁에 모였다. 원샷을 외치며 네 명이 잔을 부딪쳤다. 경쾌한 소리가 방 안을 스쳤다. 동시에 모두 양주를 목에 털어넣었다.

"헤헤, 난 또 월풀에 들어갈 거야."

김수현은 혀 꼬인 소리로 이미 물에 푹 젖은 가운을 추스르며 월풀에 들어갔다. 들어왔을 때 한 말처럼 정말 야경을 즐기며 월풀을 해보고 싶었나 보다. 노래 한 번에 양주를 서너 잔 마시고 월풀에 들어가는 걸 반복했다. 김수현이 월풀에 들어가더니 추슬렀던 가운을 풀고 속옷만 입은 채 물에 몸을 담갔다. 여자끼리라고는 하지만 평소 화끈한 성격만큼이나 거리낌 없는 행동이었다.

"어, 벌써 2시 반이네."

윤지영이 스마트폰을 켜서 시간을 확인했다.

"나이트 룸 예약한 시간이 지났네. 예약 확인 전화해야겠다. 아람, 폰. 내 폰이 배터리가 달랑달랑하네."

나는 소파에 아무렇게나 팽개쳐진 숄더백에서 휴대전화를 꺼내 윤지영에게 건넸다. 윤지영은 전화를 가지고 화장실로 갔다. 정은정도 자신의 숄더백에서 스마트폰을 꺼냈다.

"시간이 너무 빠르다. 벌써 2시 반이라니. 나이트에 빨리 가야겠다. 몇 시간 못 놀겠는데."

정은정이 시간을 확인하고 코를 찡긋거렸다.

윤지영이 확인 전화를 하는 동안 나와 정은정은 스트레이트로 한 잔 더 마셨다. 한 잔 더 하자고 불렀지만, 김수현은 월풀에서 아무 반응이 없었다. 규칙적인 숨소리만 들릴 뿐이었다.

곧 윤지영이 돌아왔다.

"우리 지금 바로 가야겠다. 1시쯤 간다고 예약했거든. 그런데 너무 늦어버렸네. 손님 많은 주말에 그러면 안 된다고 엄청 욕먹었어."

우리는 화장을 확인하고 재킷을 걸쳤다. 그런데 김수현이 문제였다. 술을 너무 마셨는지 그만 월풀에서 잠들어버렸다. 난감한 상황이었다. 어깨를 흔들어보았지만 일어날 기색이 없었다. 알코올과 따뜻한 목욕물이 만들어낸 결과였다. 우리는 하는 수 없이 김수현을 물에서 꺼내 타월을 깐 소파에 누인 후 대충 이불만 덮어주고 객실을 나왔다.

한 명이 줄어 아쉬웠지만 색다른 놀이 공간인 클럽을 간다고 하니 객실에서 자고 있는 김수현은 금방 잊을 수 있었다.

다시 들뜬 마음으로 엘리베이터를 타고 1층에서 내렸다. 우리는 윤지영이 안내하는 대로 주차장 쪽 후문으로 호텔을 나섰다. 주차장을 돌아 다다른 나이트클럽은 호텔 정문에서 불과 20여 미터 옆에 있었다. 클럽 입구에 들어서 몇 계단을 내려가자 육중한 베이스 음이 온몸에 스며들며 요동쳤다.

웨이터의 안내를 받아 예약된 룸으로 향했다. 룸으로 향하면서 홀과 스테이지를 보고는 깜짝 놀랐다. 새벽 3시에 가까운 시간인데 아직도 많은 사람이 홀과 스테이지에 빼곡히 들어차 있었다. 홀 사이 통로와 룸을 향하는 통로에도 웨이터에 이끌려 다니는 여자들로 붐볐다. 별천지였다. 우리야 어쩌다 오는 사람들이지만, 늦은 시간에 춤추겠다고 찾아온 이 사람들은 도대체 뭐 하는 사람일까 하는 생각도 들었다.

그런 생각도 잠깐. 스테이지가 한눈에 보이는 자리 좋은 룸에 적응하기도 전에 웨이터의 손에 이끌려 룸 밖으로 나왔다. 들어올 때 봤던 여자들처럼 부킹을 위해 이 방 저 방 돌아다니게 된 것이었다. 정은정과 윤지영도 똑같은 신세였다.

스테이지는 밟아보지도 못한 채, 의사라고 주장하는 눈 풀린 남자, 음반 프로듀서라고 주장하는 염소수염의 남자, 펀드매니저라고 주장하는 말쑥한 슈트의 남자를 만났다. 그 외에도 많은 남자와 부킹을 했지만 목적은 하나였다. 술과 세 치 혀로 여자를 꼬셔보려는 개수작.

나는 남자들의 수작에 슬슬 화가 나고 있었다. 마지막이라고 생각하고 프로 스노우보더라는 남자의 방에서 시간을 보내고 있을 때였다.

방문이 벌컥 열렸다. 윤지영이 나오라는 손짓을 했다. 나도 이때다 하고 아쉬운 눈빛의 프로 스노우보더라고 주장하는 남자를 뒤로하고 자리를 박차고 일어났다. 정은정이 있는 방도 수소문해서 같은 방식으로 데리고 나왔다.

다시 우리 방으로 돌아온 셋은 따라 들어온 웨이터에게 이젠 부킹은 안 하겠다고 말하고 방문을 걸어 잠갔다. 윤지영은 나보다 더 화가 나 있었다. 마지막에 부킹한 놈이 몸을 더듬으려고 했단다.

반면에 정은정은 아쉬운 눈치였다. 부킹 상대 중에 마음에 드는 사람이 있었던 게 분명했다.

"흥을 돋우려고 내려왔는데, 기분만 상했네."

윤지영이 양주를 따라 스트레이트 잔으로 홀짝 마셨다.

"너희도 춤은 안 추고 계속 부킹만 한 거지?"

"응."

나와 정은정이 동시에 대답했다.

"아람아, 몇 시?"

나는 내 스키니진 뒷주머니에 꽂힌 휴대전화를 꺼내 시간을 확인했다. 휴대전화 상단에는 메시지 수신 표시가 있었다. 보나 마나 남친이다. 나이트에서 논다는 말을 괜히 한 것 같다. 매 시간 문자를 보낼 거라더니 헛말이 아니었다. 새벽까지 안절부절못하고 있는 모습이 눈에 선했다.

"아휴, 5시가 넘었어."

"그래?"

윤지영이 잔에 양주를 한 잔씩 따라 돌렸다.

"스테이지 나가긴 글렀고, 여기 있는 술이랑 안주나 먹고 나가자.

아마 나이트가 좀 있으면 끝날 거야."

윤지영이 잔을 들자 나와 정은정도 잔을 들어 건배했다. 들이켠 양주가 썼다. 술을 많이 먹어서 그런지 아니면 객실에서 먹었던 양주보다 싼 것이라서 그런지는 알 수 없었다. 나와 똑같았는지 정은정이 술이 반이나 남은 스트레이트 잔을 탁자에 내려놓는다.

"아휴, 써."

윤지영이 정은정을 보고 씩 웃는다.

"여기 차려진 게 방값 포함해서 50만 원이 넘어. 아깝긴 하지만 다 남기고 가야겠다. 다들 부킹 돌면서 술 좀 한 거 같은데."

윤지영 말이 맞다. 부킹을 돌면서 늑대들이 주는 술을 한 잔씩 받아먹었더니 속이 부글거렸다. 오늘 양주는 원 없이 마신 거 같다. 눈꺼풀이 무거워졌다.

"올라가자."

윤지영이 백을 챙기며 말했다.

우리는 끝날 시간인데도 여전히 사람으로 가득 찬 스테이지를 뒤로하고 나이트클럽을 나왔다. 나이트클럽을 나와서는 윤지영이 안내하는 대로 왔던 길을 되돌아와 객실로 올라갔다. 객실로 돌아와서 그간 온 문자를 확인하면서 시간을 봤다. 새벽 5시 30분.

나이트클럽의 소음에 익숙해져서 그런지 조용한 객실이 오히려 어색했다. 소파에 눕혔던 김수현은 자리를 옮겨 위층 침대에서 자고 있었다. 게다가 몸에는 보송보송한 새 가운까지 걸친 채였다.

"11시에 체크아웃이니 몇 시간 푹 자고 샤워나 하고 나가자. 가면서 해장이나 하고."

윤지영이 하품을 했다. 하품이 전염돼 나와 정은정도 덩달아 하품을 했다. 화장도 안 지우고 소파에 그대로 누웠다. 눕자마자 스르르 눈이 감겼다.

    프런트 뒤에 걸린 큰 시계가 11시를 가리키고 있었다. 체크아웃 시간을 정확히 지켜서 나왔다. 다들 속이 안 좋은 얼굴이었다. 어젯밤과 오늘 새벽 사이 마신 양주 때문이었다. 우리는 호텔을 나와 호텔 부근 프랑스 식당에서 양파 수프로 해장을 했다. 양파 수프가 해장이 되겠느냐는 우리의 우려는 수프를 두어 숟가락 떠먹자마자 탄성으로 바뀌었다. 역시 윤지영은 럭셔리한 친구다. 이렇게 우아하게 양식당에서 해장을 할 수 있다니. 우리의 깜짝 탈출은 마무리까지 멋졌다.
    차를 타고 20분. 양파 수프의 맛이 아직 입속에서 맴돌고 있을 때였다. 기숙사 앞 주차장에 도착했을 때 심상치 않은 움직임을 감지했다.
    기숙사 현관 앞에 세워진 경찰차, 정복을 입은 경찰. '과학수사'라는 조끼를 입은 남자들과 현관을 부산히 드나드는 우락부락한 정체불명의 남자들. 분명 무슨 일이 생긴 것이다.
    나는 방금 맛있게 먹은 수프가 역류하는 걸 느꼈다. B사감에게 무슨 일이 생긴 것이다. 이건 여자의 육감이다.

    눈을 떠보니 방 안이 모두 어둠이다. 몇 시간이나 흘렀을까.
    휴대전화를 켰다. 자정이 넘었다. 기숙사에 와서 사건 당일의 기억을 하나씩 뜯어보다 잠이 들었다. 꿈인지 기억인지 모를 그날의 장면들이 머릿속에서 쉴 새 없이 흘러갔다.

기억이든 꿈이든 공통점이 있다. 우리 중 수면제에 취해 있는 B사감 방을 찾아가 연탄불을 피울 만한 여유가 있었던 사람은 없다. 모두 알리바이가 있었다. 호텔에서의 파티. 그것이 우리의 공통 알리바이다.

우두커니 앉아만 있는 건 넋 놓고 망나니의 칼날이 목을 파고드는 걸 기다리는 사형수와 다를 바 없다. 자칫 살인범으로 몰릴 수 있는 나 자신을 보호해야 한다. 서랍에서 장갑을 꺼냈다. 이 시간에 B사감의 방을 어슬렁거릴 사람은 없을 거다.

예상대로 현관 앞 B사감의 방 주변은 고요했다. 장갑을 낀 손으로 문손잡이를 돌렸다. 아무 저항 없이 문이 열린다. 전등을 켰다. 파박, 하는 소리와 함께 B사감의 방이 눈앞에 펼쳐졌다. 음료수를 전하러 왔을 때와 크게 달라진 점이 없었다. 책상 위에 노트북만 보이지 않을 뿐이다. 아마도 경찰이 가져갔으리라.

방문을 살폈다. 형사의 말에 의하면 청테이프로 문틈을 막은 상태였다고 했다. 베이지색 문을 자세히 보니 거뭇한 붓질 자국이 곳곳에 남아 있었다. 지문 채취 과정에서 생긴 흔적일 것이다.

뒤를 돌아 반대편에 있는 창문도 살폈다. 하얀색 창틀과 창문에도 어김없이 붓질 흔적이 있다. 형사가 창문에 청테이프가 발라져 있었다는 말을 안 한 걸로 봐서는 창문을 청테이프로 막은 것 같지는 않다. 이중창이므로 굳이 그런 수고를 할 필요도 없었을 것이다.

창문이 잠기지 않은 걸 확인하고 조심스럽게 열어보았다. 소리 없이 부드럽게 열렸다. 창틀에 기대 바깥을 살폈다. 창문은 지면과 70~80센티미터 정도의 높이였다. 마음만 먹으며 충분히 넘을 수 있는 높이다.

맞은편 아파트를 바라봤다. 순간 아파트 3층 베란다에서 나를 보고 있는 남자와 눈이 마주쳤다. 거리는 불과 15미터 정도. 남자는 나의 눈길을 피하더니 황급히 담뱃불을 끄고 안으로 들어갔다. 시간을 확인했다. 새벽 1시. 아무래도 수상하다.

기숙사 맞은편 아파트는 최근에 완공된 5층짜리 아파트이다. 공사 당시부터 기숙사와 근접한 거리 때문에 여학생들의 프라이버시 보호에 문제가 생길 게 예상됐다. 학생들이 아파트 입주 후부터 지속적으로 문제를 제기했지만, 학교에서는 방마다 블라인드를 설치해 주고는 감감무소식이다. 아예 건물 전체에 가림막을 설치하자는 학생들의 의견도 있었지만, 우리의 조망권도 해치는 부작용이 있다는 이유로 흐지부지되고 말았다.

수상한 남자가 들어간 베란다를 오른쪽부터 세어나갔다. 하나, 둘, 셋, 넷. 304호였다. 다시 한 번 그 남자가 사라진 호수를 확인하고 창문을 닫았다. 창문을 닫자 B사감의 목소리가 들렸다.

창문을 닫고 항상 잠금고리를 걸도록 해.

틈만 나면 지겹게 해대던 B사감의 주의사항이었다. 아파트가 완공된 이후부터 새롭게 추가된 잔소리였다.

이래서 세뇌가 무서운 거구나. 하마터면 창문 잠금고리를 걸어 잠글 뻔했다. 사건 현장은 그대로 보존하는 게 철칙 아니던가. 소설에서 숱하게 봐왔던 규칙이다. 나는 창문 잠금고리에서 손을 슬그머니 내렸다.

마지막으로 바닥을 살펴보기로 했다. 떨어진 머리카락이라도 찾으려고 쪼그리고 앉았다. 앉았을 때 뒷주머니에서 뭔가 느껴졌다. 돋보기였다. 챙겨온 걸 깜박했다. 돋보기를 꺼내 3평이 채 안 되는 작은 방을 샅샅이 조사했다.

30분이나 지났을까. 손에 쥔 결과는 없었다. 아마도 경찰이 다 수거해 갔으리라. 왜 그 생각은 못 했을까, 하는 자책이 뒤늦게 찾아왔다.

맞은편 아파트 304호 남자와 눈이 마주친 것 외에는 아무 성과도 없었다. 허탈감과 함께 조바심이 찾아왔다. 실망을 안고 문손잡이를 돌려 나가려는 순간, 문손잡이가 저절로 돌아갔다. 동시에 문이 천천히 열리면서 사람이 들어왔다. 김수현이었다.

"어, 권아람, 이 방에 웬일이야."

김수현의 시선은 내 얼굴이 아닌 손에 멈췄다. 장갑을 끼고 있는 손.

"아, 방 안을 한번 둘러보려고. 혹시 경찰이 빠뜨린 게 있을까 해서……."

나는 왼손에 들고 있던 돋보기를 김수현에게 흔들어 보였다.

"으음…… 그랬구나."

김수현의 얼굴에는 아무 표정도 없었다.

"넌 웬일?"

"지나다 보니깐 무슨 소리가 들려서 한번 들어와봤어."

"그랬구나."

2층에 있는 방으로 올라가는 시간이 길게 느껴졌다. 김수현은 아무 말이 없었다. 내 방 앞에 다다랐을 때 김수현에게 인사를 했다.

"잘 자, 너무 걱정하지 말고. 경진 언니 일은 잘 해결될 거야."

김수현은 복도 끝에 있는 자신의 방을 향해 발을 떼며 고개만 끄덕였다.

"아람아, 넌 아니지?"

김수현이 몸을 돌려 내 눈을 바라봤다.

"응? 아……."

당혹스러웠다.

"설마, 그럴 리가."

장난스럽게 말은 했지만 울컥하는 기분을 참을 수 없었다.

자리에 누웠지만 잠이 오지 않는다. 형사뿐 아니라 친구마저 나를 의심하고 있는 것 같다. 다른 사람은 몰라도 김수현이 날 의심할지 몰랐다. 미스터리 동호회 활동은 왜 하는지 모르겠다. 버젓이 알리바이가 있는 나를 의심하다니.

담배를 물고 있던 남자. 그 시간에 왜 우리 기숙사를 살피고 있었을까. 게다가 나와 눈이 마주치자 피우던 담배를 끄고 황급히 사라졌다. 속옷 차림의 여대생의 모습을 훔쳐보는 게 그 남자의 취미였을까. 아니면 늦은 시간에 담배 한 개비의 유혹을 떨치지 못해 베란다로 나온 골초일까. 그렇다면 나를 보고 황급히 사라질 이유도 없었을 텐데. 내가 너무 과민반응을 하는 걸까.

머릿속은 점점 뒤죽박죽 되어간다.

왜 하필 김수현이 그 시간에 그 방을 지나쳤을까. 김수현은 분명히 알 것이다. 범인은 사건 현장을 다시 찾는다는 속설을. 늦은 밤 사건 현장에서 장갑과 돋보기를 들고 있는 나를 보고 과연 무슨 생각을 했을까. 방금 헤어질 때 나에게 다짐을 받듯이 물은 한 마디. 넌 아니지, 이 한 마디가 나를 나락으로 떨어뜨렸다. 너 맞지, 라고 물은 거나 마찬가지니까.

눈을 감고 김수현의 마지막 물음을 몇 번이고 되뇌었다. 그리고 후회했다. 내가 왜 내려갔을까. 오두방정 떨지 말고 가만히 누워나 있을걸.

그렇게 자책을 하다 보니 이상한 의문이 하나 생겼다.

김수현은 그 시간에 왜 B사감의 방 근처에 왔을까. B사감의 방은 현관 옆이다. 현관을 나설 일이 아니면 그 방을 지나칠 일이 없다. 그 시간에 밖에 나갈 일은 없을 테고, 밖에 나갈 복장도 아니었다. 더군다나 휴게실과 컴퓨터실은 현관 반대편 복도 끝에 있다. 계단은 건물 중앙에 있으므로 휴게실과 컴퓨터실에 가기 위해서 B사감의 방을 지나칠 일도 없다.

생각이 거기까지 미치자 강력한 충격이 머리를 파고들었다. 아!

그날 우리 중에 알리바이가 없었던 사람이 있다. 그건 김수현. 우리가 나이트클럽으로 향한 새벽 3시경부터 객실로 돌아온 시간인 5시 30분경까지 알리바이가 없다. 김수현은 우리가 소파에 눕혀놓고 나선 이후로 2시간 30분가량의 시간을 자유롭게 활용할 수 있었다. 물론 술에 취해서 잠든 게 거짓이었다는 걸 전제로 해야겠지만 시간상으로는 차로 20분 거리의 기숙사에 가서 자살로 꾸민 후 다시 객실로 돌아오기에 충분한 시간이었다.

그렇다면 오늘 일도 설명된다. 범죄 현장을 다시 찾은 범인은 내가 아니고 김수현이다.

"심경의 변화라도 있는 겁니까?"

인사도 생략하고 다짜고짜 내게 묻는다. 아직도 날 의심하고 있는 눈치였다. 나뿐만 아니라 친구들도 다 조사해놓고 엄한 소리만 해댄다. 수사에 도움을 주겠다고 아침 일찍부터 경찰서에 자진 출두한 사람을 상대로 말이다. 정말 밥맛 없는 형사다. 나는 강하게 나가기로 했다. 유력한 범인은 내 머릿속에 있으니.

"저뿐만 아니라 친구들까지 다 조사해서 잘 아시잖아요. 전 알리바이가 확실해요. 그리고 수면제는 정말 모르는 일이고요."

수면제에 대해서는 시치미를 뗐다.

"그럼 뭐 때문에 직접 경찰서까지?"

형사가 심드렁한 표정으로 물었다.

"다른 건 아니고요. 제가 사실 미스터리 동호회에서 아주 활발하게 활동하고 있거든요. 경찰에서 자살이 아니라고 해서 제 나름대로 범인을 잡아보려고요. 제가 결정적인 단서나 용의자를 알려드릴 수 있을 거 같다는 느낌이 드네요."

"크하하하하."

변덕스런 놈이다. 심드렁한 표정을 지을 땐 언제고, 웃기는.

"탐정클럽 같은 거 말이죠?"

"꼭 그런 건 아니고, 추리소설도 읽고 토론도 하고 그래요. 뭐 탐정클럽도 크게 틀린 표현은 아니네요."

"재미있네, 재미있어. 하하하하."

뭐가 그리 재미있는지 몸도 흐느적거린다.

"그래서…… 몇 가지 물어볼 게 있어서 왔어요."

"그래요. 한번 물어보시죠. 흐흐흐."

"사망 추정 시간이 어떻게 되나요?"

형사가 오호, 하고 감탄사를 내뱉으며 캐비닛을 열었다. 곧바로 캐비닛에서 기록을 하나 꺼내 뒤적였다.

"탐정클럽이라 기본기가 탄탄하네요. 사망 추정 시간도 체크하고,

"일단, 사망 추정 시간은 새벽 4시부터 7시 사이예요. 신고가 9시경에 들어왔으니까 숨이 끊긴 직후 발견됐다고 봐도 무방할 거 같고요. 조금만 일찍 발견됐어도 사망까지는 막을 수 있었던 사건이었어요."

"그럼 방에 몇 시쯤 침입해서 연탄불을 피웠을까요?"

"왜요?"

"범인을 잡는 데 중요한 사안이라서 그래요."

"대략 새벽 1~2시경에 연탄불을 피워놓은 걸로 추정하고 있어요. 노트북에 남겨둔 유서도 새벽 1시 30분경에 저장된 거니 그 시간이 맞을 거예요."

형사의 얼굴에는 아직도 웃음이 남아 있다. 그래도 비웃음은 아닌 듯했다.

"그래서? 범인은 누굽니까?"

형사의 기습적인 질문에 순간 당황했다.

"글쎄요, 좀…… 시간이 필요할 거 같아요. 추리라는 게 좀 시간이 걸리잖아요."

예상이 빗나갔다. 김수현은 아니다. 김수현은 새벽 1시에서 2시 사이 호텔 객실에 있었다. 아니, 우리 모두 객실에 있었다.

벌집을 쑤셔놓고 나온 것 같아 사무실을 걸어오는 동안 뒤통수가 화끈거렸다. 형사가 뒤통수에 대고 인사를 했다.

"권아람 씨, 단서나 용의자를 찾으면 꼭 연락해주세요. 그리고!"

형사가 마지막 단어에 힘을 줬다.

"우린 아직 권아람 씨를 포기한 게 아니에요. 알았죠!"

밤 12시. 불을 끄고 창가에 앉아 있으려니 두려움이 엄습한다.

사람이 죽어나간 방. 경진 언니가 누워 있던 침대를 일부러 외면했다. 내가 준 약에 취해 연탄가스를 마시며 서서히 죽어가는 모습이 보여서이다. 내가 언니를 직접 죽이지는 않았지만, 죽음에 도화선을 연결하는 역할을 했다.

그리고 내가 연결한 도화선에 누군가 불을 붙였다. 난 그 사람을 찾아야 한다. 언니를 위해서.

벌써 두 시간째 이러고 있다. 일종의 잠복이다. 아무래도 304호 남자가 수상쩍다. 그냥 지나칠 수 없다. 잠시나마 의심했던 김수현이 이번 사건과 아무 관련이 없다는 걸 알고 바로 생각난 게 304호 남자였다.

베란다 문이 열린다. 불이 반짝인다. 그 남자다. 이쪽을 바라본다. 불이 꺼져 있어 밖에서는 안 보이겠지만 본능적으로 몸을 움츠렸다.

반짝이는 담뱃불이 사라지고, 라이터 불과 함께 또 다른 불이 반짝인다. 줄담배다. 이번엔 담배를 물고 난간에 기대 여유를 부린다. 시선은 여전히 이쪽이다.

세 번째 모습이었다. 12시에서 2시 사이 세 번이나 베란다로 나와 이쪽을 바라보며 담배를 피웠다. 단순히 골초인가. 다시 가슴이 먹먹해진다. 이 기회에 남자의 정체를 확실히 파악하자는 생각이 들었다.

나는 몸을 일으켜 전등 스위치를 켰다. 그러고는 재빨리 창문을 열고 머리와 몸통을 내밀었다. 남자 쪽을 쳐다보았다. 불이 아래로 떨어졌다. 남자가 담배를 놓치고 몸을 홱 돌려 안으로 들어갔다. 당황한 듯 보였다.

"잠복? 하하하."

"네."

"나이는 어떻게 돼요?"

"거실 불빛에 비친 실루엣으로 봤을 땐 20대 후반에서 30대 초반이에요. 머리 스타일이 완전 애들도 아니고, 그렇다고 해서 완전 아저씨 머리도 아니었어요."

"실루엣으로 연령대까지 파악했다, 대단한데."

"오늘은 탐문이 되는 거죠?"

"뭐, 그렇다고 봐야지."

나의 부탁을 받고 나온 형사가 뭐가 재미있는지 싱글벙글한다. 304호 남자를 만나서 직접 몇 가지를 묻고 싶었지만, 경찰도 아니고, 무섭기도 해서 형사에게 도움을 요청했다.

벨을 눌렀다. 얇은 목소리와 함께 남자가 나왔다. 그 남자다.

형사는 신분증을 보여주고 기숙사 사망 사건과 관련해서 몇 가지 물어보겠다고 이야기를 꺼냈다. 남자의 얼굴이 상기됐다. 형사는 기숙사를 바라보는 걸 몇 번이나 목격했다는 이야기도 해줬다. 어제 창가에 있던 학생이 이 사람이라며 소개까지 곁들여서 말이다. 남자는 내 얼굴을 똑바로 보지도 못했다. 기가 약한 남자인 것 같았다.

그런데 그 남자의 입에서 나온 얘기는 형사와 나를 혼란에 빠뜨렸다.

30대 초반의 독신 회사원인 그 남자는 평소 담배를 즐겨 피웠다. 사건이 있던 날은 케이블 TV로 영화를 한 편 보고, 으레 그랬듯이 담배를 물고 베란다로 나갔다. 담배에 불을 붙이려는 순간, 맞은편 기숙사 1층에서 창문을 열고 있는 이상한 차림의 여자를 봤다. 위는 재킷을 입고 아래는 팬티스타킹만 신은 여자가 창문을 열고 그 창틀을 기어오르고 있었다. 별난 광경이어서 유심히 보고 있었는데 곧 여자는 창틀을 넘어갔고, 방에 불이 켜진 후 블라인드가 내려졌다. 시간이 늦어 기숙사에 몰래 들어가는 학생이겠거니 생각하고 거실로 들어가려고 했는데 팬티스타킹이라는 묘한 차림새가 흥미를 불러일으켰다. 그래서 곧장 들어가지 않고 블라인드가 내려진 불 켜진 방을 줄담배를 피우면서 관찰했다. 그렇게 20여 분이 흘렀을까. 방에 불이 꺼졌다. 창문이 열리고 팬티스타킹 차림의 여자가 창틀을 타고 나왔다. 자세히 보니 손에는 장갑을 끼고 있었다. 밖으로 나온 여자는 장갑을 벗어 숄더백에 넣고 스커트를 꺼내 입었다. 서두르는 기색이 역력했다. 한밤중에 펼쳐진 묘한 광경이었다.

그 이후 남자는 또다시 그런 장면을 구경할까 싶어 그날과 비슷한 시간대에 베란다에 나와 담배를 피우며 그 여자가 나왔던 방 쪽을 살폈다고 했다.

형사는 심각한 얼굴이 돼서 급히 경찰서로 돌아갔다. 나도 기숙사로 돌아와 지금까지 알게 된 단서들과 기억을 조합해보려 노력했다.

재킷과 팬티스타킹 차림의 범인은 창문을 열고 방으로 침입했다. 범인은 방에 침입해서 깊은 잠에 빠져 있는 B사감의 노트북에 유서를 작성하고 연탄불을 피워 자살로 위장했다. 기숙사 내부 인물일 가능성이 높다.

잠기지 않은 창문, 깊은 잠에 빠진 피해자, 방에 있는 노트북. 범행을 실행하기 위한 필수조건이다. 이 세 가지를 사전에 알고 있어야만 범행을 성공적으로 완수할 수 있다.

하지만 사건 당일, 내부인조차도 알 수 없는 두 가지 변수가 있었다.

첫 번째는 B사감이 수면제를 먹고 깊은 잠에 빠진 사실이다. 이건 기숙사 학생 중에 우리 네 명밖에 모르는 일이다. 그렇다면 나를 제외한 세 명이 용의자다. 그 세 명의 용의자 중 304호 남자가 목격한 재킷과 팬티스타킹 차림이 될 만한 사람은 정은정과 윤지영으로 압축된다. 사건이 일어난 밤 둘의 차림새가 재킷에 미니스커트였으니까.

두 번째는 굳게 잠겨 있어야 할 창문이 열려 있었다는 사실이다. 이건 정은정과 윤지영도 알 수 없었던 변수다. 어떻게 창문이 열려 있다는 걸 알 수 있었을까.

첫 번째 변수는 용의자를 압축할 수 있는 변수였다. 하지만 두 번째 변수에서 턱 막혀버렸다.

B사감이 수면제를 먹은 걸 아는 정은정과 윤지영 중 우연히 창문이 열린 사실을 알고 있던 사람이 범행을 저질렀다 가정해도 304호 남자가 범인을 목격한 시간인 1시 30분경에는 둘 다 호텔 객실에 있었다. 그러므로 모든 의혹과 단서는 이 알리바이 하나로 쓸모가 없어진다. 그 시간에 호텔에서 기숙사로 자리를 이동하는 건 물리적으로 불가능하다. 공상과학 영화처럼 순간이동을 하거나 타임머신을 이용하지 않으면 모를까. 다시 원점이다.

생각이 여기까지 미치자 두통이 몰려왔다. 두통을 쫓기 위해 관자놀이를 눌렀다. 아주 조금 편안해지는 것 같았다. 큰 숨을 들이마시고 있을 때 부르르, 진동이 느껴졌다. 휴대전화의 진동이었다. 남친이다.

"요즘 나 너무 방치하는 거 아냐? 오늘 저녁 시간 안 되남? 이따 연락 줘♡♡."

머리가 다시 지끈거렸다. 평소에는 살갑다고 느꼈던 남자친구의 시도 때도 없는 문자가 요즘엔 진심으로 지겨워졌다. 여친이 어떤 상황에 처해 있는지도 모르고 만날 놀자고 칭얼대는 연하의 철부지. 이번 사건이 끝나면 어떻게든 정리해야겠다.

문자에 찍힌 시간을 확인했다. 2시. 벌써 점심이 지난 시간이다. 두통에 남친의 문자로 인한 짜증과 배고픔까지. 몸과 마음이 피곤했다.

문자보관함을 열었다. 오늘 남친이 보낸 문자를 세어보기로 했다. 하나, 둘, 셋…… 일곱. 눈 뜨고 한 시간에 하나씩 보낸 꼴이다.

잠깐.

남친의 문자를 세다 보니 사건 당일 남친에게서 온 문자들이 생각났다. 귀찮아서 한꺼번에 몰아서 확인했던 문자. 새벽에 거의 매 시간 받았던 문자들이 갑자기 머릿속을 헤집고 들어왔다. 그때는 그냥 지나쳤지만 의아했던 문자 수신 시간. 그리고…… 타임머신?

온몸에 소름이 돋았다.

김수현의 눈은 휘둥그레졌다.

"그래, 네 말대로 해보자. 사실 나도 타살로 보고 있었거든. 그래서 경진 언니 방에 나름대로 조사 좀 하려고 갔다가 널 만난 거고."

우린 곧장 이동통신회사 지점으로 향했다. 나는 신분을 확인하고 음성통화 내역과 문자 사용 내역을 발급받았다. 내 휴대전화의 저장된 내역과 발급받은 문자 사용 내역을 확인한 나와 김수현은 조용히 고개만 끄덕였다.

한 가지가 더 있었다. 이건 이동통신회사 지점에서 해줄 의무는 없는 일이었지만, 서비스 차원에서 무료로 검사해주기로 했다.

김수현의 스마트폰을 들고 남자 직원이 걸어왔다.

"맞아요. 악성코드가 하나 심어져 있네요. 별건 아니고요. 아마 무료 앱이나 동영상 같은 걸 다운받다가 감염됐을 거예요."

스마트폰 시간을 변경시키는 악성코드였다. 특정 일자 자정이 되면 시간이 새벽 2시로 바뀌었다가, 새벽 6시가 되면 원래 시간인 새벽 4시로 환원되는 단순한 악성코드라는 게 남자 직원의 설명이었다. 서머타임과 비슷한 원리였다. 특정 일자는 당연히 우리 파티가 있던 날이었다.

문자는 휴대전화 문자보관함에 수신된 시간 순서대로 배열되는 게 정상인데, 사건 당일 새벽 내 휴대전화로 들어온 남친의 문자는 시간 순서가 뒤죽박죽이었다. 새벽 5시 30분에 문자가 오고, 다음 문자는 시간을 거슬러 올라가 새벽 4시 30분에 수신됐다. 그때는 문자를 한꺼번에 확인하면 생기는 오류인 줄 알았다.

하지만 통신회사 자료를 기준으로 밤 12시 30분부터 새벽 4시 사이 수신된 문자들은 휴대전화에 저장된 문자들의 수신시간과 정확히 두 시간의 시차(휴대전화가 두 시간 느렸다)가 있었다.

통신사 직원은 통신사의 문자 사용 내역이 정확한 시간이라고 했다. 그런 시차가 있는 경우는 대개 휴대전화의 시간이 자동설정이 아닌 사용자가 수동설정했을 때 생기는 거라고 부연설명까지 해줬다.

그뿐만 아니라 사건 당일 음성 통화목록에도 이상한 점이 있었다. 나이트클럽에 예약 확인 전화를 한다며 윤지영이 가져간 내 휴대전화로 아무 곳에도 전화를 하지 않았다는 점이다. 나에게 거짓말을 한 것이다.

그럼 휴대전화를 왜 거짓으로 빌렸을까. 이유는 하나다. 휴대전화의 시간을 조정한 것이다. 내 휴대전화는 스마트폰이 아니었기에 악성코드를 심을 수가 없었다. 그래서 내 휴대전화를 잠시 빌리는 척

하며 시간을 수동으로 설정했을 것이다.

시간을 되돌리기는 더 쉬웠을 것이다. 나이트에서 객실로 올라와 잠에 푹 빠진 나의 가방을 뒤져 휴대전화를 꺼내는 건 일도 아니었을 테니까.

하나를 깨달으니 모든 것을 통찰할 수 있었다. 윤지영의 사건 당일 말과 행동이 모두 하나를 향하고 있었다. 경진 언니를 살해하고 자살로 위장하기 위한 속임수.

뜬금없이 경진 언니의 방에 들어간 것부터 이상했다. 혹시 깨어 있을 수도 있는 상황에서 위험을 무릅쓰고 방에 들어간 이유는 딱 하나, 잠겨 있을 창문의 잠금고리를 풀기 위해서였다. 그게 잠겨 있으면 모든 계획은 수포로 돌아가기 때문이다. 자연스러운 상황을 만들려고 우리를 불러 경진 언니를 조롱하는 척했다. 앙큼한 계집애다.

객실에 풀어놓은 고급 양주도 우리의 인지능력을 떨어뜨리기 위한 노림수였다. 우린 그것도 모르고 비싼 양주라며 홀짝홀짝 마셔댔다. 윤지영은 아마 우리가 노래를 부르거나 딴 곳에 가 있을 때 자신의 술을 버리거나 슬쩍 바꿔치기했을 것이다. 계획된 범행을 실행하려면 맑은 정신을 유지하는 것이 필수였을 테니 말이다. 그날 우롱차 캔이 탁자에 여러 개 나뒹굴었던 기억도 새삼 떠오른다. 잔에 따르면 색깔이 비슷한 우롱차를 양주인 척하며 마셨을 가능성이 높다.

생각해보니 호텔 객실과 나이트에는 시계가 없었다. 우리가 시간을 인지할 방법은 오로지 각자의 전화뿐이었다. 그 앙큼한 계집애는 객실에서건 나이트에서건 중요한 순간마다 우리 스스로 시간을 확인하도록 자연스럽게 유도했다. 우리는 아무 의심 없이 그 덫을 밟은 것이다.

나이트에 갈 때나 나이트에서 돌아올 때 가까운 정문을 통하지 않고 후문을 이용한 이유도 깨달았다. 호텔 로비 프런트에 걸린 큰 시계를 피하기 위해서였다.

간단하면서도 치밀하게 조작한 시간을 우리가 인식하게 해놓고 나이트에서 부킹 때문에 이곳저곳 옮기고 있을 때, 윤지영은 주도면밀하게 범행을 실행했다.

재킷에 팬티스타킹이라는 이상한 차림으로 창을 넘었다던 여자. 창을 넘는 데 스커트가 불편하기도 했겠지만, 스커트에 뭐가 묻는 꼴을 못 보는 특이한 성격이 스커트를 벗어 백에 넣고 창을 넘게 했을 것이다.

아무것도 모르는 윤지영이 도로 맞은편에서 길을 건너기 위해 신호를 기다리고 있다. 우리 셋은 이미 한 시간 전부터 이곳 커피숍에 자리를 잡고 있었다. 김수현과 정은정에게 내가 이번 사건을 추리해낸 과정을 설명해줬다. 김수현은 나와 눈을 마주치며 계속 고개를 끄덕였고, 정은정은 나의 추리가 못 미더운지 반신반의하는 눈치였다.

윤지영이 옅은 미소와 함께 자리에 앉는다.

"갑자기 무슨 모임이야?"

나는 입을 비틀며 콧바람 소리를 냈다. 윤지영이 의아하다는 얼굴로 나를 빤히 바라봤다.

"정확히 20분 후에 형사가 올 거야. 바로 경찰에 신고하지 않고 널 여기로 부른 건 네가 형사한테 잡혀가는 모습을 우리 셋이 똑똑히 보려고 그런 거야. 지저분한 년!"

윤지영이 상황을 파악한 듯 나를 노려봤다.

"지저분한 년?"

"그래, 즐겁게 놀자고 마련한 파티 날에 친구들 휴대전화 시간이나 조작해놓고 사람을 죽이고 오니 좋아?"

난 최대한 비아냥거리며 얘기했다. 김수현은 녹음기를 조작하는지 테이블에 올려둔 백을 열고 손을 집어넣는다. 자백이 증거의 왕이라는 말을 들은 적이 있다. 여기서 윤지영의 자백을 녹음해서 경찰에 제출할 계획이다. 우리를 배신한 대가이기도 하다.

"흠……."

한숨을 쉬더니 윤지영이 천천히 입을 열었다.

"내가 왜 죽였는지 너희처럼 평범하게 산 애들은 죽었다 깨어나도 절대 모를 거야."

입은 살아서. 나는 당장 윤지영의 귀싸대기를 후려갈겨주고 싶었지만 녹음 때문에 꾹 참았다.

"난 정말 귀여움 많이 받고 귀하게 자랐어. 다들 공주처럼 대해줬고 나도 내가 공주인 걸 알고 있었어. 우리 아빠 회사가 비록 지방에 있긴 했지만, 꽤 잘나가는 회사였어. 우리 집은 흔히 말하는 지역 유지 집안이야. 우리 아빠 때부터가 아니라 할아버지 때부터 그랬어."

윤지영의 얼굴에 미소가 돌아와 있었다.

"그런데 망하는 건 하루아침이었어. 올 초에 아빠 회사가 부도가 나고 집이 풍비박산이 났지. 부동산이야 남은 게 있지만 다 근저당이 설정돼 있다 하더라고. 엄마는 자리에 눕고 아빠는 필리핀으로 나가셨어. 잘은 모르겠지만, 세금 문제랑 비자금 문제로 검찰 수사도 받는 중이셨대. 일종의 해외도피지."

윤지영의 얼굴이 무표정으로 바뀌었다.

"등록금은 둘째 치고 당장 생활비가 문제였어. 혼자 사는 아파트 월세도 다 집에서 받은 거거든. 난 생활비가 좀 많이 들어가. 너희처럼 전철 타고 다니는 것도 아니고 차를 유지하려면 기름값에, 보험료에, 차 정비에 정말 들어가는 돈이 많거든. 이해 안 되지?"

계획대로 술술 불고 있었다.

"경진 언니 아빠는 우리 회사 수위아저씨였어. 퇴직했지만 우리 회사 소식을 잘 알고 있었지. 그 덕에 경진 언니도 내가 어려운 처지라는 걸 뻔히 알았고. 원래 경진 언니는 어려서부터 알았어. 아니, 아니. 경진 언니가 날 아는 거지. 내가 사장 딸이니까. 그러고 보니 초등학교부터 대학교까지 다 같은 학교였네."

경진 언니는 윤지영의 사정을 알고 급한 대로 등록금을 빌려주고 기숙사 입실까지 시켜줬다. 그 대신 대가가 있었다. 공식적인 기숙사 규율을 지키는 것과 언니의 개인적인 잔소리를 감내하는 게 그 대가였다. 언뜻 생각하기엔 아무것도 아니었지만 윤지영에게는 꽤 큰 스트레스였던 것 같았다. 하지만 가장 큰 스트레스는 여태 살아오면서 몸에 밴 그녀의 씀씀이를 해결하지 못하는 것이었다. 도저히 견딜 수 없었던 모양이었다.

"아까 너희는 날 이해하지 못할 거라 했지? 그래, 절대 이해하지 못해. 난 거지처럼은 못 살아."

윤지영이 앞에 놓인 물을 마셨다.

"그래서 스폰서를 하나 만들었어. 40대 초반의 남잔데 괜찮은 소프트웨어 개발업체를 운영하고 있지. 스폰서라고 해서 너희가 생각하는 것처럼 뭐 대단한 건 아니야. 그냥 시간 나면 드라이브하고 밥 좀 먹고, 기분 내키면 호텔에 가서 잠 좀 자면 그만인 거거든. 그 정도 하고 한 달에 몇백씩 용돈 받으면 꽤 쏠쏠한 장사지."

윤지영이 점점 이해 못 할 말을 해대고 있었다.

"내가 자주 기숙사에 안 들어오고 외박을 하니까 언니가 내 뒤를 밟아본 거 같더라고. 언제 한번은 불러서 나한테 그러더라고. 너 그렇게 살지 말라고. 네가 몇 살인데 그러고 사냐고."

윤지영은 어처구니가 없다는 표정으로 비웃음을 흘린다.

"그러더니 그 개념 없는 년이 뭐라고 하는지 알아? 돈 받고 남자랑 자는 건 창녀나 하는 짓이래. 하하하, 나보고 창녀래. 내 참, 어이가 없어서. 평생 우리 아빠 회사에서 수위나 보던 집안 딸년이 잠깐 우리 집이 휘청하니까 이때다 하고 나한테 돈 몇 푼 빌려줘놓고 상전 행세에 누구를 가르치려고 하더라고. 주제도 모르고 꼴값하는 거지. 집에 돈도 없어서 알바로 학비 벌어서 어렵게 박사과정 하는 년이 뭐 그리 잘났다고. 그렇게 고생하고 사니까 애들한테 쌀쌀맞게 구는 거야. 자기 삶이 빡빡하니까 남들한테도 빡빡하게 구는 거라고. 별명대로 딱 B사감이야, B사감! 흐흐흐흐."

윤지영의 웃음소리가 어색하게 테이블을 맴돌았다.

"그래서 손 좀 봐준 거야. 사람은 자기 주제를 알아야 해. 주제 모르고 설치면 어떻게 되는지 확실히 알려준 거지. 권아람! 내가 B사감을 죽인 이유를 알고 나니 시원하니? 김수현! 녹음은 잘 됐고? 흐흐."

나는 윤지영의 비뚜름한 표정을 외면하며 창밖을 바라봤다. 아까 윤지영처럼 신호를 기다리는 검은 얼굴의 형사와 파트너로 보이는 어깨가 보였다.

"뭐야? 형사가 왔나?"

윤지영이 나의 시선이 향한 방향을 바라봤다.

"저 사람들인가 보군."

윤지영이 서둘러 일어섰다. 우리도 우르르 윤지영을 따라나섰다.

밖으로 나온 윤지영은 우리를 휙 돌아보더니 손을 흔들었다. 우리가 머뭇거리는 사이 윤지영이 아무 망설임 없이 인도를 가로질러 차도로 내달렸다.

신호등을 봤다. 신호가 주황색으로 바뀌는 순간이었다. 택시 하나가 맹렬히 달려온다. 주황색 신호를 무시하고 교차로를 건너갈 기세다.

윤지영은 택시가 달려오는 3차선에 뛰어들었다. 택시는 난데없는 사람의 출현에 급정차도 하지 못했다. 윤지영이 하늘로 날았다.

뒤늦게 택시의 급브레이크 소리가 들렸다.

검은 아스팔트가 붉게 물든다.

"저게 웬일이야!"

내가 소리쳤다.

"미쳤나 봐, 왜……."

김수현이 머리를 저었다.

"불쌍해!"

정은정이 눈에 고인 눈물을 훔쳤다.

─「계간 미스터리」 2012년 봄호

| 작품 해설 |

추리 작가여, 어서 어서 나오라

한국추리작가협회

1. 한국추리작가협회 개관

한국 현대 추리문학의 아버지인 김내성이 "추리 작가여, 어서 어서 나오라. 그리하여 한국문단으로서 훌륭한 추리문단을 가지도록 하라"(1939)고 읍소한 지 반세기가량이 흘러서야 우리나라에 규모와 명망을 갖춘 단체가 탄생했다. 이름하여, 한국추리작가협회.

그것이 1983년 2월 8일의 일이었다. 물론 전신에 해당하는 '미스터리 클럽'이 존재했던 것은 사실이나, 영문학자들 위주의 회원에 창작과는 거리가 있는 모임이었기에 적극적인 의미의 추리문학 단체로 규정하는 것에는 한계가 있다. 그러나 미스터리 클럽을 발전적으로 해체하여 한국추리작가협회로 거듭났다는 사실에는 어느 누구도 이견이 없다.

이 시기 참여 회원들의 면면을 살펴보면, 미스터리 클럽의 이가형, 문용, 황종호, 유명우 등 대학교수와 이상우, 김성종, 노원, 현재훈, 이원두 등의 소설가였다. 이들 대학교수를 미스터리 클럽의 원년 회원이라고 칭한다면 이상우를 위시한 작가들을 '자발적 1세대 추리소설가'라고 지칭할 수 있다.

이들 1세대 작가에 부합해 이경재, 김광섭, 하유상, 김남, 한대희 등의 드라마 작가들이 대거 합세했고, '추리적인 기법'을 즐겨 사용하던 순문학 작가들(손영목, 유홍종, 정현웅, 이수광, 박범신, 안광수, 김광수 등) 역시 회원으로 참여한다.

이렇게 기반이 조성된 이후 한국추리작가협회에는 '2세대 추리소설가'라 구분할 수 있는 공모전 출신과 신춘문예 출신들이 합류하기 시작한다. 이는 1980년대 중반에서 2000년대 초반까지의 일이다.

소설문학사의 공모전을 통해 등단한 강형원과 유우제, 김내성 추리문학상을 통해 등단한 권경희, 이승영, 임사라, 또한 스포츠서울 신춘문예를 통해 등단한 이기호(1986), 장세연(1987), 이종학(1988), 장근양(1990), 이태영(1991), 서미애(1994), 황세연(1995), 류성희(1996), 정석화(2000), 최현정 등이 협회 회원으로 이름을 올린다. 김차애, 김한나, 이기원, 황미영, 이선희 등은 1994년 월간 『미스터리 매거진』을 통해 등단했고, 이들 중 이기원과 황미영은 일간스포츠 신춘대중문학상도 받는 쾌거를 이룬다. 여기까지 등단한 회원 작가들을 2세대 추리소설가라 구분할 수 있다.

협회 창립 시기 참여 소설가들 이후, 또 공식적인 추리소설 등단의 무대였던 신춘문예가 사라진 즈음 생겨난 것이 바로 한국추리작가협회의 기관지인 『계간 미스터리』이다. 『계간 미스터리』는 끊어졌던 추리소설가의 등단 무대를 제공하는 것과 동시에 전문적인 추리 잡지로서의 면모를 풍기게 된다. 자연스레 2세대 작가와 3세대 작가를 구분할 수 있는 변별점이 되는 것이다. 2002년 가을호(통권 3호)로 등단한 김경수를 필두로 김연, 김경로, 이대환, 신재형, 곽지연(곽재동), 설인효, 김주동, 손선영, 김지아, 박하익, 송시우, 김재성, 최지수, 임태훈, 정혁, 도진기, 홍성호, 김범석에 이르기까지 18명의 신인상 수상자를 배출했고 지금도 분기마다 이어지고 있다.

물론 이러한 중에도 장편 추리소설을 써서 스스로 역량을 입증한 작가 역시 적지 않았다. 『김성종 읽기』 등을 통해 우리나라 추리문학 최고 이론가로 꼽히는 백휴, 『B컷』의 최혁곤, 『훈민정음 암살사건』의 김재희, 『적패』의 정명섭 등이다.

2012년 7월 현재, 한국추리작가협회 회원 작가는 73명에 이르며 이들 작가들은 2012년 상반기에만 10여 권의 장편소설을 출간했다. 거의 반세기 가까이 소설가로 활동한 이상우, 김성종 작가를 비롯하여 도진기, 박하익 등의 신진작가까지 쉼 없는 창작을 이어가고 있다. 또한 『계간 미스터리』 등을 통해 2012년 상반기에만 50여 편의 단편 추리소설을 발표했다. 활동 소설가를 적게는 5백 명, 많게는 1천여 명으로 추산해볼 때 한국추리작가협회 회원들의 활동은 괄목할 만하다 하겠다.

현재 한국추리작가협회 회원들은 창작의 다방면에서 활동하고 있다. 드라마, 영화, 번역(고 정태원, 유명우, 권일영 외), 인문서, 비평(백휴, 박광규 외), 팩션과 기타 창작의 전 방위에서 역량 넘치는 활동을 이어가고 있다. 이제 한국추리작가협회 회원은 '추리문학의 세계화'라는 기치를 내걸고 작품의 질적 향상과 세계적 수준으로의 도약을 위해 절차탁마하고 있다.

2. 한국추리작가협회 회원 수상자 및 수상작 정리

◆ **한국추리문학상 역대 수상자 및 수상작**

(수상자 - 수상작)

수상 연도	대상	신인상(신예상, 황금펜상)
1985년	현재훈 - 절벽	정규웅 - 그림자 놀이
1986년	김성종 - 비련의 화인	정현웅 - 여대생 살인사건
1987년	이상우 - 악녀, 두 번 살다	유우제 - 밤
1988년	노원 - 위험한 외출	한대희 - 화려한 정사
1989년	이원두 - 폭군의 아침	강형원 - 푸른 빛 왕관
		김상헌 - 황홀한 게임
1990년	수상작 없음	안광수 - 사형 특급
1991년	한대희 - 분노의 계절	장세연 - 광개토마왕
1992년	강형원 - 서울 에펠탑	이태영 - 악마의 흥정
1993년	유우제 - 불새의 미로	강종필 - 도시의 유혹
1994년	이수광 - 사자의 얼굴	백휴 - 낙원의 저쪽
1995년	이경재 - 일본을 재판한다	장근양 - 핵심
1997년	백휴 - 사이버 킹	황세연 - 미녀 사냥꾼
		최철영 - 붉은 십자가 박쥐
1999년	김용상 - 살인자의 가면무도회	최상규 - 슬픈 만남
2005년	정형 - 맨해튼의 이방인들	
2007년	수상작 없음	(장편) 신예상 : 수상작 없음
		(단편) 황금펜상 : 김유철 - 암살
2009년	서미애 - 인형의 정원	수상작 없음
2010년	수상작 없음	(장편) 신예상 : 수상작 없음
		(단편) 황금펜상 : 박하익 - 무는 남자
2011년	수상작 없음	(장편) 신예상 : 손선영 - 죽어야 사는 남자
		신재형 - 흔한 일들
		(단편) 황금펜상 : 황세연 - 스탠리 밀그램의 법칙

※ 2002년 한국추리작가협회 기관지인 『계간 미스터리』의 창간으로 필요에 의해 한국추리문학 대상을 제외한 상의 이름이 세분화되었다. 장편이나 단편에 상관없이 수여하던 신인상이 2002년을 기점으로 장편 상은 신예상으로, 단편 상은 황금펜상으로 명칭이 변경되었고, 『계간 미스터리』 등단작에 대해서는 '신인상'이라는 이름으로 수여하고 있다.

◆ 「계간 미스터리」 역대 신인상 수상자 및 수상작

창간호~2012년 여름호	수상자	수상작
2002년 가을호(통권 2호)	김경수	잠시 후면
2003년 여름호(통권 5호)	김연	거울 속에 또 다른 거울이 있다
2006년 여름호(통권 12호)	김경로	담배불꽃
2007년 봄호(통권 15호)	이대환	술 취한 오토바이
2007년 가을호(통권 17호)	신재형	그와 나의 지그춤
상동	곽지연	안락사
2007년 겨울호(통권 18호)	설인효	최면
2008년 봄호(통권 19호)	김주동	동성로
2008년 여름호(통권 20호)	손선영	제비둥지 성의 살인사건
2008년 가을호(통권 21호)	김지아	여름휴가
상동	박하익	화면 저편의 인간
2008년 겨울호(통권 22호)	송시우	좋은 친구
2009년 봄호(통권 23호)	김재성	목 없는 인디언
상동	최지수	무인년 천주교 사교 기록
2009년 가을호(통권 25호)	임태훈	101
2009년 겨울호(통권 26호)	정혁	죽는 자를 위한 기도
2010년 여름호(통권 28호)	도진기	선택
2011년 가을호(통권 33호)	홍성호	위험한 호기심
2012년 여름호(통권 36호)	김범석	찰리 채플린 죽이기

◆ 그 외 한국추리작가협회 회원 문학상 수상자 및 수상작

김내성추리문학상

제1회(1990년) 권경희 – 저린 손끝

제2회(1991년) 이승영 – 미스코리아 살인사건

제3회(1992년) 임사라 – 사랑할 때, 그리고 죽을 때

소설문학사 소설상

제1회(1985년) 유우제 – 죽음의 세레나데(가작)

제2회(1986년) 수상작 없음

제3회(1987년) 강형원 – 증권살인사건(출품 시 제목: 크리스마스이브 살인사건)

스포츠서울 신춘문예

1986년 이기호 - 통신살인(입선)
1987년 장세연 - 그 여름의 끝(입선) / 정승아 - 살인자(입선)
1988년 이종학 - 쇼팽의 손
1989년 김인기 - 미끼
1990년 장근양 - 비디오 살인사건
1991년 이태영 - 오스트리아 빈에서 있었던 일
1992년 이성모 - 어떤 사진
1993년 이채린 - 어느 시인의 죽음에 관하여
1994년 서미애 - 남편을 죽이는 서른 가지 방법
1995년 황세연 - 염화나트륨
1996년 류성희 - 당신은 무죄
1997년 김현서 - 카나리아는 울지 않는다
1998년 정한조(이은) - 점이 있는 누드
1999년 기승태 - 빨간 버섯이 있는 집
2000년 정석화 - 남편을 지독히 사랑하는 여자
2001년 최현정 - 거울여자의 죽음

한국인터넷문학상

제1회(2002년) 김유철 - 오시리스의 반지

3. 작품 해설

이 작품집은 한국추리작가협회 회원들의 작품 중 회원 스스로 가려낸 우수 단편 추리소설 모음집이다. 작고 회원의 작품은 추천작이나 대표작 중에서 선택하였다. 모두 44편의 작품으로 원고지 5천 매가 넘는 방대한 분량이다. 이것을 추리소설의 기본에 입각해 분류하고 각 작품에 대한 짧은 해설 및 의견을 첨가한다.

그에 앞서, 이 작품들은 한국의 지난 단편 추리소설을 모았다는 역사적 의의 외에도 시대를 담고 있다는 사실도 잊어서는 안 된다. 즉, 그 시대의 문장이나 트렌드를 담고 있다. 어떤 작품은 본격추리소설에 입각해 트릭 하나의 해결에만 초점이 맞추어졌으며, 어떤 작품은 오로지 밀리터리만을 위해, 또 어떤 작품은 SF나 하드보일드만을 위해 집필되었다는 말이다. 이것은 우리나라에서 최초의 시도였다고 볼 수 있으며, 따라서 독자의 적극적인 개입을 원한 것도 사실이었다. 즉 당대 독자의 눈높이에 맞추었다는 뜻이다. 조금 다른 의미이기는 하겠으나, 일본 내에서도 에도가와 란포 이후 렌조 미키히코의 '정사' 시리즈가 나오기까지 추리소설에 문학성이 있느냐 하는 것은 때론 금기시되었거나 때론 첨예한 논란거리였다. 우리나라의 독자들에게 44편의 단편 추리소설을 소개하기에 앞서, 그러한 사안을 감안하지 않은 '올드 패션함'에 대한 지적은 다소 유보해주기를 바란다.

자, 이제 44편에 이르는 단편 추리소설의 세계로 독자를 안내한다.

<u>본격 미스터리? 그래, 추리소설은 본격이 제맛이지!</u>

김내성의 「가상범인」은 1935년 12월 일본 잡지 『프로필』에 실린 「탐정 소설가의 살인」을 대폭 개작한 작품이다.

「가상범인」을 살펴보기에 앞서 우선 김내성 작가의 한 면을 들여다보자면, 그는 언론의 노출을 통해 한국문학을 대중에게 좀 더 가까이 끌어온 장본인이며 천재적인 스토리텔러였다. 최근 그의 작품을 원작으로 한 TV 일일 드라마 〈인생화보〉가 아침 드라마로는 이례적인 21퍼센트의 시청률을 기록했다는 사실에서도 그것을 반추할 수 있다. 모 신문기사에서는 김내성의 작품이 8년에 한 번꼴로 영상화된다고 하니 향후 김내성의 작품을 지켜보는 것 또한 쏠쏠한 재미가 될 것이다.

일제 강점기와 해방을 전후한 1939년에서 1957년까지 김내성의 영향력은 절대적이었다. 이것은 문학, 방송, 영화를 가리지 않고 나타난 사회 현상이었다. 그런 그에게도 출발점은 있었다. 「타원형의 거울」과 「연문기담」, 「탐정 소설가의 살인」이 바로 그것이다. 그중 「탐정 소설가의 살인」, 즉 「가상범인」이 이 작품집을 통해 소개되었다.

「가상범인」은 탐정 유불란이 등장하는 첫 번째 작품이다. 유불란은 사랑하는 연인 이몽란을 위해 희대의 연극을 무대에 올린다. 이몽란은 극단 해왕좌의 좌장이자 남편인 박영민을 살해한 용의자로 궁지에 내몰렸는데, 그 상황을 연극으로 만들었던 것이다. 그리고 유불란은 탐정극 「가상범인」을 통해 제3막에서 범인을 밝히려 한다.

여기까지가 「가상범인」의 전반부라면 이후 벌어지는 탐정 소설가 유불란의 살인 행각은 후반부에 해당한다.

「가상범인」은 한정된 공간에서 벌어진 살인과 범인으로 내몰린 가련한 여인, 그를 구하기 위한 탐정의 활약 등에서 본격 미스터리의 요소를 골고루 갖추었다. 또한 상황극으로 보기에도 충분한 요소를 내재하고 있다. 이런 관계로 「가상범인」은 언제든 영화나 드라마, 연극으로 상영된다 해도 이상하지 않아 보인다. 물론 '복수단'의 출현은 어떤 의미에서 '독자의 용인'이 필요해 보이는 것도 사실이다. 그러나 이 소설 말미 "다만, 한 가지 '애욕'이라는 관념만이 구름덩이같이 떠오를 뿐이었다"에서 독자는 그 모든 용인도 잊게 만드는 카타르시스를 느낄지도 모르겠다.

김성종의 「회색의 벼랑」은 그의 소설에서 몇 되지 않는 본격물의 취향이 보이는 소설이다.

일반적으로 김성종의 소설은 세 가지로 구분할 수 있다. 물론 그의 소설이 이렇게 구분하기가 어려울 만큼 다양하고 포스트모던하기까지 했다는 사실도 염두에 두어야 한다. 그렇지만 그의 소설을 규범에 가두는 우를 범할 수밖에 없다. 『여명의 눈동자』와 같은 배경형 추리소설이나, 1980년대 후반부터 보여준 첩보·하드보일드 소설, 그리고 최근 완전히 새로워진, 작품의 단순 규정이 어려운 작품들까지.

「회색의 벼랑」에는 호텔에서 자살한 한 여인, 그녀의 신원을 파헤치는 한 홍콩 특파원이 등장한다. 이제 사건은 어떻게 될까? 「어느 창녀의 죽음」에서 보았던 김성종다운, 아니 김성종스러운 결말을 독자에게 안겨주지 않을까? '회색의 벼랑' 앞에 마주해야 하는 독자와 주인공으로.

이상우는 1961년 「신 임꺽정전」으로 문단에 데뷔, 벌써 반세기가 넘는 창작활동을 이어오고 있다. 그리고 창작활동의 전반에 걸쳐 한국 추리문학의 뿌리내림과 발전을 위해 투신했다. 또한 그가 발표하는 작품은 대부분 본격 미스터리였다.

본지에 실린 「첫눈 속에 영혼을 묻다」 역시 본격 미스터리이다. 여기에 추 경감과 강 형사가 등장한다. 이상우의 다른 소설에서 추 경감은 자신이 연흥 추씨 23대 손이며 선친이 김소월과 함께 서당에 다녔다고 자랑삼아 말한다. 여기까지가 소설이다. 그런데 연흥 추씨

종친회에서 이상우 소설가에게 감사 사절까지 보냈다고 한다. 이것은 현실이다. 시대를 풍미한 소설가의 캐릭터에 대한 재미있는 일화라 하겠다.

자, 다시 「첫눈 속에 영혼을 묻다」로 돌아오자. 트렌드를 반영한 듯 남자 등장인물의 이름이 사공윤호이다. 몸을 던져 첫눈 속에 영혼을 발화한 여주인공은 하유빈. 이 죽음에 얽힌 미스터리를 풀어가는 것이 추 경감과 강 형사의 몫이다. 그들에게 남은 것은 하유빈이 남긴 유서가 된 일기가 전부. 결말은 어떻게 될까? 이를 위해 1986년의 작품을 2012년에 맞추었는데……. 드라이한 문체와 빠른 전개, 본격 미스터리에 충실한 작가의 글은 한달음에 결말로 다가간다. 작가의 페르소나인 추 경감과 강 형사와 함께.

2012년에도 추 경감이 등장하는 이상우 작가의 신작을 만나볼 수 있었다. 「탐정 학원」이라는 작품이다. 한국의 추리소설과 맥을 같이 한 추 경감의 모습을 오래도록 만날 수 있기를 바란다.

고 이경재 작가의 「광시곡」은 그가 남긴 몇 안 되는 본격 미스터리물이다. 자유분방한 패션계의 거물 김상섭, SS 김이 살해당한다. 살해 흉기는 가위. 곧바로 그와 스캔들을 일으킨 여자들이 지목된다. 박지연, 로오즈 리, 이수화, 프랑소아 신이다. 그리고 가위는 SS 김이 이들에게 선물한 것이었다. 범인이 만든 트릭은 어떻게 깨어질 것인가?

1980년대 단편 추리소설은 본격 중에서도 트릭 파해에 치우친 경향이 많았다. 논란의 소지가 적지 않으나 우리나라에서 규모를 갖춘 작가 단체가 생겨나고 전문적인 추리소설가가 생겨난 즈음이었기에 추리소설의 태동에 해당하는 본격물이 하나의 흐름으로 자리 잡은 것은 어쩌면 자연스러운 현상일 것이다. 「광시곡」은 당대의 사회 현상을 담고 있다. 즉, 트렌드를 반영하고 있다. 패션계 거물과 그 언저리에서 거물이 되고 싶어 하는 욕망을 소유한 사람들. 그러나 이것은 현대에도 되풀이되고 있는 자본주의의 허상과 같다. 아마도 2000년대에는 바로 연예계가 「광시곡」의 무대가 아닐까?

황미영의 「함정」은 아내의 자살이 살인으로 둔갑한 내막을 그리고 있다. 아내를 죄인으로 내몰고 정신병자처럼 대한 남편이 죽음으로 복수한 아내의 모습을 받아들이고 있다. 그 기저에는 아내의 불륜을 의심하고 자신의 아이마저 내버린 비정함이 깔려 있다. 아내는 베란다 난간에서 산화하기 직전 남편에게 말한다.

"당신은 당신의 아들을 부인한 죄로 평생을 괴로움과 죄책감에서 벗어나지 못할 거예요."

메아리 같은 그 말은 독자의 귓전에서도 떠나지 않을 것이다.

소설 『마루타』로 이름을 알린 정현웅의 단편 「정형외과 의사 부인 살인사건」은 숨기려는 자와 밝히려는 자의 대결을 그린 수작이다.

마조히즘 성향의 사라진 아내. 그리고 간밤에 집을 방문한 의문의 여인. 남겨진 남편과 실종사건을 수사해야 하는 형사. 사실 이 정도의 구도만 들려줘도 미스터리 마니아들은 아, 범인은 ○○이네, 하고 지목할 것이다. 그렇다면 그 이면에 숨겨진 일들은 무엇일까? 인간이 인간을 해하는 경지까지 가게 만드는 감정의 파탄은 어디에서 오고 어떤 방향으로 흘러갈 것인가.

추리소설은 인간성의 문학이다. 다시 말해 범죄(또는 그에 준하는)를 통해 반어적으로 인간성을 고찰하는 문학이다. 「함정」과 「정형외과 의사 부인 살인사건」은 그것을 잘 드러낸 작품이다.

서미애의 「반가운 살인자」는 동명의 드라마와 영화로 만들어져 그 우수성이 입증된 소설이다.

연쇄살인범을 쫓는 것은 형사만의 전유물인가. 그러한 설정을 살짝 비틀고 IMF 이후 당대 현실을 잘 버무린 이 소설은 많은 독자의 심금을 울렸다. 가장이라기엔 오히려 가족의 좀이 된 아빠가 살인자를 찾기 위해 분투하는 과정은 정말 그럴 수도 있겠다는 공감을 갖게 한다. 소기의 목적을 위해 살인자를 찾아 헤맨 아빠의 마지막 말은 "반가웠어…… 살인자……"이다.

살인자가 반가운 역설에서 추리문학의 진수를 엿볼 수 있다.

강형원의 「7번째 신혼여행」은 어디서 보았음직한 본격의 클리셰들이 그대로 담겨 있다.

지금껏 살인을 저질러온 부인. 그것을 막으려는 남편. 흡사 워렌 아들러 원작의 〈장미의 전쟁〉처럼 치달을 것 같은 소설의 설정은 일반 독자가 보기에 어쩌면 진부하다 싶을지도 모른다. 여기서 발휘되는 것이 작가의 능력이다. 소설 중간 작가는 포의 시 「애너벨리」로 삐걱거릴 사랑을 봉합하려 드는가 하면 실제 일어날 것 같은 금침 사업으로 분위기를 달군다. 그리고 아내에게 죽지 않으려는 남편은 마지막 순간까지 기지를 잃지 않는다. 아, 그렇다면 남편은 행복하게 잘 살아야지, 하고 되돌아보면 제목이 이마를 때리게 만든다.

7번째 신혼여행! 그럼 그렇지.

이대환의 「알리바바의 알리바이와 불가사리한 불가사의」는 작가의 본격 미스터리에 대한 의지를 엿볼 수 있는 작품이다.

밀실에 대한 풀이를 독자에게 던지고 그것을 풀어보라고 종용하는 대목에서는 엘러리 퀸의 향기를 풍긴다. 반면 스스로 작가적 의지의 과잉이 아니었나 하는 사석에서의 대화는 또 다른 의미에서 본격에 대한 작가의 의지를 느끼게 했다. 여전히 신인에 속하는 작가의 작품 하나를 놓고 '그래, 이것이 본격이다'라고 정의한다면 과하겠지만 그가 앞으로 만들어갈 본격 미스터리를 지켜보는 것도 독자에게는 즐거움이 될 것이다. 그가 썼던 「처녀작 공포증」처럼 이 난해하고 불가사의한 제목의 작품이 반대로 이 작가를 규정하는 잣대가 되지 않기를 바라는 것은 너무 앞서가는 것일까?

정명섭의 「흙의 살인」은 본격 미스터리의 요소에 팩션이라는 장치를 가미했다. 등장인물도 시쳇말로 빵빵하다. 을지문덕! 작가는 역사에서 바람처럼 살다 간 인물들에 대해 조명하고 싶다고 자주 피력했다. 그런 인물을 현화해 작화시켰다.

황실의 기와만을 만드는 와공장에서 벌어진 죽음. 그리고 그것을 밝혀가는 을지문덕. 자살이라고 주장하는 와공장 사람들 사이에서 따돌림을 받으면서도 묵묵히 그것을 밝혀나가는 을지문덕의 모습에서 정말 을지문덕이라면 그랬을 것이라는 상상마저 가능하게 한다. 그것이 팩션이 가진 미덕이라면 미덕일 것이다. 물론 팩션의 최대 난점인 역사의 작가적 조작이라는 측면은 경계해야 마땅하지만 적어도 이 정도라면 성공한 팩션이 아닐까. 연작인 이 작품이 하나의 작품집으로 세상에 얼굴을 드러낼 날도 머지않아 보인다.

신재형의 「그들의 시선」은 프로파일러를 등장시킨 본격물이다.

사실 추리소설에서 프로파일러라면 한물 간 것이 사실이다. 영미권 추리소설을 통해 우리는 너무나 매력적인 캐릭터와 이야기를 만난 탓이다. 프로파일러가 모여 대결하는 『마인드 헌터』만 해도 그렇고 『양들의 침묵』 시리즈 또한 그렇다. 이것을 소위 '미드'까지 확장

한다면 일일이 열거하기도 힘들다. 심지어 몇몇 작가는 『한니발』이나 『양들의 침묵』을 능가하는 범죄소설은 만나기 어려울 것이라고 장담한다. 그에 반해 한국에서는 추리소설 속 프로파일러의 입지가 요원하기만 한 것일까?

그것에 대해 아니다, 라고 손을 든 작가가 신재형이다. 그는 범죄 전문 기자라는 특이한 이력을 바탕으로 그간 갈고 닦은 내공을 유감 없이 발휘한다. 그리고 이 소설에 이어지는 장편 『흔한 일들』에서 그것이 구체화될 수 있음을 보여주었다.

도진기의 「선택」은 극한의 상황에 처한 한 여인의 선택을 밝혀가는 이야기이다.

검사 생활을 정리하고 변호사로 개업한 호연정에게 칠십대 노인이 찾아온다. 석 달 전 죽은 딸 백해령과 손녀 현지가 교통사고로 나란히 세상을 떠났다는 것. 교통사고 보험금은 5억 원, 그런데 그것이 자살이란다. 아니, 교통사고가 왜 자살이 되는 걸까, 호연정은 이 의문에서 사고를 파헤쳐간다. 진부하지만 '흥미진진하다'는 표현이 너무 잘 어울리는 설정이 아닐 수 없다. 마지막에 이르러 호연정은 백해령의 '선택'에서 어머니를 만나게 된다. 세상 그 어떤 말보다 위대한 것은 모정이라는 사실을 실감하며.

사실 도진기 작가에게는 작품보다 직업에서 이슈를 끌어낸 신문 기사를 자주 접하게 된다. 그렇지만 그가 쓴 작품을 보면 그런 말은 하지 말아야 한다는 사실을 금세 깨닫는다. 이 작품 역시 그러한 좋은 답안이 될 것이다.

조동신의 「포인트」는 추리소설가에게 로망인 밀실을 다룬 본격 미스터리이다.

사실 이 소설은 모범생이 밀실살인이라는 주제로 해답서를 쓴 모범답안 같은 느낌이다. 그런 탓에 조금 더 파격적인 밀실을 원하는 독자에게는 평이할 것이며, '한국에도 밀실이 있어?' 하는 정도의 생각으로 책을 집어든 독자에게는 흥미진진하게 다가갈 것이다.

작가는 캐릭터의 연속화에 초점을 둔 듯 '도서관의 홈즈'라는 손명우를 등장시킨다. 반면 생각해볼 문제는 있다. 과연 추리소설에서 작가가 제시한 탐정 캐릭터가 아니라면 사건을 해결하는 것은 진정 요원한가, 하는 문제 말이다.

홍성호의 「B사감 하늘을 날다」는 출발에서 결말까지 매우 안정적인 흐름이 보이는 본격 미스터리이다. 늘 잔소리를 늘어놓는 기숙사의 사감이 시체로 발견된다. 그리고 사감에게 약간의 장난을 친 권아람, 김수현, 윤지영, 정은정 등 여대생들은 급기야 살인자라는 막다른 골목에 내몰린다. 과연 이들 안에 살인자는 있는 것일까? 있다면 누가 살인을 저지른 것일까? 그리고 결말에 이른 파국은 친구에게 때론 '미쳤다'고 소리치고 '불쌍해' 하고 읍소하는 것조차 서로에게 어울리는 결말이라는 것을 알게 된다.

본격 미스터리(추리소설), 즉 클래식 미스터리는 사건 발생, 전개(사건의 수사), 논리적 귀결이라는 삼단 구도에 충실한 소설들이다.

한국추리작가협회가 30년이라는 세월 동안 지나온 본격 미스터리의 변천과정을 중단편에서 살펴보는 것만으로 흥미진진했다. 본격 미스터리 소설은 소재로서의 밀실살인만큼이나 작가 스스로 가장 창작욕을 불태우는 분야이다. 그런 탓에 때론 단순히 트릭 풀이에만 치우쳐 독자의 기대치를 놓치기도 하고, 트릭 풀이와 문학성 두

가지 모두를 잡으려다 하나도 잡지 못하기도 한다. 그러나 미래에도 끊임없이 도전하고 전개될 추리소설의 근간이라는 사실에는 변함이 없다.

이제 한국 독자들에게 소개한 본격 미스터리들의 감상을 넘긴다. 그리고 앞서 지적했던 반어적인 인간성, 즉 철학을 어떻게 현화시켰는지, 또 이 작가들이 앞으로 어떻게 현화해갈지 지켜보는 것도 흥미로울 것이다.

본격? 모범생만 답인 줄 아니? 아웃사이더, 범죄소설도 있다고!

영미권에서는 이제 '추리소설'을 지칭해 광의적 의미에서 '크라임 노벨(Crime Novel)'이라는 단어를 사용한다. 과거 탐정소설이야 '디텍티브 스토리(Detective Story)'로만 한정해도 됐겠지만 너무 많은 파생 장르와 함께 그것을 아우를 단어가 적절하지 않았던 탓이다. 물론 여기서 지칭하는 범죄소설은 협의의 범죄소설이란 사실을 선행하여 밝힌다.

에도가와 란포의 「음울한 짐승」에는 "미스터리 소설가는 두 종류로 나눌 수 있다. 하나는 범죄형이다. 즉 범죄 자체에만 흥미를 가지고 추리적인 미스터리 소설을 쓸 때도 범인의 잔학한 심리를 추구해서 쓰지 않으면 만족할 수 없는 작가이다. 또 하나는 탐정형이다. 극히 건전하고 이지적인 탐정의 추리에 대해 흥미를 가질 뿐 범죄자의 심리에 대해서는 일체 표현하지 않는 작가이다"라는 정의가 등장한다. 그렇다면 우리나라에서의 범죄소설은 어떤 모습으로 어떤 옷을 입고 있을까?

　황세연의 「IMF 나이트」는 범죄에 마주 선 인간 군상을 다양한 방편으로 문자화시킨 수작이다.
　과연 내 눈앞에 시체 한 구가 나타난다면 어떻게 할 것인가? 「IMF 나이트」라는 제목에서처럼 각각의 등장인물은 비루하고 때론 안타까운 각각의 IMF스러운 한을 가진 인물들이다. 그리고 그들의 욕망과 현실 앞에서 시체는 구르고 얻어맞기를 반복한다. 블랙코미디라기에는 가장 한국적이고 처절한 추리소설이 바로 「IMF 나이트」가 아닐까?
　상상해보라. 당신 앞에 시체 한 구가 무참한 주검으로 나타난다면 어떻게 할 것인지.
　소설가 노원은 '한국 추리문학의 4번 타자'라는 수식어로 독자의 각광을 받았다. 창작 전반을 본격 미스터리에 투신했던 작가의 한 작품을 예로 들며 범죄소설에 범주를 둔다는 것은 어쩌면 아이러니일지도 모르겠다. 그러나 본지에 실린 「위기의 연인들」은 완전범죄를 꿈꾸는, 또 그것으로 여자와 재물이라는 두 마리 토끼를 쫓는 한 청년의 몰락을 보여준다는 측면에서 오히려 완벽에 가까운 범죄소설의 플롯을 보여준다.
　도심에서 벌어지는 총격전, 거기에 끼어든 거대 마피아와 조무래기 청년 범죄자들, 그리고 이어지는 결말, 반전처럼 등장하는 산화한 주인공의 마지막 단언.
　"혜린은 코소보에 가기나 할까?"
　주인공은 가지 못하는, 어쩌면 추리문학의 이상향일지 모를 코소보, 그곳에 그녀는 갈 수 있을까.

현정의 「포말」은 물욕을 좇는 인간들의 내면을 범죄에 투영시켜 하나로 단안화시킨 작품이다. 목적을 가진 인간은 때론 얼마나 어리석을 수 있는가. "인간은 어쩌면 인간"이기에 모두가 힘들고 모두가 재물을 찾아 움직인다. 그러나 그것이 정상적이지 못한 경로일 때 어떤 파국을 가지고 오는지 추리소설의 형태를 빌어 구운 식빵에 잼을 바르듯 차근차근 보여준다. 그리고 포말이 되어버린 인간의 이기심 앞에 절로 고개를 끄덕이게 만든다. 마치 인어공주의 마지막 포말 같은 아스라함으로. 잡으려 해도 잡을 수 없는 포말이 되어.

김차애의 「살인 레시피」는 제목에서부터 흥미를 자극한다. 살인에도 레시피가 필요한 것일까? 김차애적인 상상력은 그것에 대해 때론 레시피가 필요할지도 모른다고 부추긴다. '메뉴를 짜고 예산을 세우며' '미리 다지고 썰어두며' '맛을 결정하는 숙성기간과' '시간낭비가 없는 미리 손질해둔 재료' 등으로.

이거야, 이거. 살인 레시피라고. 그리고 작가는 맛깔난 요리를 독자에게 던진다. 봐, 이게 살인이라고. 독자는 이제 포크를 들고 나이프로 살인을 썰며 그것을 맛볼 준비만 하면 된다. 그녀가 만든 레시피에 따른 살인 조리법으로.

추리소설가에게 있어 로망은 밀실살인과 완전범죄일 것이다. 안타까운 통계 이야기 하나. 우리나라에서 변사자는 한 해 2만 명이 넘는다. 그중 절반 가까이는 자살, 나머지는 사인이나 그것에 대한 충분한 검토 없이 변사로 처리된다. 이 중 범죄는 과연 몇 건이나 될까? 이렇게 상상하기 시작하면 끝이 없다.

곽재동은 현실에서 있을지 모를 완전범죄에 관해 「안락사」를 끌어들였다. 할머니가 말한다. 나 좀 죽여줘. 당장 돈이 급한 주인공은 어물쩍 그것을 받아들이고 만다. 할머니가 주기로 한 도자기를 사례금처럼 받기로 하며. 곽재동의 「안락사」는 호기롭고 또 흥미로우며 잘 마무리된 결말을 독자에게 선사한다. '어때, 이 정도면 완전범죄 아냐?' 하고 독자에게 되묻듯이.

김연의 「그대 안의 악마」는 요란스러운 헤비메탈을 듣다 갑자기 멈추는 듯한 결말을 보여준다. 산 속의 고즈넉한 산장에서 벌어지는 록 페스티벌. 그리고 벌어지는 살인, 살인들.

살인자가 누군지도 알겠다. 왜 이 일이 벌어졌는지도 이제 알았다. 그래서 외치고 싶다. 살인자는 저들이고 나 여기 있다고. 그러나 범죄에 묶여 아무것도 하지 못하는 일개 인간의 나약함은 공허함으로 메아리치고 만다. 그저 공기 중에 소리 없이 부유하는 먼지처럼. 늘 나를 괴롭히는 내 안의 악마처럼. 조금은 과작인 작가의 작품들이 선뜻 독자 앞에 나타나기를 기대해도 좋지 않을까?

박하익의 「마지막 장난」은 설마, 하고 되묻게 만드는 소설이다. 범죄, 그러나 크지 않은, 그저 사람을 놀라게 하려는 의도에서 출발한 악동들의 재담이 브라질 나비의 날갯짓처럼 커져 그들을 잠식하는 과정을 그렸다. 물론 현실에서 있기 힘들다. 그러나 있을 법한 일이다. '마지막'의 장난에서 독자들의 두 눈이 덩그러니 커지는 모습이 상상된다. '이게 가능해?'

하지만 어쩌랴? 장난이라는데.

박하익은 짧은 기간, 신춘문예와 디지털작가상을 수상하고 장편 『종료되었습니다』를 발간했다. 한 작가의 탄생에서 발전 과정을 이토록 짧은 기간에 지켜보는 것도 얼마나 흥미로운가, 생각하게 된다.

장세연의 「세 번째 표적」은 자본이라는 현대사회의 필수불가결한 요소에 얽혀든 사람들의 모습을 적나라하게 드러냈다. 우리는 흔히 '돈이면 안 되는 게 어디 있느냐?'라고 말한다. 어쩌면 작가는 '돈으로도 안 되는 것들이 있다'라고 말하고 싶었는지도 모르겠다. 반면 「세 번째 표적」에서의 소설적인 뛰어남은 범주를 허무는 것, 규정하지 않는 것에 있다. 등장인물 어느 누구도, 또 어떤 사실에 대해서도 작가는 코멘트를 하지 않는다. 그저 당신은 표적이야, 하고 되물을 뿐이다.

선 굵은 사회파 추리소설을 써왔던 장세연 작가는 「광개토마왕」을 마지막으로 추리문단에서 얼굴을 보기 힘들었다. 그러나 이제 그녀의 웅비가 기다려진다. 왜 그녀가 노원을 잇는 추리문단의 구원투수였는지 증명해 보일 테니까.

〈수사반장〉을 오랫동안 집필했던 김남 작가는 적어도 한국의 범죄에 대해서만은 가장 많은 사례를 수집하지 않았나 생각된다. 2012년 여름호부터 『계간 미스터리』에 연재되는 「수사반장의 추억」에서 위트 넘치게 표현한 범죄 사례만 해도 그렇다. 그것을 작가적인 상상력으로 탄생시킨 작품이 「여자는 한 번 승부한다」일 것이다. 아내에게 빌붙어 모든 부를 축적하고 살아온 남자가 아내를 처단하려 한다. 그리고 처단했다고 생각한다. 그때 여자가 단 한 번 승부한다. 당신만 범죄를 꾸밀 줄 아는 게 아니야, 하며. 그 순간 남자의 절망은 이미 늦었다. 여자의 '단 한 번 승부'에 놀아나고 만 것이다.

솔직히 몇몇 작품을 범죄소설에 한정했지만 현대 미스터리는 스릴러가 대세다. 이것은 때론 범죄소설이며 때론 서스펜스 소설이기도 하다. 물론 본격을 담고 있다. 이야기가 모순되지만 스릴러는 이제 그 모든 것을 포함하고 있는 탓이다. 그에 반해 단편에서는 그것의 구분이 오히려 명확해지기도 한다. 이제 본격과 범죄에 갇히지 않은 또 다른 장르를 찾아가 보자.

스릴러? 그 이전에 서스펜스가 있다고, 다들 알잖아!

우리나라에는 주로 영문학자들을 통해 영미권의 추리소설이 먼저 소개되었다. 그런 통에 코난 도일이나 애거서 크리스티와 명성을 같이 하거나 때론 그것을 넘어서는 몇몇 작가들이 제3세계 인물이라는 이유로 소개되지 못했다. 그중 한 작가의 작품이 최근 소개되기 시작했는데, 바로 조르주 심농이다. 조르주 심농은 때론 범죄소설의 대가로, 때론 서스펜스 소설의 대가로 평가받는다. 그렇지만 조르주 심농을 서스펜스 소설의 대가로 칭하는 데는 별다른 이견이 없을 줄 안다. 이러한 서스펜스 소설은 심리에 천착해 이야기를 이끌어가므로 범죄가 등장하지만 해결하지 않거나, 범죄의 발생과 논리적 해결이라는 추리소설의 전형적인 문법을 거부하기도 한다. 그저 범죄에 직면한 인간의 내면을 송곳으로 깨고 면도날로 파헤치듯 철저히 그것에만 관심을 두기 때문이다.

권경희의 「내가 죽인 남자」는 모호함의 판타지를 극명화시킨 작품이다. 반드시 살인만이, 즉 행위가 실행되는 살인만이 살인인 것인가, 하는 지점에 작가적 상상력을 끌어다 놓았다. 작품을 위해서라면 '나'의 은밀한 내면까지 샅샅이 드러내 작품화시키는 비열한 나의 남자 송지훈. 그를 기다리는 나에게 갓 스무 살이 넘은 홍민아가 나타난다. 그녀 역시 송지훈을 나의 남자라고 말한다.

그녀의 이야기. 또 다른 그녀의 이야기. 맞부딪치는 지점에서 나는 결국 복수를 결심한다. 그 심리를 작가는 자장가를 들려주듯 찬찬히 복기한다. 살인이어도 살인이 아닌 그것을 남자에게 내던지며.

류성희의 「인간을 해부하다」는 해부 앞에 드러나는 인간의 살점을 Y자 절개로 낱낱이 잘라냈다 다시 꼼꼼히 꿰맨 작품이다. 살인, 그리고 해부. 어쩌면 내가 당할지도 모른다는 무서움 앞에 주인공은 인간을 해부하는 것만으로 그것을 용해시킨다. 그러나 일어날 일은 결국 일어나고, 올 것은 결국 오고 마는 것이 현실이던가. 나를 해부하려는 그를 어떻게 절개하고 꿰매 살아날 것인가. 작가가 서스펜스를 쥐락펴락하는 순간, 독자는 어쩌면 해부당하고 있지 않을까? 모정이 만들어낸 극한의 도서추리, 류성희의 최근작 『사건번호 113』 또한 추천한다.

송시우의 「사랑합니다, 고객님」이 보여주는 결말의 파괴성은 극히 잔인하다. 마치 영화 〈캐리〉에서 피를 뒤집어쓴 채 거리를 헤매는 그녀를 보는 것처럼. 그러나 그것에 이르러가는 과정은 거대 서스펜스로서 손색이 없다.

모 평론가는 사석에서 이런 이야기를 한다. 이 정도의 작품이라면 세계에 견주어도 손색이 없다고. 인정! 더 무슨 말이 필요한가? 요즘 시쳇말로 대답하자. 대박!

김주동의 「탈출」은 범죄 앞에 무기력한 한 인간의 몰락을 극명하게 문자화시켰다. 어린 시절부터 거부할 수 없는 지배자가 된 친구. 그가 범죄의 대가를 받고 출소한다. 그는 눈앞에서 태연히 사체를 묻기도 했다. 그는 이제 아내까지 나누어 갖자고 요구하고 무작정

돈을 달라고 떼를 쓰기도 한다. 그 하나도 벅찬데 아내는 과거 애인과 보란 듯 그를 농락하고 있다. 아, 현실의 지옥이여. 이곳을 탈출할 방법은 없을까? 내가 탈출할 방법은 무엇일까? 농익은 김주동의 서스펜스가 마지막으로 택한 탈출로는 과연 어디였을까?

손선영의 「그녀는 알고 있다」는 반전소설이다. 그러나 그 반전을 이끌어가기까지 드러내는 서스펜스가 자못 흥미롭다. 본격 미스터리인 것도 같고, 또 서스펜스의 법칙을 잘 따르기도 한 것 같다. 결말에 이르러 주인공의 어지러움에, 아니 현실의 모호함에 독자가 공감한다면 커다란 반전으로 귀결을 맺을 것이다.

사회파 추리소설이라고 알아? 그것도 보여줄게!

흔히 사회파 추리소설이라고 하면 많은 이들이 1970년대와 1980년대 초반을 풍미한 기업소설을 떠올릴지도 모르겠다. 사회파 추리소설은 정의하자면, 자본주의 사회의 구조적 모순을 파헤쳐 인간성의 상실이나 자본주의의 폐해를 드러내는 데 있다. 다시 말하면 황금만능주의, 외모지상주의 등 물질이 주체이고 인간이 객체인 사회를 꼬집는 비판에 있는 것이다. 이러한 것들은 한국의 단편에서 어떤 모습으로 소설화되었을까?

현재훈은 평생 추리문학을 음지에서 양지로, 말하자면 문학화시키는 것에 일조했다. 그의 추리소설집 『절벽』의 서문에는 절절한 그의 마음이 잘 드러나 있다.

그는 "우리나라에서는 종래에 추리소설을 경미하는 경향이 없지 않았으며" "인간의 추악한 본바탕을 스스로 은폐하고 허세 속에서 거드름을 떨려는 자기 위장"이었거나, "인간의 한 면만을 보려는 절름발이의 자기 기만"이라고 추리문학을 경원시하는 태도를 비판했다. 그리고 그는 서문처럼 평생을 "단순히 지적 오락물에 불과한 것"이 아니라 "인간성 또는 사회성이 가미되어 독자성을 가지도록" 하는 데 투신했다. 그의 「절벽」은 그러한 사회성을 가미한 걸작이다.

한국전쟁 이후 혼란한 사회상을 뚫고 절벽에서 수직상승한 한 남자는 그가 갈망했던 허상으로서의 사랑 앞에 결국 수직낙하하고 만다. 그리고 그 뒤에는 철없던 부인의 죽음에 대해 복수를 다짐한 한 남자의 8년간의 절절한 노력이 깃들어 있었다. 그러나 허망한 인간사 앞에 결국 사랑이라고 믿었던 한 여인은 소설 속 살바토레 콰시모도의 시처럼 "불안한 날짐승 머뭇거릴 때 / 네 마음이 옮겨가고 / 나는 오그라"들고 만다. 독약을 마신 주검이 되어.

이원두의 「정력 전화」는 우리 사회에서 정말 벌어졌을지 모를 자본에 천착한 한 인간의 몰락을 구체화시킨 작품이다. 단지 돈을 위해서라면 한 인간의 죽음쯤이야 아무렇지 않게 여기는 최 사장. 그는 자신의 회사를 불태울 계략을 실천하기에 이른다.

우리는 흔히 청부살인이라는 단어를 접한다. 그리고 그것에 사용되는 물질, 즉 자본은 정말 얼마 되지 않는 금액이라는 데 놀라곤 한다. 물론 이 소설에 청부살인이 등장하는 것은 아니다. 그러나 한 사람의 욕망과 재화를 위해 인간은 희생되어도 되는 것인가. 그렇지만 오늘 이 시간, 누군가는 꿈꿀지도 모른다. 너만 없애면 그 돈은 내 것인데, 라고. 이것이야말로 추리소설이 드러낼 수 있는 인간성의 반증이 아니고 무엇일까? 「정력 전화」는 그것을 곰곰이 되씹게 만드는 씁쓸한 작품이 아닐 수 없다.

최종철의 「아내마저 사기 친 남자」는 몰락해버린 한 공무원의 행태를 내연녀를 통해 보여준다. 그리고 그것을 통해 정말 현실에서 있을 법한 사회의 한 지점을 통렬하게 꼬집는다.

우리 사회에는, 물론 정말 극명하고 미미한 숫자겠으나, 뇌물을 받은 공무원들이 무시로 기사화된다. 그들은 어쩌다 뇌물을 받고 또 그 이후에는 어떤 삶을 살고 있을까?

이 소설의 플롯은 영화 〈범죄와의 전쟁〉과 상당히 흡사하다. 영화는 나쁜 놈이 잘 살아남은 결말을 그렸다면, 이 소설은 결국 응징을 당하는 결말이 다르다면 다를 뿐이다. 그러나 이것은 권선징악이 아니다. 그저 비통함의 발로일 뿐이다. 설마 아내마저 속이리라고 누가 생각했겠는가. 인본이 아닌, 자본과 물본인 사회라면 그것이 얼마나 끔찍해질지 고개를 젓게 만든다.

외모지상주의. 이제는 너무 많이 접해 사람들이 반응조차 하지 않는다. 그러나 모두 알고 있다. 최지수는 이제 아무도 반응하지 않으려는, 즉 알면서도 무시하는 외모지상주의, '다이어트'의 무서움을 직접적으로 그렸다.

고등학생인 '나'는 살이 쪘다는 고민만 뺀다면 겉으로 단란한 가정의 구성원이다. 그러나 그 고민이 엄마에게도 해당된다는 것이 문제라면 문제. 아빠는 엄마를 대놓고 무시하고 제발 살 좀 빼라고 다그친다. 그런 어느 날 일단의 사람들이 찾아온다. '다이어트 클럽'을 엄마에게 소개하며. 이후 소설은 정말 있을지 모를 '다이어트 클럽'을 생생하다 못해 끔찍할 정도로 묘사한다. 절로 눈살이 찌푸려지는 것은 어쩔 수 없다.

살 좀 뺄래? 「다이어트 클럽」 소개해줄게. 대신 죽어도 몰라!

그래, 지금까지 잘 봤다고. 나머지는 뭔데?

 문윤성의 「덴버에서 생긴 일」은 물질을 통해 현상을 밝히는 SF적 상상력을 구가했다. 그리고 그것을 사건에 접목시켜 해결하는 모습을 보인다. 소설을 읽어보았다면, 물론 그것이 벌써 30년이 된 소설이라고 해도, 실제 생겨났을지 모를 기술은 아닌가 되짚어보게 된다.
 작고한 문윤성 작가는 『완전사회』를 통해 한국에서 최초의 장편 SF소설을 선보였다. 그리고 작가는 눈을 감는 순간까지 지인들에게 자신은 "추리소설가이며 SF소설가!"라고 말했다고 한다. 기반이 없던 시절, 홀로 고군분투했을 그의 외로움이 절절이 느껴진다고 말하면 감정의 과잉일까?
 방재희의 「교환일기」는 평행이론, 평행우주에 관해 상상력을 펼쳐낸 글이다. 반면 이야기의 구조는 확장일로보다는 고등학생의 사생활이라는 작은 복주머니 같은 플롯을 택했다. 나와 같은 내가 살고 있는 평행우주, 그것에서 무슨 일이 벌어지고 있을까? 학교도 가기 싫고 왕따나 당하지 않아 다행인 나에게 벌어지는 일들. 읽어봐야 맛을 안다고, 발상부터 흥미롭지 않은가? 조금 딴죽을 거는 것 같지만 평행우주 속 다른 한국의 추리소설은 어디쯤 가 있을까? SF소설 역시.
 데실 해밋에 의해 시작되어 레이먼드 챈들러에 이르러 완성되었다고 지칭되는 하드보일드. 마초적인 남자 주인공과 그를 둘러싼 사건의 해결에 오로지 초점을 맞춘 이것이 우리나라에서는 어떤 모습이 될까?

한이의 「체류」는 하드보일드 작법에 충실하다. 주인공 서동해는 그를 찾아온 또안과 함께 베트남 여자 응옥을 찾아나선다. 이야기는 그것이 전부라고 해도 틀리지 않다. 그렇게 응옥을 찾아가는 서동해와 또안의 모습에서 한국 사회의 편향성은 작가가 의도했든 아니든 극명하게 드러나고 만다.

도대체 우리 사회에서 외국인 근로자들은 어떤 위치에 살고 있지? 그러나 그런 의문을 품을 새도 없이 사건은 귀결되고, 쉽게 끝날 것 같은 사건은 반전을 통해 거듭난다. '이거, 하드보일드라고, 알지? 한국에서 쓴 하드보일드!'라고 말하듯.

김재희의 「오리엔트 히트」는 첩보물에 해당된다. 하드보일드에서 시작해 양차대전 이후 첩보물로 이어지는 일련의 흐름은 그것을 하드보일드에서 떼어내기가 힘든 것이 사실이다. 단순히 007만 생각해도 하드보일드가 갖추어야 할 요소를 고루 갖추고 있지 않은가. 반면 김재희의 「오리엔트 히트」는 조금 한국적인 정이 엿보이는 것이 사실이다. 결말에 이르러 주인공의 선택이 그것을 반증한다고 하겠다.

이가형의 「비명」과 김재성의 「목 없는 인디언」은 배경형 추리소설로 구분할 수 있다. 배경형 추리소설은 사건의 해결보다는 그것이 일어난 배경이나 그 전반에 걸친 사실에 주안점을 둔 것으로 김성종의 『여명의 눈동자』가 좋은 텍스트이다.

평생 영문학자이며 추리소설을 대중에게 알리는 것에 힘써온 고 이가형의 「비명」은 그가 문학에도 상당한 수준의 혜안을 가졌다는 것을 짐작하게 한다. 과거 일본에서 벌어졌던 작가의 자아성찰적인 일과 일본 추리작가들이 방문하며 벌어지는 일들. 그 절절한 모습에 마음이 동한다.

한마디 덧붙이자면 이가형 작가가 실제 일본추리작가협회와 조우하며 쓴 글이 바로 「비명」이다. '실제 있었던 일 아냐?' 하고 괜히 반문하게 된다.

「목 없는 인디언」은 교환교수 자격으로 미국에 온 '나'와 마이클 고바야시가 세코야 국립공원을 향해 가는 여정이다. 거기에는 마이클이 버릴 수밖에 없었던 제니가 살고 있을지 모른다. 그곳에서 그들은 제니와 그녀에 관계되는 끔찍한 기사와 마주한다. 운명은 대물림되는 것일까? 마이클의 연인 제니가 그토록 벗어나게 도와달라던 그 운명은. 여기에도 배경에 관한 팁을 약간 얹자면 작가 스스로 경험했거나 실존 인물이 등장한다고 한다.

밀리터리 소설도 보인다. 반전을 장치한 김상윤의 「드래구노프」는 풍부한 무기 상식을 바탕으로 용병들 사이에서 벌어질 수 있는 암투를 다루었다. 물론 이 용병들에게 신은 바로 돈이다. 그러나 몰락하지 않은 우리의 주인공은 그것을 이겨낸다. 바로 드래구노프를 들고서.

김상윤은 오랜 침묵을 깨고 최근 작품 활동을 재개했다. 그가 사회에서 익히고 터득한 경험치가 드래구노프처럼 그를 작가로 구원할 수 있을지 사뭇 기대된다. 그리고 결과물인 「김성종과 김내성」이 들뜨게 했다. 작가 김상윤을 기대하게 하는 이유이다.

한때 큰 반향을 일으켰던 미국 드라마 〈환상특급〉에 어울리는 슈퍼내추럴한 작품도 있다. 바로 이수광의 「그 밤은 길었다」, 오현리의 「포커」, 정혁의 「빛이 닿지 않는 세계의 남자」이다.

이수광의 「그 밤은 길었다」는 유령이 되어버린 한 남자의 담담한 독백이 눈길을 끈다. 사실 이 작품은 3인칭이 줄 수 있는, 즉 감정을 배제하고 철저히 관찰자로서의 매력을 한껏 살린 작품이다. 한 해 10권이 넘는 책과 수많은 베스트셀러를 양산한 작가에 대해 무슨 설명이 필요할까. 다만 이 글의 반전 아닌 반전이라면 역시 감정이다. 자신을 죽인 부인의 죽음마저 결국 담담하게 보고 마는 그 감정.

오현리의 「포커」는 〈환상특급〉의 모티브로 써도 손색이 없을 정도로 완성도가 훌륭하다. 작가 스스로 사이킥 미스터리라고 단정했을 정도이니 사뭇 그 초자연적인 결말에 고개를 끄덕일 수밖에 없다. 거의 모든 문학 장르를 통틀어 이종교배가 가능한 것은 추리가 바탕에 있기 때문이라는 말이 틀린 말은 아닌 듯하다.

정혁의 「빛이 닿지 않는 세계의 남자」는 사랑을 놓지 못한 한 남자가 친구 앞에 나타나 이야기를 건넨다. 아직도 그녀를 사랑한다고. 사실 이 작품은 결말을 맺지 않은 리들 스토리로 보는 것이 맞을 듯하다. 어떤 식의 매듭도 보여주지 않지만 결국 우리는 상상하지 않던가. 뭉크의 〈절규〉를 보고 상상하는 그것처럼. 그가 사랑한 그녀는 결국 말한다. 그 남자는 벌써 죽은 남자라고. 뭉크를 앞에 놓은 것처럼 잠시 절규하던 우리는 상상하지 않을까. 아, 그런 다음에는 어떻게 되는 거야, 하고.

설인효의 「그리고 아무도 없었다」는 동명의 애거서 크리스티 작품을 제목으로 차용한 패기만만한 작품이다. 사실 이 작품은 어느 한 장르에 규정하기가 모호하다. 그러나 '시추에이션 스토리'로 손색이 없다. 일단의 사람들이 클로즈드 서클에 모였다 하나씩 이슬이 되는 모습이 이 소설의 백미다. 이 소설은 일본의 『미스터리 매거진』에 소개되기도 했다.

이승영의 「살인의 가치」는 이 작품집에서 보기 드문 도서추리로 보아야 할 것 같다. 물론 정현웅의 「정형외과 의사 부인 실종사건」도 같은 범주에 속하긴 하나 단정 짓기에 무리가 있는 것이 사실이다. 「살인의 가치」는 그에게 달려와 목숨을 애걸하는 한 여인을 구해주며 시작된다. 그리고 벌어진 살인, 그것을 덮어버린다면 이제 어떻게 될까? 그리고 여인은 놀라운 이야기를 전개한다. 조직폭력, 돈, 미래와 관련하여. 그러다 급작스레 여인이 사라진다. 아, 이 이야기, 너무한 거 아냐, 하고 생각하게 된다. 독자를 참을 수 없게 만드는 매력, 그것 때문에.

이 작품집에 실린 44편의 작품을 살펴보았다. 때론 겉핥기식으로 넘어간 것도 있고, 어떤 것은 짧지만 강렬하게 평한 것들도 있을 것이다. 그러나 그것에 천착하지 마시라고 독자에게 권하고 싶다. 감상과 해설은 결국 니체의 말처럼 '남아 있는 것'일 뿐이니까. 그것은 고스란히 독자의 몫이라고 강조하고 싶다.

우리나라에서 대중소설은 정말 근거와 원인을 알 수 없을 정도로 무시당하는 것이 사실이다. 문학적으로 순문학과 대중소설을 구분하자면, 작가적 완성에 주안점을 두었는가, 독자의 개입을 적극적으로 원하는가 하는 것으로 나눌 수 있다. 그런데 우리는 이것을 그저 통속적이고 폄훼해도 되는 것으로 오인하는 것은 아닌지 묻게 된다. 그리고 이 범주에 외국 추리소설이 아닌 한국 추리소설만 유독 걸려드는 이유는 무엇일까?

추리소설이 발단, 전개, 위기, 절정, 결말이라는 일종의 순문학적

플롯을 가지지 않은 것은 이미 포가 '만들었다'는 대목에서 설명이 필요 없어 보인다. 반면 사건의 해결이라는 측면 탓에 (죽었거나 죽임을 당한) 피해자가 타자화되어 독자의 머리에서 사라지는 구조적이고 태생적인 측면은 어쩔 수 없어 보인다.

생각해보라. 지금껏 읽은 작품에서 탐정은 기억해도 피해자를 기억하는 소설이 몇이나 되는지.

이제 해결의 과정은 독자가 직접 참여하여 이렇게 머리를 굴리고 저렇게 상상해가며 탐정 역할의 주인공과 동일선상을 달린다. 그리고 방아쇠를 당겨 탕, 하고 소리를 내듯 탐정이 말한다. 범인은 당신이야, 라고. 이것이 추리소설을 대중소설이라고 지칭하는 명징한 이유이다. 이것은 그저 통속적이거나 소설의 가치가 형이하학에 묶여 무시해도 되는 문학 아래의 범주가 아니라는 말이다.

그렇게 해결의 수순을 밟고 나면 남아 있는 것이 결국 캐릭터이다. 이 측면에서는 사건의 해결 과정에 속한 통렬한 카타르시스마저 뒷전으로 밀려나게 된다. 해결이라는 구조의 마지막 측면에서는 모든 것이 타자화되고 해결의 주체인 캐릭터만 남는다. 이것이 추리소설의 구조이며 캐릭터를 계속해서 시리즈로 써먹을 수 있는 이유이기도 하다.

우리나라에서 추리소설은 '취향'과 '수준'이라는 측면에서 인색하지 않은 변명이 필요한 것이 사실이다. 어떤 이들은 본격만이 추리소설이라고 평하는가 하면 어떤 이들은 한국적인 토양을 강조하기도 한다. 그러나 어쩌겠는가. 그것 역시 '남아 있는 것'일 뿐인데. 단지 취향에 혹해서 그것을 수준이라고 받아들이는 우를 범하지는 마시라고 살짝 귀띔하고 싶다. 도심에서 떨어진 십각관의 프랑스식 창문은 고상하고 뉴욕을 묘사한 어느 카페의 에스프레소만이 정답이라고 말하는 그런.

자, 이제 한국 추리소설을 즐길 준비들은 되셨습니까?

손선영 정리

한국 추리소설 걸작선 2

1판 1쇄 발행 | 2012년 8월 29일
1판 4쇄 발행 | 2021년 8월 10일

지은이 김내성 외 43인
옮긴이 한국추리작가협회
펴낸이 김기옥

문학팀 김세화 | **마케팅** 김주현
경영지원 고광현, 김형식, 임민진

표지 디자인 공중정원 박진범 | **본문 디자인** 성인기획
인쇄·제본 (주)민언프린텍

펴낸곳 한스미디어(한즈미디어(주))
주소 04037) 서울시 마포구 양화로 11길 13(서교동, 강원빌딩 5층)
전화 02-707-0337 | **팩스** 02-707-0198 | **홈페이지** www.hansmedia.com
출판신고번호 제313-2003-227호 | **신고일자** 2003년 6월 25일

ISBN 978-89-5975-428-1 04810
ISBN 978-89-5975-426-7 (세트)

한스미디어 소설 카페 http://cafe.naver.com/ragno | 트위터 @hans_media
페이스북 www.facebook.com/hansmediabooks | 인스타그램 @hansmystery

책값은 뒤표지에 있습니다.
잘못 만들어진 책은 구입하신 서점에서 교환해드립니다.